U0943977

蝶影轻舞 作品

北京联合出版公司
Beijing United Publishing Co.,Ltd.

图书在版编目（CIP）数据

策乱江山：全两册 / 蝶影轻舞著 . -- 北京：北京联合出版公司，2016.9

ISBN 978-7-5502-8490-6

Ⅰ . ①策… Ⅱ . ①蝶… Ⅲ . ①言情小说－中国－当代 Ⅳ . ① I247.5

中国版本图书馆 CIP 数据核字（2016）第 200671 号

策乱江山：全两册

作　　者：蝶影轻舞

选题策划：北京宏泰恒信文化传播有限公司

责任编辑：李　红　夏应鹏

策划编辑：李　艳

封面设计：苏　涛

版式设计：王玉双

责任校对：张艳婷

北京联合出版公司出版

（北京市西城区德外大街 83 号楼 9 层　100088）

北京联兴盛业印刷股份有限公司印刷　新华书店经销

字数 450 千字　880 毫米 ×1230 毫米　1/32　19 印张

2016 年 9 月第 1 版　2016 年 9 月第 1 次印刷

ISBN 978-7-5502-8490-6

定价：59.80 元

本书若有质量问题，请与本公司图书销售中心联系调换。电话：010-58572848

目　录

第一章　人生若只如初见

蝴蝶花满天

夜色像一张黑色的网，把所有的寂静都笼罩在一起。刚刚被雨水洗涤过的天空又露出了点点星光。初春的微风轻轻吹着，花园中的花朵散发着清淡而优雅的芬芳。从屋檐上滴下来的雨水，滴答滴答打着节拍。街道的另一边，除了偶然传来的几声狗吠，一片沉寂。

“咣当”，一只茶杯落地的声音，打破了落针可闻的安静气氛。屋子内的守卫纷纷拔出身边的佩刀严阵以待。许久，外面依然是风平浪静。为首的大汉回头看到坐在他们包围圈中的胖子正在瑟瑟发抖，他鄙视地收起兵器，叹了口气退到一边。

为首的大汉是锦衣卫同知之一，姓秦名大海，出了名的火爆性子，满脸的络腮胡子让他在发脾气的时候显得狰狞和粗暴。秦大海望着今天他要保护的荣家主人，心中着实憋了一口气。

荣府的主人是个无能的大胖子，酒色财气样样皆精。荣府在京城之所以有今天的地位，完全是因为荣家的大小姐嫁给了当今皇帝，并且在宫中十分受宠。不知道是不是这个胖子坏事做的太多，居然接到了令江湖中人人闻风丧胆的喋血令！秦大海虽然身在朝廷，但是对于喋血令却一点也不陌生。

不知道从什么时候起，武林中崛起了一个神秘的杀手组织。他们在杀人之前都会在目标人物的家中放上一面令牌。而接到此令牌的人，没有一个活得过十二个时辰。这么多年来他们从来没有失过手。

更让人害怕的是他们满门喋血、不留活口的一贯作风。凡是惹上喋血令的，就只能替自己准备后事，企图逃跑的人只会死得更惨。

“秦……秦大人，时辰已经到了，你……你说，他们还会不会来？”荣老爷战战兢兢地站起来，试探着询问秦大海。

秦大海是一个有点愤世嫉俗的人，对于荣胖子的日常行为极为不满，他看到平时嚣张跋扈，现在遇到事情就只会发抖的孬种没有一点好感。他漫不经心地扫了荣胖子一眼，拿起水果盘中的苹果狠狠咬了一口，没好气地回答：“我哪儿知道，我又不是他们！”

荣老爷强忍着心头的怒火。自从成了皇帝的老丈人之后还没有人敢用这样的态度跟他说话，等这件事情过去之后，他一定要女儿在皇上面前狠狠地告秦大海一状。

秦大海正津津有味地翘着二郎腿吃苹果，忽然听见房顶有轻微的脚步声。秦大海手中的苹果向上一掷，屋顶被他射了个大洞。他立即施展轻功跃上屋顶，却发现视线范围内一片空旷。

此时锦衣卫全部如临大敌般将荣老爷团团围住。秦大海虽然对荣胖子很不满，不过这个胖子的生死也关系着自己的脑袋，他丝毫不敢懈怠。秦大海聚精会神地扫视了一遍脚底下的花园，他感觉到身后一股浓烈的剑气正直击他的后颈。

秦大海敏捷的一个后空翻，凌空踢出一脚。他身后的杀手确实不是等闲之辈，挨了秦大海一脚的同时，手中的长剑也刺中了秦大海的右臂。秦大海的手上传来一阵剧痛，他暗叫不妙，那杀手的剑上淬了剧毒。

秦大海此时终于明白为什么喋血令的杀手在执行任务时从来不失手。就像刚才那样，眼前的杀手完全是只攻不守的打法。秦大海在锦衣卫中是数一数二的高手，可是这个杀手只刺出一剑就让他身中剧毒。

“啊……”

秦大海还没来得及思索如何才能保住那个该死的荣胖子的命，便听见屋内传来了一连串的惨叫声。秦大海大叫不妙，勉强提起一口真气跳下屋顶。他一看屋内的情形，便觉得天旋地转，刚勉强稳住身形，那杀手也紧随而来。

杀手的剑刺向秦大海的后背，秦大海侧身闪过。他已经没有力气再提起自己的佩刀了。他看到荣胖子已经倒在血泊之中，估计是凶多吉少了。秦大海倒并不在乎荣胖子的生死，只是想着他现在该怎么脱身。

现在秦大海的面前已经有了三个杀手，他们对着秦大海一字排开。

“你们到底是什么人？向天借胆敢动锦衣卫。”秦大海厉声喝道。

“哼，喋血令要杀的人从来都没有漏网之鱼。”一个清脆的女声响起，让秦大海吃惊不小。他没想到喋血令的杀手居然是女人。“你们自作聪明，把荣府的女眷送出京城，你们以为可以瞒得过我们吗？他们现在已经在黄泉路上等你了。”

女杀手话音刚落，手中长剑便刺向秦大海的眉心。秦大海感觉到一股气流在体内流窜，渐渐到了他的丹田穴。他知道毒性开始发作，已经无法运功了。就在秦大海绝望地闭上眼睛等死的时候，他听见了清脆的声音。

秦大海睁开眼睛，三个女杀手的剑已经掉在了地上，他的身前站着一个挺拔俊朗的年轻男子。秦大海替自己捏了一把汗，埋怨道：“你怎么才来，再晚来一步就等着给我收尸吧。”

年轻男子的神色十分严肃，他深邃的眼眸注视着面前三个女杀手，忽然长剑舞动，三个女杀手觉得眼前人影晃动，等回过神儿来，都已经倒在了地上。

“说，你们受何人指使，来刺杀荣老爷。”年轻男子的话语中透出凛冽的寒意。

三个女杀手相互看了看，其中一个用轻蔑的眼神看着秦大海和那个男子，嘲讽地说道：“哼……别想从我们口中知道任何事情。”

“奶奶的，锦衣卫有的是办法让你求生不得求死不能，我就不信了，你们还是钢铸铁打的。”秦大海中了毒，额头已经开始冒冷汗。

年轻男子还没有再开口说话，忽然闻到一阵奇怪的香味。随着微风吹过，纷纷扬扬地飘落下许多花瓣，一阵悦耳的箫声在空中回荡。

三个女杀手听到箫声，双膝跪地，朝着同一个方向泪流满面。

“属下有负令主所托，甘愿接受惩罚。”三人异口同声地喊道。

年轻男子听了她们三人的话立即警觉起来，他知道按照江湖规矩，她们任务失败一定会受到严厉的惩罚。还没等他做出反应，刚才悠扬的箫声忽然变得急促。他和秦大海都觉得血气上涌，血脉偾张！更让年轻男子惊讶的是天空中飞舞的花瓣划过三个女杀手的咽喉，她们立即气绝身亡。

好厉害的暗器，好深厚的内力！

三个杀手一死，箫声便停止了，一切又恢复了平静，只有洒落在地上五颜六色的花瓣证明刚才有人来过。

秦大海的体力到了极限，知道自己暂时不会有危险，心情一下放松，人便晕了过去。

鸡啼刚过一遍，万物便开始苏醒。旭日东升，浅蓝的天边仿佛镶嵌上了黄色的金边。路边的露珠挂在草叶上等待着被阳光蒸发。太阳还没有完全照亮繁华京都的每一个角落，已经有三三两两的小贩开始出门摆摊。

这一天对许多普通百姓来说并没有什么特别，他们依然要为生活而奔波忙碌。可是昨天晚上发生的命案却即将在天子脚下掀起惊涛骇浪，打破波澜不惊的繁华都市中人们平静的生活。一队队锦衣卫在四通八达的街道中穿梭，到处张贴告示，一些嗅觉灵敏的百姓已经闻到了危险但又热闹的气息。

“站住……别跑……”两个衙差追赶着一个身穿囚服，脚上还戴着铁链的犯人。

街道两边围观的百姓十分自觉地让出一条道路，眼睁睁地看着犯人从自己面前跑过，然后再在背后指指点点，议论纷纷。

忽然，人群中有些人感觉到头顶有人影闪过。只见一个年轻男子施展轻功，拦在犯人面前，他上前一招简单的小擒拿手便将正在狂奔的犯人的手腕抓住。那犯人的脉门被年轻男子握住，痛得哇哇大叫。年轻男子将犯人交到衙差手上，吩咐道："把他带回去。"

"谢谢风大人，谢谢风大人，风大人真是好功夫啊！"其中一个衙差点头哈腰地对着年轻男子奉承。

男子微微皱了皱眉，不耐烦地挥挥手，两个衙差才押解着犯人离去。

"刚才那个男人那么大的架子，连衙差都不放在眼里，是谁呀？"人群中有人议论。

"一听你这话就知道，你不是孤陋寡闻就是外地来的。连他你都不知道？风家的二少爷，锦衣卫的同知，皇上的宠臣，兵部尚书未来的乘龙快婿风灏栎风大人就是他。"

"哦……"人群中发出阵阵惊叹声。

说到风家，在京城几乎是家喻户晓。风家的先祖追随太祖皇帝一起打江山，在战场上与太祖皇帝出生入死，浴血奋战，立下了显赫的战功。太祖皇帝驾崩之后，继位的皇上为了拉拢人心，稳固江山，更是给风家加官晋爵。

风家世代为官，在朝廷中有着根深蒂固的地位和影响力。到了这一代，风家又出了一位战绩彪炳，守卫边疆的将军风灏南。

风家的老大风灏南十五岁被父亲送到军中，他并没有像其他王公贵族那样接受特殊待遇。他从最底层做起，与普通士兵一起奋勇杀敌，同吃同睡，没有一点儿大少爷的架子。在风灏南十八岁那年，父母双双病逝，只留下两个弟弟和一个年迈的奶奶。

现在的风灏南，经过十多年的血战沙场，已经是皇上倚重的边疆重臣，让前来侵犯的敌人闻风丧胆的大将军。

风家的老二风灏栎，现任锦衣卫同知，在朝廷中有着不小的势力。父母病逝那年，风灏栎十五岁。哥哥风灏南那时候正在外面打仗，他只好扛起整个家族的责任。他一边写信安慰哥哥安心镇守边疆，一边还要照顾年迈的奶奶和年幼的弟弟。

风灏栎十九岁的时候凭着自己的实力中了武状元，被锦衣卫指挥使看重，收到自己门下，悉心栽培，三年之后便做了锦衣卫的二把手。他是锦衣卫创立以来最年轻的同知。

风家的老三风灏鸣，京城里的人一提起这个风三爷便连连摇头。风灏鸣完全没有两个哥哥的能力与气魄，一天到晚不务正业，流连在京城的花街柳巷，对那些狐朋狗友和烟花女子一掷千金，每次闯了祸，便躲在二哥风灏栎的身后，让哥哥替他收拾烂摊子。

风灏栎打发了两个衙差，自己慢慢地往回走，途中不断有张贴告示和巡逻的锦衣卫朝他行礼他都没有在意。他还在想着荣老爷的命案。

其实风灏栎也不在乎荣老爷是生是死。按照秦大海的说法，这种死胖子能死一个少一个。可是锦衣卫将荣府如铜墙铁壁一般围得水泄不通，荣老爷还是死了。荣老爷死了不要紧，要命的是接下来该怎么办？

已经死在那些女杀手手中的锦衣卫算是死了一了百了，可是秦大海怎么办？他现在身中剧毒，却还被关押在牢房中。

风灏栎与秦大海年纪虽然相差很大，但是两个人的私交很好。秦大海也算不上什么好人，不过他敢作敢当，也算得上是一条汉子，风灏栎不想眼睁睁地看着他死在自己的牢里。

风灏栎心不在焉地回到家中，刚刚迈进家门就听见弟弟风灏鸣打骂下人的声音。风灏栎的心情糟透了，没有理会便直接回了房间。他坐下来伸了个懒腰，正想坐下来好好喝杯茶，就听闻门外奶奶在叫他。

“灏栎，是你回来了吗？”风老夫人接到下人的禀报，知道风灏栎回到家中，便立即过来了。

风灏栎强打起精神开了门，扶风老夫人进屋，挥手示意下人退出去：“奶奶，今天起得这么早啊？”风老夫人笑呵呵地在风灏栎对面坐下，说道：“年纪大了，睡眠就浅……奶奶这么早就过来找你，是有事情跟你说。”

风华满天下

祖孙二人正聊着，一个丫鬟捧着食物托盘进来了。

风老夫人亲自将食物摆放在风灏栎面前，把筷子递到他手上，说道："灏栎，今天城南有庙会，你还记不记得？"

风灏栎忙碌了一个晚上，现在脑子里装的全都是荣老爷的命案。他一边吃着一边漫不经心地回答："是吗？我不记得了。奶奶，您想出去走走吗？那我现在去叫下人准备准备吧。"

"哎呀，你这孩子。"风老太太轻轻敲了敲风灏栎的头，"我一把年纪了凑那个热闹干什么。如月回来了，你和她都两个月没见了，你不想她？晚上陪如月出去玩玩，别只顾着公事冷落了她。"

风灏栎愣了一下，这么快就两个月了？季如月是兵部尚书季海雄的独生女儿，他也不知道从什么时候开始被周围的人认定他们俩是一对的。总之在他中了武状元之后，就由风老夫人做主给二人定了亲。

风灏栎放下筷子，沉默不语。他不是不喜欢季如月，只是这种喜欢似乎跟男女之情无关。就好像这一次，季如月随着母亲回乡探亲，一走就是两个月，他却丝毫没有觉得相思难熬。他对季如月的疼爱和呵护，纯粹是一种兄妹之情。

"奶奶，昨天晚上发生了一桩非比寻常的命案，我怕我今天没空。"风灏栎其实很想在家里好好睡一觉，随时准备应付接下来发生的事情。

"不行，来不及了！"风老太太早就猜到风灏栎会拒绝，所以她已经做好了准备，"我已经派人去接如月了，这会儿估计就快到了。"

其实风老太太在替风灏栎和季如月定下这门亲事没多久，她就发现风灏栎的心里并不爱季如月。可是风老太太有自己的打算，风灏南常年在外带兵打仗，虽然战绩彪炳，战功赫赫，但是在朝廷中的根基却并不深。

风灏栎最近几年在锦衣卫中的地位节节攀升，可是毕竟只是二把手。虽然风家在京城也是显赫的名门望族，但是与先祖比起来，相差实在太大。而兵部尚书季雄海在朝廷中的势力盘根错节，如果风家能跟季家结亲，对两家人来说都是锦上添花的好事。

风老夫人的心里最放心不下的还是小孙子风灏鸣。她本来是打算让风灏鸣跟季如月定亲的，无奈季如月似乎只对风灏栎情有独钟。

风灏栎听了风老夫人的话，心里很不是滋味儿，但是也没表现出来。

“老夫人，二少爷，季大小姐已经到了。”风家的管家风顾修在门外禀报。风老太太看向风灏栎，风灏栎点了点头，说道：“我换身衣服，马上出去。”

风老太太满意地点了点头，在丫鬟的搀扶下来到大厅：“如月，你来了！”

季如月站在大厅无聊地拨弄着盆景，听见风老夫人叫她，立即转过身来，冲风老夫人甜甜地笑了笑。

季如月在京城是出了名的美人儿，明眸流盼，朱唇皓齿，水灵秀气，笑起来时嘴角两个小酒窝显得明媚动人。“奶奶，我好想你哦！”季如月迎上来，从丫鬟手中挽过风老夫人，撒娇地依偎在风老夫人身边。

风老夫人是打心眼儿里喜欢季如月。她不仅家世显赫，而且天生丽质，蕙质兰心，又懂得讨人欢心，对于这样的孙媳妇儿，怎么会不满意呢？“是想我了，还是想灏栎啦？”风老夫人握着季如月的手，打趣地说道。

季如月低下头，娇羞地说道：“奶奶，你怎么可以笑我……”

风老夫人望着季如月白皙的脸庞微微发红，想起了自己年轻时的样子，笑得更加开心了。风灏栎换好衣服从房间出来，正好听见了风老夫人的笑声，也微笑着上前去问道：“奶奶，什么事这么开心。”

风灏栎换了一袭白色的长衫，腰间一条镶嵌着金丝银线的腰带，垂挂着通透无瑕的玉佩，手持折扇，风度翩翩，神采飞扬。在风家三兄弟中，风灏栎是最俊朗的一个。他身材偏瘦了一些，但是剑眉之下的双眼深邃而明亮，刚毅俊俏的脸庞，温润如玉，风流倜傥。

季如月只稍微看了一眼，便觉得心如鹿撞，急忙转过头去。她第一次见到风灏栎，是在武状元考核的擂台之上，就是那个时候，季如月终于相信了一见钟情。

“没什么。”风老夫人牵着季如月的手走到风灏栎面前，说道，“我已经吩咐下人准备好了，玩得晚一些也没关系。”

风灏栎知道今天是逃不掉了，就点了点头。他其实是不喜欢跟季如月出去游玩的，季如月的心肠虽然不坏，可是脾气和架子却大得很，每次出行都很讲究排场，不找十几个人给她抬轿子开路，她是不出门的。

“如月，我们出去吧。”风灏栎无可奈何地带着季如月出了门。

季如月跟在风灏栎的身后一言不发。经过与风灏栎的相处，她发现风灏栎做事不喜欢过分张扬，她走到门口看到十几个家丁在等候，便拉了拉风灏栎的衣袖，轻声说：“灏栎哥哥，我不要这么多人跟着，我们自己去吧。”

风灏栎看了看季如月的随从，没感觉有什么异样，不由得纳闷。不过他也不想多问，便点了点头。

城南这一带经常会有许多老百姓聚会或者举办娱乐活动。街道两边摆满了各种各样的小吃以及手工艺品，或远或近地传来小商贩招揽生意的吆喝声。街上酒肆林立，车水马龙，人流如织。

风灏栎小心翼翼地护着季如月在人群中穿梭。季如月的花容月貌高雅气质在寻常百姓中吸引了不少注目。

“灏栎哥哥，好看吗？”季如月随手拿过小摊子上的一个面具，挡在面前问道。

风灏栎笑着点了点头，掏出碎银子丢给小贩。季如月就像是在玉米地中摘玉米的小猴子一样，见到什么拿什么，然后喜新厌旧地扔掉前面拿的东西。风灏栎跟在她后面不停地付账，他都不知道季如月有这么旺盛的精力。

“如月，走了这么久你也应该累了，我们找家酒楼坐坐吧。”风灏栎看季如月额头上的汗水，体贴地说。

“嗯！”季如月这时才发现肚子真的饿了。

风灏栎带着季如月进了旁边的酒楼，一进门就感觉对面有东西朝他的面门飞过来。他拉着季如月闪到一边，随着清脆的响声，一个精致的花瓶跌落在地，碎片飞溅。风灏栎皱了皱眉，看到酒楼大堂中围着一群人。

“如月，你在这里等我，我去看看。”风灏栎不等季如月回答，就拨开里里外外围了三层的人进去。他一见到闹事的罪魁祸首，不由得气冲脑门。

风灏鸣正一脚踹在一个六旬老人的身上，怀里一左一右抱着两个十六七岁的少女。两个少女在风灏鸣怀中吓得瑟瑟发抖，哭得泪流满面。风灏鸣转头对其中一个吼道：“哭什么哭，跟了我风三爷还觉得委屈？”

被踢倒在地的老人白发苍苍，苍老的脸上布满了岁月留下的苦难痕迹。他跪在风灏鸣面前，哭着说：“风三爷，求您行行好。这俩孙女儿是我的命根子，您放过她们吧。”

风灏栎挤在人群中，听着人们的议论，对事情的来龙去脉已经了解得八九不离十了。风灏鸣来这里吃饭，结果看中了这两个卖唱的姑娘，非要强行带走。

想到风灏鸣平日里伤风败俗的所作所为，不禁怒火中烧，大喝道：“放开她们！”

风灏鸣此时是背对着风灏栎的，他转过身来气焰嚣张地问道：“谁？谁？敢管我的事……有种站出来！”

风灏栎的火气上来，上前就一巴掌打在风灏鸣的脸上。风灏鸣一个踉跄，用力推开怀里的两个女孩子，捂着脸骂道：“吃了豹子胆了，敢打你风三爷……”风灏鸣的话才说了一半，已经看清楚站在自己面前的二哥风灏栎。

风灏鸣咽了咽口水，讪讪地喊了一声“二哥”便不敢再吭声了。父母在他很小的时候就去世了，大哥常年在外打仗，奶奶又过分呵护溺爱，养成了风灏鸣不务正业又嚣张跋扈的性格。家里唯一敢管他的人就只有二哥风灏栎。

风灏栎强忍着怒火扶起那位老人，哀叹道："老人家，我们风家家教不严，让您受委屈了。"风灏栎想不出该用什么语言去安慰人家，便从怀里掏出一锭银子塞进老人手里，"您大人不记小人过，别和我弟弟一般见识。"

风家在京城的势力岂是普通老百姓敢得罪的，老人家望着手里的银子连连摇头："不敢……风大人您言重了。"

风灏栎坚持把银两塞给老人，打发祖孙三人离开之后，回头对风灏鸣的两个随从喝道："还不快带三爷回去？还嫌丢脸丢的不够？"

风灏鸣不敢跟风灏栎顶嘴，毕竟家里是二哥做主。他低着头斜看了一下风灏栎，发现二哥眼中的怒火完全没有消退。风灏鸣正想为自己辩白几句，忽然看到街上的人都神色慌张地朝一个方向涌过去。

"有热闹看！"风灏鸣一见到混乱的场面，立刻又兴奋起来，刚才的不快已经被抛到脑后。

风灏栎狠狠瞪了弟弟一眼，侧耳倾听，人群中似乎有人在喊救火。他把不知所措的季如月拉到风灏鸣身边，说道："有热闹也不关你的事。替我送如月回去！等我回家再找你算账！"

季如月还没来得及表示不满，风灏栎身形一晃，已经施展轻功离去。

城南这一地方虽然热闹，却是贫富差距悬殊，龙蛇混杂的地方，因此这里的治安一直让人头疼。风灏栎没走出多远，便发现离城门不远的几处房屋起火了，火势还在继续蔓延，附近的人都陆陆续续地跑出来。

风灏栎没见到有官兵前来维持秩序，不禁心里暗骂。

"救命呀……"

风灏栎听见呼救声，朝声音的方向望过去，一个妇女摔倒在地哭喊。风灏栎来不及细想，提起一口真气，纵身跃到那女人身边，此时也顾不上男女有别，说道："这位大嫂，快起来，我扶你离开！"

"这位公子，我……我女儿还在那边呢……"妇人指指另一边哭喊。

风灏栎顺着妇人指的方向看过去，一个小女孩正站在火堆旁哭泣。幸好，她所站的位置并不危险，大概只是被吓坏了。

风灏栎疾步上前去抱那小女孩，忽然小女孩身边的油锅打翻了。风灏栎大惊失色！这时，从边上闪过一道人影，扑倒了小女孩！

风灏栎靠近才发现，那口油锅大概是在此做生意的小贩留下的，因为这场大火，没来得及搬走。他走上前去扶起小女孩和倒在地上的人。风灏栎替小女孩检查，确认没有受伤。就在他转头问另一个人的时候，他的目光刚触及那人的容颜，便不由得惊呆了！

火焰照倾城

眼前的女子美到让风灏栎窒息。她肤若凝脂的瓜子脸，柳叶弯眉下一双清澈透明的眼睛犹如黑夜中繁星般璀璨，薄而性感的红唇扬起一抹羞涩的微笑。一身白衣胜雪，如柳枝般纤细的腰上系着一条粉红色的腰带，更加显得身段窈窕。乌黑柔软的长发散落在肩上，头发上只戴了一支简单而精致的紫色蝴蝶发簪。

女子见风灏栎一直盯着自己看，急忙将掉落的面纱重新戴上。风灏栎感觉到自己的失态，回过神来才发现他紧紧抓着她的纤纤玉手。女子用力抽回自己的手，风灏栎一时之间不知所措。“对不起姑娘，刚才一时情急，并非在下有意冒犯。”

女子看了风灏栎一眼，低头说道：“我明白。快点离开这里吧。”

风灏栎听到这女子开口说话，又愣了一下。她的声音清脆中带着甜美，甜美中又有几分娇媚，风灏栎感觉自己的心都要融化了。他从来都不是一个好色的人，即使去烟花场所也纯属逢场作戏。但是眼前的女子却让风灏栎有想拥她入怀的冲动。

女子见风灏栎站在那里不动，便拉起在一旁哭泣的小女孩，朝另一边奔去。风灏栎情不自禁地抽了自己一下才冷静下来。

风灏栎看着火势蔓延迅速，现场一片混乱，便静下心来救人。直到官兵的增援赶到，他才回头去找那位姑娘。他转了一圈都没发现她的倩影，不禁着急起来。刚才的情况那么乱，她一个弱女子，不知道会不会受伤，在油锅打翻的时候她有没有被溅到？

“风大人，风大人……”京城的府尹看到风灏栎在现场，匆匆忙忙上前去打招呼，“幸好有风大人你在……风大人？”府尹发觉风灏栎东张西望，根本没在听自己说话。

风灏栎只是淡淡地看了看府尹，还在想着那位姑娘。府尹的官阶其实在风灏栎之上，不过风灏栎是皇帝身边的宠臣，所以才会被朝中上下的文武百官忌惮三分。风灏栎忽然想起了些什么，问道：“张大人，怎么无缘无故会起火的？”

张大人朝周围看了看，干笑两声，回答道：“没什么，没什么，本府一定会尽快查明真相。”

这些事情不在锦衣卫的管辖范围之内，风灏栎便不再多问。季如月已经被风灏鸣送回尚书府，风灏栎便没有回家，而是直接去了诏狱。

风灏栎老远就听见了秦大海中气十足的骂人声。他慢悠悠地走到牢房前，斜靠在门边，打趣地说道：“听你这劲头，身上的毒解啦？”

秦大海手中拿着酒壶猛灌了两口，骂骂咧咧地回答：“解个屁……那些太医也不知道是干什么吃的，皇上每年花那么多银子白养活他们了，他们居然说我身上的毒无药可解！”

风灏栎吃了一惊，紧张起来：“那你也不该把气撒在狱卒身上。”

“谁找他们撒气了？”秦大海站起来走到风灏栎面前，隔着栏杆说，“我骂他们是因为这酒的滋味儿不好。奶奶的，老子一落难，平时称兄道弟的人全跑光了，连这些狱卒都不拿我当回事儿。”

风灏栎叹了口气，如今这世态炎凉，也没什么好在意的，问道：“你身上的毒真的没办法吗？”

“不知道！”秦大海一直是一个比较洒脱的人，他从小就是孤儿，无亲无故，想起自己死了都没人伤心，他先开始伤心了。“还好你小子良心不坏！哎，你怎么空手来呀？”

“别扯了……”风灏栎其实还是比较在意秦大海的伤，“下次来的时候再给你带好酒，我是顺路过来的。”

两人一个在里面，一个在外面，正聊得起劲，他们的顶头上司朝他们走来。

“卑职参见厉大人！”秦大海平时还是挺忌惮锦衣卫指挥使厉威的，跟着风灏栎规规矩矩地行礼。

厉威炯炯有神的双眼扫视了一下两个得力助手，叹了口气，对秦大海说：“我已经替你向皇上求情了。皇上答应饶你不死，不过……”厉威看向风灏栎，“皇上要我们锦衣卫负责把凶手找出来。”

“这……”风灏栎陷入了沉思。杀荣老爷的是喋血令的杀手，而所谓的凶手难道要去找喋血令的令主？锦衣卫在朝廷里的势力确实庞大，但是江湖上的这些神秘组织，如果要铲除还是颇费功夫的。

“还有，大海你死罪可免活罪难饶，杖责五十，罚俸半年！”厉威说完便招来手下，把秦大海拖出去行刑了。

“大人，大海身上的毒……”风灏栎忧虑起来。

厉威轻轻摇了摇头，说道：“就是因为御医都说无药可解，皇上看在大海以前一片忠心的分上才免他死罪的。哎……对了，灏栎，你最近要特别留意京城里的治安，我接到消息，有大批的难民涌进来了！”

“难民？”风灏栎刚刚从外地办案回来，还没收到这方面的消息。

“具体情况你自己去看吧。刚才城南还起了大火呢！”厉威说道。

风灏栎这才反应过来，为什么当他问起失火原因，府尹的神色那么不自在。去年干旱少雨，皇上已经下令减少税收，并且开仓赈灾。只可惜啊，真正到达百姓手中的钱粮和衣物能有多少就不得而知了。现在那些被迫背井离乡的人，只好逃到富庶的地方来避难。

而京城里的官员不愿意皇上看见这些人，于是就将难民挡在城门之外。不过即使如此，也有不少人还是混了进来。就像今天那场火，可能就是人为地在制造混乱。

紫蝶推开窗户，一阵微风迎面而来。黑暗的夜空中挂着一轮明月，稀稀疏疏的几颗星星若隐若现。皎洁的月光洒在院子中，那些花草树木仿佛披上了一层淡淡的轻纱。天地之间一片沉寂，只能偶尔听见几声虫鸣。

轻叹一声，紫蝶在床边坐下，倚靠在床沿静静地想着自己的心事。忽然，烛光的火苗剧烈跳动了两下，随着一道人影闪过，紫蝶面前多了一个身穿黄衣的少女。这少女美艳动人，身材窈窕，手中紧握着一柄长剑。

紫蝶没有起身，也没有说话，依然望着窗外。黄衣少女最讨厌的就是看到紫蝶这副模样。她与紫蝶从小一起长大，紫蝶无论在武功医术，还是琴棋书画，甚至奇门遁甲，样样都在她之上。而紫蝶永远都是宠辱不惊，恬淡娴静，似乎没有任何人任何事能够让她感兴趣。

黄衣少女从怀中掏出一面鲜红的令牌，望着紫蝶纯净的眸子说道："师父有任务给你，还不下跪接令！"

紫蝶淡淡地看了看黄衣少女，按照喋血令的规矩，单膝跪地，两只手的中指与无名指交叉，轻声说道："紫蝶接令！"

黄衣少女将令牌放到紫蝶手中，从怀中掏出一个信封交到紫蝶手上，冷哼一声便跳窗离去。

紫蝶是孤儿，她与另外两个女孩黄莺和蜻蜓自幼被喋血令的令主收养，传授武功。从紫蝶十四岁开始，她就单独出去执行任务，不断地去完成师父交付给她的事情，到现在，她从来没有失过手。在紫蝶的心里，早就已经没有喜怒哀乐，她看惯了人世间的悲欢离合，生离死别，她的心在她六岁的时候就已经死了。

紫蝶缓缓打开信封，看完了师父亲手写的任务，心里虽然纳闷，却没有去猜想原因。反正师父让她做的事情，无论是对还是错，她都没有拒绝的权利。

第二天一大早，紫蝶就出了城。城外不远处聚集了很多从四面八方涌过来的难民，他们面黄肌瘦，衣衫褴褛，有的倒在路边捧腹呻吟，有的搂在一起相互取暖。他们用既渴望又绝望的眼神乞求地看着来来往往的人，希望能得到一点点的帮助。

紫蝶低头小心翼翼地在这些难民中慢慢穿梭行走。从她开始一个人单独执行任务起，她就已经习惯了生离死别，也看多了人临死之前的神情和态度。紫蝶对于任何一个人都有着怜悯之心，但是她不得不完成师父的命令，因为她也要活下去。

“姐姐，求求你，施舍点儿吃的吧，我爷爷就快要饿死了！”一个小女孩忽然抱着紫蝶的腿不松开，在她身边跪下哀求。

紫蝶看了看躺在路边奄奄一息的老人，蹲下来替他把了把脉，不禁微微摇头。其实，老人的身体并不算太糟糕，只是长途跋涉，加上饥寒交迫，所以才会昏迷不醒。如今朝政腐败，佞臣当道，老百姓的生活有多么难熬，恐怕只有穷苦人家才能深深体会。

紫蝶从袖中掏出一锭银子，塞进小女孩手中，抚着她干燥枯黄的头发说道：“拿着吧，去给你爷爷买点儿吃的。”

“谢谢姐姐，谢谢姐姐！”小女孩一边说着，一边给紫蝶磕头。

紫蝶不愿意接受这样的大礼，连忙去扶小女孩起来，正准备离去的时候，周围那些难民一下子拥上来将紫蝶团团围住。

“姑娘，求您行行好，给点儿吃的吧……”

紫蝶被一群难民围住，要脱身并不困难，但是她现在却不能显露武功。正在她想办法离去的时候，从城内出来一队官兵，为首的将领随手一挥，官兵就冲上来对着那些难民拳打脚踢。

官兵再怎么没用，手中也是拿着兵器的，普通老百姓不是他们的对手，何况还是一些饥不果腹，衣不遮体的难民。紫蝶愤怒了，却不能出手相助，她只能尽量躲开那些官兵手中的长矛。

紫蝶正想趁着混乱悄悄离去，忽然头顶一道人影掠过。来人不费吹灰之力就收走了官兵手中的兵器，立在场中愤怒地等着为首的将领。

“林副将，你对一些手无寸铁的百姓下此重手，难道你就不怕圣上知道后严惩你吗？”风灏栎一甩手，将收来的长矛掷出去，准确无误地立在官兵面前。

“卑职参见风大人！”林副将诚惶诚恐地走到风灏栎面前，战战兢兢地回答，“请风大人恕罪，卑职也是奉命行事。”

林副将悄悄抬头看了风灏栎一眼，立即又低下头去。很多事情他不能明说，但是他相信以风灏栎的才智，一定会明白。

风灏栎当然明白林副将所说的奉命行事，奉的是谁的命！那些高高在上的文武百官，大部分人都不希望皇上知道这些情况，因此对于饥民的惨状都保持了基本一致的态度，那就是视而不见。

这些事情不在锦衣卫的管辖范围之内，风灏栎几乎是无可奈何的。他暗自叹了口气，不知不觉中语气缓和了下来：“行了，带着你的人回城去吧！”风灏栎对着林副将吩咐了一声便不再理会。他转身看了看被官兵打伤的难民，心里忍不住难过。

朝政腐败是谁的错？当年太祖皇帝以布衣之身横扫天下，灭掉陈友谅，战胜张士诚，彻底粉碎了蒙古人不可战胜的神话。太祖皇帝建国之后整顿贪污腐败之风，对贪官污吏的惩戒是极为严厉的。可是到了现在，谁还真正地执行当年的法例。

紫蝶躲在大树后面，看着风灏栎深深地叹了口气便翻身上马，策马离去！

紫蝶独自行走在熙熙攘攘的街道，城外的哀鸿遍野和城内的欣欣向荣形成了鲜明的对比。紫蝶的心中有着千丝万缕的疑惑和不解，虽然她从来都不质疑师父交托的任务，可是这一次却太出乎意料。

紫蝶的内心哀叹了一声，仰头看了看乌云密布的天空，似乎有暴风雨即将到来，初春时节这种天气实属罕见。一阵轻风吹来，吹动了紫蝶的衣袂和面纱，迎风舞动的腰带让她的身形更加楚楚动人。她能感受到从四周投来的异样目光。

紫蝶决定就近找一家茶楼歇歇脚，好歹先避过这场大风雨。紫蝶向四周看了看，忽然见到前方一列官兵朝这边冲了过来。紫蝶跟随着人潮退到一边，看到在官兵的开道之下一顶豪华的八人大轿停在了醉仙楼的门口。

醉仙楼的掌柜领着店中所有人战战兢兢地跪倒在门前，低着头大气都不敢出。

紫蝶见到从轿中走出一位三十多岁的男子，此人唇红齿白面如冠玉，锦绣华服气宇轩昂！他目不斜视地从醉仙楼掌柜面前经过，径直走了进去。那掌柜待男子的身影消失在门口，才擦了擦额头上的汗，小心翼翼地站了起来。

“王掌柜生意兴隆，别来无恙吧！”男子的随从仆人声音尖细，无意间还翘着兰花指。

紫蝶忍不住多看了两眼，立即断定说话的这个人是个太监。只听那王掌柜恭恭敬敬地回答：“托您的福，您里边请！”

王掌柜领着太监进了醉仙楼，极为小心地伺候着。醉仙楼在京城的名气十分响亮，王公贵族文人墨客都喜欢来此地吟诗作对畅饮一番，因此醉仙楼的掌柜平日里也颇为嚣张。紫蝶听到人群中议论纷纷。

“刚才进去的是什么人？好大的排场！”

“你连他都不知道？”说话的人神秘地向四周看了看，压低声音说道，“他就是当今圣上的三皇子。”

他就是朱常洵？紫蝶愣了一下。

普天之下谁都知道，当今太子是皇帝的长子朱常洛，可是皇帝却嫌弃太子的生母是个宫女，长期以来并不待见太子。十分明显的对比就是三皇子朱常洵，他仗着母亲郑贵妃受皇帝专宠，衣食住行的规格都要高于太子很多。

紫蝶情不自禁地摇了摇头，这时一个人从她身边经过，不经意间撞了她一下。她淡淡地望了那人一眼，不动声色地往僻静处走去。

走进一条偏僻的死巷里，跟在紫蝶后面的人施展轻功挡在她的面前，撕下脸上的人皮面具，露出一张白皙俏丽的脸庞，“属下花奴参见堂主！”

“起来！何事前来见我？”紫蝶蹙眉侧过身问道。

“属下奉令主之命要交给堂主一封密函！”花奴从怀中掏出信封，双手递交到紫蝶面前。

紫蝶拆开信件之后挥挥手让花奴离去，陷入了沉思，萦绕在心头的疑云迟迟散不尽驱不走！

子夜时分，紫蝶换上夜行衣，潜入了皇宫之中。在前来皇宫之前她仔细看过地图，她直接前往此行的目的地慈庆宫。

慈庆宫是太子朱常洛居住的地方，虽然皇宫中的守卫紫蝶并没有放在眼里，可是太子的住所未免太过于寒酸了。她一路进来除了见到几个年迈的太监和宫女之外竟然没有任何御林军或者锦衣卫看守。

外界传闻皇帝有意要废掉太子，莫非是真的？

紫蝶躲在暗处思忖着，见到一个身形修长消瘦却风度翩翩的男子从屋内走了出来。他左手拿着酒杯右手拿着酒壶，对着乌云背后若隐若现的月光怅然若失：“茫茫海内无知己，唯有明月知我心！”

“由此感叹，想必此人便是当今太子朱常洛了！”紫蝶看着弱不禁风的太子忽然很有感触，生在帝王之家地位是何等的崇高和荣耀，可是却连最基本的亲情都得不到，这样的太子，不当也罢！

“殿下，夜深露重，您还是早点歇息吧！”太监王安将一件斗篷披在朱常洛身上，轻声说道。

“王公公，我还不困，你先回房间睡吧！”朱常洛看着一直跟随在自己身边的忠实仆人，微微摇了摇头。

“奴才还是陪着您吧！”王安跟随朱常洛很多年，无论是当年闹得朝野不安的“争国本”事件，还是沸沸扬扬的“梃击案”，他都不离不弃地守护在朱常洛身边。

朱常洛不忍心年迈的王安跟着自己在外面吹冷风，于是便答应回房休息。正当两人走到大厅门口的时候，从屋顶上跃下三个黑衣蒙面人，他们二话不说手中长剑立即刺向朱常洛。

王安虽然年迈，反应却比朱常洛还要敏捷，他一把将主子推到一边，自己的左臂被长剑划伤。三个蒙面人一击不中继续攻击朱常洛，忽然从暗处射出三枚暗器。三朵精致的紫色小花，在黑暗中闪烁着微弱却明显的光芒，这种光芒之上有着触及肌肤立即死亡的剧毒。

“喋血令！”三个蒙面人相互看了看，竟然变得犹豫不决。

喋血令传奇

喋血令在江湖中是一个神秘的传说，在杀手界中更是不败的神话。三个蒙面人在江湖上也是一流的高手，当他们见到三朵紫色的小花时心还是惊了一下。谁都知道这是喋血令百合堂堂主蝶恋仙子的独门暗器。

蝶恋仙子插手这件事就不好办了。三个蒙面人看了看倒在地上一脸惶恐的太子爷，其中为首的一个抱拳说道：“在下也是奉命行事，望仙子能行个方便莫要再插手，我们兄弟三人感激不尽！”

三人等了片刻不见任何动静，其中一人按捺不住，手中的长剑再次刺向朱常洛。

朱常洛到现在都没弄清楚是什么状况，刚才出手救他的是什么人他也不知道，此刻唯有闭上眼睛等死。就在长剑离他的眉心还有半寸时，一道人影从三个刺客头顶掠过，一个身穿飞鱼服的锦衣卫用内力震开了长剑，挡在太子面前。

“王公公，快带太子殿下先走！”风灏栎话音刚落，手中的刀便迎上了刺客的剑。

紫蝶躲在暗处，看着朱常洛连滚带爬地扶起受伤倒地的王公公退到一边，心里不由得感叹了一番。虽然朱常洛的性格有些软弱，却不失为一个君子。他在自己尚有危险的情况下还顾忌着仆人的安危，可见此人相当厚道。

紫蝶此次进宫的任务就是阻止刺客刺杀朱常洛。她不知道师父是如何接到消息并且让她出手救下朱常洛，可是她越来越想不明白师父的用意。紫蝶的任务已经完成，她本该就此离去，可是突然出现的锦衣卫让她的心起了一点点小波澜。

这是紫蝶第三次见到风灏栎。第一次，他打扮得像一个文弱书生，温润如玉谦逊随和，在大火中不顾生命安危救急救困；第二次，他像一个从天而降的英雄，为那些难民夺下官兵手中的兵器，保全他们的生命；这一次他身穿官服神情严肃威风凛凛，拼死保护国家的接班人。

紫蝶每一次看到风灏栎，他都是在救人！

紫蝶的念头闪过时间并不长，等她回过神来时那三个黑衣蒙面人已经重伤倒地。风灏栎的刀尖还在滴血，他指着其中一人问道：“说，是谁派你们来刺杀太子？”

“既然我们已经失手，今后在江湖上无法立足，生有何欢死又何惧！”说完，三人对望一眼全部咬舌自尽。

朱常洛松了一口气，正欲上前感谢风灏栎的救命之恩，却只见他足尖一点，越过空旷的花园，钢刀斩向院子中的那棵大树。紫蝶没料到风灏栎的武功比她预期的要高，居然能够察觉她的藏身之处。

紫蝶纵身从树上跳下来直立在风灏栎的面前。

今天晚上风灏栎当值，负责宫内的安全。虽然太子遭受皇上的冷落，以至于朝中大臣对他也不冷不热，但是风灏栎跟太子的私交却很好。太子没有三皇子的张扬跋扈盛气凌人，风灏栎与他相处很愉快，趁着今天事情不多，他特意过来看看太子，正好赶上了这一次刺杀。

秦大海中毒之后风灏栎奉命追查荣老爷的命案，他查阅了许多关于喋血令的资料和传闻。当他在太子的院子中看到那三朵紫蝶的小花，他就知道喋血令的人出现了，而且这个人的级别还很高。

江湖传闻蝶恋仙子美若天仙倾国倾城，她是喋血令令主的入室弟子之一，武艺高强天资聪颖。风灏栎明白，想要解秦大海身上的毒就必须找喋血令的人要解药。

风灏栎望着眼前紫衣劲装的蒙面女子，握紧手中的刀说道：“留下解药，我今天就放了你！”

紫蝶看着风灏栎挺拔的身影在月光下显得更加修长，想起两人初见时他眼中的惊艳神色。她既不想伤了他的性命，也不敢破坏师父的计划，一言不发施展轻功离去。风灏栎紧追不舍，钢刀直逼紫蝶的后颈。

紫蝶凌空一个翻身，她本不想还手，可是却忽视了风灏栎的能耐与决心。无奈之下只好抽出袖中的长剑回身去挡，同时朝朱常洛击出一掌。风灏栎护主心切，果然回头去保护朱常洛，紫蝶趁机扔下一颗烟雾弹和一粒小药丸，翻过高大的围墙快速离去。

那一粒药丸紫蝶直接扔给了风灏栎，待烟雾散尽的时候风灏栎却迷惑不解。那蒙面女子简单的一掌，风灏栎就明白了两件事：第一，她并没有真正想伤害太子，只是想借机脱身；第二，她的武功应该在他之上。

既然如此，这名女子为何还要留下解药？因为来得太容易，风灏栎反而不敢拿去给秦大海服用。风灏栎看着掌心里这一粒褐色的药丸陷入了沉思。

“灏栎，灏栎！”朱常洛走到发呆的风灏栎身边喊道。

风灏栎回过神儿来立即向朱常洛行礼。

“快起来吧，今天晚上幸亏有你！”朱常洛想起来还是一阵后怕，急忙召来两个宫女替王安包扎伤口。

“太子殿下，今天晚上的事我会如实向皇上禀报，让皇上加派守卫保护您的安全！”风灏栎也想不明白，同样是自己的亲生儿子，皇上对两个孩子的态度怎么就相差那么多。如果因为太子是宫女的儿子，那么皇上自己呢？太后当初不也是宫女吗？当然，这样的话风灏栎不敢说出口。

朱常洛苦笑着摇了摇头，父皇对自己是什么态度他很清楚。今天的这三个刺客比起前些年的疯子张差级别已经高很多了。想当初连刺杀他的人都只是个普通百姓，拿着根木棍就敢往他的寝宫里闯。

“但是……”风灏栎低头沉思，无可奈何却担忧不已。这一次刚好他遇上了，下一次呢？唯一的解决办法就是找出幕后主使，彻底还太子一个清静。

目前朝中谁有这个本事和心思要置太子于死地，答案已经呼之欲出，但是风灏栎也无能为力。他叫来自己的心腹手下来处理这三个刺客的尸体，按照程序向他的上级，锦衣卫指挥使厉威禀报。

厉威例行公事来慈庆宫溜达了一圈，说了一些官场上的体面话，表示会尽快将案件侦破。

朱常洛并不指望锦衣卫能抓住幕后指使者，这件事情势必会像上次一样不了了之。

太子遭遇刺客刺杀本该是一件惊天动地的大事，皇帝接到厉威的奏折之后却随便看了看之后便放到了一边。

朱常洛没有特殊反应，照常像往日那样小心翼翼地过日子。他知道几年前的“梃击案”闹得沸沸扬扬，朝中上下鸡飞狗跳，牵连了很多文武百官。他不希望历史重演，也没准备让他的父皇为他主持公道。

风灏栎自从那天晚上拿到那一粒药丸之后便一直犹豫不决。他望着躺在床上奄奄一息的秦大海，不知道该不该给他吃药。万一这不是解药而是毒药，那他就成了杀害朋友的凶手。

秦大海睁开眼睛的时候看到风灏栎就坐在他的床边发呆，他张了张干枯的嘴唇，骂娘的话没有说出口。此时的秦大海面部呈现出深紫色，太医说这是中毒太深所致。风灏栎见他醒来便倒了一杯水，扶起他将水喂到嘴边。

秦大海喝了水之后舔了舔嘴唇说道："你小子整天不干正事守在我这里干什么……我……我又不是你的小情人！"

风灏栎哭笑不得，从怀中掏出一个小盒子，把盒子里的药丸放在秦大海的眼前："前天晚上我又遇见了喋血令的杀手，这是我从杀手身上拿来的药，但是不知道是解药还是毒药。我……"

"所以你不敢给我吃？"秦大海是个性格率直的人。他从小就是孤儿，混迹于市井之中。为了生存下去，坑蒙拐骗偷的事情也没少干。成年后在江湖上四处流浪，竟然让他学了一身不错的武艺，他的拳头打过贪官恶霸，也欺负过普通百姓，在他眼中没有是非善恶，只有朋友或者敌人。

秦大海的做人宗旨也很简单，你对我好，就是朋友；对我不好，就是敌人！而风灏栎，是他私交甚好的朋友！此刻他望着真正关心他的朋友，夺下他手中的药丸，毫不犹豫地放进了嘴里。

"你疯了，太医都查不出这药的配方，你就这么吃下去，万一死了……"风灏栎急忙去拍秦大海的背，希望他把药吐出来。

秦大海不耐烦地推开风灏栎的手说道："你这人什么都好，就是喜欢婆婆妈妈，跟个娘们儿似的。我本来也没几天活头了，是你一直用内力为我续命。现在我死了就死了呗，正好一了百了！"

风灏栎有的时候不得不佩服秦大海豁达的心胸和那种将生死置之度外的气魄，他摇摇头叹了口气。易地而处，他不一定有秦大海那样的勇气，因为他在这个世界上还有太多的牵挂。

看着秦大海再次沉沉睡去，风灏栎吩咐秦大海的管家细心照料，有什么事情立即去通知他，随后便在一片担忧中离开了秦大海的家。

太子遇刺的事情皇上竭力压下来，风灏栎只好让几个心腹手下暗中保护太子的安全。让他百思不得其解的是喋血令的杀手。

江湖中人都不热衷于宫廷官场的斗争，甚至不屑于在朝为官。喋血令是一个极具规模的杀手组织，他们为什么会对太子感兴趣？那天晚上那个蒙面女子对太子显然并没有恶意，在他赶到之前还出手救了太子，他们究竟打的什么主意？

风灏栎在调查荣老爷的命案中任何蛛丝马迹都没有，喋血令果然不负干净利落之名。现在怎么办？太子的事情没有着落，荣老爷的命案也没有交代，风灏栎的脑子里一片混乱。

天空中忽然飘起了绵绵细雨，风灏栎抬头看了看天，仍然自顾自地朝前走，脚步丝毫没有加快。今年的天气有些特别，春天的雨水似乎特别多。走着走着，风灏栎闻到一阵熟悉的香味儿，回头便看到季如月打着伞跟在他身后。

“如月？下雨了你怎么还在街上走呀？”风灏栎看到季如月举着手替他撑伞，便接过她手中的伞，全部遮到她身上。

“我在楼上见到你一个人失魂落魄地走在街上，怕你被雨淋病了。”季如月甜甜地微笑，两个浅浅的酒窝让她的容颜妩媚动人。

风灏栎抬起头才发现自己不知不觉走了很长一段路，已然到了醉仙楼的门口。季如月很喜欢酒楼里的点心，经常来此小坐。他暗中叹息一声，护着季如月往醉仙楼走去。他一个大男人走在街上淋雨无所谓，总不能让一个娇滴滴的千金小姐陪着他一起淋雨吧。

风灏栎决定等雨停了再走，他跟季如月进了酒楼的雅间时，无意间看到几个熟悉的身影。那几个人都是三皇子的贴身侍从，他们包下了醉仙楼的整个第三层让朱常洵一个人享受。风灏栎不由得再次感叹，同样身为皇族的两个人，太子所享受的待遇跟三皇子相比，相差太远了！

紫蝶一直在客栈中静等师父的下一步指示。黄莺带来的密函中师父要她留意朝廷中发生的大小事情，花奴送来的密函中则让她暗中保护太子朱常洛。所有这一切的反常行为让紫蝶的内心有一种隐隐约约的不安。

紫蝶盘腿坐在床上运功调息，忽然街道中传来杂乱无章的呐喊声和唏嘘声。她蒙上面纱探头向窗外望去，只见街上所有的百姓都朝着同一个方向涌去。紫蝶关上窗户沉吟了片刻，刚要出门探个究竟时店小二却来敲门。

“什么事？”紫蝶打开房门轻声问。

“姑娘，小的是来跟您说一声，今天晚上咱们客栈不供应晚饭了。”店小二一脸抱歉地说道。

“为什么？”紫蝶纳闷，觉得应该跟刚才的混乱与骚动有关。

“不瞒您说，咱店里的掌柜和厨子都出去凑热闹了！”店小二搔搔头，“我听说李总兵打了败仗回来，大伙儿都涌到兵部去想看看朝廷怎么处置他。”

“李总兵？”紫蝶想了想问道，“是不是李如柏？”

“正是此人！嗨，也不知道害臊，还有脸回来！”店小二愤愤不平地说道，“我早上听见店里的客人们说，朝廷派出十二万人马去打那些野蛮人。四路人马中只有李如柏毫发未伤地回来了，其余三位总兵全部战死！”

紫蝶挥挥手示意店小二离去，忽然明白师父让她留意朝廷里的事情，大概等的就是这个消息。关于这一场仗紫蝶刚来京城的时候就听到了风声。

三年前女真部落的努尔哈赤在赫图阿拉建立政权自立为王，定年号为天命。两年之内先后攻打抚顺和清河。当时抚顺的守将李永芳受了努尔哈赤的收买而叛变，抚顺总兵张承胤战死。而清河的那一仗更加惨烈，守城将士一万余人全军覆没。

皇上觉得天朝大国颜面受损，因此组织了十二万人马，准备向赫图阿拉发起反攻。没想到这么短的时间竟然被努尔哈赤打得毫无还击之力，还连损了三名将领。紫蝶不明白师父为什么开始关心朝政。

就在紫蝶百思不得其解的时候，她闻到了一阵清幽的香味儿。紫蝶定了定神，立即拿起随身的佩剑向城外而去。一离开闹市她就施展绝顶轻功，只用了半炷香的时间便到了城郊的一处庙宇前。

紫蝶闭上眼睛静听四周声音，除了鸟儿和虫子的鸣叫声她没有发现任何异样。她觉得有些诧异，忽然感觉身后一条火红的人影晃动，随即便出现在她面前。

“弟子拜见师父！”紫蝶立即跪拜，低头不敢正视师父的眼睛。她承认她一向波澜不惊的心里荡起了涟漪。

喋血令的令主武功盖世，却从来不踏出蝴蝶谷半步，至少紫蝶自从拜入她的门下起就没有见她出过门。可是现在她居然亲自出现在紫蝶面前。

江湖中没有人见过喋血令令主的真实面目，连她的三个弟子也不例外。她缓缓转过身来看着紫蝶，紫蝶却只能见到她脸上的面具。“起来吧！”

“师父，弟子……”紫蝶知道她该向师父汇报这几天发生的事情了。

“你不用说，为师都已经知道了。你现在要做的是潜伏在京城里替为师搜集情报，最重要的一件事是……”喋血令令主凑到紫蝶耳边轻声说了几句话，紫蝶的脸色随即变了变。

“弟子明白了！”紫蝶虽然不明白为什么，却还是选择听从安排，因为她没有反抗的能力。

“三个徒弟中师父最疼你，你知道为什么吗？”

“因为紫蝶最笨，所以师父才会怜惜紫蝶，格外疼爱！”紫蝶有些惶恐地回答。

“错了，恰恰相反，三个人中就数你最聪明。无论是学武还是其他，你总比黄莺和蜻蜓要快。最难得是不管师父让你做什么事你从来不问原因。你做得很好。等你完成这次任务之后师父会重重地赏你！”

“谢谢师父！”紫蝶话音刚落，抬起头的时候已经不见了师父的踪影。如果不是空气中还弥漫着那股淡雅的幽香，她甚至会怀疑师父究竟是否出现过。

紫蝶习惯了独来独往，喧闹的市集给不了她想要的宁静和祥和，她在一条溪涧边停留下来，坐在石头上望着自己的倒影发呆。

“啊……”

有人落水的声音把紫蝶的思绪拉了回来，只见一个十四五岁的男孩落进溪中挣扎着。溪水并不深，那男孩扑腾了几下之后自己慢慢地向岸边的石头上爬去。他看到自己的手臂被尖石划伤血流不止，忍不住落下泪来。

紫蝶从小就是孤儿，她忽然有点心疼这个男孩。她走过去在男孩身边坐下，柔声安慰道：“男子汉大丈夫怎么能随便掉眼泪呢？”紫蝶拿出自己的丝帕替男孩包扎伤口。

那男孩子呆呆地望着紫蝶，许久才笑着说道：“姐姐你好美呀，你是不是天上的仙女下凡？”

紫蝶这才想起自己见师父的时候没有蒙面纱，刚才只顾着想事情居然忘记了。她微微笑了笑摇摇头：“这个世界上哪有什么仙女啊？你怎么会一个人在这里？”

紫蝶此刻才发现，这个男孩虽然落水之后有些狼狈，但是衣着服饰却比较考究，应该是富贵人家的孩子。

“嘿嘿，我出来找东西呀，不过我现在要回去了。仙女姐姐，我送样东西给你！”男孩从怀里拿出一根发簪。发簪并不是用名贵的金银或是玉石制成，而是一根普通的木头，不过雕刻手艺却是一流。“这是我自己做的，谢谢你帮我疗伤！再见！”

第二章　沙场豪情英雄归

望缘楼重遇

风灏栎回到家中的时候十分难得的见到自己的宝贝弟弟在天黑之前回来了，此时正站在奶奶的身后替她老人家捶背，一副乖巧伶俐的模样。风灏栎把随身的佩刀交到管家手中，接过侍女递上来的香茗喝了一口笑道："今天太阳是从哪边儿出来的？"

"二哥，瞧你这话说的，难道你不高兴我留在家里多陪陪奶奶？"风灏鸣一边给风老夫人捏肩捶背一边笑呵呵地说道。

风灏栎没指望风灏鸣能在一夜之间变成一个知书达理的名门公子，微微笑了笑便不再作答，起身准备回房间洗澡换衣服。

"二哥等一等！"风灏鸣叫住风灏栎，讨好地走上前去打开折扇替二哥扇凉，"我刚刚还在跟奶奶说呢，咱们家后面那条街新开了一间酒楼，我听朋友说味道好极了，要不咱去尝一尝？"

自从上一次风灏鸣在外面调戏良家妇女之后就被风灏栎禁足一个月，这些日子可把他憋坏了，每天只好找些狐朋狗友回来陪他斗蟋蟀玩骰子解闷。今天下午他听朋友提起那间新开的酒楼，听说老板娘是一个风姿绰约的年轻姑娘，这让风灏鸣忍不住心痒难耐想要去见识见识。

风灏栎停下脚步上下打量着弟弟，蹙眉说道："家中的厨师全都是京城一流的名厨，什么样的好菜不能做出来。你小子是不是又想出去惹是生非？"

"我冤枉呀二哥！"风灏鸣夸张地喊道，"我想出去尝一尝鲜可不只是为了我自己。那家酒楼最出名的是药膳，奶奶这段时间经常胸闷发慌，药补不如食补，二哥，我就是想带奶奶出去试一试！"

"灏栎，难得你弟弟一片孝心，我们就出去尝尝吧！"风老夫人在侍婢的搀扶下站起来说道，“正好这几天我也闷得慌，出去散散心也好。”

“那好吧，奶奶你们先过去，我沐浴完换身衣服就过去找你们。”风灏栎不放心把祖母交给玩心太重的弟弟照顾，何况老人家对这个小孙子过于宠溺，万一再闯出什么祸端就十分麻烦了。

风灏鸣一听二哥松了口，立即变得精神十足，马上吩咐下人备轿，扶着奶奶往外走去。风灏栎低头叹了口气，对这个弟弟充满担忧。

风灏栎沐浴更衣之后换上简单的白色长衫，手持折扇出了门。他按照弟弟风灏鸣说的地址在繁华的街道上找到了那一家酒楼。风灏栎在酒楼门口就闻到了一种奇异的香味儿，他抬起头望了望酒楼的匾额，上面写着“望缘楼”三个大字。这三个字笔锋苍劲中又带着几分秀气，应该是出自女子之手。

风灏栎进入望缘楼，只见大堂之中宾客盈门座无虚席，几个店小二忙忙碌碌地穿梭在各张桌子之间。柜台中一个年过五旬的老者拨弄着算盘珠子在算账。或许是太过繁忙，风灏栎进店许久竟没有人来招呼。

那老者抬起头见到一个器宇轩昂俊朗不凡的男子站在门口，放下手中的笔绕过柜台迎了上来。“请问公子几位？楼下暂时客满，客官若是不介意就请上三楼雅座吧！”

风灏栎生性随和低调，微笑着问道：“在下姓风，我的家人已经来了，请问在哪一间？”风灏栎了解自己弟弟的品性，风灏鸣一定不会在大堂里跟人挤着。

“哦……您是风大人！”老者笑颜如花地把风灏栎往里请，“风三爷在天字二号房，刚才千叮万嘱让我们好好招呼您！”

“您忙吧，我自己去就行！”风灏栎一边说着一边往里走，忽然听到大堂里传来一阵喧闹声。大堂中央的一桌客人不仅掀翻了桌子，还揪住店小二的衣襟不肯松手，骂骂咧咧地道：“他娘的，老子没钱给吗？叫几道菜让老子等了足足半个时辰，不想在这开店了是吧……叫你们老板出来！”

风灏栎一眼就认出了闹事的人。此人名叫胡四，在这一带是出了名的地痞流氓，平日里靠向附近的商铺勒索保护费度日。

“客官息怒，实在是生意繁忙，我马上去厨房帮您催一催！”店小二低声下气地恳求道。

“他奶奶的，存心戏耍你四爷爷是吧！小心我……”

“客官手下留情！”

胡四的拳头正欲挥向店小二的脸，从楼梯上便传来清脆悦耳的阻拦之声。这个声音柔媚甜美，所有的人都把目光转了过去。只见一名脸蒙轻纱，身穿淡紫色纱衣的少女娉娉婷婷地从楼上走了下来，窈窕的身形和清丽脱俗的气质让所有人为之一怔。

风灏栎看呆了。虽然他没有见到这个女子的真面目，但是仅凭声音他就断定她是当日在火场中让他惊艳的美人儿。短暂的惊鸿一瞥给风灏栎留下了深刻的印象，即使是皇宫大内之中他也没有见到过如此绝色的女子。

胡四一把将店小二推到一边，淫秽的眼光在女子身上打转，摩拳擦掌地走了过去：“你就是老板娘吧？你一副弱不禁风的模样四哥就疼疼你，每个月给个百八十两银子，保证你能平平安安地做生意。”

“我们正当的生意人，按朝廷律例向官府缴纳税款，护百姓安居乐业应该是官府的职责，又何须客官来操心呢？”女子不卑不亢地回答道。

“好一个不畏强势的女子！”风灏栎在心里赞叹了一声。

胡四恼羞成怒地冷笑一声，一双大手直接向女子的胸部伸去。女子下意识地向后退，胡四追上前去，那女子脚底一个踉跄险些摔倒。风灏栎身形一晃，情急之下将女子揽入怀中。风灏栎的手碰到女孩纤细的腰，她身上淡淡的幽香让风灏栎顿时心跳加速，连呼吸都变得粗重起来。

风灏栎凝望着怀中女子那一双璀璨明亮的眼睛，不由得看痴了，竟忘了将她放开。

“二哥，好一个英雄救美呀！”风灏鸣不知道什么时候已经挤在人群中，走出来喝彩道。

风灏栎马上意识到自己的失态，急忙将女子放开，后退数步抱拳致歉：“刚才一时情急，请姑娘切莫见怪！”

女子不敢正视风灏栎的眼睛，闪烁着躲避。

“胡四，你最近是不是吃了熊心豹子胆了，在我二哥面前耍无赖收保护费？”风灏鸣晃悠到胡四身边，用折扇敲着胡四的脑袋呵斥道。

“小人不敢，请风大人饶命啊！”胡四只是一个街头混混儿，就算再借他十个胆儿也不敢跟锦衣卫叫板，他立即吓得跪倒在地上瑟瑟发抖。

“行了行了，赶紧滚吧！别搅乱了我二哥的雅兴！”风灏鸣踹了胡四一脚，拉着风灏栎就往雅间走，“二哥别管这些事儿了，等着你开饭呢！”

风灏栎想再跟那女子说几句话，却被弟弟拉着往楼上走。

紫蝶望着风灏栎的身影消失在楼梯口，唤来掌柜吩咐了几句便去了厨房。

“二哥，刚才抱着那位姑娘是不是舍不得放开呀？”拐了一个弯，风灏鸣见四下无人便凑到风灏栎耳边戏谑道。

风灏栎愣了愣，刚才抱着那名女子的感觉的确很特别。他也曾与朋友去过烟花之地，但是没有哪个女人会让他有舍不得放开的想法。他被弟弟说中了心事，为了掩饰心中的慌乱便沉下了脸：“别胡说八道，人家清清白白的姑娘家，你可别对她有非分之想。”

“二哥，大家都是男人，我懂的！”风灏鸣把手搭在风灏栎的肩膀上笑道，“你放心，二哥看上的女人我做弟弟的怎么会横刀夺爱呢？而且我向你保证，这件事我不会向季大小姐透露半句。你知道，她可是个醋坛子。”

“行了行了，什么乱七八糟的！”风灏栎眼见风灏鸣越说越离谱，甩开他的手往雅间走去。

风老夫人已经在雅间里等候许久，见两个孙子进来便慈祥地笑着，让他们在自己两边坐下。祖孙三人一边吃饭一边聊着一些不着边际的家常话。过了没多久，掌柜带着两个小厮敲门进来，其中一个小厮的双手捧着一个托盘。

“风大人，我家小姐吩咐把这药膳送给风老夫人。”掌柜让那个小厮将托盘放在桌子中央，又让另外一个店小二放下几样精致的小菜，“这些菜肴和点心是给风大人和风三爷的，请几位慢慢品尝。”

“你家小姐？她为何要送我们东西？”风老夫人问道。刚才进来的时候他们被告知，由于药膳的制作过程比较复杂，各种材料也要因人而异，因此必须提前三天前来预订，可是现在却有人将做好的药膳端了上来。

“我家小姐想要谢谢风大人刚才出手相救之情！”掌柜微笑着回答。

“你家小姐乃一介女流，却能独立支撑这家酒楼，难得！难得！我能见见她吗？”风老夫人年轻的时候也是一个不让须眉的女中豪杰。

“这……”掌柜有些为难，“我去向小姐说一声……”

“嘿……还摆架子？”风灏鸣立即表现出不满。

“人家毕竟是姑娘家，不方便见客也是情有可原，我们怎么能强行见人家女眷呢！”风灏栎阻止风灏鸣发火。

掌柜离开之后没多久，紫蝶便敲开了天字第二号的门。

“紫蝶拜见风老夫人，风大人！”

“你叫紫蝶，过来让我好好瞧瞧！”风老夫人望着紫蝶的身段和举止，满意地点了点头，“你一个姑娘家出来抛头露面，你的家人呢？”

“紫蝶自幼父母双亡，跟着外祖父长大，家中世代行医，耳濡目染之下也略懂一些皮毛。适才老夫人进来的时候紫蝶见您气色不是很好，便亲自下厨做药膳，希望老夫人别嫌弃才好。”

风老夫人满意地点了点头。眼前的女子虽然出身并不高贵，但是举手投足之间丝毫不输给京城的大家闺秀，在她的身上甚至还能看到一种柔和中的豪迈。

风老夫人让侍女倒了两杯酒说道：“老身请姑娘喝一杯聊表谢意！”

“谢老夫人厚爱，这一杯应该是紫蝶敬您。”紫蝶此时轻纱掩面，但她不忍拂了风老夫人的一番好意，双手接过酒杯，解下面纱将杯中的酒一饮而尽。

在紫蝶摘下面纱的一刹那，连身为女人的风老夫人都为之惊叹了一声。

如此倾国倾城的俏丽佳人乃是生平第一次见到，即使是被誉为京城第一美人的季如月，在紫蝶面前也会黯然失色。风灏鸣不由自主地咽了咽口水，想起刚才在楼下二哥将此女子抱在怀里舍不得松开的情景，真恨不得自己能够取代。

紫蝶被众人的目光瞧得有些不自在，正欲起身告辞的时候，一名身穿锦衣卫官服的人匆匆进来："属下参见风大人！"

风灏栎干咳了一声将弟弟的思绪拉回来，不满地瞪了风灏鸣一眼，蹙眉问道："找我何事？"

锦衣卫上前两步在风灏栎的耳边轻声耳语了几句，风灏栎的脸色变了变，跟风老夫人说道："奶奶，厉大人有急事召我回去。您慢用！"

"去吧！"

风老夫人轻轻挥了挥手，她一直都支持风灏栎，她希望这个孙子能够在今后的日子里更加飞黄腾达，替风家光宗耀祖。

风灏栎向前迈了两步，情不自禁地回头看了看紫蝶，然后才匆忙离去。

民间出绝色

紫蝶的内力深厚，在刚才锦衣卫和风灏栎的轻声耳语中她其实已经听到了他们的谈话内容。

萨尔浒之战打败，明军被努尔哈赤打得溃不成军，皇帝很生气，后果很严重！

作为这一场战争的最高统帅杨镐，活着回来当然就成了朝中言官的辱骂对象，皇帝已经下令将他关进锦衣卫的诏狱之中。

如今朝政腐败，文武百官的党派之争十分激烈。自从万历四十五年的那一次京察之后，曾经权倾朝野的东林党已经开始没落。东林党的领袖人物顾宪成已死，骨干人物邹标云游四海，赵南星被罢官在家，首辅叶向高提前退休，李三才也回家养老了。现在的首辅是浙党方从哲。

而这一次的萨尔浒之战，推荐杨镐做统帅的正是首辅方从哲。由于杨镐前些年在与倭寇的战争中经常逃跑，记录十分恶劣，这一次的惨败更加让人痛心疾首。于是朝中的言官争先恐后地纷纷上书，不仅要求严惩杨镐，更加有拉方从哲下水的趋势。

紫蝶身为江湖中人，对朝廷的党派之争一直都没有什么兴趣，这一次为了执行任务才做了详细的调查。她利用喋血令中的情报网查过，当今朝廷之中比杨镐作战经验丰富的将领确实不多，但是他之所以能坐上这个位置，确实给方从哲送了厚礼。

诏狱一直都是一个让人闻风丧胆的地方，杨镐被关了进去，保他的人和踩他的人自然会上蹿下跳一起活动。这件事难道就是师父想知道的信息？

紫蝶坐在房间里面对梳妆镜发呆。忽然，她听到了轻微的脚步声，一柄闪着寒光的利剑直刺她的后颈，紫蝶微微皱了皱眉头，跃身踢起凳子挡住了剑。

“身手越来越敏捷了嘛！”黄莺的嘴角扬起一抹冷笑，把剑放回剑鞘里面。

紫蝶淡淡地看了黄莺一眼：“找我什么事？”

“最近朝廷之中发生了不少大事，你知道吗？”黄莺拨弄着垂落在胸前的长发，在紫蝶的床上坐下问道。

“不要浪费我的时间，有话快说！”紫蝶紧蹙柳叶眉，淡淡地说道。

“听说过德妃娘娘吗？”

“当今皇上最宠爱的郑贵妃？”对于这个德妃娘娘的名声，紫蝶到了京城之后可谓如雷贯耳。她仗着皇帝的宠爱，在朝中结党营私专横跋扈，公然与太子为难。几乎所有人都知道她野心勃勃想要扶自己的儿子坐上太子的宝座。

紫蝶对于朝政争斗的兴趣不大，为了完成任务而不得已去留意这些事。郑贵妃想要让儿子朱常洵当太子，只有两条出路。第一个方法是让朱常洛死。可是朱常洛正值壮年，如果等他正常死去，那郑贵妃估计是等不到了。另一个办法就是自己当皇后。

自古以来皇位的交替都是嫡长子继任才算名正言顺，假如没有嫡子就立长子。当年“争国本”事件闹得举国上下鸡犬不宁，说到底朱常洛还是占了身为长子的便宜。朱常洛的生母本来只是一个身份卑微的宫女，如果不是那些坚持道统的大臣的支持和太后的压力，皇上未必愿意妥协。从现在皇上对两个儿子的态度来看，变数依然很大。

郑贵妃想当皇后，不仅是向往那个母仪天下的崇高地位和至高无上的权力，更加是对儿子身份的确认。可是当今皇后贤良淑德，管理后宫井井有条，深得太后欢心和其他嫔妃爱戴，皇上就算有意废掉她也找不到任何借口。

“这个郑贵妃是太子最大的威胁！”黄莺缓缓站起来说道，“你知道该怎么做了吧？”

紫蝶转过身去，心底忽然涌起了一阵厌恶。长久以来的杀手生涯已经让她觉得身心俱疲，现在居然还要介入朝廷斗争，师父究竟想要干什么？

“你现在是不是也在开始揣测师父这么做的用意？”黄莺睁着她那双充满灵气的眼睛，探究地望着紫蝶。

“我会按照师父的吩咐去做，其他事情我不想知道！”紫蝶不再看黄莺一眼，坐在梳妆台前梳理着万缕青丝。

黄莺冷冷地笑了笑转身离去。走到窗前的时候又回头说道：“师父说执行这一次任务的不只你一个人。如果你遇见了自己人不要感到惊讶，各自做各自的事情。”话音刚落人便已越窗而去。

紫蝶的心怔了一下。同一个任务居然有其他人在执行？喋血令的规矩，为了避免自己人发生冲突，执行任务时只交给其中一个堂。这一次师父让她出来，就是将这次行动交给了百合堂。

黄莺负责传达消息，那么由她执掌的罗兰堂就不便介入，剩下的就只有蜻蜓的丁香堂了。这一点更加让紫蝶迷惑不解。

紫蝶正为这件事情烦恼，忽然听见楼下传来一阵阵喧闹的争吵和碗碟碎裂的声音。紫蝶做了一个深呼吸，疾步朝楼下走去。

“住手！”一天之内碰见两次砸场，这也算是倒霉透了。紫蝶制止了一个家丁模样的人殴打李掌柜，一眼便见到一个身材肥胖的人坐在凳子上悠然自得地喝着茶。“这位公子，招待不周，如果有怠慢的地方请多多包涵。”

“我家少爷听闻你这里的药膳十分出名，特意前来品尝，还不快点去做！”

狗仗人势！如果不是环境不允许，紫蝶真的很想出手教训眼前的胖子。

“药膳要因人而异，既然公子赏脸，可否让小女子替您先把把脉？”

那男人抬起头见到紫蝶的刹那愣住了，光凭她的身材和身上淡淡的幽香他就已经想入非非。他眼睛一眨不眨地盯着紫蝶，伸出了自己的手。

紫蝶替男人把脉之时便暗中摇了摇头。

“公子的身体很好，不需要……”紫蝶替男人把完脉之后放开了他的手，谁知她的话还没有说完男人便反手握住了她的手腕。

男人把紫蝶的手拉到面前闻了闻：“嗯……好香呀！”

紫蝶望着男人陶醉的样子一阵恶心，告诫自己为了任务一定要忍。她急忙抽回自己的手后退了两步。

“你别给脸不要脸！知不知道我们家少爷是谁呀？”男人身边的仆人得意扬扬地站出来指着紫蝶说道，“我家少爷是德妃娘娘的侄儿，国舅爷的儿子！”

“他就是郑养性？”紫蝶暗中思忖，是不是富家子弟都是这副德性？

“公子的身体虽然很好，但是用药膳调理滋补有益无害。只是今天天色已晚，郑公子明天再来吧，小女子也好准备妥当！”紫蝶知道眼前男子的身份后忽然改变了主意，这个人是可以利用的。

“哈哈……”为了自己的身份，也为了紫蝶态度的转变，郑养性觉得十分惬意。为了表示自己的豁达大度，他站起来说道，“好吧，本公子今天就不为难你了。不过明天德妃娘娘承蒙皇上圣恩，允许出宫与家人团聚，你明天把做好的药膳送到我家里去吧。记得，要亲自送来哦！”

郑养性扔下一锭金子给被他打伤的李掌柜之后拂袖而去。

紫蝶蹲下来扶起李掌柜，将他扶到他的房中包扎伤口。李掌柜望着紫蝶欲言又止。

“李掌柜您有话就说吧！”紫蝶一边包扎一边说。

“小姐，你我虽然是主仆，但是您对我们这些下人一直都很好。明天就让我送药膳去吧，那个郑养性一看就不是什么好人，我怕您一个姑娘家会吃亏呀！”

紫蝶微微笑了笑：“你放心吧，我心中有数。”

第二天接近中午紫蝶才慢吞吞地将郑养性的药膳送过去。老远就见到郑府门口守卫森严，御林军已经将四周围得水泄不通，门口停放的凤辇华丽非凡，这样的架势皇后也不过如此吧。

紫蝶停在郑府门口张望，在琢磨着该怎么进去时一个管家模样的人匆匆朝紫蝶走了过来。“你是望缘楼的人吧？我家少爷等你一个早上了。”说完便领着紫蝶往府内走去。

紫蝶进了郑府一眼望去，用鹅卵石铺成的小道一眼望不到边，亭台楼阁假山石斛，满园花卉中有彩蝶飞舞。这样的庄园竟比太子的慈庆宫还要豪华百倍。

管家将紫蝶带到一个房间里，让她等着便失去了踪影。大约过了一盏茶的时间，郑养性推门而入，顺手将门掩上：“小美人儿，我等了你一个早上，等得我好心急呀！”

紫蝶从对方淫秽的目光中看到了炙热的情欲，暗中已经银针握在手中。虽然不能杀了他，让他暂时失去行动能力也好。郑养性摩拳擦掌朝紫蝶扑了过来，紫蝶假装惊呼一声避开了。郑养性失去了耐性，扯过紫蝶的衣袂把她往床上扔。

“你在干什么？”只听一声娇喝，郑养性立即放开紫蝶乖乖退到一边。

紫蝶收回银针放回袖中，扯过被子掩盖住自己较小的身躯，泪眼盈盈地望着进来的一男一女。

“参见德妃娘娘！”郑养性跪倒在地参拜。

是郑贵妃！紫蝶忍不住偷偷打量这个魅惑了皇帝几十年的女人。她体态丰腴雍容华贵，虽然已经不再年轻，但是脸上却白皙红润，万缕青丝被高高挽起，在脑后梳成了一个华丽的发髻。发髻上闪闪发光的金饰银簪衬托出高贵的气质。

“养性，你又在做一些伤风败德之事！”郑贵妃怒斥道。

“姑妈我……”郑养性正欲辩解些什么，无奈事实摆在眼前他无法狡辩。

“区区一个寻常民女也值得你做出这种下流无耻之事。皇儿，叫人将这女子赶出去。皇儿……”郑贵妃见儿子没有反应，也顺着儿子的目光看了过去。

床上的女子面纱已经掉落，眼中噙满委屈和惊恐的泪水，仿佛一只受了惊吓的小兔子一样楚楚动人。被泪水沾湿了的睫毛掩盖着她的眼睛，眼神之中流露出一种让人怦然心动的怜惜。

“姑娘你没事吧？”朱常洵主动上前安慰，他从来没有见过这么美丽的女孩。每隔四年的选秀，让他以为皇宫大内之中已经将民间所有容貌艳丽的女子都搜罗了进来，却不知道后宫所有佳丽加在一起，也不及她的一半。

回眸一笑百媚生，后宫粉黛无颜色！当年唐太宗专宠杨贵妃也因玉环美貌。如果能够娶到这样的女子为妻，当真是不枉此生。

紫蝶也在近距离地打量朱常洵。这是她第二次见到这个男人。

太子朱常洛的性格软弱，即使高高在上仍然免不了卑谦的流露，这和成长生活环境有着极大的联系。而福王不同，他器宇轩昂风度翩翩，举手投足之间有着一种浑然天成的自信和威严，王者之风更在太子之上。

郑贵妃在见到紫蝶的一刹那也愣了一下，人世间竟然有如此美貌的女子！“你好大的胆子，居然敢擅闯国舅府！”郑贵妃大声喝道。

“娘娘请恕罪，民女是给郑公子送药膳过来的。”紫蝶从床上爬起来跪倒在地。

“哼，红颜祸水！来人，给我拉出去！”郑贵妃不稀罕紫蝶，第一眼见到就不喜欢。在两名太监的押送下紫蝶被送出郑府。

共享天伦乐

紫蝶开始筹划着接近郑贵妃。师父的命令是让她在太子继位之前监视他的一举一动。以目前的形势判断，至高无上的皇位究竟鹿死谁手还会有很大的变故。黄莺说过还有另外的人在执行任务，那个人选只能在蜻蜓和黄莺中选其一。

紫蝶在房间里来回踱步思索，她的任务是监视太子，如果师父的意向是支持太子登位，那么另外那个执行任务的人岂不是要想办法除掉郑贵妃和朱常洵吗？黄莺的性格比较任性妄为，师父绝对不会将这么重要且细腻的活交给她！

莫非蜻蜓已经到了京城？

执行任务互不干涉是喋血令的规矩，紫蝶轻叹一声甩开这些念头。对她来说监视太子更加轻松，她也乐得清闲。紫蝶拿起桌上的杯子喝了一口茶，听见街上传来了敲锣打鼓的声音。紫蝶打开窗户见到一队官兵一边鸣锣开道一边四处张贴皇榜。

“小七，小七！”紫蝶打开房门唤来小七，“你出去看看发生了什么事。”

小七还是个半大的孩子，接到这种凑热闹的差遣显得异常兴奋，马上放下手头的活儿一溜烟跑了出去。紫蝶足足等了他一顿饭的时间，他才意犹未尽地回来。

“小姐，是个好消息呢！”小七大口大口地灌了两杯水，用袖子擦去嘴角的水渍说道，“萨尔浒大败，皇上很生气，把那个带兵的杨镐关进诏狱之后派了新的辽东经略，叫……哦，叫熊延弼。听说这可是一个牛人呢，咱们大明有希望了！”

紫蝶看着小七兴奋得通红的脸微笑着摇了摇头。这个叫熊延弼的人她听说过，此人三十岁便中了进士当了御史，可是脾气太差得罪的人太多，二十几年都升不了官。辽东经略的官阶虽然很高，但是此时上任显然是被人当成了替罪羔羊，可见他的人缘极差。

“皇榜上就是写了这些吗？”紫蝶问道。

“啊……哦！不是！”小七恍然大悟，不好意思地挠挠头回答，“刚才路过对面的说书摊子，胡乱听了这些！皇榜上说大将军风灏南即日将受诏回京！”

紫蝶点了点头让小七继续去干活，自己则准备回房间。国家正值多事之秋，皇上在这个时候将镇守边塞的风灏南调回京城，难道是想让他去辽东那边对付努尔哈赤？纵观整个朝廷，能够打仗的将领实在寥寥无几。

“仙女姐姐！”

紫蝶顺着声音转过头，见到一个十五六岁的少年站在门外望着她微笑。紫蝶伸手招呼男孩进来，柔声问道：“我蒙着面纱，你怎么能认得我？”

“你身上的香味儿很特别呀！”男孩自豪地说道，“我一闻就闻出来了！”

“那你今天又是出来找东西的吗？”紫蝶对这个长相俊朗的男孩有着一种天然的亲近感，拉着他的手在桌子边坐下。

“嘿嘿，我是溜出来玩的，家里的先生总是让读书，我不喜欢！”

“你看你玩得满头大汗，姐姐请你吃糕点！”紫蝶叫李掌柜去厨房拿了几碟精致的小点心放在男孩面前，“尝一尝吧，这是姐姐早上亲手做的。吃完了就赶紧回家，先生们让你念书是为你好！”

“嗯，姐姐你做的东西真好吃，比我家中那些厨子要强！”男孩露出纯真的微笑。

“好吃就多吃一点！你叫什么名字？”

“我叫……”

“少爷……小少爷，原来你在这里！急死我啦！”

男孩正欲说出自己的名字，一名妇女匆匆忙忙跑进店来，拉着男孩的手仔细打量，确定他完好无伤才放心下来："你一个人跑出来很危险，你这孩子真不让人省心……"妇人说着责备的话，眼中却是关爱与宠溺。

"对不起奶娘，我下次出来告诉你！"男孩站在妇人身边，妇人掏出手帕替男孩擦拭额头上的汗珠。

奶娘？紫蝶在一边细心地观察这名妇人。她的衣着鲜艳讲究，容貌妖娆艳丽，身段风骚窈窕，眼神之中流露出摄人心魂的妩媚。

"奶娘，她就是我跟你提过的仙女姐姐，可漂亮了！"男孩仰着头望着妇人说道。

妇人只是随意地瞄了紫蝶一眼便转过头去："少爷你该跟我回去了，万一让人知道你又跑出来就不得了了！"

男孩嘟着嘴依依不舍地去拉紫蝶的衣袖："仙女姐姐，我以后还能来找你玩吗？"

"当然可以！"紫蝶安慰道，"你快跟你奶娘回去吧！"

男孩显然并不想就此离去，可是当他的视线看到不远处一个身影朝这边走来，马上拉起奶娘的手朝另外一个门跑去，慌张得甚至忘记了与紫蝶道别。紫蝶微笑着摇了摇头，这个男孩子细皮嫩肉，显然是娇生惯养的富家公子。但是他的心地似乎很纯粹，就像经过细心栽培的花朵，美好而娇嫩。

"紫蝶姑娘，你在看什么？"

紫蝶一回头便看到了风灏栎温和的笑容。

"风大人！"紫蝶欠身向风灏栎行礼，风灏栎急忙扶起她。

"紫蝶姑娘，这里又不是官府，你不用这么多礼。"

紫蝶亲自将风灏栎带到靠窗的座位问道："风大人想吃些什么？"

"你做主帮我弄几道小菜吧！"

"看来你的心情似乎很好！"

"你看得出来吗？"不知道为什么风灏栎控制不住想到这里来，猜测着紫蝶面纱掩盖之下的笑容，他觉得是一件很满足很幸福的事。

“看我是看不出来，但是今天的皇榜我看到了，能够一家团聚当然是一件值得开心的事。”紫蝶吩咐李掌柜替风灏栎到厨房拿了一些下酒的干果，亲手倒了一杯酒递到风灏栎手上。

“是啊，我很久没有见到我大哥了！”风灏栎的脸上有如释重负的喜悦。虽然他并不能因此而去过自己想要的那种逍遥自在的生活，但是有大哥在身边他就感觉自己的负担没有那么沉重。

风家上上下下都在忙着整顿府邸，为的就是迎接风家的长孙，朝廷册封的一品大将军风灏南的回家。在朝廷之中，能做到一品大将军的人已经很少，像风灏南这个年纪的将军更是绝无仅有。

对风老太太来说，大孙子风灏南是风家最大的骄傲！他不仅继承了先祖的遗命，而且英勇善战用兵如神，所有的一切他都做得很好，丝毫没有让祖先蒙羞。一想到他常年在外带兵打仗，风餐露宿拼命杀敌，风老夫人就感到一阵阵的心疼。

风灏鸣看着家中忙成一团，也没人再答理他管教他，他反而觉得自己受到了前所未有的忽视，这种感觉让他有些失落和不满。他背着手在院子里四处溜达，正好见到季如月在丫鬟的搀扶下走了进来。他马上堆满笑容迎了上去。

“呦，这不是季大小姐嘛！怎么？又来找我二哥！”风灏鸣与季如月同岁，季如月常常来风府中与风老夫人作伴，加上她是风灏栎未过门的媳妇儿，两人经常拌嘴斗气。“你一个姑娘家怎么就不知道矜持呢？”

季如月被风灏鸣的话气得羞红了脸，跺着脚重重哼了一声从风灏鸣面前走过。她也知道，作为女孩子应该有矜持和骄傲，但是她总是无法克制对风灏栎的思念。而风灏栎对她似乎也少了一点儿体贴和关怀。

“等一下，等一下！”风灏鸣张开双臂挡在季如月的面前。

“三爷你这是干什么？”季如月的丫鬟小环把主子护在身后，“我家小姐可是二爷没过门的媳妇儿，你不能这么无礼！”

“你一个小丫头片子懂什么呀！”风灏鸣不耐烦地推开小环说道，“你一会儿进去该不会向我二哥告我的状吧！”

“哦……”季如月的心终于舒畅了，原来风灏鸣是怕欺负她的事情被风灏栎知道。这么说风灏栎还是很在意她的,季如月的心里涌起一股甜蜜。“我才不会像你那么小气！”

“这就对了，早晚都是一家人嘛！”风灏鸣打开折扇讨好地替季如月扇着风。

这时风灏栎听到动静从厅里走了出来，季如月下意识地推开风灏鸣献殷勤的扇子迎了上去，“灏栎哥哥！”

“如月？你怎么来了？”风灏栎这两天忙得脚不沾地，他实在抽不出时间来招呼季如月。

“想你了呗！”风灏鸣在季如月开口之前替她回答。季如月不得不承认，风灏鸣说出了她的心里话，但是她还是羞得满脸通红低下了头。

“别胡说八道！”风灏栎呵斥了弟弟一声，转头对季如月说道，“我有事情赶着要出去，你去我奶奶房间陪她说说话吧！”

风灏栎不等季如月开口便匆匆忙忙地走了。

“我二哥这人不解风情你别怪他，其实他……”风灏鸣看到季如月含泪的双眼写满了委屈，抓耳挠腮地想说一些话让她开心，“其实你应该庆幸才对，他确实不会哄你，可是同样也不会哄别的女人！”

风灏鸣的话季如月根本就听不进去，一言不发地进了风老夫人的房间。风灏鸣自讨没趣地摸摸鼻子也转身出去找乐子了。

第二天天蒙蒙亮的时候，风老夫人就带着府中的人到了城门口翘首以盼，随后一些文武百官也到了。所有的人聚集在一起迎接常胜将军风灏南。

“奶奶您别着急，时辰还早！”风灏栎扶着祖母安慰道。风老夫人漫不经心地点了点头。

风老夫人此时此刻焦虑的心情没办法跟任何人表达。就在她等到心慌意乱的时候看到一骑快马朝这边飞奔而来，从马上翻身下来一个兵卒：“卑职参见各位大人！将军马上就到！”

“太好了！”风老夫人紧握风灏栎的手，眼眶中竟不知不觉涌出了泪水。

大约过了一炷香的时间，远处的尘土飞扬中狂奔过来十几匹快马。为首的汉子身材魁梧，皮肤略黑，如刀削般刚毅的脸庞带着不怒而威的气势，两道剑眉之下的双目炯炯有神。

“大哥！”风灏栎正欲上前，骑在马上的汉子忽然从马背上纵身跳了下来，手中长枪直指风灏栎的眉心。

风灏栎凌空一个翻身躲过，从腰间抽出软剑刺了出去。两个人各自使出傍身绝技，长枪与软剑交缠在一起，让人眼花缭乱。

“哈哈哈！好小子，不愧是武举人，没丢咱们风家的脸！”风灏南扔掉手中的长枪，紧紧握了握二弟的手臂。

“大哥！”风灏栎有些哽咽，兄弟俩人分开的时候他还只是一个半大的孩子。

“灏南！”风老夫人在丫鬟的搀扶下上前两步，一瞬间老泪纵横。

风灏南见一个白发苍苍的老人慈祥地望着自己，奔上前去跪倒在老人面前。“祖母大人在上，不孝孙子给您磕头了！”说完便重重磕了三个响头，“孙儿为国效力奔波在外不能承欢膝下恪尽孝道，让祖母大人惦记了。”

“快起来，快起来！让奶奶好好看看！”风老夫人扶起风灏南，颤抖的手抚过他的脸庞，“好……好……你都已经长大了……”

风灏南十五岁入军营，离家已经整整十三年了。风老夫人当初怀着既不舍又无奈的心情送风灏南出门的时候他还是一个瘦弱的少年，现在回来已经是名震边疆的将军，一个真正的男子汉了。

“风大人，咱家传皇上口谕，皇恩浩荡，特恩准风将军先回家与家人团聚之后再入宫面圣！”一个太监走上前讨好地对着风灏南笑道。

“谢主隆恩！”风灏南跪谢皇恩之后遣散了前来替他接风的同僚，扶着风老夫人回了家。

按照朝廷体制，没有皇帝的传召和允许，军队是不允许进入都城的。

风灏南这一次奉诏回京师，只带了小部分的亲兵，并且全部驻扎在城外三十里，他只带了军中几个功勋显赫的部下将领。

回到阔别十多年的家，风灏南在仆人的伺候下沐浴更衣，给风家列祖列宗上了三炷清香，然后给风老夫人敬了一杯茶，最后在风老夫人的身边坐下。

风灏南望着井井有条繁荣昌盛的家不由得由衷感慨。虽然父母早亡，但是在兄弟俩的努力下总算没有辱没了祖先的威名，风家在京城依然威风凛凛举足轻重。

“二弟，这些年多亏你支撑这个家！”风灏南看着文质彬彬的二弟，一开始没敢把他和武艺高强四个字联系在一起。他怕兄弟仰仗风家在朝廷中的根基而没有真材实料，刚才在城外的交手试探之后终于安下心来。

“大哥，都是自己人，何必说这些呢。”风灏栎一个人苦苦支撑一个家确实不容易，可是比起大哥在外保卫疆土抛头颅洒热血，他觉得自己已经舒适很多。

“灏鸣你过来！”风灏南对这个三弟的印象已经很模糊，当初他离家的时候风灏鸣还只是一个流着鼻涕爬树掏鸟窝的孩子。

风灏鸣对大哥也显得比较陌生，在他眼中两个哥哥不同。二哥平时虽然也会骂他，但是毕竟生活在同一个屋檐下，风灏栎对他还是比较宽容，闯了祸他也习惯躲到二哥身后寻求庇护。而大哥不一样，他身上散发出来的那种军人的威严让他心生畏惧。他战战兢兢地走到风灏南面前，小心翼翼地喊了一声：“大哥！”

风灏南大声笑道：“你怕什么，大哥又不吃了你！”他用力拍了拍三弟的肩膀，风灏鸣差一点儿摔倒在地上。风灏南急忙拉住他，皱着眉头问道：“怎么你的身体这么单薄？我没下重手啊！”

风老夫人望着小孙子龇牙咧齿的样子急忙出来打圆场：“灏南，你三弟从小身体就不好，习武练剑没有你和灏栎的天分。咱们风家世代都是武官，我也想有个读书人，所以没有强求，就请了夫子专教他孔孟之道。”

“呵呵，也对！我跟灏栎都是粗人，有个斯文人也是好事。”风灏南没有再深究。风老夫人忙不迭让下人安排酒菜。

饭桌上一家四口畅所欲言相谈甚欢。风灏栎留意到风灏南的身边一直跟着一个女子。她并没有让人感到很惊艳的美，肤色略显苍白，但细细的柳叶眉下一双如灵动的眼睛，嘴巴很小，红润的唇色显得她楚楚动人。

她发觉到风灏栎在打量她，苍白的脸上显示出了淡淡的红晕，羞涩地向风灏南身边靠了靠。

“大哥，这位姑娘是……”风灏栎很好奇她和大哥的关系。在军营中除了军妓不会再有其他女人，而眼前这个瘦弱的女孩绝对不是混迹于军队之中的人。

风灏南看了看女孩笑道：“你看我多糊涂，太开心忘记跟你们说了。这位姑娘叫若惜，我回来的路上见有两个恶霸欺负她就顺手救了她。谁知道她父母双亡无家可归，我又不能扔下她不管。我见她长得清秀，人也干净利落便带了回来，留在奶奶身边当使唤丫头也好，总算让她有个落脚的地方。”

“孩子，过来让奶奶看看！”风老夫人招呼若惜走到她的身边上下打量一番，“嗯……打扮打扮倒也是个美人儿呢！灏南你年纪也不小了，该考虑一下终身大事。现在没有找到合心意的名门淑女，先纳个偏房伺候你的生活起居也是要的！”

若惜不由自主地望向风灏南，当她对上风灏南的目光时立即满脸通红，急忙别过脸去不敢再看。

“奶奶，我怎么能耽误人家姑娘的大好年华！”风灏南也有些不好意思，“我还要进宫面圣，晚上回来再向您请安。”

风灏栎看着大哥颇为狼狈的样子不禁笑了笑，他起身陪同风灏南一起进宫。

两个哥哥走后风灏鸣算是长长地舒了一口气。他自己也不明白，同样是姓风，都是同一个爹妈生的，可是他怎么就是比不上两个兄长？

进宫的路上风灏栎跟大哥说了许多宫中的事情，说到萨尔浒之战风灏南显得痛心疾首。

“大哥，皇上这一次召您回来是不是有意让您去接管辽东？”风灏栎猜测圣意，这也是目前唯一合理的解释。

“皇上在圣旨中并无提及，我也不知道！”风灏南摇头回答。

“皇上几十年来不上朝，他这一次能见你已经是很破例了。”风灏栎隶属锦衣卫，却也是皇上最信任的贴身侍卫之一。眼见朝政腐败佞臣当道，风灏栎也只能眼睁睁地看着而无能为力。他见太子厚道，总希望有一天太子继位之后能够重整朝纲。

兄弟俩到了宫里时被告知，皇上有命不见任何人！兄弟二人面面相觑，感到莫名其妙，只好打道回府。

“大哥，现在天色尚早，你好久没回来，我带你四处逛逛如何？”

“好啊！京城的繁华在闭塞的偏远地区可见不到。”

兄弟二人有说有笑，随意穿梭在热闹非凡的街道中。忽然迎面而来几个衙差，他们用木板抬着一个人急忙向城外的方向而去。风灏栎见木板上的人脸色泛青呼吸微弱，身上还隐隐约约散发出一种奇怪的味道。

“慢着！”风灏栎叫住那几个衙差，上前想去掀盖在那人身上的布条。

“风大人您不能碰他！”衙差认出他是锦衣卫同知，走上去行了个礼。

“为什么不能碰他？”

衙差四下张望了一番，示意抬着木板的人离他远一点儿，凑到风灏栎耳边说道：“这个人染了瘟疫，张大人让我把他抬到城外的乱葬岗去！”

“什么？瘟疫？”风灏栎吓了一跳，他身为锦衣卫同知怎么没人跟他汇报这件事？

舞尽伤心泪

“可是这个人他尚有呼吸，你们就这么把他扔到乱葬岗去，岂非是草菅人命？”风灏南虽然久经沙场，对于人命看得很淡，但是前提是死得要有价值。倘若是保家卫国，那么牺牲生命也是无上的光荣。

衙差不知道风灏南是什么身份，但是眼见他气度恢弘衣着不凡，又跟风灏栎在一起，虽然心里不爽却也不敢得罪：“这是张大人的吩咐，何况我们这么做也是为了其他人好。这种疫病很容易传染，城南那边已经因为这个病死了好几个人。为了防止疫情扩散唯有出此下策。”

风灏栎觉得很气愤，如果真的像衙役所说，这些人是得了瘟疫，那么事情已经涉及京城的安全问题，这属于锦衣卫的管辖范围，可是这件事居然没有人通知他。

“大哥，我得去了解一下情况，我先陪你回去。”风灏栎的心无法安定下来，他迫切地想知道事情究竟严重到了什么程度。

“人命关天，我自己回去，你快去看看吧！”风灏南拍拍二弟的肩膀说道。

风灏栎不再客套，转身离去。当他赶到锦衣卫镇抚司衙门的时候，老远就听见秦大海声如洪钟的吆喝。“来来来，买定离手。你小子动作快点儿！”

风灏栎一进门就看到一群人围成一团在玩骰子，秦大海兴奋得满脸通红，使劲摇着筛盅。

“大海！”风灏栎皱着眉头感到很不快。

秦大海蹲在凳上赢钱正赢得眉开眼笑，见到风灏栎更是异常高兴，把筛盅推给身边的一个手下，从凳子上跳下来走到风灏栎身边问道：“咦？你怎么来了？厉大人不是允许你这几天在家共享天伦的吗？”

“我问你，城南的瘟疫是怎么回事？”风灏栎没心情跟秦大海扯闲篇，如果确定是瘟疫，那事情就很严重很紧急，必须马上采取应对措施。

“嗨，我还以为什么事儿呢。”秦大海满脸的不以为然，“厉大人已经进宫禀报过皇上，皇上也派太医去诊断过，听说是……那病叫什么我想不起来了，总之没得治，凡是患病的人一律隔离，翘辫子的火化或深埋！”

秦大海这个人对任何事情都不是很上心，在他的概念里死几个人无所谓，只要不耽误他寻欢作乐，人命如草芥嘛！唯一让人对他还有一点儿钦佩的地方就是，在他不把别人的命当一回事的同时，很公平的，他也没把自己的命当回事！

风灏栎知道从秦大海身上问不出什么有用的信息，既然此事由厉威亲自督办，他也就不再说什么。风灏栎正准备转身离去，秦大海一把拉住他的胳膊笑着说：“来来来，你也押一把！”

“算了吧，你们也注意点儿影响，万一让厉大人看见你们在这里赌钱非重罚不可！”风灏栎对赌博没兴趣。

“押一把有什么关系，你风二爷玩不起呀！”秦大海一边说一边去风灏栎怀里掏银子。风灏栎急忙挡开秦大海的手，自觉掏出银子随意押了下去。秦大海两眼放光地看着点数，“嘿嘿，是大是大，你小子输了！”

风灏栎无所谓地摇摇头从人群中挤出来，秦大海顺手抓起自己刚刚赢来的银子和银票追了出去，跟在风灏栎屁股后面说道：“灏栎，咱俩虽然不是亲兄弟可也出生入死这么多年了，交情还算不错对吧。”

“你有话就说，别弄得这么别扭！”

“好，爽快！我想见识见识风大将军的飒爽英姿，你给我引荐引荐呗？”

风灏南深受皇上的器重，在军队中更加受到将士们的爱戴和拥护。他回到京城之后有不少达官显贵和王孙贵族想要来结交，可是风灏南一直都很谨慎，一般的人他都让管家委婉拒绝并且退回了礼物。

在外打仗的将领最忌讳的事情就是结交在朝官员，容易引起皇帝的猜疑而招来杀身之祸。风灏南虽然不擅长斗争手腕，可是基本的规则还是懂的。

风灏栎停下脚步犹豫了一下便答应了。秦大海虽然粗枝大叶不拘小节，但是对朝廷中结党营私的恶习也是深恶痛绝，他自己不属于任何派系。

“嘿嘿，没和你白做一场兄弟！”秦大海爽朗地笑了笑，勾着风灏栎的肩膀说道，“今天我赢了不少，请你喝花酒去！醉春楼新来了一个花魁，听说貌美如花沉鱼落雁很是销魂哦……”

风灏栎有时候很羡慕秦大海，他总是没心没肺地为自己活着。“你自己去吧，我不会跟你去抢姑娘的！”

“你是怕季大小姐吃醋吧？你小子将来肯定是个怕老婆的人。啧啧……

换了是我一巴掌拍不死她！”秦大海做了一个打人的手势说道。

两人正聊得热乎，风府的一个小厮前来求见风灏栎。

“二爷，老夫人让我来禀报，将军被几个朋友叫出去吃饭了，临走的时候让您办完事也过去！”

“他们去哪儿了？”

“望缘楼！”

一提到望缘楼，风灏栎的心跳就漏掉了半拍，眼前又浮现出一个女子清纯的笑容和窈窕的身影，仿佛还能闻到她身上散发出的淡淡幽香。

“喂！喂！你发什么愣啊？咱也过去吧！”秦大海迫不及待地想要见一见名震四海的常胜将军。

风灏栎回过神来随意点了点头，领着秦大海直奔望缘楼。

望缘楼被人全部包下，只为了招待从边疆回来的风大将军。关于风灏南的事迹紫蝶在江湖上听了很多，大多数都是被老百姓赞美的夸大之词。

小七很兴奋很卖力地干着活，他在说书人的口中不止一次听说风将军如何威风凛凛，如何奋勇杀敌，他为今天能亲眼见到心目中的英雄而自豪。

紫蝶的心情很平静，在她眼中风灏南也只是一个作战英勇杀人无数的男人而已。一个杀戮太重的人，通常都不会有太好的下场。紫蝶忽然想起了自己的身世，心中涌起了一股悲凉。

“小姐，小厮们来报，风将军就快到了，咱是不是到门口去迎接？”李掌柜很少看到紫蝶皱眉，小心翼翼地问道。

紫蝶放下手中的活儿径直向外走去，刚刚走到门口就见许多顶豪华的八人大轿到了，从轿中下来的人一个个都衣着华丽趾高气扬。紫蝶带着店中的伙计在门口跪迎。

李掌柜带着这群高官显贵在厅中落座。今天为了招待风灏南，紫蝶特意让人将酒楼全部收拾了一遍，大厅中只剩下两张桌子，此时显得颇为宽敞。李掌柜命厨房的人上菜，站立在一边小心伺候着。

“风将军，你别看这家酒楼不是特别华丽，但是这里做的菜肴味道可是一流，绝对不输给御厨。尤其是老板娘亲自做的药膳，可是咱们京城的一绝呀！”兵部尚书季海雄与风灏南的关系十分特殊。

在官阶上，风灏南已经能与季海雄平起平坐。可是风灏南却是季海雄一手提拔上来的将领，而且他常年在外打仗，很多在朝中的事情依然要仰赖季海雄的关照。季家与风家又是姻亲关系，风灏南是季海雄的晚辈，因此风灏南对这个尚书大人也是礼敬有加。

所有人一一落座，紫蝶命人将特意为风灏南准备的药膳端上了桌。

“风将军，这是老夫特意让老板娘为你做的，补补身子，千万别客气！”季海雄笑道。

“多谢季大人！”风灏南抱拳道谢。

“风将军在外保家卫国守护边疆，乃是我大明的有功之臣。今日难得回来，我特意叫了几个歌姬来替你助助酒兴！”其中一个中年男子击了击掌，立即就有乐师开始奏乐，从外面进来八个艳丽的女子翩然起舞。

风灏南并不是好色之徒，然而常年镇守边疆难得有多姿多彩的生活，也不忍拂了同僚的一番好意，便欣然接受了。

紫蝶站在楼上向下望，双眼紧紧盯着其中的一个男人。虽然他的鬓角已经斑白，虽然他的脸上已经留下了岁月的痕迹，但是他的眼神和容颜在紫蝶的心中太深刻，所以还是一眼就认出了他。以为此生都不会再有机会见到他，可是命运偏偏就爱捉弄人。不知不觉紫蝶的双拳已经握紧，她竭力克制着自己的情绪。这么多年来她已经学会了漫不经心，已经学会了将任何事情一笑置之，没有人可以再用感情伤害她。

风灏栎到酒楼的时候看到的是一片歌舞升平，他走到兄长身边跟各位大人行了礼，便在风灏南身边坐下。

“风大人玉树临风文武双全，季大人有此佳婿真是福气呀！”在座的人夸赞道。

什么？风灏栎已经婚配了？不知道为什么，紫蝶的心小小的颤抖了一下。这时只听一声娇媚的惊呼，一个歌姬不小心扭伤了脚倒地不起，随即乐声也戛然而止。

“你怎么搞的？成心捣乱！”请来歌姬讨好风灏南的那个人显然觉得颜面尽失，立即拍案而起怒喝道。

“大人息怒，大人息怒……”为首的女子吓得脸色苍白，急忙跪下赔罪。

“给我拖出去打！”盛气凌人的官吏一向都不会体恤底层的百姓。

“等一下！”

众人听见身后传来如黄莺出谷般的悦耳声音，只见一名白衣胜雪的女子缓缓从楼梯上下来，朝众人欠身行礼。

“各位大人请息怒，我想这位姐姐只是一时不小心才会坏了大人们的雅兴。小女子愿意为大人们跳支舞赔罪，请大人饶了那位姐姐吧！”

风灏栎从进到望缘楼的那一刻起就一直在搜寻紫蝶的身影，这种情形连他自己也控制不了。众人的目光都在紫蝶身上打量，不约而同地保持了沉默。

“好，如果你跳得不好就拉出去一起打！”终于有人开口说话了。

受伤的歌姬被同伴扶起站到一边，紫蝶示意乐师奏乐。

当乐声想起的时候，紫蝶随着音乐翩然起舞。高堂满地红氍毹，试舞一曲天下无，华筵九秋暮，飞袂拂云雨。翩如兰苕翠，宛如游龙举。

风灏栎看呆了，他欣赏过无数女人跳舞，就连宫廷之中专门伺候皇上的舞姬他都见过，可是没有哪一个的舞姿能够与紫蝶媲美。

季海雄看到紫蝶的时候只能用震惊两个字来形容！眼前的女子虽然轻纱掩面，可是她的舞姿竟然给他一种似曾相识的感觉。她露在轻纱之外的那双灵动的眼睛仿佛充满了如泣如诉般的哀怨，在向他诉说着万般委屈和无尽思念。

紫蝶的舞曲结束，众人还沉浸在刚才的舞乐之中。

“姑娘，可否摘下你的面纱？”季海雄情不自禁脱口而出。

风灏栎很纳闷，以季海雄的身份不应该向一个年轻貌美的女子提出这么冒昧的要求。风灏栎正待向前替紫蝶解围，却见紫蝶已经默默解下了脸上的轻纱。

风灏栎听见旁边的两个人都发出了轻微的惊叹声。季海雄拿着酒杯的手有些颤抖。这女子的容貌和身形何止是似曾相识呢？他紧张得说不出话来，紫蝶却缓缓向他们走来。她从桌上拿起酒杯说道："紫蝶敬各位大人一杯！"说完便一饮而尽，"各位大人请慢用，紫蝶失陪了。"

没有人阻挡紫蝶离去，这样如梦如幻的女子就像是误入凡尘的仙子，可以远观却让人望而却步不敢亵渎。

只过了短短的三天时间，没有人想到瘟疫会在京城迅速蔓延，府尹千方百计想要隐瞒的疫情终于在死了上百人之后再也瞒不住。朝廷之中的言官纷纷上书弹劾，府尹在重大的压力之下主动提出提前告老还乡，可是皇上一道圣旨将他关入天牢撤职查办。

皇上贴出皇榜抚慰民心，派出太医院中医术最好的几位太医去了解情况，得到的回报都是无药可治。皇上震怒，对于那些已经感染了瘟疫的病人只好全部送到固定的地点进行统一治疗和看管，已经死去的则火化。

小七托着腮帮子无精打采地趴在桌子上望着冷冷清清的街道发呆。自从瘟疫出现之后人们都不太敢出门，所有商家的生意都惨惨淡淡，尤其是酒楼。

紫蝶双手端着托盘从厨房走出来，把亲手炖好的冰镇梅子汤放到桌子上，唤来店中的伙计让他们喝。李掌柜忧心忡忡地随意喝了一口说道："小姐，这几天都没什么生意，这样下去可如何是好？"

"天灾是我们无法阻止的事情，比起那些感染瘟疫的人我们已经幸运很多了。李掌柜你无须多虑，会好起来的！"紫蝶轻声细语地说道。

有时候李掌柜很佩服眼前这个女子，年纪轻轻却有着豁达的心胸和乐观的生活态度。

紫蝶把另外一碗梅子汤交给正在旁边埋头大吃的小七手中说道："把梅子汤端去给外面卖梨的老伯吧，天气这么热一个老人家也真不容易。"

小七抹了抹嘴巴端起梅子汤就出去了。

这时街上传来一阵喧闹之声，紫蝶倚在门口见到一队官兵神色紧张地在追赶着什么人，只听为首的人向手下喊了一声："分头追！一定要把那人给我抓回来。"

如此严阵以待，莫非是朝廷钦命要犯？紫蝶回到房间换了一身劲装，蒙上面纱紧跟在官兵之后。大约跟了一炷香的时间，那些官兵进了一条死巷，没过多久又出来了。紫蝶朝巷子里看了看，慢慢靠近散发着恶臭的草垛。

紫蝶用剑挑开杂草，一个面黄枯瘦的人正用惊恐而哀求的眼神望着她。这个人衣衫褴褛皮肤干裂，眼眶凹陷进面颊，嘴唇呈现出青紫色身上一些伤口已经流脓溃烂，看着紫蝶浑身发抖一言不发。

紫蝶蹲下身子，那人下意识地往墙角靠去，顺手拿起旁边的树枝放在胸前，颤抖着说："你……你别过来……别过来……"

"你得了瘟疫？"紫蝶见到这个人的神情就能判断出他已经病入膏肓。

那人扔掉树枝立即跪倒在紫蝶面前，哭着说道："姑娘求您行行好放了我吧，我不想回那个暗无天日的牢房中去，我求求你……"那人一边说一边朝紫蝶磕头。

"你的病很严重，如果不治疗你很快会死！"紫蝶皱着眉头说道。

"我的病根本就没得治了。可是就算死我也想和家人在一起，如果死在官府集中收容我们的牢里我连家人最后一面都见不到。姑娘，那里就像是人间地狱。每天我都能见到身边不断有人死去，我不知道什么时候轮到我。那些官兵也不拿我们当人看，又打又骂……"瘟疫病人痛哭流涕，"我就算不病死也会被打死。我的孩子才刚刚出生我不想死啊……"

"你知不知道你现在回去会把瘟疫传染给你的家人？"紫蝶的心底的某个角落忽然被触动了。这个瘟疫病人说他家里还有一个刚刚出世的孩子，如果他死了，那将是孩子一生的遗憾和伤痛。

"我只想远远地看看我的孩子和我的妻子！"

紫蝶沉吟了片刻，忽然以极快的速度点了那人身上的几处大穴。那人动弹不得，眼中的绝望和哀伤让紫蝶有些难过。她替那人把了把脉，扶起他向城外走去。紫蝶在一片树林深处找了一间废弃的木屋，从怀中掏出随身携带的银针。她用剑划破那人后背的衣衫，用银针刺入他身体的穴位，没过多久那人便昏昏沉沉地睡了过去。

紫蝶见天色已经暗了下来，思索了片刻决定去官府收容瘟疫病人的地方走一趟。她借助夜色的掩护顺利地进入了隔离区。

守夜的官兵在逍遥地喝着酒聊着女人，老远紫蝶就能听见从屋子内传出的一阵阵呻吟声和哀号声。紫蝶跃上屋顶，掀开瓦片向下看，那景象简直能用惨不忍睹来形容。

狭小的空间里横七竖八地躺满了几十个病人，他们流脓溃烂的伤口没有人替他们处理，他们的身边还放着馊掉的食物。刺鼻的异味让人作呕，在这样的环境下怎么可能养病？紫蝶的心里略过一丝愤怒！这就是朝廷对百姓许诺，会善待并且照顾病人的做法吗？

“有人逃走了，有人逃走了……”

紫蝶正准备离去时听见官兵的叫喊声。不断有人冒着生命危险千方百计想要逃离，这个地方真的如白天遇见的那个人所说像人间炼狱。

“凡是逃离者格杀勿论！”为首的人下了命令，弓箭手迅速把箭搭在弓上朝远处的人影射了过去。

紫蝶从树上顺手摘下几片叶子掷了出去，每一片叶子都恰到好处地拦下了官兵的弓箭。

“什么人这么大胆敢阻挠官兵办案？”为首的大汉嚣张地喊道。

紫蝶本无心与他多做计较，可是他的叫喊让紫蝶改变了主意。紫蝶使用移形换影的身法狠狠地甩了他两个巴掌，然后一把抓起那个病人准备离开。紫蝶的手刚刚碰到病人的衣服，一柄长枪就刺向紫蝶的脉门。

第三章　风中蝶儿翩翩舞

同病相怜惜

出于本能反应，紫蝶放开病人向旁边闪躲。当她看清楚来人的时候，对方已经步步紧逼。

风灏南果然名不虚传！紫蝶在心中暗暗感慨了一番，她拔出手中的长剑进行反击。风灏南很快发现这个女子武艺高强，绝对不是等闲之辈。紫蝶并不想伤害风灏南，可是如果不伤了他又该如何脱身？

紫蝶的长剑划破风灏南的衣袖，就在她犹豫不决的时候听见了悦耳的喊声："风大哥小心呀！"

紫蝶愣了一下，就是这一刹那的分神让风灏南有了反击的机会。紫蝶躲过风灏南夺命的一枪，深深地看了看离风灏南不远处的那名女子一眼，施展轻功离去。

"风大哥你没事吧！"若惜急忙上前，紧张地查看风灏南的伤口。

风灏南的心底忽然涌出一种莫名的感动。他离家十多年独自在战场上打拼，已经很久没有感受被人真正关心和呵护的感觉。若惜的眼神中充满了关切，这让他的心变得柔软："我没事，只是皮外伤，你不用担心！你怎么会来这里？我不是让你在家好好休息吗？"

"对不起风大哥，刚才我是不是让你分神了？"若惜轻轻握着风灏南的手臂小心翼翼地问道。

风灏南回京半个月，皇上只召见了他一次，也没有说这次让他回京的目的。他的心情有些郁闷，于是便出城看一看驻扎在城外的亲兵，回来时路过这里，刚好遇见了这件事。

"我……你这么晚了没回来我担心你,所以……"若惜低下头去不再言语。

“卑职王大林参见风将军，多谢风将军出手相助！”

“以后小心些！”风灏南淡淡地说完之后就去牵自己的马，与若惜往城内走去。

为了能让若惜跟得上，风灏南刻意放慢了脚步。初夏的晚风并不是很凉，风灏南看着身边柔弱的身躯忍不住升起怜惜之情。他解下披风披在若惜身上。

“风大哥，我……”若惜受宠若惊想要拒绝，风灏南却不给她这个机会。

“你一个女孩子晚上出门很危险，下次不要这样了！”风灏南抬头望了望月亮，轻轻拍了拍坐骑的背说道，“你上马吧！”

“这是风大哥的战马，我怎么能骑呢？”若惜看到风灏南每天都亲自喂它替它擦洗身体，她知道风灏南很爱惜这匹马。

“你走得这么慢，等咱们回去天都亮了！”风灏南半真半假地说着，扶若惜坐上自己的马，然后他在前面牵着走。

若惜的鼻子开始发酸，眼中也泛起了一层雾气。从懂事开始到现在，从来没有人真正关心过她，在她的生命中不知道什么叫作温暖。而这个叫风灏南的男人，他在战场上杀人无数，在生活中豪情万丈，但是对她却有着细心温柔的一面。暖暖的感动在若惜的心间流淌。

紫蝶暗中跟了风灏南和若惜一段路，她发现了一件不可思议的事情。

若惜，不，蜻蜓的出现在她的意料之中，可是出现的时间和地点却完全超出了她的想象。紫蝶越来越觉得师父在做的事情扑朔迷离。

第二天早上紫蝶找了个借口出城，在树林中的废弃木屋中找到了那个瘟疫病人，他的脸色比昨天要好一些。他已经清醒过来，愣愣地看着紫蝶。紫蝶拿出饭菜，把筷子递到他的手上：“吃饭吧！”

“你为什么要救我？你还是离我远一点儿吧，我怕传染给你！”

“既然我救了你就不怕你传染，快点吃饭。吃饱了之后才有力气活下去！对了，你叫什么名字？”

“我姓蒋，叫蒋施，在家排行第三，大伙儿都叫我蒋老三。”蒋老三望着眼前精致可口的饭菜流口水却迟迟不敢去接紫蝶手中的筷子。

“你的病并不是无药可救，我可以治好你，让你回家和家人团聚。但是你要答应我一件事！”紫蝶站起来背对着蒋老三说道。

蒋老三的眼神中燃起了希望的光芒，他跪在紫蝶面前重重地磕了几个头：“只要姑娘能治好我的病，我愿意做牛做马来报答您！”

“我治好你之后你要将这些天发生的事情忘记，不可以跟任何人提起我！”

紫蝶的要求让蒋老三觉得很意外很纳闷，但是他看到紫蝶坚定的眼神便点头答应了。他马上拿起碗筷狼吞虎咽地吃了起来。

人活着就是要有希望！当濒临死亡的人看到生的可能，他的意志力就会随之改变。

紫蝶又替蒋老三扎了几针，蒋老三觉得多日以来的胸闷得到了舒缓，人也不再像前些天那样浑身无力。紫蝶拿出几包药粉交到他手上吩咐道：“洒在你溃烂的伤口上，每隔三个时辰一次。药撒上去之后会很疼，你忍一忍。这些天你别离开这里，记住了吗？”

蒋老三使劲点了点头。

紫蝶并不想介入朝廷的事情，可是有的时候却身不由己。蜻蜓的出现让她感受到了暴风雨前的宁静，她感觉身边围绕着许多她不知道的谜团。她很想努力拨开那片云雾，可是却始终没有伸出手的勇气。

刚刚回到自己的房间，紫蝶就见到黄莺坐在她的梳妆台前，见到她回来黄莺的脸上露出了不屑的微笑。这一次她什么话都没有说，留下师父给她的一封密函之后便离开了。

千方百计想要躲避的事情却总是在最糟糕的时刻降临，紫蝶拿着师父的密信迟迟没有做出任何反应。她的任务越来越艰巨，而离真相却遥遥无期。紫蝶忽然想起了在风灏南接风宴上那张苍老却熟悉的面孔。

紫蝶从箱子底下拿出一块发黄的手帕和一根手工很粗糙的银簪，她望着这两样东西居然再一次有了心潮澎湃的感觉。紫蝶迅速将东西锁进盒子里。她的手压在盒子上喃喃自语："娘，是不是您在天之灵保佑我，让我能够在茫茫人海中遇到他？您希望我怎么做呢？"

朱常洛在房间里来回踱步忧郁不已，他守在儿子朱由校的床前已经整整三天三夜，可是朱由校的病情却不见任何好转。如今京城中那么多人感染了瘟疫，他到现在才知道他的儿子经常在宫女太监不注意的情况下偷溜出去玩儿。

朱常洛望着床上瘦得不成人形的儿子忍不住暗自流泪。这么多年来他只顾着自怨自艾孤芳自赏，感叹着时运不济命运不公，却完全忽略了对儿子的照顾和关怀。朱常洛接过宫女手中的手绢擦拭着朱由校额头上的汗珠。

这时一个打扮妖艳的女人在宫女的搀扶之下走了过来，她迈进房门时犹豫了一下又后退了一步，在门外喊道："殿下，我给孩子送药来了。"

朱常洛抬头向外看了看一脸小心戒备的李选侍，吩咐朱由校的乳娘客印月去把药端了进来。客印月小心翼翼地把药喂进处于半昏迷状态下的朱由校嘴里。

朱常洛轻声叹着气，他长年累月小心谨慎而谦恭卑微地活着，身为太子，一人之下万人之上，可是亲身儿子生病了都没办法宣召最好的御医来治疗，第一次他在心里埋怨高高在上的父亲。

"啊……"

朱常洛正暗自哀伤时忽然听见了李选侍尖锐的叫喊着，他蹙眉往外走，却看到了五个黑衣人手持长剑站成一排，其中两个人的剑尖上还滴着鲜血。李选侍狼狈地蜷缩在角落里，望着她贴身侍女的尸体瑟瑟发抖。

"你们是什么人？知不知道擅闯禁宫是诛连九族的大罪！"朱常洛在短暂的惊慌之后强迫自己镇定下来。

几个黑衣人相互望了望什么话都没有说，举起长剑对慈庆宫的人大开杀戒。慈庆宫的守卫并不多，也不是皇宫里的一流高手，在五个黑衣人的合力围攻之下很快就抵挡不住。朱常洛下意识地往房间里退，护到朱由校的床前。

为首的黑衣人一把推开朱常洛，在另外四人的掩护下扛起朱由校就走。五个黑衣人目的达成便开始边战边退。

“把人放下！”

朱常洛追到门口的时候见到一个手持钢刀的锦衣卫已经与四个黑衣人打成一片。

“灏栎，你一定要救下……”朱常洛后面的话还没说出口，其中一个黑衣人便射出了三枚银针，不偏不倚地打中了朱常洛的左肩。

为首的黑衣人扛着朱由校翻墙而去，风灏栎眼见太子重伤倒地，立即上前封锁了他身上的几处大穴，连忙去追黑衣人。

风灏栎的轻功在那几个刺客之上，他一路追出皇宫，可是在四通八达的街道上反而失去了踪影。“赌一把！”

风灏栎选择一条僻静的路追了下去，一盏茶的时间便见到前面有个黑影一闪而过。风灏栎提起真气跃到黑影面前，大喝一声问道：“说，皇太孙被你们带到哪儿去了？”

那黑衣人自知不是风灏栎的对手，扔下一颗烟雾弹之后便借机脱身。风灏栎很懊恼很沮丧，太子受了伤，皇太孙下落不明，这是非常严重的案件。他四处追寻黑衣人的踪迹无果，只好垂头丧气地回去找顶头上司厉威汇报。

太子在寝宫之中遭遇刺客袭击，皇太孙被刺客劫走，皇上再怎么不重视这个儿子也不得不下旨彻查此事。让风灏栎觉得郁闷的是，皇上的圣旨中暗示，此事不宜宣扬只能暗访。暗访就暗访吧，风灏栎无奈地接受了这个任务！

刺客射出的银针之上淬有剧毒，太医们束手无策，唯有找到刺客才能拿到解药。皇上之所以不让锦衣卫大张旗鼓地调查此事，其中的猫腻明眼人都知道。风灏栎觉得很愤怒，却又无可奈何。

早上天蒙蒙亮的时候李掌柜就准备接收菜贩子送来的新鲜蔬菜。他刚打开后门一个人就软绵绵地倒了进来。李掌柜见此人骨瘦如柴面如死灰，与传说中得了瘟疫的人一模一样，他吓得双腿发软，连滚带爬地跑进店中找紫蝶。

紫蝶安慰了李掌柜两句便亲自去瞧，当她看清楚那人的样貌时不由得吃了一惊。她替他把了把脉，他的脉相和她救下的瘟疫病人几乎相同。紫蝶唤来店中的伙计，让他们将这少年抬进她的房中，谁知竟没有一个人敢上前来。

“小姐，染上瘟疫就没命了！”伙计们纷纷劝紫蝶将此人送交官府。紫蝶亲眼目睹过官府收容病人的场所，送进去就只有等死。除了任务，紫蝶并不想涉足别的事，可是她跟这个少年很投缘，让她见死不救她还是做不到。

“是啊小姐，万一你要是染上了瘟疫那我们……”那些伙计下意识地往后退，跟紫蝶保持距离。

“李掌柜，这些天店中的事情交给你打理，我离开几天！”紫蝶从来不喜欢勉强别人做不愿意做的事，她不等李掌柜开口就扶起少年离开了酒楼。

紫蝶扶着少年到了上一次替蒋老三治病的木屋。蒋老三的病已经好得差不多，身上流脓的地方开始结痂，他把木屋收拾得清爽干净。紫蝶带着少年进来的时候他正在屋子外面打水。

“紫蝶姑娘！”蒋老三一见少年的样子就知道他也是瘟疫病人，心中顿时涌起了同病相怜的怜惜之情。他帮紫蝶将少年抱进屋中放在床上。

紫蝶拿出银针为少年治病，蒋老三一直站在旁边默默地看着。许久，他见到紫蝶的额头上渗出了细密的汗水，就不动声色地出去打了一盆清水进来。

紫蝶做完所有的事情终于松了一口气。她洗干净手转身问道：“三哥，我上次给你的药粉还有吗？”

“有，还剩下一些呢！”蒋老三说着便从床头将药粉拿了出来。

“你替我给这小兄弟上药，我出去买些东西回来。”紫蝶知道她现在不能回酒楼，酒楼的伙计一定会害怕她将瘟疫带回去。

柔情星空下

紫蝶进城的时候发现今天街上的锦衣卫特别多！锦衣卫属于比较特殊的机构，一般他们出动就肯定有大案子要查。紫蝶尽量躲开那些嚣张跋扈的锦衣卫，进了一家药店，让店家按照自己开的药方抓药。

紫蝶趁着等待的空当悄悄地观察着街道上的动静，忽然一队锦衣卫冲进药铺，为首的人大声嚷嚷：“有没有见过可疑人物？”

药铺的掌柜急忙从柜台里走出来，点头哈腰地赔小心，满脸堆笑悄悄地将一锭银子塞进锦衣卫手中：“没有可疑人来过……没有……”

紫蝶皱着眉头退到一边。为首的锦衣卫显然已经注意到了她，一把推开掌柜的走到紫蝶面前说道：“我们奉圣上旨意捉拿朝廷钦犯，把你的面纱摘下来。”

“我……”紫蝶在心里对这些仗势欺人的锦衣卫恨得咬牙切齿却必须强忍着不动声色。

“你们在干什么？”风灏栎呵斥着手下进了药铺，“紫蝶姑娘？”

“风大人！”紫蝶欠了欠身行礼。

“大人，属下去其他地方巡逻！”那人见势不妙在风灏栎没有发火之前溜之大吉。

风灏栎见到紫蝶心情就格外舒畅，他也没有再做计较。掌柜的把抓好的药交到紫蝶手中。

“紫蝶姑娘身体不舒服？”风灏栎问道。

紫蝶忽然想起当日在风灏南的接风宴上有人提过，风灏栎已经与兵部尚书季海雄的女儿季如月订下了百年之约。她的心底掠过一丝愤怒和哀怨，微笑道："不是，我的一个朋友染了重病，我把他安置在城外养病，我是替他抓的药。"

"最近京城之中不是很太平，你一个姑娘家出城并不安全，我送送你吧！"风灏栎低下头正好能闻到紫蝶长发之中散发出的淡淡幽香。不知道为什么，每一次闻到这种香味儿他就觉得心旷神怡。

紫蝶微微点了点头。

风灏栎接过紫蝶手中的药与她一起出城。

回到木屋的时候蒋老三正在给少年喂水喝，风灏栎见到那少年时大惊失色，问道："紫蝶姑娘，你认识他？"

"见过两次！"紫蝶从风灏栎的神色中判断出他一定知道少年的身份。

风灏栎也知道朱由校感染了瘟疫，他在担忧心痛之余却无能为力："紫蝶姑娘，你抓药是用来医治他的吗？"

风灏栎不忍心违逆了紫蝶的一番好意，可是朱由校的身份特殊，御医们都束手无策的瘟疫紫蝶能医治吗？

紫蝶没有回答，反问道："风大人认识他？"

风灏栎愣了一下，脑海中迅速做出了反应。"他……他是我一个好朋友的孩子，昨天晚上走丢了，家人正急着找他。紫蝶姑娘，让我带他回去吧！"

"他得了瘟疫，如果你带他回去他只有死路一条。你把他留下，让我来医治他好吗？"

"你有把握吗？万一他要是有什么不测，那……"

"紫蝶姑娘的医术高明，我就是她治好的！"蒋老三曾经答应紫蝶病好之后不再向任何人提起她，但是紫蝶自己带朋友过来，想必没打算隐瞒。

"你真的能治好他？"风灏栎觉得很兴奋，情急之下一把握住了紫蝶的手。

风灏栎手掌的温度传递给紫蝶，这种感觉让她心跳加速，满脸通红。虽然有轻纱的遮盖，可风灏栎从紫蝶羞涩的眼神中也发觉自己的行为过于鲁莽，他想放开紫蝶的手却依依不舍。

“给我几天时间，我会治好他的！”紫蝶抽回自己的手轻声说。

事关重大，风灏栎不知道该如何抉择。这时躺在床上的少年动了动，迷迷糊糊地睁开眼睛呻吟道：“水……水……”

风灏栎正准备去倒水，却被紫蝶拦住了：“我刚才给他溃烂的地方上了药，他会觉得浑身发烫口干舌燥，等他熬过这一会儿病就容易治了。”紫蝶说着走到床边将少年扶起来，让他靠在她的身上。

“你忍一忍，很快就会没事了！”紫蝶在少年耳边轻声安慰。

“仙女姐姐，是你吗？”朱由校闻到了一股熟悉的沁人心脾的香味儿，他睁开眼睛却看到风灏栎站在床前。

“风……风大哥……”

风灏栎与太子的私交一直不错，为了保护太子的安全他经常进出慈庆宫，对于不爱读书只喜玩弄木头的皇太孙他一点儿也不陌生。朱由校有时候会缠着风灏栎给他讲宫外的一些奇闻趣事。

“皇……你觉得怎么样？”风灏栎不便在紫蝶面前暴露朱由校的身份，只能关切地询问而不能行君臣之礼。

朱由校难受地摇了摇头，干涩地说道：“我……我口渴！”

“你忍一忍吧，等过了这两个时辰你就会没事了！”紫蝶握着朱由校的手说道。

朱由校勉强睁开眼睛看了看焦急的风灏栎，虚弱地笑了笑便又昏了过去。紫蝶一直暗中观察风灏栎的表情，他急切的神色和焦虑不安的眼神都透露出非比寻常的气息。莫非这个男孩的身份很特殊？紫蝶把疑问放在心里没有多问，而是转头对蒋施说道：“麻烦三哥帮我照看他，让他按时服药。”

“紫蝶姑娘，我要带他离开这里。如果你方便的话，可不可以到我家去替他诊治？”风灏栎无论如何也不放心朱由校待在荒山野岭养病。

“不是我想为难风大人，他现在的病情很不乐观，随意移动很可能会加重，您要考虑清楚。”

风灏栎一下子变得犹豫不决，他忽然想起了什么，问道：“紫蝶姑娘，你是在哪里找到他的？”

紫蝶愣了一下，这个问题她还没来得及去细想。照这男孩的伤势来看，他绝对不可能自己走到望缘楼的后门，既然如此，那么是谁把他放在那里的？“是我的伙计在酒楼的后巷发现的。”

风灏栎沉吟了片刻说道：“紫蝶姑娘，你回去之后吩咐你的伙计，这件事不能向任何人透露半句。我会派我的心腹手下看守这里。你别害怕，我会保护你！”

风灏栎的话让紫蝶的心里激起了一阵涟漪。从她当杀手的第一天起师父就告诉她，从此以后她的生命就再也没有保障，她随时会死，要想活下去就必须靠自己，没有人能保护她。这么多年来她已经习惯了这样的生活方式，现在，风灏栎的这句话让她觉得莫名的感动。

风灏栎交代了几句便匆匆赶回锦衣卫镇抚司衙门向厉威汇报，厉威正为这件事情急得一把一把掉头发，风灏栎带回来的消息让他精神一震。就算朱由校现在两腿一蹬去阎王爷那里报到，他也可以交差了，最怕的就是生死未卜下落不明。

厉威立即调派锦衣卫中的一流高手跟风灏栎前去保护朱由校，并且严密封锁了这个消息。

朱由校被人从慈庆宫劫走，但是对方却并没有要他的命，而是将他随意遗弃了，那么劫走他的目的是什么？他们究竟是想让朱由校活还是死？有胆量在太子寝宫对皇太孙下手的人是谁？不用问答案都已经呼之欲出。

厉威在官场上混了这么多年，有他自己的生存法则，在事情没有明朗化之前，他必须尽全力保护朱由校的安全。

风灏栎走后紫蝶一直对着屋子外的参天古树发呆。她已经在第一时间派出得力手下去追查这个男孩的身份，她必须在风灏栎回来之前了解事情的起因。大约过了一盏茶的时间，紫蝶看到东面的天空升起了一股淡紫色的烟雾。

她回头看了看在屋子里打瞌睡的蒋施，施展轻功离去。

紫蝶向东狂奔了数里之后，在一片空旷的平原上停了下来。她刚刚站定，两名白衣少女便出现在她面前。

"属下参见堂主。"

"我要你们查的事情有结果了吗？"

"回禀堂主，那个男孩是朱由校。"

"太子的儿子？"紫蝶有些吃惊，堂堂皇太孙怎么会落得如此狼狈？

"是的，属下查到，昨天有一批神秘人闯入太子寝宫将皇太孙劫走，并用毒针打伤了太子，之后锦衣卫追踪却没有消息。"

"知不知道是什么人做的？"

"这……"两名少女支支吾吾不敢回答。

"是我们的人？"紫蝶的脑海中马上有了答案。

"是的，属下查到是罗兰堂的人，因此没有再查下去。"

紫蝶挥挥手示意她们离开。黄莺的罗兰堂在慈庆宫把皇太孙劫持出来然后放在她酒楼的门口，目的就是让她救活朱由校。为什么？师父为什么要这么安排，连暗示都没有，还是她会错了意？

紫蝶沉思了一会儿便不再想下去，她必须在风灏栎回来之前赶回去。

风灏栎带领锦衣卫的高手把木屋围得水泄不通，一群人目不转睛地盯着周围的动静。

夜凉如水的时候，只有不知名的虫子在鸣叫，偶尔飞过的鸟拍打着翅膀，让气氛显得更加诡异。紫蝶知道朱由校没有这么快醒过来，便起身走到外面透透气。她抬头望着满天繁星，不由自主地露出了微笑。

没有人会理解她喜爱黑夜的心情。只有仰望星空的时候她才会感觉到自己的真实存在。她对母亲的记忆越来越模糊，仅剩的温馨回忆便是母亲搂着她，在院子给她讲关于星星的故事。故事的结局总是美好的，没有怨恨报复，没有血流成河。

紫蝶正看得入神，忽然一件长衫披在了她的身上，她转过身看到风灏栎璀璨的微笑。“是不是打扰你的雅兴了？”

“没有！”紫蝶摇头。

“对不起，害得你回不了家，要在这荒山野岭过夜。”风灏栎觉得对于一个柔弱的女子来说，这一定是难忘的一夜。

“不要紧，在我的亲人一个个离开我之后，我早就没有家了。我已经习惯了。”

紫蝶的话让风灏栎忽然觉得很心疼。她的年纪和季如月差不多，季如月从小衣食无忧娇生惯养，而紫蝶却受尽颠沛流离之苦。风灏栎自己都纳闷，为什么会拿她们两个人做比较。

“进屋去休息一下吧，还不知道要熬几天呢！”风灏栎柔声说道。

“我睡不着，不如你陪我聊聊天吧！”紫蝶仰起头望着风灏栎的眼睛。这个男人是唯一一个能够让她的心有波澜的人，她忽然渴望了解他的内心。

“好吧，我们坐下说。”风灏栎掏出手帕摊放在台阶上，然后让紫蝶坐下。紫蝶又发现了他一个优点——细心。他对其他女人是不是也如此体贴？“你想聊什么？”

紫蝶突然不知道该说些什么，她用双手托着自己的下巴，明眸流动望着星空。她略显忧伤惆怅的侧脸让风灏栎怦然心动，他甚至可以听到自己加速的心跳。在没有失态之前，他迅速转移自己的视线。

“有流星！”紫蝶曾不止一次在夜深人静时等待天边划过流星，可是已经有很多年没有如愿以偿。上一次看到流星的时候还是在娘亲的怀里。此时她忘情地抓着风灏栎的手臂，露出纯真的微笑，“糟了，忘记许愿了！”

看到紫蝶失望的样子，风灏栎居然很不忍心：“没关系，下次还会有机会！”

“下次不知道要到什么时候。不过谢谢你给我带来好运。”

紫蝶的嫣然一笑让风灏栎看痴了，他情不自禁地握住紫蝶的手。紫蝶这时才发现在不知不觉间她已经主动向风灏栎示好。她毕竟是女子，顿时羞得满脸通红。她试图从风灏栎手中抽回自己的手，风灏栎却握得更紧。

“风大人，你……抓疼我了！”

“对不起！”风灏栎觉得自己像一个色狼一样盯着人家姑娘看，更要命的是他竟然丝毫没有察觉。他恨不得狠狠地抽自己两个耳光，又不是没见过女人！“紫蝶姑娘，我……不是故意的……”

紫蝶低下头偷偷看了风灏栎一眼，微微摇了摇头，羞涩地转身进了木屋。她临走前的那个笑容让风灏栎觉得，她对他的这个举动似乎并不反感和厌恶。他的这个想法让自己开始想入非非。

刚与柔交织

在夜色的掩护下人们可以做很多白天想做而不能做的事。

厉威换上夜行衣，翻过皇宫的城墙大院，躲过大内侍卫的巡逻，顺利进入了朱常洵的寝宫。

朱常洵悠闲地喂着笼子里的鸟，笑呵呵地逗着它玩。慈庆宫的事情他在第一时间就接到了消息，虽然到现在为止他还没有查到究竟是谁在跟太子过不去，不过他还是很乐意看到这种情况出现。

现在不仅朱常洛生死难料，连他的儿子都下落不明，如果他们父子俩一死，那真的是斩草除根永绝后患了。

朱常洵身后的烛火微微跳动了一下，厉威已经稳稳地站立在他身后。“三皇子！”

“怎么样，查到了吗？”朱常洵收敛起玩意的笑，严肃地问道。

“慈庆宫的事情是谁干的暂时没有头绪，不过已经找到那个小鬼了。”

“什么？”这件事在朱常洵的意料之外，“在哪儿？”

厉威把风灏栎带回来的消息向朱常洵汇报了一遍，最后说道："这件事有些怪异，三皇子还是要小心谨慎为妙。"

"你刚才说有个姑娘可以治好瘟疫？"朱常洵的脑海中灵光一闪，已经迅速想到了一个周密的计划。"你确定吗？"

"确定，她已经治好一个病入膏肓的人了！"

"好，派人去送那小鬼一程，除了那位能医治瘟疫的姑娘，其他人一个不留。"

"这……"厉威握了握拳，犹豫着该不该把内心的想法说出来。

"怎么啦？我的话你敢不听？"朱常洵的脸色立即变得阴沉。

"当然不是！三皇子，现在是风灏栎在负责守卫，他是个人才。且不说能不能让他为您效力，以他的武功，在锦衣卫中已经算是数一数二了。何况现在风灏南还在京城，怎么说他也是个大将之才。如果这个时候风灏栎死了，他必然会追究到底，到时候对我们并无好处。"

朱常洵深深地看了厉威一眼陷入了沉思，其实厉威说的话也很有道理。风灏栎无论是武功还是机智都高人一等，风灏南在民间的威望更是如日中天。风家在朝廷中也有着百年的根基，如果能够得到他们兄弟俩的协助，他就如虎添翼，没必要在这个时候跟他们翻脸，节外生枝。

"那依你之见呢？"

"请三皇子再忍耐一晚，待我找个借口把风灏栎调回来，然后我们再下手把握也大一点儿。"

"好！做得干净利落一些。"

第二天一大早，厉威就找了个借口派人将风灏栎叫了回来，然后派出他的心腹手下去看守朱由校。

风灏栎走后，敏锐的直觉让紫蝶察觉到了不同寻常的气氛。前来换班的那些锦衣卫显然没有被调走的那帮人那么用心，他们懒洋洋地在树荫下或乘凉或聚赌，再也没人进来看朱由校一眼。

朱由校已经清醒过来，身体虽然虚弱却可以下床走动，紫蝶喂他喝药的时候他还会对着紫蝶微笑。紫蝶的心被触动了，这个孩子纯真的容颜让她油然升起保护他的冲动。紫蝶是杀手，对于周围事物的变化有着比一般人更细心的观察，她趁人不注意的时候偷偷塞给蒋施一张字条，蒋施会意地点了点头。

入夜以后，众人吃完晚饭便纷纷倒地不起。

“紫蝶姐姐，他们……”朱由校吓了一跳，惊讶地问道。

“别问了。三哥，你背着小少爷马上跟我走！”紫蝶已经顾不上跟朱由校解释，让她感到欣慰的是蒋施由始至终都没问半句为什么。

蒋施背着朱由校跟在紫蝶后面拼命地跑：“紫蝶姑娘，我们现在去哪里？”

紫蝶已经猜到锦衣卫内部有朱常洵的人，这一点儿也不奇怪。风灏栎被调走之后她就起了戒心，她在那些人的饭菜里放了特殊的迷药，三天之内他们都醒不过来。如果现在去找风灏栎一定会连累他，但是去哪里朱由校才安全？

紫蝶决定冒一次险，想办法把朱由校送回慈庆宫。虽然朱常洵和郑贵妃的势力庞大，但是他们还不敢明目张胆地杀掉皇太孙。可是太子的寝宫再怎么守卫松懈，也不是一般普通百姓可以进去的，她又不能显露武功。她一边跑一边在脑子里把所有的文武百官都过滤了一遍。现在她唯一的选择是首辅方从哲。

紫蝶还没有下定决心，就听到不远处有轻微的脚步声。她马上可以判断出来人是三个高手。朱常洵做事还真是心狠手辣不留余地。“三哥，你带着小少爷快点走，我去引开那些人。在无路可走的情况下就去找风大人。”

“不行，紫蝶姑娘，还是我去引开那些人！”蒋施怎么也不能眼睁睁地看着救命恩人去送死。

“别说了，快走！”紫蝶推了蒋施一把便朝另外一个方向而去。虽然来的三个人是高手，但是对她来说要脱身绝对没有问题。如果不是为了要隐藏武功，守在木屋那几个锦衣卫她根本就没放在眼里。

紫蝶并没有想躲开杀手，而是迎了上去，她已经做好了从袖中抽出长剑的准备。那三个杀手忽然看到一个如此貌美的女子站在清冷的月光之下都为之一怔，随即举起钢刀砍了过来。紫蝶的手腕一动准备出手，忽然感到身后袭来一阵掌风。她能够在瞬间做出精确的判断，来人的这一掌并不是击向她。

她不敢轻举妄动，只好任由自己被掌风震伤，钢刀划过她的手臂，她觉得一阵刺痛，紧接着便被人拦腰抱了起来。她接触到一个温暖的胸膛，她抬起头看到风灏栎肃穆的表情。

风灏栎掌心的温度从紫蝶的腰间传递进她的心里。第一次，在她遇到危险的时候有人来帮助她。

“挡我者死！”三个刺客的钢刀同时朝风灏栎砍了过来。风灏栎一把推开紫蝶，抽出长剑迎了上去。

紫蝶站在旁边聚精会神地观看风灏栎和三个杀手的打斗，她行走江湖这么多年，居然看不出这三个人的武功路数。武林中的杀手组织林立，武功参差不齐，这三个人显然是高手中的高手。

以风灏栎的武艺以一敌三虽然不至于落败，但是一时之间竟然也奈何不了他们。紫蝶站在一边只能默默着急。在任务没有完成之前她绝对不能显露武功。

风灏栎在家的时候接到一封奇怪的书信，信中的内容是让他火速赶往此地救人。他一边应付着杀手，一边顾虑着紫蝶的安全。上百招之后他就明白，以他一人之力想要活捉这三个人是不可能的。

他回手一剑击退攻上来的杀手，跃到紫蝶身边，抓起她的手腕施展轻功离去。

紫蝶的心中忽然涌起异样的情愫，风灏栎的手掌很温暖，她有一种舍不得放开的错觉。她没有担心过目前的处境，只是痴痴地望着风灏栎俊朗的侧脸。

杀手紧随其后，风灏栎感到一股剑气直逼后脑，他抱着紫蝶侧身闪过，杀手的钢刀划破了他的衣衫。紫蝶的心一阵紧张，此刻风灏栎依然没有放开紫蝶的手。当杀手的刀再次砍过来的时候，风灏栎毅然挡在了她的面前，她眼睁睁地看着刀尖刺进了风灏栎的胸膛。

瞬间，鲜血染红了风灏栎的衣襟。紫蝶看惯了血流成河，可是在这一刹那，泪水居然模糊了她的视线。她从来没有像现在这样觉得生命如此宝贵。

“风大人，你自己走吧，不要管我！”紫蝶甩开风灏栎的手哭泣着说道。

风灏栎只是看了紫蝶一眼，什么话都没有说，再次拉起紫蝶的手不松开。

自从母亲死后，紫蝶就已经不相信这个世界上有天长地久生死相随的爱情，而风灏栎的执着举动让她感到迷茫且不知所措。

风灏栎不再奢望可以留下活口，在杀机起来的时候开始使出夺命杀招。紫蝶意外地发现风灏栎的武功其实比她预期的要高，她的思绪还没念完，只觉得浓烈的杀气笼罩着四周，剑光闪过，三个杀手倒下去两个，另外一个施展轻功逃离。

风灏栎筋疲力尽，在确定没有危险之后只觉得双膝一软，口吐鲜血倒了下去。

“风大人……”紫蝶扶住风灏栎的身躯，泪水划过脸颊，这种悲伤的滋味儿竟然是那么真实。

风灏栎勉强挤出一抹微笑问道：“你没事吧？”

“你何苦舍命护我？”

“我不知道，我只是不想让别人伤害你。”风灏栎用剑勉强支撑着身体，不由自主地伸出手轻抚紫蝶脸颊，拭去她的泪痕，“不要哭，我不会有事的。”

“嗯，我不会让你有事，我们找个安静的地方，让我帮你疗伤。”此刻紫蝶已经不那么记挂朱由校，生死有命，如果他命中注定活不过今晚，她也无能为力。她只知道她不能让风灏栎死。

紫蝶扶着风灏栎往前走，她记得在不远处有一间破败的庙宇。她扶风灏栎进入庙中坐下，捡了一些干树枝生火，然后拿出随身携带的银针。“风大人，你的刀伤很深，一直都在流血。现在没有止血的药，我用银针刺穴帮你止血，你再忍一忍。”

风灏栎忍痛点了点头。

紫蝶犹豫了一下，缓缓地伸出手去解风灏栎的衣服，低着头不敢正视风灏栎的眼睛。在紫蝶的手触及风灏栎腰带的瞬间，风灏栎忽然感觉心跳加速，呼吸急促，他闭上眼睛努力克制着体内的原始冲动。

紫蝶脱下风灏栎的上衣，那一道触目惊心的伤口让她必须摒弃杂念替风灏栎疗伤。其实以她深厚的内功修为，运功替他止血会更快一点儿，可是她没有勇气这么做。紫蝶拿着银针的手微微颤抖，自从学医以来她从未如此紧张。

“我已经点了我自己身上的几处大穴，别担心，我不会死，你大胆下针吧！”风灏栎安慰紫蝶道。

紫蝶点点头，做了一个深呼吸，镇定下来。她终于明白为什么从小师父就教导她们，任何时候都不能对任何人动真情。原来关心则乱这句话是真的！当一个人的心里不再无牵无挂，当一个人被感情牵绊的时候，他的思想和智慧都会受到影响。

紫蝶专心致志地替风灏栎疗伤，她的发丝不经意间划过风灏栎的肌肤，她的手指触碰到他的手臂，这种若有似无的感觉让风灏栎几乎发狂。紫蝶身上淡淡的幽香侵袭着他的嗅觉，他的呼吸不由自主地加重。

紫蝶替风灏栎止血之后掏出丝帕擦拭着他的伤口：“天亮以后我送你回去，到时候一定会有最好的大夫替你上药。”

“紫蝶姑娘，连宫中的太医对瘟疫都束手无策，而你却可以医治，可见你的医术极其高明。在下有一事相求，请姑娘务必帮忙。”风灏栎想起那些在生死边缘挣扎的百姓，以及中毒昏迷不醒的太子，心中既难过又担忧。

“你想让我去医治那些患了瘟疫的百姓？”

“没错，紫蝶姑娘，只有你能救他们了！”

紫蝶忽然有些明白为什么朱由校会被人扔在她的望缘楼门口，这就是师父要她做的事吗？“好，我可以答应你，不过你也要应允我一件事。”

“你说！”

“以后不要再叫我紫蝶姑娘，我不喜欢人家这么叫我！”紫蝶偷偷看了风灏栎一眼立刻又转移了视线。此时紫蝶娇羞的神情让风灏栎心神荡漾。

“那……我该叫你什么？”风灏栎试探着问。

“不知道！”紫蝶坐到一边躲开风灏栎炙热的目光。

“我替患了瘟疫的百姓谢谢你的救命之恩！”风灏栎的心情大好，连胸口的伤都没有那么疼痛了。

天微亮的时候，风灏栎从浅睡的状态中醒过来，他看到紫蝶倚靠在角落里睡得很安详。长长的睫毛几乎覆盖了她的眼睛，这种静态的美让风灏栎的心变得异常平静。他忽然渴望时间在这一刻静止，他永远都能看着紫蝶美丽的容颜。

风灏栎想起身替她披件衣裳，稍微一动伤口就钻心的疼。他轻轻哼了一声，紫蝶马上就从睡梦中醒了过来。

“风大人，你怎么样？是不是伤口又痛了？”紫蝶关切的眼神让风灏栎觉得一阵温暖。

“没事，不要担心！”风灏栎因失血过多脸色显得有些苍白，他笑着说道，“看来我是因祸得福，可以得到你这么细心的照顾。”

紫蝶轻笑，她的笑总是让风灏栎感觉得如沐春风般美好和惬意。

“风大人，天已经亮了，你的伤口虽然止了血，但是必须尽快敷药，我送你回去吧！”

风灏栎点了点头，他们耽搁了大半夜的时间，不知道现在朱由校安全了没有，他现在不能沉浸在儿女私情里。在紫蝶的搀扶下，风灏栎勉强站了起来，艰难地向城里走去。

紫蝶将风灏栎送到风府门口便止住了脚步：“风大人，你到家了，我该走了！”

“哎……”风灏栎在情急之下抓住了紫蝶的手，“你为了我一整晚都没有好好休息，我派人送你回望缘楼。”

“不用了，我……”

“二哥，二哥，你去哪里了？我的天哪，你受伤啦？来人，快来人……”风灏鸣一大早起来，准备在大哥看到他之前溜之大吉，一出门就看到二哥浑身是血站在家门口。家丁听到风灏鸣的叫唤急忙跑了出来，看到风灏栎的样子马上变得手忙脚乱。

此刻紫蝶也不适合立刻离开，风老夫人看到风灏栎的伤势慌了神，风灏南派人进宫请来太医为风灏栎诊治，安抚风老夫人的情绪。风灏鸣也没心思出去玩了，守在风灏栎的房门口徘徊。

风灏栎经过紫蝶的银针刺穴已经没有生命危险，此刻他记挂的是朱由校的安危和太子的伤势，以及患了瘟疫随时会丧命的百姓。他安慰了风老夫人几句便遣退所有的下人，只留下风灏南。风灏栎现在不能相信任何人，只好向大哥求助。他向风灏南说明情况，希望可以尽快找回朱由校。

风灏南常年镇守边关，对于朝廷内部的斗争一向不是很热衷，可是这件事关系到国本。他带回来的心腹手下都常年驻守边疆，在京城属于生面孔，很多事情做起来反而方便。他安慰了风灏栎几句便出去安排。

风灏栎松了一口气，这时才想起紫蝶应该还在外面等着，便忍着伤口的疼痛站了起来。他走到房间外面，果然看到紫蝶站在花园里，愣愣地对着满园的鲜花发呆。摘掉面纱的她是那么清雅脱俗，即使百花齐放的艳丽也掩盖不了她的光芒。

“紫蝶！”风灏栎轻声叫道，“谢谢你照顾我，你累了一个晚上，我派人送你回望缘楼吧！”风灏栎低头叹息一声，“等我进宫禀明圣上，你就可以医治那些病人。”

“好吧，你自己也要好好休息，现在你也是病人！”紫蝶的话一直都很少，从懂事开始她就觉得无论什么时候都应该自己照顾自己。风灏栎虽然身受重伤，身边却有一堆仆人伺候着，还有什么好担心的呢？

“灏栎哥哥，你没事吧？”季如月接到下人的禀报，说风灏栎受了重伤，她不顾女子应有的矜持，立即赶了过来。当她真真实实地看到风灏栎在她的面前，才如释重负。她松了一口气，转头却看到了天姿国色的紫蝶；同样身为女子，季如月却依然诧异紫蝶的美。

“你……”

“如月，她是紫蝶姑娘，望缘楼的老板娘！”风灏栎在见到季如月的一瞬间，竟然有一种心虚的感觉。

紫蝶愣愣地看着风灏栎，原来在他的心里，她只是一家酒楼的老板娘，又或者，他在季如月面前不想做一点儿让未婚妻难受的事情？紫蝶刚刚解封的心又冷冻下来。她也开始打量季如月，她很美，小家碧玉温婉可人！她们之间有着千丝万缕的联系，紫蝶从来没有想过会在这种情况下遇见季如月。

“风大人，小女子告辞了！”紫蝶不再多言，不再回头，径直离开。

紫蝶突如其来的冷漠让风灏栎莫名其妙，却也不便追问，在季如月的搀扶下回到房间。

紫蝶走出风府的时候留意到一个轻盈的身影一直在跟着她，她故意绕到偏僻的巷子里，然后停下了脚步：“出来吧！”

蜻蜓施展轻功稳稳地落在紫蝶面前，回眸对她妩媚地一笑：“好久不见，别来无恙？”

紫蝶、蜻蜓和黄莺同时被喋血令主收入门下，三个人被调教成绝顶高手。但她们各自执行任务互不干涉，生活中几乎也没有接触，所以紫蝶对蜻蜓并没有特殊的好感：“你一路跟着我，不是想向我问好吧？”

“当然不是！我只是跟你打声招呼，让你不必诧异。我想在以后的日子里，我们还会有许多见面的机会。”

“你放心，师父的命令我不会违背。如果我想揭穿你，那天在难民营的时候就已经做了。只是我不明白为什么你不让我杀风灏南？”

“我不会回答你的问题，我也不会干涉你的任务。总之你只要记住一切都是师父的意思就可以了。”

紫蝶不再多问，转身就走，在走到蜻蜓身边的时候犹豫着停了下来，说道：“我要提醒你，风灏南这个人一点儿都不简单，希望你小心为上。”

紫蝶不知道蜻蜓会不会把她的话放在心里，但是她能确定风灏南跟风灏栎完全不同。皇上这一次召他回京究竟是什么目的到现在都没一个说法。紫蝶在回望缘楼的路上忽然想起，蒋施会不会真的在走投无路之下去风府找风灏栎？

暗潮湍流急

紫蝶一路沉思着回到望缘楼，发现酒楼门口戒备森严，小七正来来回回焦急地踱步。他看到紫蝶回来，仿佛见到救星一般，急忙迎了上来："小姐您去哪儿啦？"

"小七，什么人来了？为什么有这么多的御林军？"很少有事情能让紫蝶的内心起波澜，她镇静的眸子望着小七问道。

"三皇子来了，他已经等了你很久，非要见你不可！"

小七慌张的表情让紫蝶的内心有些小小的吃惊，她做事一向小心谨慎，难道是朱常洵识穿了她的身份？紫蝶安慰了小七几句便走了进去，朱常洵正背对着门口站在窗边眺望着远方。

"民女紫蝶，给三皇子请安！"紫蝶低头下跪，心里已经开始思忖着如何应付。

朱常洵转过身来不由得眼前一亮："是你？"自从在郑府见了紫蝶一面之后他一直念念不忘，只是碍于母亲的威严不敢将这个民女纳入府中。但是他没料到，他要找的医术高明的女子竟然是他朝思暮想的人。

他暗自庆幸昨天晚上风灏栎及时赶到将她救下，否则他一定会遗憾终身："快起来吧，紫蝶姑娘，你抬起头来看看，你还记得我吗？"

"三皇子气度非凡，岂是我等平民百姓可以仰视的！"

"不要紧，你起来吧。今天本王来找你是有事相求！"朱常洵弯腰亲自扶紫蝶起来的一瞬间，她身上淡淡的幽香让他有些心神荡漾。

“民女不敢，请三皇子吩咐！”这个时候紫蝶已经猜到了朱常洵此行的目的。

果然，朱常洵在椅子上坐下缓缓说道：“这段时间瘟疫肆虐，城中百姓人心惶惶民不聊生，看到这样的情景我也很心痛。前些天从难民营中跑掉了一个患瘟疫的病人，本王查到他是被姑娘救下，并且已经康复了，是吗？”

“请三皇子恕罪，我……”紫蝶马上又跪了下去，脸色苍白，不敢说话。其实她已经答应了风灏栎要帮瘟疫病人治病，只是风灏栎和朱常洵的政治立场不同，她明白其中的利害关系。

朱常洵的心中一怔，竟然隐隐约约有一种心疼的感觉。他再次扶起紫蝶笑道：“本王今天不是来兴师问罪的，只是替众多患瘟疫的百姓来恳求姑娘，上天有好生之德，希望姑娘可以救救他们！”

“这……”紫蝶低头不语。这场瘟疫已经开始在全城蔓延，太医们束手无策，百姓人人自危。这个时候如果她受朱常洵的嘱托救治了那些人，那么他在老百姓心中的威望就会剧增。皇上本来就有意要换掉太子，朱常洵的做法无疑是在准备政治筹码。

“紫蝶姑娘，请你救救他们吧，就当是本王求你了！”朱常洵说着顺势便要下拜。紫蝶急忙拦住朱常洵。

“三皇子您言重了，我会尽力而为！”紫蝶低下头去，嘴角扬起了一抹不易察觉的冷笑。

朱常洵带着自己浩浩荡荡的御林军离开望缘楼，一路上都在庆幸他做出的选择，既体现了他为百姓请命的博大胸襟，又再次见到了倾国倾城的紫蝶。他回忆紫蝶的容颜时才发现，他的那些侍妾只能用庸脂俗粉来形容。

风灏栎很急切地想要找到朱由校的下落，从紫蝶医治瘟疫病人这一点来看，她的医术绝对不在太医们之下。太医对于太子所中的毒束手无策，他开始考虑要不要跟紫蝶说实话，让她去试一试。

可是紫蝶是那么柔弱和单纯，把她卷入到宫廷斗争之中风灏栎于心不忍。

“灏栎哥哥，你在想什么？药已经凉了，你快点喝吧！”季如月见风灏栎一直望着地面发愣，不知道在想些什么，好像当她不存在一样，不由得有些伤感和气愤。她把药端到风灏栎的面前，用勺子喂到他的嘴边。

“呃……如月，我自己来吧！拿药这些事你交给下人做就好，时候不早了，我派人送你回去吧！”风灏栎决定冒险试一试，不管怎样保住太子的命再说。

季如月终于忍不住了，重重地把药碗放在桌子上，委屈地说道：“你是不是觉得我很讨厌？每次我来找你，你都急着赶我回去！”

风灏栎回过神儿来有些莫名其妙：“如月，你怎么这么说？我怎么会讨厌你呢？我只是不想你太辛苦呀！”

“哼！”季如月瞪了风灏栎一眼跑出了房间。她跑了两步便沿着走廊慢慢走着，她在期待风灏栎会追出来哄哄她，可即使她的速度慢得像蜗牛，还是没有看到风灏栎的身影。季如月彻底失望：“该死的风灏栎，打死你打死你！”季如月狠狠地踢着柱子，准备去找风老夫人告一状。

季如月走到拐弯处，迎面撞上了一个端着香茗的丫头，茶水撒了她一身。“你怎么搞的，走路都不看的吗？”季如月用手帕用力地擦着裙摆，抬起头看到一个容貌清秀，楚楚动人的女孩，“你是谁？新来的吗？”

“我……我叫若惜，是大少爷的侍婢！”若惜惶恐地看了看季如月，“对不起，我帮你擦干净！”

“走开，别碰我！笨手笨脚的怎么伺候风将军呀！一点规矩都不懂，我去告诉老夫人，就该罚你跪上两个时辰。”

“对不起，季姑娘，我不是故意的！”若惜顿时泪如涌泉，小心翼翼地站在一边道歉。

“喂，你自己受了我二哥的气，不用全部撒在下人身上吧！”

顺着声音的来源，季如月看到风灏鸣懒洋洋地靠在院子里的树干上，摇着折扇饶有兴趣地看着她。季如月的火气一下子又上来了：“不用你管我！”

“你是我未来二嫂，我哪敢管你呢？”风灏鸣一边说着一边走了过来，对若惜说道，“我大哥还等着你的茶呢，赶紧去再倒一杯吧！季大小姐宽宏大量不会跟你计较的。是不是啊？”

“谁说我不会计较，我就是要重重地罚她！”季如月在风府中总是受到贵宾般的待遇，她从来都没有把自己当成外人。

风灏鸣看了看梨花带泪的若惜暗自在心里惋惜，转头对季如月说道：“那随便你吧。我二哥对下人一直都很宽厚，你这未来二少奶奶这么凶……啧啧啧……互补吧！”

“你……”季如月气得热泪盈眶，握紧拳头狠狠地打向风灏鸣，“你这臭小子……坏蛋……”

“喂喂喂，你轻点，想打死我？”风灏鸣一边闪躲一边大喊，“救命啊……”

“什么事这么吵？”风灏南循声走过来，看到季如月和风灏鸣打成一团，不由得皱起了眉头，“灏鸣，你太不像话了！”

“大哥，你看清楚没有呀，挨打的人是我，我怎么不像话啦？”风灏鸣觉得很委屈，平白无故挨顿打还要被大哥责备，好人不能当。

“季姑娘，我三弟若有得罪的地方你别介意，我替他向你道歉了！”风灏南看在季海雄的分上也愿意迁就季如月。

“没……没关系！”不知道为什么，季如月总是很害怕风灏南，或许是他身上散发出来的那种不怒而威的军人气质让她有强烈的压迫感，她红着脸跑开，临走还不忘暗中踩风灏鸣一脚。

风灏南看在眼里微微摇了摇头，官家小姐的娇生惯养和刁蛮任性，真不是一般男人能伺候的。“灏鸣，怎么说季姑娘也是灏栋未来的媳妇儿，你该避嫌才是，懂吗？男女授受不亲！”

“大哥，她那么凶，我才不会笨得主动去惹她。我可是为了保护你的女人，你一句谢谢都没有还骂我，我招谁惹谁了？”风灏鸣指指满脸委屈的若惜说道。

“你再胡说八道小心我揍你！”风灏南看到若惜羞红了脸，不由得也尴尬起来。

风灏鸣暧昧地笑了两声，自觉消失。在他眼里，即使大哥现在跟若惜没什么，若惜早晚也是大哥的女人。

风灏南望着风灏鸣消失的背影长叹一声，转身看到若惜蹲下身子在捡碎片，尖锐的陶瓷划破了手指，鲜血染红了白色的碎片。

“别捡了，让其他人来收拾，我带你回房间上药！”风灏南在战场上看惯了生死，可是面对着若惜柔弱的身躯和盈盈的泪光，心底最柔弱的角落里竟然有暖暖的感动。他牵起若惜的手走回书房。

若惜没有拒绝风灏南，她从风灏南的眼神中看到了心疼。不记得已经有多少年没有人牵过她的手，也忘记了上一次被人疼爱是什么时候。被呵护的感觉是什么样的？她忘记了！她以为这辈子都不会再有人关心她。

“疼吗？”风灏南轻声问道。

若惜抬起头望着风灏南温柔的目光，刹那间泪如雨下。

“怎么啦？是不是很痛？我这就让人请个大夫回来！”风灏南已经有很久都不知道什么叫作手忙脚乱，即使面对敌人的千军万马他也镇定自若，可是若惜的眼泪却让他不知所措。

“不是，我很好！风大哥，我……”若惜说了一半便停了下来，突然扑进风灏南的怀里，微微颤抖。

风灏南犹豫了一下，轻轻拍着若惜的肩膀安慰道：“别怕，有我在你的身边，我会保护你！”

若惜重重地点了点头，把脸埋进了风灏南的胸膛。两个人的拥抱让路过的风老夫人看在眼里，会心地笑了笑，转身离去。

风灏栋正在房间里无所事事时接到家丁的汇报，秦大海来找他，有急事。他还没有吩咐下人放秦大海进来，秦大海已经扯着大嗓门自己闯了进来。“你小子别弄得跟大姑娘似的，想见你一面还得让我等老半天，都说了是急事！”

“你现在不是已经进来了吗？说吧！”风灏栎已经做好了听秦大海闲扯的准备。

“两件事。第一，皇太孙已经找回来，这会儿安全送回慈庆宫了！”秦大海自己倒了一杯水一饮而尽。

“真的？太好了！”风灏栎的脸上乐开了花，“是谁送他回去的？”

“不知道，听说是他自己回去的！别人问他什么他都说不知道！你说这真是怪事哦！”秦大海摸摸下巴做沉思状。

是很奇怪！昨天晚上紫蝶说蒋施带着皇太孙逃离，她去引开那些杀手，之后究竟是不是发生了什么事呢？为什么朱由校脱险之后没有来找他，而是直接回了慈庆宫？

“你不是说两件事吗，另外一件呢？”风灏栎决定去慈庆宫看看，他待在房间里胡思乱想是不会有答案的。

“差点儿忘记了，另一个是坏消息！对你来说！”秦大海补充了一句继续说道，“我刚刚接到消息，三皇子去了望缘楼找老板娘。听说那位老板娘可以医治瘟疫，三皇子亲自去请她帮百姓治病，老板娘已经答应了！”

“什么？”风灏栎果然从凳子上跳了起来。其实紫蝶已经答应了他要出面替百姓治病，风灏栎准备以太子的名义让她站在百姓面前，现在三皇子亲自出马，局势立刻发生了改变。朝廷的局势本来就不稳定，如果三皇子的威望再继续往上升，太子的地位就真的保不住了。

“你别激动，你着什么急？”秦大海没心没肺地认为谁当皇帝都一样，他照常做他的锦衣卫，“太子现在还躺在床上，会不会翘辫子都不知道，你管他谁当太子呢？咸吃萝卜淡操心。”

风灏栎气急败坏地瞪了秦大海一眼，根本就不知道该怎么跟这大老粗去沟通。三皇子生性狡诈，心狠手辣，让他继承皇位绝对不是百姓的福气。“太子现在怎么样啦？”

“还剩下一口气！”秦大海已经做好了举国哀悼的心里准备，甚至开始盘算是不是趁机向三皇子靠拢，为自己将来的稳定发展埋下基础。

风灏栎想起朱由校的病经过紫蝶的诊治虽然康复了一大半，可是毕竟没有痊愈。他猛然站起来想去慈庆宫看看，一用力便触动了胸口的伤，疼得脸色泛白龇牙咧嘴。

“哎呀，你到底在担心什么？管好你自己吧！”秦大海把风灏栎按回床上，“得，我帮你跑一趟慈庆宫看看什么情况！”秦大海顺手从桌子的水果盘里拿了一个梨，在衣服上擦了两下便咬了下去，摇头晃脑地出去了。

风灏栎现在担心的不止是太子和皇太孙的安危，他最惦记的是那一抹倩丽的身影。朱常洵让紫蝶替瘟疫病人治病，那么她就要天天跟那些人接触，万一她自己也染病了怎么办？风灏栎想起紫蝶清纯的笑容，一阵怜惜涌上心头。

风灏栎静下心来运功调息了半个时辰，勉强可以下床走动，他换了一身衣服悄悄离开了房间，直奔望缘楼。此时的望缘楼已经闭门谢客，李掌柜站在柜台里无聊地拨弄着算盘，小七兴致勃勃地拍打着苍蝇，其他店小二都无精打采地散落在一旁打瞌睡。

“李掌柜，你家小姐呢？”

“呦，是风大人呀，有失远迎，见谅见谅！”李掌柜满脸堆笑迎了出来，“小姐已经答应了三皇子要替瘟疫病人治病，一会儿会有轿子来接她去收容所。这会儿她应该在房间里收拾东西呢！”

“我能去见见她吗？”

“这……不太方便吧！”李掌柜想要拒绝，却听见楼梯上传来声音，仰起头看到紫蝶已经站在了楼梯口。

“风大人是找我吗？”紫蝶的语调依然不疾不徐，让人猜不透她的喜怒哀乐，“李掌柜，我刚刚在厨房做了几道小菜，你吩咐小七去端过来，我和风大人聊一聊。风大人，到雅间里坐坐好吗？”

风灏栎跟着紫蝶进了雅间，袅袅升起的檀香让风灏栎的精神为之一振。

待小七将酒菜摆放好，紫蝶又将酒杯撤掉，换了一杯茶。“你有伤在身不宜饮酒，吃点东西吧，昨天晚上你流了那么多的血，应该补一补！”

紫蝶的气定神闲让风灏栎更加无所适从，他坐到紫蝶身边问道：“为什么要答应三皇子？”

“对不起，我……我先答应了你，本来不应该再答应三皇子，可是……如果当时我不同意的话，只怕现在你已经见不到我了！”紫蝶低头拨弄着手指淡淡地说道。

风灏栎愣了一下，感到由衷的无力。是的，紫蝶只是一个普通的女子，三皇子高高在上权势冲天，她拿什么去拒绝。或许紫蝶根本就不明白，答应他和答应三皇子，这两者之间的区别在哪里。

“风大人，不管怎么样，只要可以治好那些瘟疫病人就是行善积德，不是吗？”

风灏栎苦笑，对紫蝶来说两者果然没有分别！他不能要求一个善良单纯的人去参与宫廷斗争，他不想也不忍。

“是，只要能治好病人就可以了！紫蝶，其实应该我向你说对不起，是我……没有能力保护你！”

“为什么这么说？”

“你不会明白的！”风灏栎觉得很复杂，不知道怎么跟紫蝶解释。可是紫蝶的心里却明白风灏栎这些话的意思，她唯有保持沉默。

风灏栎解下身上的令牌塞到紫蝶手上，柔声说道：“这个你拿着。”

“这是你的随身令牌，为什么……要给我？”

“你进入收容所以后就会被隔离。那些看守品流复杂，什么人都有，如果他们欺负你就拿出令牌，也许可以帮到你！”

紫蝶默默地接过令牌，泪水溢出了眼眶。

“紫蝶，你怎么啦？别哭，是不是有人欺负你啦？”风灏栎手忙脚乱地蹲下身子，抬起头望着紫蝶流泪的双眼，犹豫着伸出手擦去她脸上的泪水。

“灏栎，谢谢你！”紫蝶微笑着说了一句真心话，已经有很多年不知道流泪是什么感觉，作为一个杀手，她没有脆弱的权利。

风灏栎第一次听到紫蝶叫他的名字，心里泛起了阵阵涟漪，情不自禁地握着她的手说道：“好好照顾自己，我会想办法去看你！”风灏栎轻抚着紫蝶的脸庞，从指尖传来的感觉让他的呼吸有些急促。

紫蝶没有拒绝，甚至有些期待和依恋。她看到风灏栎的脸离她越来越近，心跳的加速让她不由自主地闭上了眼睛。

“小姐，小姐……三皇子派人来了！”小七没有敲门就直接闯了进来，兴高采烈地喊道。

风灏栎急忙起身向后退了两大步，做了一个深呼吸稳定情绪。紫蝶望着风灏栎狼狈的样子轻笑了一声。她的笑容让风灏栎的心情也渐渐好转。

“我知道了，小七，你到我的房间去把我的药箱拿下来吧！”

“哦！”小七挠挠头不知道发生了什么事，又一溜烟跑了。

“紫蝶，我不方便出去见三皇子的人，你凡事都要小心，照顾好自己，明白吗？”风灏栎不放心地千叮万嘱。

“有没有人说过你很啰唆？”紫蝶浅浅的微笑，像春风一样吹进风灏栎的心里。

风灏栎愣了一下，也觉得今天他的话似乎特别多。为什么会这样？是因为以前没有遇见值得他啰唆的人吗？风灏栎忽然想起了季如月，强烈的不安充斥着整个心房。他站在窗前看着紫蝶上了轿，矛盾的心情让他烦躁不安。

收容所里的复杂不是一个弱女子可以承担的，风灏栎忽然渴望自己可以染上瘟疫，这样便可以名正言顺地留在紫蝶身边。风灏栎被自己的念头吓了一跳，苦笑着摇摇头，黯然神伤。

第四章　情深意长伤无悔

没有吻

紫蝶坐在轿子里闭目养神，脑海中却总是浮现出风灏栎的模样。刚才他蹲在她身边仰着头望着她，只差一点点他的嘴便会吻上她的唇。想到这里，紫蝶的心颤抖了一下，脸颊绯红不知所措。

对一个杀手来说，动情的那一天便是她的末日。从小练习断情弃爱，是一项艰苦卓绝的浩大工程。她花了很长时间才做到杀人于无形，对血流成河的场景无动于衷。现在，一个男人竟然让她的心有了牵挂。

紫蝶忽然想起风灏栎是季如月的未婚夫，为什么？为什么她和季如月的命运竟有天壤之别？她不服气，更加为自己的母亲感到难过和心痛。

"紫蝶姑娘，到了！"太监尖锐的嗓音唤回了紫蝶的思绪。

紫蝶下轿，意外地发现这里并不是难民的收容所，而是朱常洵在宫外的别院："徐公公，这……"紫蝶诧异地问道。

"紫蝶姑娘，二殿下交代了，收容所环境恶劣品流复杂，不适合您居住。三皇子特意在别院里给您收拾了一间厢房，让您可以住得舒舒服服的！"徐公公讨好地走到紫蝶身边，小心翼翼地回答。

"我住在这里，怎么替人治病呢？"

"这个嘛，三皇子也安排好了。看见了吗？别院中有许多空置的房间，三皇子会派人把病人送进来养病。哎……三皇子还真是宅心仁厚，拿出自己的住处来收容难民。"

紫蝶不再言语，跟着随行的宫女进了别院。

别院中的设计独特，装饰豪华。假山流水，奇花异草；翘角飞檐，在太阳下闪着莹莹碎光。房檐之上青瓦红砖，在回廊的每一根柱子上都雕刻着栩栩如生的图案。花园中错落有致地摆放着盆栽，百花齐放的美景中连空气都散发着淡淡的幽香。

紫蝶没心情欣赏这些奢侈物品，朱常洵摆出姿态为民服务，只是在为自己增加政治筹码。她在宫女的引导下进了厢房。房间内的布置清雅不俗，以淡紫和粉红色为主，梳妆台上摆满了精致而珍贵的首饰。桌案上袅袅升起的檀香味让她觉得心旷神怡。

“紫蝶姑娘您先好好休息，三皇子吩咐，待您养足精神之后明天再替病人治病。”宫女轻声细语地说完便退了出去。

紫蝶打量着房间，在心里感慨人世间的种种不公。她坐到床上运功调息，半个时辰之后听到一阵轻微的脚步声朝她的房间而来。

“紫蝶姑娘，本王可以进来吗？”紫蝶下床打开房门便欲下拜。“民女参见三皇子。”

“快起来，以后没人的时候就不用行礼了。”朱常洵扶起紫蝶走进房中，笑着问道，“这里的安排你还满意吗？如果有什么需要尽管开口，我会多派些人手过来让你使唤。”

“不用了，一切都很好。希望三皇子可以尽快安排我替病人治病，疫情不能再继续蔓延下去了。”

“你不仅人长得美，心地亦是如此善良，谁将来若是可以娶到你，那真是几世修来的福气。”朱常洵自从在郑府第一次见到紫蝶以后，这个女人的美貌便深深地印在了他的脑海，他有一种想将她拥入怀中的冲动。

“三皇子谬赞了！”紫蝶避开朱常洵炙热的目光，低下头说道。

“那你好好休息吧，明天会有很多事情要做。如果你想见本王，就让太监来说一声。”朱常洵晚上要进宫去给父皇请安，这件事情绝对不能耽搁，他留恋地看了看紫蝶才转身离去。

第二天一大早，果然有患了瘟疫的病人被陆陆续续送过来。朱常洵将

策乱江山

策乱江山

别院隔离成两个部分，东厢房和大厅那边住满了病人和负责看守的衙役，西厢是紫蝶和宫女太监居住。如果没有召唤，擅入者死。

紫蝶开始忙碌起来，她让每一个接触过病人的人每天都按时服药，防止被传染。她穿梭在患了瘟疫的病人之间，总是忙到连喘息的时间都没有。紫蝶学医的时候从没有想过，有一天她所学的东西居然可以用来救人。

拜入喋血令主的门下，她所学的每一样本领都是为了更好地完成任务。从十四岁起她就一直在杀人。午夜梦回的时候她甚至会被噩梦惊醒，死在她手上的人多得连她自己都记不清楚了。每当夜深人静时仰望星空，她总是会被忧伤所淹没。任何时候她都波澜不惊，可是没有人知道她内心的脆弱。

“紫蝶姑娘，您歇一会儿，吃点东西吧！”

“你把东西放到我房间去就离开这里，尽量不要过来找我！”紫蝶救了蒋施和朱由校之后对疫情有一定的了解，这次瘟疫的传染力很强，如果不是她从小跟毒物打交道，她也没有十足的把握不被传染。

“是！”宫女如获大赦一般退了出去。

紫蝶从身边的衙役手中接过一碗刚刚煎好的药，小心地扶起奄奄一息的老人，耐心地喂着他喝药：“老人家，把药喝了你就会好起来的。”

“姑娘……我……我老了，死不足惜，请你救救我的孙女吧……”老人老泪纵横，抓紧紫蝶的手，激动地说道。

“大胆，敢对紫蝶姑娘无礼！”衙役冲上来就踹了老人一脚。三皇子千叮万嘱要照顾好紫蝶，他觉得这个女人很有可能会做王妃，于是百般讨好。

“谁让你动手的？马上出去！”紫蝶讨厌恃强凌弱的人，瞪着衙役呵斥，转头换上另外一副温柔的表情，凑到老人耳边说道，“您放心吧，我会尽力救您的孙女。您也要振作一点儿，等你的病好了你们就可以团聚，继续开心地过日子。”

眼前的老人让紫蝶想起了她的外祖父，如果当年不是因为父亲的背信弃义喜新厌旧，她母亲就不会饿死街头，她也不会沦落到今天的地步。趁着别人不注意，紫蝶悄悄擦去即将滑落的泪水。

朱常洵在陪母亲下棋的时候显得心不在焉，屡屡下错棋子。郑贵妃看在眼里，在儿子第五次下错的时候终于把不满爆发出来。她把棋子扔了回去说道："今天不下了，我看皇儿的心不在我这里。"

"母亲怎么这么说？孩儿这不是一直陪着您吗？"朱常洵收回心神笑道。

"皇儿，听说你找了一个绝色的女子替那些染了瘟疫的人治病是吗？"郑贵妃对于朝廷中任何风吹草动都十分留意，尤其是对儿子有利或有害的事情。

朱常洵点了点头："她已经治好了许多病人！"

"皇儿，朱常洛身中剧毒就剩下一口气了，你要乖乖地在你父皇面前好好表现，让那些迂腐的大臣们无话可说。那个女子可靠吗？"

"我已经查过，她没什么背景，只是普通的民间女子！"

"那就好，她的医术如此高明，你不妨将她留在身边，将来或许有用。"郑贵妃多年来被皇帝专宠，在后宫习惯了飞扬跋扈，如果可以扶儿子坐上太子的宝座，她这一生便没有了遗憾。

朱常洵等的就是母亲这句话。紫蝶无论是样貌还是才情，都比宫中那些选秀而来的秀女们要强。

"启禀贵妃娘娘，锦衣卫指挥使厉大人有要事求见三皇子！"郑贵妃的贴身太监崔文升禀报道。

"宣！"郑贵妃放下茶杯轻声说。

"卑职参见贵妃娘娘，参见三皇子！"厉威跪拜。

"起来吧！"郑贵妃轻描淡写地说道，"厉大人匆匆而来有何事？"

"卑职来请三皇子去巡查锦衣卫新进来的侍卫！"

锦衣卫的职权十分特殊，又深受皇帝的宠幸，是郑贵妃急于笼络的一群人，对厉威她多少还是会给点面子。在锦衣卫中安插自己人对将来的霸业有利无害。"既然如此，皇儿你先退下吧！"

朱常洵向母亲告辞，一出郑贵妃的寝宫，厉威的脸色马上变得十分凝重。“三皇子，卑职接到消息，有人要暗杀紫蝶姑娘！”

朱常洵的心震了一下，问道：“要杀紫蝶？查到是什么人了吗？”

“卑职已经让精明强干的手下去查，依照卑职判断，应该是太子那边的人。他们不想紫蝶姑娘治好瘟疫病人让三皇子的声望盖过太子，所以就对紫蝶姑娘下手。”

“加派人手保护紫蝶的安全。有没有查到他们什么时候会动手？”

“按照属下接到的消息，他们早就应该动手了，为什么一点儿动静都没有，这一点卑职也是百思不得其解！”

“你的消息可靠吗？”

“绝对可靠！不过……”厉威欲言又止。

“有话就说！”

“依属下推测，他们大概是看出了紫蝶姑娘的利用价值，所以暂缓行动了。”

“你的意思是说，他们想让紫蝶去救治太子？”朱常洵马上意识到这个可能性很大。太子所中的毒太医们都束手无策，这让拥护太子的人急得就差满头白发了。瘟疫横行的时候太医也说无药可治，可是紫蝶却用实际行动打破了太医的预言。“哼，他们想得美！”朱常洵冷哼。

“三皇子，请恕卑职直言，依目前的形式，您应该主动提出让紫蝶姑娘去救治太子！”

“什么？是我听错了还是你说错了？”朱常洵的脸色顿时变得铁青。

“您听我说！太子遇刺中毒那一天，皇太孙被刺客劫走时也是奄奄一息，可是回来的时候却活蹦乱跳，您也知道是紫蝶姑娘救了他。紫蝶姑娘未必知道皇太孙的身份，但是皇太孙肯定知道紫蝶的医术很高明。朝中那帮老顽固早晚也会找上紫蝶姑娘，与其那个时候迫于无奈，不如主动一点儿，还能落个好名声。”

按照厉威的想法是直接将紫蝶灭口一了百了，让太子彻底没有翻身的机会。可是他看得出朱常洵对那位紫蝶姑娘情有独钟。自古英雄难过美人关呀！

朱常洵站在御花园中沉思了许久，思索着厉威说的这些话。厉威分析得没错，如果朝中那些大臣找上门来，除非紫蝶死了，否则他必须把人交出去。

“三皇子……”厉威想要再劝解几句，朱常洵却不耐烦地挥了挥手，示意厉威先退下。

厉威走后朱常洵一个人漫步在御花园里，他发现满园的花卉竟然都比不上紫蝶的一颦一笑。他嘴角不由自主地扬起一抹微笑，政治斗争是残酷的旋涡，他怎么忍心让如此娇艳的女孩陷入万劫不复的斗争中呢？

朱常洵背着手若有所思地向前走，突然看到皇上身边的贴身太监匆匆忙忙跑过来。

“刘公公，什么事这么着急？”朱常洵叫住年迈的太监。

刘公公此时已经是气喘如牛，看到深受皇帝宠爱的三皇子走来便停下了脚步，喘息着说道：“奴才……见过三皇子！哎呦，别提了，皇上忽然说炼丹需要无根水，奴才正准备去取呢！”

“无根水？”

“哎……”刘公公朝四周看了看，凑到朱常洵的耳边说道，“国师跟皇上说，等一会儿天下雨的时候就拿器皿接着，雨水没落地之前就叫无根水！”

朱常洵很想笑，但硬是忍住了。这么多年来皇上不理朝政，只是躲在炼丹房里寻求长生之道，不管朝中大臣如何斗到你死我活，他都依然稳如泰山。有时候，朱常洵很佩服他的父亲，有时候，又很同情他的父亲。

这个真命天子一生的使命似乎只是为了修道，他不应该继承皇位。如此大逆不道的想法朱常洵当然不会表现出来，微笑着说道：“这万里晴空，又怎么会下雨呢？”

“谁知道呢，国师说一定会下雨！”

“那刘公公赶紧去吧，不要耽误父皇的大事！”朱常洵主动让出一条路让刘公公以及几个小太监过去。望着这些人急匆匆的背影，他的心底油然升起一股悲哀！

手足藏心机

紫蝶在朱常洵的别院里医治瘟疫病人，除了那天晚上的刺客行刺之外，再也没有遇见过其他的意外。静下心来的时候，她总是会不由自主地想起风灏栎的吻。为什么会这么惦记一个人？她自己也说不清楚，难道这就是传说中的爱情吗？

“紫蝶，为什么这么晚了还不睡？”朱常洵悄悄走到紫蝶身后，脱下长衫披在她的身上。

“三皇子！”紫蝶正欲行礼，又被朱常洵按住了。

“我们可以像朋友一样相处吗，不分身份的尊卑，不论世俗的礼节？”

紫蝶点了点头。这几天跟朱常洵的接触比较多，紫蝶发现他并不像外界传闻的那么不堪，至少他彬彬有礼，把持有度。在他的心里似乎隐藏着许多的委屈难以倾诉，他的文韬武略和风流才华，也是一个状元之才。

“三皇子为何这么晚了都没有回宫呢？”

“宫中的生活枯燥而烦闷，并不是我想要的。”朱常洵抬起头看着皎洁的月光发出了感慨，“普通百姓羡慕荣华富贵，却不知生在帝王家的无奈。”

紫蝶相信这是朱常洵的一句真心话，就像那天她躲在暗处听到朱常洛的诗句一样。

“紫蝶，很感谢你为我大明的百姓日夜辛劳，你……可以再帮我一个忙吗？”朱常洵转过身认真地看着紫蝶说道。

“三皇子请吩咐！”

“前段日子有刺客进入慈庆宫刺杀我皇兄，现在他身中剧毒性命垂危，太医们束手无策，都说无药可救。你的医术这么高明，你可不可以去看一看他，也许你能救他！”

朱常洵提出的事情在紫蝶的意料之中，她想起了师父密信中交待的任务，一阵厌恶涌上心头。她抬起头看了看朱常洵，微微点了点头：“三皇子吩咐，紫蝶一定照办。”

“我先替皇兄谢谢你！”朱常洵微笑，他越来越留恋紫蝶的容颜，越来越痴迷她淡淡的笑容和身上清雅的幽香。

第二天一大早，朱常洵亲自送紫蝶进宫替太子疗伤。拥护太子的大臣似乎达成了一种默契，谁都没有出言阻拦。紫蝶又一次见到了朱由校，他躲在太子一个侍妾的身后冲她扮了个鬼脸，调皮地眨了眨眼睛。

紫蝶会意地朝他微微摇摇头，行礼之后走到太子的床前。这是她第二次见到这个落魄的太子殿下。此刻他躺在床上双目紧闭，嘴唇泛紫，脸色已经呈现出紫青色。就算不把脉，紫蝶也知道太子中的是什么毒。

是喋血令罗兰堂堂主黄莺的独门毒药，地狱幽香！

中了此毒的人，一开始会昏迷不醒，十二个时辰之后浑身剧痛，再过六个时辰毒性会渗入他的五脏六腑，此时他的血液已经开始逆流，身上会散发出一股淡淡的香味。等他身体的皮肤全部变成蓝色之后便回天乏术。

从中毒到死亡，中间会承受半个月的苦，许多中了毒的人宁愿自行了断也不想受这半月的煎熬。当他断气的时候，尸体会化为一摊脓水，尸骨无存！紫蝶从太子的脉象中看出，宫中的太医并非一无是处，他们对太子用的药，减缓了毒性的发作，否则以太子的身体状况，应该不止是昏迷不醒！

“紫蝶，我皇兄所中的毒可以解吗？”朱常洵看紫蝶半天不说话，真心希望紫蝶也说无药可救。

紫蝶的沉默并不是为太子默哀或者为朱常洵难受，她只是不知道该不该救。喋血令的规矩是各自执行任务互不干涉，罗兰堂下的毒，如果要解，也只能由黄莺亲自来解。她并没有地狱幽香的解药，也没有十足的把握可以解毒。

只是到现在为止，黄莺的人再也没有出现，师父也没有进一步的指示，对太子，究竟是救还是不救?

“三皇子，太子中毒太深，我怕我也无能为力！”紫蝶的话让屋子里的人一片哗然。

“仙女姐姐，你救救我父亲吧，如果他也死了我就是孤儿了！”朱由校上前拉住紫蝶的衣袖，眼中写满了恳求，闪烁的泪光让人不忍拒绝。

“我只能尽力而为！”紫蝶望了望躺在床上的男人，由衷地替他感到悲哀。这个国家未来的继承人，在生命垂危的时候，真心关心他的人只有他的儿子。在场的每一个人都有着自己的打算和准备。

“三皇子，麻烦你留下两位公公，叫其他人都出去！让人准备干净的清水和毛巾，一把锋利的匕首，再把我的药箱拿过来！”紫蝶说完之后，王安马上就吩咐下人去准备。王安亲自留下来等候紫蝶的差遣。

紫蝶把匕首放在火上烘烤，走到太子身边，握住他的手腕。

“等一下，紫蝶姑娘，你这是干什么？”王安连忙拦住紫蝶，心惊肉跳地问道。

“太子中毒太深，他体内的毒素已经在血液中蔓延，我需要把毒血放出来！”

“那那那……太子他会不会有事？”王安满脸担忧，不由自主地望向朱常洵。

紫蝶明白他的意思，他是害怕她和朱常洵串通来谋害太子的性命。“太子已经昏迷了这么久，如果再不替他解毒，他绝对活不过十二个时辰。如果我想害他，根本什么都不用做！”

“王公公,你相信仙女姐姐吧,她不会骗我的！”朱由校把王安拉到一边，摇晃着他的手臂说道。

王安无可奈何地选择了后退。紫蝶以特殊的手法在朱常洛的脉门上切了一个小的十字口,他的血立刻往外冒。他的血并不是鲜红色,而是紫黑色。王安看得直冒冷汗。

紫蝶明白以朱常洛现在的身体状况根本就经受不住这种放血的方式，她暗中把真气输入他的体内，护住他的心脉。许久，她才吩咐宫女脱去他上身的衣衫，用银针封住了他体内的几处大穴。

王安看到太子的脸色在渐渐好转，惊喜得热泪盈眶："紫蝶姑娘，太子是不是没事啦?"

紫蝶用纱布包扎好朱常洛的伤口，从药箱中拿出一粒药丸喂他服下，转头回答王安："不是！我只是暂时阻止了毒性的发作，减少太子的痛苦。三天之后如果不能把毒素彻底清除，那……"

"那你快替太子解毒呀!"王安一听太子只有三天的命,不由得老泪纵横。

"王公公，太子身上的毒非常奇特，我需要一点时间去找药引!"

"药引很特别吗?"朱常洵看到紫蝶医治朱常洛的手法，忽然发觉他要重新审视这个女孩。

"我需要地狼蛛的毒液以毒攻毒!"

"奴才马上叫人去抓地狼蛛!"

"王公公,你等一等。"紫蝶叫住准备出房间的王安说道,"必须我自己去。地狼蛛本身就带有剧毒,我需要的药引是雌雄蛛在交配之后雌蛛的毒液。"

"这个还有讲究?"朱常洵皱眉。

"是的，一般人不懂得地狼蛛的习性很难采集到。王公公，麻烦你派人守护太子,记住,这段时间不要给他吃东西,每隔两个时辰给他喂点水就好!"

"紫蝶，你一个女孩子去太危险，我陪你去!"朱常洵情急之下拉住紫蝶的手说道。

紫蝶在朱常洵的眼中看到了真切的关怀，她忽然发现这个城府深沉的三皇子竟然也有真诚的一面。

“我没事，明天的这个时候我一定会回来！”紫蝶不动声色地抽回自己的手，跟朱常洵保持距离。

“那我派人跟你一起去！”

紫蝶微微摇摇头：“三皇子，请你相信我！”紫蝶不等朱常洵再开口便径直走了出去。对她来说，已经习惯了独来独往，她喜欢一个人没有拘束，蒙上面纱之后她就是另外一个人。

紫蝶走出慈庆宫的时候迎面遇到了赶来问安的几个大臣，其中就有兵部尚书季海雄。紫蝶和季海雄同时愣了一下。紫蝶停下脚步退到一边，等着这些高官们先行离去，季海雄却刻意放慢了脚步，等同伴们走远他追上了紫蝶。

“姑娘，你还认得我吗？”

“季大人贵为朝廷重臣，小女子不配高攀！”

紫蝶脸上的笑容和她语气中的嘲讽完全不匹配，可是季海雄却没有想要生气的感觉。他轻笑着打量着眼前的绝色美女问道：“姑娘，我们是不是在哪里见过？”

“是的，在望缘楼，风将军的接风宴上！”

“不是，我是说在那之前！”季海雄总觉得紫蝶的身上有一种似曾相识的气质，可就是想不起在哪里见过。她还那么年轻，不应该是多年前的故人。

“也许……是在你的梦里！”紫蝶说完之后转身就走。高官厚禄，荣华富贵，这是多少人一生向往和追求的目标呀！一将功成万骨枯，多少人的成功是踏着别人的肩膀上去的，当他们回头看的时候，是否也会内疚？是否也会怀念？

紫蝶不知道季海雄这些年是不是还存在着过往的记忆，她只记得多年前一个叫季浩的人，为了他的似锦前程，扔下他的结发妻子，舍弃还未满月的女儿，毅然决然的离去。多年以后他的妻子带着女儿去找他，他依然狠心地不理不睬。

这样一个男人，紫蝶想不出原谅和宽恕的理由！

紫蝶眼中的哀怨和伤感的背影，让季海雄的心底涌起了强烈的不安。她的眼神是那么熟悉，她举手投足的姿态像极了让他魂牵梦萦二十年的女人。

紫蝶出了慈庆宫之后没有让任何人跟随，凭着深厚的内力，察觉到她的身后至少有四个人在跟着她。她不动声色地回到望缘楼。

“小姐，您可回来了，您没事吧？”李掌柜看到紫蝶走进来，立即迎了出来。

紫蝶看到望缘楼内座无虚席宾客盈门，说道：“这些日子我不在，辛苦你了！”

“小姐，您太客气了，其实……”李掌柜欲言又止。望缘楼能有今天的红火，仰仗的是三皇子的照顾。许多达官显贵都在传三皇子对紫蝶青睐有加，于是上门巴结的人络绎不绝。望缘楼最出名的药膳宴席，已经排到了下个月月底。

不用李掌柜明说紫蝶也了解其中的奥妙。“我好累，回房间休息一下，叫人不要来打扰我！”紫蝶径直上楼进房间，关上了房门。她从梳妆盒里拿出一粒红色的药丸，走到窗边以弹指神功的手法弹出去，红色的药丸化作一股淡紫色的烟雾，在空气中瞬间消失了。

一盏茶的时间之后，两名白衣女子越窗而入：“属下拜见堂主！”

“罗兰堂的人在不在京城？”紫蝶背对着下属问道。

“属下一直有留意罗兰堂的动静，按照他们的行踪来看，黄堂主应该在京城。这几天她们的行动都很神秘，属下不便跟得太紧，所以……”

“她们现在在哪儿？”

“在城郊的芜柳山庄。”

紫蝶听完之后便挥了挥手，示意手下离去。两名白衣女子相互看了一眼，施展轻功离开。

入夜以后，紫蝶看到依然有人在望缘楼附近徘徊。她猜到这些很有可能是朱常洵派来暗中保护她的人。她换上夜行衣，以巧妙的移形换影身法躲过那些人，顺利地离开了望缘楼。

城郊芜柳山庄是喋血令的一个情报站，紫蝶现在已经没办法去揣测师父的用意。师父让她监视太子的一举一动，但是又派人刺杀太子，现在太子生死未卜，她并不是不能替太子解毒，只是需要一个明确的答复。

紫蝶施展轻功行了一段路程，忽然看到前方有一队人马朝她的方向而来。她翻身躲入暗处，只见五个手拿弯刀的蒙面大汉迅速从她身边掠过，很快便隐没在黑暗中。江湖中人用的兵器千奇百怪，可是用弯刀的人却很少。

京城之中的任何风吹草动都可能会影响到师父的计划，紫蝶犹豫了一下便快速跟了过去。

喋血柔情错

紫蝶的轻功远在那些蒙面人之上，她一直跟他们保持着一段距离，让她惊讶的是这些人居然停留在风府的后院门口。他们说了几句紫蝶听不懂的话，便轻轻一跃，翻进了院子里。

这些人是冲着风灏栎去的，还是冲着风灏南去的呢？

事情牵扯到风灏栎，紫蝶的心忽然变得很乱。她的任务只是监视太子以及留意朝廷的动向，其他的事与她无关。如果她做一些超出权限的事，师父知道以后后果会很严重。

五个蒙面人顺利地进入风府，为首的人从怀里掏出一张地图，指给同伴们看了看。这时巡夜的家丁朝这边走来，大汉从怀中掏出暗器，家丁连哼都没哼一声便倒地身亡。

风灏南坐在书房里认真地研习书法，常年在外打仗，他已经很久没有静下心来练练字。在家中的日子是他这十几年来过得最开心的时候。虽然奶奶总是在他耳边唠叨着朝廷里的争名夺利，虽然三弟总是不肯用功念书和习武，可是普通的家庭温情让他冰冷坚硬的心在慢慢融化。

“大少爷，夜深了，”若惜敲门进来替风灏南添了些灯油，把消夜放在桌子上说道，“我做了一碗汤圆，你吃一点儿就早点休息吧！”

若惜的温柔和善解人意总是让风灏南感到心旷神怡。他放下笔在桌子前坐下，相比于战场上的伙食，家中的饮食已经是人间美味，尤其是若惜亲自下厨。“若惜，你怎么也还没去睡觉？”

“我怕你半夜会肚子饿，下人都已经睡下了，不要去吵他们嘛！”若惜把汤勺递到风灏南的手中。

风灏南笑了，他轻轻握着若惜的手柔声说：“辛苦你了！”

若惜低下头，羞涩地微笑。她忽然感到风灏南的手一紧，随即将她一把拉进了怀里。若惜惊呼一声，风灏南已经一脚踢翻桌子，抱着她跳出了好几丈远。若惜此时才看到五个手持弯刀的蒙面大汉一字排开站在他们面前。

“大少爷！”若惜的心里一紧，从这五个人的体型和呼吸，她马上便判断出他们的武功有多高。风灏南如果以一敌三或许不成问题，可是以一敌五还要保护她，他一定会受伤。若惜的念头还没有想完，弯刀已经朝他们砍了过来。

风灏南将若惜推出战圈之外，赤手空拳迎了上去。他用惯了长枪，而他的枪又不在身边，只用了几招，若惜就知道风灏南一定会输。她的脑子迅速转动，这时从门外掠进一条白色身影，让她松了一口气。

风灏栎的加入让局势发生了逆转，兄弟二人联手时竟然像事先排练过一样默契。

这边的打斗惊动了风府的守卫和家丁。风府世代都是武官，家中养的男丁个个习武，此时全都训练有素地涌了进来。蒙面人见势不妙，为首的人跃到若惜身边，横抱起她便越窗而去。

其他四人见老大离开，马上从不同的方向逃离。

“若惜！”风灏南欲去追赶，风灏栎一把拉住了他：“大哥，小心对方有埋伏。”

“顾不了这么多了，我一定要救若惜回来。二弟，你留在家里保护奶奶和三弟，我去去就回！”

“大哥……”风灏栎的话还没有说完，风灏南就已经跳出了十几丈之外。

紫蝶躲在暗处一直观察着打斗，她发现那五个蒙面人的武功路数并不是中原武林中的门派。如果是来自关外，那么这些人的目标应该是风灏南。她松了一口气正准备离去，突然感觉身边一阵轻微的晃动，几条人影从她藏身的地方闪过。她看到这些蒙面人挟持着一个昏迷不醒的人，那人竟然是风老夫人。

此时风灏栎还在风灏南的书房里收拾残局，完全没有留意到这边的动静。眼看着风老夫人就要被这些来历不明的人带走，紫蝶情急之下摘下几片树叶当作暗器甩了出去。

扛着风老夫人的蒙面人手腕一阵剧痛，出于本能反应便松了手。同伴见他不对劲便急忙支援，在这短时间内发生的变化却已经惊动了警惕性极高的风灏栎。风灏栎的长剑再次出鞘，直刺三个蒙面人。

蒙面人以风老夫人为人质，风灏栎的招式处处受到阻碍，没多久便已经处于下风。紫蝶暗自焦急，眼看着蒙面人的弯刀就要刺进风灏栎的胸口，这个情景让紫蝶想起那晚风灏栎以身替她挡剑。她的心口一酸，在自己都没反应过来的情况下一掌便推了出去。

风灏栎愣了一下，又一次出现的蒙面人让他不知是敌是友，今天晚上的人来了一拨又一拨，他已经应接不暇。

手持弯刀的三个蒙面人相互看了看，同时朝紫蝶砍了过来。紫蝶从腰间抽出软剑，随意挽出的几朵剑花便已经让敌人无法靠近。风灏栎第一次见到一个人的出剑速度快到这种程度。他正诧异时，三个蒙面人相互摇了摇头，扔下风老夫人翻墙离去。

“奶奶，奶奶……”风灏栎从地上扶起风老夫人，探了探她的鼻息，呼吸平稳似乎并没有大碍。

紫蝶蹲下来在风老夫人的几处大穴上轻点，风老夫人慢慢睁开了眼睛。“灏栎……”

“奶奶，我在！您有没有哪里不舒服？”风灏栎将内力注入风老夫人的体内问道。

“你不用白费内力，那些人只是点了你奶奶的穴道，我已经替她解穴，六个时辰之后她就能行动自如！”紫蝶不敢用自己的真实声音跟风灏栎说话，交谈时只能使用腹语。

风灏栎唤来下人将风老夫人送回房间安置，警惕地望着紫蝶问道：“你是什么人？半夜三更为什么会在我家中？”

“你不需要知道我是谁！还是赶快去帮你大哥吧！”

紫蝶最后一个字刚说出口，风灏栎只觉得眼前一花，定睛再看时已经失去了她的踪迹，只留下一阵浓郁的花香证明刚才有人来过。这个蒙面女子的眼神，让风灏栎忽然想起当日在慈庆宫的喋血令杀手。莫非她跟给他解药救治秦大海的是同一个人？

“二哥，什么……什么情况？”风灏鸣揉着蒙眬的睡眼，衣衫不整地走了出来，还伸了一个大大的懒腰。

有时候风灏栎很羡慕这个败家子的生活，他总是不需要为任何事情担心，只要自己过得开心就好。这是不是当小弟的特权？风灏栎此刻恨不得上前扇弟弟两个巴掌让他彻底清醒。“你赶紧找人请个大夫回来替奶奶看病，再吩咐下人去找秦大海过来帮忙看着家里。我要去接应大哥！”

“二哥，你要走呀？”风灏鸣一把拉住风灏栎的袖子不肯放开，“不行啊，万一你走了刺客又回来了怎么办？你可就我一个弟弟了，我要是翘辫子了你怎么跟爹娘交代？”

“臭小子，现在知道害怕啦？你早干吗去了，你别忘了我也只有一个大哥！”风灏栎推了风灏鸣一把，施展轻功跳上屋顶，迅速离去。

“二哥，你真不管我了？”风灏鸣望着风灏栎的身影消失在黑暗中，下意识地裹紧衣衫，回头对傻站在旁边的下人呵斥道，“还像根柱子似的杵在那里干什么，没听见我二哥说的话吗？赶紧找大夫去呀！还有还有，去把秦大海叫来，顺便让他多带几个人过来，我还不想死！”

家丁马上分头去办事，风灏鸣郁闷地去奶奶房间等着大夫来诊治。

风灏南跟着刺客紧追不舍，那些人的武功路数异常奇特，而且个个轻功高强，他用了十分的功力才能勉强追上他们。出了城外二十里，蒙面人忽然在一片空地上停了下来。

“把人放了，本将军会考虑给你们留个全尸！”风灏南喝道。

“哼……你不要痴心妄想，要想救回你的女人，除非你自断一臂！”

若惜听了不禁打了一个寒战：“大少爷不要，若惜这条命是您救的，我死不足惜，你千万别为了我做傻事，还有好多大事等着你去做！”

“快一点，我没那么多的耐性等你！”蒙面人的弯刀已经划破了若惜脖子上的皮肉，鲜血慢慢渗出来，让风灏南心疼不已。

风灏南捡起蒙面人扔过来的刀，缓缓拿了起来。对于一个驰骋沙场的将军来说，一只手臂意味着他的灵魂，如果失去了一只手，将来他还怎么再上战场杀敌？他抬起头看到若惜闪烁着泪光的眼睛，这份沉静的美好让他露出了如孩子般单纯的微笑。

“若惜，我说过我会保护你！”风灏南握紧手中的刀又站了起来。

“如果需要用你的手臂来保住我的命，我情愿去死！”话音刚落，她突然拉着蒙面人的手要往脖子上砍去。

蒙面人没料到一个柔弱的女子真的有自杀的勇气，急忙让弯刀跟她保持距离。只是这一瞬间的分神，已经足够风灏南反败为胜。他用尽全力将手中的刀射了出去，顿时刺穿蒙面人的咽喉。他的身影随即赶到，将若惜护在怀里。

其他几个蒙面人见老大已死，纷纷朝风灏南砍了过来。但是这一次他们只求脱身。当其中一人扛着蒙面人的尸体远去，其他几人也从不同的方向逃窜。

“若惜！”风灏南将若惜紧紧搂在怀里，仿佛是一件失而复得的珍宝，他的喜悦没人能懂。

“风大哥，你好傻。若惜不值得你这么做！”若惜泪如雨下，她依偎在风灏南的怀里，忽然有一种想要永恒的错觉。

紫蝶躲在暗处目睹了刚才这一幕，转身悄然离开。蜻蜓是不是跟她一样，内心已经起了波澜？作为一个杀手，根本就不可以对人动情。她开始同情风灏南。自古英雄难过美人关，纵使百炼钢，在心爱的女人面前也成了绕指柔。

如此多的文人墨客在歌颂爱情，究竟这个世界上是否真的存在？紫蝶不明白，她的迷茫从认识风灏栎的那天起就注定了。她仰望星空默叹一声，收敛起心神赶往芜柳山庄。她到达的时候里面一片漆黑，她翻墙而入，伫立在院中久久不动。

大约过了一盏茶的时间，几条人影从她身边掠过，只是一眨眼，黄莺已经悠然自得地坐在了她面前的石桌上。

“蝶恋仙子大驾光临，有何贵干？”

“废话少说，我需要地狱幽香的解药！”紫蝶直截了当地说道。

“我凭什么要给你？”

“不凭什么，为了完成师父交托给我的任务！”紫蝶说话的时候看到黄莺的脸色变了变，她就知道她猜对了，师父并不想在这个时候让太子死。

黄莺在很多时候都很忌妒紫蝶，因为她总是可以精确地判断出事情发展的趋势以及当时的情况。她很不情愿地从袖中掏出解药扔给紫蝶：“师父让我告诉你，你只要做好你自己的事，其他的与你无关！”

不知道是不是心虚作祟，紫蝶总感觉黄莺指的“其他”是风灏栎。今天那一批神秘刺客身份不明，但是她能确定不是喋血令的人。师父安排蜻蜓留在风灏南的身边，究竟是保护他还是想要害他？

紫蝶不想再跟黄莺多说什么，转身就走。

“慢着！”黄莺站起来走到紫蝶身边，凑到她耳边说道，“师父说，季海雄这个人还有利用价值，叫你千万不要动他！”

紫蝶的心咯噔一下沉落到谷底。黄莺与紫蝶相识这么多年，终于在她脸上看到了表情的变化，她的心里有说不出的舒畅。紫蝶淡淡地看了她一眼，施展轻功离去。师父让黄莺转达给她的话让她感到万分惊讶。

她以为这个世界上除了她再也没有人知道季海雄的身份，可是师父竟然以这种方式来暗示她。她忽然变得心神不宁，师父的厉害让她感到心寒和害怕。

紫蝶放慢脚步往回走，师父让黄莺对她的警告，很显然师父已经知道了她跟季海雄的关系。她的心变得很乱，长期以来的镇静在今天晚上如洪水入侵般决堤了。紫蝶想起了多年以前的下午，母亲临终之前渴望的眼神。

这一刻，她的眼眶湿润了，一种久违的脆弱充斥着她的内心，她很想找个安静的地方尽情地哭泣。如果可以选择，她不会走上这一条路。从她杀第一个人开始，她几乎就能预见自己的未来，或者说，她根本就没有未来。

紫蝶努力不让泪水掉下来，收拾起心情继续伪装，继续去完成师父交托的任务。

第二天一早，紫蝶拿着调配好的解药送到慈庆宫喂太子服下。为了让药尽快发挥药效，她暗中输内力给朱常洛，打通他的经脉。

一个时辰之后，朱常洛缓缓睁开了眼睛。他看到的第一个人不是他的宠妾，不是他的儿子，也不是他的心腹，而是一个素未谋面的美丽女子。

“我……这是在天上，还是……人间？”朱常洛微笑着问道。

紫蝶发现朱常洛很有意思，他问的是人间还是天堂，却没有提到地狱。莫非他真的坦荡到仰不愧天俯不怍人吗？在鬼门关走了一圈，睁开眼睛的第一时间可以露出微笑，这也是一种境界和修为。

“这是慈庆宫，是你的家！”紫蝶起身，掀起床幔扶朱常洛坐起来，“看清楚了吗？”

“那你是谁？”

“民女紫蝶，参见太子殿下！”

“快起来！是你救了我？”

“哎呀……太子殿下，您可醒过来了，臣妾担心死了！”李选侍在侍女的簇拥下走了进来，抱着朱常洛放声大哭。

朱常洛轻轻拍了拍李选侍的背，把她从怀里拉出来擦去她的泪水，露出安慰的笑容：“你看我现在不是好了吗？对了，由校呢？他可痊愈了？”

“父亲，孩儿在这儿！”朱由校蹦蹦跳跳地进来，笑嘻嘻地说道，“我就知道仙女姐姐一定有办法救您！”

朱常洛不由得再次打量紫蝶。这个女子的肤若凝脂，身材窈窕，即使站着不动也有一番独特的韵味，就仿佛是一朵出淤泥而不染的莲花，可以远观却不能亵渎。朱常洛舍不得移开目光。李选侍从他的眼神中看到了惊艳，她扯了扯朱常洛的袖子说道：“殿下您才刚刚醒过来需要静养，其他人就出去吧！”

紫蝶明白“其他人”指的是她，行了个礼便退了出来。如果太子的伤势已经没有大碍，她的任务也还是要继续下去。她总是有一个预感，这一次的任务跟以往不同。她第一次开始渴望结束这样的生活。

紫蝶慢慢走回望缘楼，发现街道两边多了许多贩卖书画的摊子。她走到门口的时候，只见小七正把一个年轻的书生推出门外，不耐烦地说着：“赶紧走，赶紧走，别妨碍我们做生意。你想撒野也不看看这是什么地方！”

“小七，什么事？”紫蝶轻声喝道，“你怎么可以赶客人呢？”

“小姐，我没赶客人。这个穷书生没钱还想住店，白吃白喝，我这才……”

“不是的姑娘！”书生突然见到一位轻纱蒙面的女子出现，急忙辩解，“在下是进京赶考的举子，上京路途遥远，勉强到了京城，离科考还有半个月的时间，可是盘缠却已用尽。在下堂堂七尺男儿，只是想找一份工作。我不要工钱，只要有两餐一宿便心满意足了。”

紫蝶向身后张望了一番，明白为何忽然之间多了这么多摊子，想必都是一些穷书生为了进京赶考而谋生。

紫蝶见这书生眉清目秀气宇轩昂，问道：“你家中还有什么人？”

“小生命好，父母健在，还有一个姐姐已经出嫁了！”

“可否娶妻？”

“没有！”书生脸色微红，低头回答。

“小七，你带他进去，给他开一间客房！”紫蝶想起了一些往事，不禁悲上心头。

“也好，反正最近生意好，也缺人手帮忙哩！”小七甩了甩脖子上的毛巾笑嘻嘻地说道。

紫蝶看了小七一眼，转头对书生说道：“我会安排你住在后院僻静的房间内，让你可以安心读书。一日三餐你自己去厨房取，到了晚上打烊的时候你帮李掌柜算算账，用来当你的伙食费。至于房租，他日你高中之后我们再做计较！”

“谢谢姑娘，谢谢姑娘！”书生朝紫蝶恭恭敬敬地拜了拜。

紫蝶转身进了酒楼，小七扯了扯书生的衣袖说道：“别看了，你遇到咱们小姐是你命好，你可别打她的主意哦。”

“怎么会呢！在下沈墨，小哥怎么称呼！”

“我家有七个孩子，我没名字，大伙儿都叫我小七！”小七领着沈墨去了后院的厢房，他怎么也想不明白紫蝶姑娘为什么要帮这个穷困潦倒的书生。这年头生活艰难困苦，人人自顾不暇呢！

紫蝶进房间洗了个澡换了一身干净的衣服，浑身都感到轻松自在。她从梳妆盒里拿出那支残旧的银簪和手帕静静凝望着：“娘，如果当年爹没有狠心抛弃我们，现在您是不是还好好地活着。蝶儿好想你！”

紫蝶轻轻叹了口气，走出房间倚靠在围栏上望着宾客盈门的望缘楼。如果她只是一个普通的生意人，如果她只是一个平凡的女子，那该有多好。她的悲剧来源于那个不负责任的男人，她很希望他的历史不要在另一个人身上重演。

紫蝶的脑海中浮现出不堪回首的往事，她忽然决定做一些事，一些与喋血令无关，与师父交托的任务无关的事。她叫来李掌柜吩咐了，把她心里的想法吩咐下去，让李掌柜马上去做。

李掌柜不明白紫蝶的真实用意，只认为是正当的竞争手段，便欣然去办。

第二天一大早，望缘楼门口贴出的告示引来无数人的围观和驻足。

擂台露情深

风灏栎习惯了早起，给奶奶请完安之后便去找大哥练剑。到了风灏南的房间门口，只见风灏南正在专心致志地教若惜写字，两个人投入的模样让他不忍心打扰。他转身悄然离去，忽然莫名的想念紫蝶。

那天在三皇子的别院里，与紫蝶在澡池的吻总是不停地浮现在风灏栎的脑海里。他挥舞着手中的长剑，剑气震得树枝摇晃，纷纷扬扬飘落的叶子让他有一阵凄凉的感觉。每一次他想念紫蝶，心中就会有无可奈何的苦涩。他与季如月已有婚约，季如月虽然刁蛮任性，但是性格率直且天真善良，他又怎么能伤害她呢？风灏栎忽然心浮气躁，手腕一动，剑气一出，将院子里的一株桃树拦腰砍断。

“好小子，功夫有长进啊！”秦大海咬着油条走了过来，“你们家的厨师真不赖，连炸根油条都比御厨强！”

风灏栎没有做声，秦大海在他家自由出入，去得最多的地方就是厨房。

“怎么不吭声呀，跟季大小姐吵架啦？”秦大海凑上去问道，“我早跟你说了，对女人你就不能太客气！”

“别瞎扯了！”风灏栎收起长剑问道，“这么早来找我什么事？”

“早上我接到一个消息，望缘楼贴出了一张告示。凡是进京赶考的考生住店全都半价，每天还有一个擂台比赛，考生可以自由出题，琴棋书画都可以，最后可以用文采技压群雄的呢，以后他在店里的所有开销全部免费。直到下一个人把他打败！”

“哦，想不到紫蝶还有这份闲情逸致！”风灏栎轻笑，其实每一届的科举考试都是朝廷最热闹的时候，这中间的门道即使是普通百姓也略知一二。

秦大海把剩下的半截油条塞进嘴巴里，似笑非笑地说道：“灏栎，我实话跟你说了吧，厉大人让我特别留意望缘楼的一举一动呢！”

“为什么？”风灏栎吃了一惊。

“你在朝廷也混了这么多年，难道还不明白吗？自从紫蝶姑娘治好瘟疫病人，望缘楼已经声名鹊起。每天找紫蝶姑娘做药膳的达官贵人排队都排到大门口了，可是她依然能够井然有序地坚持自己的原则，保持着先来后到的秩序，为什么？那是有三皇子在背后给她撑腰！”

秦大海见风灏栎不说话便继续道：“至于三皇子为什么要这么照顾她，我想明眼人都看得出来。今年的新科状元必定是从这些考生中选拔出来，万一状元的头衔恰好就是受过紫蝶姑娘恩惠的人呢？这就不是单纯的民间活动，而是涉及政治问题了！”

秦大海话中的含义风灏栎马上就明白了。很多人都已经默认紫蝶会是三皇子的人，她现在的举动有替三皇子拉拢人心的嫌疑。其实风灏栎一直都明白，他的上司厉威是三皇子的人，他吩咐秦大海留意望缘楼的动静，是想暗中保护紫蝶。

“望缘楼一定很热闹，先别管这些乱七八糟的事情，咱们也去喝一杯怎么样？”秦大海一提起望缘楼的酒菜就直流口水。

“我去换套衣服，你等着我！”风灏栎不等秦大海抗议就直接回了房间。

“我说你怎么跟个娘们似的？”秦大海不满地对着风灏栎的背影喊道。

风灏栎和秦大海还没走到望缘楼门口就已经看到了人头攒动的热闹景象，就连门口都挤满了人。第一天的擂主还没有产生，许多自恃文采风流却又囊中羞涩的考生都想借此机会一举成名，成为望缘楼的座上客。

李掌柜给风灏栎和秦大海找了一个靠窗的位置，让他们可以清楚地看到大堂里的情景。秦大海属于半文盲，虽然认得几个字，但是对于诗词歌赋一窍不通，他听了几句便再也听不下去了，点了一桌子的酒菜慢慢吃。

风灏栎从小文武兼修，在文采上虽然不是经世之才，却也并不逊色。他发现在这些考生中有真材实料的人很多。他认真地看了整整一个时辰，秦大海已经酒足饭饱趴在桌子上打起了瞌睡。

最后只剩下了两个年轻的男子对决比试书法。风灏栎看着其中一个男子不禁皱起了眉头，他推了推秦大海，秦大海嘟嘟囔囔地翻个身继续睡。风灏栎顾不上许多，径直下楼走到大堂里。风灏栎不得不承认，这两个年轻的男人无论是吟诗作对还是琴棋书画，都是出类拔萃的人物。

“紫蝶姑娘来了！”人群中有人发出了惊叹声。

风灏栎转身见到紫蝶用轻纱遮着脸缓缓走了过来。她拿起桌子上的两幅字做比较，点头微笑。即使是用轻纱遮着脸，她的嫣然一笑也让人感觉到惊艳的美好。

“喂，你究竟懂不懂欣赏啊？”其中一个年轻人盯着紫蝶嚣张地问道。

“这位公子的字娟秀清雅，少了阳刚之气和磅礴的气势。至于你……”紫蝶转头对另外一个人说道，“你的字洒脱而霸气，挥洒自如，公子应该是一个性格乖张充满自信的人！”

“哈哈……姑娘好眼力！在下江玉基，并不是为了可以在望缘楼白吃白喝而来，我只是听说姑娘医术高明宅心仁厚，且美艳出众清丽脱俗。我只为一睹姑娘芳容！”

“好，倘若公子能够胜过我，紫蝶愿意摘下面纱！”

“你想比什么？琴棋书画任由你挑怎么样？”

“那就下棋吧！”紫蝶话音刚落小七就已经把棋盘摆上了。

“喂，你们俩当我是死人呀！”另外一个少年不乐意自己被忽视，打量着紫蝶不屑地说道，“她也不见得有多漂亮，我怕公子看到真面目之后会很失望，不如留个美好的念想吧！”

“季公子原来在这里，让我找得好辛苦！”风灏栎拨开人群挤了进去，少年的脸色马上变得又红又紫，低下头去不再说话。

风灏栎把少年拉到自己的身边，抱拳向江玉基道歉：“不好意思江公子，我这位小兄弟年少任性，请多海涵。至于紫蝶姑娘与你的这一盘棋，在下愿意代劳！”

风灏栎身边的少年一出现，紫蝶就看出她是女扮男装的季如月。对于季如月，紫蝶的内心有一种很矛盾的态度，说不出是怜惜还是厌恶。

“你代劳？你凭什么代劳？万一你输了呢？”江玉基打开折扇问道。

“紫蝶姑娘是女儿身，真实容貌岂能让人随意欣赏。如果我输了，我愿意自断一臂！”风灏栎说出的狠话让在场所有人都倒吸一口冷气。

“灏……风大人，您这又何必呢？”紫蝶拉了拉风灏栎的衣袖，这个江玉基虽然嚣张狂妄，可确实有真才实学。

“我不会让其他男人亵渎你的纯洁！”风灏栎凑到紫蝶耳边轻声说。

紫蝶看着风灏栎自顾自在桌子前坐下与江玉基对弈，鼻子泛酸，心中无数苦涩和委屈涌上了心头。如果在她最脆弱最需要人帮助的时候有一个人站出来保护她，她又怎么会走上这一条不归路？她开设擂台的原意只是想帮助那些有困难有才华的考生，却没想到第一天就惹来了江玉基这样的才子，看他的穿着打扮显然是富家子弟。她望着风灏栎认真思考的侧脸，突然涌起了一股想要躲入他怀里的冲动。

风灏栎与江玉基的棋局持续了整整一个时辰还未分出胜负，秦大海伸着懒腰打着哈欠走了过来，惊奇地说道：“咦？你也想在这里白吃白喝呀？带上我呗！”

风灏栎没有理会秦大海的调侃，而是盯着棋局连眼睛都没有眨。江玉基自诩文采风流，棋艺更是他引以为豪的强项，可是面对风灏栎的步步紧逼他竟然找不到反败为胜的机会。他的额头已经开始冒冷汗，最后只能眼睁睁地看着风灏栎把他杀得片甲不留。

“哼！”江玉基把棋子一扔，在众人的唏嘘声中愤然离去。

“灏栎哥哥，你真棒！”季如月奔到风灏栎的身边，习惯性地挽着他的胳膊，仰起头称赞他。

“你还敢说？让你爹知道你女扮男装跑出来非得关你十天半个月不可！”风灏栎沉下脸来训道。

季如月从风灏栎的口吻中知道他是真的生气了，不敢再奢望撒娇蒙混过关，站在一边不再说话。

紫蝶望着风灏栎的怒容，突然明白了。在风灏栎的心里，季如月是很重要的。他的潜意识里已经把季如月当成了他的女人，因此不希望她抛头露面招摇过市！那她呢？她在他的心中又是什么地位？

“多谢风大人出手相救，今日你跟秦大海这一顿我请客，告辞！”紫蝶最后一个字刚刚说出口转身就走。她的冷漠让风灏栎再一次莫名其妙！

“谢谢紫蝶姑娘了，下次我来你记得算我便宜点儿！”秦大海很兴奋，大半天的时间就这么混过去了，眼看着又可以准备晚饭了，“灏栎，我得回去睡觉，晚上我得去宫里值班，走了！”

“灏栎哥哥，你在生我的气吗？”季如月见风灏栎一直不说话，忐忑不安地问道。

风灏栎回过神来，缓和了语气说道：“以后不许这么胡闹了，走吧，我送你回家！”

紫蝶躲在窗户后面望着风灏栎和季如月远去，心里仿佛有巨石压得她喘不过气来。她的手指紧握着窗沿，不知不觉竟然划出了几道刮痕。她竭力克制着自己的情绪，不让任何人任何事影响。

她抚平自己的思绪，转身时眼角的余光看到了鲜红色的衣衫。紫蝶大惊失色，急忙跪下：“徒儿不知师父到来，请师父饶恕！”

喋血令主坐在紫蝶的床上，在面具掩盖之下只露出的那双眼睛目不转睛地看着紫蝶，许久都没有说话。这种沉默的气氛让紫蝶心惊胆战，她最近做的许多事情都已经超出了她的权限，光是在风府救下风老夫人就已经是死罪。

“紫蝶，你最近有没有遇到过一批神秘的蒙面刺客，他们的武功路数不是中原人士，他们的兵器全部都是弯刀？”

紫蝶的后背全是冷汗，喋血令主的心狠手辣在江湖上是公认的事实，无论是自己人还是外人，只要让她不满意她就会杀之而后快。“徒儿并未见过！”

“嗯！望缘楼现在的生意已经蒸蒸日上，你这里人来人往，多留意我说的这帮人，一旦有他们的下落马上向我汇报！”

“是，弟子明白！”

“听说三皇子对你青睐有加，是吗？”

“请师父放心，徒儿对师父忠心耿耿，对于男女之情绝对不会心存幻想。”

“很好，你记住，为师还活着一天，即使你当了王妃甚至皇后，我也可以随时要你的命！”

“弟子不敢！”紫蝶不敢抬起头正视师父的目光，她只觉得身上的裙摆轻轻一晃，她的身边已经空无一人。她起身回到床上，双手环抱着自己，陷入了深深的绝望。师父说得没有错，从她拜入喋血令门下的那一天起，她就再也没有了人身自由和幸福。她没选择的权利，只能像木偶一样听从师父的摆布。

紫蝶不知道自己傻傻地坐了多久，敲门声唤醒了她的思绪。她转头望去，原来天色已经完全暗了下来。她重重地吸了一口气让自己的心平静下来，下床打开了房门。

“紫蝶！”风灏栎送季如月回家之后被季海雄拉着闲话家常，季海雄还提到了年底让两人完婚的事情。风灏栎的心情很乱，在街上晃荡了很久，不知不觉竟然又回到了望缘楼。

“是你？找我有事吗？”紫蝶强装镇定和冷漠，淡淡地说道。

“紫蝶，你怎么啦？是在生我的气？”风灏栎轻轻抓着紫蝶的手，柔声问道。

紫蝶感觉到从未有过的疲惫，她凝望着风灏栎的脸，忽然扑进了他的怀里。

紫蝶突如其来的举动让风灏栎有些不知所措，他犹豫了一下，努力压制着心里的渴望，将她紧紧抱在怀里。

“紫蝶，发生什么事啦？你有什么不开心你告诉我？”

紫蝶的身体微微颤抖，她靠在风灏栎的肩膀上闭上了眼睛，如果此刻她能就这样死去该有多好。她宁愿安静地死在心爱的男人怀里，也不愿意再继续这种身心疲惫的生活。心爱的男人？紫蝶被自己的想法吓了一跳！

她爱风灏栎吗？不，不会的！她在母亲死后就发誓，从此以后她只爱她自己。但是为什么当她对师父说不会被男女之情所牵绊时心会这么痛；当她看着风灏栎护送季如月离开时，她会难受到窒息般的疼痛。

“紫蝶，你不要这样，有什么话你告诉我，让我帮你好不好？”风灏栎急切地说道。

“你帮不了我，任何人都帮不了我！”紫蝶从风灏栎的怀里出来，勉强挤出笑容说道，“谢谢你，你走吧！”

紫蝶的忽冷忽热让风灏栎抓狂，他能感觉到紫蝶对他是有好感的，刚才紫蝶依偎在他怀里是那么自然。

“紫蝶，你看着我，你真的要我走吗？”

紫蝶不敢正视风灏栎渴望而深情的眼睛，转过脸去说道：“就算你现在不走，以后还是要离开我的不是吗？你已经有了季如月，你可以改变现在的状态吗？纵使男人可以三妻四妾，可是我的心眼儿太小，我不能容忍与其他女人共侍一夫。我更加不愿意我爱的人太辛苦，你明白吗？”

紫蝶下定决心跟风灏栎保持距离。她跟季如月有着不为人知的关系，她不想伤害一个无辜的女孩子，更加不想因为一段自私的爱情，而让风灏栎惹来杀身之祸。就此了结对他们三个人来说都是件好事。

“紫蝶！”风灏栎望着紫蝶苍白的脸色，握着她冰冷的双手，听了她说的话，无数酸甜苦辣涌上了心头。他轻抚紫蝶的脸庞，忽然一把将她搂进怀里，狠狠地吻上她的唇。

“唔！”紫蝶轻呼一声，风灏栎趁着这一瞬间的空隙，舌尖迅速窜入她的嘴里，轻舔着她的上颚，尽情地吸允着她口腔里的甜蜜。

从未经历过男女之事的她在风灏栎的攻势下，防备很快土崩瓦解。她浑身发软，风灏栎强壮的手臂将她抱得更紧，两个人之间几乎找不到缝隙。

紫蝶的双手不知不觉攀上了风灏栎的脖子，情不自禁地踮起脚尖想要加深这个吻。风灏栎得到紫蝶的回应，内心的感觉更加强烈。他把紫蝶压在墙上，双手圈制她的身体。他的吻慢慢移动，吻过她的脸颊和眼睛，最后向下移动，亲吻着她白皙的脖子。

“蝶儿，不要再折磨我了好不好，我知道你也爱着我。你给我一点儿时间，让我可以向你证明我也爱你！”风灏栎轻揉着紫蝶的长发，凑到她耳边柔声说道。

紫蝶在风灏栎的柔情里慢慢沦陷，她该怎么跟风灏栎坦白她的身份，她该用什么方式来告诉他，他们之间不会有任何结果？她痛苦地闭上眼睛，泪水顺着脸颊滑落。她已经不记得有多少年没有流泪，每当她想哭泣的时候她总是会告诉自己，她没有脆弱的权利。

今天当她依靠在风灏栎的怀里，她只想放纵一次，让隐藏在内心深处这么多年的委屈通过软弱的方式宣泄出来。她靠在风灏栎的胸膛静静聆听他沉稳的心跳，不由自主地用尽全力抱紧他。

“灏栎，我好害怕……”

“蝶儿，你不要担心，不管发生什么事有我保护你！”风灏栎低头吻紫蝶脸上的泪水，他从来都没有如此心疼过一个人，让他愿意用生命去爱护，去疼惜，“别哭了，笑一笑！”

紫蝶微笑着抬起头望着风灏栎，在这段感情里，注定是她亏欠了他，她唯一能为他做的事情就是尽量顺从他的意思。风灏栎满意地的再次把紫蝶抱在怀里。

“今天为了我你冒这么大的险，跟人赌一只手臂，下次不许了！万一你输了怎么办？”紫蝶想起来都觉得一阵阵后怕。

风灏栎自豪地笑了笑说道：“我怎么可能输呢？我宁愿输掉一只手，也不要让那些好色之人因为垂涎你的美色而贪看你的容貌。”

“那你为什么喜欢我？不是因为我漂亮吗？”

风灏栎听了紫蝶的话忽然爽朗地大笑。以前朋友告诉他，每个女人都会问自己的男人这种傻问题，比如你为什么喜欢我！原来他的紫蝶也跟其他女人一样。风灏栎一本正经地掰过紫蝶的脸回答：“我喜欢你，不仅仅是因为你的容貌。也许是因为你的善良，也许是因为你的单纯，也或许只是一种命中注定的感觉。蝶儿，你明白吗？”

紫蝶并不明白，却微笑着点了点头。风灏栎所谓的“命中注定”是一种什么样的感情她不知道，她只是很清晰地意识到，她跟他不会有结局。她只是一个杀手，是喋血令的一件杀人利器，她怎么配得到幸福？既然结局已经可以预见，那么让她自私一次，好好地感受一下人世间最美好的温情，即使将来万劫不复她也无怨无悔。

风灏栎的心情大好，他看不到紫蝶眼中的哀怨和悲伤，他依依不舍地与她惜别，回家的路上都还沉醉在柔情似水的梦里。他刚刚迈进家门，风灏鸣冒冒失失地冲过来，迎头撞在了他的身上。风灏栎的好心情让他不想跟弟弟计较。

“二哥，我正要去找你！出事了，你快点去奶奶房里看看，我从来没见奶奶发这么大的脾气！”风灏鸣夸张地张牙舞爪，说完之后便向后退了两步，“我得出去避一避风头，等家里风平浪静了再回来！”

风灏栎轻轻在风灏鸣的脑袋上推了一把，快速向风老夫人的屋子里走去。

第五章　喋血泪洒荆棘路

铁骨绕指柔

风灏栎走到房门口的时候下人告诉他，老夫人已经带着风灏南去了祖宗祠堂。这一下风灏栎意识到了问题的严重性，急急忙忙赶了过去。只见风老夫人老泪纵横，一副痛心疾首的模样，风灏南跪在祖宗牌位前一言不发。

风灏栎深吸了一口气迈进去，轻轻挥了挥手，示意下人全部退下，走到风老夫人身边小心翼翼地问道："奶奶，大夫说您身体不好，不宜大动肝火。有什么事您先让大哥起来，我们好好商量嘛！"

"还有什么好商量的？"风老夫人忽然大喝一声，"你也给我跪下！"

风灏栎不知所措，为了不顶撞奶奶，只好在风灏南的身边跪下来。

"灏南，奶奶再问你最后一次，你究竟愿不愿意娶方家二小姐？"风灏南直视着祖宗灵位，斩钉截铁地回答："不娶！"

风灏栎虽然不是完全明白发生了什么事，却也猜出了一个大概情况。一定是奶奶逼大哥娶某个朝廷官员的女儿，大哥没同意！在内心深处，风灏栎替大哥的这种操守和坚持而喝彩。如果当初他也能够断然拒绝和季如月订婚，那么今天就不会陷入这样的尴尬局面。

"方从哲如今已经是朝廷的首辅，你娶了他的侄女对我们风家绝对有益无害。而且奶奶已经打听得很清楚，方家二小姐容貌清秀知书达理，是个难得的好姑娘。人家无论是家室或者人品，有哪一点配不上你？"

"奶奶，灏南不孝，这么多年来都未能承欢膝下恪守孝道，不管什么事我都愿意听从奶奶的安排，唯独婚事请奶奶让我自己做主！"

"岂有此理！自古以来婚姻大事都是父母之命媒妁之言，无论你为朝廷立下了多少汗马功劳，在家里你就是我孙子。你父母早亡，你的婚事也一样由不得你做主！”风老夫人狠狠地用拐杖戳了戳地板，站起来说道，“不管你同意不同意，明天我就上方家下聘提亲。”

“如果奶奶坚持这么做，明天我就进宫面圣，请求辞去官职，卸甲归田！”

风灏南态度的坚决让风灏栎很纳闷，虽然他错过了跟大哥一起成长的时间，但是平时兄弟二人书信往来之中，他可以理解大哥的雄心壮志和报效国家的决心和勇气。现在他居然为了婚事而甘愿放弃用生命和鲜血打拼回来的地位。

“你敢威胁我？”

“孙儿不敢！”风灏南低头不再言语。

风老夫人沉默良久终于缓和了语气，慢条斯理地说道：“我知道你不肯娶方家二小姐是为了什么。灏南，你要明白一个道理，自古以来男人都是三妻四妾，过个一年半载，你再纳若惜为妾便是，奶奶不会拦着你！”

风灏栎愣了一下，他没料到大哥对若惜的感情这么深，此刻他大有惺惺相惜的感觉。他很希望大哥可以力争到底，这样至少可以给他一个反抗胜利的榜样。

“奶奶，其实……”

“你闭嘴！”风灏栎的话还没说完，就被风老夫人打断，“今日我在庙里上香的时候遇到了季夫人，她言辞之间对你与如月迟迟不完婚的举动已经颇有微词。今年年底无论如何不许你再拖下去。你们兄弟俩跪在这里好好反省吧！”

风老夫人唤来丫鬟，霸道地锁上了门，在丫鬟的搀扶下毅然离去。

“对不起二弟，大哥连累你了！”风灏南苦笑无语。

风灏栎哀叹一声不知道该怎么接话。其实谈不上谁连累谁，他跟季如月的问题早就存在了。“大哥，奶奶向来都是说一不二，万一她明天真的去方家提亲，那……”生米做成熟饭了，风灏南一定也无计可施。

“二弟，你尽管放心，我已经想到应该怎么应付，不过要请你帮个忙！”

风灏南望着弟弟狡黠地一笑。

风灏栎与大哥相处时间不长，他也很想知道大哥究竟会用什么办法来反抗，于是便点了点头。入夜以后，风灏南在风灏栎的掩护下翻墙离开，风灏栎则回到祠堂继续思过罚跪，并且吩咐下人，如果奶奶过来就立即禀报。

过了子夜，风灏南才面带笑容地回来了，神秘地对风灏栎说大功告成。兄弟二人彻夜促膝长谈，直到东方肚白雄鸡啼叫，下人来传达风老夫人的意思，让兄弟二人去大厅用餐。

风灏栎见到大厅里摆满了各种各样名贵的礼物，全部都用红绸带绑着。很明显风老夫人说到做到，下定决心去方家提亲。后来他才知道，其实昨天早上她已经见过方从哲大人，两个人早就达成了默契，就等着提亲这个形式的完成。

风灏栎见风灏南丝毫都没有慌乱的迹象，心底竟然有一种隐隐的好奇。风灏鸣见大家都不说话，只能闷头喝粥，不断地用眼神瞄向两位哥哥！

“圣旨下，大将军风灏南接旨！”

风老夫人的纳闷情绪很快被驱赶，带着府中上下所有人庄严地接皇帝的圣旨。风家已经很长时间没有接过圣旨，今天的这一道圣旨却让她感到无比的愤怒却又无可奈何。

风灏栎终于明白为什么大哥信心满满，原来他昨天晚上连夜进宫面圣，请皇上下旨为他和若惜赐婚。风老夫人是一个十分注重三纲五常的人，所谓君为臣纲，她再怎么霸道也不敢违抗圣旨。

此刻风灏栎对他的大哥佩服得五体投地。

风灏南接旨之后，传旨的太监翘着兰花指笑道：“恭喜风将军了，皇上交代让您安心筹备婚事。哦，对了，皇上的赏赐已经一并送过来了。奴才还得回去复旨，告辞了！”

风灏栎看到脸色不善的奶奶和满脸愧疚的兄长，忍不住一阵唏嘘。

“李公公，我送送您！”风灏鸣一见气氛不对马上找借口开溜，给了传旨的太监不少赏银，然后自己也没再回大厅去，而是一溜烟出了家门去找狐朋狗友寻欢作乐。

紫蝶在望缘楼听到风灏南即将迎娶若惜的时候吓了一跳，若惜的真实身份是喋血令下丁香堂的堂主，跟她一样是一个让人闻风丧胆的职业杀手。现在她却要嫁给风灏南？这是师父的意思，还是她自作主张？

紫蝶在接到消息的第一时间就让手下的人去调查事情的始末，终于知道是风灏南主动向皇上讨来的这一道圣旨。风灏南不肯娶方从哲的侄女，可见他对门户之别看得很轻。而皇帝竟然会同意朝廷的大将军迎娶一个无依无靠的孤儿，许多人不解，但是真正了解政治的人就很容易明白。

风灏南自从奉诏回京之后皇上一直都没有明确的安排，他近几年战功彪炳，已经有了自己的心腹手下和亲卫军。如果他再跟朝廷大员攀上姻亲，皇帝的心里只会更加不安。自古以来的皇帝都是多疑善变，伴君如伴虎！

风灏南选择在这个时候跟若惜成亲，紫蝶认为有很大一部分原因是在向皇上表明忠心。可是蜻蜓在这次事件中又担当了什么角色呢？

紫蝶正在房间里发愣，李掌柜前来敲门："小姐，有位姓朱的公子坚持要见您！"

"哦！"姓朱的人？紫蝶已经猜到这个人是谁，马上说道，"立刻送朱公子去雅间，没有我吩咐任何人不许打扰。"

紫蝶长长地舒出一口气，便向雅间而去。推开门果然看到朱常洛与朱由校父子二人坐在里面饮茶，旁边只有他的心腹太监王安伺候着。

"民女参见太子殿下！"

"紫蝶姑娘请起！"朱常洛起身扶起紫蝶，笑容温和。"我今天来是想亲自跟姑娘道谢，如果不是你，我们父子只怕已经命丧黄泉了！"

"太子言重了，紫蝶只是尽力而为！"

"仙女姐姐，你们酒楼的糕点可真好吃，我以后能常来吗？"朱由校一手拿着一块千层糕，笑眯眯地问道。

紫蝶对朱由校有一种天然的亲切感，或许是因为在这个少年的身上她看到了自己一直渴望却没有的生活态度吧。“当然可以，不过不许偷偷跑出来，一定要让你的父亲知道。还有，不许逃夫子的课！”

“好！”朱由校放下糕点从桌子上搬过来一个梳妆盒笑道，“这个是我自己做的，送给你吧！你看，很好玩的哦！”朱由校打开梳妆盒，紫蝶发现里面另有乾坤。虽然只是雕虫小技的机关，但是朱由校能够自己做出来，足见这个孩子十分聪明伶俐。

“太子，您难得大驾光临，民女亲自下厨去为您做几道好菜，您稍等！”

“听说让紫蝶姑娘亲自下厨，排队都要等上一个月，今天我岂不是走了后门？”朱常洛笑着调侃。

“太子若是不嫌弃，尽管当紫蝶是朋友。如果是朋友，那为您做菜就不算是生意，自然就没有托关系的嫌疑了！”紫蝶说完便笑着退了出去。

王安打开房门小心翼翼地四处张望一番，退回房间不安地说道：“殿下，果然跟传闻中的一样，望缘楼几乎都住满了这一届进京赶考的考生。万一紫蝶姑娘真的是三皇子的人，那……”

王安忧心忡忡，朱常洛的地位以及处在风雨飘摇之后，皇上的身体在这半年来也是越来越差，万一这个时候朱常洵再一次在朝廷中安插自己的亲信，对太子的威胁就越大。

“王公公，你放心吧。紫蝶姑娘的医术高明，她能不顾自己的生命安危救治这么多身染瘟疫的病人，足见她的心地善良。倘若她真的暗中帮助皇弟，也是无可奈何之事。”朱常洛这么多年来都小心谨慎地生活，已经学会用豁达的心胸去面对世事无常的变故。

上一次紫蝶医治瘟疫病人的时候，拥护太子的朝廷官员为了不让三皇子的声望在民间超过太子，曾经收买江湖上的杀手进行刺杀，结果失败了。后来紫蝶在三皇子的引荐下替太子疗伤解毒，这件事才被搁置了下来。

待朱常洛完全清醒的时候，坚决反对这些人的做法。今天他来找紫蝶纯粹是为了感谢救命之恩。他进望缘楼的时候已经见过举子们提在墙上的诗词，许多都是文采飞扬气势磅礴。只要可以为朝廷选拔到有用的人才，一心一意帮助皇上匡扶社稷，他们的心向着谁又有什么关系呢?

紫蝶用心做了几道可口的小菜让朱常洛品尝，朱常洛坚持让紫蝶和王安一起坐下来吃。紫蝶望着朱常洛哀怨的眼神忍不住有些伤感。如果他能顺利继位，应该会是一个宅心仁厚的英明君主。

朱常洛喝了几杯酒忍不住诗兴大发，一定要到楼下去跟那些考生们一起吟诗作对，王安和紫蝶只好小心地陪在他的身边。

“仙女姐姐！”朱由校拉了拉紫蝶的衣袖难过地说道，“我很久没看到父亲这么开心了。姐姐，你真是厉害哦！”

紫蝶看着朱由校的样子却开心不起来，出身帝王之家，是整个国家未来的继承人，身边却连一个说知心话的人都没有，这难道不是悲哀吗？朱常洛喝了不少酒，迷迷糊糊已经分不清东南西北，紫蝶只好安排了一间客房让他暂时休息。

王安守在朱常洛的身边老泪纵横：“太子过得实在是辛苦呀！紫蝶姑娘，麻烦您帮我照顾太子，我去打盆水来让他洗洗脸。”

“我吩咐下人去做吧！”

“不，别人做我不放心！”王安悄悄退出去。

紫蝶趁机替太子把了把脉，发现他的身体恢复得并不是很好，体内的毒素到现在都还没有完全清除。

“紫蝶姑娘，谢谢你！我今天真的很开心！”朱常洛握住紫蝶的手说道。

“太子，您好好休息吧。您的身体不是很好，如果您真的喜欢这里就常常来，我替您炖一些药膳帮您调理，好吗？”

朱常洛闭上眼睛不想让紫蝶看到他太明显的悲伤。他开心，是因为终于有一个人真心对他好，不因为他是太子，他们，只是朋友！

知己意难求

紫蝶坐在房间里，为了梳理凌乱的心情，只好安安静静地坐下来弹琴。她弹奏的曲子是琴箫合奏曲，弹了一半的时候听到一阵悠扬的箫声在与她相互呼应。他们俩的默契似乎与生俱来，没有经过演练却配合得天衣无缝。弹奏完了之后夜色又陷入了沉默，紫蝶犹豫了一会儿，顺着刚才箫声的方向来到后院，只见沈墨正拿着箫站在月光之下，修长的身影在清冷的月光下显得有些凄凉和惨淡。

沈墨转过身看到没有戴面纱的紫蝶，不由得愣住了。在望缘楼住了这么久，老板娘的美貌他如雷贯耳，可是当他亲眼看到还是傻傻愣在那里不会动弹。即使是月宫中的嫦娥仙子，也不过如此吧。

“刚才吹箫的人是你？”紫蝶问道。

“呃……是的！不知道是不是打扰了姑娘的雅兴？”沈墨从来都没有去参与过外面争得热闹非凡的擂主之位。他觉得每天安心读书，晚上帮李掌柜算账的日子他过得很舒心。

“没有，时候不早了，沈公子早点休息吧！”紫蝶其实是想跟这个书生聊两句，因为她听酒楼的伙计说他清高自傲，颇有些孤芳自赏的味道。可是警惕性十分敏锐的她已经感觉到了一股淡淡的杀气，她没有等沈墨说什么便转身离开。紫蝶回到房中，她的心腹手下花奴已经在等候。

“堂主，属下已经查到那帮神秘蒙面人的身份了！”

“说！”

“那些全都是蒙古人，努尔哈赤精挑细选出来的敢死勇士。自从上一次我朝十二万大军全军覆没以后，接替杨镐的熊延弼任辽东经略，在辽东一带劝慰平民收编逃兵，现在辽东的局势已经渐渐稳定下来。

“而现在在朝廷之中，真正能够打仗的将领已经不多，风灏南是最出色的一个。皇上之所以把他调回来，听说一开始是想让他去接管辽东，可是朝廷中很多言官暗中上书弹劾，认为风灏南功高盖主。辽东那边的兵力几乎动用了全国之力，皇上也怕风灏南会有异心，因此就被搁置了下来。

“而熊延弼这个人人缘一向不好，这一次只是成了替罪羔羊，只是没想到这只羊能耐了得。万一哪天皇上想通了，让风灏南和熊延弼联手，辽东那边的情况可能会发生逆转。所以这些蒙古死士的任务是刺杀风灏南，让他不能顺利拿到帅印，去跟熊延弼会合！”

紫蝶坐在梳妆台前静静地听着花奴的汇报，手中把玩着银色的发簪，她开始重新审视风灏南这个人。如今的朝廷内忧外患危机重重，作为一个久征沙场的将军，看到这种情况或许真的是痛心疾首。在这个时候他上书皇帝要娶一个平民女子为妻，除了向皇帝表忠心之外，还会让其他人产生一种“汝胸无大志不过尔尔”的错觉。其实风灏南是一个非常聪明的人，知道审时度势，懂得把握皇帝的心思。

这种人，才是做大事的人！

那么问题又来了，他对蜻蜓究竟有没有真感情？那天他宁愿自断一臂也要从蒙古死士手中救下蜻蜓，那种深情是伪装不出来的。可是蜻蜓的身份毕竟特殊，她嫁给风灏南是师父允许的吗？

“那些蒙古死士现在在哪里？”

“他们一直在城外二十里的财神庙里落脚，那里年久失修，基本上没有人会去！”

“花奴，我有件事要交给你去做，会有一定的危险，如果你觉得害怕可以拒绝，因为这不是你分内的事！”

“属下愿意为堂主赴汤蹈火！”花奴跪在紫蝶面前，她的命是紫蝶救回来的，还有什么是她不能做的。

紫蝶俯身在花奴耳边吩咐了几句：“记住，凡事小心为上，一旦情况不妙就立即停止，明白吗？”

“嗯，属下明白！”花奴领命之后越窗而去。

紫蝶随后换上夜行衣，从床上的暗格里拿出佩剑，施展轻功往城外而去。师父曾经吩咐让她留意那些蒙古杀手的行踪，她想在汇报之前查探清楚他们的底细。趁着夜深人静，紫蝶一路行来都很顺利，她到达财神庙的门口时立即发现了异常。

她轻轻推开庙里虚掩的门，里面有明显的打斗痕迹。零星的火苗散落在各个角落，虽然微弱却已经慢慢地在向四面八方蔓延。中央躺着四具尸体，紫蝶蹲下身子探了探鼻息，已经气绝身亡，但是他们的身体还有温度，显然是刚死没多久。

这些人的武功紫蝶在风府见识过，已经是一流的高手，但是从他们的伤口来看，应该是同一个人干的。什么人有如此高的功力？紫蝶在脑海中思索片刻，既然尸体还没凉，或许凶手也没走远。紫蝶不再犹豫，立即施展轻功往与来路相反的方向追了下去。没追出几里地就听到了一阵兵刃交接的声音。她看到四个蒙古死士拿着弯刀正在围攻一个年轻女子。那女子应对自如，以一敌四丝毫没有落败的迹象。

“想不到你隐藏得这么深，那天我们居然看走了眼！”大汉喊着，但是他的中原语言说得很勉强。

蜻蜓冷笑着说道：“那就怪你们自己有眼无珠！”说完长剑舞动，在一招之内挽出三朵剑花的同时，左手又劈出了一掌。两个死士应声倒地不起。

紫蝶知道以蜻蜓的武功要杀这些人如探囊取物，她握紧长剑不知道该不该出手阻止。

“你是喋血令的人？”会说汉话的大汉突然喊道。

“凡是见过喋血令的人的真面目，都得死！”蜻蜓手中的剑刺了出去，那大汉迅速从怀中掏出了一面令牌。

紫蝶和蜻蜓同时怔住了。

大汉手中拿的竟然是喋血令主的信物，真正的喋血令牌。“见令如见你们令主，你还不快点跪下！”

蜻蜓的脑子全乱了，从她奉命潜伏在风灏南身边的第一天起，师父就没有明确地表示过究竟需要她做些什么，长期以来除了她自己的心腹手下会按时来拜见她之外，师父没有派人跟她联系过。

蜻蜓在风灏南的身边扮演着若惜的角色，渐渐的真的就快要遗忘她真实的身份。风灏南对她的呵护和爱惜，让她体会到了爱情的甜蜜，她冰冷的心在渐渐融化。风灏南为了要娶她为妻，不惜违逆他奶奶的意思，坚决不肯娶方家二小姐。

光凭这一点，蜻蜓就已经愿意死心塌地跟着他。

她和风灏南的婚讯传出去之后，她知道以喋血令庞大的情报网，师父一定已经在第一时间收到了消息，可是直到现在依然没有任何人出来阻止。她暗自庆幸，或许这无意间的举动正合了师父的心意。

蜻蜓决定赌一把，赌赢了她就是风灏南名正言顺的妻子，可以获得与他厮守终生的权利。万一赌输了，她也可以不必在忍受欺骗他的煎熬，得到彻底的解脱。蜻蜓以为所有的事情她都可以控制，但是今天下午她的心腹手下赶来汇报，她才知道那天晚上的那些刺客是蒙古死士。

蜻蜓了解作为一个杀手的痛苦和决绝，为了不给风灏南留下隐患，为了不让别人破坏他们的婚礼，她决定铤而走险！所有的事情都在她掌控的范围，可是现在却出现了喋血令。如果她违抗师命，按照喋血令的门规，她会被处以极刑！

蜻蜓缓缓地放下剑跪了下去。

“哼，你杀了我的兄弟，我要带你去见你们的令主，让她给我们的主人一个交代！啊……”他的话还没有说完，蜻蜓藏在袖子中的暗器已射了出来，剩下的两个蒙面死士瞪大了眼睛，倒在地上气绝身亡。

蜻蜓冷笑着从尸体身上拿回暗器，忽然脸色变得凝重，暗器直射旁边的那一株大树。紫蝶侧身闪过，蜻蜓的剑已经随之而来。紫蝶知道蜻蜓的武功跟她在伯仲之间，因此丝毫不敢大意，拔出佩剑迎了上去。

“是你？”蜻蜓停止动作问道，“刚才的事你都看到了？”

“是的！”

“既然如此，你就应该知道，偷窥到我秘密的人都要死！”

“你以为你杀得了我？”

“哼，你不妨试一试！”

“你很清楚你杀不了我！”紫蝶停顿了一下说道，“师父让我监视这些蒙古死士的一举一动，我可以告诉你，今天晚上的事我可以当作没看到。”

“你为什么要冒这么大的风险帮我？万一被师父知道了，你会跟我一样受到最残酷的惩罚。”

“我帮你自然有我的理由，以后你一定会明白！安心回去做你的新娘吧！”紫蝶在看到喋血令的那一刹那，就已经隐隐约约猜到，师父这段时间不寻常举动的背后一定在酝酿着一场惊天动地的阴谋。

从紫蝶踏入京城的第一天起，师父要她监视的对象不是杀手就是太子。喋血令是一个神秘的杀手组织，现在的情况是，喋血令主正在把势力向朝廷扩张。这些蒙古死士有喋血令，紫蝶开始想不明白，她们的师父究竟站在哪一边。

蜻蜓收起自己的佩剑冷笑道：“那我现在岂不是要谢谢你？”两人擦肩而过的时候，眼中都充满了相似的戒备。

蜻蜓没走出几步，紫蝶便纵身跃起，凌空翻身躲开了暗器：“你不要白费力气了，我说过，你杀不了我！”

蜻蜓愤愤地瞪了紫蝶一眼，施展轻功离去。虽然不知道因为什么原因紫蝶暂时不会揭穿她，可是这件事毕竟关系着自己的生死，蜻蜓如鲠在喉极不舒服，就仿佛一个把柄牢牢握在了紫蝶的手里。她从来都不喜欢受制于人，因此才会加倍努力爬上今天的位置。可是无论她怎么折腾，始终都无法摆脱喋血令主的阴影。

紫蝶望着蜻蜓的身影远去，从怀中掏出化尸粉洒在尸体的上面，不到一顿饭的工夫，四具尸体便化为一摊血水，深入泥土之中。她又赶回财神庙，庙宇已经被点燃，火苗开始渐渐变得猛烈。紫蝶没有犹豫，冲进火海在剩下的四具尸体上也撒上化尸粉。随后她又放了一把火，让火势更加猛烈。

紫蝶做事情一向小心谨慎滴水不漏，即使把这个地方烧成灰烬，她也必须保证任何人都找不到尸体。做完这些事情之后她才回到望缘楼。此时已经是黎明前最黑暗的时候，紫蝶站在窗口凝望着无边无际的黑暗，心中竟然涌起了阵阵惶恐。她也不知道帮助蜻蜓是对还是错，她只是有一个直觉，认为她应该这么做！在她的心里，是不是在羡慕蜻蜓可以嫁给自己喜欢的男人？或许是吧，即使是为了执行任务。可以做一个男人的妻子，对一个杀手来说是一个华丽而奢侈的梦。

紫蝶换下夜行衣，梳理好凌乱的长发，酒楼中的伙计已经开始陆续起床，准备开门做生意。她下楼的时候伙计们正在吃早饭，她看到门外已经有小贩开始摆摊。又是平凡一天的开始吗？

很多人都在为自己的目标而忙碌奋斗，有些人是为了名利，有些人是为了温饱，而对紫蝶来说就更加简单，以前她只想活下去，看到东方的太阳照常升起，现在……紫蝶开始迷茫，现在她的目标是什么呢？

“紫蝶姑娘，早！”沈墨走到紫蝶身后轻声说道。

紫蝶回过神来点头示意，一言不发地回了房间。

“嘿嘿嘿……别看了，眼珠子都要掉出来了，早就跟你说过别打我们小姐的主意！”小七双手叉腰挡住沈墨的视线，怒目而视。

沈墨不好意思地挠挠头笑了笑，坐下来跟伙计们一起吃早餐。他从来都没有奢望过紫蝶会多看他一眼，他只是好奇，是什么事情让这样一个奇女子愁眉不展。虽然他只见过紫蝶几次，但是却能感觉到她眉宇间总有散不去的淡淡哀怨。

婚前恐惧满

风灏南的婚礼办得既隆重又风光。在皇上下旨赐婚的第二天，第二道圣旨随即而来，封风灏南为镇国侯，赏白银万两，黄金千两，良田百顷，成亲之后马上赶赴辽东，配合熊延弼抗击努尔哈赤的大军。封侯拜相是风老夫人长期以来的愿望，看着这道圣旨，她忍不住潸然泪下。其实她并不是一个真正懂得政治的女人，整个风府上上下下，只有风灏栋明白皇上为什么会在这个时候下旨把兵权再次交到大哥手中。

风灏鸣兴高采烈地看着府中的下人在忙碌着张灯结彩，他很庆幸自己不用到战场上去杀敌。但眼看着大哥成亲都在赶时间，不禁唏嘘不已。

蜻蜓忧心忡忡地坐在房间里，对着镜子安静地沉思。成亲前三天新郎和新娘不准见面，她除了待在房间里等待婚期的来临，已经没有任何事情可以做。自从婚讯传出以后，喋血令的人都没有出现在她面前。她知道师父不会没有打算，日子过得越平静，她内心的不安就越强烈。

那些蒙古死士的身上居然会有喋血令主的随身令牌，他们跟喋血令有什么联系呢？蜻蜓一直想不明白，让她更加纳闷的是紫蝶为什么要出手帮她？当初师父命令她蛰伏在风灏南的身边监视他的一举一动，至今为止都没让她伤害过他，师父的目的又是什么？事到如今蜻蜓才发现她的行为有多么幼稚，她根本就没有能力去揣测师父的想法和动机。她只能等待。

“若惜姑娘，我可以进来吗？”

敲门声把蜻蜓的思绪唤回来，她理了理长发便去开门，“季姑娘？快进来坐吧！”

季如月迈进若惜的房间，遣退了随身的丫鬟，把捧在手上的盒子放在桌子上，然后牵着若惜的手坐下，笑容满面地说道：“我今天来是想送样东西给你，祝贺你跟侯爷的新婚大喜。”

“谢谢你，季姑娘！”若惜微红着脸说道。

“你看看喜不喜欢！”季如月打开盒子，里面是一串光彩夺目的珍珠项链，每一颗珍珠大小均匀，一看就知道价值连城。

“这么贵重的礼物我不能收！”若惜对季如月这个千金小姐一直都没什么好感，嚣张跋扈目中无人，现在她主动前来示好，让她浑身不自在。

“你不收，是不是还在生我的气呀？”季如月从来都没被人拒绝过，脸色瞬间黯淡下来。若惜终于明白了一句话，叫妻凭夫贵！季如月愿意放下身段，只是因为风灏南现在的身份。“当然不是，那我收下了。谢谢你季姑娘！”

“不客气，那我不打扰你休息了！”季如月的心情大好，心旷神怡地在丫鬟的簇拥下离开。母亲告诉她，风灏南成亲以后会离开家去打仗，风家的家族重担会再一次落在风灏栎的肩膀上。

而对风灏栎来说，大哥已经娶了妻子，接下来顺理成章就该轮到他了，这一次他已经没有了拖延的理由。季如月渴望嫁给喜欢的男人，为他生儿育女，相濡以沫到白发苍苍。她望着风府喜气洋洋的景象，仿佛看到了她和风灏栎幸福的未来。

季如月按照惯例去风老夫人的房间给她请安，走到门口的时候听到风灏栎和风老夫人在谈话。

“奶奶，您也无需太介怀若惜姑娘的身世，其实只有这样毫无背景的女人才能让皇上感到安心！”风灏栎为了抚平奶奶内心的不平衡，将其中的利害关系分析了一遍。风老夫人只有仰天长叹。

“伴君如伴虎，想我风家世代忠良，唉！果真是一朝天子一朝臣呐！”风老夫人望着风灏栎说道，“我是真的希望你们兄弟几人都能找到名门淑女来相配。灏栎，你的命比你大哥好多了，如月不仅花容月貌知书达理，更是尚书大人的千金，你要好好珍惜呀！”

风灏栎的心里咯噔一下，不知所措。大哥敢于争取自己想要的女人，最重要的是政治因素，现在他该以什么理由要求退婚？季如月站在门口等着风灏栎的回答，但是里面却陷入了一片沉默。她的心开始忐忑不安，愣愣地站在原地。

“如月？你……什么时候来的？怎么不进去？”风灏栎出来看到季如月站在门口，忽然有一种心虚的感觉。

“如月来了，快进来，让奶奶好好看看！”风老夫人出来拉着季如月的手仔细打量，“有一阵子不见好像瘦了点儿，留下来吃饭吧，奶奶吩咐下人给你炖你爱喝的汤。”

“谢谢奶奶！”季如月偷偷地瞄了一眼风灏栎，发现他正低着头不知道在想些什么。

“灏栎，你一会儿不是要出去给灏南买东西吗？让如月陪你去吧，她眼光比你好！”风老夫人拍了拍季如月的手背，把她推到风灏栎的身边。

风灏栎无可奈何，只好与季如月出门采购。风灏南成亲之后要马上起程去辽东，他已经开始为出发做准备，婚礼所有的细节都要交给风灏栎打理。

“灏栎哥哥，你要帮侯爷买什么呢？”季如月总是感觉风灏栎心不在焉，主动打破沉默问道。

“大哥交代让我替若惜买些日用品，正好你是姑娘家，你帮她选吧！”风灏栎带着季如月进了一家绸缎庄，季如月马上就变得兴致勃勃。

“风大人，有失远迎，有失远迎！”老板马上迎了出来，“您看中什么我亲自给您送到家里去。您慢慢挑，这些全都是上等的苏州丝绸，前天刚到的货。”

“灏栎哥哥，这个颜色很配若惜！”季如月拿起一块嫩黄色的绸缎在身上比画了一番说道。

风灏栎失笑：“我觉得这颜色更适合你。”

“那你买下来送给我呀！”季如月跑到风灏栎的身边撒娇。

“随你高兴吧！”风灏栎并不在乎花钱，只是不知道该怎么对季如月表明心迹。他转身想看看别的东西，却见到一个熟悉的身影站在门口。

带着季如月逛街，风灏栎刻意绕道而行，绕开望缘楼的方向，就是害怕紫蝶会看到他跟季如月在一起。可是怕什么来什么，风灏栎看不到紫蝶轻纱遮盖之下的脸是什么表情，却看到了她眼中饱含的哀伤。

风灏栎的心变得很疼。

“紫蝶姑娘，您怎么还亲自跑一趟？下午我正打算给您送过去的！”老板吩咐伙计把一个包袱拿出来交到紫蝶手中，“这是您定制的衣服，您要不要打开看看？”

“不用了,您这里是百年老字号了,我信得过！”紫蝶掏出银两递给老板。

“您过奖了。即使是粗布麻衣穿在您身上，也依然掩盖不了您倾国倾城的美貌呀！”

对于老板的恭维，紫蝶一笑置之，她拿起自己的东西准备离开。风灏栎和季如月并排而立的场景刺痛了她的眼睛，没有人知道此刻她有多么难受，她拿起自己的东西转身离去。她的背影在风灏栎的视线里慢慢消失，风灏栎有一种想要追上去拥她入怀的冲动。

“风灏栎！”季如月等了许久，风灏栎也没有收回目光的意思，她忍了那么久的怨气终于爆发出来，“你看够了没有？如果没有就去望缘楼看个够吧！”

“你胡说什么呀？”风灏栎脸色微红，轻叹一声说道，“东西选好了我陪你去吃点心吧！”

季如月冷哼一声甩开风灏栎的手，径直走出了绸缎庄。风灏栎微微摇头追了上去,没走出多远迎面过来一队锦衣卫,“风大人,皇上急召您入宫！”

风灏栎愣了一下,皇上急召,无论是紫蝶还是季如月,都要暂且搁置了。这样也好，不用面对季如月的大小姐脾气。

“送季小姐回尚书府，我马上进宫！”不等季如月表示不满，风灏栎已经以最快的速度离开。

紫蝶回到望缘楼的时候脑子里还是风灏栎的身影，怎么也挥散不去。

“紫蝶姑娘，我家主人等了您很久了，您里边儿请吧！”

紫蝶抬起头看到朱常洵的贴身太监正笑眯眯地看着她，恭敬地欠了欠身，指引着她往朱常洵的雅间里走去。紫蝶很不喜欢朱常洵的行事作风，他总是喜欢按照自己的意愿去编排别人的人生轨迹，从来不给他人拒绝的机会。紫蝶暗中叹了口气，进入雅间之后朱常洵的手下自觉地退了出去。

“民女拜见三皇子。”紫蝶每一次都以大礼参拜，并不是想要讨好朱常洵，恰恰相反，她想跟他保持距离。

“快起来，坐下陪我说说话吧！”朱常洵让紫蝶在她对面坐下，微笑着说道，“我从宫里带了一些上等的燕窝，还有一些进贡上来的水果。好一阵子不见，你好像瘦了点儿！”

“是吗？承蒙三皇子眷顾，望缘楼生意兴隆，紫蝶感激不尽！”

“生意兴隆是好事，不过我不希望你太辛苦了。其实炖药膳的事情你也可以交给下人做，如果你的人手不够或者怕砸了望缘楼的招牌，本王可以调宫中的御医来帮你！”

“多谢三皇子厚爱，紫蝶愧不敢当！”

“紫蝶，你明白我对你好就行了。下次去慈庆宫给我皇兄送药膳，记得也要来看看我，我们也是朋友呀！”朱常洵望着紫蝶清澈的眼眸，总是忍不住怦然心动。

紫蝶的心头掠过一丝寒意，她这些日子一直忙着寻找蒙古死士的下落以及想尽办法清除残留在太子体内的毒素，竟然忽略了朱常洵的人一直在暗中监视着她。朱常洛的身体恢复得很差，恐怕朱常洵费了不少功夫。可是经过这段时间的调理，他的身体已经在渐渐康复。

蜻蜓的事情很是棘手，紫蝶不想在这个时候节外生枝，弄出其他事情来分散注意力。她迫于无奈只好选择装傻。

“紫蝶其实也很想去看看三皇子，只是担心您日理万机抽不出时间。太子殿下是您的兄长，他中毒的时候您这么紧张和关心，真的让我很感动。我也是希望能够尽快让太子好起来，了却您的一桩心事嘛！”

“真的？”朱常洵接到消息，紫蝶每隔两天便会送药膳给朱常洛，他安插在朱常洛身边的眼线回报，朱常洛的身体已经基本复原。其实朱常洵完全有方法阻止紫蝶继续下去，只是他不忍心让她失望，更加不想在她的面前做一个加害兄长的坏人。

朱常洵宁愿放弃这个千载难逢的机会!

“紫蝶,你帮本王也把把脉,看看是否有什么隐患?是不是也需要调理呢?”

“三皇子身边藏龙卧虎,我又怎么敢班门弄斧!”

“那你这是拒绝我吗?我要生气的哦!”

“那好吧!”紫蝶伸出手指轻轻搭在朱常洵的脉搏上。肌肤的接触让朱常洵为之一振,随即便心神荡漾。他望着紫蝶白皙如玉的纤纤玉指,情不自禁地一把握住。

“三皇子,您……”紫蝶试图抽回自己的手,但是朱常洵却紧握不放。紫蝶强忍着要用武力伤人的冲动,泪眼盈盈地看着朱常洵。

紫蝶的这个眼神,让她的清纯中增添了几分妩媚,朱常洵控制不了自己的欲望,一把将紫蝶拉进了怀里:“紫蝶,你好美,你做我的王妃好吗?我一定会让你成为世界上最幸福的女人,你要什么我都可以给你……”朱常洵呼吸急促,低头去亲吻紫蝶的脸。

紫蝶彻底失去了耐性,朱常洵的亲吻没有让她感觉到丝毫的温馨和渴望,她很厌恶地想要推开他。但她不能显露武功,以一个普通女子的力气又怎么会是一个强壮男人的对手。朱常洵把紫蝶按倒在地上,伸手去解她的腰带。

背叛开始了

紫蝶第一次感觉到了屈辱,从懂事以来她就用她的方式保护自己,现在这个男人企图侵犯她,而她却无能为力。难道为了隐藏身份,为了顺利完成任务就应该牺牲清白之躯吗?在这个时候紫蝶想起了风灏栎,那个让她心动的男人此刻在哪里?

他说过会照顾她保护她,现在她有危险了他却陪伴在另外一个女人身边。紫蝶觉得很委屈,泪水顺着眼角滑落。

朱常洵撕开紫蝶胸前的衣襟时,他的欲望暴涨到了极限。紫蝶握紧了双拳,藏在衣袖中的银针悄然滑落,被她夹在了指缝之间。只要朱常洵再有下一个动作，紫蝶便会将银针刺入他的身体。

“主子，不好了，快开开门呀……”

在这千钧一发的时候，朱常洵的贴身太监急促地敲门，朱常洵停止了动作，紫蝶立即将银针收回。

朱常洵看到紫蝶眼角的泪水，忽然清醒过来！他做了些什么？从看到这个女人的第一眼起，她的身影便在他的心里留下了深深的烙印。她是那么的美好，仿佛是误入凡尘的仙子，每一次面对她的时候，他的心里总是有一种透明的纯净。

为了太子之位，他做了许多排除异己结党营私的勾当，可是他从来都没有想过要伤害紫蝶。即使知道她在为太子解毒疗伤，他依然不想去阻止，他只希望她开开心心地做她想做的事。她眉宇间淡淡的忧伤，他渴望可以用他仅存的良知来为她抚平。

朱常洵急忙起身，紫蝶充满惶恐地环抱着自己躲到角落里，泪水不停地往下流淌。这种恐惧是真实的，她从来都不知道，让一个自己不喜欢的男人压在身下竟然会有一死了之的冲动。

“紫蝶，对不起，我……我不是故意的，我是太爱你了。你原谅我好吗？”朱常洵上前两步想要抱抱紫蝶，紫蝶却惊恐地看着他，冲到桌子边打碎了盘子，拾起地上的碎片放在咽喉处。

紫蝶的手在颤抖，凌乱的发丝散落在裸露的肩膀，泪水顺着脸颊滴落在手背，她控制不了自己的力道，碎片划破了脖子，鲜红的血慢慢渗了出来。朱常洵吓得脸色惨白，急忙后退数步说道：“紫蝶，你别乱来，你冷静一点儿。我不碰你了，我不会再勉强你了，你不要伤害你自己！”

“主子，您快开门呀，奴才有急事禀报！”

“你闭嘴！”朱常洵的怒火瞬间爆发出来，他转头看向紫蝶又温和地说道，“紫蝶，我现在就走，你千万别干傻事，听话！”

朱常洵整理好衣衫，做了一个深呼吸，留恋地看了看紫蝶，把门打开一条缝隙挤了出去，呵斥道：“什么事大呼小叫，不想要脑袋了？”

“哎呦，主子，宫里传来消息，皇上病倒了，娘娘让您赶紧回去呢！”

“什么？”朱常洵意识到事态严重，片刻也不敢再停留，匆匆忙忙赶回宫去。

听着那一阵凌乱的脚步声离去，紫蝶浑身瘫软再一次倒在地上，泪如雨下！原来，再高强的武艺也有保护不了自己的时候。刚才想要用盘子碎片割断喉咙的欲望是那么强烈，那么真实。紫蝶在这一刻才发现，她对死亡并不是那么恐惧，甚至还有些许的渴望。

如果死了，就不用再继续当师父的杀人工具；如果死了，就可以不用在爱与不爱之间徘徊；如果死了，就可以不用再面对风灏栎与其他女人在一起的事实；如果死了，就不用再纠结该选择报复还是饶恕。

死了，真的可以一了百了！

“紫蝶姑娘，你……你没事吧？”沈墨见那位姓朱的公子匆忙离去，而紫蝶却迟迟没有出来，他不放心进来看看，却看到了胆战心惊的场景。他急忙关上雅间的门，脱下长衫裹在紫蝶身上，“紫蝶姑娘，你别害怕，那个畜生……”沈墨看着紫蝶无助的眼神和手腕上的瘀青，竟然忍不住落下泪来。

“你哭什么？是不是觉得我很可怜？”紫蝶已经止住了哭泣。虽然死亡可以终结她所有的痛苦，但是她现在却没有死。既然还活着，就必须继续从前的事。

“紫蝶姑娘，我……你让我照顾你吧，我娶你！”沈墨把紫蝶扶起来坐到凳子上柔声说，“我会努力考取功名，我会给你衣食无忧的生活，我……”

紫蝶愣住了，这是第一个说要娶她的男人。他不是武林高手，不是王孙贵胄，他只是一个穷困潦倒的书生。他说他会娶她，在他以为她失身之后。紫蝶凝望着沈墨的眼睛，忽然站起来扑进他的怀里。

沈墨不知所措地僵直了身体，颤抖的手轻轻放在紫蝶的肩膀。他不敢相信这是现实，在他眼中高不可攀梦寐以求的女神就依靠在他的胸口。他急促地呼吸，鼓足勇气想要把她抱得更紧，她却轻轻推开了他。

“你看到的并不是全部事实，我并没有失身，所以你也不需要娶我。今天的事，你忘了吧！”紫蝶把长衫还给沈墨。她之所以会靠在他的怀里，只是想知道这个男人是不是也能给她心跳加速，渴望一生一世的感觉。

可是紫蝶很失望。原来，不是所有的男人都可以取代风灏栎的！这个世界上只有一个风灏栎，或许他不是最好的，却是她最爱的！紫蝶抬起头让泪水慢慢地流回眼眶，今天，她哭得太多了！

“麻烦你去我的房间，帮我拿一套干净的衣服！”紫蝶恢复了以往的冷漠和冷静，淡淡地说道。

沈墨心底升起了苦涩的忧伤，刚才的拥抱让他留恋，可是在紫蝶的眼中他看不到女人在面对爱情时该有的羞涩和喜悦。他失望且失落，应了一声便出去了。

紫蝶回到房间简单处理了自己的伤口，她开了一张药方让小七去抓药，毕竟是女孩子，她不希望脖子上留下一道触目惊心的伤疤。

到了晚上，紫蝶的心情开始渐渐平复下来，多年来所受的训练让她的心理素质比一般人要强上许多倍。早早地灭了灯想要好好休息，刚刚入睡她便听到了轻微的呼吸声。她马上从床上坐起来，随即一把特殊的飞刀从窗户外射了进来，直直地插入了柱子。

紫蝶下床取下飞刀上的纸条，看了一遍之后不由得脸色大变。她马上从箱子底下拿出百合堂特有的衣服换上，拿出成名江湖的兵器，施展轻功向城外而去。

紫蝶到达约定的地点时，黄莺已经带着罗兰堂的人在等候。

紫蝶留意了一下四周的环境，在这片空旷的平原上，任何风吹草动都躲不过她们的耳目。丁香堂的人脸上都写满了不安和惶恐。紫蝶的脸上没有任何表情，众人都已经习惯了她的冷漠。她的手下向她行了礼之后，剩下的事情就只有等待。

大约过了一炷香的时间，众人都闻到了一股奇异的芳香，一阵掌风从后面袭来,所有人全部以双手的无名指和食指交叉放在胸前,跪倒在地。“属下恭迎令主！”所有人皆低下头，感觉头顶有一道人影晃过。

“起来吧！”喋血令主扫视了一圈，淡淡地说道。简单的三个字，却震得在场的人耳膜发疼胸口发闷。

“黄莺，让你办的事情办妥了吗？”

“请师父放心，弟子不负师父厚望！”黄莺说着便从怀里掏出了一个本子，双手递给喋血令主。

喋血令主翻开看了看，满意地点了点头：“紫蝶，为师让你查找那几个蒙古人的下落，找到了吗？”

紫蝶的心怔了一下，虽然早就有心里准备，但是她没料到师父第一件问的事情既不是朝廷中的大事，亦不是太子的情况，而是那几个蒙古死士。她深吸一口气回答：“弟子无能，请师父降罪！”

“啪”的一声，喋血令主手掌一挥，在紫蝶的脸上留下了五个清晰的手指印。“紫蝶,你从来都没有让为师这么失望过！这次给你一个小小的教训，那几个人活要见人死要见尸，明白了吗？”

“弟子明白！”紫蝶意识到那几个蒙古死士跟师父一定有着非比寻常的关系，虽然她还猜不透究竟是什么。不过那些人已经让她毁尸灭迹，她太了解师父的作风，她那么做是唯一可行的方法。

直到现在蜻蜓都没有出现，紫蝶暗自揣测是师父没有派人通知她，还是她另外有了打算？紫蝶的念头还没有想完，灵敏的听觉让她感觉到有大批人马正朝她们这边涌过来。她正想出声示警，发现师父已经一跃而起跳出了十几丈之外。紧接着，紫蝶的耳边呼啸过一支带着火苗的箭。

紫蝶侧身闪过，听到了另外一边传来的爆炸声。她轻纱掩盖之下的脸色已经变得惨白，她顾不上思考前因后果，也朝师父的方向跟随而去。爆炸让喋血令的许多人瞬间死亡，看惯了厮杀的紫蝶，在面对自己的姐妹支离破碎的尸体时还是忍不住微微颤抖。

“兄弟们，跟我冲。格杀勿论！”

紫蝶回头看到秦大海带着一大批锦衣卫冲杀过来。她忽然意识到情况不妙，向紧随着自己的手下使了一个眼色，大家都很有默契地各自散去。紫蝶施展轻功尽量甩掉锦衣卫,却发现埋伏在各条通道上的锦衣卫居然络绎不绝。

“灏栎，你千万不要参加这次的行动！”紫蝶在暗自祈祷，但以风灏栎的敬职，他一定会全力以赴。万一被师父遇见，就算多几个风灏栎也会命丧黄泉。紫蝶没走出多远已经杀了十余个锦衣卫，就在她快要冲过包围圈时，感到一股浓烈的剑气直逼面门而来。

怕什么就来什么！紫蝶眼睁睁地看着风灏栎的剑刺向自己，此时紫蝶仍然是赤手空拳。她并不想跟风灏栎硬拼，因此招招留情，可是风灏栎却步步紧逼，无奈之下紫蝶从腰间抽出软剑回身去挡。她的内力将风灏栎震退了数步，风灏栎忽然感觉这个女子的眼神似曾相识。他犹豫间紫蝶又施展轻功离去，风灏栎紧追不舍。再这样追下去难保不会被识穿身份，万一让师父或者黄莺遇见，风灏栎必死无疑。

紫蝶心里焦急，引着风灏栎尽量往官道上走，她的逃跑路线让风灏栎纳闷。又行数里，紫蝶停下来回身对风灏栎说道：“你杀不了我，不要白费力气了！”

又是腹语！

“是你？我一看见你就觉得我们曾经见过，原来你就是当日在慈庆宫给我解药救秦大海，在我府中帮我救下我奶奶的人？莫非你真的是江湖传闻中的蝶恋仙子？”风灏栎握紧长剑说道，“你救过我奶奶一命，为了还你一次人情，我让你三招！”

紫蝶失笑，他发现了风灏栎很可爱的一面，明知道不是她的对手却穷追猛打,明知道会输却还要让她三招。究竟是君子风度还是死性不改？“不要说你让我三招，即使是我让你三招，你也不是我的对手！”

“打不过也要打，你们灭了荣府满门，我有责任将你们缉拿归案。”

“如果你有这个本事就尽管来吧！”紫蝶知道如果不跟风灏栎打一场他是不会服气的。她只好举起软剑朝风灏栎刺了过去。

风灏栎发现蝶恋仙子并不像传闻中那么冷酷无情，她出的每一招每一式都点到为止，拿捏得恰到好处。风灏栎惊讶的同时也感到愤怒，他没料到他真的拿这个妖女没办法。只用了十招风灏栎便知道自己不是她的对手。两人打得难解难分之时紫蝶一直都在寻找逃走的机会，忽然从四面八方传来了尖锐的笛声。风灏栎忽然感到头晕目眩，紫蝶趁机朝风灏栎推出一掌，迅速消失在夜幕里。

风灏栎为了躲开蝶恋仙子这一掌，必须要跃出十丈之外。他感叹着一个年轻女子竟然有如此深厚的内力，等他反应过来想去追赶的时候已经看不到对方的踪影。他感到很沮丧。

“灏栎，灏栎！”秦大海扯着嗓子在高声叫喊，风灏栎叹了口气，朝秦大海的方向而去。

秦大海看到风灏栎垂头丧气的模样顿时松了口气，“你小子我还以为你壮烈牺牲了呢！没事吧？”

“没事，你那边情况怎么样？”

“别提了，喋血令的人也不知道是不是变态，我们愣是一个活口也没抓到，落在我们手上的人全部都服毒自尽了。你说这些人是怎么训练出来的？”

喋血令果然名不虚传！风灏栎不禁打了个寒战，要训练出这样的忠诚度，除了威严之外一定还采取了其他的手段。

“对了，你是怎么得到消息的？”秦大海把刀放回刀鞘之中问道，“喋血令行事一向谨慎小心，在江湖上见过他们的人少之又少，你怎么知道今天晚上她们会在这里聚集？”

风灏栎从怀中掏出一张字条递给秦大海：“这字条是在我房间里的。”风灏栎一直想不明白究竟是谁在通风报信，更奇怪的是有人进入他的房间而他竟然浑然不知！

秦大海皱起了眉头说道：“你说……会不会喋血令内部出现了内鬼？”

“也有可能，这么隐秘的聚会不是内部的人应该不会知道。可问题是这个人为什么要把消息告诉我呢？”

“嗨……你管他呢！总之这一次也斩杀了不少喋血令的人，厉大人一定会给你记一大功。走吧，回去喝一杯！明天就是你大哥成亲的大喜日子，别为这些事影响了心情！”秦大海是一个乐天知命的人，事已至此他认为已经尽了人事，至于成不成功那得由天来定。

风灏栎无奈地摇了摇头，回到家把衣服换下来，泡在浴桶里脑海中浮现出蝶恋仙子的身影。他总是觉得这个女子的身上隐藏着许多他不知道的秘密，那种似曾相识的感觉太真实，让他有些害怕去追究。

为什么她不杀了他？风灏栎回想起两个人打斗的场景，蝶恋仙子有无数次机会可以要他的命，但是她却没有。她逃跑的时候一直在往官道上走，这个举动有悖常理嘛！这个问题一时半刻想不通，风灏栎也只好向秦大海学习，想不通的事情就不想，把眼前的事办完再说。

第二天是风灏南成亲的日子，一大早风府上下便开始忙碌，宾客的陆续到来让风府很快热闹起来。风灏栎命令让全家人都费神的风灏鸣今天一定要老老实实地按照规矩办事，否则禁足三个月。

随着喜乐的响起，若惜在喜娘的牵引下来到大堂，与风灏南拜堂成亲。若惜怀着喜悦且惶恐的心情与风灏南完成大礼，在夫妻对拜的那一刹那，她的泪水悄然滑落。从此以后她不再是无依无靠的一个人，在这个世界上始终都会有一个肩膀是她的归宿。

若惜下定决心鼓足勇气，不惜背叛师门也要嫁给风灏南，对她来说是一辈子的赌注。拜完堂之后她被喜娘扶进了洞房，静静地等着丈夫的归来。她的心七上八下，从昨天风灏栎垂头丧气地回来后她的内心就一直有种不详的预感。

时间在一点一点的流逝，若惜的心情也随之坦然。忽然她闻到了一股奇异的香味，暗叫不妙之时，一道人影闪过，迅速点了她的穴道。红盖头被人掀起，她看到了让她恐惧的面具：“师父？”

“哼，成亲是不是很开心呢，怎么也不请为师喝杯喜酒？”喋血令主背过身去冷笑道，“皇上封你为一品诰命夫人，你现在已经贵为将军夫人，你眼里还有我这个师父吗？”

“蜻蜓不敢，请师父恕罪！”蜻蜓放眼望去，房中的喜娘和丫鬟全都被人点了昏睡穴昏倒在地上，她自知劫数难逃，绝望的感觉汹涌袭来。

喋血令主的手指一弹，隔空解开了蜻蜓的穴道。蜻蜓马上跪倒在地上："师父，徒儿知错了。请您看在蜻蜓为您卖命这么多年的分上放我一条生路吧！"蜻蜓泪如雨下，原本以为唾手可得的幸福，其实只是镜中花水中月，她终究还是逃不出命运的轮回。

"我怎么舍得杀你？我为了培养你花了这么多年的心血，我不会让你死的！"喋血令主勾起蜻蜓的下巴仔细端详，"三个徒弟之中紫蝶最美，而你则最会勾引男人。风灏南这样的盖世英雄也一样逃不出你虚情假意的温柔陷阱，你这么厉害我又岂会杀你？"

"师父……"蜻蜓太了解师父的性格，她不杀自己就一定是还要利用自己做某些事情。

"我可以饶你不死，但是风灏南一定要死！今天晚上你取下他的项上人头来换你自己的命，否则，按照喋血令的规矩，叛徒是什么下场你应该很清楚！"喋血令主严厉地喝道。

蜻蜓打了一个冷战。喋血令对于背叛者的惩罚极为残酷，绝对的生不如死，很多执行任务失败的人宁愿以死谢罪也不愿意回喋血令受罚。蜻蜓的脑海一片空白，她想起了跟风灏南在一起时的点点滴滴。虽然他是一个自我且性格内向的人，但是他对她的柔情似水却是那么的真诚。

"师父，我求求您，您放了灏南吧，蜻蜓下辈子愿意做牛做马报答您……"蜻蜓跪在喋血令主面前磕头，"他是我的夫君，求您放过他吧！"

"你们从小为师就教你们，世界上的男人没有一个是好东西，可是偏偏你还是对男人动了心！我要杀风灏南易如反掌，你知道吗？"

蜻蜓点头，她当然相信师父有这个本事。明枪易躲暗箭难防，喋血令的杀人手段让人防不胜防，即使有她在风灏南身边也不能保证他一辈子的安全。

"你想救他吗？"喋血令主问道。

蜻蜓愣住了，点了点头，虽然她知道师父一定会有交换条件。

第六章　花好月圆落惆怅

洞房花烛泪

蜻蜓浑身战栗，从她接到这个任务的第一天起她就不明白师父的用意，而现在师父提出的交换条件一定与她的任务有关。她怀着忐忑的心情准备听从师父的安排。此时远处已经传来了凌乱的脚步声。

风灏南就快回来了！蜻蜓的脸色变得苍白，哀求地望着喋血令主。

“好徒儿，今天晚上是你的洞房花烛夜，好好享受男人带给你的快乐吧，为师会再找你的！”最后一个字刚刚出口，她的身影已经消失在夜幕之中，临走的时候以特殊的手法解开了丫鬟和喜娘的穴道。

蜻蜓急忙盖好红盖头坐回床。丫鬟和喜娘不知道发生了什么事，揉了揉发涨的脑袋，还没来得及开口询问，风灏南已经在一群朋友的簇拥下到了房门口。“侯爷，今天是你成亲的大好日子，咱们一定要好好热闹热闹，看看夫人是怎样的国色天香，把你这么一个当代豪杰迷得七荤八素……”

“各位，所谓春宵一刻值千金。”风灏栎挡在大哥面前劝解道，“咱们还是不要妨碍我大哥入洞房了，我陪你们继续喝酒去吧……”

“哈哈，二爷，你现在这么护着侯爷，等到了你成亲的时候咱可不买你面子了！”众人哈哈大笑，在风灏栎的拦截下，半推半就地回大厅继续喝酒。

风灏南长长地舒了一口气，望着紧闭的房门竟然很紧张。第一次上战场是什么感觉？他只是觉得很兴奋，可是现在呢？他嘲笑了自己一番，美艳动人的新娘子难道会比敌人更可怕吗？他推门进去，喜娘和丫鬟说了一些吉祥话便退了出去，房间里只剩下风灏南和蜻蜓。

“若惜，累不累？”风灏南用喜秤挑起了喜帕，替若惜拿下凤冠关切地问道。

若惜在一瞬间再一次泪如泉涌，她扑进风灏南的怀里摇了摇头。她的丈夫永远都不会知道刚才发生了什么事，只差一点点，他们就阴阳相隔了。

“你怎么啦？是不是后悔嫁给我？”风灏南手足无措地擦拭若惜的泪水。

“不，相公，我这一生都不会后悔的事情就是嫁给你！即使将来需要我付出惨痛的代价，我也心甘情愿，哪怕只能跟你做一夜的夫妻！”若惜握紧风灏南的手，轻轻覆盖在自己的脸上。为了这种温暖的感觉，用生命去交换也是值得的。

“傻瓜，你是我的妻子，以后无论发生什么样的困难都应该由我来替你扛，我怎么会让你受苦呢？我们会一辈子做夫妻，等我们老的时候我还是可以牵着你的手，去散散步，种种花，多好！”

若惜依偎在风灏南的怀里，静静地聆听他对美好未来的设想。他以身报国的雄心壮志，让她迷恋他的英雄气概。如果时间可以在这一刻静止该有多好，让这宁静和祥和变成永恒。她闭上眼睛，风灏南已经吻上了她的唇。若惜战栗着抱紧风灏南，两人双双倒在床上。

若惜听着风灏南沉稳的呼吸，知道他已经进入了梦乡，可是她却怎么也睡不着。她来之不易的幸福她不想就此放弃，即使她现在愿意离开风灏南，师父也一定不会善罢甘休。师父究竟想在风灏南的身上得到什么呢？

若惜不想坐以待毙。“对不起了，相公！”若惜用了七成的功力点了风灏南的昏睡穴，换上夜行衣，躲开风府的守卫和家丁迅速隐没在黑暗中。

紫蝶幽幽地望着空中皎洁的明月，轻抚着自己的长发，静静地听着后院飘来的箫声。她很佩服沈墨的毅力，竟然每天晚上都要等她房间里的灯灭了以后才回去睡觉。读书人就是死脑筋。

“谁？”紫蝶轻喝一声，从窗户外跳进来一个人。

蜻蜓摘下蒙面的黑纱出现在紫蝶面前。

“是你？今天是你的洞房花烛夜，你好像不应该出现在这里！”紫蝶回身关上窗户漫不经心地说道。

“你应该知道我来找你的目的！”蜻蜓、紫蝶、黄莺虽然从小一起长大，但三人却没有深厚的感情。因为她们都是杀手，要做一个合格的杀手首先要学会断情弃爱，包括忍受没有朋友的孤独。

“我知道，但是我帮不了你！”紫蝶坐到古琴旁边优雅地抚起了琴。她可以猜到蜻蜓来找她一定是想知道师父下一步的行动。

“帮我就等于帮了你自己！”蜻蜓走到紫蝶跟前，一把按住了她的琴弦，琴声戛然而止。

“是吗？”紫蝶依然冷静而恬淡，对于蜻蜓的话漠不关心。她有自己的生存法则，当初替蜻蜓隐瞒蒙古死士的事情已经算仁至义尽了，虽然她也动了私心。

蜻蜓冷笑，虽然紫蝶的脸上依然看不出喜怒哀乐，一如既往的平静没有波澜，可是她知道紫蝶已经不是从前的蝶恋仙子了。“昨天晚上我听到风灏栎和秦大海的谈话，我知道是你故意放走了风灏栎，是不是？”

紫蝶淡定的眸子凝望着蜻蜓，微微笑了笑说道：“昨天晚上是你向风灏栎通风报信，让他带领锦衣卫来围剿的是不是？”

紫蝶的反问在蜻蜓的意料之中。那天她接到师父的命令，潜伏在京城附近的所有喋血令的人都会出现，为了免除后顾之忧，为了自己的终身幸福，她决定冒险赌一把。于是她把喋血令聚会的时间和地点偷偷放在风灏栎的房间里，让他有足够的时间设下埋伏。

让蜻蜓没有想到的是，风灏栎埋下的炸药并没有炸死喋血令主，甚至连紫蝶和黄莺都逃走了。可是她以为经过这一次锦衣卫的围剿，喋血令至少元气大伤，师父在短时间之内不会有时间来找她算账，等她和风灏南成亲以后，她就跟随风灏南出征，到时候师父更加鞭长莫及。无奈人算不如天算！蜻蜓没料到师父在逃脱之后的第一件事情就是来找她。她不想放弃已经得到的幸福，更加不想让任何人伤害风灏南。

紫蝶见蜻蜓不说话，就知道她猜对了。她的心底油然升起一股愤怒，却没有在脸上表现出来，而是平静地说道：“你为了一己私欲害死了很多姐妹你知道吗？”

“我当然知道！既然我这么做就已经预料到了后果。喋血令中的每一个人的双手都沾满了鲜血，既然做了杀手就该有随时丧命的觉悟！”蜻蜓冷笑道。

“那丁香堂跟着你出生入死的姐妹们呢？你真的一点儿都不在乎她们的生死吗？”

“你不要满嘴仁义道德来教训我，那天你明明已经跟风灏栎交过手，以他的武功根本不是你的对手，可是他却毫发无伤地回来了，为什么会这样你心知肚明！这件事师父应该还不知道，如果让她发现你对风灏栎手下留情，你猜她会怎么对付你？”

“我从来不受任何人的威胁！”紫蝶的眼中闪过一丝寒光，“你想保护你的丈夫是你的事，我的事你最好不要管。”

“我不是要威胁你，我是要跟你合作！”蜻蜓第一次在紫蝶的脸上看到了愤怒的表情，她知道紫蝶对风灏栎肯定动了心，“只要师父还活着一天，我们都别想追求自己的幸福。”

“你想杀了师父？”紫蝶没想到蜻蜓会有这样的念头，“就凭你？”

“加上你！我知道以我的武功一定杀不了师父，加上你我们是有胜算的！你难道不想摆脱现在的生活吗？你难道不想堂堂正正地站在风灏栎的面前，跟他厮守终生吗？”

“你太天真了！”紫蝶望着被爱情冲昏了头脑的蜻蜓叹息，“别说我们杀不了师父，就算可以我也不会跟你合作，师父对我们毕竟有养育之恩！”

“哼，她养我们教我们只是让我们替她杀人，她对我们根本没有半点师徒之情。这么多年来我们为她出生入死，什么都还清了！”蜻蜓含泪说道，“我受够了，我只想做回一个普通的女人，跟我的相公白头偕老。”

“那是你的事。我们道不同不相为谋！”紫蝶拨弄着琴弦。她理解蜻蜓，甚至能够感同身受，但是她不会做出不理智的行为。师父的武功究竟有多高她不知道，她唯一了解的事情就是，即使加上黄莺也未必能够杀得了师父。

“我奉劝你也不要做傻事，到时候不仅会赔上你的性命，还会连累风灏南！”

“既然你不肯帮我就算了。我绝对不会再心甘情愿受师父的控制！我知道你也爱上了一个男人，犯了跟我同样的错误。或许你会觉得我很傻，可是我要告诉你，我比你更勇敢。我已经在努力地自己争取，即使失败了我也没有遗憾！”蜻蜓说完之后越窗而去，留下紫蝶望着跳动的火苗静静地发呆。

紫蝶仰望夜空，想起了与风灏栎一起观望星星时的那份快乐和喜悦。蜻蜓说得没有错，是她不够勇敢，她还不敢义无反顾地去追寻自己的爱情。那天看到风灏栎和季如月站在一起，她的心只能隐隐作痛。

她只是一个杀手，又怎么配得上正直善良的风灏栎，只有季如月才能给他平静的生活。可是她又怎么舍得放弃这个在她耳边说要一生一世保护她的男人。她渴望爱情，渴望温暖，却又害怕动情之后带来的刻骨铭心的伤害。母亲死前的模样无数次出现在紫蝶的梦里，没有人了解她有多么的无助，她很想要找一个可以依靠的臂膀，能够替她遮风挡雨。但是母亲的经历又让她不敢轻易相信男人。矛盾的心理折磨得她几乎要发狂。

紫蝶一夜无眠，眼睁睁地望着东方的太阳冉冉升起。曾经，她喜欢黑夜，因为夜色可以掩护着她做许多肮脏的事情。现在，她渴望白天，因为她想要摆脱以前的生活。她洗了把脸便缓缓走下楼去，走到楼梯的中央便看到风灏栎一脸笑意地望着她。

紫蝶的心微微颤抖了一下，走到风灏栎的面前微笑着说道：“这么早？”

“嗯！吃早饭了吗？”风灏栎强忍着拥她入怀的冲动，低声问道。

紫蝶摇摇头。

“一起吃！”风灏栎回头对正在忙碌的伙计喊道，“帮我弄几碟小菜和糕点送到雅间！”风灏栎吩咐完便对紫蝶说道，“走吧！”

紫蝶没有拒绝，她发现自己总是不知不觉间沉溺在风灏栎的笑容里。这个单纯得像一张白纸的男人，让她的心阵阵刺痛。关上雅间的门，风灏栎微笑着拉起紫蝶手，轻声问道：“蝶儿，有没有想我？”

紫蝶低下了头回答：“没有！如果你不会出现，即使再想念也是枉然！”

来日方长苦

风灏栎听出了紫蝶语气中的冷漠，托起她的脸心疼地问道："怎么啦？是不是在生我的气？你的脖子怎么受伤啦？"风灏栎看到紫蝶脖子上的伤痕，心狠狠地抽搐了一下。他这些日子忙着筹备大哥的婚事，因此没有时间过来。他的相思之苦只有自己明白。

"没事，不小心弄伤了！"紫蝶拨开风灏栎的手，从他的眼神中她真切地看到了关怀，她的鼻子酸酸的，眼眶一热差点掉下泪来。原来，被人疼惜的感觉是这样的美好。

"一定是出了什么事，你告诉我！"风灏栎不相信是意外。

"灏栎，别问了好吗？已经过去了，重要的是我现在依然站在你面前，我还能见到你，这就足够了！"紫蝶握着风灏栎的手说道。她该怎么向他开口，告诉他朱常洵差一点儿强暴了她。他可以冲进皇宫去替她出头吗？即使可以，她又怎么忍心让他冒这个险！

"蝶儿……"风灏栎把紫蝶抱在怀里，"对不起，最近我太忙所以才会忽略了你。你别生气，我答应你，我以后会天天来看你，不让任何人再伤害你！"

"不，灏栎，以后我们不要再见面了！"紫蝶靠在风灏栎的胸膛，这种温馨而温暖的感觉让她越来越依恋，她害怕总有一天她会舍不得放手。可是现实永远是残酷的，她很清楚风灏栎不属于她。终有一天他会用三书六礼迎娶另外一个女人做妻子，而她，只是他生命中的一个过客。既然注定没有结局，何必再让两个人都继续泥足深陷呢！

"蝶儿，你在说什么？"风灏栎把紫蝶从怀里拉出来，双手按住她的肩膀说道，"我知道是我冷落了你，但我不是故意的。你相信我，我……"

紫蝶捂住风灏栎的嘴巴微微摇了摇头："灏栎，我并不是介意你这些天没有来看我。我只是希望你能认清事实，能够跟你走完这一生的人是季如月，不是我！”

听了紫蝶的话风灏栎反而松了一口气，原来她只是介意他跟季如月在一起。风灏栎轻抚着紫蝶的脸庞笑着说道：“我说怎么我一进来你对我就爱搭不理的，原来有人一大早起来就在吃醋呀！”

风灏栎的这个理解让紫蝶哭笑不得。在爱情面前她是一个普通的女人，她会吃醋会妒忌，但她现在是很认真地在跟风灏栎谈正经事。他们之间的问题不是多了一个女人，而是世俗的鸿沟无法跨越。

“灏栎……唔……”紫蝶后面的话被风灏栎用吻堵住了。

风灏栎的初衷只是不想让紫蝶继续说下去，可是他一触及她的唇，这几天的思念就化成了柔情，让他小心翼翼地吸允着她的甜蜜。紫蝶满腔的委屈和决心都融化在风灏栎的吻里。她依偎进他的怀里，紧紧搂着他的腰，渐渐回应他的亲吻。

许久，风灏栎放开紫蝶，在她耳边柔声说道：“以后不许再说傻话了。你给我一点时间，我会像我大哥一样争取自己的未来。”

“我怕有一天你会失望！”紫蝶转过身不敢正视风灏栎的眼睛。

“不会，只要你支持我鼓励我，一直留在我身边，我相信我们一定可以像大哥和若惜一样，得到最终的幸福！”

紫蝶无可奈何，她根本就没办法告诉风灏栎，风灏南和若惜根本没有幸福。他们的未来甚至还布满了荆棘，他们可以一起走多远的路还是未知数。

风灏栎从后面抱着紫蝶，亲吻着她的长发，这一刻的满足感前所未有。

好，那就继续沦陷吧！紫蝶纵容自己的感情，她已经可以预见两个人痛苦的结局，既然如此，就好好珍惜过程中的快乐，不要再去计较他身边是否还有其他女人，至少现在他就在她的身边。

紫蝶握着风灏栎揽着她腰肢的手，轻笑着问道：“你这么早来找我就是想陪我吃早饭吗？”

“是啊！不过还有另外一件事！”风灏栎拉着紫蝶坐下认真地说道，“明天我大哥就要启程赶往辽东，今天晚上我想替他践行。朝中一些同僚也会来，所以我不想在家摆宴席，只好来麻烦你了！”

“那我岂不是要谢谢风大人照顾我的生意？”紫蝶没想到风灏南这么快就会走，她敬佩他是一个胸怀天下的将领，却也为他感到深深的惋惜。当初她不想让蒙古死士伤害风灏南，其实也是为了保护风灏栎。以师父斩草除根的作风，风灏南死后风家上下一定会鸡犬不留。那个时候即使师父不动手，朝廷中忌惮风家势力的人也会趁机落井下石。

“蝶儿，你在想什么？”风灏栎看到紫蝶在发呆，伸手在她眼前晃了晃。

“没什么，我去看看为什么这么久都没东西送来。你吃完早餐该去办你的正经事了。”

“也许是李掌柜想多给我们一点儿时间说话呢，你别辜负了他的一番美意呀。我少吃一顿无所谓，我想多看看你！”风灏栎拉着紫蝶的手说道。他终于明白了什么叫牵肠挂肚，原来一日不见如隔三秋的形容并非夸大其词。

“油嘴滑舌！”紫蝶戳了戳风灏栎的脑袋笑骂，“回去好好享受一下天伦之乐，我们来日方长嘛！”

风灏栎喜欢紫蝶说的“来日方长”，他们应该有很漫长的路要走，所以不应该只追求朝朝暮暮。他起身抱了抱紫蝶说道：“那我先走了，今天晚上的酒菜你帮我安排。”

“好……我保证让你满意！”紫蝶捏了捏风灏栎的脸，风灏栎抓着紫蝶的手趁机又亲了一下，这才依依不舍地离去。

紫蝶阴霾的心情在看着风灏栎离去的背影时开始好转。蜻蜓说她不够勇敢，即使是懦夫也有去认真爱一个人的权利。她嘴角扬起真心的微笑，转身欲去厨房准备晚上的宴席。就在她转过去的一瞬间，一个巴掌朝她扇了过来，以她的武功竟然不能躲开。

紫蝶的嘴角渗出了血丝，抬起头不由自主地向后退了数步！

“你好大的胆子，竟然敢背着我跟男人私会？”喋血令主一步一步逼近紫蝶，压低嗓子怒斥道，“蜻蜓那死丫头背叛我，你是不是想跟她一样？”

“徒儿不敢，师父，我……”紫蝶终于可以体会蜻蜓的心情。她说得没有错，只要师父还活着一天，她们就摆脱不了杀手的命运。

“你闭嘴！”喋血令主几乎要发狂，这一次她派出喋血令中所有的精英，几乎是倾巢而出来执行这一次的任务，因为对她来说，筹划多年的事情终于在时局动荡的时候可以开始行动，她压上所有的身家性命，绝对不允许出现任何闪失。

紫蝶跪在喋血令主面前不再说话，她偷偷看了看因为愤怒而气喘急促的师父，隐约觉得师父跟以前大不相同了。从前她不会轻易动怒，即使真的发了火也几乎不会表现出来，对于她讨厌的人，处理方法很简单，就是让那个人永远消失。

“今天晚上风灏栎会在望缘楼替风灏南摆践行宴是不是？”

“是！”紫蝶小声回答。

“很好，”喋血令主从袖中掏出一包药粉扔在紫蝶面前，“你想办法让风灏南把这些药吃下去。”

“师父，这是？”

“你以前做事从来不问原因，现在你想破了你自己的规矩吗？”

“徒儿不敢！”

“如果你敢像蜻蜓那样自作主张自以为是，不仅风灏栎要死，连季浩也要死！你明白为师的意思了吗？”

紫蝶的心像被千刀万剐，从头凉到脚，冷汗几乎浸湿了后背。她颤抖着手捡起地上那包药粉，绝望地说道：“紫蝶明白，请师父放心！”

“哼，蜻蜓那个小贱人以为可以借助锦衣卫的势力来铲除我，简直是痴心妄想。别忘了你们都是我教出来的，要不是因为她还有利用价值，本座早就把她带回百花谷执行家法！”

紫蝶已经没有心思听师父恶毒地诅咒蜻蜓，她的额头甚至还渗出了细密的汗珠。

“你不用担心，这些药的药性不会那么快发作，望缘楼在京城之中有今天的根基，将来我还有用处，所以我不会让你有麻烦！记住，不要耍花样！”

紫蝶艰难地点点头，喋血令主冷笑一声便消失了。紫蝶浑身无力地瘫倒在地上，她一点儿想要站起来的欲望都没有。她小心翼翼地打开药粉，仔细闻了闻，居然辨别不出它的药性。

紫蝶、蜻蜓和黄莺从小就被喋血令主训练各种技能，医术是其中很重要的一项。她们三人中紫蝶的悟性最高，对医术也很感兴趣。她可以很自信地说，当今世上医术比她高明的人不会超过三个。可是对手上的这包毒药，紫蝶束手无策。她颓废地趴在凳子上，陷入了深深的恐慌和绝望。师父说得没错，无论她们三个有多么优秀多么能干，毕竟还是她亲自训练出来的，她们永远都超越不了她。紫蝶几乎可以确定，师父肯定还留了余地防止她们的背叛。

紫蝶忽然想起了一些事情，这么多年来她们谁也没有见过师父的真面目，也不知道她的身世和来历。她常年都隐居在百花谷的禁地，谁也不许进去。十几年来紫蝶都不知道禁地之内究竟是什么模样。

紫蝶的性格恬淡，也没什么野心，完成师父的任务之后她只喜欢留在百合堂弹琴种花研究医学，现在回想起来，忍不住对师父的来历充满了好奇。蜻蜓想要杀了师父一了百了，可是今天的事情让紫蝶意识到这是不可能的。

想要彻底摆脱喋血令，唯一的方法是让喋血令在江湖上消失！紫蝶被自己的想法吓了一跳。敲门声唤回了她的思绪，她扶着凳子勉强从地上爬起来，拭去嘴角的血迹打开了门。

“小姐，您的脸色不好，是不是不舒服？”李掌柜看到紫蝶微微肿起的半边脸不由得纳闷。莫非是刚才风灏栎对紫蝶动了手？不至于吧，刚才他离开的时候还是春风满面，不像吵完架呀！

“我很好，你找我什么事？”

“这是风大人差人送来的今天晚上宾客的名单，让我们好准备酒菜！”

紫蝶拿在手上随便翻了翻便又交还给李掌柜，说道：“你看着安排吧！”紫蝶现在的思绪一片混乱，她想在风灏南来之前弄清楚药性，万一将来真的发生什么事不至于手忙脚乱。她并不是想要帮助蜻蜓，她只是不想风灏栎知道了怨她一辈子。

一整天紫蝶都躲在房间里研究那包药粉，可是无论用什么方法她都不能确定药性，她又不敢用一些冒险的方式，怕被师父发觉。直到天色渐渐暗下来，小七来向她禀报，已经有宾客陆续到来时她才绝望了。

望缘楼自从得到朱常洵的关照，前来捧场的达官贵人络绎不绝，紫蝶已经习惯了接待各种各样的人物。她换了身衣服，没有用轻纱遮住面容，径直走下楼去。她一身淡蓝色的纱衣，清纯而秀丽。她的身影一出现便吸引了所有人的目光。

风灏栎轻轻咳了一声，众人才尴尬地转移视线。紫蝶从李掌柜那里拿来酒菜的单子交给风灏栎过目，风灏栎随意看了看便放到了一边。没过多久，风灏南带着几个手下的将领进了望缘楼。

紫蝶在见到风灏南的时候在心里默念了一句对不起，她趁着大家酒兴高涨的时候敬了风灏南一杯酒，趁机将药下在了他的酒里。紫蝶暗自庆幸蜻蜓没有跟来，否则以蜻蜓的警觉性和对她的防范心，她一定不容易得手。在紫蝶转身准备离开的时候，看到了风灏栎温润如玉的微笑。这个场景再一次刺痛了紫蝶的心，她觉得她和风灏栎之间的距离越来越远。

三角情难断

风灏南走后，京城里似乎变得风平浪静波澜不惊，紫蝶的心里却难以安定下来，她总觉得这是暴风雨前的宁静。究竟，师父还在酝酿着什么样的阴谋，她猜不到，即使知道了她也无力去阻止。

紫蝶静静地抚琴解闷，科考将近，沈墨每天都埋头苦读，唯一的消遣就是站在紫蝶的阁楼下听她美妙的琴音。

风灏栎果然遵守着自己的诺言，无论多么忙碌，每天总会抽出时间来望缘楼转一圈看看紫蝶，即使不说话，远远地看过一眼，他也觉得心满意足。这天秦大海在赌坊里输光了银子，死缠烂打要替风灏栎值班，想从风灏栎那里敲诈一些生活费。风灏栎乐得清闲，便径直来了望缘楼。

紫蝶正在阁楼下摆弄着她细心栽培的蝴蝶花，风灏栎远远望去，她站在紫色的花丛中，长发随着微风飞扬，衣袂飘飘，几只彩色的蝴蝶在她身边飞舞，这个场景让他惊艳无比。他悄悄地走到紫蝶身后，迅速拔下她发间的发簪，顿时长发如瀑般倾泻下来。

“讨厌，你吓我一跳！”紫蝶伸手捶打风灏栎的胸膛，风灏栎扶着紫蝶从花丛中迈出来，紫蝶问道，“你怎么这个时间过来？偷懒呀！”

“是啊，偷懒一天陪陪你！”风灏栎轻拂紫蝶的长发笑道，“京城其实也有很多好玩的地方，我带你出去走走吧！”

“那好吧，你在这里等我一下，我上楼去换件衣服！”

“别去了，这样挺好的！”

“刚才摆弄花草的时候已经弄脏了！”

“没关系！”

“嗯？风大人，你为什么坚持要我脏兮兮地出去？有什么诡计快点从实招来，不然我大刑伺候了！”

“你这么漂亮走到哪里都引人注意，再打扮一下岂不是要引人围观了吗？我恨不得把你整个人都裹起来藏到我家里去！”

“油腔滑调。”紫蝶嘴上骂着风灏栎，心里却被甜蜜装满，“那不换衣服也得把头发梳理好呀，你把我的头发都弄乱了！”

“我来帮你梳！”风灏栎不等紫蝶抗议，就牵起她的手上了阁楼，把她按在梳妆镜前，拿起梳子笨拙地开始梳理。他小心翼翼动作轻柔，担心一不留神会伤到紫蝶。

紫蝶从镜子里看到风灏栎认真的模样，突然有一种想要流泪的冲动。曾经以为此生不会有爱情，但是当她真正拥有的时候却失去了接受的勇气。

“蝶儿，你说我们现在这样像什么？”风灏栎问道。紫蝶明白风灏栎的意思，故意转过头去说道：“像什么？像一个丫鬟在替小姐梳头！”

“那我再帮你画眉吧！”

“不要，你肯定会把我画得很丑！”紫蝶握住风灏栎的手腕闪躲着，不自觉地就依偎进了他的怀里。风灏栎紧紧抱着她，在她耳边低声说道：“蝶儿，让我帮你画眉画一辈子好吗？”

一辈子？紫蝶愣住了，她根本就没有一辈子的时间来陪伴风灏栎，她不知道什么时候会奉命离开，甚至不知道自己还能活多久。她情不自禁地握紧风灏栎的衣襟，把脸埋进他的胸膛：“灏栎，一辈子，是多久？”

“蝶儿，你……”

“紫蝶！”朱常洵急匆匆地推门而入，却看到相拥在一起的紫蝶和风灏栎。即使是心机深沉八面玲珑的他，在看到挚爱的女人靠在其他男人怀里的时候，还是有些不知所措。

风灏栎反应过来便立刻行礼：“卑职参见三皇子！”

朱常洵的脸色极为惨淡，不自在地笑了笑说：“起来吧！不知道是不是本王打扰了二位的雅兴！”

风灏栎从朱常洵的语气中听出了极度的隐忍和压抑。传闻三皇子对紫蝶情有独钟，看来并非空穴来风。他定下心神看了看低头不语的紫蝶，正欲开口说话，朱常洵却挥挥手阻止他说下去，然后转头对紫蝶说道：“紫蝶，本王有事要请你帮忙！”

朱常洵竭力克制着自己的情绪，不去看风灏栎一眼。他堂堂的千岁之身在紫蝶眼中却还比不上一个锦衣卫的同知，这对他来说简直是奇耻大辱。

若不是有紫蝶在场，若不是风灏栎还有利用价值，他一定会马上要了风灏栎的命。

“风大人，你先下去吧，本王有事要单独跟紫蝶姑娘谈！”朱常洵无论是话中的坚决口吻还是他的身份，风灏栎都没有拒绝的权利。他犹豫不决，却看到紫蝶向他使了一个眼色，便只好行礼退了出来。

“三皇子请吩咐！”紫蝶跟朱常洵保持着一段距离。上次的事情之后他再也没有来找过她，她以为他们之间再也不会有任何的瓜葛。对紫蝶来说那是一场噩梦，她宁愿把这件事永远埋在心底。

朱常洵不喜欢紫蝶对他的疏远和冷漠，他把这一切都归咎于风灏栎，可是现在时局动荡他要以大局为重。“紫蝶，我要你帮我去医治一个病人，此人的身份极为特殊，你记住一定要小心谨慎，千万不能出任何差错！”

紫蝶的心咯噔一下，已经猜到这个人是谁！师父在密函中提到，她必须留意朝廷中发生的一切事情，喋血令在宫中的眼线已经汇报，皇上病重垂危，朱常洵现在说的特殊病人一定就是当今圣上。

“三皇子，我……”紫蝶本能的就想拒绝，救治皇上不在她的任务范围之内。

“紫蝶，你是聪明人，知道我说的病人是谁，从我踏进这个房间开始你就已经不能逃避。本王并不想伤害你，你就当是帮帮我好吗？”

朱常洵话中有话软硬兼施，紫蝶知道自己非去不可。“请三皇子稍等片刻，让我收拾一下东西可以吗？”

“不必了，宫中任何东西都不缺，你马上跟我走吧！”朱常洵不想留下一点儿时间让紫蝶跟风灏栎接触，以不容置疑的态度命令太监指引紫蝶上轿。

紫蝶再一次见到了雍容华贵却目中无人的郑贵妃。师父第一封密函让她留意太子的一举一动，第二封密函让她找机会接近郑贵妃。可是长期以来她都没有合适的时机，现在是一个千载难逢的机会。

“民女参见贵妃娘娘！”

“抬起头让本宫看看！”郑贵妃不止一次听朱常洵提起紫蝶的美貌和聪慧，当日在郑府中的惊鸿一瞥，这个女子确实给她留下了深刻的印象。今日再见，她的容颜依旧，竟然更增添了几分妩媚。“皇上是九五之尊万民之主，有任何差错你都要人头落地，你明白吗？”

“紫蝶明白！”紫蝶在太监的带领下进入了皇帝的寝宫，她第一次见到了大明的统治者，一个几十年不上朝不理政务的天子。他的脸色已经变得灰白，紧闭的双眼微微在动，紫蝶小心翼翼地上前替他把脉。

从紫蝶接触到皇上的脉搏开始，她就知道他时日不多了。她的医术再高也只能治病，却不能治命！此时的皇帝已经没有了把所有臣民都踩在脚下的威严，他只是一个行将就木油尽灯枯的老人。如果皇帝死了，那绝对是一件大事。紫蝶吩咐太监替皇上脱去上衣，在朱常洵的担保下才被允许替皇帝金针刺穴。紫蝶必须尽全力让他多活几天，因为她需要时间向师父请示下一步该怎么走！

半个时辰之后皇帝的脸色开始好转，郑贵妃几乎喜极而泣。皇上睁开眼睛却依然不能说话。紫蝶留意到皇上病重垂危，可是病床前却只有郑贵妃母子俩。不管是宫廷的规矩，还是民间的人情世故，这个时候太子不都应该在场吗？

紫蝶嗅到了一股政变的味道！

“紫蝶，父皇他怎么样？”朱常洵格外在意皇帝的身体，这么多年来他苦心经营，在朝廷中不断安插自己人，就是等待着有一天可以取代大哥坐上太子之位。可是这所有的事情的前提是皇帝必须活着，只有皇帝亲自下旨废除太子，他才能名正言顺。

“请三皇子放心，皇上他……不会有生命危险！”紫蝶撒了一个谎。

朱常洵松了一口气，只要父皇暂且不死，他就还有时间趁此机会做许多事：“紫蝶，我已经替你安排好了房间，你暂且住在宫中，父皇的病还需要靠你！”

“嗯！”紫蝶顺从了朱常洵的安排，由宫女带领住进了厢房。深夜的时候，紫蝶用药迷晕了守护在她房间里的太监和宫女，掏出丝帕蒙住脸，施展轻功朝慈庆宫而去。

“殿下，听说皇上病危，奴才担心三皇子和贵妃娘娘会有所行动，您得赶快拿个主意呀！”王安焦躁不安，他在宫中多年，深知人心险恶。这么多年来如果不是受到了道德底线的束缚，皇上早就废掉太子了。

“哎，王公公，你让我做什么呢？父皇并没有宣召我去服侍，如果我贸然前往会被人误会盼着父皇早点驾崩，我实在是左右为难呀！”朱常洛仰天长叹，无可奈何。

紫蝶顿时涌起了一股恨铁不成钢的感觉。朱常洛的软弱让他不能施展自己的才华，长期的压抑已经消磨了他的斗志，这样一个人要怎么才能重新站起来？他缺乏的或许只是安全感！

紫蝶正思考着下一步该怎么做，突然耳边响起了一个声音：“跟我来！”紫蝶的心战栗了一下，随即施展轻功跟着那一道鲜红色的身影。到了御花园假山后面，紫蝶才跟着喋血令主停了下来。

“皇帝的病究竟怎么样了？”

“依徒儿的诊断，他活不过明天晚上！”

“你确定？”

“是的！”紫蝶今天强行用针替皇帝续命，暗中输了不少真气给她，只是想要拖延一点时间等着师父的指示。

“朱常洵和朱常洛兄弟俩有什么动静？”

“太子那边风平浪静，太子党的人私底下已经开始蠢蠢欲动，但是三皇子和郑贵妃把持着皇宫，死守在皇帝身边。如果皇帝突然死了而太子又不在身边的话，许多事情就会发生变故。以徒儿的观察，朱常洵应该已经做好了完全的准备！”

“你记住，皇帝如果死了，千万不要让朱常洵的计谋成功，登上皇位。”

紫蝶听了喋血令主的话微微愣了愣，反应过来之后说道：“是，弟子明白！”其实紫蝶一点也不明白，对师父来说谁当皇帝有什么区别呢？

紫蝶回到房间的时候太监和宫女还没有醒来，她依靠在床上静静地思索，朱常洵想要顺利登上皇位，最有可能的做法就是篡改遗诏。满朝文武几乎都是郑贵妃的亲信，皇帝选中的顾命大臣中难保不会出现害群之马。为了防止篡改遗诏，最好的方法就是在皇帝驾崩之时太子可以在场。太子是合理合法的皇位接替者，即使朱常洵有天大的胆子也不敢冒天下之大不韪公然杀害太子。在这种情况下，让朱常洛和朱常洵待在一起才是最安全的。

最难办的事情应该是朱常洵会狗急跳墙用武力争夺皇位。支持太子的人大部分都是文臣，在朝堂之上打打口水仗没有问题，但是不能指望这些人保护太子的安全。紫蝶马上想到了风灏栎。

她暗中调查过，锦衣卫的三个头领，指挥使厉威是朱常洵的亲信，而风灏栎则多年来一直站在太子这一边，只有秦大海是中间派，属于墙头草两边倒。在太子党中只有风灏栎有实力可以保护太子不被武力所伤害。

时间不多了，紫蝶知道天亮以后她就没有机会出宫与风灏栎联系，正当他她焦急万分的时候忽然听到轻微的呼吸声，窗外一道人影掠过，出现在紫蝶面前。

江山易主夜

“灏栎！”紫蝶一阵惊喜，扑进风灏栎的怀里热泪盈眶。他总是在她需要他的时候出现。

“蝶儿，你没事吧？”风灏栎抱紧紫蝶，感受到她真实的存在心里才安定下来。

紫蝶被三皇子接走以后，风灏栎也猜到是被带进宫给皇上治病。前些日子因为皇上病重太医束手无策而闹得皇宫鸡犬不宁，因此风灏栎也没太在意，继续留在紫蝶的阁楼之下替她修剪花草，紫蝶收留的落魄书生却告诉了他一件震惊的事情。

原来朱常洵对紫蝶意图不轨，已经伤害过紫蝶一次。风灏栎想起了紫蝶脖子上的伤痕才猛然醒悟，恨不得马上冲进宫里找朱常洵算账。他用了惊人的毅力才将这股冲动压了下去，现在紫蝶还在宫里，他必须要保证紫蝶的安全。

风灏栎想了很久，根深蒂固的忠君思想和对紫蝶刻骨铭心的爱在内心矛盾纠结。他问了自己很多遍，唯一能确定的事情就是他不可以失去紫蝶，于是不顾法纪夜探皇宫。

“灏栎，你怎么会来？”

“我来带你走！蝶儿，你不要害怕，我不会让三皇子伤害你！”

“你都知道啦？”紫蝶猜到沈墨担心她的安全，可能已经把事情告诉风灏栎了，“灏栎，虽然那天三皇子对我无礼，可我还是清白之躯，你要相信我！”

“蝶儿，我相信你！可是我也想让你知道，不管以前发生过什么事都不重要，在我的心里你永远都是我最爱的女人。以后我会珍惜你保护你，不再让其他人伤害你！”风灏栎捧起紫蝶的脸怜惜地说道。

风灏栎的话让紫蝶的心充满了幸福，被人呵护是一件多么幸运的事情，如果她真的只是一个平凡的女人该有多好！

“蝶儿，你跟我来，我带你离开这里！”风灏栎挽着紫蝶的手说道，他一转身才留意到，所有的宫女和太监都倒在地上。

紫蝶的心紧了一下，解释道：“我怕他们是三皇子安排监视我的人，所以用迷药让他们暂时睡着了。”

“也好，我们走！”

“不，灏栎，我们不能走！”紫蝶拉住风灏栎的手。她知道风灏栎夜闯皇宫要带她走需要多少勇气，她很感动，但是如果明天皇上驾崩而太子又被朱常洵迫害的话，他就算不后悔也会内疚一辈子，“你听我说，现在已经是非常时期，如果我们一走了之的话太子必死无疑！”

紫蝶把皇上的身体状况以及目前面临的危机情况跟风灏栎说了一遍，风灏栎意识到事情的严重性。如果这个时候为了儿女私情一走了之，将来九泉之下他有何面目见风家的列祖列宗。

“灏栎，现在满朝文武只有你忠心耿耿并且有能力保护太子的安全。明天你陪着太子守在皇上的寝宫前，我会想办法让皇上召见太子，防止三皇子和郑贵妃篡改遗诏。”

“不行，蝶儿，太危险了！我现在马上带你去安全的地方，剩下的事情交给我来做。我会保证太子的安全，但是我不要你卷进朝廷的斗争，随时会丧命的！”

紫蝶凝望着风灏栎的眼眸，忽然踮起脚尖主动吻了他一下。

“蝶儿……”

“灏栎，有你这番话即使我真的会死，我也死而无憾了。朝廷的斗争与我无关，但是我真的很想帮你。如果让三皇子登基，他一定不会放过所有拥护过太子的人。”紫蝶从朱常洵的眼中已经看到了他对风灏栎的杀意。

对紫蝶来说，谁当皇帝真的与她无关，可是师父的命令不能违背，如果她只是一个单纯的酒楼老板娘，或许她真的会选择跟风灏栎离开。可是离开以后呢？风灏栎还是会回到这个战场继续他未完成的使命，而她能做的事情只有等待他的归来。

与其期盼一个未知的未来，不如留在他的身边并肩作战。

“蝶儿，我绝对不允许你冒险！”

“我知道你随时都在我身边保护我，我不怕！你记住，一定要按照我们商量好的步骤去做。还有，你的上司厉大人不能信，他是三皇子的人！”

“你怎么知道？”

紫蝶忽然发现她说得太多了，关心则乱果然不假，她以往的小心和睿智在风灏栎面前竟然荡然无存。幸好风灏栎没有再深究下去，他握着紫蝶的手犹豫不决。

“灏栎，我们的时间不多了，天亮以后三皇子一定会来找我，现在我要弄醒这些人，你快走吧。”

“皇上他……真的无药可救了吗？”

“任何一个大夫，无论医术多么高明都只能治病而不能治命！”

风灏栎轻叹一声，把紫蝶揽进怀里，哽咽着说道：“蝶儿，你一定要小心，千万不要有事。万一你出了什么意外，我这辈子都会伤心，会为我今天的决定而后悔！”

紫蝶把风灏栎的手掌放在自己的脸上，对着他露出最甜美的微笑：“为了你，我也会照顾好自己！”

风灏栎最后深深地望了紫蝶一眼，在夜色的掩护下翻墙而去。紫蝶说得没错，剩下的时间已经不多了。因为皇上常年不上朝，大臣们也已经习惯了，因此郑贵妃和三皇子要封锁皇上病危的消息易如反掌。他要在剩下的时间里联络到拥护太子的人，并且按照紫蝶说的，陪伴太子守在皇上寝宫前。

紫蝶提醒他厉威是三皇子的人，风灏栎忽然感觉他办事的难度一下子增加了许多。锦衣卫的耳目遍布各地，尤其是在京城，如果他有大的动静而又不惊动厉威，似乎是不可能的事情。这个时候风灏栎想起了秦大海。

风灏栎走后紫蝶用特制的药将太监和宫女弄醒，然后躺回床上装作什么事情都没有发生过。天亮以后朱常洵亲自来接紫蝶去皇帝的寝宫，紫蝶发现今天的守卫比昨天增加了一倍！

紫蝶守在奄奄一息的皇帝面前，内心百感交集。即使是九五之尊又怎么样，临死之前有谁会真心地为他难过。在身边陪伴的妃子和儿子，他们的焦虑并非为了他的病情。紫蝶替他把脉时忍不住暗自叹息。

她不知道皇上能不能撑到今天晚上，不管是不是会加重他的痛苦，她都必须延长他的寿命，替风灏栎争取时间。紫蝶暗中输真气给皇上，却发现了一件无比震惊的事情。在皇上的体内流动着两股真气，护住了他的心脉，这两股真气雄厚有力持久不散。

紫蝶暗自惊讶，在昨天晚上究竟是谁替皇帝以内力续命，是刻意在帮她，还是无意的巧合？更加让紫蝶想不通的是，当今世上有哪个武林高手有这么强劲的内功修为，莫非皇宫之中真的是卧虎藏龙？

这个人是敌还是友？

紫蝶一整天都变得心神不宁精神恍惚，下午的时候下起了瓢泼大雨，一直到傍晚都还没有停下来的意思。

“不好了，启禀三皇子，启禀娘娘，许多朝中老臣到了门外，要求见皇上！”太监匆匆忙忙地跑来急奏。

朱常洵站起来怒道：“这些道貌岸然的家伙只会在这个时候来添乱。”

“皇儿，这可如何是好？我去打发他们走吧！”

“不，母亲不用去了，去了也没有用。父皇病重的消息只怕已经传了出去，不让他们见到父皇他们是不会善罢甘休的！”朱常洵在房间里扫视了一圈，这里的每一个人都是他的心腹，出卖他的概率极低，那么剩下的就只有紫蝶了。

朱常洵的目光停留在紫蝶身上，忍不住在心里哀叹一声：“母亲，我出去看看，您陪着父皇！”

从朱常洵探究的眼神中，紫蝶已经看出他在怀疑她，但是他却什么也没有说，而是径直走了出去。紫蝶有一瞬间的恍惚，这个男人到底在想些什么？

“各位大人，父皇身体欠佳不想见任何人，你们请回吧！”朱常洵望着雨中跪了一地的文武百官，坚定地说道。

“就是因为皇上龙体欠安，臣等才来求见。”方从哲身为首辅，这一次出头也是无可奈何。皇上在位期间斗争不断，朝中乌烟瘴气，可是皇上依然对修道成仙比对朝廷大事要感兴趣。现在三皇子和郑贵妃的野心已经是司马昭之心——路人皆知了。

“儿臣想向父皇请安，请父皇赐见！”朱常洛抬起头望着跟他斗争了许多年的弟弟，眼中已经没有了畏惧。即使只是寻常百姓，也应该有最终的底线，作为儿子，他应该守护在父亲床前！

朱常洵正和外面的大臣们周旋，郑贵妃沉不住气，怒气冲冲地走了出去。紫蝶知道机会来了，她灌注内力在食指上，点了皇帝的几处大穴，再以银针刺激他的穴位，他缓缓地睁开了眼睛。

“传皇上口谕，宣太子进宫！”紫蝶故意趴在皇上的嘴边假装聆听，随即对身边的太监和宫女说道。

“这……”太监犹豫不决。

“莫非你敢抗旨？你有几个脑袋！”紫蝶厉声喝道。太监吓得腿脚发软，跌跌撞撞地就往外走。

朱常洵挡在门口不让朱常洛进去，双方僵持不下。

“皇兄不要听信外面传言，父皇并没有病得很严重。你坚持要进去，莫非是盼着父皇有事不成？”

这个罪名太大了，朱常洛以尽孝道的名义而来，万一被扣上这顶帽子，他所有的努力就白费了。

“太子乃皇上的亲骨肉，身为人子，父亲有病前去探望乃是理所当然，有何不妥！”众人回头看去，说话的是一个七品小官，他在众人都哑口无言之时站出来铿锵有力地说了一句人之常情的话。

就在朱常洵准备反驳之时，太监传来了皇帝的口谕！郑贵妃和朱常洵皆是一愣，趁着这一短暂的空隙，朱常洛在风灏栎等锦衣卫的护送下顺利地进入了皇上的寝宫。正如紫蝶所预料，皇上在奄奄一息的时候几乎已经说不出话来，而在众目睽睽之下郑贵妃和朱常洵自然没有机会再篡改遗诏。

万历四十八年七月，明神宗驾崩，享年五十八岁。

太子朱常洛在众多文武百官的拥护下，八月初一顺利继位，史称明光宗！

朱常洵苦心经营策划这么多年的夺位计划付诸东流，只能眼睁睁地看着能力和魄力远不如他的哥哥登上皇帝的宝座。朱常洛继位之后下令给辽东前线的将士补发了军饷，废除各地矿税。正值科考之期，他选拔了众多能人贤士填补官员的空缺。

所有的事情尘埃落定，紫蝶终于长长地舒了一口气，可以静下心来思考这些天发生的这么多事情。她闭门谢客，将思路重新理了一遍。

首先，师父为什么要她帮助太子登基，谁当皇帝对师父来说有什么特殊的意义？

蜻蜓跟风灏南去辽东已经将近一个月的时间，师父为什么再也不提这件事？

当日给先皇以内力续命的是什么人？为什么后来再也没有出现？

紫蝶心中有太多的谜团难以解开，她感到由身到心的疲惫。

夜深人静的时候，她抚琴解闷，却发现没有人再驻足倾听，这时她才想起沈墨参加科考以后再也没有回来。她也不曾去留意他是否高中。那个不介意她是否清白依然想要娶她的男人，紫蝶由衷地感激，却也只能当作生命中的一段插曲。

紫蝶收起琴准备就寝，忽然听到一阵轻微的脚步声，她镇定地没有轻举妄动，一个男子以移形换影的身法进入了她的房间。

“紫蝶姑娘，我家主人请姑娘过府一叙！”

紫蝶立刻猜到他的主人是谁，淡淡一笑：“看来我是没有拒绝的权利了对吗？你前面带路吧！”

紫蝶跟大汉下了楼，看到望缘楼的门口停着一顶普通的轿子。她一眼便可以看出抬轿的四个轿夫身怀绝技，轻功绝顶，她上轿之后只觉得四平八稳，轿子一点晃动的感觉都没有。大约过了半炷香的时间，有人替她掀起了轿帘。

“紫蝶姑娘，您里面请！”

紫蝶抬起头看了看，看上去这只是一处普通的院落，随行的人推开大门,里面的景象却又豁然开朗。院子的主人格外用心,栽培了许多奇花异草,院子里的布置别致却不奢华，清雅脱俗。

带她来的大汉把她引到一间厢房的门口敲了几下门便退开了。

“紫蝶，你来了！”朱常洵亲自打开房门迎了出来。

紫蝶发现短短几天时间，意气风发的三皇子竟然苍老了十几岁。或许当一个人的理想变成了梦想的时候，他的心就会渐渐枯萎，他的意志和斗志都在慢慢地消失。

“民女参见福王！”紫蝶的心里竟然很不是滋味儿，如果没有她横插一脚，或许今时今日的朱常洵会有完全不同的结局。

“快起来！”朱常洵一如既往地弯腰扶起紫蝶，苦笑着说道，“想不到你还愿意来见我！”

“我……”

“你不怕我又像上次那样伤害你吗？”

紫蝶摇了摇头。

朱常洵仰望着黑暗的天空说道：“本来我想约你赏月，但是在你到达之前乌云已经把月亮遮挡住了。这,或许就是天意吧。紫蝶,你喜欢这个地方吗?”

“嗯，这个院子想必花了您不少的心血吧！”

“是的，这里的每一朵花都是我亲手种下，每一棵树都是我亲手移植，很多种植物我都费了不少功夫才让它们活了下来。你知不知道为什么我要这么做？”

紫蝶低头不语！

“这个地方是我按照你的喜好来布置的，其实我是想把它送给你。我知道你不喜欢皇宫大内的青砖红瓦，我知道你跟其他女孩子不同。当我第一眼见到你我就很喜欢你，我希望有一天可以把你永远留在我的身边。

“我甚至舍不得把你带进宫里，让宫里的明争暗斗伤害到你。我暗中照顾你保护你，期盼有一天你会被我打动，心甘情愿做我的女人。我知道是你暗中替太子清除了体内的毒素，我也知道父皇驾崩那天你假传了圣旨。但是在我心里终究是恨不起来。

“我多么希望有一天你可以住进这个地方，当我疲惫的时候，当我劳累的时候，我可以来看你一眼，紫蝶，你明白我的心意吗？”朱常洵扳过紫蝶的肩膀，凝望着她的眼睛说道，“我还是想要娶你为妻，你嫁给我吧，我们远离京城躲开朝廷斗争，好吗？”

“我……对不起！”

“是因为风灏栎？”

紫蝶不知道该怎么回答，即使没有风灏栎她也不可能跟朱常洵走。

“我许你王妃的尊贵地位，给你我全部的真心和爱护，竟然还比不上一个锦衣卫的同知吗？”

“不，不是这样的！王爷，爱一个人跟地位没有关系。难道你希望我爱上你是因为你的身份吗？”

“如果可以让你爱我，我并不介意！”

“王爷，你看错人了。我并没有你想象中的那么好，或许有一天你会发现，在这个世界上最坏的女人就是我！”

朱常洵放开紫蝶仰天长叹：“我知道你并不是一个普通的女人，我阅人无数绝对不会看错。可是我不会去深究你的身份，我希望有一天你可以亲口告诉我！”

紫蝶的身体僵硬了一下，思维在一瞬间有停顿的感觉。她一直以为她隐藏得很好，就连最亲近的风灏栎都没有察觉到有丝毫的问题，可是朱常洵却能一语道破。

“紫蝶，今天晚上可不可以留下来陪我？”朱常洵情不自禁地握住紫蝶的手，紫蝶下意识地向后退了一步。朱常洵失望地笑了笑说道：“好吧，我让人送你回去。不过我想让你记住我今天晚上说的话，不管什么时候，如果你想过稳定的生活就来这里找我。这个地方永远只属于你和我。”

紫蝶无言以对，她从来没有奢望过有一个男人会对她用情至深。跟风灏栎在一起她很开心，但是她很清楚这种感情中夹杂着太多的杂质，她跟风灏栎只能是彼此生命中的过客。今天晚上朱常洵的这番话让紫蝶的心中荡起了阵阵涟漪。母亲的死和师父的耳提面命，让她从来都不相信这个世界上有至死不渝的爱情。所谓的等待，只是一个美丽的谎言。

紫蝶拒绝朱常洵手下的护送，独自往回走。走到一半的时候天边已经出现了绚丽的霞光。母亲临死的时候就是望着金色的彩霞，即使是在生死的边缘挣扎，她依然不后悔爱上那个男人。值得吗？紫蝶不止一次地仰天长叹。

紫蝶在溪边坐下，静下心来思量着这段时间发生的事情。太子已经登基，他再也不用担惊受怕，他的仁厚与博爱会让他成为一个明君，只是在他的身边一定还有许多潜在的威胁。

朱常洵策划了这么多年，他的党羽遍布朝野，只要他还没有死心，事情就不算结束。让紫蝶一直想不明白的是师父的用意。她吩咐紫蝶监视太子，现在太子成了皇上，监视还有必要吗？紫蝶忽然担心师父会把她调走去执行其他任务，一旦她离开了京城，她与风灏栎的感情也就结束了。紫蝶苦笑一声，早就应该料到这段感情不会有结局，以后的岁月里风灏栎会在思念中将她渐渐遗忘。

紫蝶回到望缘楼的时候天已经大亮，陆陆续续前来的客人把望缘楼围得水泄不通。紫蝶不由得纳闷。平时望缘楼虽然宾客盈门，但是今天这样的状况似乎极为少见。她拨开人群走了进去，见到李掌柜小心翼翼地站在一个男子身后，整个大堂异常的安静。

“小姐回来了！”小七兴奋地喊道。

那男子回过头来对着紫蝶微笑，表情中充满了宠溺与期待。

第七章　知己难求在天堂

拒嫁留真情

“紫蝶姑娘，你回来了！”沈墨迎上来，褪去了寒酸的长袍，锦衣华服让他更加增添了翩翩的风度。

“小姐，沈公子高中探花，特意回来看您的！”李掌柜一直都没把穷酸潦倒的沈墨放在眼里，可是偏偏这个人却可以高中，果然是人不可貌相。

“恭喜你，沈公子。”紫蝶帮助沈墨只是出于一种直觉，她内心深处渴望的东西沈墨永远都不会知道。

沈墨不明白为什么紫蝶对任何事情总是波澜不惊，她的表情永远没有太多的变化。他不在意，而是锲而不舍地走到紫蝶身边柔声说道：“紫蝶姑娘，我今天来有一件很重要的事情。”

先皇刚刚去世，新皇登基的首要事情是填补空缺的官位，正好赶上这一届科举。沈墨的才华让众考官和皇上都很满意，高中探花之后被封为苏州知府，官位还在新科状元之上。对于这样的安排许多人都觉得费解。

其实，在望缘楼朱常洛已经见过沈墨，对这个年轻人他有着特殊的好感，或许因为他是紫蝶的朋友吧。

“抬上来！”沈墨吩咐随从把一箱一箱的礼物抬了过来，激动地说道，“紫蝶姑娘，我可以照顾你了。今天我是来向你提亲的。”

紫蝶愣住了，她以为当时她已经跟沈墨说得很清楚，她从来没有想过要嫁给他：“沈公子，我看你误会了。你能有今天的成绩，作为你的朋友我替你感到高兴，但是与爱情无关。对不起，我要回房休息。李掌柜，帮我送客！”

紫蝶毫不犹豫地拒绝让沈墨在大庭广众之下倍感难堪，他看着紫蝶的身影消失在楼梯的尽头，无奈地苦笑着。其实他何尝不明白，紫蝶对他并无情意。她是一个很特别的女子，她不稀罕荣华富贵，不眼红锦衣玉食，她追求的究竟是什么？

就连高高在上的三皇子都打动不了她的心，将来她究竟会嫁一个什么样的男人？

沈墨失望地离去，只能形单影只地去苏州上任。紫蝶，这个像迷一样的女子，注定是他生命中一个遥不可及的梦。

风灏鸣躲在人群里看完了这一场好戏。他觉得沈墨就是一个傻子，身为探花居然被一个市井女子耍得团团转，当众出丑还一点儿脾气都没有。他觉得同样身为男人的他都连带着被羞辱了，于是义无反顾地转身就走。无精打采地回到家里，风灏鸣看到风灏栎正在院子里练剑，马上打起精神凑了上去："二哥，二哥！你猜我刚才看到什么了？"

风灏栎收起长剑蹙眉："你是又看到哪只蟋蟀很好斗，还是又觉得哪家酒楼卖唱的姑娘很漂亮？我警告你，你要是再出去惹是生非我可不给你收拾烂摊子。"

"二哥，你怎么总是站在门缝里看人呢？你弟弟我现在改过自新正以积极向上的态度面对人生，总打击我干什么？"风灏鸣顺手从旁边的盆栽里摘了一片叶子拿在手上把玩，笑着说道，"我今天看到一个傻瓜，提着昂贵的礼物去提亲，你猜结果怎么样？"

风灏栎心不在焉地听着风灏鸣的八卦，心里惦记着紫蝶，想着一会儿换身衣服去望缘楼看看。

"二哥，你猜那个傻瓜是谁？就是新科探花沈墨！"

"沈墨？"风灏栎的思绪被拉了回来，问道，"他向谁提亲？"

"还有谁呀，望缘楼的老板娘紫蝶姑娘呗！"

"她答应啦？"风灏栎的心里一紧，抓着风灏鸣的胳膊问道。

"哎呀，二哥你别使那么大的劲儿，疼疼疼！"

风灏栎发觉自己的失态，急忙放开风灏鸣。风灏鸣的眼睛开始放光，在风灏栎身上来回穿梭，暧昧地笑了笑说道：“二哥，人家向紫蝶姑娘提亲你紧张什么？”

“别胡说八道！”风灏栎很严肃地说道。

“嘿嘿，结果你自己去看呗！”风灏鸣想了想又补充道，“二哥，你可别忘了你已经有了季如月。是你教我做人要有情有义的哦！”

风灏栎不自在地转身就走，风灏鸣的话让他觉得很惭愧。他与季如月之间的婚约是事实，但是他爱紫蝶也是事实，两个女人，最终是不是要负一个？他回到房间沉思了很久，换好衣服出了门直奔望缘楼。

风灏栎站在望缘楼的门口时，却不敢往前走了，他有些不知所措。紫蝶是一个值得珍惜的好女孩，她应该有很幸福的未来，一个全心全意爱她的男人。沈墨……风灏栎满脑子胡思乱想，连天空飘起了绵绵细雨也浑然不知。

他抬起头时看到一把油纸伞替他挡住了细雨，身边是一个笑颜如花的女子，一身淡紫色的纱衣在微风中轻轻飞扬。“蝶儿！”风灏栎握着紫蝶的手，接过她手中的伞轻声叫道。

“为什么站在这里不进去？”当紫蝶下定决心要珍惜跟风灏栎在一起的短暂时刻起，她就已经没有了犹豫。注定没有天长地久，何不把握现在，至少还有一段美好的回忆。

“蝶儿，沈墨他……”

“你真傻！”紫蝶掏出手绢替风灏栎擦去脸颊上的雨水，“再不进去我也要淋湿了！”

风灏栎低头微笑，牵着紫蝶的手进入望缘楼。他发现望缘楼的生意一切如常。

“好了，现在你有什么问题就问吧！”紫蝶替风灏栎泡了一杯热茶，坐在他的对面问道。

风灏栎忽然变得难以启齿，其实他有什么资格让紫蝶为了他拒绝其他男人，他没有足够的信心许她一个未来的承诺。紫蝶仿佛看穿了风灏栎的心思，走到他的身边牵起他的手覆盖在脸上，说道："灏栎，不管将来发生什么事我都不会后悔跟你的这段感情，是你让我知道什么叫作温暖。"

风灏栎一把将紫蝶拉进怀里紧紧抱住："蝶儿，我爱你。"

爱？多么奢侈昂贵的东西，紫蝶靠在风灏栎的胸口泪如雨下！

"蝶儿，不要哭，我不希望我给你带来任何痛苦，我喜欢看你快乐的样子。"风灏栎低头吻去紫蝶脸上的泪痕，他眼中的柔情让紫蝶沉醉。

紫蝶嫣然一笑，双手攀上风灏栎的脖子说道："好，以后的每一天我都要开心，但是……我只对你一个人笑。"

风灏栎在紫蝶的唇上啄了一下，把她揽进怀里柔声说："今天我不用进宫也不用去衙门，雨停了我带你出去走走吧！"

"嗯。"紫蝶任由风灏栎牵着她的手，对她来说去哪里都不重要，只要能跟他在一起。

风灏栎牵着马跟紫蝶出了城，他已经不记得上次无牵无挂的玩耍是什么时候。他喜欢跟紫蝶相处时的无拘无束，一回头就能看到她倾国倾城的笑颜。雨后的空气中弥漫着一股清新的味道。

"蝶儿，上次在我大哥的洗尘宴上，你跳的那支舞到现在我都还记在脑海里。前几天我还听几个大人在聊呢！"风灏栎带着紫蝶到了郊外，将她从马上抱下来，然后牵着她的手在溪边坐下。

紫蝶看着四周围开满了五颜六色不知名的花朵，忽然想起了从小居住的百花谷。这里的野花虽然没有百花谷的绚丽多姿，也没有芳香扑鼻的味道，但是它们却可以在阳光下自由生长。百花谷中有几百种花草，可是每一种都带有一定的危险性。在百花谷，花不是用来欣赏，而是用来杀人的。

“你想看我跳舞吗？”紫蝶从腰间抽出随身携带的笛子俏皮地说道，“如果你能吹出曲子，我就再跳一次舞！”

“真的？”风灏栎很有自信地接过笛子凑到唇边，悠扬的笛声响起时，紫蝶望着风灏栎俊朗的侧脸，竟然陷入了如痴如醉的疯狂。如果可以与他一生相守，直到白发苍苍该有多好。

风灏栎用眼神示意紫蝶遵守承诺，紫蝶起身走入花丛中，随着飞舞的彩蝶翩然起舞。风灏栎不知不觉停下了笛音，看着紫蝶妙曼的舞姿和随风轻摆的裙袂，更加坚定了他的信念和决心。

他想娶她为妻，一生一世，永不分离。

风灏栎上去将紫蝶搂在怀里，低下头凑到她耳边轻声说：“蝶儿，你愿不愿意嫁给我？”

这是第三个说要娶她的男人，紫蝶体会到了完全不同的心境。朱常洵的话让她感动，但是她不想做他的女人；沈墨的话让他欣慰，可是她的心底依然平静如水；而风灏栎这句话却让她心潮澎湃。

“蝶儿！”风灏栎的呼吸变得粗重，轻吻着紫蝶的脸颊，他从来没有这样渴望过得到一个女人。他想要保护她照顾她，每时每刻看到她灿烂的容颜。

“灏栎，我……”紫蝶好想点头答应，她终于能明白为什么蜻蜓为了风灏南，甘愿背叛师门。她不禁打了一个冷战，蜻蜓虽然跟着风灏南去了辽东，但是风灏南已经中了师父的毒，他们没有美好的未来。万一风灏南出了什么事，风灏栎知道是她下的毒，会不会原谅她？紫蝶躲进风灏栎的怀里微微颤抖。

“蝶儿你怎么啦？是不是不舒服？还是我吓到你了？”风灏栎想要看清楚紫蝶的样子，但是她却躲在他的怀里不愿意出来。他只好抱紧她给她温暖。

“灏栎，其实我……”

紫蝶话没有说完，就听见不远处传来一阵兵刃交接的声音。出于职业的警觉和习惯，风灏栎放开紫蝶交代道：“你在这里等我，我过去看看。”

“不，灏栎，我害怕……”紫蝶握紧风灏栎的手腕，她是真的害怕。现在的京城表面上风平浪静，其实暗流汹涌。这些风灏栎身为锦衣卫未必不知道，他又何苦还要多管闲事。

“一起去！”风灏栎看到紫蝶担忧而恐慌的眼神，给了她一个安心的微笑，牵着她的手往另外一边走。

远远的，紫蝶就已经感觉到了一股杀气，交手的人中不乏武林高手。在混战的人群中紫蝶竟然看到了一些熟悉的兵器。莫非又是蒙古死士？努尔哈赤究竟派了多少人潜入到中原？紫蝶的念头还没有想完，风灏栎已经施展轻功跳入了战圈。

紫蝶定睛看了看在下人簇拥下仍然吓得瑟瑟发抖的季如月。季如月的旁边是一个雍容华贵的中年女人，她的头上佩戴着金钗银饰，身上穿的是绫罗绸缎，她跟季如月抱在一起，躲在季海雄的身后吓得双目紧闭。

紫蝶的心变得很痛，她看着季海雄全神贯注地盯着战局，暗中把真气凝聚在掌心，准备随时出手。

季海雄身为兵部尚书，随身带着的随从都是一等一的高手，加上风灏栎的全力相助，蒙古死士开始节节败退。他们朝紫蝶的方向看了看，说了几句其他人听不懂的话，手中的弯刀马上朝紫蝶砍了过来。

紫蝶不能显露武功，只能眼睁睁地看着弯刀离她的面门越来越近。在这千钧一发的时候风灏栎忽然扑了过来挡在她面前。弯刀砍在风灏栎的左臂，顿时鲜血直流。那个蒙古死士意味深长地看了紫蝶一眼，吹了吹口哨，其他人都向四面八方逃窜而去。

“灏栎你怎么样？”这是风灏栎第二次舍命维护，紫蝶开始内疚。风灏栎对她是痴心情真，而她却隐瞒了他那么多事。

“我没事，蝶儿，不要哭！”风灏栎及时点了自己身上的几处大穴，暂时止住了血。虽然手臂上传来的疼痛让他直冒冷汗，可是看到紫蝶安然无恙他的心却一点儿也不难受。

季如月从惊慌失措中回过神来，看到风灏栎和紫蝶眉宇间的情意与默契，一股妒火在胸中熊熊燃烧。季夫人的目光一直停留在紫蝶身上，世间竟有如此美丽的女子。紫蝶的出现让她想起了一段不堪的往事，她有一种强烈的不安。

彩蝶梦中舞

“灏栎哥哥你的伤重不重?”季如月跑到风灏栎的身边，把紫蝶从他身边挤走，扶着风灏栎焦急地问道。风灏栎发现紫蝶开始回避他的目光，他知道他们之间的问题在此时此刻展现得淋漓尽致。

“季伯父，我先送你们回家吧！”风灏栎急于跟紫蝶解释，可是却无从开口。

“谢天谢地，灏栎，今天要不是有你我们真不知道该怎么办了。幸亏菩萨保佑，看来今天没有白去烧香呢！”

季夫人从紫蝶的身边走过，从她的眼神中看到了哀怨与凄凉，就跟多年前出现在她生活中的那个女人一样。

紫蝶可以感受到季如月的敌意，她不想让风灏栎为难，主动提出自己骑马回去。风灏栎不放心，可是在季海雄的眼神示意下却无可奈何。

夜里，季海雄在书房里来回踱步，无论如何也静不下心来看公文。自从第一次见到紫蝶他就有一种很强烈的熟悉感。她的一颦一笑一举一动都似曾相识，这种感觉不会错。今天白天的偶然相遇，他从她的眼中看到了哀怨。季海雄的脑海中灵光一闪，出了一身的冷汗。他急忙吩咐管家备轿，偷偷从后面出去，直奔望缘楼。他站在紧闭的门口，伸出手犹豫了很久，始终没有勇气敲开那扇门。他的猜测是对的吗?

风灏栎与紫蝶的事情季海雄已经听到了流言蜚语，在其他人的眼中紫蝶只不过是一个美丽动人却极为平凡的女子，可是季海雄在风灏栎的眼中看到的是无尽的宠溺和爱恋。他也曾经那样迷恋过一个女人，这种爱刻骨铭心。

万一真的让他猜对了，他真的不知道是缘还是孽！

季海雄还是没有足够的勇气去面对，他正准备离去，望缘楼的门却打开了，紫蝶提着灯笼走了出来，笑盈盈地望着他。这个场景让他想起了二十多年前，他有多么留恋那个四壁透风的草屋。

“季大人深夜来访，不知有何贵干？”灰暗的灯光下，紫蝶看到季海雄苍老的面孔。

季海雄愣住了，千言万语不知道该从何问起。

“季大人要不要进来坐坐？”紫蝶问道。

“你们在外面等我！”季海雄吩咐了下人几句，迈着沉重的步子进了望缘楼。坐在雅间里，他看着紫蝶熟练地泡好香茗端到他的面前，他尝了一口，顿时热泪盈眶，端着杯子的手微微颤抖。“你……你……究竟是谁？”

“紫蝶！”

“不，你不叫紫蝶！你叫季梦蝶，你娘生你的前一晚梦见好多蝴蝶飞舞，所以取名梦蝶，是不是？”

“季大人，我给你喝的是茶不是酒，你不应该会醉的！”紫蝶表面一如既往的平静，内心却起了阵阵涟漪。

“我没有醉，蝶儿，究竟是不是你？我第一次见到你就有一种特殊的亲切感，我知道你是梦蝶，是我的女儿！”

“季大人，我只不过是一个贫苦人家出生的平凡女子。没错，我的父亲他姓季，可是他不叫季海雄。”

“蝶儿，我知道你在怪我，可是……你先告诉我，你娘呢？她怎么样了？”季海雄疾步上前握住紫蝶的手，难以抑制自己的情绪，激动地问道。

“她死了，十五年前就已经死了！”紫蝶望着季海雄冷静地说出这句话，季海雄一个踉跄跌坐在凳子上。他木然的眼神和伤痛的表情让紫蝶的眼角渗出泪水，可是却不愿意承认哭泣。

“樱若，樱若，是我对不起你……”季海雄的泪水划过脸庞，这些年来他总是奢望能再见结发妻子一面，纵然是听听她骂他的声音也是好的。他总以为他还有机会弥补以前犯下的过错，原来一切都已经不可能了，“蝶儿，可不可以告诉我你娘是怎么死的？”

“我娘是怎么死的与季大人无关！”紫蝶背过身去，想起了母亲临死之前的惨状，强忍着哭泣说道，“季大人荣华富贵，娇妻美眷，又怎么能够体会在温饱线上挣扎的人有多么痛苦。您请回吧，不必再等，不必再幻想，你这一辈子都不可能再见到你想见的人。我要告诉你，很多人很多事，你一个转身就是一辈子！”

季海雄站起来靠近紫蝶的身边，他想伸手抱一抱他的女儿，却发现女儿已经长大，已经不是那个襁褓中的小女孩。今时今日，无论他多么位高权重，已经无力再抱起女儿。“蝶儿，我……”

“你什么都不用说，如果你还有良知的话，就在良心的谴责中度过你的余生！”紫蝶头也不回地转身就走。

季海雄想要出声阻拦，喉咙的哽咽让他无能为力。他无数次幻想过见到女儿的情景，却没有一种是这样的情形。

紫蝶回到房间的时候已经是泪流满面，她扑倒在床上放声大哭。她已经有整整十年没有掉过一滴眼泪。哭泣是弱者的行为，此刻她多么希望她就是一个柔弱的需要人保护的普通女子，这样她就有足够的理由赖在风灏栎的怀里，一辈子都不出来。

“你也会哭吗？”如鬼魅般的声音响起，紫蝶才发现她竟然失去了应有的警觉。她抬起头看到黄莺既诧异又不屑的眼神，定了定神恢复冷漠的表情问道：“有什么事快说。”

“师父急召你回百花谷！”黄莺对师父的安排也觉得很纳闷，在京城花费了那么多的时间和精力，现在却要将所有的人全部撤走。

紫蝶怔住了，回百花谷就意味着她将和风灏栎分开，虽然早就有了心理准备，可是却来得太过于突然。“我知道了，什么时候起程？”

“明天早上到芜柳山庄见师父，然后一起回去！”黄莺对紫蝶的事情并不了解，也没兴趣追究，但是却很好奇什么事情可以让紫蝶的心起那么大的波澜。

“你还不走？”紫蝶难以控制自己的情绪，冷冷地说道。

对于紫蝶的态度黄莺不仅没有生气，反而轻笑出声，然后施展轻功离去。一个有了喜怒哀乐的人就不再可怕了。

紫蝶连夜收拾好了东西，却一直在犹豫要不要跟风灏栎道别。此去不知道什么时候才能再见，或许一别就是永远。这样也好，不告而别就没有离别时的感伤，她会在风灏栎的念念不忘中渐渐被遗忘。

紫蝶骑着马出了城，脑海中全是与风灏栎在一起时的欢声笑语。这么多年来她已经忘记了什么是笑，什么是哭，是风灏栎让她重新懂得爱与被爱是什么样的情绪。她留恋风灏栎的怀抱，喜欢看着他微笑。不知不觉中紫蝶已经是泪如泉涌。她路过昨天两人嬉戏的溪边，耳边仿佛还回荡着风灏栎悠扬的笛声。在这一瞬间，紫蝶前所未有地想念风灏栎，她调转马头飞奔回城，即使是从此不再相见，她也要与风灏栎道别。

来到风府的门口，紫蝶擦去泪痕，风灏栎说过不喜欢看到她哭泣的样子，她在他的面前要永远保持笑容。

“我想求见风大人，麻烦您通报一声！”紫蝶礼貌地对着开门的家丁说道。

“二爷他出去还没回来呢！”

家丁的回答让紫蝶的心跌到了冰窖之中，莫非真的是命中注定，天意不可违吗？紫蝶苦笑一声转身离开。

紫蝶不顾路人诧异的目光，任凭泪水像打开了闸门的洪水般倾泻。也许将来再也没有机会尽情哭泣。这一趟京城之行，她见到了多年来一直憎恨的人，却发觉其实她对他的恨在时光的流逝中已经所剩无几。看着他老泪纵横的样子，她甚至还有些于心不忍。

最没有料到的是她会对一个男人动心。这趟出来执行任务，她似乎什么都没有做过，却把自己的心弄丢了。怎么办？是不是从此以后天涯相隔，她与风灏栎再也没有了相见的机会？

“蝶儿？你怎么啦？怎么哭了？”风灏栎从皇宫出来就直奔望缘楼，却发现望缘楼居然歇业了。他的心中有种莫名的恐慌，如今在街上见到梨花带雨的紫蝶，既心疼又安心。

“灏栎？”紫蝶又惊又喜，如果不是在大庭广众之下她一定会扑进他的怀里，享受最后一刻的温存。

风灏栎拉着紫蝶到了一条僻静的小巷：“蝶儿，为什么望缘楼要歇业？是不是出什么事情了？有人欺负你？”

风灏栎看到紫蝶身后的马匹和已经收拾好的行礼，急切地问道，“你要走？是不是我做了让你生气的事情？”

“不是，不是的，灏栎。”紫蝶凝望着风灏栎的眼睛，他是那么的正直和善良，她该怎么告诉他，她是一个杀手，她不配拥有任何人的爱，“灏栎，我……我要回乡祭祖，所以才会将望缘楼暂时歇业。”

“是暂时，那就是说你还会回来的是不是？”风灏栎松了一口气，“你一个女孩子上路太危险了。你再等一天，我回宫向皇上请旨，我送你回去好吗？”

“不用了灏栎，这么多年来我都是自己照顾自己，我不会有事的！”

紫蝶的这句话让风灏栎充满了心疼。

“以后你不再是一个人，让我来照顾你！”风灏栎轻抚紫蝶的脸庞，他下定决心要娶她为妻，即使所有的人都不理解都唾骂他，他也毫不犹豫。

“灏栎，我……”紫蝶想要告诉风灏栎实话，欺骗一个自己深爱的人太辛苦，她的心已经承担不起这么沉重的重量。

“蝶儿你听我说，我对你说过的每一句话都算数，我对你的每一个承诺都会实现。你相信我，让我陪你回去！”

“灏栎，我知道你对我好，我真的知道。皇上刚刚才登基，他需要你的帮助和保护。你放心吧，我会回来，回到你的身边！”

“好，蝶儿，既然你主意已定，我不强求。”风灏栎握着紫蝶的手说道，“在这段时间里我会安排好所有的事情，等你回来我们就成亲，我要你做我的妻子！”

紫蝶泪如雨下。

这是一个多么美丽的誓言，如果有的选择，就算粉身碎骨她也要死在风灏栎的怀里。

“蝶儿，你一定要尽快回来，我等你！”风灏栎的双手搭上紫蝶的肩膀，手指轻抚着紫蝶的长发。紫蝶低下头，泪水滴落在风灏栎的脚边。回来？她是否还能回得来？紫蝶忽然想起了蜻蜓的话，很多事并不是不可，只是她没有足够的勇气去争取。

“灏栎，我答应你，我一定会回来，无论遇到多么大的困难，我都要回到你的身边做你的妻子。”紫蝶坚定地望着风灏栎。蜻蜓选择的路并不好走，可是至少她还有个希望，起码她现在是风灏南名正言顺的妻子，即使将来到了九泉之下，也有着夫妻的名分。

够了，即使只做一天的夫妻，也值得用一生去付出。

紫蝶从发间摘下蝴蝶发簪放进风灏栎的掌心，含泪说道：“灏栎，在我们分开的这段时间里，你要好好保重。我们一定会有重逢的一天。”

“傻丫头，别这么担心。如果你敢不回来我就去找你。你别忘了锦衣卫最擅长的就是抓人，到时候我把你抓回来直接入洞房！”风灏栎拭去紫蝶的泪水千叮万嘱，“这一路上你要格外小心，万一遇到什么事就拿着我的令牌向各州各县的衙门求助。到家了捎封信给我，让我安心，知道吗？”

“嗯！”紫蝶点头无语，风灏栎不会明白她接下来要面对的事情有多么凶险，想要做他的妻子，就必须先脱离喋血令。

风灏栎送紫蝶到城门口，这一路走来竟是那么的短暂。他扶紫蝶上了马，望着她策马离去的背影，派了两个心腹手下暗中保护她的安全。这个傻丫头怎么会明白他的心情，如今的世道盗匪横行灾民成群，他怎么可能放心她一个美若天仙的女子单独上路。

朱常洛驾崩

紫蝶出了城之后直奔芜柳山庄，但是行了一段路她就发现有人在跟踪她。她在一个茶棚内停留下来，跟踪她的是两个年纪较轻的男人，紫蝶暗中观察了一番，发现其中一个人的腰间挂着一块锦衣卫的令牌。

紫蝶心里忽然涌起了暖流，风灏栎嘴上虽然让她一个人回乡，终究还是放心不下她。她暗中联络了她的手下，制造了一点儿小混乱，以障眼法与手下调换了身份。长期以来她都是以轻纱遮面，真正见过她的人并不多。她让她的手下继续往杭州方向走，路上再想办法不动声色地甩掉这两个人。

紫蝶到达芜柳山庄没多久，喋血令主就出现了。

经过上一次锦衣卫的围剿，喋血令元气大伤，许多精英人物都在这一次的行动中被擒，然后服毒自尽。蜻蜓的背叛让丁香堂的秩序混乱。喋血令主把丁香堂的人分成了两部分，分别交由黄莺和紫蝶接管。

喋血令的总坛叫百花谷，在江湖传闻中十分神秘。许多人都只知道一个大概的位置，却从来没有人进去过。谷内四季如春，常年鲜花盛开，是一个躲避世俗烦恼的世外桃源。紫蝶恬淡的性格就是在幽静的环境中养成的。

这一次喋血令主带着所有人撤回百花谷，用意是什么谁也不知道。

“紫蝶，你带着罗兰堂的人上路，黄莺，你带着百合堂的人一起走！”喋血令主下了一道奇怪的命令，“丁香堂的人就跟着我！”

紫蝶和黄莺都不由自主地对望了一眼，谁也没有提出异议。师父的这个安排很明显，她既不相信黄莺，也不相信紫蝶。紫蝶和黄莺带的都不是自己的亲信，甚至可以说是在被人监视，这一路上她们任何事情都办不了。

紫蝶意识到师父对她和黄莺已经起了疑心。师父知道她和风灏栎的关系，因此防范着她理所当然，那么黄莺呢？紫蝶的心中暗自盘算着如何才能脱离喋血令。

午时过后，紫蝶在房中小憩，接到手下的禀报，喋血令主下令所有人出发。紫蝶打开信笺却愣住了，师父并不是让她回百花谷，而是带着罗兰堂的人去苏州。紫蝶心中虽然奇怪却什么都没说，而是立刻带着人上路。

走了两三天一直都平安无事，只是一路走来都听见百姓在议论新皇登基之后的事情。朱常洛顺利继承了皇位，朱常洵也被安排去了地方，紫蝶这一次离开得匆匆忙忙，都没来得及跟他们道别。紫蝶明白，以朱常洛的厚道，是把她当成了好朋友。

紫蝶走后风灏栎开始陷入疯狂的思念，只是朝中事情太多，让他分身无暇。锦衣卫指挥使厉威曾经是朱常洵的心腹，朱常洛登基之后许多言官上书弹劾，于是他便顺势撤掉了他的官位。

朱常洛是一个念旧的人，在他人生最低谷时风灏栎一直都陪伴在他的身边，明的暗的帮了他很多次，厉威被罢官以后，他马上下旨让风灏栎接掌锦衣卫指挥使一职。风灏栎成了史上最年轻的锦衣卫最高统领。这件事对风灏栎来说喜忧参半。喜，当然是可以为风家光耀门庭；忧，这件事成了他跟季如月退婚的另外一个阻力。刚刚升官就要与未婚妻退婚，朝中的言官每人一口唾沫也能把他淹死。

风灏栎上任之后开始重新调整锦衣卫内部的结构，废除了一些残酷的刑具，并且暗中派人调查喋血令以及前段时间出现在他家中和郊外意图行刺季海雄的刺客，他总觉得两者之间有一定的关联。

尤其让风灏栎想不明白的是当初出现在他书房里的那张字条，那个向他通风报信的人究竟是谁?

“喂,小子,想什么呢?”秦大海一手酒壶一手酒杯摇摇晃晃地走了进来，咧开嘴冲着风灏栎笑，“自古升官和发财是不分家的，你以后平步青云可别忘了我呀！”

“别闲扯了，让你查的事情怎么样啦？”

“没消息！”秦大海耸耸肩表示无可奈何，“喋血令是一个江湖帮派，跟朝廷一直都是井水不犯河水，咱何必花那么大的力气去找他们呢！”

“不，喋血令绝对没有那么简单。”风灏栎不赞同秦大海的观点，“这段时间发生的很多事情都与喋血令有关，我觉得它的势力已经在一点点地渗入朝廷了。”

“风大人，不好了，您赶快进宫！皇上病倒了！”王安手下的小太监气喘吁吁地跑进来，焦急地说道。

“皇上病了？”风灏栎跟秦大海对望一眼，马上一起进宫。

经过太医诊治，皇上的病情暂时稳定了下来。此时首辅方从哲带领着文武百官已经赶到，守在皇上的寝宫门口，王安传皇上的口谕，让所有大臣全部退下。

风灏栎找了个借口留下来，将王安拉到僻静处。朱常洛继位以后，王安已经是司礼监秉笔太监。

“王公公，皇上究竟患了什么病？”

王安朝四周张望了一番，摇头无奈地说道："风大人，您要是有机会千万劝劝皇上，以龙体为重。前几天郑贵妃送了皇上八个如花似玉的美人，这……"

"皇上的病是找哪一位御医诊治的？"

"皇上不让奴才们传御医，今天吃的药是崔公公开的！"

"崔文升？"风灏栎马上蹙眉，这个崔文升是郑贵妃的贴身太监，皇上找他来治病，这……

"王公公，您要照看好皇上，有什么事马上找人通知我！"风灏栎忧心忡忡地走出皇宫。

皇上继位还不到一个月，却因为宠幸后宫美女而一病不起，这件事要是传了出去，文武百官会怎么想，老百姓又会怎么想？

晚上，风灏栎睡得迷迷糊糊时听到了一阵急促的敲门声，他一跃而起，打开房门问道："什么事？"

"二爷，杨大人来了，说有重要的事要求见！"家丁提着灯笼睡眼蒙眬地说道。

"带杨大人去客厅等我，我马上来！"风灏栎对杨涟这个人没什么特殊的好感，却格外尊敬他。他原本只是一个七品给事中，却刚正不阿，敢于直谏。先皇驾崩以后，郑贵妃拿出遗诏要求皇上封她为太后。多亏了杨涟带着众人去郑府找到郑养性，连哄带骗软硬兼施，切断了郑贵妃在宫外的外援，加上礼部尚书的鼎力配合，郑贵妃才放弃了这个念头。

风灏栎穿好衣服赶到客厅，只见杨涟在不安地来回踱步，他见风灏栎出来便急忙迎了上来。

"杨大人，深夜来访是否有重要的事？"

"风大人，您是皇上最信任的臣子，请您一定要劝劝他！"杨涟哀叹一声继续说道，"皇上夜夜纵情声色，形容憔悴，龙体已经不堪负重了。前两天鸿胪寺丞来给皇上进献仙丹，简直是荒谬，被方大人赶走了。但是今天皇上召开内阁会议，要封李选侍为皇贵妃，还要将皇长子交由她来照顾！”

风灏栎愣住了。李选侍陪伴在皇上身边多年，美艳妖娆，深受宠爱。但是自从皇上登基以后她上蹿下跳，总是企图坐上皇后的位置。锦衣卫的情报网遍布全国，对于在眼皮子底下的事情就更加了如指掌。

李选侍搬进后宫之后，与郑贵妃走得很近，郑贵妃要求封太后的时候她也在一旁煽风点火。皇长子早晚有一天会是整个大明的接班人，倘若将他交给李选侍照顾，那么李选侍的地位就等于被默认了。

“杨大人，明天一早我进宫求见皇上。”风灏栎也认为这个安排有欠妥当，作为臣子他有责任劝导皇上。

让人意外的是第二天皇上再一次召见内阁大臣，而风灏栎当时正好来求见，他就一起让他们进来了。风灏栎发现短短几天不见，皇上的气色真的大不如前，面色晦暗，一副不久于人世的模样。内阁大臣全都到齐，可是皇上絮叨了半天都没有切入正题，最后依然提出要封李选侍为皇贵妃。

风灏栎此时想起了紫蝶，皇上的病情似乎很严重，太医们似乎也束手无策，如果紫蝶还在的话，不仅可以医治皇上的病，还多一个人从旁劝解。

气氛陷入了尴尬和沉默，突然从内堂传出了一阵咒骂斥责之声。风灏栎握紧手中的刀准备护驾，只见朱由校耷拉着脑袋走了出来。众人跪拜行礼，朱由校径直走到皇上床前，搂着他的胳膊说道：“父皇，她……她说要封皇后！”

众人晕倒！

风灏栎简直哭笑不得。堂堂九五之尊天下之主，居然惧怕自己的嫔妃。他正欲上前禀奏，礼部尚书孙如游禀报道：“皇上昨天已经下旨，封李选侍为皇贵妃，臣已经草拟好诏书，马上就办！”

在场众人都松了一口气，孙如游一句话把李选侍由皇后降为了皇贵妃。李选侍气急败坏，在宫女的簇拥下离去。

紫蝶这一次没有接到师父的具体命令，只是按照行程一直往苏州的方向而去。这天正午，紫蝶与几名手下入店吃饭，忽然大街上传来一阵骚动，紧接着便听到了一个噩耗。

“皇上驾崩了，皇上驾崩了！”

紫蝶手中的杯子打碎在地上，恍惚间升起一种挫败感。她想起了第一次见朱常洛时，月光下修长的身影是那么无奈。他温润如玉，他文采风流，他宽厚仁义。紫蝶一直以为他会做一个好皇帝。

“堂主！”

手下的叫唤声拉回了紫蝶的思绪，她意识到自己的失态，吩咐道：“我们先在这里住下，你去打听打听，消息究竟可不可靠！”

傍晚的时候，手下带回了确切的消息，明光宗朱常洛驾崩，享年三十九岁。此时他登基正好是一个月。

紫蝶的心变得很平静，激不起一丝波澜。在其他人的眼中，朱常洛是太子，是皇帝，但是在她眼中，他只是一个郁郁不得志的男人。他一直都把她当成朋友，真挚而真诚。紫蝶忽然觉得好累，从身到心。

许多人都以为人的一生很漫长，几年，几十年，总觉得离死亡很遥远，可实际上，下一刻就可能是永恒。紫蝶凝视着手中的令牌，疯狂地想念风灏栎。这是他给她的保护，是他对她的爱。

“灏栎，你现在好吗？”紫蝶与风灏栎分开不过半个月的时间，却感觉仿佛相隔千万年。

生命脆弱，紫蝶想起了很多死在她手中的人。在她的剑刺进对方咽喉的时候，他们是否也有未了的牵挂，是否也有人在等着他们回家。紫蝶彻底厌倦了现在的生活，她只想安安静静地留在风灏栎的身边，牵着他的手，直到两鬓斑白，直到天荒地老。

不到两个月的时间死了两个皇帝，明光宗甚至连自己的年号都没来得及用。

朝廷之中乱成一团，各方势力蠢蠢欲动。李选侍控制了朱由校，想要借此掌握政权。太监王安协助十三位顾命大臣，从李选侍手中抢走朱由校，带着他跑出了乾清宫。

李选侍不甘心放弃，大臣左光斗写了一篇奏折痛骂李选侍，逼她搬出了乾清宫。

九月初六，朱由校在大臣的拥护下继位，定年号为天启。

这一天，紫蝶刚刚到达苏州。

时局的动荡让老百姓失去了关心政治的心情，边疆战事告急，后方粮草不足，朝廷之中争名夺利，党派斗争从未停歇。辽东全靠风灏南和熊延弼苦苦支撑。

紫蝶站在窗前，迎面而来的微风让她嗅到了一股暴风雨的味道。

紫蝶坐在梳妆台前细心地梳理长发，这几天的平静出乎她的预料，师父没有下达任何命令。也好，也许过了这几天，她的人生又将迎来巨变。

“堂主，令主的密函到了！”

紫蝶打开密封的信，看完内容之后挥手示意手下退了出去，又仔细看了一遍，陷入了沉思。师父这一次交代的任务与以往似乎都大不相同，但是紫蝶却仿佛在黑暗中看到了一丝曙光。长期以来她都想不明白师父这几次的命令，背后究竟隐藏着什么样的用意，现在拨开重重迷雾，她似乎可以明白了。

边关战事告急，陕北灾情严重，朝廷又忙着拥立新皇，许多事情根本顾不过来。而目前最大的难题是赈灾没有银子，边关没有粮草，追根究底就是粮食问题。紫蝶烧掉密函，心里七上八下。

朱常洛继位虽然才短短的一个月时间，却也干了不少实事，其中一件就是补发军饷，调集粮草运往辽东。而北方正在闹饥荒，军粮就只能从南方征集，苏州就是其中一个重要的地方。紫蝶给手下布置好任务，午夜时她只需躲在暗处监视手下完成。倘若有人失手被擒，她要做的事情是杀人灭口。

紫蝶来到朝廷存放粮草的仓库，四周戒备森严。她朝黑暗中观望了一番，一条人影从身边掠过，她知道她们的人已经开始行动了。

“沈大人，这么晚了您还过来？”一个士兵上前行礼，紫蝶看向提着灯笼走过来的人怔住了，来人竟然是沈墨。紫蝶此时才忽然想起，沈墨高中探花之后被朱常洛破格提拔，安排到苏州来当知府。

糟了！紫蝶的心里很乱，她还没来得及让心情平复下来，远处已经传来了惨叫之声。

“怎么回事？”沈墨在两个护卫的保护下朝声音的来源冲了过去。紫蝶暗叫不妙。

“你们是什么人，竟然敢私闯粮仓？”沈墨看到五个身形窈窕的蒙面女子一字排开，负责看守的几十名守卫已经倒在了血泊之中，他悲愤得浑身发抖，“你……你们……还有王法吗？”

蒙面女子都没有说话，手中长剑朝沈墨刺了过来。

喋血令主这一次下达的命令，是抢劫粮草，而喋血令的行事风格，顺者昌逆者亡，挡路者死。沈墨身边的两个守卫看到血流成河的场面已经吓得脸色苍白，握着刀的手不住地打哆嗦。其中一名蒙面女子冷笑一声，一剑刺死了两个人，另外一个女子的剑尖刺向沈墨的咽喉。

沈墨自知在劫难逃，只有闭上眼睛等死。即使殉职，也绝不逃跑。他没有等来预期的疼痛，却听到了兵器落地的声音，待他睁开眼睛，五名蒙面女子已经倒地身亡，只有另外一个一身紫衣劲装的女子正背对着他。

“你……你又是谁？”沈墨暗中抹了一把冷汗问道。

“你不需要知道我是谁，你只要明白以你的能力已经不能保证这批粮草顺利运往边关。我能帮你一次，却帮不了你第二次。你好自为之吧！”女子说完从怀中掏出一个小瓶子，将里面的液体洒在五名蒙面女子身上，瞬间她们的尸体化为了一摊血水。

沈墨吓傻了，等他回过神儿来身边已经空无一人。

紫蝶一路施展轻功狂奔，她的脑子里一片空白，从她杀了罗兰堂那五个姐妹开始，她就已经迈出了背叛喋血令的第一步，就再也没有回头路。这些年来师父是她的信仰，是她生活中的全部，虽然她们师徒之间并没有亲密的感情。

紫蝶不知道自己走了多久，走出了多远，等她停下来的时候东方的天边出现了绚丽的朝霞。这一刻,她的泪水情不自禁地滑落下来。这一趟任务，她的内心本来就充满了矛盾。她只是一个杀手，她并没有忧国忧民的胸怀。可是这一路走来，她看到的是饿殍遍野的惨状。多少青壮年男子被抽到前线打仗，又有多少人能够活着回来。没有这些粮草，守卫辽东的将士还怎么坚持下去，把努尔哈赤阻挡在关外？紫蝶自己也不知道，究竟是从什么时候开始她的内心起了变化。

是因为爱上了风灏栎吗？

紫蝶仰望天空，让即将渗出的泪水慢慢流回眼眶，她不能哭，她没有脆弱的权利。以前没有，现在没有，将来也没有！她收拾好心情，思索着如何跟师父交代。昨天晚上失败的任务一定还会继续。沈墨是一个手无缚鸡之力的书生，苏州境内也没有特别精锐的军队，只靠那些衙役怎么可能阻挡喋血令。

紫蝶回到城中的客栈，留守的手下已经知道昨天晚上的任务失败了，她从她们的眼中看到了怀疑和犹豫。

“堂主，这里还有一封令主的信。她交代属下，万一第一次失败了就让您拆开！”

紫蝶接过那封信，心猛烈地颤抖了一下。师父在信中交代，对苏州城中大小官员一共十三名，全部下喋血令。十三名官员加上家眷和下人，共一百八十二个人。紫蝶忽然感到很害怕，一旦这些人被杀，苏州城中就会变得人心惶惶，到时候会发生什么事谁也难以预料。

师父只给了五天的时间，要想完成任务，今天晚上就要开始行动了。

紫蝶把自己关在房间里，她不想再杀人了，一百八十二条人命！她靠在床头闭上眼睛，看到的竟然不是黑暗，而是一片鲜红。她的额头冒出了细密的汗珠。她不得不佩服师父的安排，外面的手下全都不是她的人，即使她想背叛也很快会被看穿。怎么办？

紫蝶来回踱步想了很久，换了一套衣服，躲过手下监视的暗哨，直奔知府衙门。

小别相思苦

紫蝶现在只有寄希望于沈墨，让这个迂腐文弱的书生来力挽狂澜。知府衙门的守卫并不多，紫蝶进入其中易如反掌。她见到沈墨在书房里来来回回地转圈，焦急地向外张望。

“大人，您别着急，先喝口茶吧！”师爷也是一脸的无奈。

沈墨挥挥手，不耐烦地说道：“我能不着急吗？这批粮草要是不能按时送达前线，本官丢了乌纱帽是小，万一连累天下百姓那这罪过就大了，把我大卸八块也不能弥补呀！”

“大人您放心吧，咱们已经八百里快马加急向朝廷汇报，我想最快明天早上，就算大批的军队不来，至少附近的锦衣卫也会来支援了！”

锦衣卫？师爷的话提醒了紫蝶，其实朝廷中许多精英高手都被搜罗在锦衣卫麾下，如果有了锦衣卫的保护，或许可以留下那一百八十几条人命。可问题是她已经没有时间了，今天晚上至少要弄出点动静。

紫蝶犹豫了一会儿，使出她的独门暗器，钉在了书房内的柱子上。

沈墨和师爷全都吓了一大跳，师爷回过神儿来扯开嗓子高喊："来人啊，有刺客……"

沈墨看到柱子上的暗器，想起了在京城时听到街头巷尾议论的荣府灭门惨案，顿时惊出一身冷汗。紫蝶从怀中掏出喋血令，甩手扔在桌子上。沈墨忽然闻到了一股浓郁的郁金香味道："是你！"沈墨可以确定，眼前的女子正是昨天晚上出手相助的人。

紫蝶没有说话，几名衙役已经破门而入，拔出刀朝紫蝶砍了过来。紫蝶轻轻跃起，两招之内便点了全部人的穴道。

"你听着，接到喋血令的人都不可能活过十二个时辰，准备后事吧！"紫蝶依然用腹语说完，转身欲离开。

"姑娘请留步！"沈墨壮着胆子向前两步，"姑娘昨天晚上仗义出手，为何今天又……"

"没有为什么！"紫蝶最后一个字刚刚说出口，人已经跳上了屋顶。

沈墨捏了一把汗，他虽然不是江湖中人，但是对喋血令的事情也略有所闻，他唯一庆幸的是他还没来得及接父母来苏州，现在府中上下除了下人就只有他一个。他马上吩咐师爷遣散府中所有下人，把仅剩的兵力都集中到了粮仓。

等所有的事情安排妥当，已经是掌灯时分。沈墨穿戴整齐，向着家乡的方向重重地磕了三个响头，然后走到书房点起灯，静下心来看书。他这一辈子从来没有做过亏心事，都说当官以后会变得贪得无厌，他连这个机会都没有。家中的双亲还有弟弟照顾，他唯一的遗憾是从此再也见不到紫蝶了。

沈墨打开窗户，一阵微风扑面而来，皎洁的月光洒满了整个院子，他想起了在望缘楼那段日子。他从墙上摘下箫，凑到唇边吹了起来。这首曲子他曾经和紫蝶合奏过，只是从此以后相隔天涯，再也没有机会重温旧梦了。

紫蝶带着两个手下已经潜入了府衙，沈墨这个书呆子真没让她失望，整个府内真的空无一人，她只听见一阵悠扬而熟悉的箫声在院子里回荡。

“堂主，为什么我们今天晚上只来知府衙门？”

“我做事需要向你汇报吗？”紫蝶冷冷地说道。

“可是我们的时间不多了……”

“啪”的一声，紫蝶一个巴掌结束了手下的喋喋不休。“我不知道黄莺是怎么教你们办事的，既然你跟着我就按照我的规矩来。”紫蝶眼中并没有犀利的光芒，可是她的淡漠让人更加不寒而栗。

箫声忽然停止了，紫蝶示意两个手下进去刺杀沈墨。两个女子相互看了一眼，施展轻功破窗而入。沈墨已经做好了死的心里准备，他端坐在位置上一动不动，只是双目紧闭。眼看着剑就要刺进沈墨的咽喉，忽然从另一扇窗户中射进来两把飞刀。

“谁？”呵斥声刚落，一股强劲的掌风朝两个杀手袭击而来，两人定睛看去，只见一个手持钢刀的彪形大汉挡在了沈墨面前。“挡喋血令者死！”

“哼，今天你们喋血令的不败神话要改写啦！”大汉挥舞着钢刀砍了过去，双方立刻交上了手。

沈墨不认识出手相救的人，眼花缭乱地看着三个人打得难解难分。紫蝶躲在暗处冷笑，这个男人是她花重金请来保护沈墨的，为的就是要拖延时间。明天，只要等到明天，锦衣卫的救援就会到了。

那男人果然没让紫蝶失望，打得喋血令的杀手节节败退。紫蝶吹响口哨命令撤退，两名女子扔下一枚烟雾弹迅速离去。

“堂主，为什么我们要放弃？”

“你们打得赢刚才那个男人吗？”

“我们可以叫支援！”

“支援？就算支援到了，你们也一样难逃任务失败的罪责，到时候是什么下场你们很清楚。我让你们撤退是为了保住你们的命，如果你想死的话，就回去吧！”紫蝶的话让两个手下面容惨白，不由自主地低下了头。

“今天晚上的事我当没发生过，你们自己最好也能保守秘密，否则黄莺也保不住你们！”紫蝶说完便施展轻功回了客栈。她已经没得选择，要保住那批粮草就必须破坏师父的计划。

紫蝶平静的表面下一片慌乱，再一次睁着眼睛等到天明。她不知道她还能拖延多长时间，如果天黑之前锦衣卫不来的话，沈墨以及名单上的人就必死无疑。更加让紫蝶担心的是，锦衣卫不知道会派什么人来。

紫蝶斜靠在躺椅上闭目养神，听到街上传来一阵马蹄声。她打开窗户向下望去，一队锦衣卫骑着快马招摇过市，向衙门的方向而去。紫蝶愣住了，锦衣卫比她想象中来得要快，但是为首的那个人的身影，却让她的心沉到了谷底。

这个时候风灏栎并不想离开京城，但是运送粮草的事情关系着整个战事的成败。京城可以调动的军队已经不多，可以带队的将领更是少之又少，加上喋血令的介入让事情变得更加复杂和扑朔迷离。

首辅方从哲上书皇上，要求派出锦衣卫着手调查。朱由校年纪尚轻，刚刚继位的他可以相信的人不多，风灏栎无奈之下只好承担起这个责任。他调查了喋血令这么久，也希望可以做一个彻底的了断。

风灏栎迈进衙门，却发觉寂静得可怕，只有沈墨一个人在默默地清扫着落叶。风灏栎戒备的心渐渐松了下来，走上前去问道：“沈大人别来无恙，这是怎么回事？其他人呢？”

沈墨见到风灏栎的这一刻，激动的泪水几乎要夺眶而出，把这两天发生的事情说了一遍。风灏栎沉默不语，沈墨说的那个神秘的紫衣女子，在上一次他们围剿喋血令的时候也对他手下留情，她究竟是什么人？

既然她是喋血令的人，为什么要暗中帮助沈墨呢？

“风大人，不好了！”一个锦衣卫急匆匆地跑进来说道，“今天早上城里已经有十二个大人都同时收到了喋血令。”

“什么？”风灏栎从椅子上弹起来，诧异不已。喋血令名震江湖，但是她们行事谨慎几乎滴水不漏，这一次一下子策划这么大的行动，还是在锦衣卫眼皮子底下。风灏栎感觉到情况不妙。

“你马上带人去把接到喋血令的那些大人以及家眷全部接到衙门里来！”风灏栎为了加快行程披星戴月兼程赶来，带在身边的二十几个手下虽然都是精英高手，但是人数毕竟不多。要保护那么多人，人力不能再分散了。

喋血令的出现让苏州城内一下子人心惶惶，紫蝶接到消息的时候措手不及。为了拖延时间等待锦衣卫的到来，她根本就没把喋血令发出去，但是现在名单上的人却都收到了喋血令。她知道师父已经不信任她，派出了黄莺来执行任务。

风灏栎把所有的人集中在一起保护的做法并没有错，以目前的形势来说是最稳妥的。可是就他们二十几个人根本阻挡不了喋血令。黄莺的武功远在风灏栎之上，紫蝶顿时心慌意乱。她以往的睿智与冷静土崩瓦解。

她回忆起了与风灏栎在一起时的快乐，他是她在这个世界上唯一留恋的美好。这么多年来她都只是为自己而活着，为了生存她已经杀了很多人，现在，为了保住他的性命，她不得不再自私一次！紫蝶拿起纸笔写了一封信，避开手下的监视，在街上找了一个小乞丐，给了他一两银子，千叮万嘱让他把信交给风灏栎。

风灏栎对于即将到来的腥风血雨并不感到恐惧和害怕，他习惯了在危险中求生存，他放心不下的人和事太多了，他连死的勇气都没有。他从怀中掏出紫蝶的发簪凝视，她现在在哪里？他派出去的手下飞鸽传书回来，他们在半路上把紫蝶跟丢了。他再派出另外的人寻找紫蝶的下落，竟然也是音信全无。

风灏栎很想丢下所有的事物，不顾一切地去找寻他最心爱的女人，但是他不能。他走了，就算皇上不怪罪，他又有何颜面去见风家的列祖列宗呢？

风灏鸣每天流连烟花场所，根本不可能承担起家族的重担。

“蝶儿，你现在在哪里？”风灏栎整夜整夜睡不着，对紫蝶的牵挂和思念让他心力交瘁。

“风大人，外面有个小叫花子送来一封信。”

风灏栎轻叹一声，漫不经心地拆开来，忽然他双手微微颤抖，脸色铁青，问道：“那个小叫花子呢？”

“已经走了！”

“你留在府衙中，不论发生什么事都不许离开半步，带着兄弟们保护好所有人的安全。我要出去一趟，天黑之前我一定会回来。”风灏栎不等手下做出任何反应拿起佩剑出了门。

那封信是紫蝶的笔迹，他绝对不会看错。风灏栎骑着快马出了城，按照信上所说的地址找到了一个僻静的村落。现在是正午，或远或近的烟囱中冒出了烟雾，放眼望去无比的苍凉。风灏栎牵着马寻找，在一间草屋中停了下来。

一个熟悉的身影站在院子之中，背对着他吹着短笛，悠扬的乐曲不仅飘进他耳朵里，还深深地落在了他的心里。他小心翼翼地走过去，激动地从背后将紫蝶揽进怀里。

紫蝶剧烈挣扎，风灏栎在她耳边轻声说：“蝶儿别怕，是我！”

“灏栎！”紫蝶转过身的一瞬间泪如雨下。这一刻的感情只有她自己明白，是那么真实。她扑进风灏栎的怀里，努力克制自己的情绪，只为汲取他怀中的温暖，“我以为这辈子再也见不到你了。”

分开的两个月时间，让风灏栎感觉到了刻骨铭心的相思：“蝶儿，这一个月你去哪儿了？我怎么也找不到你，你不是应该去杭州吗？”

“说来话长。我走到半路的时候听说皇上驾崩了，我……我很难受，我本来想要回京城去找你，但是……我在路上遇到了强盗。幸亏有个江湖侠客路过把我救下了。我盘缠尽失，既不能去杭州，也回不了京城。我变卖掉随身的首饰，辗转来到了苏州。”

“傻瓜，你为什么不找我？”风灏栎心疼地捧起紫蝶消瘦的脸庞，一个弱女子流落在外，她一定吃了很多苦。

“我昨天进城的时候听说有锦衣卫要来，我也不知道会是谁，所以今天才写信托人给你。没想到是你亲自来了！”紫蝶搂着风灏栎的胳膊依偎在他身边，她多么希望她说的谎言都是真的。她只是一个普通的女子，一个需要人保护的女子。

第八章　铁骨柔情梦一场

喋血令再现

风灏栎抱紧紫蝶，轻拂着她的长发安慰道："没事了，你回到我身边就好！对了，你怎么会在这里？"

"我身上没有银子了，幸亏有个好心的大婶收留我。她回娘家去喝侄子的喜酒，让我替她看家！"

"蝶儿，你在这里等我，明天我再来接你！"看到紫蝶平安无事，压在风灏栎心头的重石落了下来。今天晚上喋血令会有行动，紫蝶留在这里比待在他的身边还要安全。

"为什么是明天？你不带我走吗？是不是你……"

紫蝶眼中的失落让风灏栎心疼，他握紧紫蝶的手解释道："不要胡思乱想，晚上我有很重要的事情要做。总之我答应你，最迟明天的这个时候，我一定来接你，好吗？"

紫蝶的泪水滴落在风灏栎的手背，她当然明白他为什么不肯现在带她走，她不想让她身陷险境，她又何尝忍心让他回去白白送死，"那你现在就要走了吗？"

"嗯！"风灏栎点头，他必须尽快赶回去，因为他不确定他不在的时候会发生什么变故。那么多条人命，他不能也不敢怠慢。

"让我送送你好吗？"紫蝶依依不舍地牵着风灏栎的衣袖。风灏栎在紫蝶温柔的目光中沦陷，牵起她的手点了点头。

两人并肩走出小村子，风灏栎被这平静祥和的气氛感染，他渴望这段路永远没有尽头，就这样一直走下去，只有他和紫蝶两个人。他忽然想起了秦大海常说的一句话，温柔乡是英雄冢。风灏栎自嘲地苦笑，他承认他对紫蝶有太多的眷恋。如果此生可以与她长相厮守，即使是坟墓又何妨？

“蝶儿，别送了，赶快回去吧！”风灏栎低头在紫蝶耳边柔声说，“是不是舍不得我？”

“你堂堂锦衣卫的最高统帅，说这么轻浮的话，不怕让人笑吗？”紫蝶捶打风灏栎的胸膛背过身去。

“我只对你一个人轻浮呀！”风灏栎抱了抱紫蝶说道，“我真的该走了，乖乖地再等我一天，记住了！”

紫蝶轻轻点了点头，看着风灏栎翻身上马，心中默念了一声对不起。

风灏栎骑马没走出多远，从远处射过来三支箭，他纵身跃起躲过，他的马受到惊吓长啸一声向远处狂奔。

“糟糕，蝶儿！”风灏栎的心一紧，脑子里闪过的第一个念头是不能让紫蝶有事。他施展轻功往回走，在刚才与紫蝶分别的空旷小山丘上空无一人！“蝶儿！”风灏栎大声喊，却只有空荡荡的回音。

风灏栎强迫自己冷静下来，他来这里没有跟任何人说过，他也可以确定没有被人跟踪，究竟是什么人事先埋伏好偷袭他？“蝶儿！”风灏栎一边思考一边寻找。

“灏栎，灏栎，是不是你呀！”

风灏栎停下脚步静静聆听。

“我在这里呀，灏栎，救我！”紫蝶的声音清晰地传进风灏栎的耳朵里，确定紫蝶还活着，风灏栎松了口气。

“蝶儿你在哪里呀？”

“我掉到陷阱里了！”

风灏栎循着声音找去，果然看到一个深不见底的陷阱。在一片漆黑之中他看不到里面的情况。“蝶儿，你没事吧？”

“灏栎，里面好黑，我好怕！”

“别怕，我马上来救你！”

“灏栎，这个陷阱很深，你不要直接跳下来，会受伤的！”

“你呢？你受伤没有？”

“我的腿摔伤了，好疼！”

风灏栎目测不到陷阱的高度，只能按照紫蝶的说法不轻举妄动。他从附近找了一些树藤，一头绑在腰间，另一头绑在旁边的一株枯树上。风灏栎的轻功并不差，有了树藤的帮助很顺利地就跳了下去。

“蝶儿，怎么样？伤到哪儿啦？”风灏栎走到紫蝶身边扶起她问道。

紫蝶的手触及到风灏栎掌心的温度，心里流淌着暖暖的感动。就凭刚才风灏栎为她而那么紧张的样子，也值得她为他付出一切。

“没事，没有伤到筋骨，休息一下就没事了！”

“蝶儿，你听我说，我有很重要的事情必须马上赶回府衙，我先救你上去。”

紫蝶想要拖住风灏栎，让他躲开喋血令的屠杀，但是以他的性格，如果不使用一点儿手段，显然不可能了。

“那……你先上去，然后把树藤扔下来给我，再把我拉上去！”

风灏栎噗嗤一声笑了：“你刚才怎么不说？”

“刚才没想到，而且我也想看看风二爷是不是愿意为了我冒险嘛！”紫蝶搂着风灏栎的脖子撒娇。

风灏栎捏捏紫蝶的鼻子，对她的调皮无可奈何。紫蝶在所有人的眼中都那么淡定和冷漠，是典型的冰山美人，但是却会在他面前露出最纯真的一面。风灏栎有说不出的感动和温暖。他在紫蝶的脸上轻轻啄了一下：“那你等我一下。”

风灏栎拉了拉树藤，试了试牢固程度，提起一口真气沿着洞壁向上跃起。紫蝶的内力比风灏栎要深厚地多，她捡起一粒石子，将内力灌注在手指，以弹指神通的方式打断了树藤。风灏栎措手不及，敏捷的凌空一个翻身，迫不得已之下只好回到了洞底。

风灏栎暗叫不妙，他刚才提起一口真气，只能坚持到洞壁的三分之二，剩下的三分之一他必须要借助树藤的支撑力。现在树藤断了，他想要出去就必须另想办法。

“灏栎，你没事吧？”紫蝶真的很怕会伤到风灏栎。

“没事！”风灏栎的心中产生了疑虑。以树藤的坚韧程度，绝对不会因为承受不住他的体重而断掉，那么就是有人暗中做了手脚。是什么人？是暗算他的人吗？那么这个人似乎并不是想要他的命。

“现在怎么办？”紫蝶明白，风灏栎已经不可能出去了。

风灏栎的心中一团乱麻，如果他今天晚上不回去，他的手下绝对不可能应付得了喋血令！

“灏栎，你不用担心。我想这个陷阱应该是附近的村民用来捕猎的，有人路过我们就可以求救了！”紫蝶不忍心看到风灏栎蹙眉的忧伤，虽然黑暗中她看不到风灏栎的表情。

风灏栎握紧紫蝶的手表示安慰，他从怀中掏出火折子仔细观察。以这个洞的深度和洞壁的光滑度，这绝对不是用来捕捉野兽的。他并没有把内心的想法说出来是不想让紫蝶担心。他把洞里的枯树枝和干草集中到一起，点起了一小堆的火：“蝶儿，你坐下让我看看你的伤。”

“只是擦破点皮，稍微有些肿，没事的，你忘了我是大夫吗？”紫蝶拉着风灏栎的手坐下，靠在他的肩膀说道，“你不用担心，我们一定可以出去的！”

“我知道，只是你不明白，我真的有很重要的事情不能耽误。”风灏栎搂着紫蝶从心底发出叹息。与紫蝶在一起的每时每刻他都觉得很快乐，她的单纯与善良让他觉得世界很美好。锦衣卫所做的每一件事都不是那么光彩，有时候他甚至会觉得配不上紫蝶。

天色渐渐暗下来，风灏栎尝试了无数次，想尽一切办法却总是功亏一篑，他筋疲力尽却无计可施。紫蝶看到他的样子既心疼又内疚，上前抱住他说道："灏栎，你休息一下好不好，你这样做是没有用的！"

"蝶儿，对不起，都是我没用……"

"灏栎！"紫蝶的手掌覆盖着风灏栎疲倦的脸庞。

"你不要这么说，这不是你的错！"欺骗自己最心爱的人是一种撕心裂肺的折磨。紫蝶靠在风灏栎的肩膀，恍惚间难以言喻的心痛让她窒息。

时间慢慢过去，风灏栎明白，他除了等待已经没有其他办法。府衙中的一百八十多条人命他的手下无力保护，而他，只能无能为力地叹息。干草和树枝燃尽，洞内又恢复了一片黑暗。紫蝶紧紧依偎在风灏栎的身边，风灏栎感觉到她的身体在微微颤抖，脱下长衫披在她的身上。

"蝶儿，是不是很冷？"

"不冷，你快把衣服穿上吧，会着凉的！"

"没关系。"风灏栎把紫蝶揽在怀里，思考着怎样才能尽快出去。

紫蝶知道此刻风灏栎的思绪根本就不在风花雪月花前月下上，黑暗中她能感受到他紧蹙的眉头下的忧伤。"灏栎,如果……我做了对不起你的事，你会原谅我吗？"

"嗯？"风灏栎回过神儿来笑道，"傻瓜，你会做什么对不起我的事情？"

"我是说如果！"

"你们女人呀，就是喜欢问这种假设性的问题。"风灏栎忽然觉得很好笑。以前季如月总是会缠着他，问他一些很无聊且不切实际的问题，现在他明白了，这是每个女人的通病。"不管你做错了什么事，我都不会怪你，我依然会像现在这样保护你照顾你！"

明明知道是一句没有保障的诺言，紫蝶还是泪如雨下，她在心里暗自说道："灏栎，有你这一句话，即使受到烈火焚身的惩罚，我也无怨无悔！"

紫蝶靠在风灏栎的怀里，迷迷糊糊中听到了一阵凌乱的马蹄声。她的内力深厚，以声音判断那一队人马正在向他们的方向靠近。这个地方地处偏僻，常年难得来几个陌生人，莫非是冲着风灏栎来的？

紫蝶还没想明白，风灏栎却推了推她：“蝶儿，醒一醒，有大队人马过来了。”

风灏栎站起来向上仰望侧耳倾听。

“快找，把这个地方翻过来也要找到风大人！”

“是秦大海的声音！”风灏栎的精神为之一振，“大海，我在这里！”

秦大海好像听到了风灏栎的声音，竖起耳朵喊道：“都他娘的给我安静点儿，不准呼吸！灏栎，你小子躲哪儿去啦？”

风灏栎向秦大海说明自己的位置，秦大海拿着火把在手下的帮助下，带着粗绳子跳了下来：“他奶奶的，你躲在这里呀？找死我了！咦，紫蝶姑娘？嘿嘿，难怪你小子流连忘返了，只是这个地方不是卿卿我我的好环境呀！”

风灏栎看到紫蝶满脸通红，捶了秦大海一拳喝道：“胡说八道什么呀，赶紧上去。外面情况怎么样了？现在什么时辰？”

“快子时啦！”

“什么？那喋血令呢？”

“我正要跟你说这事呢！先上去！”秦大海让上面的手下帮忙先把紫蝶弄了上去，然后他跟风灏栎抓着绳子施展轻功跳了上来。

原来，以秦大海的行程要等到明天早上才会到，可是走到半路，他就收到了喋血令的消息，于是快马加鞭赶来支援风灏栎。他到达府衙的时候与喋血令所说的时间正好相符合，他原本打算埋伏在府衙外跟风灏栎里应外合，杀他们一个措手不及。

秦大海在府衙外蹲了很久却一点儿动静都没有，直到时间过了半个时辰他便失去了耐性，带着手下冲了进去。结果发现府衙内一片平静，除了风灏栎的手下留守之外没有异常情况。那个时候秦大海才知道，风灏栎出去一整天都没有回来。秦大海感觉到情况不对，喋血令向来都是例不虚发，一旦令牌出现就一定会血流成河，这一次却出现了例外。他很快意识到喋血令的真正目标可能是风灏栎。就在这个时候，风灏栎骑的马回到了衙门。

于是秦大海骑着风灏栎的马带着大批手下出来寻找他的下落。

“你怎么能出来呢？万一喋血令在这个时候行动怎么办？”风灏栎焦急地说道，“我们马上回去。”

“你不用这么担心，依我看喋血令今天晚上是不会出现了。”其实对秦大海来说府衙那些人死不死都没什么关系，万一风灏栎出了意外那麻烦就大了。

风灏栎摇头，转身就扶紫蝶上马，却看到紫蝶的脸色惨白，站立在原地摇摇欲坠。

危险在逼近

“蝶儿，你怎么啦？”风灏栎握着紫蝶的手，却发现她的手凉到几乎没有温度，“是不是不舒服？”

紫蝶轻轻摇摇头，低下轻咬自己的嘴唇，前所未有的恐惧侵袭着她身体的每一个细胞。风灏栎把她抱上马，护在怀里朝城内而去。

紫蝶的心跌进了冰窖里，喋血令一出必然会满门喋血，可是这一次居然没有行动。她明白了，这是师父设下的一个圈套，不是真的想要那些人的命，而是在试探她。师父对她不仅是起了疑心，而且开始行动了。

紫蝶听着风声从耳边呼啸而过，她倚靠在风灏栎的怀里，努力不让泪水掉下来。这样的温暖她还可以拥有多少，风灏栎很快就会知道她的身份了，那个时候他真的会原谅她吗？紫蝶一直都以为自己做好了心理准备，但是当这一刻真的到来的时候，她却失去了去面对的勇气。

风灏栎等人回到衙门的时候，沈墨很惊喜居然又可以见到紫蝶。紫蝶见到他只是淡淡微笑。风灏栎让人安排紫蝶去客房梳洗休息，他在书房中与秦大海和沈墨等官员商议接下来的事情。

紫蝶待在房间里，她很清楚喋血令这一次是跟风灏栎耗上了。这批粮草是要运往辽东的，于公于私风灏栎都不会置之不理。紫蝶的思维开始渐渐清晰，师父做那么多事的目的似乎是不想朝廷打胜仗。可是……朝廷的事情与师父又有什么关系呢？

“谁？”紫蝶感到身后一股强劲的掌风，在风灏栎的势力范围内她绝对不允许自己犯错和冒险，宁愿受伤也绝不显露武功。掌风在离她面门一寸的地方调转了方向，紫蝶听到了清脆的瓷片落地的声音。“师父！啊……”

喋血令主手臂一挥，一巴掌打在紫蝶的脸上：“你好大的胆子，居然真的敢为了一个男人背叛我！”

“师父，对不起……我……”紫蝶的手脚冰凉，她并不是怕死，从做杀手的那一天开始她就已经做好了死亡的心理准备，只是喋血令的作风太狠毒，即使她以死谢罪，风灏栎也难逃一死。

“哼……风灏栎这个男人确实很有本事，年纪轻轻就能做到锦衣卫的最高统帅，这样的人如果英年早逝还真是可惜了！”

“不要，师父我求求您……”紫蝶明白，以喋血令主的武功想要杀风灏栎一点也不难。

“你从拜入我门下的那一天起就没有求过我，无论做任何事都很出色，可你偏偏为了一个男人……”

“师父，紫蝶自知罪无可恕，愿意承受任何惩罚。请师父看在这么多年的情分上，放过风灏栎吧！”

“知道为什么昨天我下了喋血令却没有行动吗？”

“徒儿不敢妄加猜测！”

“风灏栎虽然是个人物，可是比起他的哥哥，他还差了那么一点儿。我已经接到消息，新登基的小皇帝已经下了一道圣旨，让风灏栎负责押送这一次粮草前往辽东。你想办法留在他的身边，为师给你十天的时间，我绝对不允许这批粮草安全到达！”

“师父，这……”紫蝶犹豫了，朝廷在内忧外患之下筹措到这一批粮草已经是殚精竭力，一旦毁掉在短期之内就没办法弄到第二批。前线那么多的将士，就算不被敌人打死也会饿死，更加有可能引起哗变。

“风灏栎的命现在就在你的手上，你自己决定吧！”喋血令主的话音刚落，已经纵身从窗户跳了出去。紫蝶虚弱地瘫倒在地上，连哭泣的力气都没有。

用前线那么多将士的生命来换风灏栎一条命，无论怎么算都不值得。但是风灏栎是她最爱的人，她怎么忍心看着他无辜丧命。紫蝶盯着地板发呆，脑海中一片空白。原来，在面对爱情的时候，任何人都一样，没有绝顶聪明的人。

“紫蝶，你怎么啦？为什么坐在地上？”沈墨路过客房，看到紫蝶傻傻地坐在地上发呆，顾不上男女有别，直接走了进来，“我扶你起来。”

紫蝶回过神儿来轻轻摇了摇头，拒绝沈墨的搀扶，借助凳子的力量支撑着站了起来：“我没事，不小心摔倒了！”

沈墨总觉得这一次见到紫蝶跟以前不同了，有一种陌生且疏远的感觉。他忍不住好奇想要问个明白，但这时衙役来报，圣旨到了！

紫蝶不得不佩服师父的情报网，她可以猜到圣旨的内容了。沈墨立即回房间换上官服接旨。放眼整个朝廷，确实没有比风灏栎更适合押送粮草的人选了，可是紫蝶心里明白，如果师父孤注一掷要毁掉粮草，即使再多两个风灏栎结果也还是一样的。

风灏栎想要派人送紫蝶回京城，紫蝶知道他是为她的安全着想，可是这个时候紫蝶更担心他的安危。

“灏栎，你让我留在你身边好不好？”

“蝶儿，这一趟粮草押送不仅路途遥远，而且困难重重，我怎么忍心让你跟着我日晒雨淋那么辛苦呢？”

“灏栎，我知道你跟季大小姐已经有了婚姻，我从来没有想过要破坏你们之间的感情，可是我……我不知道我们以后会怎么样，我只是希望可以珍惜跟你在一起的每一刻。就算将来我们最终会分开，至少还有一段美好的回忆可以陪伴我走过漫长的一生。请你不要那么吝啬，让我多一点爱你的时间，可以吗？”

“蝶儿！”风灏栎把紫蝶揽进怀里。他曾经许诺要在下次见面的时候彻底解决他跟季如月之间的婚姻，可是最近发生了太多的事情，让他无暇顾及儿女私情，“这一趟路程会很艰苦。”

“我不怕，只要让我留在你的身边！”紫蝶暗自下了决心，她不仅要保住风灏栎的命，更要保住这一批粮草。她这一生杀了太多的人，所以注定不能得到想要的幸福，她只想用剩余的时间来赎罪，换取来世与风灏栎擦肩而过的机会。

或许，这段路是她与风灏栎最后的相处。只要他能好好地活着，继续他的理想和抱负，即使是为他而死，她亦心满意足。

秦大海带着一些手下回京城复命，风灏栎则带着押送粮草的队伍赶往辽东。从起程的第一天开始，紫蝶的心就没有平静过。师父给她十天的时间，而风灏栎日夜兼程地赶路让她既担忧又欣慰。风灏栎走的是官道，喋血令就算再怎么明目张胆，白天也不会公然下手，所以一到了晚上，紫蝶的心就揪成一团。

第三天的晚上，风灏栎一行人在驿站中落脚。紫蝶站在狭小的院子里抬头仰望星空。她去过很多地方，每一个地方的夜晚都给她不同的感觉。风灏栎走到她的身后，替她披上披风，柔声说道：“累不累？早点回房间休息吧！”

“流星啊……”紫蝶兴奋地拉着风灏栎的胳膊笑道，马上闭上眼睛许了一个愿望。

风灏栎望着紫蝶冰清玉洁的侧脸，内心一阵悸动：“傻丫头，你相信流星可以实现你的愿望吗？”

“我从小到大都渴望看到流星，但是一直没有见过。两次见到流星都是跟你在一起，也许你是老天对我的馈赠！”紫蝶依偎在风灏栎的身边，扬起头凝望他的眼睛。

“不，你才是上天给我最好的礼物！”风灏栎情不自禁地低头吻上紫蝶的唇。紫蝶身体战栗了一下，风灏栎把她拉进怀里，深情地吸吮着她粉嫩的唇。

风灏栎抱紧紫蝶，他爱她，从来没有哪个女人可以让他如此的渴望。她注定要做他的女人，仿佛她生来就是为了镶嵌在他的怀抱。

许久，风灏栎恋恋不舍地离开紫蝶的唇。他害怕他会情难自禁，他已经有了强烈的想把紫蝶抱进房间的冲动。

“蝶儿，回去休息吧，好吗？”风灏栎嘴上这么说，搂着紫蝶的手却丝毫没有松开。这种温馨和留恋，让紫蝶意乱情迷。风灏栎轻搂着紫蝶到房间门口，替她理了理长发温柔地嘱咐：“好好睡一觉，明天还要继续赶路呢！”

“你也是！”紫蝶进屋关上房门，幸福的笑容刹那间在脸上凝固。她的泪水随着闭上的眼睛悄然滑落。她走到床边坐下，看到床头插着一把飞刀，上面有一封师父留下的密函，她胆战心惊地打开信笺，轻抚着胸口不安跳动的心。

风灏栎照例巡视了一圈，回来的时候看到紫蝶房间里的灯已经灭了，他欣慰地笑了笑，转身进了自己的房间。

子时刚过，紫蝶就听到了屋顶上传来轻微的脚步声，她暗中握住了缠绕在腰间的软剑，她知道喋血令的人已经开始行动了。师父的命令是让她里应外合，可是她怎么忍心出卖风灏栎。

紫蝶的念头还在脑子里打转，突然屋顶一声巨响，上面的人以内力震碎瓦片跳了下来，她看到两柄闪着寒光的长剑朝她的咽喉刺了过来。紫蝶暗中将真气凝聚在掌心，左手指缝间准备好了银针。

就在剑尖离她的眉心一寸处，一阵掌风将剑震偏，风灏栎翻身挡在紫蝶面前。紫蝶知道进来的两个人只是喋血令中最不入流的小角色，师父绝对不可能寄希望于她们。风灏栎与她们交手显得从容不迫，可是越是这样紫蝶的内心就越不安。

“有刺客……”

听见外面混乱嘈杂的喊声，风灏栎暗叫不妙，他一剑解决掉两个杀手，回身对紫蝶说道：“蝶儿，你留在房间里千万别出来。”

紫蝶的心中开始疑惑，为什么师父不直接烧掉粮草，莫非计划有变？她刚刚下床，一道人影在眼前掠过。

“师父要见你！”

“现在？”

“是的，跟我走！”黄莺话音刚落便施展轻功跃上了屋顶。

紫蝶从窗户外望去，风灏栎此刻正在安心应对喋血令的杀手。师父在这个时候要见她，说明计划已经改变，或许她现在这一去就再也回不来。“灏栎，你要保重！”紫蝶竭力克制不让泪水掉下来，她必须按照师父的命令马上离开，否则风灏栎定会有性命之忧。

紫蝶一狠心，越窗而去。

锦衣卫是朝廷中除了御林军之外战斗力最强的亲卫军，风灏栎既然有能力坐上指挥使的位置，自然有他的过人之处。喋血令主通过这几次的交手，发现这个男人不仅心思缜密，而且不骄不躁，几乎找不到破绽。她庆幸的是，自古英雄难过美人关。

这是上路以来喋血令的第一次袭击，风灏栎成功击退之后暂时松了一口气。他下令手下分批休息调整，自己径直走进紫蝶的房间。

“蝶儿，蝶儿？”风灏栎进屋之后不见紫蝶的踪影，心中一紧，“蝶儿？”

风灏栎让自己冷静下来，刚才他只顾着保护那批粮草，却忽略了紫蝶是一个柔弱的女人。如果喋血令的杀手要对她不利，她连反抗的能力都没有。风灏栎恨不得扇自己两个耳光。屋内没有打斗和挣扎的痕迹，桌子边只有紫蝶的丝帕。

“来人！”风灏栎走出屋外定了定神，对他的副手交代道，“我要离开一下，你们无论如何要看好这批粮草，明白吗？”

“风大人，现在是非常时期，如果您离开……”

“喋血令的杀手才刚刚撤退，不会这么快再来，天亮之前我一定会赶回来。万一我没有回来你们就按时起程，我会赶上来！”风灏栎做出这样的安排需要极大的勇气和决心。紫蝶对他来说太重要了，他做不到置之不理。他只有赌一把。

风灏栎不等手下再次劝解，便施展轻功离去。

紫蝶跟在黄莺身后到了一片树林，黄莺放慢了脚步在林子里转悠。

“师父在哪儿？”紫蝶突然觉得有点儿不对劲，便停了下来。

“我不知道，师父吩咐让我把你带到这里，我的任务就完成了！你在这里等一等，师父有重要的事情吩咐！”黄莺回头对着紫蝶嫣然一笑，纵身一跃很快消失。

调虎离山计

寂静的四周只剩下紫蝶一个人，清冷的月光透过茂密的枝叶，让整片树林显得斑驳而幽静。紫蝶在一块大石上坐下，静下心来运功调息，忽然她脑海中灵光一闪：“糟了！”紫蝶立即起身施展轻功往回走。

师父一定不会出现！

紫蝶现在终于明白，为什么喋血令第一次行动派出来的全都是二三流的人物，只是为了让风灏栎放松警惕。风灏栎发现她不见了，以他的性格不会带着手下出来寻找，他会选择单独行动。

风灏栎落单以后喋血令的人想对他下杀手便不是难事，以黄莺的武功绝对能够杀了他。只要风灏栎一死，他的手下就成了一盘散沙，那批粮草就成了师父的囊中之物。

紫蝶想明白以后更加焦急，用十成的功力狂奔。

风灏栎沿着唯一的一条道路追赶了四五十里地却没有发现任何蛛丝马迹，他开始焦躁不安，脑子也没办法冷静地思考。万一紫蝶出了什么事，他该怎么办?

“风大人连夜赶路，是有急事要办吗？”随着一声清脆的声音，风灏栎一回头便看到一个身形窈窕的蒙面女子站在他的身后。

风灏栎暗中握紧手中的剑，这个女子与刚才遇见的那些杀手显然不同，听她的声音年纪应该很轻，可是她浑身上下散发出来的剑气却能让他的心为之一怔，头皮发麻。

“风大人，此处环境优美有山有水，是一块风水宝地，能够有这样的葬身之所你应该谢谢我！”

“哼，留给你自己吧！”风灏栎的手指一动，长剑出鞘。

黄莺冷笑一声迎了上去：“不自量力！”

风灏栎与眼前的女子一交上手便知道他这一次凶多吉少了。即使百招之内不落败，他也绝对没有胜算。他不怕死，可是他不能死。如果他死了，不仅朝廷的粮草保不住，连紫蝶都会有生命危险。

黄莺从来都看不起男人，尤其是比她弱的男人。她看不出风灏栎究竟哪里好，居然让心高气傲的紫蝶神魂颠倒甘愿背叛师门。

风灏栎暗中盘算着撤退，不管怎样他都要保住性命把紫蝶找回来。

“想跑？”黄莺更加鄙视风灏栎，袖中的暗器朝他的咽喉而去。风灏栎翻身躲过暗器，黄莺一掌打在了他的胸口。

风灏栎立刻感到血脉偾张血气上涌，嗓子一阵腥甜。他用剑支撑住身体，吐了一大口的鲜血。莫非真的是天意吗？他眼看着女子朝他一步一步逼近。黄莺举起手中长剑刺向风灏栎的心口，却感到后颈一阵发麻。她凌空翻身躲过这一掌，却感到眼前一花，一道人影从身边掠过。

黄莺的反应很快，在来人还没有碰到风灏栎时朝她击出一掌：“你好大的胆子！”

虽然对方蒙着脸，可是黄莺马上就认出了紫蝶。

“废话少说！”紫蝶知道黄莺的武功不在她之下，丝毫不敢轻敌。

黄莺冷哼一声说道：“你这么做不怕师父知道吗？”

紫蝶不想做任何解释，从腰间抽出软剑刺了过去。

风灏栎又一次见到了这个女杀手。上次他带锦衣卫围剿喋血令，她有很多次机会可以杀了他，但是她却没有这么做，现在她居然还出手相救，究竟是为什么？

紫蝶与黄莺的武功在伯仲之间，紫蝶知道她一时半刻赢不了黄莺，时间拖得越久她跟风灏栎就越危险。她使出八成的功力一剑击退黄莺，随即从怀中掏出火雷烟雾弹朝黄莺扔了过去。黄莺知道火雷弹的威力，急忙闪到一边。

待烟雾散去，已经不见了风灏栎和紫蝶的踪迹。

紫蝶搀扶着风灏栎并未走远，只是跳到了附近的一棵参天古树上藏身。待黄莺走远，她才带着风灏栎跳了下来。

“你……为什么要救我？”风灏栎受了内伤，体内的真气开始不停地乱窜。他没想到年轻女子居然有如此深厚的内力。

“很重要吗？”紫蝶有的时候很不明白风灏栎的迂腐究竟是从何而来。在她的面前他仿佛只是一个单纯的孩子，一个敢于担当的男子汉，可是遇到朝廷的事情他就变得一本正经。

“我……”风灏栎一开口又吐了一口血。紫蝶握住他的脉门，发觉他的脉息虽然强健却并不平稳：“我要找个安静的地方替你疗伤，否则你会走火入魔！”

风灏栎有气无力地倚靠在蒙面女子身上，她身上散发出来的浓郁的郁金香味道让他很不习惯，他更加思念紫蝶淡雅的清香："多谢姑娘救命之恩，不过我还有重要的事情要做，必须马上离开。"

"到了现在你还认为那批粮草比你自己的命都重要吗？"紫蝶不是一个心怀天下的人，对她来说没有什么比风灏栎的安危更值得她关注。

"粮草固然重要，但是……喋血令的人劫走了我的未婚妻，我要去救她回来！我不能……不能让她有事！"

紫蝶愣住了，强忍着眼眶里的泪水。原来在风灏栎的心里她竟然是如此的重要，在他生命垂危的时候仍然惦记着她。够了，有这样一个男人用心爱着她，足够了。"你放心，她暂时不会有事！"紫蝶安慰道。

"你怎么知道？"

"你忘了我也是喋血令的人吗？"

"那你为什么要救……"

风灏栎的话还没说完，紫蝶便点了他的穴道。她现在没时间跟他解释那么多，千言万语更加不知从何说起。她从黄莺手中救下了风灏栎，师父很快就会知道。她要趁师父没有追上来之前替风灏栎运功疗伤。

紫蝶扶着风灏栎往树林深处走，大约过了一炷香的时间才找到一个僻静的山洞。风灏栎整个人的重量几乎都压在了她的身上，她吃力地扶着他走进山洞。山洞内阴暗潮湿，旁边有一个小型的水池，山水沿着石壁滴落下来。

这是一个疗伤的好地方，黄莺练的武功至阴至寒，紫蝶需要内力将寒毒逼出来，这个过程中风灏栎会浑身炙热，泡在水中可以降低身体的温度，可是……

紫蝶没有时间再犹豫，即使这个地方并不安全她也没得选择。她解开风灏栎的穴道，背过身去说道："把你的衣服脱了，然后跳到水池中！"

"什么？"风灏栎愣住了，"姑娘，这……"

“没时间了！”紫蝶手上一用力，将风灏栎推进了水池里。池水冰凉刺骨，风灏栎顿时打了一个哆嗦。“如果你还想活命就照我的话做，难道你不想救你的未婚妻了吗？”

风灏栎想起紫蝶下落不明，狠了狠心将衣衫全部褪去。

“转过身去，无论发生什么事都不许睁开眼睛！”

风灏栎听从她的话背过身去，还没反应过来，女子已经跳入水池中。一双柔软无骨的手紧贴着他的后背，一股暖流顿时在体内流淌。风灏栎很疑惑为什么这个素不相识的女杀手要做出这么大的牺牲来替他疗伤，他一分神马上觉得血气上涌，便只好静下心来。

大约过了半个时辰，风灏栎感觉到体内的不适在慢慢散去，血脉舒畅。

“仔细搜，风灏栎受了伤一定走不远！”

糟了，喋血令的人追来了！风灏栎和紫蝶都听到了外面的动静，疗伤进入了最后的紧要关头，这个时候如果有人闯进来不仅功亏一篑，两个人都有走火入魔的危险。

“姑娘，你自己走吧，不要管我了！”风灏栎听到脚步声越来越近，来的人应该有五个。

“你以为我现在还走得了吗？”紫蝶继续不断地将内力输入风灏栎的身体。

“原来你们躲在这儿！”罗兰堂的人闯了进来，为首的是黄莺的贴身心腹，“你身为百合堂的堂主，不仅背叛师门，居然还不知廉耻地跟男人在此苟合。令主有命，格杀勿论！”

紫蝶眼看着五把剑朝他们刺了过来，不躲不闪，纵身跳出水面，从地上拾起几粒细小的石子掷出，全部打中对方的眉心，五个人当场身亡。

紫蝶为了替风灏栎疗伤耗费了许多内力，现在强撑着一口真气应付杀手，此刻已经筋疲力尽，她的视线开始变得模糊，终于支撑不住倒在地上昏了过去。

风灏栎做了一个深呼吸，跳出水池迅速披上衣服，转过头看到一个身材妙曼的女子倒在草丛中，脸上还遮着面纱。风灏栎在心里默念一句“得罪了”便把自己的长衫盖在女子身上，然后抱起她放到角落里。

风灏栎替女子把了把脉，幸好，脉象平稳，或许她只是过于疲倦才会晕倒。风灏栎顾不上处理五个杀手的尸体，从不远处捡来干树枝生起了火。他十万火急地想要去找寻紫蝶的下落，更加担心军粮的安全，可是眼前的女子对他有救命之恩，他又怎么可以扔下她不管。

刚才那几个杀手说她是喋血令百合堂的堂主，那她岂不就是江湖传闻中的蝶恋仙子？听说蝶恋仙子有着足以颠倒众生的容颜。风灏栎心急如焚，根本就没心思想她究竟有多美，况且她一直以轻纱掩面，他怎么能够趁人之危？

不能在这里继续等下去，风灏栎怕回去晚了事情有变，于是便决定带着蝶恋仙子一起离开。他横抱起她，温香软玉的温馨让他的心为之一怔。他甩甩头将这些无聊的念头驱除，却闻到了蝶恋仙子身上一股似曾相识的清雅幽香。

风灏栎愣住了。每一次见她，她身上都是浓郁的郁金香味道，刚才在水中一泡，花香已经变得很淡。风灏栎不想去追究，抱着她还没迈出洞口，她却往他的怀里挤。风灏栎猜测，她应该是感到了寒冷，因此才会往暖和的地方靠。

“嗯……我……”紫蝶睁开眼睛看到风灏栎把她抱在怀里，她的第一反应是去抚摸自己的脸，幸好，面纱还在。

“你要……带我去哪里？”

“这里不安全，我带你离开！”

“不，我们不能走！”紫蝶习惯性地双手环绕着风灏栎的脖子，虚弱地说道，“我了解喋血令的行事作风，这一带她们既然派人来搜过了，那么暂时我们是安全的。如果出去被她们发现，我们只会死得更快！”

“但是……”

“不要但是了，你现在需要一炷香的时间运功调息才能恢复功力。你只有保住自己的命，才能去完成你的任务！”

“好！”风灏栎把蝶恋仙子放回刚才的角落里，把篝火燃到最旺，静下心来调息。

紫蝶望着风灏栎的侧脸，悲伤在心中无限蔓延。或许风灏栎不知道，他们之间的故事已经结束了。他再也找不回他心目中单纯善良的紫蝶，她只是喋血令的一个杀手，一个让江湖中人好奇却又恐惧的蝶恋仙子。

闪电划破长空，风灏栎听到了大雨倾盆的声音。这样的天气暂时掩护了他们，当他感觉自己的体力恢复时，转过头看到蝶恋仙子正目不转睛地看着他。这个眼神让他的心猛然战栗。

“可不可以告诉我，你为什么要救我？”风灏栎试探着问道。

“你现在不明白不重要，总有一天你会知道的！”紫蝶移开目光不再说话，静静地聆听着外面的风雨交加，这，是不是她跟风灏栎一起度过的最后一个晚上呢？

“你帮了我等于背叛了喋血令，我欠你这么大的恩情，我……”风灏栎即使想破脑袋也想不出原因。

真相很残酷

第二天天亮的时候，雨势才渐渐止住，风灏栎站在洞口伸出手掌接着雨水，漫不经心地想着自己的心事。

风停了，雨止了，一切都该结束了。紫蝶看着外面干净清新的花草树木，雨后的阳光被树叶上的露珠折射出耀眼的光芒。如果人犯下的错误可以被雨水洗涤，那该有多好。

“姑娘，你留在这里等我，我去前面看看道路是否畅通，马上回来找你，你千万不要走开！”昨天晚上的一场暴雨，风灏栎听到过石头滚动的声音。

紫蝶看着风灏栎离去的背影，泪如泉涌。“灏栎，你自己要多保重，我们以后不会有机会再见面，希望紫蝶在你心里永远都是一个单纯美好的女孩子。”紫蝶拿起自己的佩剑准备离开。她不能再留在风灏栎的身边，因为陷入这样的境地，她只会连累了风灏栎。

紫蝶从心底发出一声哀叹，在转身的一刹那，一道人影从她身边晃过，她脸上的面纱被人摘了下来。紫蝶眼前一花，面前已经站着两个人。

“师父？”紫蝶心如止水，死亡的来临并没有让她感觉到特别的害怕。

“你还认我这个师父吗？你以为你蒙着脸就可以把蝶恋仙子和紫蝶分开，变成两个不同的人了吗？”喋血令主火冒三丈，蜻蜓和紫蝶的相继背叛让她的怒火在胸腔里熊熊燃烧。

“紫蝶自知罪无可恕，甘愿受罚！”紫蝶跪倒在喋血令主面前。

“哼，你想死吗？为师怎么舍得杀了你！”喋血令主弯腰捧起紫蝶的脸，“就凭你这张脸，也还能为我做很多事。我不会杀你，我要在你面前把你喜欢的男人千刀万剐，让你知道背叛我是什么下场！”

紫蝶的心在这一瞬间忽然变得异常平静。她太了解师父，她就算哭干泪水苦苦哀求也同样保不住风灏栎的命，唯一的办法就是风灏栎的生存对喋血令还有利用价值。她必须在风灏栎回来之前说服师父。她缓缓抬起头，平静地凝望着师父的眼睛说道：“师父，风灏栎死不足惜，可是他死了对师父来说是一个损失！”

喋血令主饶有兴趣地看着紫蝶，不屑地说道：“你以为你这么说我就会放过他了吗？”

“如果弟子猜得没错，师父是想要帮助努尔哈赤进入我大明国土，是不是？”

紫蝶看到黄莺的脸上出现了诧异的表情，随即又恢复了正常。

喋血令主没有说话，而是直直地看着紫蝶。

“直到现在，他们依然没有办法冲破辽东的阻力，风灏南和熊延弼配合得天衣无缝。风灏栎是风灏南的弟弟，万一这个时候风灏栎死了，那么风家就只剩下风灏南一个人还有能力撑起这个家。到时候皇上为了安抚风灏南，一定会加官进爵，这岂不是帮了风灏南吗？

“而且锦衣卫的势力庞大，风灏栎是最高统帅，他死了会激起锦衣卫的不满，他们已经掌握了很多关于我们的线索，万一他们抱着必死的决心来个玉石俱焚，对我们一点儿好处也没有。

“如果可以把风灏栎收为己用，对师父来说不是又多了一个好帮手吗？”

紫蝶看不清面具之下喋血令主的表情，可是她知道她说的话师父已经动心了。前面那一番话无关紧要，最后一句话才是关键。经过这么长一段时间的仔细观察，紫蝶几乎可以确定，师父在帮关外的努尔哈赤办事。

至于师父为什么要这么做，她无从知晓，她只知道此时师父需要更多能力出众的人来帮她办事。紫蝶甚至在心里猜测，师父之所以没有毁掉那一批粮草，就是准备绕过边境运往敌方的军营。两军对垒，后方的补给至关重要。明朝毕竟地大物博，而努尔哈赤他们比明军更需要粮食。

“你有把握可以说服风灏栎帮我们做事吗？”喋血令主看透了紫蝶的心思，知道她是想保住风灏栎。没关系，她看重的是结果。暗中与风灏栎打了一段时间的交道，这个男人的能力和武功都属于上乘之选。

“只要师父给弟子一点儿时间！”紫蝶暗中松了一口气，只要让风灏栎安全与他的手下会合，那么喋血令想要置他于死地就会有困难了。

“好，我可以给你时间，不过你要记住，一定要在粮草到达辽东之前！”喋血令主向黄莺使了一个眼色，两人便施展轻功离去。

紫蝶深深地松了一口气，现在她需要考虑的是找一个借口回到风灏栎身边，暗中帮助他将粮草安全送达辽东风灏南的手中，至于以后的事只能走一步算一步。紫蝶轻叹一声，转身的瞬间，眼角余光瞥见了一抹人影。

紫蝶愣住了！

风灏栎愣住了！

两个人站立在原地相互对视了很久这一刻仿佛时间已经凝固，天地之间只剩下他们俩人。紫蝶看到风灏栎的眼中充满了愤怒和屈辱，她听到了自己心碎的声音。

难道这就是老天爷给她的惩罚吗？她从来没有想过要伤害他，她唯一的奢求只是想在他的心目中留下一段美丽的回忆。可是上天的安排却那么残酷，连仅剩的希望也要剥夺。

风灏栎一步一步靠近紫蝶，颤抖着伸出手轻抚她的脸庞。从鬼门关绕了一圈之后还能看到她平安无事地站在他的面前，他是多么的欣喜，多么的感激，但是为什么，为什么不让这个谎言继续下去？

紫蝶抓着风灏栎的手，泪水滴落在他的手掌，他掌心的温暖传递进她的心里，却失去了往日的温暖和安全感。

“灏栎，对不起……”

“为什么？为什么要让我看到今天的事情，为什么不让你继续骗我，为什么不让你继续做我的蝶儿？”风灏栎的声音沙哑，是从内心深处蔓延出来的绝望。

“灏栎，我……”

“你告诉我，你所做的一切都是迫不得已，你告诉我，我刚才看到的一切全都不是真的。你说呀……”风灏栎把紫蝶揽进怀里，轻吻她的额头低声说道。

紫蝶泪如雨下，事到如今她怎么忍心再欺骗他。她的心好累，她的伪装让她食不知味，夜不能寐。“灏栎，对不起……”

风灏栎一把推开紫蝶，背过身去竭力克制着想要发狂的情绪。其实从被困在陷阱中开始，他就已经怀疑过紫蝶。她的出现太巧合，可是他对她的爱让他不愿意去面对现实。他更加没有想过他深爱的女人竟然是让人闻风丧胆的夺命杀手。

“不要再说对不起，没有对不起了！”风灏栎被伤透了的心已经失去了知觉，他甚至不敢回头再看紫蝶一眼，他怕自己会再次沦陷在她的眼神里，“我们缘尽于此，你不止一次救过我的命，我宁愿相信到现在为止你对我的感情是真的。但是我不可能帮喋血令做卖国求荣的事，你也好自为之吧！”

“灏栎！”紫蝶从后面抱住风灏栎，她知道，他这一转身，他们之间就失去了永远。她再也没有借口留在他的身边，再也没有机会停靠在他的臂弯。她所留恋和渴望的温暖，今生今世都不会再拥有，“我知道你不会再原谅我，在你走之前可以再抱抱我吗？”

“既然缘分已尽，何必还要徒增伤感！”风灏栎掰开紫蝶缠绕在他腰间的手，头也不回地离开。他的泪水滑落，克制着想要回头拥抱紫蝶的冲动。他多么希望拥她入怀，依然像从前那样呵护她照顾她。他不回头，不是因为不爱她，只是，他不想让她看到他的泪水和软弱。

紫蝶瘫倒在地上放声大哭，无数次想过，当风灏栎知道她的身份，他们会以一种什么样的方式结束这段感情。

原来，心痛，是不能够准备的。

风灏栎施展轻功一路狂奔，他必须用消耗体力的方式来阻止自己去思念紫蝶。他甚至想过放下肩头所有的重担，带着紫蝶远走高飞。她是心地善良的大夫也好，是心狠手辣的杀手也罢，只要他们可以在一起，所有的阻碍他都要一脚踢开。

可是，他不能这么做！边关不仅有敬爱的大哥在等着他，还有无数的将士需要他把粮食送过去。在这些将士的家里，也有等待他们回去的家人。风灏栎的泪水模糊了视线，他从来没有想过有一天他会为了一个女人而软弱。

风灏栎用了半天的时间追赶，却一直没有看到押送粮草的队伍，他开始心慌意乱。官道上的行人渐渐多起来，风灏栎已经不方便再施展轻功，他沿途向人打听，得到的答案都是一样的。他几乎可以确定，运送粮草的队伍是在他后面。

风灏栎没有犹豫转身往回走，他没走出多远就感到一股杀气逼来。他躲过从后面射过来的暗器，回头看到一名女子。她穿着淡黄色的纱衣，手持长剑，长发舞动，英姿飒爽，一脸笑意地看着他。

“风大人，这么着急赶路是想去跟手下会合吗？”黄莺玩弄着头发笑盈盈地说道。

“让开！”风灏栎冷冷地开口。

“你觉得你有本事让我让开吗？昨天要不是紫蝶救你，你早就死在我手里了！”黄莺绕着风灏栎的身体转了一圈仔细打量，“看你挺聪明的一个人，怎么会笨得像猪一样？你以为你现在回去还能见到你的手下吗？”

“你到底想怎么样？”

“我是好心来告诉你，你可以开始亡命天涯了！那批粮草我们已经到手了。这要好好谢谢紫蝶，是她配合我们使用调虎离山计把你支开，我们才这么顺利得手！”

“你说什么？”

“你不会天真地以为紫蝶对你真的动了情吧？她连朱常洵都拒绝了，又怎么会看得上你？她只是利用你而已。我们杀不杀你都没关系，反正你丢了粮草，朝廷也不会放过你！”黄莺用自己的长发在风灏栎的脸上扫了扫。她喜欢看到风灏栎因气愤而惨白的脸色。

黄莺终于意识到，一个动了真感情的人，无论是男人还是女人，无论多么聪明，都会变成笨蛋。

紫蝶以为她的三言两语可以哄骗师父放过风灏栎，她太天真了。师父想要的东西已经到手，风灏栎是死是活已经不重要，像她所说的那样，朝廷不会轻易饶了风灏栎。黄莺跟随喋血令主这么久，有她自己的判断。她觉得师父到了现在还不杀紫蝶，一定是因为紫蝶还有利用价值，所以才会千方百计让她跟风灏栎之间彻底完蛋。

黄莺望着风灏栎因为绝望而阴晴不定的脸，得意地绽放出微笑。这么多年来今天的任务最简单也最让她畅快淋漓，紫蝶已经不配再成为她的对手了。她发出银铃般悦耳的笑声，转身离开，只留下风灏栎独自伫立在风中，脑海一片空白。

紫蝶在回百花谷的路途中听说军粮被劫的消息，她才明白上了师父的当。她立即赶往最近的联络站，果然师父和黄莺都在。喋血令主没有再让她回风灏栎的身边，因为这个时候的风灏栎已经不足为惧。

紫蝶很清楚，师父故意设计在风灏栎面前揭穿她的身份，是为了让她以后可以死心塌地地继续为喋血令卖命。喋血令主把紫蝶和黄莺的手下又换了回来，两批人马一起护送粮草前往边关。

风灏栎毕竟在官场上摸爬打滚了这么多年，应变能力相当迅速。他在最近的县城里就地召集了守军以及一些愿意为国效力的江湖人物，追赶喋血令。

风灏栎还没来得及带着召集起来的人马出发，就接到了皇上的圣旨！

紫蝶走到半路的时候，接到了风灏栎被皇上降旨问罪的消息。在这个萧条却又暖洋洋的午后，紫蝶坐在阳光下抚琴，伴着香炉中袅袅升起的轻烟，无声地落下了泪水。

风灏栎这一次被押解回京，朝中的文武百官一定会趁机责难，他丢失的这一批粮草对边关的战事来说是那么的重要。即使风家在朝中有着根深蒂固的势力，这一次就算不被抄家问斩，也免不了发配充军。

紫蝶一直不明白师父究竟可以用什么方法把这批粮草在风灏南的眼皮子底下运出关外，送到努尔哈赤的军营里。她沉思着，试着站在师父的角度去看问题，突然想起了风灏南临行前服下的毒药。

紫蝶的琴声戛然而止。

蜻蜓的背叛师父一直都没有做出处理，现在是她再次为师父效命的时候了。紫蝶起身走到窗边，望着院子里阳光明媚的景象，蜻蜓会不会为了保住自己身份的秘密而背叛风灏南?

“堂主!”月奴端着香茗走了进来,“您坐下来歇一歇吧!”

紫蝶转过头看了看月奴放在桌上的托盘,不动声色地坐了下来,挥挥手示意她出去。她端起杯子喝了一口茶,拿起了压在杯子底下的字条。这是花奴的飞鸽传书,从京城传来消息,风灏栎一回去就会被问斩。

紫蝶已经没得选择,风灏栎落得今天的地步完全是因为她,是她该做出选择的时候了!

夜里,紫蝶安静地躺在床上紧闭双眼,她控制不了自己的思绪,满脑子都是风灏栎发现她身份时伤心的表情和绝望的眼神。紫蝶悄悄地坐起来,从枕头底下拿出母亲生前用过的丝帕潸然泪下:“娘,蝶儿应该怎么做?”

第二天清晨,紫蝶按照师父原定的计划跟黄莺继续上路,就是师父不说她也可以猜到,在边关接应他们的人一定是蜻蜓。很多时候紫蝶不得不佩服师父的深谋远虑。中午休息的时候,紫蝶远离人群到溪边去洗脸。大家都习惯了她的孤僻和冷漠,谁也没有在意,包括黄莺。

紫蝶让月奴在附近准备了快马,她的身影一消失在众人的视线里,马上就快马加鞭地往回赶。她仔细思量了一个晚上才做出这样的决定。这边的局势凭她一人之力很难挽回,她唯一能做的事情就是毁掉这批粮草。她没有忧国忧民的胸怀,她只想把风灏栎救出来。

紫蝶现在只能赌一把,赌蜻蜓对风灏南的爱,她不会为了保住自己的命而出卖丈夫。

紫蝶策马狂奔,片刻都不敢耽搁,一旦黄莺发现她不见了,师父一定会在最短的时间内对她下追杀令,到时候整个江湖都会群起而攻之。让紫蝶意外的是,押解风灏栎的队伍速度竟然也那么快,她连续不眠不休追赶了三天都没追上。

从第四天开始,紫蝶就已经被喋血令清理门户的杀手追上了。她唯一庆幸的是师父把全部的精力都放在了辽东,前来拦截她的杀手并不是一流的高手，他们这么做似乎只是为了拖慢紫蝶的行程。

紫蝶到达京城的时候，风灏栎已经被关进了天牢。她暗中打探，风家已经是一片混乱。风灏鸣除了吃喝玩乐什么都不会，风老夫人只好亲自出面替风灏栎上下打点疏通。但朝中有一半以上的官员认为应该治风灏栎的死罪。

风灏栎毕竟在锦衣卫待了那么多年，有自己的势力和亲信，到目前为止皇上还没有明确下旨。紫蝶很清楚皇上还只是一个孩子，重要的生杀大权在顾命大臣手中。紫蝶暗中潜入风府，风家上下一片萧条，失去了风灏栎的庇佑，连风灏鸣都无精打采。

紫蝶的心被忧伤填满，如果不是因为她，风灏栎又怎么会沦落到今天的地步。她出了风府以后直奔天牢。她用迷药迷晕了部分守卫，又以移形换影的身法点了其他守卫的穴道，找到牢房的钥匙，悄无声息地进入。

“谁？”风灏栎自从被关进来以后就心静如水，落到今天的地步完全是咎由自取，能不能活着出去他已经不再去想。风家的重担他一个人扛了这么多年，唯一放心不下的就只有年迈的奶奶了。

风灏栎抬起头来，见到了朝思暮想却又不愿面对的人。

紫蝶解下蒙着脸的面纱，轻轻走到风灏栎的面前。短短半个月的时间，风灏栎整个人都变了，曾经的风流倜傥意气风发全都不见了，取而代之的是憔悴、狼狈，甚至是颓废。他背过身去闭上了眼睛，一言不发。

紫蝶很想躲进风灏栎的怀里好好地哭一场，可是他的冷漠让她心痛。“我来救你出去。就算你恨我，也要活下去才行！”紫蝶拿出钥匙去开风灏栎的手铐和脚镣。

风灏栎漠然地拨开紫蝶的手，面无表情地说道：“不用了，我是不会走的！”

明知道是这样的结局，紫蝶还是免不了淡淡的失落。风灏栎根深蒂固的忠君思想，让他不会放下骄傲逃离天牢。“你宁愿在这里等死吗？你知不知道有多少人想要置你于死地？你现在不跟我走，也许明天就会人头落地，你知道吗？”

“我宁愿死在这里，也不会让人说我畏罪潜逃。我还有家人，我走了他们怎么办？皇上怪罪下来会株连九族你明白吗？”风灏栎看着曾经无论留恋的容颜，现在却只剩下心痛，“我跟你不一样，你冷血无情，为了达到目的出卖自己的感情。我跟你，无话可说，你走吧！”

紫蝶的泪水滑落，自从遇到风灏栎之后她才发现，原来她还是一个有感情会哭泣的正常人，但是特殊的身份注定了她不能拥有爱情。

风灏栎听到紫蝶轻微的抽泣声，在见到她的一瞬间，他真的有拥她入怀的冲动。他爱她，刻骨铭心。他可以原谅她欺骗他的感情，因为心甘情愿，但是他无法容忍她设计劫走军粮，因为那关系着整个国家。

第九章　痴心刻骨泪千行

爱在潜意识

“灏栎，你就不能自私一次吗？”紫蝶爱的是风灏栎的正直和体贴，可是现在她恨不得打晕他直接带走。她忍住了这么做的冲动，她做了太多让风灏栎伤心难过的事情，她怎么忍心再伤害他。

“什么人？”

“有人来了，你快走吧！”风灏栎听到了凌乱的脚步声。他很了解天牢中的守卫有多么森严，即使紫蝶武功再高也未必能全身而退。

紫蝶在风灏栎的眼中看到了不经意间流露出来的关怀，她上前握着他的手腕哀求道：“灏栎，你跟我走吧。我们离开朝廷离开江湖，永远不分开好不好？”

风灏栎凝望着紫蝶的眼睛，恍惚间他多么希望可以带着紫蝶远走高飞，但是此情此景他连逃离的资格都没有。他甩开紫蝶的手，恢复冷漠说道：“我不会跟一个冷血的杀手在一起。你再不离开御林军就会来，到时候没人可以救你！”

“什么人，竟敢劫狱！”手持武器的守卫冲了进来，紫蝶却依然盯着风灏栎的眼睛。

“你就这么恨我吗？宁愿死也不肯跟我走？”

风灏栎眼睁睁地看着钢刀就要刺进紫蝶的右臂，他上前一步用手指夹住钢刀，转头怒道：“你还不走？”

紫蝶望着风灏栎满脸的怒容却笑了。风灏栎几乎是出于本能反应出手救她，原来在风灏栎心里，依然有她的存在。“我一定会救你出去！”紫蝶话音刚落便开始出手反击。

风灏栎终于看到了紫蝶的真功夫。原来他刚才出手根本就是多余，江湖传闻蝶恋仙子武功盖世果然不假。冲进来的守卫全都是大内的一流高手，却挡不住紫蝶的离去。当天牢内只剩下一片寂静，风灏栎的心再次被伤痛填满。

“风灏栎，你好大的胆子，竟然……想要逃狱？”

风灏栎抬起头冷冷地看了看对方，在角落里坐下，闭上眼睛说道：“如果我想离开，你认为你拦得住我吗？”

“你……”看守扬起鞭子却迟迟不敢落下。风灏栎毕竟是锦衣卫指挥使，在锦衣卫中威望极高，除非皇上下了圣旨让他死，否则他不敢对风灏栎动用私刑。重重地哼了一声，看守走出牢房对手下吩咐，“多加两把锁！”

风灏栎闭上眼睛不再理会，如果他真的想逃，多加二十把锁也没有用。

紫蝶离开天牢却并没有离开皇宫，她很了解风灏栎的性格，让他戴罪潜逃是不可能的，唯一能救他的办法就是让皇上下旨。紫蝶躲开皇宫中戒备森严的御林军，悄悄地潜入了皇上的寝宫。

这一次回到京城紫蝶有无限的伤感，她从来都没有想过当时离开没有跟朱常洛道别，竟然成了永诀。紫蝶轻叹一声，朱由校的寝宫虽然一片寂静，却被御林军和太监宫女团团围住。她掏出银针射出，刺中守卫的穴道，以移形换影的身法进了室内。

朱由校已经入睡，紫蝶望着他睡梦中安详的容颜，忍不住心疼这个少年。她轻轻地将他的手放回被窝，这个细微的动作却惊醒了朱由校。

“你是谁？”朱由校吓了一跳，正欲大声呼喊。紫蝶摘下了脸上的面纱，对朱由校微笑。

“仙女姐姐，是你呀？”朱由校又惊又喜，从床上爬起来拉着紫蝶坐下，“你去哪儿啦？我找了你好几次呢！”

“我……我有重要的事情离开了。”紫蝶对着一个半大的孩子，谎言变得说不出口。

“仙女姐姐，你是怎么进来的？你会武功啊？”朱由校朝外面张望了一番问道。

紫蝶不知道该怎么回答，沉默了一会儿说道：“皇上，我深夜进宫找你，是想求你放风灏栎一条生路。押送军粮他已经尽力了，其实那不是他的错，都是因为我……”

“仙女姐姐，我也不想杀风大哥，以前他对我可好了。只是……朝中的大臣都说这一次他犯下的错罪不可恕，就算我想赦免他也要有合理的理由，以及部分朝臣的支持。”

紫蝶陷入了沉思，朱由校说得没错，他刚刚继位根基不深，许多大臣暗中结党营私，朝廷之中暗涛涌动。

“皇上，如果现在有人上书给风灏栎戴罪立功的机会，你就有借口可以赦免风灏栎了，是不是？”

“嗯！”朱由校诚实地点了点头！

“皇上，你可不可以尽量拖延一点儿时间，我来想办法！”

“好吧！”朱由校见到紫蝶很开心，毫不犹豫地答应下来。

紫蝶暂时松了一口，起身告辞。

“仙女姐姐，你要记得常来看我哦！”朱由校从小到大就缺乏安全感，虽然出身皇族，父亲贵为太子，可是却自身难保。好不容易熬到登基了，连自己的年号都没来得及用就去世了。现在对朱由校来说身边几乎已经没有可以信赖的人。

紫蝶离开皇宫以后天已经微亮，她知道这个时候是文武百官进宫上早朝的时辰。她没有时间犹豫，拦住了季海雄的官轿，他的轿夫和随从还没看清楚来的是什么人，就已经被点了穴道。

“谁？”突然停滞不前让季海雄心中一颤，掀开轿帘看到一个蒙面女子，“你是谁，想干什么？”

紫蝶扯下面纱转过身面对着季海雄。

“蝶儿？”季海雄又惊又喜，急忙下轿上下打量着紫蝶，“这段时间你去哪儿啦？望缘楼歇业了，你怎么连句话都没交代就走了呢？”

紫蝶在季海雄的眼中看到了深切的关怀，那是一种不能伪装的焦虑和爱护。她有些心酸，眨眨眼让即将渗出的泪水慢慢流回眼眶，“风灏栎的事，你不准备管了吗？”

“你今天在我上朝的路上拦住我，就是为了灏栎吗？”季海雄无奈且头疼，季如月和紫蝶都是他的女儿，不管风灏栎伤害了谁他都不愿意见到，“灏栎这一次犯下的弥天大罪，凭我一人之力根本保不住他！除非……”

“除非什么？”

季海雄不愿意再继续说下去，朝廷中的明争暗斗他不知道该怎么跟紫蝶解释，更加不希望她介入。他们父女分开那么多年，他都还没来得及仔细询问她的成长历程。

“蝶儿，你先回望缘楼，等退朝以后我过去找你，到时候我们再……”

“不必了！”紫蝶恢复昔日的冷漠。季海雄的欲言又止让她意识到这件事的背后似乎还隐藏着其他的秘密，并不是单纯因为风灏栎丢失粮草。她暗中监视朝廷动静那么长时间，对党派斗争了如指掌。

季海雄说无能为力救风灏栎可能是真的，因为风灏栎死了对他没有任何好处，还少了一个得力的帮手。而他到现在为止按兵不动，或许是在担忧其他事。

紫蝶施展轻功消失在季海雄的视线。

紫蝶回到望缘楼，望着这里曾经熟悉的一切，不禁悲从中来。很多时候她都渴望自己编造的身世是真的，她只是一个无依无靠，开酒楼维持生计的普通女孩，她可以像一个普通人一样站在阳光下生活，躲进心爱的男人怀里撒娇。

她轻抚着大堂中的桌椅，回忆着望缘楼生意兴隆的日子。那个时候，风灏栎会在忙碌中抽空过来看她，即使不说话，两个人远远地对视一眼，也胜过千言万语。那样的默契和美好，再也不会有了。紫蝶的泪水滴落在桌面，她仿佛可以听到自己心碎的声音。安安静静地坐在空旷的大厅中，恍惚中她仿佛迷失在黑暗中的孩子，惶恐而不知所措。

“小姐，你回来啦？”小七惊喜地叫唤把紫蝶的思绪拉了回来，他奔到紫蝶身边又蹦又跳，“太好了，望缘楼可以重新开业了！”

紫蝶望着小七单纯而稚气的脸庞，想起了她在那个年纪时做的每一件事情。那个时候，她不知道什么叫快乐，不知道什么叫欢笑，她每天最大的心愿就是可以看到明天的太阳。

“小七，你怎么会在这里？”

“李掌柜家中有事回家去了，要后天才回来，让我来看着店铺。”小七最怀念的日子就是望缘楼鼎盛的时期。

“那你刚刚去哪里啦？”

“嘿嘿，我溜出去玩了一会儿，回来的路上看到官府的人在张贴皇榜。唉，真是可惜，好人不长命！”小七立刻变得无精打采垂头丧气。

“什么意思？”紫蝶问道。

“小姐您不知道吗？皇上已经下旨，明天午时处斩风大人了！”

“什么？”紫蝶惊讶地站起身来，却感到眼前一黑。她用手支撑住身体，强烈的恐慌占据了她的每一个细胞。皇上昨天晚上才答应要为她拖延时间，怎么今天就变成了立即处斩？她回忆起今天早上季海雄闪躲的言词，忽然意识到皇上可能也是身不由己。

“小姐您没事吧，我马上去找大夫！”小七扶着紫蝶坐下，焦急地往外跑。

紫蝶的脑海一片空白，没有时间了，如果今天再想不到办法风灏栎必死无疑。

“紫蝶姑娘，我家主人有请！”

紫蝶循声望去，不远处站着一个中年男子，紫蝶认出他是朱常洵的贴身随从。朱常洵居然还在京城？紫蝶有些纳闷，随即又联想起了某些事情。

“我不去！”紫蝶没心情应酬朱常洵，冷冷地说道。

“我家主人让我转告紫蝶姑娘，现在只有他能帮你，如果你想见他就去老地方找他！”来人说完便转身离去。

紫蝶忽然明白了季海雄说的无能为力是什么意思。老地方？她想起了那一座美轮美奂的小院，朱常洵曾经说过的诺言。紫蝶明白，这个世界上任何事情都需要付出相应的代价。朱常洵虽然未能登上皇位，但他多年的苦心经营让他在朝廷中有着根深蒂固的势力。

紫蝶想起了昨天晚上风灏栎冷漠的神情，她欠他的，她愿意以任何方式来偿还。紫蝶深吸了一口气，轻轻按了按缠绕在腰间的软剑，直奔朱常洵的花园小院。

朱常洵坐在瓜棚下静静地品着茶，今年江南进贡的茶叶比往年更加清甜，他喜欢这种阳光灿烂的午后，暖洋洋中带着让人沉醉的诗情画意。如果，身边再坐一个心爱的女人，那么生活就堪称完美。

“紫蝶，你来了！”朱常洵侧过身望着裙袂飘飘的紫蝶，微薄的嘴唇扬起一抹迷人的微笑。

“王爷知道我一定会来吗？”紫蝶开始看不透朱常洵这个人。

朱常洵恢复刚才的坐姿，指了指面前的位置让紫蝶坐下，替她倒了一杯茶笑道：“在这个时候我并不希望你来，因为你的出现不是想念我，而是需要我帮你救风灏栎，是吗？”

“既然王爷知道，那么……”

“救风灏栎可以，不过你要答应我一个条件！”朱常洵悠然自得地起身，伸出手轻抚着旁边盆栽的叶子说道。

紫蝶做好了心理准备，朱常洵不可能无条件帮她：“请王爷明示！”

“我要你做我的王妃！”朱常洵凝望着紫蝶的眼睛，严肃地说道。

“王爷要一个来历不明的女子做王妃，难道不怕被人耻笑吗？”

“别人不知道你的来历没关系，我知道就行了，蝶恋仙子！”

紫蝶的心怔了一下，她不得不佩服朱常洵，同时也感到一阵阵的寒意。这个男人隐藏得这么深，他究竟还知道多少事情。他野心勃勃，总有一天会走上谋朝篡位的道路。

“既然你知道我是一个杀手，怎么还放心让我留在你的身边？”

“你留在我的身边不仅可以救风灏栎，还可以保住你自己的命。”朱常洵牵起紫蝶的手温柔地说道，“你为了风灏栎背叛喋血令，已经被同门追杀，只有我可以保护你。”

从杀第一个人开始，紫蝶就已经将自己的生命忽略。风灏栎是她在这个世界上唯一美好的回忆和真心爱着的人，只要他能好好活下去，就足够了。

患难见真情

“好，我答应你！”紫蝶含泪望着朱常洵，点头同意了他的条件。

“真的？”朱常洵的眉宇之间流露出了惊喜，“你真的愿意一辈子留在我身边？”

紫蝶侧过身去不回答，她已经没有选择。朱常洵低头想要亲吻紫蝶的脸庞，紫蝶后退一步躲开他的吻，淡淡地说道：“我必须先确认风灏栎平安无事，等他出了天牢之后我会实践对王爷的诺言。”

“好，我带你去天牢见风灏栎，天黑之前我会进宫向皇上讨得赦免风灏栎的圣旨。晚上你做了我的女人之后，明天他就可以出狱了！”

紫蝶仰起头看着朱常洵，这个千方百计想要得到她的男人，究竟是真的爱她，还是不服气被她拒绝？紫蝶苦笑一声，这些还重要吗？她注定不能与心爱的男人在一起，既然如此就让她为他做最后一件事吧。

季如月听到风灏栎明日午时将被处斩的消息，眼前一黑便晕倒了。待她醒来的时候泪如雨下。她跪倒在父亲的书房前，恳求父亲救救他，父亲却只回答她“无能为力”。季如月伤心欲绝，绝望到心如止水。

她以死要挟才换来一个与风灏栎见面的机会，她知道父亲不忍心再拒绝她最后的心愿。

季如月第一次进入天牢，潮湿阴暗的环境让她感到恐惧。她看到风灏栎背对着牢门，静静地仰望着从唯一一个窗口照射进来的光芒在发呆。他忧伤的背影让季如月心酸不已。从她第一次见到他开始，他一直都是一个风度翩翩神采飞扬的天之骄子。他武艺出众，文采风流，正直刚强，前途无量，可是今天却只能被关在暗无天日的牢里，安安静静地等待着死亡。季如月心痛，却只能强忍着泪水。

“灏栎哥哥……”

“如月？”风灏栎转身看到季如月单薄的身躯摇摇欲坠，此刻他才想起他还有一个未婚妻在等着他，顿时，他的内心被心疼和内疚填满。在生死关头，风灏栎放心不下的是家中年迈的奶奶和不懂事的弟弟，牵挂的是害他入狱万劫不复的紫蝶。“你怎么来了？快回去吧，这里……唉！”

“灏栎哥哥，我不走，我想陪着你！”隔着围栏，季如月握住风灏栎的手放在自己的脸上，“对不起，我救不了你，我……”

“傻丫头，说什么对不起，皇上下令将我处斩也是我应得之罪。你不要难过，忘了我吧！”

“你让我怎么忘了你，灏栎哥哥，我是你没过门的妻子，我生是你们风家的人，死是你们风家的鬼，我……”季如月泣不成声，“如果你死了如月绝不独活！”

“你这又何必呢？我风灏栎根本不值得你爱。”风灏栎此时才静下心来仔细凝望着季如月。从他们认识那一天起，他只是把她当成妹妹一样来疼爱，可是她的痴情却让他无地自容。

“风大人，我替你们把锁打开吧！”狱卒曾受过风灏栎的恩惠，主动把牢门打开放季如月进去，“你们慢慢聊，我去外面守着。”

“灏栎哥哥！”季如月扑进风灏栎的怀里，曾经她无数次渴望可以鼓足勇气，让风灏栎紧紧拥着她。她一直在等待，等待有一天风灏栎会迎娶她做妻子，他们可以携手一生，白头到老。现在，当她靠在风灏栎的怀里，感受梦寐以求的温暖，却没有幸福的安全感，只有死亡的威胁气息。

风灏栎第一次认真地搂着季如月，轻抚她的长发，除了紫蝶以外他没有对任何一个女人付出过柔情。“如月，该说对不起的人是我，这几年我从来没有好好待你，你不要为我难过，我……”

风灏栎的话没有说完，季如月便捂住了他的嘴巴：“灏栎哥哥，过去的事情不要再说了，我从来没有怪过你。因为从前你对我不够好，所以你很难过。如果我们还有将来，你愿不愿意娶我，一生一世只爱我一个人？”

风灏栎低下头沉默了，他想起了对紫蝶的诺言。他是那么爱她，为了她甚至可以付出生命，但是，他们注定是两个世界的人。在她的心里究竟有没有爱过他？风灏栎的脑海中浮现出紫蝶在花丛中跳舞的画面。

他一直以为，他的箫声可以陪伴她一生，执子之手与子偕老并不是遥不可及的梦想，只要紫蝶愿意留在他的身边，无论他们爱情的道路多么艰难，他都可以披荆斩棘去一肩承担。风灏栎的心千疮百孔，没有任何一件事比得上紫蝶的背叛更让他痛苦。他握着季如月的手，轻轻拭去她脸上的泪痕。季如月虽然刁蛮任性，却对他一心一意，这样一个女孩值得他去珍惜和保护。他临死之前还能为她做些什么呢？

“如月，我愿意！如果我还有时间，我愿意娶你，这一辈子都保护你照顾你，不离不弃！”风灏栎捧起季如月的脸，在她额头上轻轻吻了一下，“你要答应我，不管将来发生什么事，你都要坚强勇敢地活下去，知道吗？”

紫蝶站在牢房的拐弯处，望着风灏栎搂着季如月说着情意绵绵的誓言。这些话，风灏栎也曾经对她说过，现在，他又对另外一个女人重复，究竟，哪一句才是他的真心话？紫蝶泪如泉涌，转身离去。

“不进去看看他？”朱常洵跟在紫蝶身后平静地问道。

“不必了，只要他能幸福快乐地生活下去，就足够了！”紫蝶望了望天边那一抹晚霞。

她已经答应了要做朱常洵的王妃，即使风灏栎可以平安无事地出来又怎么样？她和他已经不可能再在一起。与其让他再痛苦一次，不如到此结束。从今以后她还可以远远地看看他，或许他们依然可以听到彼此的消息，只是，景物依旧，人事全非。

“请你答应我，不要让风灏栎知道我们之间的交易！”紫蝶转过身望着朱常洵说道。

“对你来说，只是一场交易吗？”朱常洵有些心痛和辛酸，苦笑着问道。

“不是吗？你不会天真地以为我爱你才会嫁给你吧！”紫蝶转身离去，留下朱常洵望着她的背影暗自神伤。

朱常洵果然遵守诺言，暗中联络了朝中重臣，联合上书替风灏栎求情。加上风家本身在朝中的势力以及国家对风灏南的仰仗和对风灏栎的偏袒，皇上终于下圣旨赦免风灏栎的死罪，改为廷杖三十，罚俸一年。

这个惩罚已经是最低了。紫蝶仔细看完圣旨，心中的大石终于落地了。

“明天在风灏栎去刑场之前会有人宣读圣旨，赦免他的死罪，你……”朱常洵望着紫蝶的侧脸，有一种想要拥她入怀的冲动。

紫蝶冷漠地转过身来回答：“你放心，我会遵守我们的约定。”

朱常洵点了点头，百感交集地走了出去。紫蝶打开窗户，一股沁人心脾的花香钻进她的鼻孔。她平时用的香料很特别，而每次以蝶恋仙子的身份面对风灏栎时，她总是用浓郁的郁金香味来掩盖。没有人可以体会她内心的痛苦。

风灏栎知道了她的真实身份，她忧伤，哀痛，却也如释重负。需要承受多大的压力，才能欺骗自己心爱的人呀！天色渐渐暗下来，花园中的美景渐渐隐没，只留下残存的回忆和芬芳的味道。

“紫蝶姑娘，王爷吩咐我们替您沐浴更衣！”丫鬟敲门进来，小心翼翼地禀报，“奴婢已经在浴池替您准备好了热水。”

紫蝶缓缓起身，面无表情地跟着一群丫鬟到了浴池。她任凭丫鬟褪去她的衣衫，让热水淹没她的身体。

浴池中的水折射出微弱的光芒，紫蝶看不到任何希望。她顺从地听着丫鬟的安排，让她们给她披上轻柔的纱衣。紫蝶望着镜子中自己的绝世容颜，她想要微笑，因为这是她唯一可以为风灏栎做的事情。她曾经说过只对风灏栎一个人笑，除了他之外，再也没有一个男人可以牵动她的思绪。微笑来不及绽放，泪水就已经悄然滑落。

“王爷！”

“你们都退下吧！”朱常洵像一个初次入洞房的少年，紧张得不知所措。他脚步轻盈地走到紫蝶身后，看到了镜子中她有些哀怨却又一如既往冷漠的脸。

“紫蝶！”朱常洵从后面抱住紫蝶，闻着她秀发上的淡淡清香，陶醉地闭上了眼睛。他终于可以将她搂在怀里，过了今晚，她就是他的女人。

朱常洵轻吻着紫蝶的长发，一点一点向下移动，吻着她白皙的脖子和脸颊。他的双手环抱着她纤细的腰肢，体内炙热的冲动让他的呼吸变得急促。他迫不及待地将紫蝶横抱起放到床上。

由始至终紫蝶都紧闭着双眼，她的脑海中总是有着风灏栎爽朗不羁的笑容和宠溺体贴的眼神。现在的他在做什么？是不是在牢中艰难地煎熬。她说过要做他的妻子，现在却躺在另外一个男人身边。紫蝶的心在想起他们的誓言时变得撕心裂肺。

朱常洵的欲望达到了顶点，他起身想脱去衣衫，睁开眼睛却看到了紫蝶满脸的泪痕。一瞬间，他的脑子变得清醒。他爱眼前这个女人，跟他身边所有的女人不同，他对她的爱是刻骨铭心的眷恋，是走到天涯海角的牵挂。

他渴望得到她，把她留在身边，但是他用这种方法究竟是对还是错？

今天晚上他可以轻而易举地得到她的身体，可或许穷尽一生他也未必能够得到她的心。

朱常洵替紫蝶盖好被子背过身去，苦涩地问道：“在你心里，是不是真的只有风灏栎？”

“是的！”

“你为他做出这么大的牺牲，他出狱之后一定会娶季如月为妻，你认为你的付出值得吗？”

“值得！”

“为什么？”

“因为我爱他，我要他活下去。如果他娶了季如月之后就忘掉我跟他的那段感情我也一样心怀感激。我没资格去要求他什么，这是我欠他的！”

“那我呢？我对你的爱你就视而不见吗？”

“紫蝶的心只能装下一个人，对不起，王爷！”

朱常洵哀叹一声，从出生那一天起他就高高在上，没有什么东西是他得不到的，围绕在他身边的女人成百上千，可是能让他心动的却只有紫蝶一个：“你不用跟我说对不起，总有一天我会让你心甘情愿把自己交给我！”

朱常洵停顿了一会儿，走出房间把门关好。紫蝶有一种虚脱之后的疲惫，她以为今天没有任何人可以救她，她已经做好了死的准备，在风灏栎平安出狱以后。现在，朱常洵却在最后关头放弃了占有她。

紫蝶躲在被窝里泪如雨下！

第二天醒来的时候，阳光从窗户外照射进来，让紫蝶感觉到了浓浓的暖意。朱常洵已经离开了，让丫鬟交给她一封信，看完之后她感到一片迷茫。

风灏栎顺利出狱，官复原职，并奉命追查军粮被劫一案。

紫蝶失魂落魄地走在熙熙攘攘的街道之上，从爱上风灏栎的那一刻起，她就已经踏上了一条不归路。现在，风灏栎已经安然脱险，她是时候离开这个伤心的地方了。喋血令已经不能再回去，从今以后只能漂泊江湖了。

紫蝶苦笑，抬起头发现自己竟然站在了望缘楼的门口。这个地方有她最美好的回忆，当一切都结束的时候，她不再是原来的蝶恋仙子。

交易爱相随

紫蝶习惯了黑暗，却开始不适应一个人。她独自走在夜色之中，清冷的月光把她孤单的身影拉得很长，她望着水池中自己的倒影，有一种无助的凄凉。

紫蝶轻叹一声，仰起头望着夜空中皎洁的明月，这应该是她留在京城的最后一个晚上吧。她正欲转身离去，敏锐的直觉让她察觉到不远处有浓烈的杀气，师父已经对她下了追杀令，她暗中凝聚真气握紧了手中的剑。

几道人影从屋顶上掠过，却没有朝她攻击而来。

紫蝶有些吃惊，这些明明是喋血令的人，为何她们对她视而不见？紫蝶毫不犹豫地施展轻功追了上去。

“灏栎，这一次你能化险为夷真是祖上积德呀！”季府内灯火通明，季海雄为刚刚出狱的风灏栎大摆筵席庆祝。季夫人拉着宝贝女儿的手，眼睛却一直看着风灏栎，“我看是时候办点儿喜事来冲冲晦气了。灏栎，你和如月年纪也不小了，不如趁这次机会把婚事办了吧！”

“娘……”季如月娇羞地望了望风灏栎，低下头不再说话。

风灏栎淡淡地笑了笑，在牢中他曾经答应季如月，他如果能平安出来就娶她为妻。他们之间原本就有婚约，或许是时候做个了断了。他端起酒杯一饮而尽，笑道：“一切全凭季伯伯做主吧！”

“好！哈哈……”季海雄爽朗地大笑，他一直都认为风灏栎是一个可造之材，不仅文武双全才智过人，风家在朝廷中的势力更是不可小觑，“明天我去风府拜望风老夫人，跟她一起商议你们的大婚之期。”

风灏栎没有丝毫的期待和喜悦，他的脑海中浮现出紫蝶纯真而甜美的笑容，心中更加苦涩。他浑浑噩噩地起身去解手，对于身边同僚的祝福和羡慕，他不回答也不解释。

风灏栎走到外面被冷风一吹，头脑清醒了一大半。他明白他跟紫蝶是完全不同世界的两个人，他们不可能会有结合的一天，可是为什么他心中还是充满了幻想。他渴望这只是一场长长的噩梦，梦醒时紫蝶就守候在他身边，依然是他纯洁柔弱的蝶儿。

“谁？”风灏栎听到了轻微的脚步声，一转身看到月光下纱衣轻飘的身影。虽然她蒙着脸，可是她幽怨的眼神是那么熟悉。“是你？”

“我是不是该恭喜你？”紫蝶追踪杀手到了季府，听到风灏栎和季海雄商量与季如月的婚事。她以为她已经做好了接受的心理准备，却不知道当这一天真的来临时，想象与现实是完全不同的撕心裂肺。

紫蝶的衣袂飞舞，长发随着微风轻摆，风灏栎握紧双拳，强忍着将她拥入怀中的冲动，侧过身去轻声说道：“我的事情与你无关，你还是走吧。锦衣卫会继续追查喋血令，我不想以后跟你兵戎相见。如果你还顾念我们以前的情分，就不要再助纣为虐了。”

紫蝶轻笑，闪烁的泪光让风灏栎的心抽搐般疼痛。

“有刺客，快来人……”

大厅那边传来了一阵嘈杂之声，风灏栎瞪了紫蝶一眼：“是你的人？”

“不是……”紫蝶张口欲解释，风灏栎却不再理会，径直往大厅奔去。

季海雄身为兵部尚书，府中守卫森严，却还是被刺客神不知鬼不觉地闯了进来。风灏栎把这笔账算在了紫蝶头上。喋血令不仅杀人无数，手段更是残忍毒辣，风灏栎夺过其中一个侍卫的长剑，立即加入了战圈。

季海雄在侍卫的保护下护着妻子和女儿，他马上意识到情况不妙。喋血令的杀手个个骁勇善战，而且擅长用毒，不到一盏茶的功夫他的侍卫就倒下了一大半。为首的刺客从怀中掏出暗器朝季海雄射了过去。

风灏栎大惊失色却分身乏术，忽然一道人影闪过，暗器被打落在地，场中多了一位身穿淡紫色纱衣却蒙着轻纱的女子。风灏栎吃了一惊，紫蝶为什么要出手救季海雄？难道是他误会了她？

“你竟敢跟令主为敌？”

“废话少说！”紫蝶长剑出鞘，剑气扫过众人身边，她四周的杀手倒下了一大片。

“撤！”为首的杀手一声令下，所有人全都训练有素地撤退。紫蝶是喋血令百合堂的堂主，她的出现让这些人措手不及。

大家都松了一口气，谁都没注意又从窗户外射进来一支暗器。

“小心呀！”紫蝶一把推开季海雄，飞镖刺进了她的左臂。瞬间，渗出的血马上变成了暗红色。

“镖上有毒？”虽然紫蝶蒙着脸，可是季海雄却认出紫蝶的眼睛。他扶住紫蝶，哽咽着安慰道，“孩子别怕，没事的，快，快进宫请太医！”

紫蝶点了自己身上的几处大穴，从季海雄的怀抱中挣脱，以极快的身法跳出窗外,迅速消失在夜幕中。几乎是出于本能反应,风灏栎想要追出去。

“灏栎哥哥你别走，我害怕！”季如月紧紧拉着风灏栎的手不松开，风灏栎急切地望了望屋子外一望无际的黑暗，深深地叹了一口气。

紫蝶用剑支撑着身体走了很长一段路，她用内力将毒性暂时压住，但是喋血令的毒十分特别，她需要安静的环境来运功逼毒。整个京城之中到处都是锦衣卫和喋血令的眼线，哪里才是安全的？紫蝶的手脚冰凉，浑身冒冷汗，她跌跌撞撞地又走出了一段路，视线开始变得模糊不清，在她晕倒前的一瞬间，她看到了一张熟悉的脸。

紫蝶走在一片黑暗之中，四周只有刚劲如刀的狂风，她感到很冷，隐隐约约中她看到不远处有个人影飘过。

“灏栎，灏栎……”紫蝶追着风灏栎的身影，她想抓住生命中唯一的温暖，却发觉这些仿佛是指缝中的流沙，抓得越紧流失得越快。

“灏栎，你不要离开我，我好怕……”紫蝶泪流满面，却看到不远处与季如月紧紧相拥的风灏栎离她越来越远。

“灏栎……”紫蝶从睡梦中惊醒，身子一动便感到一阵疼痛。

紫蝶打量着四周环境，房间内檀香缭绕，素雅恬静，弥漫着淡淡的花香。“这是哪里？”紫蝶回忆起晕倒之前好像见到了朱常洵。

“紫蝶姑娘您醒了，奴婢马上去通知王爷过来！”丫鬟推门进来，看到紫蝶支撑着身体倚靠在床边，惊喜地又向外跑去。

没过多久，朱常洵在一群人的簇拥下走了进来：“紫蝶，你感觉怎么样？哪里不舒服？快替紫蝶姑娘看看。”朱常洵坐到床边，让紫蝶靠在他的身上，吩咐身边的一群老头。

其中一个白发苍苍的老者走到紫蝶身边替她把了把脉，微微摇头。“王爷，请恕小人直言，这位姑娘身中剧毒，只怕是回天乏术啊！”

“胡说，亏你还敢号称神医！”朱常洵勃然大怒，“紫蝶要是有什么事我要你们全家陪葬。”朱常洵压抑着胸腔中的怒火，低头柔声对紫蝶说道，“紫蝶，不要害怕，就算遍寻全国名医我也一定要治好你。”

紫蝶第一次正视朱常洵的眼睛，或许他不是一个好人，但却是一个一往情深的好男人。她微微笑了笑说道：“王爷，难道你忘了我也是大夫吗？你不用为我担心，我不会死的！”

紫蝶的话提醒了朱常洵，当他看到紫蝶深受重伤的时候惊慌失措，几乎忘了紫蝶的医术在任何一个太医之上。“对，你说得对！”朱常洵握着紫蝶的手，悬挂着的心放下了一大半。

“王爷，请您让人准备文房四宝，按照我开的药方抓药。然后让所有人离开我的房间不要靠近，我要运功把体内的毒逼出来！”紫蝶忽然发现，在朱常洵的面前她可以十分坦然，不用隐瞒身份，也不用担心被暗算。

“好！”朱常洵应允，在紫蝶写好药方之后便离开房间，命人严加防守，不准任何人骚扰。

紫蝶受伤离开之后风灏栎坐立难安，他不停地对自己说紫蝶的生死已经与他无关，他强迫自己不要去想，可是脑海中却总是挥之不去，仿佛有着千丝万缕的牵挂，让他的心平静不下来。

“我说你围着桌子转圈都一个早上了，你就不能坐一会儿吗？”秦大海吃着花生米啜饮着女儿红，悠然自得地看着风灏栎像一只热锅上的蚂蚁，坐立不安。

“你别烦我！”风灏栎不耐烦地挥了挥手。

秦大海似笑非笑地摇了摇头，凑到风灏栎身边神秘地说道：“咱兄弟一场，你不方便做的事情交给我呀，我保证让你十分特别以及非常的满意。”

“你胡说什么呢？喝多啦？”风灏栎一把夺过秦大海手中的酒壶直接灌了几口。

“报……秦大人，属下有事禀报！”

“进来吧！”秦大海直了直身子，他的手下俯身在他耳边轻声说了几句便又退了下去。

风灏栎感到一阵好笑，难得看到秦大海一本正经的模样。“你又在搞什么呢？”

“我帮你查到了，紫蝶姑娘昨天晚上已经被福王的人救回王府了！”

“什么？”风灏栎站了起来，朱常洵对紫蝶一直都心怀不轨，现在紫蝶在他手上岂不是很危险？

“你嘴巴上不说，兄弟我心里跟明镜似的。其实你小子就是太优柔寡断了，男人三妻四妾很平常，季大小姐要是不愿意你一个巴掌拍死她呗。真想不到紫蝶姑娘就是蝶恋仙子，还真美的天仙似的！”秦大海咂咂嘴巴意犹未尽，却发现风灏栎已经走到了门外，似乎根本没把他的话放在心上，“接下来还有事情用得到我不？”

风灏栎把酒壶塞回秦大海的怀里，哭笑不得地说道：“你呀，管好你的嘴巴别到处张扬就算是帮我的忙了。”说完便头也不回地离开了。

“嘿，这真是马屁拍到马腿上了！”秦大海郁闷地捋了捋胡茬，“老子还不是看你一副为情所困的模样想帮帮你嘛！”

风灏栎离开衙门漫无目的地走在街上，在很长一段时间里，他空闲时唯一的去处就是望缘楼，现在他像一只迷失方向的羔羊，身处重重迷雾中不知如何是好。皇上已经下旨让他彻底铲除喋血令，随着搜集回来的情报越来越多，他对这个组织的了解就越多。

紫蝶，这个美若天仙的女子，在江湖上竟然是那么的令人闻风丧胆，她为什么要舍命救季海雄？风灏栎的脑海中灵光一闪，这个谜团涌出来之后让他纳闷。

紫蝶体内的毒在一点一点清除，这些日子的朝夕相处，朱常洵对她的体贴入微让她深深地感动，可也招来了王府中其他女人的忌妒。紫蝶全都坦然处之，她从来没有想过要跟任何一个女人争宠，只要她的功力恢复到七八成她就会离开。

“呦，咱们王爷身边的大红人呀，怎么形单影只地在赏花呀！”

紫蝶不用回头也知道是朱常洵的宠妾来了，她暗自摇头，是不是所有的女人在忌妒面前都是没有理智的？紫蝶不想与她计较，转身就走。

“啪”的一声，紫蝶没有躲过这突如其来的一巴掌。“你对我竟然敢视若无睹？别说王爷还没有娶你，就算娶了你也该有先来后到。你算什么东西，跟我摆架子？”

紫蝶无语，只怪刚才思想开了小差，否则怎么会被一个手无缚鸡之力的女人得逞？

“什么事？”朱常洵在下人的簇拥下走了过来，看了看气氛微妙的两个女人。紫蝶是在为他争风吃醋吗？朱常洵的心中暗自期待，“你的脸怎么啦？”朱常洵轻轻捧起紫蝶微肿的半边脸，心疼地问道。旁边的女人脸色变了变，愣在原地不敢出声。

“没事，大概是花粉过敏了！”紫蝶轻轻避开，后退一步回答道。

“花粉过敏？来人，把花园里的花全部拔了！”朱常洵的命令让紫蝶的心为之一怔，这些花费了他无数心血的花草，他真的忍心全部毁掉？只是为了不让她受到一丝一毫的伤害？

相见别离恨

风灏栎一直在房间里来回踱步，身体极度疲惫却依然无法安然入眠。他急促地叹息一声，走回桌子边坐下，倒了一杯酒一饮而尽。紫蝶现在受伤在朱常洵的身边，不知道朱常洵会怎么待她？

风灏栎自嘲地笑了笑，这跟他有什么关系呢？不是说好了不再去想的吗？可是……他想起了山洞之中紫蝶为了替他疗伤不顾女子最珍贵的名节，她……风灏栎揉了揉太阳穴，想要去看看紫蝶的念头在脑海中疯狂滋长。他打开窗户看到一片黑暗，心里矛盾了很久，终于还是抵挡不住最真实的想念，换上夜行衣夜探王府。

风灏栎一进入王府就听见了一阵悦耳的琴声，他翻上屋顶张望了一番，西厢房中灯火通明，紫蝶正坐在窗前安静地抚琴。这个静态的场景让风灏栎充满了留恋和感动。“蝶儿……”风灏栎强忍着与她交谈的冲动，只要看见她平安无事就好。他正欲转身离去，看到朱常洵进了紫蝶的房间。

不知道是受到了什么情绪的唆使，风灏栎竟然鬼使神差地靠近了紫蝶的厢房。

朱常洵遣退下人，捧着一个盘子兴致勃勃地走了进来：“紫蝶，刚才有官员给本王送来了一筐妃子笑，你尝一尝，这可是果中之王哦！”

“谢王爷！”紫蝶随着伤势的康复，已经开始思考将来该何去何从。她不能再留在京城，这里有太多的回忆。朱常洵的照顾和怜惜她很感激，可是感激代替不了感情，她的心已经遗失在风灏栎的身上，任何人都取代不了。

“紫蝶，可不可以不要把我当成王爷，我们可不可以像寻常朋友一样相处？”朱常洵有些无奈，他做了那么多的努力却始终得不到紫蝶的心。是遗憾，是落寞，还是命中注定？

紫蝶起身走到窗边，望着夜空中漫天的繁星，泪水噙满了眼眶：“王爷，紫蝶从小就漂泊江湖，白天我要习武练剑，研习医术，晚上执行任务。唯一让我觉得享受的事情，就是在夜深人静的时候望着夜空，等待流星划破天际。

“可是这么多年来，我一个人时从来都没有等到过流星。或许正是这份残缺的美，让我有一个期盼，有一个梦想。王爷，我只是一个杀手，从我杀第一个人开始我就没有回头路了。您对我的厚爱我明白，只是，我注定要辜负您，因为，我不配拥有！”

“如果现在站在你面前的人是风灏栎，你还会说这番话吗？”

紫蝶转过身微笑着凝望朱常洵。这个笑容让朱常洵的心战栗颤抖，人世间竟然有如此醉人的笑容。

“王爷，我欠风灏栎的不止是一条命，而是一段情。”紫蝶伤感地回答。

“你欠他的已经还清了。你为了让我救他，甘愿委身于我，这些难道还不足以偿还吗？”

朱常洵的话让风灏栎浑身颤抖。他一直都想不明白为什么皇上会赦免他的死罪。他出狱以后暗中查访，发现朱常洵在背地里帮了他一把。他以为朱常洵这么做是想要将来以恩情来挟制他，却没料到竟然是紫蝶做出了那么大的牺牲。

风灏栎握紧双拳，他强迫自己冷静下来。即使要杀朱常洵，也要等待时机，绝对不是在紫蝶面前。此刻他宁愿自己被推出午门斩首，也不希望他的命是用紫蝶的贞操换来的。

“可王爷最终也没有要了紫蝶，不是吗？现在我不仅欠了风灏栎，还欠了你！”

风灏栎听了紫蝶的话顿时松了一口气，开始重新审视朱常洵的为人。

“王爷，夜深了，您回去休息吧！”紫蝶的功力已经恢复了七八成，是时候该离开了。人生在世，总有那么几份情债是偿还不掉的。

朱常洵叹了一口气，他知道他和紫蝶相处的时间不多了，从紫蝶的眼中他看到的是绝然。他一言不发地出了紫蝶的房间。

风灏栎望着紫蝶房间里的灯灭掉才离开王府，失魂落魄地走在午夜寂静的街头。他以为他跟紫蝶之间不会再有牵扯，却不知道紫蝶默默地为他付出了这么多。他的脑海中一片混乱。清纯的紫蝶，欺骗他的紫蝶，深情的紫蝶，冷血的紫蝶，究竟哪一个才是最真实的她？

“什么人，宵禁以后居然还敢在街上逗留？”

风灏栎止住脚步回头，一队锦衣卫朝他围了过来。秦大海拨开手下走过来，声音洪亮地喝道：“你好大的胆子……嗯？风大人？都退下都退下。”秦大海走到风灏栎的身边上下打量了他一番，似笑非笑地说道：“你怎么穿着夜行衣呀？”

风灏栎轻叹一声不知道该怎么回答。

“你去夜探王府啦？”秦大海压低声音问道，“结果怎么样？”

“没怎么样！大海，你帮我严密注视福王，任何风吹草动都不要放过！”

“你想干吗呀？冲冠一怒为红颜？”

风灏栎没心思跟秦大海瞎扯，摆了摆手径自离去。朱常洵虽然到了最后关头并没有占有紫蝶，可是今天夜探王府却让他发觉，朱常洵这个人不应该再留在京城。他能在朝中力挽狂澜救他的性命，证明他的势力不容小觑。

风灏栎回到家中连衣服都懒得脱直接躺在了床上，超负荷的疲惫让他再也没有力气思考，闭上眼睛很快入睡，一夜无梦。

“二哥，二哥你快点起来呀！”风灏鸣使劲拍打风灏栎的房门，急促而凌乱，“出大事了……”

风灏栎睁开蒙眬的睡眼开了门，风灏鸣一头栽了进来。风灏栎疲惫不堪，倒了杯水润嗓子。看着他慢条斯理的样子，风灏鸣已经顾不上询问为什么他穿着夜行衣睡觉，“二哥，你快出去看看吧，京城出大事啦！”

对于风灏鸣所说的大事风灏鸣从来都不放在心上，脑子里还在想着紫蝶的事情。他正欲打发弟弟出去，却听见了一阵凌乱的脚步声。

秦大海带着一大队人马进了风府，走到风灏栎房门口的时候吩咐手下守在门外，心急如焚地闯了进来。风灏栎蹙眉不悦，起身望着秦大海问道：“什么事？”

“你怎么还没换衣服？”秦大海愣了一下，可是没时间跟风灏栎调侃，按照礼仪禀报道，“今天早上起来，五军营、神枢营、神机营，包括东西两厂各个营帐门口都悬挂着一个士兵的人头。皇上下令彻查此案。”

“什么？”风灏栎大吃一惊。东西两厂中高手如云，卧虎藏龙，朝中除了锦衣卫之外敢与他们对抗的人少之又少。而三大营是皇上的亲卫军，里面高手如云，现在营帐中居然被人来去自如取其首级，究竟什么人有这样的能耐？“现场有什么线索？”

秦大海的脸色很难看，从怀中掏出了一面血红的令牌。

“又是喋血令！”风灏栎以大力金刚指的手法将令牌折成两段，立即下令，“大海，你马上带着你的心腹手下马上进宫，协助御林军保护皇上的安全。另外调集锦衣卫的高手日夜巡城，发现可疑人物马上汇报。”

“是！”

“还有，你跟东西两厂的厂公打声招呼，为了方便行事如果锦衣卫有越界之举让他们见谅。”

“说这个干嘛，跟那些死太监客气个屁！”秦大海不服气。风灏栎瞪了他一眼，他只好下去准备拜帖。

天亮的时候紫蝶已经收拾好了随身衣物，她经过一个晚上的深思熟虑还是决定不告而别。朱常洵的一片深情她注定要辜负，既然没有结局就不要再继续浪费时间。她刚刚走到城门口就听到了震惊的消息。

喋血令竟然公开与朝廷作对。紫蝶很清楚喋血令的行事作风，她们既然有能力在三大营里来去自如，那么要杀皇上岂不是易如反掌？紫蝶在城门附近的客栈里住了下来。事发之后全城戒备，锦衣卫如临大敌，东西两厂的人浑水摸鱼，京城一片混乱。

紫蝶站在楼上从窗户边向下望，一队队锦衣卫挨家挨户地搜查。她很清楚风灏栎这么做徒劳无功。怎么办？该帮他一把吗？她已经为了他背叛了师门，如果再出手相助师父更加不会放过她。

紫蝶一整天心神不宁，她坐在床上运功调息，寂静的夜色掩盖不住罪恶，她听着窗外不断有人施展轻功而过。这注定是一个不平凡的夜晚。

紫蝶起身推开窗户，一阵清凉的微风迎面而来，长发拂过脸颊，让她的神智更加清醒。她想起初见朱由校时，那个单纯的少年脸上纯真的笑容，他未必是一个有道明君，但是他却遗传了他父亲宽厚仁德的品质。

今年已经驾崩了两个皇帝，朝中争斗不断，边关战事告急，内忧外患，百姓民不聊生，万一在这个时候朱由校被喋血令杀害，必定天下大乱。紫蝶拿起佩剑走到门口却又犹豫不决。她本来已经下定决心隐居塞外，了此残生，现在真的要继续与师父为敌吗？

紫蝶握紧手中的剑，心中感慨万千。此时听到了兵刃交接的声音，她深吸一口气，跳上了屋顶，只见几个黑衣蒙面人正与东厂的人打得难解难分。黑衣人手中的剑上有喋血令的特殊记号，紫蝶用丝帕遮住面容，掏出暗器射了出去。

“还不走！”紫蝶对即将落败的喋血令杀手说道。

“谢堂主！”

东厂的人看到暗器不由得后退了几大步：“蝶恋仙子？”

紫蝶冷笑一声，在众人惊恐的眼光之中消失在黑暗里。东厂和西厂，加上锦衣卫，朝廷这一次对喋血令大肆捕杀，师父难道真的要把喋血令的基业全部毁掉吗?

紫蝶迎着风疾行了一段路程，躲过许多锦衣卫的眼线进了皇宫。她发现朱由校的寝宫之中守卫森严，秦大海带着手下把四周围得水泄不通。紫蝶暗中摇头，仅凭这些是阻挡不了喋血令的，她暗自祈祷师父的目标不是朱由校。

紫蝶暗中观察，突然闻到了一阵奇异却熟悉的芳香，空中飘洒下来无数粉红色的花瓣。

“大家小心，护驾！”秦大海在荣府的时候见识过喋血令的厉害，立即拔出佩刀戒备地望着四周。扑面而来的浓烈杀气让他的胸口发闷，头皮发麻。“不好，这花瓣有毒！”等秦大海意识到这一点的时候，他的身边已经倒下了一大片。

他双膝一软觉得无所适从，用刀勉强支撑着身体，几柄闪着寒光的长剑就朝他刺了过来。

紫蝶顺手摘下叶子救下秦大海，直奔朱由校的寝宫。她一咬牙一剑刺伤了百合堂的姐妹，说道：“我知道你们也是奉命行事，可是皇上不能死。”

“堂主，我们……”几个杀手面面相觑，“完成不了任务回去也是一死，堂主对我们恩重如山，今天我们愿意以死相报！”说完便服毒自尽。

朱由校用被子裹着自己的身体，看到杀手悉数自杀，便跑到紫蝶身边，脸色苍白浑身颤抖地说道：“仙女姐姐，她们到底是什么人？”

“皇上，对不起！”紫蝶不知道该怎么跟朱由校解释，忽然有一股剑气朝她的后颈袭来，她提起朱由校闪过，她的右臂被剑气划伤血流不止。

“仙女姐姐，你怎么样？来人……”

“皇上，微臣救驾来迟请皇上恕罪。”风灏栎一进屋就看到一个身穿淡紫色纱衣的女子与皇上在一起。虽然她蒙着脸，可是他却能一眼认出她。他刻骨铭心地爱着她，却不允许她一错再错伤害皇上。

“风大人你误会了，仙女姐姐刚才救了我！”朱由校扶着紫蝶在旁边坐下，“快传太医！”

“皇上，不要传太医，我没事的。”紫蝶转过头看着风灏栎。在他的心里她终究不过是一个杀手，无论她做什么事，他都认为是错的。满腹的委屈无处申诉，紫蝶的心像刀割一般疼痛。

风灏栎看到紫蝶闪烁的泪光，不敢与她对视，低下头去无话可说。

紫蝶点了自己身上的几处穴道将血止住，从怀中掏出一个精致的小瓶子扔给风灏栎：“秦大海他们中了毒，这是解药。”

朱由校唤来太监把药拿去给秦大海等人服下。这时一个雍容华贵的妇人在众宫女的簇拥下急急忙忙走了进来。

“皇上，您没事吧？听说有刺客，把我吓坏了。”

“乳娘，我没事，幸亏有风大人和仙女姐姐！”

此时紫蝶面纱已经摘了下来，客印月望着眼前花容月貌的紫蝶冷哼一声，对朱由校说道：“皇上您是九五之尊，怎么能随便让闲杂人等进入寝宫呢！风大人，锦衣卫现在也有女人了吗？”

“不是……”

“不是就好，还不退下！”客印月呵斥道。

风灏栎蹙眉忍了下来，扶着紫蝶走出朱由校的寝宫。客印月是皇上的奶娘，皇上继位以后对她百般恩宠，她在宫中飞横跋扈俨然有后宫之主的架势。风灏栎对这个妖娆艳丽的妇人没有丝毫好感。

“你的伤怎么样啦？”风灏栎想起刚才那一幕心有余悸，他对她，始终还是放不下。

“没事，我该走了！”紫蝶望着御花园中盛开的花朵感叹，“我想我再留在京城已经没有意义了。恭喜你，就快成亲了！”

“你准备去哪儿？”

“江湖之大，处处是家！”

风灏栎望着紫蝶的侧脸，心底泛起了阵阵涟漪。这个让他魂牵梦萦的美丽女子，为什么是一个杀手？他以为她是上天赐给他最珍贵的礼物，却不知她只是一柄杀人的利器。他曾说过要保护她照顾她，给她一个稳定幸福的家。现在他却无力实践自己的诺言，难道真的只能眼睁睁地看着她四海漂泊吗？风灏栎想将紫蝶揽进怀里，为她遮风挡雨，他想让她留下来，可是这些话他又怎么说得出口？

紫蝶明白她跟风灏栎不会再有结局，可是此时此刻她多么想听风灏栎说一句挽留的话，即使只是虚情假意，她也会感到很欣慰。但是风灏栎却陷入了沉默。这种安静的氛围让紫蝶窒息。

紫蝶解下腰间佩戴的一块精致剔透的玉佩递给风灏栎，“这个你收下吧，做个纪念！”

“这个……”风灏栎接过玉佩放在手心，一股冰凉刺骨的寒冷沁入心脾。即使紫蝶不说，他也猜到这绝非普通的玉佩。

“当初你我分开的时候，我让你再抱抱我，你说不愿意徒增伤感，现在，我再向你提这个要求，你还愿意吗？”紫蝶贪恋风灏栎怀抱中的温暖，她的心在一点点破碎，从今以后她只能依靠回忆活下去，她奢求可以拥有最后一个片段。

风灏栎看着紫蝶幽然欲泣的模样，已经失去了所有的埋怨。他一把将紫蝶拉进怀里，紧紧拥抱。谁能解读他此刻的心情呢？只有他自己明白，他多么希望时间在这一刻静止，让他可以抱着紫蝶永远不分开。

紫蝶靠在风灏栎的胸膛泪如雨下。

当天荒地老的誓言变成了沧海桑田的改变，她还怎么继续爱下去？她想要忘记，可是又怎么舍得忘记。风灏栎，是她生命中唯一值得留恋的。“灏栎，我曾经不相信爱，不相信恨，更加不相信我自己，但是我却相信你。是你让我知道，原来我还有爱的能力和被爱的幸运。”

“对不起，我不能陪着你一直走下去。如果有一天，当你白发苍苍的时候还会想起我，我希望那个时候你是微笑的。”紫蝶紧紧依偎着风灏栎，泪流成河也换不来相濡以沫。

风灏栎闭上眼睛轻吻着紫蝶的长发，爱一个人的感觉是翻江倒海，他不确定是否能够此情不渝，可是当他把紫蝶抱在怀里，他最真实的感受是不愿意放开。他应该相信她的爱吗？即使她是骗他的，至少现在他是幸福的。

季海雄站在不远处看着紫蝶和风灏栎紧紧相拥，顿时涌起一股无奈和挫败。“灏栎！”季海雄咳嗽了两声喊道。

风灏栎放开紫蝶，尴尬地把紫蝶护在怀里。“季伯伯……”

季海雄意味深长地看了看紫蝶，严肃地说道：“边关有紧急军情，我要马上去见皇上。”

“边关有急报送来？我马上跟您一起去见皇上！”风灏栎想起了那批被他丢失的军粮，顿时把儿女私情放在了一边。

季海雄从紫蝶身边走过，欲言又止。

“蝶儿，我……”风灏栎有千言万语想要倾诉，但是在这不适当的时机里却无话可说。

紫蝶苦笑，轻抚风灏栎的脸庞说道：“你什么都不用说，我都明白。今日一别不知能否再见，你自己保重！”

“蝶儿！”风灏栎伸手去握紫蝶的手腕，紫蝶却已经施展轻功越墙而去。眼看着她的身影消失在夜色中，风灏栎的心情既悲切又绝望。

风灏栎收拾起心情跟着季海雄求见皇上，辽东战事告急，粮饷不足，已经引起了将士们的极度不满。内忧外患之下让大明皇朝风雨飘摇。

第二天早朝上风灏栎疲惫地听着文武百官推卸责任的唇枪舌剑，突然好想就此离去。民族的大义，百姓的福祉，江山的安危，风家世代所背负的责任实在太多了。他回到家中把自己关在房间里，盯着地面发呆。

风灏鸣路过风灏栎的房间，从窗户望进去，看到失魂落魄的二哥，有一阵阵的心酸。他泡了杯茶拿进去，轻声说道：“二哥，你一回来就满脸不开心的样子，你没事吧？”

风灏栎重重地叹了一口气，抬起头来笑道：“今天这么难得没出门鬼混，还关心起我来了？”

风灏鸣摇晃着躺椅，打开折扇嬉皮笑脸地说道：“二哥，下个月就是你的大婚之日，你好像不是很放在心上，是不是……心里想着其他人？”

下个月？风灏栎猛然想起他和季如月已经定下了婚期。这么快吗？他的脑海中又浮现出了紫蝶纯美的容颜。有缘无分，莫非上天真的不能成全他跟紫蝶吗？

第十章　磐石蒲苇誓如霜

百花深宫艳

紫蝶站在河边静静地吹笛，从拜入喋血令主门下的那一天起，她就没有想过有一天居然有勇气脱离喋血令。第一次，当她站在阳光下的时候可以如此坦然。如今喋血令正忙着对抗朝廷，师父暂时没有时间来追捕她执行门规，或许，她应该趁着这有限的空隙为自己寻找一个安身立命的去处。

这一次，紫蝶真心的想回老家去看一看。

“堂主！”

紫蝶察觉到有人在靠近，一转身看到花奴朝她跑了过来。“堂主，属下终于找到您了！”花奴几乎是喜极而泣。

紫蝶微笑着望着她说道：“我已经不是百合堂的堂主了，花奴，你怎么会来？”

“堂主对花奴恩重如山，不管走到哪里属下都不会忘记。”花奴奉紫蝶的密令回百花谷暗中调查一些事情，进行到一半的时候收到消息，紫蝶因为背叛喋血令被令主追杀，可是那个时候她已经冒险查到了许多不为人知的秘密。

“堂主，这些日子令主不在谷中，蜻蜓堂主和黄莺堂主也不在，为属下的查探提供了许多便捷。”

“你查到了些什么？”

“堂主你看！”花奴从包袱中拿出了一份圣旨递给紫蝶。

紫蝶惊诧不已，这是一道封赏的圣旨，神宗皇帝封赐高丽的云裳公主为丽妃娘娘。

高丽的公主？丽妃？

紫蝶忽然想起神宗临终之前，她替他把脉的时候发现有高人暗中相助延长他的寿命，这个人她一直想不通是谁，此刻她脑子里冒出了一个大胆的念头。如果真的如她所想，那么喋血令现在所做的一切都将合情合理。

“花奴，这件事还有其他人知道吗？”

“没有，属下拿到圣旨之后马上出谷来找堂主，未对任何人提起。”

“你记住，这件事你要当作不知道。现在百花谷中守卫空虚，你回去之后要当作什么事都没发生过，有机会就把圣旨放回去。到了万不得已的时候宁愿毁掉，也千万别让人发现你知道这个秘密！”

“那堂主你呢？”

“我已经不可能再回百花谷了。花奴，你自己要多保重。这件事你不要再查下去了，明白吗？”

“嗯！堂主，属下还有一件事要向你汇报！”

“什么事？”

“属下接到辽东那边传来的消息，黄莺堂主从锦衣卫手中抢来的粮草在经过边境的时候被人暗中放火烧掉了。”

“消息可靠吗？”

“绝对可靠！”

紫蝶闭上眼睛，内心五味杂陈。为了这件事风灏栎差一点儿丢掉性命。这样也好，虽然粮草不能到达边关将士手中，至少也没有落在敌方军营。是谁在暗中相助？谁又有这种能耐和魄力？紫蝶想起了蜻蜓，一定是她！她为了风灏南可真是用心良苦。只是不知道当风灏南知道真相的时候，能否宽恕枕边人的欺骗。

“堂主，属下以后不能再在您身边侍奉，你要珍重！”花奴含泪离去。紫蝶陷入了恐慌与矛盾之中，她该不该继续调查下去，可即使事情水落石出又怎么样呢？

紫蝶在路边的茶棚休息，看到大批东厂的人策马扬鞭朝城外而去，他们大举出城，莫非有重要的事情发生？

“朝廷最近是怎么啦？”

“听说是在抓乱党呢！边关战事紧张，据说有奸细混进了京城，皇上下令彻查呢！”

“又是喋血令又是奸细，唉，这日子可怎么过呀！”

紫蝶听着百姓的牢骚，不由得一阵内疚。她翻身上马，决定暂时不离开京城，至少她要满足一下自己的好奇心。

深夜，紫蝶潜入礼部卷宗室，如果当初真的有一位高丽公主被封为妃子，那么这里一定会存留下信息。紫蝶躲开守卫顺利进入，却发现里面的卷宗多如牛毛，凭她一人之力很难在天亮之前找出来。

不管怎么样都要试一试，紫蝶拿出火折子，借助微弱的光芒在架子上翻查。万历年间皇上几乎不管事，许多官位空缺，资料乱七八糟，紫蝶找了一个多时辰都没找到。她几乎就想要放弃了，或许找一个朝中大臣问一问，自然就清楚了。

她正欲离开，却见一道黑影灵巧地闪了进来。她急忙躲到暗处，看着后来的人也在架子上寻找着什么。紫蝶失去了耐性，悄悄退到窗边想要出去。

“谁？”黑衣人一声轻喝，紫蝶吃了一惊，按住腰间想要抽出软剑，却发现从另外一个角落里又窜出了一个黑衣人，两个人立即打成一团。

这个房间居然还躲着一个人，而她却丝毫没有察觉，紫蝶的心底，冒起了一股寒意。这个人究竟是什么时候进来的，还是他一直躲在暗处？紫蝶不想介入任何一派的势力，想要乘乱离开，却发现其中一个黑衣人的武功招式竟然似曾相识。

“灏栎？”紫蝶暗暗诧异，从袖中射出独门暗器，趁着黑衣人闪躲时拉起风灏栎越窗而出。他们的打斗惊动了礼部衙门的守卫，守卫们从四面八方涌了过来。

风灏栎与紫蝶并排而行，施展轻功迅速逃离现场。

从紫蝶出现的那一刻，风灏栎不知道是该喜还是该忧，两人到了幽静的湖边才停下来。“应该不会有追兵了！”风灏栎松了一口气说道。

“想不到风大人也有这么狼狈的时候！”

听着紫蝶的调侃，风灏栎不以为意地笑了笑。他望着月光下微波粼粼的湖面，轻轻摆动的杨柳，以及空气中弥漫的紫蝶身上淡淡的幽香，所有的烦恼顿时抛诸脑后。这个世界上只有紫蝶一个人，能够有这样的魔力。

风灏栎强迫自己收起意乱情迷，即使继续沉沦也不会有任何的结果。他转过身去淡淡地问道：“你怎么会在那里？”

“我去找一样东西,但是没有找到。你呢？你又为什么要夜探礼部衙门？以你们锦衣卫的势力可以光明正大地进去拿走想要的东西！”

“我不能回答你这个问题！”风灏栎在湖边坐下，她不想紫蝶过多地介入朝廷斗争，以前是，现在是，将来也是。

紫蝶不想继续追问，沉默地坐在风灏栎的身边。

如果，她不是一个杀手，如果，他不是锦衣卫的指挥使，在这个宁静而优美的晚上，他们可以有无数的情意绵绵。谁不向往花前月下，谁不渴望地久天长。紫蝶感伤地望着风灏栎的侧脸，轻轻靠在他的肩膀。

风灏栎的身体僵硬了一下，他没有拒绝紫蝶的勇气。当他得知她为了他甘愿委身于朱常洵的时候，他就已经相信她对他的情意是真的。可惜，太迟了，他已经不能抗拒命运给他做好的安排，即使紫蝶已经脱离了喋血令，他们也没有在一起的机会了。

微风拂过脸庞的惬意，让紫蝶的心泛起阵阵涟漪。她之所以留在京城不肯离开，究竟是为了满足好奇，还是因为舍不得这里的人？她闭上眼睛任凭泪水滑落，风灏栎强忍着拥抱她的冲动，无言以对。

“好一对不知羞耻的狗男女！”一声娇喝把风灏栎和紫蝶的思绪拉了回来，只见黄莺不屑地望着两个人。

风灏栎皱着眉头起身，对眼前这个女人一点儿好感都没有，因为黄莺每一次出现总会给他带来不幸的事情。他牵起紫蝶的手轻声说："我们走！"

黄莺讨厌比她高傲的男人，更加讨厌紫蝶此刻所拥有的幸福。风灏栎明明已经知道紫蝶的真实身份，却依然深爱着她，这是一种什么样的情分呀！她抽出长剑直刺紫蝶的胸口，风灏栎想都没想便迎了上去。

"就凭你也想拦着我？"黄莺嘲讽道。

风灏栎郁闷地发现他的武功确实不如黄莺，紫蝶根本不需要他的保护。紫蝶笑靥如花地望着风灏栎的无奈，有他在身边的时候他总是会义无反顾地保护她，这份安全感与武功的高低无关。

"黄莺，你要杀的人是我，与灏栎无关！"紫蝶抽出软剑，寒光闪过的瞬间黄莺却收回了功力。

"师父对你下了格杀令，即使你跑到天涯海角也休想逃离喋血令的追捕。我现在不杀你，让你亲眼看着你最爱的男人娶别的女人，让你们一生凄苦，尝尽相思，岂不是比死更难受？"黄莺还剑入鞘，大笑着施展轻功离开。

风灏栎恍然大悟，他这段时间所有的烦恼都来自于儿女情长。正是因为放不下紫蝶，才会有那么多的痛苦。可是他必须要面对现实，紫蝶跟他感情再深厚，也已经没有厮守终生的机会。挥剑斩情丝，与其凄苦一生，何不痛快了断呢？

"紫蝶姑娘，京城很快会有大事发生，你赶快离开京城吧！"

"你叫我什么？"紫蝶望着风灏栎突然冷漠的模样，心如刀绞。

"这重要吗？结局已经注定了。以后我不会再见你，我们之间究竟是谁欠了谁，我不知道，也不想再知道。你自己保重吧！"

"风灏栎，你知不知道你今天走了以后，我和你的感情就彻底结束了？"紫蝶强忍泪水哽咽着说道。

风灏栎背对着紫蝶，暗中握紧双拳让自己坚持下去，"我们之间早就已经结束了，下个月我会娶如月为妻，她才是我要一生一世呵护的女人。而你，只是我生命的一个过客。没错，我爱过你，可是我爱的是那个单纯善良的紫蝶，而不是一个冷血的杀手。”

“娶了季如月，我可以稳固我的地位，替风家锦上添花。但是我跟你在一起我能得到什么？只有喋血令无休止的追杀，难道你还不明白吗？”风灏栎不敢转过身看紫蝶，他害怕见到她眼中的泪水，他会崩溃，他会心疼。他沉沉地说完这番话，头也不回地走了。

紫蝶看着风灏栎的背影消失在视线，泪水像断线的珠子般滑落。这个男人让她倾尽全部的爱，可是他却为了黄莺的一番话就这么轻易放弃了她。她为他所做的一切还值得吗？他们一起经历了那么多的波折，她一直固执地认为风灏栎对她情深意重，原来都只是自己的痴心妄想。其实在风灏栎心中，责任、道义、忠君、权力，每一样都比她重要。他说的没有错，他爱的是她扮演出来的紫蝶，那个柔弱的需要他保护的女子。

紫蝶瘫倒在地泪如雨下。她忽然感觉她的生命失去了意义，没有了师父强行交托的任务，没有了风灏栎的爱。她拿起手中的剑，看到了折射出的点点泪光。这么多年来师父对她的教导她大多数都不认同，可是有一句话师父没有说错——自古痴情女子负心汉！

紫蝶止住哭泣，把剑架在了脖子上。她杀了很多人，也曾幻想过她自己的死法。她没有死在厮杀中，而是自行了断，已经是上天的恩赐。她流着泪微笑，“到了黄泉，我一定要多喝几碗孟婆汤，把今生所有的事情都忘了。灏栎，我们来生不相见！”紫蝶闭上眼睛握紧剑柄，就在千钧一发的时候她感觉到手臂一麻，剑掉在了地上。

“师父？”

“为了这么一个男人去死值得吗？”喋血令主淡淡地问道。

紫蝶低头不语，心如止水。

“为师养育了你那么多年，你却为了一个男人轻生，你对得起谁？”喋血令主严厉地呵斥，“他既然有负于你，死的应该是他不是你。”

“师父，弟子知错了，不该轻信风灏栎的甜言蜜语，我……”紫蝶跪倒在喋血令主面前，“请师父赐徒儿一死。”

“知道错了就好，你是为师最疼爱的徒弟，我怎么舍得真的杀你！起来吧！”

紫蝶的心中有无数疑团，这完全不像是喋血令主的作风。她小心翼翼地起身站立在一边。

“你犯下的是滔天大罪，按照喋血令的规矩应该受烈火焚身之苦。为师念你这些年来劳苦功高，喋血令又是用人之际，暂时宽恕你的罪行。不过你要帮为师做一件事，将功补过！”

爱情结束了

“请师父吩咐！”紫蝶自知没得选择，风灏栎的离开让她彻底死心。

“你马上起程去辽东，刺杀风灏南，一并解决蜻蜓那个臭丫头，为喋血令清理门户！”喋血令主押运粮草的计划被蜻蜓识破，竟然单枪匹马独闯她们的阵营放了一把火。

“是，徒儿马上去办！”紫蝶暗中涌起了一阵恐惧，比起刚才的死亡要更加可怕。

紫蝶刚才还心如止水想要寻死，现在却马上恢复了正常。喋血令主的嘴角扬起一抹不易察觉的冷笑，从袖中掏出一粒红色的药丸说道：“把它吃了！”

“师父？”紫蝶胆战心惊，不由自主地后退了一步。

“为师知道你是块好苗子，武功机智都在黄莺和蜻蜓之上，正因为如此我才要更加小心谨慎。你放心，吃下去之后三个月之内对你不会有任何影响，只要你顺利完成了任务，我自然会给你解药！”

紫蝶看着喋血令主手中的药丸，颤抖着用手接过，闭着眼睛吞了下去。

“很好，希望这一次你不要让为师失望！”喋血令主仰天大笑，所散发的杀气震得紫蝶心肺疼痛。她知道是刚才吃下去的药在与她的血液融合，师父这么做是不想她运功将药逼出来。

紫蝶疼得冷汗直冒,喋血令主才停了下来,冷冷地看了看紫蝶说道:“药性已经融入到你的体内,不管你武功再高内力再深,也不可能解毒。你听着,死是一件很容易的事情,但是你死了,自然会有人替你受罪!”说完纵身消失在夜幕之中。

紫蝶很后悔刚才手中的剑不够快,如果拔剑自刎就可以一了百了,现在真的变成了求生不得求死不能。果然,背叛需要付出惨痛的代价。紫蝶收敛起心神,仰头望着被乌云遮住了光芒的明月,顿时觉得天地之间黯然无光。

紫蝶别无选择,只能按照师父的吩咐前往辽东,她知道她要面对的是什么。以前她杀的人中,大多数男人都是负心薄幸之辈,她并没有太大的心里负担,可是现在她要杀的是镇守边关,保家卫国的大将军。蜻蜓的武功与她在伯仲之间,以蜻蜓的痴情一定会舍身维护风灏南,这一次紫蝶彻底失去了自信和睿智。

紫蝶在去辽东的途中,陆陆续续有百合堂的人与她会合,她也明白了师父必杀风灏南的决心。师父说过要清理门户,可是对紫蝶来说,她下不了手杀蜻蜓。她与蜻蜓和黄莺从小一起长大,虽然没有深厚的同门情谊,但是蜻蜓在追求爱情的路上却比她更加勇敢和绝然。紫蝶由衷地钦佩她。

紫蝶的思想终究是很矛盾,因此刻意放慢了行程,歇歇停停。走到半路的时候收到了一个意外的消息。皇上下旨召风灏南回京。这一道圣旨让许多人都感到难以理解。边关战事紧张,一触即发,这个时候把主帅调走,岂不是犯了兵家大忌?

紫蝶让所有手下暂停前行,留下来等进一步的消息。果然,两天以后从辽东传来消息,风灏南在军营中拒绝接旨。自古以来都是将在外君令有所不受,可是除非万不得已,武将都不会违背皇帝的意思。

紫蝶可以理解风灏南当时愤怒的心情,在如此艰苦卓绝的条件下他带着士兵奋勇作战,可是皇上却在紧要关头召他回京。他一走军心动摇,死的不止是无辜的将士,还有边关数以万计的百姓。

又过了两天，紫蝶收到留守京城的手下的飞鸽传书，因为风灏南拒绝接旨，皇上已经下令革去他的官职，命令东厂的人前往辽东将风灏南押解回京听候判决。

紫蝶摇头叹息，风灏南十几年戎马生涯，没有死在敌人手中，却要被自己效忠的皇帝下令害死，简直是讽刺。紫蝶想起了那个单纯的少年，其实朱由校不适合当皇帝，他只喜欢摆弄木头，让他做一个木匠他会很出色。

生在帝王家也未必是一件好事。

“堂主，京城那边传来消息，东厂的人已经出发，锦衣卫紧随其后。”

“锦衣卫？”

“是的，据姐妹们探得的消息，东厂的厂公是客印月身边的太监，原本姓李名进忠，后来改名魏忠贤，现任司礼监秉笔太监。就是他上书弹劾风灏南，说风灏南和熊延弼只知道镇守关内，不肯主动出征。”

“魏忠贤？”在紫蝶的记忆里，这个老太监一直跟随在客印月的身边唯唯诺诺，想不到居然看走了眼，“锦衣卫跟东厂的人是一起来的？”

“不是。据属下得到的情报，锦衣卫只是暗中跟随，我想应该是风灏栎担心东厂的人在途中为难风灏南，所以才会有此举动。”

“那我们就不必去辽东了，这里是从辽东到京城的必经之路，风灏南回京一定会路过此地。你吩咐下去严密监视过往客商，任何可疑人物都不能放过。”在紫蝶的心目中，最难对付的人不是东厂和锦衣卫，而是蜻蜓。

蜻蜓对风灏南情深意重，风灏南被押解回京她一定会暗中跟随保护，一旦她出手相救，将会是紫蝶这次任务的最大阻碍。

紫蝶在客栈中静心等待了两天，终于发现有大批可疑人物陆续路过。此时，从军营传来消息，风灏南被东厂的人押走的第三天，努尔哈赤亲率五万大军，分三路向河西发起了进攻。

紫蝶坐在窗前，手托着腮帮沉思，脑子里却是一片空白。她究竟在做些什么呢？以前执行任务杀的人中有些该死，有些无辜，但是她从来都不会心慈手软。因为亲眼看着母亲惨死，她就明白这个世界弱肉强食的生存规则。

可是现在她要杀的不是一个人，而会是一个民族，一个国家。她真的可以做到无动于衷吗？紫蝶闭上干涩的眼睛，流不出一滴眼泪。

“谁？”紫蝶侧身躲过朝她射进来的飞刀，望向窗外已经空无一人。此人内力深厚轻功高明，且来去无踪，紫蝶稍加思索便猜到了她的身份。

飞刀上带着一张纸条，紫蝶拿下来看了内容之后便用火焚毁，入夜之后避开手下径直到了约定的地点。

“好久不见，别来无恙！”蜻蜓一身劲装出现在紫蝶面前。

紫蝶打量着蜻蜓，她没有了昔日的飒爽锐气，眉宇之间多了几分少妇的妩媚，或许是多日来的风尘仆仆，略显憔悴的脸上写满了疲惫。原来，为了爱情需要付出那么沉重的代价。紫蝶已经体会到了这种锥心刺骨的痛。

“你约我来不是叙旧吧？”紫蝶很坦率地说道，“有话直说！”

“好，我需要你的帮忙！灏南这一次如果被押回京城必死无疑，我必须在到达京城之前救他出来。”

“你认为我帮得了你？或者你觉得我会帮你？”紫蝶暗中哀叹一声，“我为什么会出现在这里你难道想不明白吗？”

“我知道，你要替师父清理门户。只要你帮我救出灏南，我这条命可以交给你！”

“不后悔？”

“无怨无悔！”

“蜻蜓，你太天真了！”紫蝶握紧手中的佩剑，转过身面对着蜻蜓说道，“我这一次的任务是刺杀风灏南，顺便清理门户。在师父的眼中你没有那么重要。”

此时紫蝶忽然想起，在风灏南出征之前师父让她给他下了药，为什么到现在风灏南还好好地活着，而师父又要她来行刺他？如果风灏南吃下去的是致命毒药，师父的这个举动不是多此一举吗？

“可是我知道你不会杀风灏南！”蜻蜓直视着紫蝶的眼睛说道，“因为，这个世界上还有一个风灏栎！”

紫蝶沉默叹息，无可奈何地笑道：“以前或许不会，但是现在一切都不同了。”

蜻蜓跟随风灏南镇守辽东，他征战沙场的英雄气概，他运筹帷幄的冷静睿智都让她着迷。她庆幸自己嫁了一个真正的男人，他的忠义与傲骨在慢慢地融化她冰冷的心。为了风灏南她可以付出自己的一切，包括生命。

蜻蜓一路走来发现了喋血令的人时，她知道自己的大限到了，可是却没料到紫蝶的主要目标竟然不是她。“你知不知道，风灏南死了后果会很严重。军中士气不振，朝廷损失一员大将，是黎民百姓的大祸。难道你真的忍心生灵涂炭吗？”

紫蝶发觉蜻蜓跟以前完全不同了，她不再是一个冷血的杀手，在嫁给风灏南之后她已经蜕变成了一个知晓民族大义的女人。“国家风雨飘摇，佞臣当道，不是我一个弱女子可以改变的。就算你救出了风灏南又怎么样？他还能再回战场杀敌，还能继续在百万军中驰骋沙场吗？即使我真的放弃这一次任务，帮你从东厂的人手中救出他，你以为他愿意背负畏罪潜逃的名声跟你远走天涯吗？”

蜻蜓噙在眼中的泪水悄然滑落，她何尝不明白风灏南的愚忠，可是她又怎么忍心看着他被人陷害而置之不理。她想起二人分别之时他的千叮万嘱，每一言每一语都是对她的牵挂。夫妻情深，她只想他好好地活下去。

“蜻蜓，自从你跟风灏南离开京城以后，一切都好吗？”紫蝶很好奇，她很想知道师父的那些药对风灏南究竟有什么作用！

“多谢你的关心，我们很好！既然你不肯帮我，我也无话可说。不过就算我拼了性命也绝对不会让你伤害我的相公。但愿我们后会无期！”蜻蜓话音刚落人影便隐没在了黑暗中。

紫蝶漫不经心地往回走，蜻蜓想在半路上劫走风灏南，是担心回到朝廷之后他会有性命之忧，而风灏栎派锦衣卫暗中跟随东厂的人，难道是怕东厂的人在半路上对风灏南下手？风灏栎为什么会有这样的顾虑？

紫蝶猜测一定是朝廷之中发生了大事，到底是什么事呢？她正疑惑不解之时，听到了远处传来的马蹄声，半夜三更还有人飞奔赶路吗？紫蝶纵身跳到了身边的一棵大树上藏身，没多久就看到了三十几个人策马扬鞭，押送着一辆囚车而来。

是风灏南！

紫蝶再一次见到了风灏南。被困囚车之中的他失去了昔日的风华与光彩，唯独昂首挺立的英姿犹存，即使在逆境之中依然保持着大将的风度。紫蝶不得不钦佩风灏南，这样一条铁骨铮铮的汉子依然难逃奸邪小人的陷害，可悲可叹！

“孙大人，田大人，前面有一处小镇，您二老再辛苦一下，马上就可以有高床暖枕了！”

众人在路中央停了下来，为首的两个人相互看了看，其中一人说道：“就在这里停下来，咱们不进镇。厂公把这么重要的任务交托给我们，我们必须小心谨慎。大家在此安营扎寨，都休息吧！”

众人翻身下马，三三两两地拿出随身的干粮倚靠着草地休息。为首的两个人远离人群窃窃私语。

“孙兄，我接到许显纯的飞鸽传书，风灏栎已经派出锦衣卫来营救风灏南，厂公有令，不能让风灏南活着回到京城，否则以风家在朝中的势力我们未必有十足的把握将他置于死地。”

“那依田兄的意思是……”

“咱们一不做二不休，趁锦衣卫没来之前解决了风灏南，回京之后就说他意欲潜逃被我们就地正法了。”

“嗯，没问题！”

两个人的话被紫蝶听得一清二楚，她忽然感到一种悲凉，难道一代豪杰要这样命丧两个无耻小人的手中？

“你们都退到远处去，不要影响了风将军休息！”孙云鹤挥挥手让手下全部后退，之后走到囚车之前冷笑道：“侯爷，这月黑风高最适合上路了，你觉得呢？”

风灏南识穿二人的诡计，不疾不徐地说道：“怎么，这么迫不及待？凭你们两块料？”

“我知道侯爷看不上我们，可就是我们这两块料今天要送您一程。您放心吧，我们会把你的尸体带回京城，不会拿去喂野狗的！”田尔耕与孙云鹤相视一笑，拔出了闪着寒光的佩刀。

风灏南武艺超群，奈何双手双脚被制住，他闭上眼睛长叹一声：“想不到我风灏南一生忠君爱国，最终竟会死在两个下三烂的流氓手中，命也，命也！”

英雄在末路

田尔耕一刀刺向风灏南的咽喉，风灏南闭上眼睛等待死亡来临。他的脑海中闪过若惜闪着泪光的面容，“若惜，你我从此以后阴阳相隔，但愿来生为夫可以给你安定的生活，你保重吧！”

“咚”的一声脆响，田尔耕手中的刀断成了两截。

“什么人？敢管我们东厂的事？”孙云鹤戒备地四处张望，寂静的黑暗中只有树叶相碰沙沙的风声。

田尔耕的脸色惨白，拉了拉孙云鹤的衣袖，声音沙哑地说道：“是……是喋血令！蝶恋仙子……”

蝶恋仙子的独门暗器赫然出现在二人脚下。喋血令在京城中的壮举依然历历在目，两人面面相觑，浑身发抖。

“仙子大驾光临，我们二人三生有幸，只是还望仙子高抬贵手……”田尔耕扔掉半截钢刀，几乎就要下跪了。

风灏南望着地上那几朵在黑暗中依然闪闪发光的紫色花朵，静心观察着四周的环境，随即将目光定格在附近的一棵古树上。喋血令的人为什么要出手救他，目的是什么？

在千钧一发的时候紫蝶救下风灏南，不是因为他是镇守边关的大将，不是因为他是风灏栎的哥哥，而是他最后说的那句话，证明他是一个痴情且负责任的男人，仅此而已。

紫蝶想起了蜻蜓临走之前绝然的目光，她决定帮蜻蜓一次，也是最后一次。她也有迫不得已的苦衷，她必须要杀了风灏南，否则会有许多人因为她的心慈手软而承担惨痛的后果。

“原来侯爷是喋血令的朋友，侯爷，您快跟仙子说说，咱也是奉命行事，千万别……”孙云鹤几乎是带着哭腔哀求风灏南。

风灏南鄙夷地看了他一眼没有说话，他在边关并没有听说过喋血令最近这段时间在京城的壮举，他思考的是喋血令救他的原因。

等了许久都没有任何动静，田尔耕和孙云鹤才松了一口气。今天晚上他们故意错过投宿就是希望趁着夜深人静的时候在荒山野岭解决风灏南，但是半路却杀出了喋血令，这让他们始料不及，只好暂时作罢。

紫蝶料到二人暂时不敢再对风灏南下手，却还是不放心就此离去，因此一直暗中跟随保护，她发现她一点儿想杀风灏南的欲望都没有。

天亮的时候孙云鹤和田尔耕催促手下起程，进镇找了一间客栈停留。他们不急于赶路，是为了拖延时间在路上再找机会对风灏南下手。紫蝶庆幸边陲小镇之中的荒凉，因为只有一家客栈，她与手下也住在此处，更加便于行事。

午时已过，孙云鹤等人都没有要赶路的意思，紫蝶带上面纱在两个手下的搀扶下去大堂用餐，她留意到堂中多了很多来历不明的人。这些人的包裹中都带有兵器，并且呼吸沉稳太阳穴突起，显然是修炼内家功夫的高手。

从紫蝶出现的那一刻起，所有人的目光便集中在她身上没有移开。虽然她以轻纱遮面，但是清丽脱俗的气质和妙曼的身材让所有男人如痴如醉。

“小姐，奴婢扶您回房间，让小二把饭菜送进来吧！”

紫蝶已经查探清楚了形势，便点了点头。她转身时眼角的余光瞥见角落中坐着一个满脸络腮胡子的汉子，当两个人目光交接的瞬间，紫蝶愣了一下。

“姑娘，一个人回房间多闷呀，不如让我陪你呀！”田尔耕起身走到紫蝶身边，伸出手去勾紫蝶下巴。

“哪来的下流胚子，敢对我们家小姐无礼！”紫蝶的手下挡在紫蝶面前，呵斥道。

“臭丫头，大爷看得上你是你的福气！把面纱摘下来让我瞧瞧，不然我就在这里扒光你们的衣服，让大家都来欣赏欣赏。”

“无耻！”紫蝶的手下一掌击出，田尔耕便闪到一边大笑道：“还会功夫，我喜欢！”他双手一挥，他的手下随即涌了上来。

场面顿时乱成一团，坐在大堂中的许多人都加入了战局，一时之间敌我难分。紫蝶留意到角落里的汉子趁人不备悄无声息地去了后院。她以密语传音术吩咐手下，尽量拖延时间拦住东厂的人，也悄悄跟了过去。

虽然风灏栎易容乔装，可是紫蝶依然认得他的眼睛。她没想到这一次风灏栎会冒这么大的险亲自来救风灏南，她狠不下心肠对他置之不理。

风灏栎以最快的速度解决了看守风灏南的四个守卫，以手中利器砍断锁链，急切地说道：“快走！”

“你是什么人？”风灏南打量着问道。

“大哥，是我，我是灏栎呀！”风灏栎没想到这个易容术还真是神奇，连亲大哥都认不出他。

风灏南爽朗地大笑道：“好小子，怎么打扮成这样？”

风灏栎无奈地答道：“我这也是为了掩人耳目，大哥，我们先离开这里再说！”

“灏栎，你的好意大哥心领了，你冒这么大的险来救我，有你这个好兄弟我死而无憾。可是我不能就这样离开。”

“大哥，你知不知道魏忠贤在皇上面前进谗言，说你通敌卖国。这个罪名非同小可，他一定不会让你活着回去见皇上。你跟我走吧！”

“如果我就这样走了，我的一世清白就毁了。我死了不要紧，可是我不能连累整个风家。灏栎，你快回去吧，就算我死了风家至少还有你。奶奶年纪大了，灏鸣又不争气，以后这个家就靠你了。”

“大哥，你怎么还不明白，魏忠贤陷害你的罪名成立，风家是要满门抄斩的，到时候凭我一人之力根本保不住风家！”

这一路走来风灏南确实没有考虑到这一点，他总以为以风家在朝中的势力，事态没那么严重，就算他一人死了，还有风灏栎可以继承风家的祖训。

“大哥，别想了，再不走来不及了。外面一部分是我的人，另外一些人我也不清楚是什么来历，是敌是友都不知道，此地不宜久留呀！”

风灏南犹豫不决，他这一走就变成了畏罪潜逃，岂不是等于承认了通敌卖国吗？到时候风家一样难逃灭族之祸。但是如果不走，又怎么对得起风灏栎千里迢迢赶来救他的这一番情意。

“相公，你快跟二弟走吧！”蜻蜓从院子的后门进来，扑进风灏南的怀里放声大哭。

“若惜，你怎么会在这儿？我不是让你安心留在军营中的吗？”风灏南紧紧搂着妻子，多日来的相思与担忧化作万般柔情。

若惜擦去眼泪扬起头望着风灏南劝解道：“相公，你不在我身边，我怎么能安心呢？外面那些人一定不会放过你，你又何必白白牺牲性命？相公你听我说，我知道你不甘心背上叛逆的罪名，这样你就更应该保住性命。

“你要回京城证明自己的清白，不一定非要东厂的人押送。你与二弟一同回京面见圣上，到时候自然可以申诉冤屈。既能保住性命又能保全名节，不是很好吗？”

“大嫂说的有道理，大哥，只要我们回到京城，所谓的畏罪潜逃也就不攻自破了！”风灏栎认为这个办法可行，也是目前唯一的出路。

风灏南低头望了望若惜，她是那么柔弱又是那么坚强，万一他死了，她无依无靠孤苦伶仃，还怎么在这个乱世之中生存下去，他承诺过要一辈子照顾她。他握紧若惜的手，一咬牙决定拼了。

“大胆风灏南，竟然敢勾结江湖草莽意欲潜逃。来人，格杀勿论！”孙云鹤在打斗中意识到情况不妙，便杀出重围跑到后院。他一声令下便涌过来许多手下。

“好，今天我就让你们见识一下什么才是大将之风！”风灏南将若惜护在身后，以内力吸起倒地看守的钢刀，率先迎了上去。

风灏栎发现除了负责押送风灏南的侍卫之外，刚才大厅之中居然一半以上都是敌人，他猜到这些人是魏忠贤在江湖上收买的一批杀手死士。涌进来的人越来越多，他和风灏南还要保护不会武功的若惜，渐渐感到了压力。

紫蝶躲在暗中暗暗焦急，如果此刻蜻蜓可以施以援手的话，风灏栎兄弟绝对不会这么狼狈。她开始弄不清楚蜻蜓一直隐瞒身份究竟是对还是错。眼看着孙云鹤的剑就要刺进风灏栎的胸膛，紫蝶几乎是出于本能反应，一掌将孙云鹤的剑震偏。

其实从紫蝶一出现风灏栎就已经认出了她，无论她是轻纱遮面还是黑衣劲装，她身上独特的香味和气质都让他刻骨铭心。

紫蝶以暗器射杀了一大片的人，跳入战圈对风灏南说道：“你们快走！”

“蝶恋仙子！”

场中许多人都停了下来，得罪喋血令的后果非同一般，大家都有些犹豫不决。

“哼，传闻蝶恋仙子美若天仙，今天老子就要摘下你的面纱看一看究竟是不是真的。如果传言属实，那今天晚上咱们就不愁寂寞了！”场中的一个人大笑着说道。他的话激起了大部分人的好奇。

“就是，若能杀了蝶恋仙子咱就扬名立万了！”

此人话音刚落就有大批人围了上来。

紫蝶冷笑一声，手指凑到嘴边吹响了哨声，声音震耳欲聋，许多内力稍浅的人甚至感到血脉偾张经脉逆转，还没等他们反应过来，喋血令的杀手已经持剑出现在场中。

风灏南带着若惜，由风灏栎断后，走了一段路程之后风灏栎却停了下来：“大哥，拐过前面的那条路，我在那里准备了快马和银两，你带着大嫂先走，我马上追上来。”

“二弟，你不跟我们一起走？”风灏南拉着风灏栎问道。

“大哥，我还有重要的事情要做。你放心吧，我们京城见。”

“你是不是想回去救蝶恋仙子？”若惜一直以为以风灏栎的正直不会爱上一个杀手，她不知道紫蝶和风灏栎之间发生了什么事，可是按照目前的情况看来，风灏栎对紫蝶似乎并非无情。

风灏南想起昨天晚上蝶恋仙子的出手相救，一直想不明白，问道：“还有，你是不是认识蝶恋仙子？”

“大哥，这件事一言难尽，总之我不能丢下她不管，你跟大嫂快走吧！”风灏栎不再解释，转身就往回走。那天晚上他对紫蝶说了很绝情的话，事后回想起来既心痛又后悔。可是那又能怎么样呢？他只是不希望紫蝶再继续为了他纠结和痛苦。

今天紫蝶舍身相救，他真的做不到断然绝情。

紫蝶带在身边的姐妹不多，武功也参差不齐，她不想有任何人牺牲，无奈之下只好出下下之策。她从袖中掏出一支玉笛凑到唇边，吹响了奇特的旋律。

风灏栎赶回客栈的时候看到了一幕奇景，只见无数五颜六色的蝴蝶从四面八方飞过来，没过多长时间便把整个院子都占满了。蝴蝶围着人上下盘旋，院子里的人仿佛迷失了心智一般，挥舞着钢刀砍杀蝴蝶。

好像是一种幻术，风灏栎感到头晕眼花，努力克制着想要加入战圈的冲动。他双膝一软跪倒在地，用剑支撑着身体。等他睁开眼睛的时候，院子里已经血流成河，几乎所有人都自相残杀而死。

景象的惨烈让风灏栎浑身颤抖，他走到紫蝶面前，痛心疾首地说道："你太残忍了，你怎么可以……"

"我……"紫蝶脸色惨白，身体忽然向旁边倾斜，吐了一大口鲜血。

她的手下将她扶住，转头怒斥风灏栎："你这个男人好没良心，若不是为了让你大哥大嫂可以顺利脱身，我们堂主何必耗损那么多的内力自伤身体。你说出这样的话，究竟是谁更残忍一些？"

"我……"风灏栎不知道刚才召唤蝴蝶的是一门什么样的功夫，此刻看到紫蝶几乎连说话的力气也没有，明白眼前女子所言非虚，紫蝶消耗了太多的内力。他替紫蝶把了把脉，发觉她的虚弱程度远在他的预计之上。"你这又何苦呢？"

"我……对不起……"紫蝶的泪水顺着眼角滑落。

风灏栎握着紫蝶的手，轻抚她的脸庞，随后抱起她说道："我找个地方替你疗伤！"

"哼，想走？想得美！"孙云鹤和田尔耕忽然从墙外跳了进来，挡住了风灏栎的去路。

泪洒断肠涯

"哈哈……蝶恋仙子的美貌果然是名不虚传，光看她的身材就已经那么销魂，若是脱光了搂在怀里……哈哈……"

孙云鹤和田尔耕淫笑着对视一眼，想入非非。刚才他们意识到情况不妙，不约而同趁人不备逃了出去，行了一段路之后怕回到京城被魏忠贤重罚，于是壮着胆子暗中潜回查看，却没想到还能捡到一个大便宜。

“你们简直色胆包天，竟然敢对我们堂主无礼！”紫蝶的四个随身婢女抽出长剑拦在风灏栎面前说道，“公子，请马上带我们堂主离开，这两个无耻之徒交给我们。”

“有劳几位姑娘！”风灏栎见识过喋血令杀手的武功，以为她们四人绝对不会输给孙云鹤和田尔耕，便强撑着一口真气，带着紫蝶施展轻功离开。

“追！”

“怕你们没这个本事！”

田尔耕冷笑一声刺出了长剑，暗中将扣在手中的毒粉撒了出去，顿时，四个女杀手倒地身亡。“哼，别以为只有你们喋血令懂得用毒，我呸！”

孙云鹤暗中抹了一把冷汗，紧随田尔耕去追赶风灏栎和紫蝶。如果能够抓到蝶恋仙子，不仅晚上可以一亲芳泽，而且还是大功一件呢。

紫蝶靠在风灏栎的怀里，静静地听着耳边风声呼啸以及风灏栎急促的心跳，她闭上眼睛任凭泪水滑落，脸上却挂着幸福的微笑。如果可以就这样死在风灏栎的怀里，她也会觉得很欣慰。

从风灏栎出现的那一刻开始，紫蝶就知道这一次的任务她又不能完成了。她不可能下手杀了风灏南，因为，她不可以再伤害风灏栎，即使在他的心目中，她不是他最爱的女人。

风灏栎刚才被紫蝶的幻蝶术所伤，气门之中隐隐作痛，功力只剩下平日的一半。

“灏栎，你放下我，自己走吧！”

风灏栎没有回答，强行将一口鲜血吞了回去。不行，他不能在这个时候抛下紫蝶。忽然头顶两条人影掠过，孙云鹤和田尔耕拦住了他们的去路。

“风大人乃堂堂锦衣卫指挥使，居然也不敢以真面目示人，简直是可悲可笑！”孙云鹤嘲讽道。

风灏栎冷笑一声，轻轻地把紫蝶放了下来，低头柔声说道："蝶儿，别怕，有我在不会让你有事的！"

紫蝶点了点头，到了生死关头她还可以跟他在一起，已经是上天给的恩赐。风灏栎抽出佩剑迎战孙云鹤和田尔耕。

换作平时，这两个人根本就不是风灏栎的对手，可是现在风灏栎受了内伤，招式功力不足，根本伤不了他们。紫蝶暗自焦急，却见孙云鹤一掌打在风灏栎的胸口，风灏栎掉入了旁边的悬崖。

"灏栎……"紫蝶强行提起一口真气跳了下去，顺手抓起树藤甩下去绑住风灏栎的腰，另外一只手紧紧抓住了悬崖上的树枝。

"蝶儿，放开我吧，不然你也会掉下去的！"风灏栎看着摇晃的树枝随时会折断，这根树枝太纤细，承受不了两个人的重量。

"不，我不放！"紫蝶从来没有像现在这样恐惧和绝望过，"灏栎，如果你死了，我一个人活着还有什么意思？"

"蝶儿，你可不可以告诉我，在你跟我相处的那段时间里，究竟有没有真心爱过我？"

"灏栎，难道到了现在你还不相信我对你的感情吗？"

"我相信，蝶儿，是我对不起你，是我伤害了你。你自己要保重，我们来生再见！"风灏栎拔出随身携带的匕首，爽快利落地割断了树藤。

"灏栎！"紫蝶的泪水倾泄而下，毫不犹豫地放了手，随着风灏栎一起坠入悬崖。如果她以这种方式死了，师父应该没有理由再为难其他人了。她感激上苍给了她一个完美的死法，"灏栎，生不能同衾死要同穴！"

风灏栎抬起头，眼睁睁地看着紫蝶甘愿与他共赴黄泉，他从来没有像现在这样感动，"傻丫头，你知不知道我最大的心愿是可以看着你快快乐乐地活下去……"

两个人都以为必死无疑，却先后掉进了谷底的碧水寒潭。冰凉刺骨的潭水激发了风灏栎求生的本能。紫蝶不谙水性，本来以她的功力完全可以闭气，可是她受伤太重，残存的意识中只有初见风灏栎时的美好。她感觉有人在靠近她，让她又依靠到了坚实的胸膛。

风灏栎抱着紫蝶向岸上游去。“蝶儿，蝶儿……”风灏栎轻轻拍打着紫蝶的脸庞，紫蝶皱眉轻轻哼了几声便昏了过去。风灏栎探了探紫蝶鼻息，一切如常。他把紫蝶紧紧抱在怀里，一种失而复得的喜悦油然而生。

他横抱起紫蝶，想找一个合适的地方替她疗伤。

寒潭边上长满了黄色的奇异花朵，散发出一阵阵浓郁的芬芳。风灏栎抱着紫蝶沿着寒潭一直往前走，终于看到一个干燥的山洞。他把紫蝶放下，捡了干柴生起了火。

紫蝶的内伤开始发作，风灏栎想替紫蝶把衣服烘干。他的手刚刚触及到紫蝶的腰带便犹豫了。无论紫蝶的身份是什么，她都是一个清清白白的妙龄少女，如果他擅自替她宽衣解带，岂不是玷污了她的名节。风灏栎想起了当日在山洞之中，紫蝶替他运功疗伤，他这时才体会到紫蝶对他的用心良苦。

风灏栎把紫蝶抱到篝火边，把火烧旺，却始终没有去解紫蝶的衣服。他坐到旁边运功疗伤，静静等着紫蝶醒过来。

“灏栎……不要……不要走……”紫蝶伸手想要抓住梦境中的风灏栎，可是不管她怎么努力，始终握不到他的手。

“蝶儿，我在这儿！”风灏栎把紫蝶的手放在他的脸上，温柔地抚平她紧皱的眉头。

紫蝶慢慢地睁开眼睛，看到风灏栎闪着泪花的目光，她用尽全身力气扑进风灏栎的怀里，“无论是在天上还是地狱，只要能让我跟你在一起，我都心甘情愿！”

风灏栎把紫蝶紧紧拥在怀里，亲吻着她的额头安慰道：“蝶儿，没事了，我在你身边！”

紫蝶从风灏栎的怀里出来，凝望着他熟悉的脸庞，当她确认他们俩还活着的时候，竟然有一种淡淡的失落。一心求死，却始终不能如愿，万幸的是风灏栎也还活着。

“蝶儿不要哭，没事了！”风灏栎吻去紫蝶的泪水，他与紫蝶经历了生离死别，他没有办法再欺骗自己的内心，他爱她，是连他自己都否定不了的事实。

“灏栎，我好冷！”紫蝶下意识地环抱着自己，她为了施展幻蝶术耗损了太多的功力，没有十天的休养根本恢复不了。

“蝶儿，我到洞外去守着，你把湿衣服脱下来烘干就不冷了！”

“灏栎你别走，你抱着我好吗？”

“怎么啦？”

“我怕你一走就消失了。”

风灏栎把紫蝶的手拉过来，凑到唇边亲了一下，温柔地哄道：“真是个傻瓜，这个地方四面都是悬崖峭壁，我就算想走也走不了。你不把衣服烘干会生病的，听话，好吗？”

紫蝶点了点头：“那你不要走开，背过身去就好。”

风灏栎笑着应允，走出三大步转过身去。除了柴火燃烧，风灏栎几乎能听到紫蝶衣衫落地的声音。这种微妙的感觉让他不由自主地脸红心跳。他握紧双拳强迫自己镇定，紫蝶对他的耐力太有信心了，却不知在面对自己喜欢的女人时，任何男人都会想入非非。

“灏栎，你怎么不说话？”

“呃……你想听我说什么？”风灏栎咽了咽口水，干涩地问道。

“你有没有怪我欺骗了你？”

“蝶儿，过去的事情不要再提了。我们经历了那么多波折和磨难，我只想好好珍惜老天爷恩赐给我们的机会。以后只要你不离开我，我愿意一生一世照顾你！”

“灏栎，谢谢你！”紫蝶从后面环抱着风灏栎，紧紧依靠在他的后背。

风灏栎的身体僵硬了一下，他能嗅到从紫蝶身上散发出来的阵阵幽香。他握着紫蝶的双手，突然转身将紫蝶拉进了怀里，低头迅速吻上她的唇。

紫蝶此刻只穿了一件单薄的纱衣，风灏栎不敢睁开眼睛，但是双手却能触及她柔弱嫩滑的肌肤。他的脑海中浮现出了初见紫蝶时的场景。如此倾国倾城的女子，有几个男人会不心动呢？

紫蝶在风灏栎的怀里本能地抗拒了一会儿，随即瘫软在风灏栎的怀里。

“蝶儿，我……”风灏栎的手在紫蝶身上游走，亲吻着她的脸颊和脖子。他凑到紫蝶耳边，轻舔她的耳垂，呼吸急促地说道，“蝶儿，我想要你！”

“灏栎，不……”紫蝶想要拒绝，浑身的炙热让她一点儿反抗的力气都没有。风灏栎横抱起她轻轻放在篝火边的干草上，细心地欣赏着紫蝶。她真是一个让人嫉妒的宠儿，容貌的清纯加上完美的曲线，她的美貌让多少男人神魂颠倒，风灏栎轻柔地压在紫蝶身上，再次覆上她的唇。

紫蝶轻轻哼了一声，她已经放弃了反抗。这个男人是她今生的挚爱，她愿意把身体交给他，无怨无悔。

风灏栎握着紫蝶的手，感觉到她在微微颤抖。她是因为紧张吗？风灏栎轻笑着睁开眼睛，看着紫蝶眼神中的犹豫不决，忽然想起了他与季如月的婚约。他在干什么？他那么爱紫蝶，怎么可以无名无分地要了紫蝶的清白之身。

风灏栎急忙起身，脱下长衫盖在紫蝶身上，连连道歉：“对不起，蝶儿，我……我不该冒犯你，你……我……”

“灏栎，你怎么啦？”面对风灏栎突如其来的转变，紫蝶觉得不知所措，“你是不是觉得我配不上你？”

“当然不是！”风灏栎把紫蝶揽进怀里柔声说道，“我只是觉得我不该这么做。你是一个纯洁的好姑娘，我……蝶儿，你放心，我一定会娶你，堂堂正正地要你！”

紫蝶忽然觉得风灏栎迂腐得很可爱，她抚摸着风灏栎的脸庞笑道：“我的身体都让你看光了，万一你不娶我……”

“如果我有负于你，就天打雷劈……”

“不要说！”紫蝶连忙捂住风灏栎的嘴巴摇了摇头，她不需要他的任何誓言。如果他们不能离开这里，那她也只剩下两个月的命。如果他们可以离开这里，风灏栎与季如月之间的婚姻也是他们最大的阻碍。

如果没有这次意外，还有十天风灏栎就要娶季如月过门了。紫蝶想到这些不由得黯然神伤！两个人心中都明白，却心照不宣地什么都不说。

紫蝶依靠在风灏栎的怀里沉沉入睡，自从记事以来她从来没有像今晚这样睡得如此安心，她可以感受到从风灏栎身上传来的温暖。死里逃生，身受重伤，环境恶劣，可是她的心却一点儿也不慌乱，她觉得这是上天对她最贵重的馈赠。

第二天早上紫蝶睁开眼睛，身上盖着风灏栎的长衫，却不见他的踪影。她忽然害怕昨天的事情只是一场梦，她急忙起身走出山洞，迎面撞进了风灏栎的怀里。

“蝶儿，你醒啦？”

“灏栎，你去哪儿了？我醒来看不到你，我……”

风灏栎看到紫蝶眼中噙满了泪水，一把将她揽在怀里。紫蝶武艺高强聪明绝顶，可她毕竟是一个女孩子，常年累月的杀手生涯让她充满了戒备，体会不到任何的安全感。风灏栎心疼她的无助，多么希望永远抱着她。“傻丫头，没事了，不要哭。我怕你醒来肚子饿，所以出去看看附近有没有吃的东西。”

“我好害怕，我以为你不管我了！”紫蝶躲在风灏栎的怀里微微颤抖。

风灏栎把紫蝶从怀里拉出来，拭去她脸上的泪痕，把她的手放在自己的胸口，温柔地说道：“蝶儿，你看着我。以后无论发生什么事，我都不会扔下你不管，我一定会好好地照顾你，你相信我！”

风灏南带着若惜一路向北，刻意放慢脚程。若惜知道他是想等风灏栎追赶上来。风灏栎与紫蝶在当今武林中已经算是一等一的高手，若惜很清楚，他们到现在都没有追上来一定是出了意外。可是她不敢把内心的想法说出来。

若惜明白，其实风灏南跟她有着相同的念头，只是他不愿意承认。

“相公，喝口水吧！”若惜把水壶递给风灏南柔声说道。

风灏南满脑子都是乱七八糟的东西，他担心风灏栎会出事。如果因为要救他而牺牲弟弟的性命，他宁愿死在孙云鹤等人的刀下，做一个冤死的亡魂。若不是有若惜在身边，他一定会折返去打探风灏栎的消息。

“相公你不用担心，二弟他会没事的。蝶恋仙子武艺高强，有她跟灏栎在一起，遇到任何凶险都会化险为夷！”若惜安慰道。

风灏南随意点了点头，还是一言不发。他至今都不知道蝶恋仙子与风灏栎的关系。蝶恋仙子愿意冒生命危险助他们脱险，而风灏栎为了回去救蝶恋仙子也一样连命都可以不要。只有生死相随的恋人才会无怨无悔地为对方付出。

风灏南不禁皱起了眉头。这个月月底风灏栎就要跟季如月完婚，万一风灏栎回不去了，季如月岂不是要守望门寡？唉！风灏南心浮气躁，忽然听见了一阵凌乱的马蹄声，一队锦衣卫策马扬鞭朝相反的方向疾驰而去。

“嘿，咱这地儿可难得看到这么热闹的场面呀！”

“你没听说吗，前几天锦衣卫指挥使在我们这一带失踪了，锦衣卫同知正亲自带队四处搜寻呢！”

“哼，有的是人想坐上那个位置，死了就换一个呗！”

“你说得轻松，他是兵部尚书的乘龙快婿，又是当今皇上的宠臣，连东厂的厂公也要卖几分面子的嘛！”

秦大海是一个可以信任的帮手。

夜凉如水，秦大海听完手下的汇报，猛然砸碎了酒坛子，气愤地吼道：

“他奶奶的，让你们找个人都找不到，老子我回京怎么跟皇上交代？”秦大海抹了一把络腮胡子，转头对站在一边瑟瑟发抖的知县说道：“愣在那里干什么，继续派人去找呀！”

秦大海觉得自己倒了八辈子血霉才会摊上这么一个差事。风灏栎与季如月的婚期越来越近，却迟迟不见他回来。季海雄怕风灏栎不能按时赶回来完婚，每天寝食难安，于是央求秦大海想办法把风灏栎找回来。

秦大海从来都不干那些缺心眼儿的事，他看得出来风灏栎根本就不喜欢季如月，也许风灏栎就是逃婚走的。可是他这边还在想着怎么应付季海雄，另一边却传来消息，风灏南在被东厂押解回京的途中被风灏栎劫走了。这一下捅了马蜂窝，朝中上下顿时乱成一团，口水漫天飞舞。有些人担心风灏南拥兵自重会造反，有些人却上书力保风家兄弟。就在秦大海静观其变的时候，锦衣卫暗中收到消息，风灏栎在救走风灏南之后便下落不明。

这一下秦大海傻眼了。

在东林党人的竭力推荐下，秦大海接了皇上的圣旨，捉拿风灏栎与风灏南回京复命。秦大海知道让他追捕风家兄弟的人其实是为了他们着想，朝中上下谁都知道他是风灏栎的心腹。可是秦大海心里的苦却没人理解。

这是一个吃力不讨好的活儿，找不到人他要背负办事不利的罪名，找到了人他也不知道该不该抓。

秦大海不耐烦地挥挥手示意所有人都出去，坐在桌子前大口大口地喝酒，狠狠地嚼着羊肉。忽然窗户被一阵微风吹开，闪进来一个身影。秦大海还没来得及出声，来人已经点了他的穴道。

“你是谁？想怎么样？”

“我只是想找秦大人帮个忙，只要秦大人不惊动其他人，我马上为你解穴。”

“好，你说吧！”

风灏南解开秦大海的穴道，从背后绕到了他的面前。

“侯爷！”秦大海激动地站了起来笑道，“太好了，找到你们就好了。

风大人呢？”

“唉，一言难尽！”风灏南坐下来长叹一声，把这几天发生的事情简略叙述了一遍，“现在灏栎下落不明，我又要躲避东厂的追杀。想不到我半生戎马，忠君爱国，居然会落到这般田地。”

秦大海挠挠头说道：“侯爷，我书读得少，大道理我不懂。但是，东厂的人欺人太甚，连风大人都敢害，简直没把我们锦衣卫放在眼里，一群阉狗，我早晚宰了他们。”

“秦大人，我现在只想让你帮忙找到灏栎，无论如何活要见人死要见尸！”

秦大海起身打开房门观望了一番然后关上，走到风灏南身边悄声说道：“侯爷，不瞒您说，我怀疑锦衣卫中有内奸。灏栎来救您的事知道的人不多，可是魏忠贤那只阉狗竟然也接到了消息。我现在行事都格外小心，如果我猜得没错，阉狗在我身边也安插了人！

“侯爷，我一定会想办法找到风大人，但是还得委屈您暂时不要露面。如果风大人出事的消息传了出去，朝廷会地震的。”

风灏南沉思了一会儿，他了解秦大海的处境，微微点了点头说道：“有劳秦大人了，我会随时与你保持联络。”

“不，侯爷！如果你真的信得过我就赶紧回京，风大人和我都不在京城，你们兄弟俩现在又是朝廷的钦命要犯，虽然风家在朝廷中势力庞大，但是人心难测！我怕万一有什么事风老夫人会应付不过来呀！”

风灏南没想到秦大海这个人粗中带细，他一心顾虑风灏栎的安危，确实忽略了家中的情况。婚期将至风灏栎却忽然失踪，即使是季家那边，他们风家也应该给个交代。风灏南告别秦大海，决定先带着若惜回京。

上架建议：畅销·古代言情
ISBN 978-7-5502-8490-6
9 787550 284906
定价：59.80元（全两册）

蝶影轻舞 作品

目 录

第十一章　世外桃花难盛开

世外河冰冻

紫蝶站在寒潭边上，意外地发现潭水的水位居然下降了很多。她把手伸到寒潭中，立刻抽了回来，水的温度竟然也比前几天要暖和。

这些日子对紫蝶来说是最幸福的，她不必向风灏栎隐瞒自己的身份，这个地方与世隔绝，只有她跟风灏栎两个人，她也不用随时戒备，可以肆无忌惮地随着风灏栎的笛声在花丛中翩然起舞。

她知道她剩下的时间已经不多了，可是她依然每天都开心地面对生活。

风灏栎一直在寻找离开这个深谷的办法，他总是不断尝试，却悲哀地发现这四面全部都是悬崖峭壁，他们根本不可能攀爬上去，除非能像鸟儿那样拥有一对翅膀。他并不是不享受跟紫蝶的二人世界，只是他还有太多的事情未了，有太多的责任要负。

到了晚上，紫蝶会依偎在他的身边，两个人静静地望着璀璨的夜空，等待着流星划过。风灏栎喜欢把紫蝶抱在怀里，只有跟紫蝶在一起的时候他才可以暂时忘记烦恼。

风灏栎找不到离开的方法，再一次徒劳无功地折返。他看到站在水潭边发愣的紫蝶，悄悄绕到她的背后抱住她，在她脸颊上亲了一口。“嗯？怎么一点儿警觉性都没有？”

紫蝶转过身靠在风灏栎的怀里，双手揽着他的脖子答道：“这里就我跟你两个人，还需要防范什么呀？”

“在看什么呢，都看得出神啦？是不是觉得水中的倒影很美，美到惊心动魄？”

“油嘴滑舌。饿不饿？”

风灏栎笑着叹了一口气说道："这些天不是吃野果就是吃烤鱼，我已经没有味觉了，好像也不觉得饿。"

"灏栎，你是不是很想离开这里？"

"你不想吗？"

紫蝶微微摇了摇头，转过身去仰头望着天际，幽幽地说道："天大地大，已经没有我容身的地方，我没有家，没有亲人，离不离开又有什么分别呢？"

风灏栎能理解紫蝶的心情，他扳过紫蝶的双肩，勾起她的下巴，凝视她的眼睛说道："蝶儿你听着，以后不许再胡思乱想。谁说你没有家没有亲人？我说过我会娶你，我是你的相公，也是你的亲人。有我的地方就是你的家！"

紫蝶的泪水在瞬间滑落，风灏栎的这番话让她的心荡起了阵阵涟漪，即使是偷来的片刻幸福，她依然感激上苍。"灏栎！"紫蝶依偎进风灏栎的臂弯，流着泪说道，"有你这几句话，即使让我马上死去我也没有遗憾了。"

风灏栎笑着拭去紫蝶的眼泪，叹息着说道："你们女人就是太敏感。其实有的时候我特别羡慕女人。"

"为什么？"

"因为你们有软弱的权利，开心的时候可以哭，难过的时候可以哭。你什么时候见过哪个大男人动不动就掉眼泪的？"风灏栎轻轻捏了捏紫蝶的脸笑道。

紫蝶轻笑着捶打风灏栎的胸膛，破涕为笑。

半夜紫蝶醒来睁开眼睛，蒙眬中只见即将熄灭的篝火，另外一边却不见风灏栎。她的心猛然一紧，急忙爬起来外出寻找。在碧水寒潭边，紫蝶看到风灏栎一个人伫立着，微风吹动着他的衣衫，他修长而挺拔的身影显得落寞而悲凉。

紫蝶不知道他在想些什么，更加不忍心打断他的思考。她知道，风灏栎心里始终放不下深谷之外的亲人，或许她应该成全他的孝心和忠义。紫蝶的内心矛盾挣扎，她多么希望这样的日子可以过一辈子。

其实，她已经没有一辈子了，师父给她的三个月期限已经过了三分之一，她只是想让风灏栎再陪她两个月。即使到了黄泉路上，至少她还有一段如此珍贵的回忆。

紫蝶默默地转身离去，黑夜中她清晰地听到了风灏栎的叹息。

第二天早上，紫蝶看到风灏栎漫不经心地坐在角落里，似乎并没有继续寻找出口的举动。她走到他的身边轻声问道："灏栎，你怎么啦？是不是不舒服？"

"没有，我只是想陪陪你！"风灏栎拉着紫蝶在他身边坐下，让她靠在他的肩膀上。

两个人沉默了很久，紫蝶感受到了风灏栎的不开心。她忽然发觉自己好自私。她留住了风灏栎的人，却留不住他的心，这样的厮守有什么意义呢？"灏栎，我有件事想跟你说！"

"什么事？"风灏栎心不在焉地问道。

"其实我已经找到了离开深谷的办法！"

"你说什么？"风灏栎把紫蝶从怀里拉出来，疑惑地问道，"你指的是……"

"前两天我发现寒潭的水位下降，而潭中的水温也比以往要高。如果我没有猜错，这个寒潭是山谷通向外界的唯一通道。你熟悉水性且内力深厚，想要离开应该不会太难。"

"你为什么要告诉我，而不是继续隐瞒下去？"风灏栎轻拂着紫蝶额前的秀发柔声问道。

"因为……"紫蝶低下头轻咬嘴唇，含泪说道，"我不想再见到你每天都失望而回，不想见到你忧心忡忡，更加不愿意让你有终身的遗憾。灏栎，对不起……我知道是我太自私了，但是我这么做只是想多一些跟你相处的时间……"

风灏栎把紫蝶抱在怀里，无奈地苦笑。“傻瓜，其实……你说的这件事我已经知道了。”

“你知道？”这下轮到紫蝶惊讶了，“那你为什么不离开这里？”

“傻瓜，我知道你对我好，难道我会不心疼你吗？”风灏栎紧紧抱着紫蝶，“我跟你一样很矛盾，外面的世界虽然丰富多彩，但是对我来说，没有你，走到任何地方都是黯淡无光。我想跟你留在这里，静静地守候着你。我们可以结为夫妻，然后生几个孩子，在这个世外桃源平平淡淡过一辈子。”

“可是在我的生命里不能只顾爱情，我离开的这些日子不知道会发生什么事，我必须要出去，扛起原本就应该我去背负的责任。蝶儿，你可不可以体谅我的一片苦心，原谅我的自私。你相信我，我一定会遵守我的诺言娶你为妻。等我把所有的事情都处理完之后，好吗？”

紫蝶没料到风灏栎竟然早就已经知道了出谷的办法，可是他却一直隐忍着没有说，只是为了顾及她的感受。即使对风灏栎有千万般的不舍，她知道她也不能再阻止他离去。紫蝶牵着风灏栎的手来到寒潭边，水中两人的倒影都显得那么无奈。

“灏栎，谢谢你这么多天来一直陪伴在我身边，我不怪你。我爱的正是你的侠肝义胆和忠君爱国。你是个有情有义的人，能得到你的爱我已经很满足了。”

“蝶儿，你不要这么说，我听了会很难过！”

紫蝶轻抚风灏栎的脸庞笑道：“你真傻。我们出去吧！”

“蝶儿，你的内伤还没有痊愈。我先下去探一探潭中的情况，你在这里等我！”风灏栎轻轻吻了吻紫蝶的唇柔声说道。

紫蝶点了点头，风灏栎做了一个深呼吸，一头扎进了寒潭里。紫蝶泪如雨下，一个人需要多大的勇气才能眼睁睁地望着心爱的人离开，她知道一旦离开这个地方之后，他们就不得不去面对更多的艰难险阻。

紫蝶忽然觉得她是那么的脆弱。从前，她的心只属于自己，她为自己而活。现在她终于可以明白，情为何物！所谓的生死相许不足以阐释爱情，她难以想象以后没有风灏栎的日子她该如何度过。

可是，风灏栎跟她真的有结局吗？他是季如月的未婚夫呀！虽然紫蝶一直不愿意承认，但是她与季海雄的关系是无法改变的事实，而季如月呢？紫蝶低头紧握双拳，指甲镶嵌进手掌都没有疼痛的感觉。

紫蝶跪倒在地上，泪流满面地祈祷上苍饶恕她的满身杀孽。她并不是想要篡夺妹妹的幸福，她只剩下两个月的时间，她只想用残存的生命为风灏栎留下一段美好的回忆。

紫蝶在寒潭边上等了整整半个时辰，她焦躁不安，担心风灏栎会出事。她正下决心下去寻找，风灏栎却从水中钻了出来。

“灏栎！”紫蝶松了一口气，伸出手去拉风灏栎。

风灏栎浸泡在水中，绽放出兴奋的笑容："蝶儿，从这个寒潭真的可以通到外面。”

“是啊，既然已经证实了，你快点上来休息一会儿，寒潭下面的路不会封死的。”整整半个时辰没有呼吸到新鲜空气，紫蝶担心以风灏栎的功力未必可以支撑再来一次。

风灏栎握住紫蝶的手，忽然一用力，将紫蝶也拉到了寒潭中。紫蝶不会游泳，下意识搂着风灏栎挣扎了两下。“讨厌死了，吓我一跳！”

“哈哈！”风灏栎搂紧紫蝶的腰，让她整个人依偎在他身上，“我是想让你适应一下水中的温度，越往下水越凉，不过熬过那一段水路就好了。”

“你不上岸休息吗？”风灏栎的迫不及待让紫蝶有些惆怅。

风灏栎忽然低下头霸道地亲吻紫蝶的唇，紫蝶闭上眼睛没有挣扎。风灏栎明白，离开这里之后或许很长一段时间他都不能够肆无忌惮地拥抱心爱的女人。其实，他跟紫蝶一样留恋这深谷中的宁静生活。

寒潭中的温度很低，可是风灏栎却感受到了炙热的煎熬。紫蝶柔若杨柳的腰肢被他用臂弯圈住，他满脑子都被情欲充斥。他放开紫蝶的唇，望着她粉嫩的脸颊，沙哑地说道："蝶儿，我真的好想要你！"

紫蝶躲进风灏栎的怀里，她知道他是一个正人君子，他嘴上所说的渴望与现实举动无关。风灏栎静静地搂着紫蝶，让寒潭中冰凉刺骨的水渐渐浇灭他的欲火。"蝶儿，我们出去吧！我知道你不谙水性，不过你内力深厚，只要记得闭气就好。我会一直牵着你的手。"

"嗯！"紫蝶点点头，学着风灏栎闭上眼睛做了一个深呼吸，慢慢潜入了水中。

在潭水淹没她额头的一瞬间，紫蝶忽然感到了一阵恐惧，几乎就要忘记闭气。这种恐惧来自死亡的威胁，她的耳边不再有任何声音，脑海中一片空白，仿佛整个世界都消失了。孤独和无助像排山倒海一样袭来。

风灏栎似乎感觉到了紫蝶的不适，用力握了握她的手。紫蝶顿时静下心来，思维开始一点一点地恢复，原来风灏栎真的一直在她身边。被人保护和呵护的感觉让紫蝶感到了安全。

她不知道过了多久，风灏栎拉着她钻出了水面，刺眼的阳光让她的眼睛很不适应。

"蝶儿，我们出来了！"风灏栎抱起紫蝶转了两圈。

一瞬间，紫蝶有恍如隔世的错觉。

"灏栎，我们先想办法把衣服弄干吧！"

风灏栎向四周看了看，前面不远处有一个凹谷，他带着紫蝶跳了下去："这里没有更加隐蔽的地方，不适合用火烘烤衣服。我们只能运功将衣服里的水分逼出来。"

紫蝶没有反对，两个人盘腿坐下运功。紫蝶的内功修为在风灏栎之上，可是她不想让风灏栎觉得他们之间的差距太大，于是故意放慢了速度。

两个人将衣服弄干之后又花费了大半天的时间才走出大山，在附近找了一个小镇落脚。此时风灏栎才发觉了一件尴尬的事情，两个人身上都没有银两，因此找到客栈也没办法投宿。

紫蝶望着风灏栎一脸无奈的样子放声大笑，她的笑容让风灏栎的阴霾一扫而空，他笑着问道："紫蝶姑娘，你现在还笑得出来？请问我们晚上住哪儿？总不能睡大街上吧！"

"我都不怕露宿街头，你怕什么？"紫蝶挽着风灏栎的手臂说道。

"我当然怕，我怎么能让你跟着我吃这种苦呢？"

风灏栎的话让紫蝶的心涌起了一股暖意。紫蝶拔下头上的发簪，去当铺换了几两碎银子，塞在风灏栎的手中说道："好了，晚上可以住客栈，还能吃一顿饭了！"

风灏栎从来没有想过堂堂锦衣卫指挥使，竟然落到了这般悲惨的地步。他握着紫蝶的手，几次欲言又止！

"如果你真的把我当成自己人，就什么也别说！"紫蝶轻捂风灏栎的唇说道。

遥远的责任

在穷乡僻壤的地方，客栈居然也会客满。风灏栎已经预计到了今天晚上又是个不眠之夜。老天爷似乎在考验他的定力，总是让他与紫蝶共处一室，暧昧的气氛在夜间流淌，可是他却必须遵守君子的处事原则。

紫蝶躺在床上翻来覆去睡不着，轻轻撩开纱帐，望着背对着他睡在地上的风灏栎，有无数的留恋与不舍。她不知道该怎么向他开口。"灏栎，你睡了吗？"

风灏栎翻个身，听着黑暗中紫蝶温柔的声音，强迫自己不去胡思乱想，回答："没有！你怎么还不睡？明天还要赶路呢，到了下一个驿站我们就可以骑马，也不用担心盘缠的问题了。"

"灏栎，我……我不跟你回京了。"

"为什么？我们不是说好了以后不再分开的吗？"

“你还记得明天是什么日子吗？”

风灏栎愣住了，紫蝶不提他几乎就要忘记，明天是他跟季如月成亲的日子。以前他一直都以为成亲遥遥无期，却不知道原来已经迫在眉睫。他不可能在天亮之前赶回京城，是他对不起季如月。

“灏栎，我知道你对我的情意，可是季如月毕竟是你的未婚妻。我也是女人，她这些日子的煎熬和痛苦，即使我看不见也同样可以体会。你回京之后应该给她一个解释和交代，但只能是你一个人去。”

“你没有准时回去与她成亲，她已经很伤心了。如果再让她看到你带着其他女人，你让她情何以堪？”

紫蝶的这番话让风灏栎觉得无地自容。他敬佩紫蝶的胸襟，也心疼季如月的处境。他忽然觉得很害怕，他知道紫蝶和季如月同样深爱着他，可是他的心里却只能装得下一个人。爱情和责任，他必须要舍弃一样。

自私一次吧，爱情不都是自私的吗？风灏栎起身坐到床边扶起紫蝶，将她轻轻护在怀里。“蝶儿，我舍不得与你分开，但是我又怎么能忍心看着你难过？既然你不愿意与我回京，我不勉强你，但是你要答应我一件事。”

“什么事？”

“你可以不跟我回京城，但是必须跟我一起上路。我必须要随时知道你的消息，将你安顿在我的势力范围之内。只有时刻知道你是安全的，我才能理智地去处理其他事情，你明白吗？”

风灏栎知道，自从紫蝶背叛了喋血令之后，喋血令主就对她下了追杀令，紫蝶虽然武艺高强，可她毕竟是一介女流，何况紫蝶是喋血令主调教出来的，她当然就会有办法对付紫蝶。

紫蝶明白风灏栎的良苦用心，依靠在他怀里用力点了点头。其实风灏栎不了解她内心的苦，她怎么忍心告诉他，她只能再活两个月。就算到了黄泉路上，她也不愿意看见他为她伤心难过。紫蝶只好随机应变，暗自下定决心找个合适的机会离开风灏栎的身边。

从此音讯全无，总好过让他体验生离死别之苦。

风灏栎正想安顿紫蝶睡下，却听到了院子里一阵喧哗，紧接着便是兵刃交接的声音。

“他奶奶的，你们东厂竟然敢公然跟我们锦衣卫叫板，信不信老子一刀一个全宰了！”

“哼，你才不知死活，敢跟魏公公作对。”

“我呸，你们四肢健全，居然给那条阉狗卖命！还好意思跟祖宗姓？我见过不要脸的，没见过你们这些根本就没脸的家伙！”

风灏栎仔细聆听，笑道：“是秦大海，别看他书念得少，骂起人来还真是妙语连珠！蝶儿，你在房里等我别出来，我出去看看！”风灏栎已经知道紫蝶的武功在他之上，却始终把她当作弱女子来保护。

秦大海拔出钢刀，大手一挥，他的手下便朝田尔耕和孙云鹤涌了过去。

田尔耕和孙云鹤二人的手下，看着凶神恶煞的锦衣卫冲过来不由得双腿打战，边打边喊道：“秦大海，你敢杀我们？私自杀掉朝廷命官你也会不得好死！”

“嘿嘿，我拿你们的尸体去喂野狗，谁知道你们俩死在这荒山野岭？皇上知道又怎么样？我一人吃饱全家不饿，死就死呗。杀一个我够本，杀两个我赚一个！”秦大海满不在乎地说道。

田尔耕和孙云鹤听说过秦大海的脾气，知道这种事情他真做得出来，不由得直冒冷汗，正琢磨着怎么脱身，这时从另一边传来一声呵斥：“住手！”

秦大海循着声音望去，看到熟悉的身影伫立在月光之下，不由得一阵激动，疾步走到风灏栎面前在他肩膀上狠狠捶了一拳。“我就知道，你小子哪儿那么容易死呀！”

田尔耕和孙云鹤在见到风灏栎的一刹那冷汗便下来了，想不到那么高的悬崖竟然没把他摔死，现在竟然毫发无伤地站在他们面前。

“你们说得没错，擅自处决朝廷命官是死罪。”风灏栎冷冷地说道，“回京之后我一定禀明圣上，你们二位就准备到我们锦衣卫的诏狱里面住几天吧！”

“风灏栎，你擅自劫持朝廷钦命要犯，你以为你回京之后还能见到皇上吗？”田尔耕握紧长剑给自己壮胆。

“能不能见到皇上你说了不算。你自己押送犯人不利却将责任推到我的身上，你有什么证据？”

“你跟喋血令的妖女勾结，她就是最好的证据！”孙云鹤指了指风灏栎身后的紫蝶说道。

风灏栎转身看到紫蝶已经站在了他的背后，脱下长衫披在她身上柔声说：“蝶儿，你怎么出来啦？”

秦大海在见到紫蝶的时候脑袋就胀大了，挥挥手吩咐手下：“把这两个孬种押下去听候风大人发落。全部退下吧！”

秦大海意外发现紫蝶和风灏栎同住一个房间，他挠挠头思想开始漂浮起来，暧昧地冲风灏栎笑了笑问道：“怎么处置那两个家伙？”

“蝶儿，你先回房间去休息吧！”风灏栎有很多事想要询问秦大海，他不想把紫蝶带入朝廷斗争当中。紫蝶乖巧地点了点头，朝秦大海笑了笑便回了房间。

“大海……”

“哎，你不用跟我解释，我明白，完全明白！”秦大海一本正经地望着风灏栎说道。

风灏栎哭笑不得：“你明白什么？”

“你作为一个正常的男人，跟美貌无双的蝶恋仙子同行，孤男寡女的发生点儿什么事情也是正常的嘛！你放心，季大小姐那边我替你保密。”

看着秦大海一副讲义气的模样，风灏栎就知道他脑子里肯定在想一些龌龊的事情。“我给你解释个屁，你是我爹呀？别说我跟紫蝶清清白白什么都没发生过，即使有，我也不需要跟你解释！”

“那你想跟我说什么？”秦大海嗤之以鼻。

“我是想问你，这几天有没有发生什么重要的事！”

“哼，你现在知道着急啦？最重要的事情肯定发生在京城嘛。明天本来是你跟季小姐成亲的日子，你现在就算插上翅膀也赶不及回去了。前几天我见过侯爷了，我让他先回京城收拾烂摊子。”

知道大哥安然无恙，风灏栎总算是了了一桩心事。他知道他很对不起季如月，可是世事难料，他完全控制不了。

秦大海沉默了一会儿，朝房间里张望了一番，轻声对风灏栎说道：“我还以为你跟紫蝶姑娘私奔了呢。灏栎，虽然你是我的顶头上司，可我还是要说，你这事干得太不地道了，跟逃婚似的，你说你一个大男人……人家季大小姐虽然任性难伺候，可怎么说对你也是一往情深，你……”

“唉……”风灏栎叹了口气，秦大海的批评他照单全收。

“天亮以后快马加鞭赶回京城。过了明天以后京城会地震！”

第二天一大早，风灏栎命秦大海准备了快马，吩咐亲信沿途押送孙云鹤和田尔耕回京城，他则带着紫蝶和秦大海先行赶路。两天以后的正午，三人在客栈中用膳，听到了一个惊天动地的消息。

辽东失陷了！

“怎么会这样？”风灏栎手指一用力，手中的杯子被捏成了碎片，“大海，你出去打听一下看看消息是否可靠，我跟紫蝶在这里等你！”

秦大海应了一声便出去了。

紫蝶看到风灏栎心浮气躁的模样，重新倒了一杯水给他，安抚道：“你别担心，也许只是谣传。”

风灏栎心不在焉地点了点头，只过了半炷香的时间，秦大海便骂骂咧咧地回来了，一口气灌下一壶酒之后骂道：“他娘的，消息非常可靠！整个辽东地区都被金狗占领了。熊延弼带着十万多军民退进了山海关。”

“不可能的，我大哥虽然回了京城，可是我大明还是有许多经验丰富的将领镇守，怎么会在这么短的时间内丢失整个辽东？”风灏栎的脸色都变了。

秦大海挠挠头说道：“我听说孙得功那个叛徒哗变！”

“按理来说，辽东不会这么快丢失。”紫蝶冷静地分析道，“即使孙得功叛变，广宁失守，但是金军主力不可能这么快到达广宁。以熊延弼在军中的威望，又有一支可靠且战斗力强大的亲军，只要固守宁远跟前屯，金军兵力有限，是无法深入的！”

“咦？紫蝶姑娘，你还懂这些？”秦大海咧嘴对紫蝶笑了笑。

紫蝶曾经潜伏在京城一段时间搜集情报，对熊延弼这个人做过很详细的调查。此人虽然脾气暴躁人缘极差，却是一个难得的将才。

“只怕熊延弼未尽全力呀！”风灏栎悲叹一声，为失去家园的百姓感到悲哀，“蝶儿，有些事你不明白。我们尽快赶回京城去！”

其实对于风灏栎的感慨，紫蝶多少能猜到一点儿。喋血令主既然要帮努尔哈赤入侵大明，对镇守的将领自然格外的在意。根据她掌握的情报，熊延弼与辽东巡抚王化贞不和，两个人在战事策略上的态度完全不同：王化贞主战，熊延弼主守。

名义上熊延弼的官职在王化贞之上，可是王化贞手中的兵力要比熊延弼多。王化贞上任之时扬言在三个月之内击退金兵，也确实做了许多战前准备，可是事情发展到现在明显事与愿违了。

辽东失陷的消息传到京城，朝野震惊！

季海雄接到消息的时候马上进宫面圣，却被魏忠贤拦在了宫门之外。他咬牙切齿地回到家中，看到季如月独自坐在花园里对着花草发呆。长期以来，他对风灏栎都非常满意，可是这一次，成亲这么大的事情风灏栎居然都不出现，这让季海雄充满了愤怒和不安。

自从风灏南回到京城之后便马上向刑部自首，朝中势力分成了两派，以魏忠贤为首的人都上书要求处斩风灏南。而皇上却整日沉浸在后宫摆弄着他的木头，让满朝文武无可奈何。

“如月，怎么一个人坐在这里？外面风大，回房间去吧！”季海雄有再多烦恼，面对掌上明珠般的女儿，他也狠不下心肠不管不顾。

季如月抬起头幽怨地望着父亲说道：“爹，您有没有派人去找灏栎哥哥？他为什么不回来跟我成亲，他会不会出事啦？”

根据季海雄接到的消息，风灏栎真的已经出事了。他不敢跟季如月说实话，笑着安慰道：“你别傻了，灏栎武艺高强才智过人，他一定会平安回来。现在辽东失守天下大乱，或许他有重要的事情耽搁了。你应该体谅他！”

“还有什么事比我们成亲更重要？”季如月潸然泪下，“我知道他根本就不愿意娶我。他怎么可以这样对我，他一走了之我该怎么办，以后我还怎么出去见人……”

“傻孩子，灏栎他不是那样的人！”季海雄忽然想起了紫蝶，他看得出来风灏栎真心爱的人是他的另外一个女儿。

“大人，赵大人和杨大人来了！”家丁的禀报打断了季海雄的思绪，他吩咐下人送季如月回房间，疾步往客厅走去。两个顾命大臣同时到来，一定有重要的事情发生。季海雄暂时抛开家长里短，想起了失守的那一大片国土，不由得痛心疾首。

乱世情依旧

风灏栎带着紫蝶与秦大海日夜兼程赶回京城，沿途走来看到的是人心惶惶的百姓。

“灏栎，再过半个时辰天就黑透了，咱就算到了京城，城门也已经关闭了。不如先找家客栈住下，等天亮以后再进城吧！”秦大海勒住马脖子提议道。

风灏栎抬起头看了看已经昏暗的天空，这么多天他一直埋头赶路，都没顾及紫蝶的伤势，心疼不已。“好吧！”

风灏栎心事重重，离京城越近他的心就越乱。此时国家正值多事之秋，他应该心无旁骛地替皇上分忧，但是儿女私情却扰得他难以平静。回京之后他该怎么向季如月交代？风灏栎站在窗口仰望着星空，默默叹息。

“灏栎，你睡了吗？”

紫蝶的叫唤把风灏栎的思绪拉了回来，风灏栎打开房门，看到紫蝶手中拿着托盘，笑盈盈地望着他。

“这么晚了你怎么还不休息？”

“晚饭的时候你只吃了一点点，我看你房里的灯还亮着，就去厨房给你煮了一碗面。你趁热吃吧！”这一路走来，紫蝶可以体会风灏栎的痛苦，以她的立场，她不知道该怎么安慰他，唯一能做的事情便是沉默。

风灏栎拉着紫蝶坐下，虽然没什么胃口，但是也不想拂了紫蝶的一番好意。

“灏栎，明天你跟秦大人进城，我……我留在这里。”紫蝶轻声说道。

风灏栎愣了一下，握着紫蝶的手说道：“蝶儿，我们不是说好了再也不分开的吗？你为什么又不愿意跟我回去？”风灏栎一直都在纠结，但是当他意识到紫蝶要离开他的时候，他忽然觉得所有的一切都不重要了，只有紫蝶才是他最想要的人。

紫蝶微笑，伸手轻抚风灏栎的脸庞：“真是个傻瓜，我们说好了不分开，是心不再分开。我知道让你夹在我和季大小姐之间很为难。不管怎么说，你跟她有婚约在先，是我的出现掠夺了原本属于她的幸福。”

“我也是女人，如果有一天你不爱我了，我会生不如死。这种痛苦也许你一辈子都不会明白。婚礼上你没有出现，她一定伤透了心。如果你再带着我回去见她，你让她情何以堪呢？你放心，我会等你，给你时间。你找个适当的机会跟她说，毕竟，是我们对不起她！”

紫蝶的一番话让风灏栎感到很惭愧，在感情上他优柔寡断顾此失彼，伤害了紫蝶，也伤害了季如月。他把紫蝶轻轻揽进怀里，抱歉地说道：“蝶儿，我真是没用，总是让你难过。可是如果让你一个人留在这里，我又怎么放心？”

风灏栎知道喋血令主对紫蝶下了喋血令，即使紫蝶武艺高强也是暗箭难防。“蝶儿，离这儿三十里外有一座庄园，是风家的祖产。我明天送你去那里暂住，你相信我，等我处理完所有的事情之后就去找你，好吗？”

那座别院是嘉靖皇帝所赐，朝中任何官员，没有皇上的圣旨都不得擅自闯入。风灏栎需要把紫蝶安顿在他的势力范围之内。他承认他这么做的私心是不希望朱常洵骚扰紫蝶。

紫蝶没有拒绝，风灏栎有太多的事情需要去做，她不忍心再增添他的负担。静静地依偎在风灏栎的怀里，紫蝶不知道，过了今晚，两人是否还会有这样深情相拥的机会。

第二天风灏栎坚持送紫蝶到了别院，千叮万嘱下人要细心照顾她，随后才带着秦大海依依不舍地离去。

风灏栎到家的第一件事是向风老夫人报了平安，随即换上官服进宫面圣。风灏栎一出现就在朝中激起了千层浪。他擅自劫走由东厂押送回京的风灏南，虽然风灏南已经自首并被关进了刑部大牢，可还是让魏忠贤等人抓住了把柄，朝中依附魏忠贤的言官纷纷上书弹劾。

东林党人为了自己的利益力保风灏栎，加上锦衣卫的势力，一时之间魏忠贤竟然奈何不了他。风灏栎做的第二件事是将风灏南从刑部大牢中转到了锦衣卫的诏狱，虽然季海雄身为刑部尚书，不至于对风灏南不利，可是风灏栎依然坚持让兄长在他的势力范围之内。

风灏栎一回来便雷厉风行地处理完了一些大事，对他来说，朝廷中的各种争斗他都游刃有余，唯独愧对一个深爱他的女人。他徘徊在季府门口，迟迟鼓不起勇气进去。一道闪电划过，在毫无征兆的情况下下起了瓢泼大雨。

风灏栎哀叹一声，不管有多么难开口，总该做一个了断吧！他正欲转身去敲门，发觉头顶多了一把伞。“如月！”风灏栎像做错了事情的孩子，不敢正视季如月哀怨的双眼，不由自主地低下了头。

“你回来了！为什么站在这里淋雨？进去吧，我亲手做了你最爱吃的糕点！”季如月若无其事地挽着风灏栎的胳膊，笑容灿烂，“走吧！”

“如月！”风灏栎拉住季如月，低声说道，“对不起！”

“为什么要说对不起？是因为你赶不回来跟我成亲吗？没关系，我没怪你。我们再挑一个日子就可以了！”

“如月，你听我说……”

“你什么都不用说，我真的没怪你。灏栎哥哥，我……我好累，我要回去休息了，你……你明天再来看我吧！”

“如月！”风灏栎扳过季如月的肩膀强迫她望着自己，“你听我说句话好不好！”

“我不听，我不要听！”季如月崩溃了，泪如雨下。她站在门后一直看着风灏栎在犹豫，在徘徊，她意识到她会失去风灏栎。她可以什么都没有，可是她不能没有风灏栎。她爱他，她已经把他当成了生命中的全部。“我求求你不要这么残忍，灏栎哥哥，我求你了……”

风灏栎的心顿时软了下来，组织了千万遍的语言被季如月的泪水冲刷掉了。他是真的心疼，一个柔弱痴情的女子需要承受多大的压力和勇气，在千夫所指的氛围中等他回来。这份情，他又怎么可以辜负！

冒出这个念头的时候，风灏栎恨不得狠狠地甩自己一个耳光。答应与季如月成亲已经是他今生犯下的最大的错误，他怎么可以一错再错。他对季如月有着妹妹般的疼爱与呵护，却始终培养不出那一份刻骨铭心的深爱。

风灏栎能够体会失去挚爱的痛苦，但是他也相信季如月可以找到一个真心真意爱着她的男人，有一份完美的只属于她一个人的爱情。

“如月，你一定要听！”风灏栎捧着季如月的脸，心如刀割，“我知道你对我很好，我……”

“灏栎哥哥你不要再说了，我只想听你说一句你爱我，一句就够了。可是为什么你不说，你从来都不说！”季如月号啕大哭，“我不要你跟我道歉，我只要你娶我。”

“我们成亲期限的前一晚，我穿上霞帔，戴上凤冠，我一直在等你。我明知道你不会来，可是我还是愿意等下去。我告诉自己，你是一个重情重义的男子汉，你答应了要娶我你一定会回来，但是为什么……为什么你要让我失望？现在你想跟我说什么？除了‘我爱你’，我什么都不想听！”

“我……”风灏栎在一瞬间变得无话可说。

季如月望着风灏栎闪躲的眼神问道：“我可以不问这些日子你去了哪里，可以不计较你跟谁在一起，但是如果你敢做对不起我的事情，我一定会让你后悔一辈子！”季如月咬牙切齿的话让风灏栎不禁打了一个寒战，因为他在季如月的眼中看到了视死如归。

浑浑噩噩地回到家中，风灏栎倒在床上便睡了过去。

紫蝶在风家的别院中小心翼翼地修葺着花草，风灏栎走了已经整整三天，却音讯全无。她没有刻意去打听任何事情，在这阳光明媚的午后，她可以坐在凉亭中静静地抚琴。能够肆无忌惮地想念一个人，何尝不是一种幸福。

紫蝶终于能够体会为什么母亲临死之前仍然想念那个负心薄幸的男人。也许到了最后，那份深深的爱恋已经成了一种信念。它支撑着母亲，让她有活下去的勇气。

“紫蝶姑娘，您的冰糖燕窝！”丫鬟把托盘放在紫蝶面前，恭敬地向后退了三步。

风灏栎临走之前吩咐下人，每天的这个时候都为她送来冰糖燕窝，让她滋补身体。她的伤势在慢慢恢复，可是心态却变得越来越沉重。

“紫蝶姑娘，兵部尚书季大人来了，他说想见您，您看……”管家小心翼翼地低头向紫蝶汇报，风家在朝中的地位虽然稳固，可是季海雄是一个特殊的人物，他对紫蝶的礼敬让管家费解。

紫蝶闭上眼睛，长长的睫毛覆盖住了眼睑，轻声的叹息让她自己的心都变得很疼。“你请他进来吧！”

季海雄再一次见到了紫蝶，紫蝶遣退围绕在身边的下人，背对着季海雄不说话。

季海雄走到紫蝶身边，望着她忧伤的侧脸，千言万语哽在喉头难以启齿。这些年来午夜梦回的时候，他的脑海中总是浮现出那张哀怨而绝美的容颜，他深爱过的结发妻子，被他无情抛弃的结发妻子。“蝶儿，你……身体还好吗？听灏栎说你受了内伤！”

“我没事了，你今天来找我不是特意来探望我的病情吧！”

紫蝶遗传了她母亲所有的优点，聪慧、睿智、美丽，更难得的是她的冷静。可是季海雄却感到了无形的压力。

“蝶儿，你和灏栎……是好朋友，你应该知道他和如月有婚约……”季海雄重重地叹气，“昨天灏栎来找了如月以后，那傻丫头把自己关在房间里不吃不喝，我……”

“你不忍心看着你的宝贝女儿伤心难过，所以你今天来这里找我，想让我主动离开灏栎，是吗？”紫蝶回头正视着季海雄，小时候所经历的磨难开始在脑海中回放，那一幕幕记忆犹新的片段让她心如刀割。

“我知道这个要求会很过分……可是……我愿意用其他方式来补偿你！”季海雄急切地说道，“毕竟，如月她……是你的妹妹，而且你比她要坚强！”

“妹妹？”紫蝶凄凉地冷笑，“你们季家何时承认过有我这个女儿，我又何来的妹妹？”

“是爹对不起你，你要怎么报复怎么怪罪都没关系，只是你千万别把这种怨恨发泄在如月身上。她把灏栎当成是她的全部，她不能失去灏栎！”

紫蝶从来没有像现在这样愤怒过，她瞪着季海雄流下了伤心的泪水，哭着说道："你觉得我跟风灏栎在一起是为了报复你？是为了要抢走季如月的如意郎君？你有没有想过我也是真心爱着风灏栎？你为了你的女儿跑来找我，理直气壮地要求我离开我深爱的人，你有把我当成你的女儿吗？"

"这么多年来你有照顾过我一天吗？现在你跟我说这些话，你有顾及我的感受吗？为什么我要比季如月坚强，因为我从小就没有父亲的庇护。我亲眼看着娘亲死在我的面前，这种撕心裂肺的痛苦，如果不学会坚强，我能活到现在吗？"

紫蝶泪如雨下，许多年前的那个晚上，她以为她的心已经死了，直到遇见风灏栎，她才知道原来在这个世界上，还有值得她留恋的东西。可是今天季海雄却触碰到了她内心深处最柔软的地方，她的委屈在一瞬间爆发出来。

"蝶儿，对不起，是爹不好，让你们母女二人吃了很多苦，我也很后悔，你给我一次机会补偿你，好不好？"季海雄在紫蝶的身上看到了妻子樱若的影子，她的倔强和执着让他心疼。

"补偿，你拿什么补偿？你能还我一个快乐的童年吗？对不起？你有什么资格跟我说对不起！将来到了九泉之下你去跟我娘说吧！"紫蝶做了一个深呼吸，擦去脸上的泪痕说道。

"不管怎么样，请你不要伤害你妹妹，千错万错都是我一个人的错呀！"季海雄摇头长叹，这样一段冤孽让他相信了天理循环。

往事已如烟

季海雄的执迷不悟让紫蝶心力交瘁。"我是一个杀手，所以在你心目中就应该是卑鄙无耻不择手段，因为你觉得我不配拥有单纯的爱情是吗？"

"不，爹不是这个意思，我只是……"

"你什么都不用说。"紫蝶打断季海雄的解释，走到花园中央，望着花间翩然起舞的蝴蝶，感到深深的绝望，“如果上天可以给我机会，即使我粉身碎骨都不会离开灏栎。他是我生存下去的唯一勇气。

“可惜，像我这样的杀手又怎么配得上灏栎，我已经不奢望可以跟他长相厮守。我吞下了师父给我的毒药，我的命还剩下不到两个月的时间。我只是想在这有限的生命里陪伴在灏栎的身边，即使到了黄泉路上我也没有遗憾了。

“我希望在灏栎白发苍苍的时候还能记起曾经有一个人，真心真意地爱过他，就足够了！可是为什么你连这点小小的愿望都要来剥夺？”

紫蝶忍不住再次泪如泉涌。季海雄是她的父亲，是她在这个世界上唯一的亲人。她觉得就算全世界的人都阻拦她和风灏栎在一起，只有季海雄不能阻拦，也没资格阻拦。

“蝶儿，你刚才说你中了毒？”季海雄心惊了一下。

“是，所以你不用担心我会跟你的宝贝女儿争夺相公，只要过了这两个月，这个世界上再也不会有紫蝶这个人！”紫蝶竭力克制着浮动的情绪，坚强地装作仿佛事不关己。

“蝶儿，为什么你要把爹想得这么坏？你也是我的女儿，我怎么忍心看着你死！你的医术那么好，你一定有办法可以救你自己的。你告诉我需要用什么药，我会尽我所能帮你找到，哪怕是要我这条命！”

“蝶儿，你刚才说什么？”风灏栎站在不远处听着季海雄和紫蝶的谈话，他们的父女关系已经让他诧异不已，却听到了一个更加悲惨的噩耗。

“灏栎？”季海雄一下子变得极为尴尬，站立在原地有些不知所措。

风灏栎的注意力却不在季海雄身上，径直走到紫蝶身边，轻轻按着她的肩膀柔声问道：“蝶儿，你刚才说的是真的吗？”

紫蝶没想过让风灏栎这么快知道这件事，他有太多的事情要做，她怎么忍心增加他的负担。紫蝶的手掌轻轻覆盖着风灏栎的脸庞，泪水滴落的时候她听到了自己心碎的声音：“灏栎，对不起，我不能陪着你一直走下去了。”

风灏栎紧握紫蝶的手，不顾季海雄在场，把她紧紧揽在怀里：“蝶儿，你一定有办法解毒的是不是？”

紫蝶在风灏栎的怀里摇头，她不想给他虚假的希望：“我师父对我下的是什么毒我都不知道，我又怎么可能解毒。灏栎，你不要难过，至少我们还有两个月的时间，对我来说，足够了。”

“可是对我来说不够！”风灏栎把紫蝶从怀里拉出来，拭去她的泪水哽咽地说道，“我说过要照顾你一辈子，我以为至少我们还有几十年的时间，所以我忙着去处理其他事情。我真的是希望在我们老的时候，我还能牵着你的手，吹箫给你听，看着蝴蝶围绕在你身边，你永远都是我最美的蝶儿。”

“你为什么不早点告诉我你中了毒？早知道是这样，我宁愿跟你留在那个谷底，安安静静地守护着你。”风灏栎的手在颤抖，这一刻他深切地体会到什么是切肤之痛。紫蝶是他生命中唯一深爱的女人，如果没有了他，他的人生还算是完整的吗？

季海雄的心在滴血，紫蝶是他和樱若的女儿，当初他为了可以在朝中谋得一官半职，狠心抛弃了她们，如果不是他的绝情和自私，紫蝶又怎么会受那么多的苦？紫蝶说得对，他有什么资格来要求她再次做出牺牲。季海雄默默地转身离去，剩下的两个月时间，他怎么再忍心剥夺她仅存的希望？

风灏栎拥着紫蝶坐在花园的草坪上，从下午到晚上，从夕阳西下到明月当空，风灏栎始终都不愿意放开紫蝶。紫蝶倚靠在风灏栎的肩膀上，这份宁静的幸福让她忘记了死亡的威胁。

“今天晚上没有星星！”微风吹过，紫蝶下意识地往风灏栎的怀里躲。

风灏栎加重力道抱紧紫蝶，微笑着说道：“没关系，今天的月色也一样很美！”

“你不是应该有话要问我的吗？”

“如果你不想说我就不问！”风灏栎此时终于能明白为什么那天紫蝶甘愿舍命维护季海雄，情愿让毒针打在她自己身上，或许这就是血脉相连的本能吧！

紫蝶从风灏栎的怀里出来，仰起头凝望着他的眼睛，许久才笑着说道：“我在你的眼睛里看到了两个字！”

“什么字？”

“好奇！”

风灏栎失笑，紫蝶在这个时候还想尽办法让他开心，若真能得妻如此，折寿十年又何妨呢！“蝶儿，如果那是一段伤心的往事，那就不要说了。过去的已经过去了，以后有我在你身边，我不会再让你吃苦。”

“我的每一件事都应该让你知道！”紫蝶拿起风灏栎的手放在自己脸上，缓缓地诉说那段心酸的记忆。

紫蝶原本姓季，名梦蝶，她的父亲叫季浩，母亲闺名叫樱若。

二十多年前，季浩进京赶考，路上遇到了强盗，不仅钱财被洗劫一空，就连生命也危在旦夕。那个夏天的傍晚，下起了百年一遇的瓢泼大雨，季浩以为自己必死无疑，昏迷之前他看到了一个身穿白衣的绝世佳人。

季浩醒来的时候身处一间简陋的竹屋，模糊的视线中看到窈窕的身影在晃动。就是这个叫樱若的女子，救了他的命。

那个时候樱若十九岁，是远近闻名的美人，不仅容貌清丽脱俗，而且心地善良。樱若家中世代行医，家中只有父亲和兄长。善良的一家人收留了身受重伤且身无分文的季浩。季浩被樱若的美貌深深吸引，樱若也折服于季浩的文采风流与风度翩翩，两个年轻人的心渐渐靠拢在一起。

季浩的伤势痊愈之后，已经错过了赶考的时间。他悲伤难过，情绪低落。樱若没有嫌弃他的贫寒，拒绝了许多富贵人家的提亲，毅然嫁给季浩为妻。婚后夫妻二人形影不离，季浩帮助岳父打理着药铺，日子过得虽然不富裕，却温馨而美满。

樱若在第二年生下了一个可爱的女婴，因为生产的前一晚她梦见了很多飞舞的蝴蝶，因此给女儿取名季梦蝶。

季浩满腹经纶才华横溢，樱若知道他不甘心一辈子留在乡野民间，于是便鼓励他继续读书进京赶考。季浩在妻子的支持下，不顾尚在襁褓中的女儿，再次踏上了赶考之路。

季浩走后樱若只能独自抚养女儿，父兄的照顾让她和女儿的生活还算不错。季浩走之前发下重誓，高中之日必定会回来接走樱若和梦蝶。

一年又一年，季浩音讯全无。

所有人都说季浩不会再回来，很多人上门提亲劝樱若改嫁，樱若用沉默拒绝，她坚信她的相公一定会回来。在没有期限的等待中，樱若的父亲去世了，大哥也娶了嫂子回来。所有人都认定季浩不会再回来。

梦蝶在渐渐长大，她经常看见舅妈打骂母亲，她除了哭什么都做不了。

在一个大雪纷飞的晚上，舅舅眼睁睁地看着舅妈把她们母女俩赶出了家门。樱若背着年幼的梦蝶，一路乞讨到了京城，四处打听季浩的下落。

几个月之后，樱若在街上看到了一个气宇轩昂的男人，他刚刚被皇上加官进爵，正骑着高头大马游街，那个男人，正是她等待了整整六年的丈夫。许多个无助的晚上，樱若担心的不是他不会回来，而是害怕他已经不在人世。

樱若抱着梦蝶一路尾随，直到看见季浩进了一间大院的门。此时她才知道，那一年季浩中了探花，娶了当时吏部尚书的千金，之后的几年里，他官运亨通平步青云。在那个时候，樱若还有着一些幻想，她带着紫蝶跪在季府门口整整三天三夜，才看到季浩从里面出来。

梦蝶最深的印象，是一个雍容华贵的夫人指着母亲的鼻子大骂，而那个男人，母亲让她叫爹的男人，却始终冷眼旁观，什么话都没有说。梦蝶躲在母亲的怀抱里，眼睁睁地看着家丁手中的棍子打在母亲身上。

她永远都记得季浩转身走开时的那个背影。

那个晚上，伤痕累累的母亲回到破庙之中便陷入了昏迷，梦蝶不停地哭不停地叫，母亲睁开眼睛握着她纤弱的手，嘱咐她要勇敢地活下去，不要怨恨父亲，然后安详地闭上了眼睛。梦蝶听到了震耳欲聋的雷声，她永远忘不了那晚的大雨倾盆。

风灏栎静静地听完紫蝶的述说，心疼地将她抱得更紧。他从来不知道季海雄有这么绝情的一面，为了荣华富贵居然抛妻弃女，还间接害死了结发妻子。“蝶儿，别说了，那些都已经过去了。”

紫蝶的泪水滴落在风灏栎的手掌，身体微微颤抖。“我永远都忘不了当时那种恐惧，我觉得全世界的人都离开了我，我不知道该怎么办，我只能抱着我娘的尸体不停地哭。我害怕，我以为我也会这样睡过去，再也醒不过来。”

“蝶儿，别怕，以后不管发生什么事我都不会丢下你一个人！我会陪在你的身边，我不会比你先死，我不会让你为我伤心，好吗？”风灏栎低头吻去紫蝶脸上的泪水柔声说。

“我在庙里哭了三天三夜，直到遇见了师父。她帮我埋葬了我娘，带我回百花谷，教我武功，教我琴棋书画，教我奇门遁甲。从那个时候起，我的心就再也没有起过波澜，直到遇见你！”紫蝶把脸埋进风灏栎的胸膛说道，“你是我唯一的爱，我怎么忍心看着你为我难过。灏栎，你要答应我，就算有一天我不在你身边，你也要开心，要幸福，好吗？”

“我们不会分开，不会有那么一天。即使有，也要等到七八十年以后！”风灏栎捧起紫蝶的脸，凝望着她倾城的容颜。老天爷既然创造了一个这么完美的女孩，又怎么狠心将她收回。风灏栎心疼紫蝶坎坷的经历，她原本应该是一个心地善良的好女孩，可是父亲的狠心抛弃让她走上了杀手之路。

这些都不是她的错，风灏栎把紫蝶抱在怀里，如果真的有因果循环天理报应，他愿意替紫蝶承担，就算天打雷劈也无怨无悔。风灏栎轻轻吻上紫蝶的唇，舌尖轻柔地挑开她的贝齿，这一刻，他只想好好爱紫蝶。

紫蝶闭上眼睛回应风灏栎的吻，两个月，足够了！

“二爷,不好了,二爷……”管家匆匆忙忙跑了过来,在院子里东张西望。

风灏栎急忙放开紫蝶，将她护在怀里，咳了两声稳定情绪问道：“什么事？”

“刚才府上的人在四处找您，你快回去吧，将军在牢里吐血了！”

“什么？”风灏栎大吃一惊，风灏南被他从东厂的人手中救下，当时只是受了皮外伤。关在刑部大牢的时候有季海雄暗中照看，也没受到什么虐待。他回来已经把风灏南接到诏狱中，除了没有自由之外其他一切跟在家中没有两样。“备马！蝶儿，我们一起去！”

紫蝶的心已经在开始冒寒意，风灏南突然吐血，莫非是师父让她下的药发作了？糟了，她该怎么跟风灏栎交代？

“蝶儿，走呀！”风灏栎看到紫蝶在发呆，牵起她的手说道。

“灏栎，我去不方便吧！”

“蝶儿，我不想跟你分开，我要你在我的视线范围之内。”风灏栎不知道该怎么跟紫蝶表达他此刻的心情。

“你的医术比太医院的太医好多了，你就当去帮我大哥诊治，好吗？”

紫蝶点了点头，她确实有必要去看一看风灏南的伤势。如果可以在剩下的时间里治好风灏南，那她对风灏栎就真的没有亏欠了，即使将来风灏栎知道是她下的毒，也可以原谅她。

风灏栎和紫蝶赶到的时候，已经有两个太医守候在风灏南的身边。风灏南双目紧闭，脸色泛紫，嘴唇发白，中毒的迹象很明显。

“负责将军膳食的是什么人？马上给我找来！”风灏栎暴跳如雷，他不能容忍在他的势力范围内有人对他的大哥下毒。

“风大人请息怒，以老夫的诊断，风将军中毒很深，至少有半年的时间了，跟最近的饮食绝无关系。”

此时紫蝶正在为风灏南把脉，对风灏栎微微点了点头，赞同太医的看法。紫蝶心里很清楚风灏南中毒是什么时候，现在她已经能够判断出风灏南中的是什么毒，可是……

“相公，相公你醒一醒呀！”蜻蜓接到下人的禀报马上赶来，幸好诏狱在风灏栎的控制之下，她还能够在第一时间见到风灏南。她暗中替风灏南把脉，诧异的目光不由自主地望向紫蝶。

她们三人从小学习的东西都是一样的，唯独医术这一项，紫蝶的造诣远在她和黄莺之上。

“蝶儿，你能诊断出我大哥中的是什么毒吗？”风灏栎急切地问道。

紫蝶点了点头，以眼神示意风灏栎遣退身边的人，当牢房中只剩下蜻蜓和秦大海时，紫蝶才轻叹一声说道：“风将军中的是七虫散。”

“七虫散？啥玩意儿？”秦大海一脸疑惑，蜻蜓却心惊肉跳。

七虫散并不是什么特别奇特的毒药，在喋血令中应用的很少，可是一旦中毒的人，除非有解药，否则很难有机会活下去。

“蝶儿，既然你知道是什么毒药，那就赶紧替我大哥解毒吧！”风灏栎庆幸有紫蝶在身边，可是紫蝶接下来的话却犹如一盆冷水，让他从头凉到脚。

“灏栎，七虫散并不是很复杂的毒。我只要拿到一点儿风将军的血，就可以判断出究竟是哪七种毒虫，但是……”紫蝶情不自禁地瞄了一眼蜻蜓，她的脸色已经变得极为惨白，“要解除七虫散的毒性，必须知道在配制毒药的过程当中七种毒虫的排列次序，然后每天喂风将军吃下一种解药，七天之后便可痊愈。可现在……”

“这不好办啊！咱又不是下毒的人，咋会知道毒虫配制的顺序？”秦大海挠挠头说出了最为难的地方。

紫蝶现在最想不明白的是，风灏南所中的七虫散究竟是不是当日她所下的毒。那个时候她仔细研究过那包毒药，她根本就看不出究竟是什么毒。

而七虫散的药性猛烈，她没有理由在当时看不出来。

蜻蜓细心观察着紫蝶的表情变化，知道她一定有事隐瞒，却并没有当场戳穿她，而是意味深长地看了风灏栎一眼。她默默地守在风灏南身边，暗自思量该从哪里下手去找解药。

“风大人，皇上召您和秦大人进宫呢！”手下前来禀报。

“皇上这个时候找我们，真他娘的稀罕。”在秦大海的眼中，皇上除了会玩弄木头之外就是会投胎，其他一无是处。

“蝶儿，你留下来帮我照顾我大哥，我会尽快赶回来。”风灏栎极度不放心，千叮万嘱之后才离开。

蜻蜓确认所有的人都走远以后，马上扶起风灏南，将自己的功力缓缓注入他的体内。中了七虫散的人只有七天的命，这一点不用紫蝶说她也知道。可是她又怎么忍心眼睁睁地看着最爱的男人死在她面前，自己却什么都做不了。紫蝶刚才之所以没告诉风灏栎，风灏南只有七天的命，是因为她早就料到蜻蜓会以内力替风灏南续命。如果是这样，那风灏南还能活多久就要看天意了。

紫蝶站在牢房门前替蜻蜓看着来往进出的人，大约半个时辰之后，蜻蜓才收回内力，小心翼翼地扶风灏南躺下来。

“灏南身上的毒，是你下的？”蜻蜓直截了当地问道。

“你为什么这么问？”

“除了我之外，没有喋血令的人可以接近他。”

紫蝶并不想隐瞒些什么，如实把情况说了一遍：“我不知道当时我给风灏南下的究竟是不是七虫散，不过你不要太自信。师父既然能安排你潜伏在风灏南身边，就可以安排第二个、第三个……”

“你一定要帮我救活灏南，救了他等于救了你自己！”蜻蜓说道。

紫蝶摇摇头：“我怕我无能为力。”

“不行，你不可以无能为力！”蜻蜓咆哮道，“如果灏南死了，我就会告诉风灏栎是你下的毒，到时候你认为风灏栎还会原谅你吗？”

“你在威胁我？”紫蝶的心高气傲情绪被蜻蜓激发出来，冷笑道，“风灏栎早就知道我的身份，即使毒是我下的，当时也是在我和他在一起之前。何况……”紫蝶不想告诉蜻蜓她命不久矣，“我会尽量帮你延长风灏南的生命，至于能不能找到解药，一切就要看天意了。”

两个人同时陷入了沉默。

这段时间喋血令似乎销声匿迹了，这样的宁静让紫蝶觉得很不安。她原本不想在剩下的时间里再参与任何纷争，可是风灏南这件事却让她不得不再次跟师父作对。蜻蜓义无反顾的爱让她感动，可是能够预见的结局却让她心寒。

直到天亮的时候风灏栎和秦大海才疲惫不堪地回来了，紫蝶从他们两个人的神情中嗅到了不同寻常的气息。风灏栎并不想紫蝶回别院去，他们剩下的时间已经不多，他想她住在他的身边，让他有更多的时间来陪伴她。

紫蝶明白风灏栎的用心，可是让她住到风府，她还是不愿意。虽然她的心中有怨恨，有委屈，可毕竟季如月是她的妹妹，是无辜的，她必须顾及季如月的感受。风灏栎不想拂了紫蝶的意愿，坚持送她回到别院之后才赶回家中。

一夜之间发生那么多事情，风灏栎身心疲惫。就是如此他还是要振作起来，强颜欢笑地去面对家人。他的肩膀上承载了太多的义务和无奈。他不想失去大哥，更加不想失去紫蝶。

第十二章　与君相守成奢望

深情无对错

紫蝶在书房里整整研究了一个晚上，风灏南所中的七种毒虫之毒她全都找了出来，可是依然无能为力。她感到疲惫，一阵头晕目眩之后跌坐在椅子上，眼前一片黑暗。

“紫蝶姑娘，您怎么啦？”丫鬟端着早点进来，看到紫蝶脸色苍白的模样吓了一跳，“我马上差人去找大夫。”

“不用了！”紫蝶拉住丫鬟的手，有气无力地摇了摇头。从前她的身体很好，整个晚上不睡觉根本不会对她有任何影响。她知道体内的毒开始慢慢发作，体质变差只是一个开始。现在风灏栎有太多的事情要做，她不想再让他分心。“我休息一下就没事了，不要惊动二爷！”

紫蝶让丫鬟把东西放下，示意她出去。看着桌子上精致可口的食物，紫蝶一点食欲都没有，相反胃里还一阵翻江倒海。她运功的时候发觉丹田之内有一股气流在涌动,若有似无。她强迫自己吃东西,她一定要坚持下去，她真的很想在死之前治好风灏南。

不仅是为了减轻风灏栎的负担，也想还蜻蜓一段美满的姻缘。将来的事情会怎么样她不知道，她唯一能做的是尽力而为。尽人事，听天命！

紫蝶从墙上取下挂着的玉笛轻抚，拿着它走到花园中，空气中弥漫着的清新花香让她不安的情绪渐渐平复下来。她静静地吹着玉笛，悠扬的笛声在四周飘扬回荡，几只彩色的蝴蝶围绕在她身边翩翩起舞。下人看到这奇异的场景都不由自主地瞪大了眼睛，原来这个世界上真的有仿佛天仙一样的女子，难怪他们家二爷会为了她甘愿背负负心薄幸的骂名。

整整一个上午紫蝶都待在院子里吹笛和赏花，当她抬起头仰望湛蓝的天空时才发现已经接近正午。

“啊！”忽然有人从后面抱着紫蝶，她吓了一跳，轻呼出声。

“蝶儿，对不起，是不是吓到你了？”风灏栎急忙道歉，他以为以紫蝶的武功一定可以察觉到他的靠近。

紫蝶微笑着摇了摇头，她不得不承认最近这段时间过得太安逸，风灏栎给予她的安全感让她几乎快要遗忘了她的杀手身份。如果刚才有人偷袭她，她或许已经死了。“你不是应该有很多事情要做吗？”

风灏栎牵起紫蝶的手放在胸口，低头叹息。他确实有太多未完成的事情，可是紫蝶的伤势却让他时刻牵挂，寝食不安。他们只剩下如此少的时间，他多么希望能时时刻刻都陪伴在她的身边。“蝶儿，我今天来是有事情跟你说！”风灏栎轻抚着紫蝶苍白的脸，心疼地说道，“我要离开几天去办件事。你要好好照顾自己，等我回来，好吗？”

风灏栎在这个时候离开，让紫蝶的内心有强烈的不安：“你走了，风将军怎么办？”

“大嫂会照顾他的！”风灏栎闪躲的眼神避开紫蝶担忧的目光，“我陪你吃饭吧，我很快就要启程了。”

“嗯！”既然风灏栎不愿说，紫蝶就不勉强去问。她安静地陪风灏栎吃完饭，送他离开之后没有回别院，而是直接去了诏狱。

蜻蜓寸步不离地守在风灏南的身边，紫蝶躲开守卫潜入进去，直截了当地问道：“灏栎去了哪里？”

蜻蜓的嘴角扬起一抹胜利的微笑，说道：“你来得比我预计的要晚。”

“我问你风灏栎去了哪里？”紫蝶习惯了不过问风灏栎的事情，但她不是傻瓜。她猜到风灏栎的突然离去一定跟蜻蜓有关。

“他去了百花谷！”蜻蜓的回答让紫蝶胆战心惊。

“是你让他去的？”紫蝶强压着心头的愤怒和不安，除了喋血令的人，进入百花谷都是有去无回。

蜻蜓没想过要对紫蝶撒谎，很坦诚地承认："不错，是我昨天晚上暗中潜入风灏栎的书房留下字条，告诉他只要去百花谷拿到百花玉露丸便可解去灏南所中的毒。"

"他凭什么相信你？"

"你忘了吗？上一次锦衣卫围剿喋血令，也是我给他通风报信，因此他对我深信不疑。"

紫蝶对蜻蜓的行为恨得咬牙切齿。正因为那一次她给风灏栎提供了正确的情报，风灏栎救人心切，明知道是龙潭虎穴也一定会去闯。可是百花玉露丸只是喋血令中的一个传说，究竟有没有这种药，或者拿到以后有没有效果都很难说。"为了一个不确定的传言，你居然让灏栎去送死？你太自私了！"

"自私？谁的爱情不是自私的？"蜻蜓对于紫蝶的怒火没有丝毫的内疚，冷冷地说道，"他不是一直都想救他大哥吗？与其救不活抱憾终身，不如放手一搏，也许还有一线生机。何况毒是你下的，让他来帮你赎罪也是应该的！"

此刻紫蝶才发现，在蜻蜓的骨子里根本就没有变过。她爱风灏南，这种爱仅限于风灏南，其他人的生命在她的眼中形同草芥。她的自私简直令人发指。

"百花谷内机关重重，你以为凭风灏栎可以闯过去吗？"百花谷中许多机关是紫蝶亲自设计，对于丝毫不懂奇门遁甲的风灏栎来说，盲目乱闯只会白白送命。

"他闯不过去，你可以！"蜻蜓绕着紫蝶转了一圈说道，"我知道你不会眼睁睁地看着风灏栎去死！"

紫蝶在极度愤慨之下却发不了火，她终于明白了，蜻蜓原本也没指望风灏栎可以拿到解药，她的真正目的是想让紫蝶进入百花谷取得百花玉露丸。"你想利用我？"紫蝶忽然觉得自己很傻，她还在绞尽脑汁想办法替风灏南解毒，是为了可以让蜻蜓幸福地生活下去，却没想到蜻蜓比她想象中要狠辣得多。

“如果你不想风灏栎死，现在追上去还来得及！”蜻蜓不介意紫蝶看穿她的用意，她卑鄙、她无耻都没关系，她只要风灏南可以好好地活下去。战场上一次一次的出生入死他都挺过来了，像他这样的盖世英雄，就算要死也要死在战场上。

紫蝶已经别无选择，她明知道被蜻蜓利用了也不得不去做，风灏栎如果没有她的帮助一定不可能活着回来。她冷哼一声转身便走，在牢房门口停了下来。“蜻蜓，你的爱究竟是什么我不知道，可是我要你明白，就算风灏南可以侥幸不死，当他知道是你设计害死了他的弟弟，你觉得他还会像以前那样疼爱你吗？”

蜻蜓的心怔了一下，僵立在原地不会说话。她只想着不让风灏南死，却没考虑过紫蝶说的问题。在她的观念里，她和风灏南是夫妻，是一体的，却忘记了在风灏南的世界里，除了她以外还有血浓于水的亲人。

“我不会让灏栎死，不过就算我能拿到解药，可不可以及时送回来就看你的了！”紫蝶说完之后便头也不回地离去，剩下蜻蜓一个人望着昏迷的风灏南发呆。

紫蝶话中的威胁意味儿很重，蜻蜓已经开始后悔这一次的鲁莽。如果风灏栎在这一次行动中送了性命，不仅风灏南不会原谅她，即使紫蝶拿到了解药也一定不会交给她。

紫蝶快马加鞭追赶风灏栎一行人，她知道以风灏栎的焦躁心情一定会日夜兼程赶路，她片刻都不敢耽搁。

百花玉露丸是紫蝶从小就常听到的一个传说。没有人见过它到底是什么模样，只知道它被安放在百花谷的禁地喋血洞中，历代以来只有喋血令的令主才能进去。禁地的四周设置了重重机关，除非可以一一破解，否则根本不可能进去。紫蝶一边赶路一边在思索着这些年来关于喋血洞的记忆，一路走来都没有赶上风灏栎等人，她也不知道现在她是在风灏栎的前面还是后面。

风灏栎的时间有限，神秘人给他的留言中明确告诉他，风灏南最多还能维持一个月的生命。他知道他盲目带人去闯百花谷几乎没有胜算，可这已经是他唯一能走的路。按照神秘人留给他的地图，风灏栎连续赶了五天的路，在第六天的傍晚到了一座山的脚下。他带着精挑细选出来的心腹高手，连夜上山。

“风大人，外界传言百花谷四季如春像人间仙境，可是我怎么感觉这个地方阴森森的，有点儿恐怖呢！”

迎面吹来的风刚劲如刀，风灏栎也觉得这与江湖传言相差太大了。他从怀中掏出神秘人留下的那张地图，地图显示百花谷的入口是在一处隐蔽的山洞之内，他带着手下在附近一带小心翼翼地搜索，直到月亮高挂依然一无所获。

“风大人，会不会是那个神秘人提供的消息不可靠？”

风灏栎蹙眉沉思，按照正常的逻辑，对方既然提供线索给他，那么就不应该还有所隐瞒。他正百思不得其解，忽然听到一阵奇异的怪叫，众人纷纷拔出兵器戒备地望着天空。“风大人，那是什么？”

风灏栎顺着手下所指的方向看去，只见一片黑暗朝他们快速移动。他拔出长剑刺了过去，整片的黑暗却分散开来。他的耳边传来了手下尖锐的惨叫，此时风灏栎才看清楚，在他们头顶盘旋的竟然是一只只硕大无比的蝙蝠。

喋血令以用毒如神著称，这些蝙蝠如果与喋血令有关，那么一定很难应付。风灏栎还没来得及相处应对的办法，一道人影从头顶掠过，闪着淡紫色光芒的银针射了过来，那些蝙蝠发出奇怪的叫声之后向另一个方向而去。

“蝶儿？”风灏栎收起长剑迎上去，握着她的手问道，“你怎么来了？

有没有受伤？”

紫蝶暗自松了一口气，庆幸自己来得及时。“灏栎，你为什么瞒着我偷偷来百花谷？你知不知道很危险！”

“既然你知道危险就不该跟来！”风灏栎轻抚着紫蝶的长发柔声说，“喋血令的人到处在找你，你现在等于是自投罗网。听话，快回去！”

“灏栎……”

“蝶儿你听我说，我答应你一定不会让我自己有事。这是我救大哥唯一的方法。你相信我，我们一定可以团聚，我绝对不会让你离开我的身边。”风灏栎握紧紫蝶的手信誓旦旦地说道。

紫蝶热泪盈眶：“灏栎，我知道你千方百计要进百花谷，不完全是为了你大哥，你还想替我找到解药是吗？”

风灏栎低下了头，他知道机会渺茫，可他还是要去尝试。紫蝶几次舍命维护，对他不仅情深似海，而且恩重如山，他怎么忍心眼睁睁地看着紫蝶等死而什么都不做！任何人都无法容忍心爱的人离自己而去。

“傻丫头，你知道吗？我现在恨不得中毒的人是我，你吃了太多的苦，如果可以的话，我宁愿用我的生命去换取你的快乐。”

紫蝶凝望着风灏栎闪着泪光的眼睛，虽然不是动人的海誓山盟，可是风灏栎的这些话足够温暖她的心。即使那只是假话，至少现在他是那么的虔诚。紫蝶紧握风灏栎的手，泪水滑落的瞬间微笑着说：“我陪你一起去，是生是死我都要跟你在一起。”

紫蝶从小在百花谷长大，有她带路自然方便很多。紫蝶武艺高强小心谨慎，有她在身边成功的几率也会大很多，可是风灏栎却摇头拒绝了。紫蝶的不幸一半源自她不负责任的父亲，另一半源自她没有人性的师父。他怎么忍心再让她进入如同魔窟一样的百花谷！

“灏栎，没有我带路你进不了百花谷。我本来就命不久矣，我愿意跟着你一起去赌一把。如果真的找到了解药，那我就可以拥有与你厮守终生的机会。如果失败了，至少我们还是可以在一起。难道这还不够吗？”

风灏栎不顾有其他人在场，把紫蝶紧紧搂在怀里。人的一生未必能够遇见真正的爱情，可是他却有幸可以得到。无论紫蝶的过去是什么样子，他都可以不介意，他只要他们俩的将来。

蝴蝶飞满天

紫蝶轻轻推开风灏栎，轻声说：“你带着你的兄弟在附近找个地方住下，千万不要让喋血令的人发现。三天之后我会去跟你会合。”

“你要一个人回百花谷？不行！”风灏栎直接拒绝。

“灏栎你听我说，百花谷内机关重重，并不是人多可以硬闯过去的。我对里面的环境很熟悉，我可以神不知鬼不觉地进去。你相信我好吗？”

风灏栎沉思片刻，他知道紫蝶说的可能是事实，同样紫蝶还有另外一番顾虑。锦衣卫奉命追查喋血令，她肯定也不希望曾经与她出生入死的姐妹落在他的手中。于是风灏栎遣退了跟随着他的手下，他自己却坚持要与紫蝶同行。

“蝶儿，你还记不记得我们摔下悬崖的时候你说过的话？”风灏栎轻轻按着紫蝶的双肩说道，“那个时候我们以为必死无疑，你说过，生不能同衾，死同穴！”

“能有一个人，与我生死与共，灏栎，我此生无憾了！”紫蝶把手放在风灏栎的掌心，被人宠爱的温暖在全身蔓延，如果下一刻是生命的终结，那么这一刻……紫蝶踮起脚尖吻上风灏栎的唇。

风灏栎轻笑着揽着紫蝶纤细的腰，化被动为主动。他忽然想起了初见紫蝶时她给他的惊艳感觉，人间竟有如此绝色佳人！风灏栎的舌尖在紫蝶的口中翻搅，他曾不止一次地将她抱在怀里亲吻，但是这一次不同，他和她，是真正的心意相通，生死相随。

紫蝶带着风灏栎到了一个结满蜘蛛网的山洞口，从怀中掏出一小瓶药水洒在蜘蛛网上，瞬间，蜘蛛网冒出了淡黄色的烟，直到完全熄灭，她才牵着风灏栎的手往里走。大约过了一盏茶的时间，走过阴暗潮湿的山洞，眼前顿时豁然开朗。

眼前如梦如幻的美景让风灏栎如痴如醉。月光下整片整片的花海随着轻风荡漾起层层波浪，花丛间成群结队的蝴蝶翩翩起舞，空气中弥漫着的浓郁芬芳让人心旷神怡。

风灏栎正欲上前摘一朵花，却被紫蝶拦住了："这里的每一种花都有毒，你千万别碰！"

风灏栎诧异地收回自己的手笑道："想不到百花谷真的如外界传闻一样恍若仙境，连晚上都能看到这么多蝴蝶。"

紫蝶轻扬嘴角微笑，百花谷再美却只是一个牢笼，生活在这里的每一个人都不会笑。

"蝶儿，我们现在往哪边走？"

"你不怕我出卖你吗？"紫蝶俏皮地轻点风灏栎的鼻尖问道。

风灏栎顺势抓住紫蝶的手回答："不怕，我知道你舍不得！"

"自恋狂！"紫蝶捶打了一下风灏栎的胸膛，拉着他的手再次进入一条密道。只要喋血令主不在百花谷，紫蝶有自信可以安全出去。"百花谷的每一个地方都有人严密把守，只有禁地是例外。"

"禁地？既然是禁地，为什么会没人看守？"

"灏栎，我必须跟你说实话。百花谷中的每一处机关我都能破解，唯独禁地我没有试过。那里除了师父之外没人进去过，所以究竟情况如何我也不知道！"

"那我们现在是直接去禁地吗？"

"不，我们要先去找一个人！"从前，没有什么事情能够激起紫蝶内心的波澜，因此她恬淡温和，可是这一次去京城执行任务，让她的生活有了翻天覆地的变化。喋血令主坚持押上喋血令的全部势力跟朝廷作对，这件事让紫蝶百思不得其解。

紫蝶暗中派遣心腹在百花谷中追查喋血令主的真实身份，花奴曾经潜入禁地取得一份圣旨，她相信花奴已经破解了进入禁地的机关。紫蝶带着风灏栎悄然进入百合堂，景物依旧，却人事已非。

对百合堂的一草一木紫蝶都有深厚的感情，她在这个地方生活了十多年，她以为只要她还活着就离不开，却不知再次回来的时候已经不能光明正大。

“蝶儿，这……就是你长大的地方？”风灏栎环顾四周，所有的布置都清丽雅致，十分符合紫蝶的气质。

“嗯！”紫蝶轻轻点了点头不再说话，牵着风灏栎到了西厢房，迅速闪进了花奴的房间。一柄闪着寒光的剑直刺她的脖子，紫蝶用食指和中指夹住剑尖，另一只手以极快的速度点了对方的穴道。

“你们是什么人，竟敢擅闯百合堂？”

“花奴，别出声，是我！”紫蝶在花奴耳边轻声说。

花奴听出紫蝶的声音，惊喜地说道：“堂主，您回来啦？”

紫蝶解开花奴的穴道，嫣然一笑：“不要惊动其他人，花奴，你好吗？”

“堂主您不在，罗兰堂和丁香堂的人处处与我们为难，姐妹们都受尽了欺凌。”

“对不起，都是我不好，连累了你们！”紫蝶情不自禁地低下了头。

“堂主，我听外出的姐妹说您跟风……”花奴望了一眼紫蝶身边的风灏栎，把后面的一半话吞了回去，“您不应该回来的！”

“我回来有重要的事情要请你帮忙。”

“堂主您吩咐！”

“我要去禁地拿一样东西，我知道你已经进去过了，我想你替我带路。此行会有危险，如果你不愿意再冒险，我也不勉强，绝不怪你！”

“堂主，您也太小看我了！”花奴把剑放回剑鞘，走到窗口仰头望了望空中的明月说道，“事不宜迟，我们马上去吧。等天亮了行动就没那么方便了。”

三人各自施展轻功，大约用了半炷香的时间，风灏栎终于见到了传说中的百花谷禁地。

放眼望去，那是一片云雾缭绕的山谷，只有一条幽然小径可以通往前方。任凭功力再深厚，也看不到十步以外的东西。谷口竖立着一块巨大的石碑，上书“喋血禁地，擅入者死”的碑文。

花奴让风灏栎服下一粒红色的药丸，以防瘴气中毒，领着紫蝶和风灏栎小心翼翼地往深谷走去。紫蝶也是第一次进入禁地，她发觉四周安静得出乎寻常。如此繁茂的树林，在瘴气围绕中没有鸟叫她可以接受，可是为什么连虫鸣之声都没有。

三人沉默地向前走，又过了大约半个时辰，花奴在一个山洞口停了下来，说道：“堂主，就是这里。”

紫蝶正欲迈步进去，却被风灏栎拦住了，笑着问道：“花奴姑娘，听说禁地之内机关重重，为什么我们一路走来却什么都没有？”

花奴看了看紫蝶笑着回答：“外面的人如果能够进入禁地，就绝对不是等闲之辈，在林中即使设下机关陷阱也是枉然。真正厉害的埋伏是在山洞里面。”花奴指了指黑暗的洞口，等着紫蝶说话。

紫蝶暗中握了握风灏栎的手，朝他微笑着摇了摇头，弯腰走了进去。风灏栎不明白紫蝶在想些什么，只好跟了进去，暗中护着紫蝶。三人只朝里走了一小段路，忽然从洞壁四周射出无数支淬有剧毒的箭。

紫蝶以暗器悉数将其击落。

“堂主，过了这一关前面就是摆放圣旨的地方。属下无能，再往里的机关无力破解。”花奴上一次闯禁地的时候也只能走到这里。

“没关系，接下来的事交给我！”紫蝶再一次看到了摆放在正中央的那道圣旨，她绕着它走了一圈，陷入了沉思。

风灏栎诧异不已，喋血令是一个神秘的杀手组织，在这个地方怎么会摆放着圣旨？是哪个皇帝的？他正欲开口询问，忽然感觉一阵摇晃，他看到他们所站的地面正在一点点地向下凹陷。

风灏栎急忙拉住紫蝶和花奴，想要跳出圈子之外。他纵身跃起的时候头顶却有一股无形的压力，于是翻身将紫蝶护在怀里，花奴用尽最后一口真气把风灏栎和紫蝶推了出去。紫蝶和风灏栎就地滚了两下，待两人回过神来，四周已经恢复了正常，唯独不见花奴的踪影。

紫蝶的心一阵绞痛，她知道一旦掉下了陷阱就必死无疑。她黯然泪下，也许她根本就不应该找花奴帮忙。

“蝶儿。”风灏栎轻轻搂着紫蝶，替她拭去脸上的泪痕。此刻的环境已经不允许他们哀悼，紫蝶强打起精神打开了第二道石门。

诏狱中用来关押重犯的许多牢中也设有机关埋伏，可是风灏栎在这个地方却见识到了更加非同凡响的暗道，不禁感叹一声，果然是天外有天，人外有人。紫蝶与风灏栎一路走来遇到的机关都凶险万分，在破解了第五道石门之后突然豁然开朗。

紫蝶望着眼前璀璨的珠宝以及黄金白银，她知道师父把这么多年来用杀人换取的酬劳全部放在了这里。紫蝶望着这些财富，不禁想起了枉死在她剑下的亡魂，她的身体轻微颤抖，握剑的手显得柔软而无力。

“蝶儿，我们要找的东西是什么样子的？”风灏栎不知道紫蝶此刻内心的想法，四处张望。

紫蝶绕着石室走了一圈，忽然看到半悬挂着的一个小木箱。“灏栎你看！”

风灏栎顺着紫蝶手指的视线望去，问道：“那里面装的就是百花玉露丸？”

“嗯！”紫蝶从小生活在喋血令中，对于百花玉露丸能解百毒的奇效不止见过一次。它不仅可以救风灏南，同时也能救她自己。她以为此生再无机会与风灏栎斯守，可是现在老天爷却又给了她希望。

紫蝶深吸一口气，纵声跃过四周围的障碍，摘下了木箱。她小心翼翼地打开，木箱中只有一个小盒子，盒子里静静地躺着一粒青色药丸，散发着淡淡的清香。紫蝶的脸色在一瞬间变得惨白。

“蝶儿，你怎么啦？”风灏栎从紫蝶的脸上看不到惊喜的表情，他握住紫蝶的手问道，“药是假的吗？”

“不，是真的！”紫蝶对上风灏栎焦急的眼神，露出灿烂的笑容，“百花玉露丸是真的，风将军有救了。”

紫蝶盖上盒子递给风灏栎，催促道：“灏栎，趁着还没有人发现，我们快点儿离开这里。”

风灏栎把盒子揣进怀里，牵着紫蝶就往外走。他的内心总有一种不安，隐约觉得哪里不对劲，可是却又说不上来。两人按原路返回，走出禁地的时候发现天色已经大亮。“灏栎，我们必须在午时之前离开百花谷，出去了再休息吧！”

望着紫蝶急切的模样，风灏栎的脑海中灵光一闪，一把拉住了紫蝶：“蝶儿，百花玉露丸只有一颗，如果用来救我大哥，那么你呢？”风灏栎终于明白他的不安来自哪里。他之所以冒这么大的险闯入百花谷，除了想救大哥之外，也想趁此机会解了紫蝶身上的毒。

紫蝶三番四次舍命维护他，这份深情，他怎么可以视而不见！她是他此生最爱的女人，他不能眼睁睁地看着她毒发身亡而什么都做不了。

“灏栎，我知道你疼爱我，可是……”紫蝶仰头望着湛蓝的天空，苦涩地笑道，“人世间的很多事都不能强求，我们能够在禁地之内取得百花玉露丸已经是万幸。我身上的毒还没有到毒发的时间，也许还会有转机呢？”

“蝶儿！”风灏栎双手按着紫蝶的肩膀，他没有她那么乐观，“百花玉露丸不可能只有一粒，我们再进去找，一定可以找到。”风灏栎说着便牵着紫蝶往回头。

紫蝶挡在风灏栎的面前，轻抚他的脸庞摇了摇头，说道：“灏栎，不要强求了好吗？如果真的是天意如此，再强求也没有用的。”

“蝶儿，你知道吗？如果没有你，将来的日子就算让我长命百岁飞黄腾达，又有什么意义呢？”

“灏栎，不要再为我冒险了。你相信我，我一定不会死，我要做你的妻子，今生今世都不分开。”紫蝶把风灏栎的手覆盖在自己的脸上，当她的泪水滑落，风灏栎的心也随着沦陷。

“好大的胆子，竟然私闯禁地盗取百花玉露丸。我要你们有来无回！”随着一声娇喝，紫蝶看到通往禁地的唯一出路被人团团围住，黄莺带着大批手下出现，望着紫蝶冷笑道，“我建议你们不用想什么将来，还是想想到了黄泉路上之后是否还能够认得对方吧。”

百花玉露丸

风灏栎抽出长剑把紫蝶护在身后，这个细微的动作让黄莺的心泛起了阵阵涟漪，以及前所未有的心酸。长期以来她一直不明白紫蝶和蜻蜓为什么会为了一个男人甘愿背叛师门，放弃这么多年来在江湖中累积的地位。

可是刚才，当她看到风灏栎的这个举动，似乎有所感悟。风灏栎明知道自己的武功不及她，甚至不及紫蝶，可是他依然站在了紫蝶的前面。在这个男人的意识里面，无论紫蝶是杀手还是柔弱女子，都是他愿意用生命去维护的人。

问世间情为何物，直教人生死相许。

黄莺盯着风灏栎绝然的表情，握紧长剑刺了出去。风灏栎推开紫蝶迎上去，边打边说：“蝶儿你先走！”

紫蝶暗中摇头，风灏栎对她的这番情意让她感动，可是她很清楚，只要她离开了百花谷，风灏栎就算能够打赢黄莺，也无法走出那一片以奇门遁甲之术为屏障的树林。

“各位姐妹，紫蝶今天擅闯禁地自知死罪，可是风灏南将军身系边关数十万将士的性命与安危。还望各位姐妹感念上苍有好生之德,放我们离去。”紫蝶并不想与喋血令中的人交手，长期以来她虽然性格淡漠，却对这里的一草一木都有着深厚的感情。

“废话，天下苍生与我何干？”黄莺讨厌紫蝶的大义凛然，“你跟我们一样只是一个杀人不眨眼的杀手，有什么资格谈论上天的好生之德？”

紫蝶眼看着风灏栎就要支撑不下去，如果此刻喋血令的人一拥而上，她就算有三头六臂也不能跟风灏栎全身而退。

“那就得罪了！”紫蝶从袖中掏出玉笛，纵身跃上旁边的一株大树，再次施展幻蝶术。百花谷中的蝴蝶成千上万，而且每一只蝴蝶长期在剧毒的花丛中飞舞，全部带有毒性，只要被它们叮咬过便会痛苦万分。

风灏栎再一次见到了那奇特的场景，无数蝴蝶从四面八方涌过来，浩浩荡荡的场面让风灏栎看呆了。

黄莺没料到紫蝶为了这个男人，居然会使出同归于尽的招数。她发现风灏栎虽然被内力震伤，但是所有的蝴蝶都没有朝他攻击。她看到风灏栎的腰间悬挂着寒蝉宝玉，顿时怒火中烧。

寒蝉宝玉是喋血令的至宝之一，当年师父将它赠予紫蝶的时候黄莺的心里就很不舒服，现在紫蝶却将它转赠给了这个男人。风灏栎两次经历幻蝶术，他知道紫蝶这么做会弄伤自己。他忽然觉得自己很没用，在为难关头竟无力保护心爱的女人。

黄莺举起长剑想要攻击紫蝶，可是紫蝶的笛声以及围绕在身边的蝴蝶让她力不从心。幻蝶术是一种很高深的幻术，当初喋血令主将它传授给她们三人时，只有紫蝶的悟性最高，虽然没有练到登峰造极的境界，可是对付完全不懂这门武功的人已经绰绰有余。

紫蝶不忍心姐妹们死在她的幻蝶术之下，因此有所保留。她停住笛声，趁所有人还没有反应过来，拉起风灏栎施展轻功离去。

一路上风灏栎听到了紫蝶急促的喘息声，他暗中替紫蝶把了把脉，发觉她的气息越来越混乱。“蝶儿，我们先找个地方替你疗伤！”

“不要……”紫蝶的意识开始模糊，她紧握风灏栎的手虚弱地说道，“不要停下来，黄莺就快追来了。”

“不行，如果你再继续运功会没命的。”风灏栎横抱起紫蝶四处张望，他知道他们还在百花谷的势力范围之内，但是他怎么能眼睁睁地看着紫蝶香消玉殒。

紫蝶微笑着看着风灏栎焦急的模样，视线在一点一点地黯淡。如果她生命的终点是风灏栎的怀抱，那么也算是死而无憾了。“灏栎……你一定要……一定要好好活下去，记得我……”

“蝶儿，蝶儿……”风灏栎从来没有像现在这样孤独和无助，他觉得天地之间仿佛就只剩下他一个人。紫蝶是他唯一想要厮守终身的女子，从他们认识到现在，一直都是她在为他付出，如果没有她，或许他早就已经死了。

“蝶儿，你醒一醒！”风灏栎的眼泪情不自禁地落了下来。从父母死后他再也没有流过一滴眼泪，他肩膀上的重担不允许他软弱。在所有人的眼中，他睿智冷静，是一个少年英雄，但是有谁能够体会他心中的那份苦涩。

只有紫蝶，她的出现让他知道什么是爱情，他有了本性中的冲动和失控，他知道那样不好，可是却依然无怨无悔。

紫蝶的气息越来越弱，风灏栎顾不上身陷险境，静下心来替紫蝶运功疗伤。他的内力缓缓注入紫蝶的体内，紫蝶的脸色仍然苍白，但是呼吸渐渐平稳下来。风灏栎见没有百花谷的人追上来，心中不由得纳闷。他抱起紫蝶的时候，身体一个踉跄险些跌倒，他消耗了太多的内力替紫蝶续命。他强撑着一口真气，在林子中转了半天却找不到出路。

“灏栎……”紫蝶虚弱地睁开眼睛，轻轻唤了一声。

风灏栎在一棵参天古木下把紫蝶放下来，握着她的手轻声说道："蝶儿，你醒啦？感觉怎么样？"

"灏栎，我还活着吗？"紫蝶自己心里明白，她在近期之内连续使用两次幻蝶术，内力的损耗已经伤及了身体，导致她体内的毒在加速发作。刚才如果风灏栎不及时替她疗伤，她必死无疑。她抬起头看了看天，告诉风灏栎这个时辰的五行排列方法，风灏栎抱着她顺利走出了树林。

两人狼狈不堪，相视而笑。

"灏栎，你放我下来吧，我自己可以走！"紫蝶替风灏栎擦拭着额头的汗水，心疼地说道。

风灏栎低头在紫蝶的唇上亲了一下，笑道："让我抱着你吧。蝶儿，如果可以的话，我真的想一辈子都不放开。"

紫蝶的双手环绕着风灏栎的脖子，依偎在他的胸口静静聆听他的心跳。

风灏栎抱着紫蝶一路走来都没有发现他的手下留下的暗号，心中揣测他们是不是也遇到了喋血令的攻击而发生意外。他低头望着怀中的紫蝶，佳人已经睡了过去，脸上挂着安心的微笑。

风灏栎下意识地抱紧紫蝶，她苍白的脸让他的心像被针扎一样疼痛。他知道大哥在等着他回去救治，可是紫蝶现在的身体状况如果赶路一定会支撑不住。风灏栎边走边思索，不知不觉走出了很长一段路。

他抱着紫蝶到了市集，询问了半天居然找不到一家客栈，在好心人的指引下，风灏栎租下了一间四合小院。他顾不上休息，简单地收拾了一番，安顿紫蝶睡下。经历了长途跋涉和各种艰难的考验，他疲惫不堪。

风灏栎坐在紫蝶的床边，静静地凝望着她恬静的容颜。他从怀中掏出百花玉露丸，这一粒青色的药丸是大哥延续生命的希望，可是紫蝶怎么办？风灏栎的内心犹豫矛盾，挣扎的痛苦让他几乎崩溃。

最亲的人和最爱的人，究竟该如何去抉择？

如果中毒的那个人不是他的大哥，风灏栎真的觉得自己会自私地来救治紫蝶，他甚至愿意用生命去换取紫蝶的一世平安。可是偏偏那个人是他的大哥。如今朝政腐败，眼看着边关的大将不是战死沙场，就是被朝中的奸党所害，如果风灏南一死，朝廷更加没有人可以去镇守边关，无数沉沦在战祸中的百姓该怎么办?

风灏栎闭上眼睛浑身颤抖。

“灏栎……”紫蝶醒来的时候看到风灏栎守在身边，便用尽浑身力气握住了他的手。此刻风灏栎衣衫不整，发丝凌乱，紫蝶想起了初见他时的风度翩翩，神采飞扬，不禁微笑着伸手整理风灏栎的头发，说道，“风大人如此狼狈，不怕手下见到笑话你吗？”

风灏栎含泪笑了，把紫蝶的手贴在脸上说道：“现在就只有你一个人看见，不许说出去哦！”

“嗯！”紫蝶艰难地坐起来，风灏栎让紫蝶靠在他的身上，把她紧紧搂在怀里，“灏栎，我知道你现在在想些什么，你不要为难，也不要伤心。就算现在有百花玉露丸，我也未必可以活命。”

“不会的蝶儿，你不会有事的！我们说过要一辈子在一起，等你老的时候我还能像现在这样抱着你。你不可以离开我，我不允许你离开我……”

“灏栎，我不想再给你假的希望，我们面对现实好吗？”紫蝶转过身轻抚风灏栎的脸庞，泪水无声地滑落。

“你知道吗?可以得到你的爱已经是老天给我最大的恩赐。幻蝶术伤敌伤己，我消耗了太多的内力，已经让我体内的毒提前发作了。没关系，至少现在你还在我的身边，足够了……”

“是我没用，保护不了你……”风灏栎虽然在年幼的时候父母便双双亡故，可是凭借风家在朝廷中的根基和自己的努力，他的成长几乎一帆风顺。他对自己的武功、机智和能力都很有信心，可是到了现在他才知道，与生离死别相比，人的力量是那么的渺小。

“灏栎，你答应我，好好活下去，不要为我难过。”紫蝶倚靠在风灏栎的怀抱里，那份温暖让她由始至终都那么留恋，“我好后悔从前没来得及细心去欣赏身边的风景。大漠中的星星一定很璀璨很明亮，黄山上的日出一定美轮美奂，钱塘的潮汐也一定波澜壮阔。我甚至连香山的枫叶都忘记了去欣赏……”

“蝶儿，不要说了。如果世界上没有你，景色再美，跟我……又有什么关系？”风灏栎哽咽地说道，“你一定要好起来，我不会再管什么朝廷，什么百姓，我会带着你游历大江南北，去每一个你想去的地方，好不好？”

“好！”紫蝶知道永远都不会再有那么一天，只是风灏栎的这个美好诺言让她有一份执着的幻想。

“蝶儿，你现在最想做什么事？”风灏栎紧握紫蝶的手，他真的害怕松开以后紫蝶会彻底在他的生命中消失。

紫蝶想了想，苦涩地笑了笑。她仰起头轻抚风灏栎的脸，想起了多年以前母亲离开人世时的无奈。虽然今生她依然没有能够与相爱的男人厮守终身，至少在她临死的时候还有他的陪伴。“认识你之前，我的脑海是一片空白。我努力忘记过去，从不计划将来。与你相爱是我这辈子最值得骄傲的事。我好想做你的妻子，可惜……只能来世了！”

“如果连今生都把握不住，还怎么期待来世？”风灏栎把紫蝶从怀里拉出来，凝视着她柔情似水的眼睛，柔声说道，“蝶儿，嫁给我吧。我们马上成亲，我要你做我的妻子，做我风灏栎的女人。”

“马上？”紫蝶难以置信地望着风灏栎。

“是，马上！”风灏栎把紫蝶的手放在胸口说道，“这个地方虽然简陋，我不能给你盛大豪华的婚礼，但是我有一颗至死不渝的心。我爱你，从前，现在，将来。我会牵着你的手，不管以后发生什么事绝不放开。”

“灏栎！”紫蝶扑进风灏栎的怀里，泪如雨下。

风灏栎扶紫蝶躺下来，匆匆换了一身干净的衣服，在天黑之前买齐了所有婚礼必备的用品。没有三书六礼，没有父母之命媒妁之言，只有两个人真挚热诚的心。

紫蝶坐在梳妆镜前望着自己苍白的脸，她从来没有想过有一天会穿上鲜红的霞帔，嫁给最心爱的男人。风灏栎细心地替紫蝶梳头，万缕青丝仿佛是他对她的爱恋，那一份流淌在血液里的爱刻骨铭心。

“蝶儿，在这样简陋的环境里娶你，委屈你了。”从认识紫蝶的第一天起，风灏栎就幻想过用八人大轿抬紫蝶进门，今天他终于如愿以偿娶她为妻，却没料到是在如此凄凉的境地。

紫蝶摇头笑道：“只要我嫁的人是你，那些繁文缛节我不在乎。”

临死爱成双

风灏栎勉强微笑，艰难地点了点头。他扶着紫蝶到了大堂，按照习俗与紫蝶拜了天地，两人的长辈皆不在身边，只有面朝北方磕头，以示对长辈的敬重。

拜完天地风灏栎去扶紫蝶，紫蝶虚弱得险些晕倒。风灏栎立即将内力输入紫蝶的体内，紫蝶的脸色才开始好转。“灏栎，不要再为我疗伤了，我没事。”紫蝶握住风灏栎的手，她的身体情况自己最清楚，她用最后的真气护住心脉，让风灏栎安心。

三天，紫蝶知道她还可以坚持三天。三天以后，就算拿到了解药也没人可以再救她。

风灏栎把紫蝶搂在怀里，下颌抵着紫蝶的额头笑道：“现在，你是不是该叫我一声相公呢？”

紫蝶羞涩地低头，轻声唤道：“相公！”

风灏栎从来不知道这个称谓可以在他的心中激起如此强烈的涟漪，是因为他爱她吗？是因为他们俩人的结合来之不易吗？风灏栎横抱起紫蝶走回房中，打开一个细长的盒子说道：“我今天出门买东西的时候路过一家古董店，看到了这把古琴。蝶儿，送给你，就当是新婚礼物，好吗？”

紫蝶轻轻拨弄琴弦，琴的音质不算太好，可这是风灏栎送给她的第一份礼物，也是最后一份。她眼中含着泪水，点了点头：“我很喜欢，我弹首曲子给你听吧！”

风灏栎扶紫蝶在琴前坐下，守在她的身边静心聆听，望着紫蝶忧伤却绝美的容颜，心酸不已。自古红颜薄命，难道紫蝶也难逃厄运吗？

“天长地久不相忘，两情相悦情意长，沧海桑田爱相随，海枯石烂到沧桑；与君相守成奢望，但愿人间有天堂，今生相守已无期，化作凡间痴情殇。几番轮回为爱狂，青丝无悔鬓如霜，为君流下泪千行，只为来世共相望。”

紫蝶的歌词让风灏栎充满悲伤，他从来不相信轮回转世之说，但是现在却如此渴望能有下辈子，因为短短几天的时间根本没办法诠释他对紫蝶的爱有多深。风灏栎后悔当初那么多的顾虑，如果可以再选择一次，他愿意放下世俗的一切，只为执子之手，与子偕老。

紫蝶的琴声戛然而止，把风灏栎的思绪拉回了现实。“相公，你在想什么？”

风灏栎在紫蝶对面坐下，牵着紫蝶的手让她坐在他的腿上，从怀中掏出一只精致的发簪，温柔地插进紫蝶的发间，轻吻她的脸颊说道：“娘子，今天是我们成亲的大好日子，你说我们是不是该喝交杯酒呢？”

紫蝶轻抚着发簪，轻笑一声倒了两杯酒，将其中一杯递给风灏栎。风灏栎接过酒杯却迟迟没有喝，而是一直盯着紫蝶的脸。在与紫蝶相识的过程中，他曾不止一次想过要得到紫蝶，她的美让他总是难以抑制体内的冲动。他说过，他要堂堂正正地要她。

今天，紫蝶已经是他的妻子，可是望着她摇摇欲坠的身体，欲望被心疼所代替。

紫蝶仿佛看穿了风灏栎的心思，将酒杯凑到风灏栎的唇边，风灏栎心不在焉地喝了下去。

“相公，仪式已经完成了，我们……是不是该休息啦？”紫蝶忽然想起了两人在悬崖底下的那一晚，顿时满脸通红。

“哦！”风灏栎不自在地坐在床边，不知道是该宽衣解带还是继续装傻。

紫蝶再一次觉得风灏栎迂腐得很可爱，同时也郁闷不已。洞房花烛夜，难道要她主动吗？可这种事情她没经验呀。她小心翼翼地走到风灏栎身边坐下，闭上眼睛鼓足勇气去解风灏栎的腰带。

风灏栎按住紫蝶的手干咳一声问道：“蝶儿，你……做什么？”

“相公喜欢穿着衣服睡觉吗？那好吧，可是……”紫蝶的眼睛转了转，不知道下一步该怎么办了。

风灏栎看着紫蝶羞涩的模样，体内的燥热已经快要压制不住，他勾起紫蝶精致的下巴调侃道：“可是什么？娘子是不是有话要对为夫说？”

“我想跟你说……晚安！”紫蝶最终还是说不出口，急忙躺到床上拉过被子遮住了身体。

风灏栎多么想把紫蝶搂在怀里，可是她身上的伤却让他担忧。他一个人坐了很长时间，紫蝶躲在被窝里等得心都要变凉了，她开始胡思乱想。风灏栎娶她究竟是因为爱，还是同情，抑或是为了报恩？

她忍不住坐起来，望着风灏栎的背影问道：“你是不是根本就不爱我？”

风灏栎转过身去一把将紫蝶搂在怀里，喘息着低头吻上她的唇。天知道他忍得有多辛苦。洞房花烛夜，面对美若天仙的妻子不能碰，这对任何一个男人来说都是一种残酷的考验。“蝶儿，我爱你，我有多爱你你知道吗？”

“唔……”风灏栎突如其来的拥抱和亲吻让紫蝶措手不及，她下意识地用手去挡风灏栎。风灏栎轻轻将紫蝶推倒在床上，单手扣住她的手腕放在头上，轻轻吻上了紫蝶的唇。“嗯……”紫蝶浑身炙热，不安地扭动着身体。

风灏栎急切地解开紫蝶的腰带，脱去她的外衣。雪白的肌肤在粉色的内衣衬托之下是那么诱人，紫蝶接触到风灏栎充满欲火的目光，紧张地抓紧了床单。风灏栎迅速褪去衣衫，紫蝶羞愧地闭上了眼睛。

风灏栎再次覆上紫蝶的身躯，让她的双手环绕在他的腰间，温柔地亲吻她的脸颊和脖子。紫蝶轻声哼了哼，风灏栎的手在紫蝶的身上游走，停留在她的身上，紫蝶顿时感到浑身颤栗，一股奇异的感觉在全身蔓延，情不自禁地靠向风灏栎的怀抱。

风灏栎把紫蝶紧紧搂在怀里，紫蝶下意识地闪躲。风灏栎凑到她的耳边轻声说："蝶儿，我要你做我的女人。"

"嗯……"紫蝶意乱情迷，不知道自己身在何处，只是感到有熟悉而温暖的气息围绕在她身边，"灏栎……"

紫蝶的这一声轻唤让风灏栎的欲望达到了巅峰，他再也控制不了自己的情绪。

今天晚上是他们的洞房花烛夜，没有亲朋好友的祝福，没有长辈的关怀与认可，但是风灏栎却没有觉得丝毫的遗憾。只因他娶的是一生的挚爱，这是他自己做主的婚姻。

"啊……"撕心裂肺的疼痛让紫蝶的脑海在瞬间变得清醒，从这一刻起她已经不是清白的女孩，而是风灏栎真正的妻子。

风灏栎停止动作，吻去紫蝶溢出眼角的泪痕，温柔地安慰："蝶儿别怕，没事的！"

紫蝶微微点了点头，睁开眼睛看到风灏栎满眼笑意地看着她。她的双手攀上他的脖子，主动吻上他的唇。风灏栎接受到紫蝶传递过来的讯息，知道她已经适应了他的存在，便轻轻动了动。

"嗯……"紫蝶轻声呻吟，第一次尝试男欢女爱，她不知道疼痛过后的这种感觉是这么奇妙。随着风灏栎的动作，那一浪接着一浪的快感让她想要逃离，却舍不得推开风灏栎。她不由自主地拱起身子，配合着风灏栎。

风灏栎与紫蝶十指紧扣，低吼一声释放着体内最后的激情。紫蝶听着风灏栎剧烈的喘息声，从漫步云端的感觉中慢慢回过神来，这难道就是传说中的鱼水之欢吗？

风灏栎怕压疼了紫蝶，翻身下来把紫蝶搂在怀里。她散发着幽香的身体软绵绵地靠在他身上，他忽然有一种感慨，有妻如此，夫复何求！

风灏栎轻吻着紫蝶的额头，拉着她的手放在胸口，柔声问道："还疼吗？"

紫蝶羞涩地摇头，躲进风灏栎的怀里。

风灏栎轻笑，温柔地拍打着紫蝶的肩膀，呵护着她进入梦乡。这样的夜晚还有多少？风灏栎闭上眼睛却毫无睡意，听着紫蝶沉稳的呼吸，他才能稍微安心一点儿。

第二天一早，风灏栎被窗外的鸟叫声吵醒。这段时间的日夜兼程让他难得睡了一个安稳觉。他不经意地一个翻身，伸手却没有搂到紫蝶，立即惊出了一身冷汗，慌忙套上衣服走出房间。

四合院内一片平静，院子里的落叶被清扫过，他远远望去，紫蝶正在厨房中专心致志地做早饭。风灏栎松了一口气，蹑手蹑脚地走过去从后面抱住紫蝶，趁着紫蝶惊讶的瞬间在她脸上亲了一口。

紫蝶回身揽住风灏栎的腰，捏了捏他的鼻子说道："怎么不多睡一会儿？"

"醒来看不到你，我怎么能安心睡觉呢！应该多睡一会儿的人是你，早饭让我来做。"风灏栎心疼地握着紫蝶冰凉的手说道。

"你会吗？"

"呃……不会。不过我可以出去买！"风灏栎很诚实地回答，从小到大他几乎没进过厨房。

紫蝶望着风灏栎宠溺的眼神，觉得这样的早晨很幸福。她的生活中可以没有荣华富贵，可以没有锦衣玉食，只要不再有杀戮，只要风灏栎能陪伴在她的身边。"我是你的妻子，为你做这些事不是应该的吗？"

"我风灏栎的妻子应该做的事，是保重好自己的身体，让我有更多的时间去疼爱她照顾她。"

“灏栎！”紫蝶靠在风灏栎的肩膀，闭上眼睛感受着婚后第一天的幸福，如果可以自私一点，她会把风灏栎留在身边，她知道只要她提出来，他就会留下来直到她死的那一刻，可是她怎么忍心让他有终身的遗憾，“灏栎，我会保重我自己，现在你该启程回京了。大哥还在等着你回去救他。”

“我走了你怎么办？你是我的妻子，我们当然是一起走！”风灏栎把紫蝶的手放在掌心紧紧握住。

紫蝶暗自轻叹，她还能活多久她自己最清楚，她不忍风灏栎看着她死去而无能为力。“我不适宜赶路，你放心吧，我是神医嘛，我会在这儿等你回来。”

风灏栎犹豫不决，大哥的伤势不能再拖，可是他也不能在这个时候留下紫蝶一个人不管。

紫蝶最害怕的就是风灏栎的优柔寡断，当断不断。她忽然感觉体内用来护住心脉的真气开始乱窜，毒性发作的时间比她估计的还要早。

怎么办？她不能让风灏栎察觉到，不可以！紫蝶暗暗运功，试图压住流窜的真气，却没料到事与愿违，胸口像堵了一面墙喘不过气来，眼前发黑，嗓子口一股辛辣的味道，一大口鲜血在毫无征兆的情况下喷涌而出。

“蝶儿！”风灏栎吓得脸色惨白，接住紫蝶即将倒地的身躯，“蝶儿你怎么样？你别吓我！”

紫蝶勉强睁开眼睛，艰难地微笑：“对不起相公，我想……我要先走一步了。你要答应我……好好地……活下去。”

“蝶儿你振作一点儿，不要放弃，我替你疗伤，你会没事的……”风灏栎正欲运功，紫蝶却按住了他的手。

“不要，不要再为了我浪费你的真气……相公，对不起……你……保重，我们来生再见……能与你做一日的夫妻，我已经死而无憾了！”

“蝶儿……”风灏栎轻轻拍打着紫蝶的脸庞，却只能眼睁睁地看着她闭上了眼睛。顷刻间，他泪如泉涌。

“没用的男人，你除了哭之外还能为你的女人做些什么？”

风灏栎的心惊了一下，下意识地护住怀中的紫蝶，抬起头看到一个身穿鲜红色长袍、戴着面具的女人出现在他面前。“喋血令主？”

“不错！”喋血令主轻蔑地笑了笑，身形一晃，在风灏栎反应过来之前点了他的穴道。她蹲下身子探了探紫蝶的鼻息，满意地点了点头，“这个丫头不愧是我最得意的弟子，中了如此剧毒还能撑到现在。”

风灏栎忽然想起紫蝶身上的毒是喋血令主所下，紫蝶的医术如此之高也是得到了她的真传，那么只要她肯出手相救，或许紫蝶还有一线生机。“前辈，既然您还顾及师徒之情，请您救救她吧。”

“凡是背叛我的人，都只有死路一条！”喋血令主冷酷地拒绝。

“前辈，您花了那么多年时间栽培蝶儿，难道你真的忍心看她香消玉殒吗？如果您要再培养一个像她这么出色的徒弟，只怕花费的不仅是心血吧！”风灏栎很明白，天资聪颖的传人可遇而不可求。

喋血令主淡淡地看了看风灏栎，冷笑道：“要我救她可以，不过你必须答应我一个条件！”

风灏栎的心中燃起了一丝希望，他知道喋血令主不会无条件地救治紫蝶，可这已经是他唯一能选择的路。紫蝶是他最深爱的妻子，他一定要救她。“你说，只要你能治好蝶儿，就算要我上刀山下火海，我也不会皱一下眉头。”

“哼，你以为你这么说我会感动吗？”喋血令主冷哼一声说道，“你说的没错，我为了培养紫蝶花费了十多年的心血，就这样让她死了确实可惜。不过，她只有留在我的身边才能为我所用。”

“废话少说，你究竟想怎么样？”风灏栎不耐烦地问道。

“我要你离开紫蝶，并且今生今世都不能再见她。”

风灏栎以为喋血令主会提出一些刁钻刻薄的条件，比如交出百花玉露丸，比如泄露朝廷的一些重要机密，他已经做好了当叛徒的心理准备。但是现在喋血令主提出的条件居然是不准他再见紫蝶。

“风灏栎，你要想清楚了，再过半炷香的时间，就算华佗再世也救不了紫蝶了。”喋血令主转身欲走。

“等等！”风灏栎握紧双拳，静静地望着紫蝶昏睡的容颜。他轻柔地整理着紫蝶的长发，昨天晚上他们还耳鬓厮磨，说过一生一世永不分离，今天却要面临生离死别吗？风灏栎的脑子迅速转动着，不！他们现在的分离只是暂时的，只要紫蝶活下去，他们一定会有重逢的那一天。

“我答应你！”

喋血令主心情大好，仰天长笑。

“你马上替紫蝶疗伤，等她醒了以后我立刻就走！”

“你以为你有资格跟我谈条件吗？”喋血令主嘲讽地看着风灏栎，在她眼中眼前的男人根本就一无是处，连自己的女人都保护不了，“你离开以后我自然会救紫蝶。”

“我怎么知道你会不会遵守诺言？”

“你还有得选择吗？你现在唯一能做的事情就是相信我，否则这个死丫头只有死路一条。”

风灏栎被喋血令主噎得说不出话来，如果他不告而别，紫蝶醒来以后会怎么想？她一定会以为是他抛弃了她，他甚至能想象到紫蝶的伤心欲绝。

“你再犹豫紫蝶就回天乏术了。”

风灏栎闭上眼睛做了一个深呼吸，横抱起紫蝶回到房中，小心翼翼地将她放在床上。他温柔地轻抚她的脸庞，哽咽着在她耳边说道：“蝶儿，我爱你，永远不会变！”风灏栎狠下心肠转身就走。

“慢着！”喋血令主喝住风灏栎。

“你还想怎么样？”

“发个毒誓，保证你这辈子都不见紫蝶，并且今天发生的事你永远都不会告诉她。”

“好！”风灏栎举手发誓，“我风灏栎对天发誓，这辈子都不见紫蝶，如有违背，天打雷劈万箭穿心不得好死，下辈子投胎做牛做马。”风灏栎才不在乎发多毒的誓，将来的下场无所谓，下辈子的事情更是不在乎。

“不对，如果你违背誓言，紫蝶会沦为妓女，一辈子孤苦伶仃。”

“你……”风灏栎倒吸了一口冷气，喋血令主似乎能看穿他的心思，明白他心里的如意算盘。他强压着胸口的怒火，如果目光可以杀人，他早已将喋血令主挫骨扬灰，此刻他终于体会到什么叫无可奈何。

风灏栎只能按照喋血令主的说法又发了一遍毒誓，他回头留恋地看着紫蝶安静地躺在床上，难道，今日一别真的是永别吗？风灏栎别无选择，在喋血令主的催促下离开了四合院。面对空旷的街道和刺眼的阳光，风灏栎才想起，他都还没有看清楚他跟紫蝶成亲的家是什么模样。

风灏栎从怀中掏出装着百花玉露丸的盒子，他开始意识到他肩上的责任有多么沉重。从懂事以来他所做的每一件事都是为了家族利益，他很想自私一次，为了他深爱的妻子。风灏栎握紧双拳做了一个重要的决定。

紫蝶对他情深似海，如果她醒来看不到他一定生不如死，与其从此以后天各一方相思成疾，不如珍惜遵守诺言，生同衾，死同穴。他从袖中掏出一支信号烟射上天空，稍等了片刻便有三个手下急匆匆地赶了过来。

风灏栎没时间追问他们这几天躲去了哪里，将百花玉露丸交给他们带回京城，交代了几句之后便返回四合小院。即使死在喋血令主手中，至少最后一刻他依然没有违背对紫蝶的誓言，生死相依，不离不弃。

风灏栎回到四合小院的时候已经人去楼空，喋血令主和紫蝶都不见了踪影，他四处寻找却一无所获。没有紫蝶的指引，他在附近寻找了半个月的时间，依然找不到百花谷的入口，心灰意冷之下只能先回京城。

风灏栎不知道，京城里正有一件惊天动地的事情在等着他去处理。

紫蝶不知道自己昏迷了多久，睁开眼睛看到的不是风灏栎，而是面具之下那双熟悉的眼眸。她感到害怕，艰难地起身向喋血令主行礼。

“还有没有觉得哪里不舒服？”喋血令主语气平淡地问道。

紫蝶试着运功，虽然功力尚弱但气息顺畅，她知道她体内的毒已经解了，只是运用幻蝶术消耗了太多的内力，只要静心休养便会痊愈，“多谢师父不杀之恩。”

“你是我最疼爱的弟子，我也舍不得你死。起来吧！”喋血令主把跪倒在地的紫蝶扶起来，她第一次认真地打量这个被誉为蝶恋仙子的徒弟，果然是天生丽质，倾国倾城，“知道我为什么要救你吗？”

紫蝶摇摇头：“弟子愚钝，请师父明示。”

“你是不是很奇怪，为什么你醒来的时候看到的是我，而不是风灏栎？”

紫蝶沉默不语，她很担心风灏栎遭了师父的毒手。

“你放心，他还活着。不过如果再让我遇见他，我一定会一剑杀了他，替你出口气。”喋血令主轻叹一声说道，“你对他痴情一片，他看到你奄奄一息竟然扔下你不管回了京城，这样的男人，还值得你爱吗？”

第十三章　夫妻情断泪沧桑

劳燕分两方

“不，不会的，灏栎不会这么做！”紫蝶明白师父痛恨天下所有男人，她总是认为男人都是负心薄幸之人，全都不能相信。紫蝶因为父亲的原因，加上从小在师父的言传身教之下对男人也没有好感，直到遇见风灏栎。

风灏栎虽然也曾经有负于她，但是两个人到了最后还是冰释前嫌。他不计较她的欺骗，不在乎她的身份，在她重伤垂危的时候娶她为妻，如此的情深意重，她怎么能相信他会在她临死时扔下她不管。

“我知道你很难接受，但是事实就是如此。我找到你的时候你一个人晕倒在厨房里，风灏栎不知所踪，难道这还不够吗？”喋血令主看着紫蝶依旧波澜不惊的眼眸，突然发觉紫蝶对风灏栎的感情比她想象的要深很多。

紫蝶想不明白在她昏迷的这段时间究竟发生了什么样的变故，她唯一担心的是风灏栎会不会遇到不测，或者已经遭了师父的毒手。她黯然泪下，如果风灏栎已死，那么她活着还有什么意义。

“你放心，为师可以向你保证，风灏栎还活着。”仿佛看穿了紫蝶的心事，喋血令主幽幽地说道。

“我要见他，师父，我求求你，你让我见见他吧！”紫蝶跪倒在喋血令主面前，哭着哀求，“我知道是我辜负了师父的一番苦心，可是……紫蝶已经是他的人了，请师父成全。”

“哼，执迷不悟，你好好留在禁地反省思过吧！等你什么时候想通了，我就什么时候放你出去！”喋血令主对于身边所有人都不信任，她之所以愿意救紫蝶，并不是真的因为她对这个徒弟的感情特别深，只是受了一个人的嘱托，暂时留下紫蝶的性命。

喋血令主拂袖而去，剩下紫蝶一个人悲伤哭泣。她绝对不相信风灏栎会舍弃她而去，她疯狂地想念风灏栎，她一定要见他一面。除非是他亲口承认，无论其他人怎么说她都不信。

紫蝶的身体非常虚弱，她每天都按时吃药，姐妹们送来的饭菜她也会逼自己吃下去，剩下的时间全都用来运功疗伤。她知道她未必能逃出百花谷，可是她必须让自己尽快好起来。只有养好身体她才有机会出去见到风灏栎。

紫蝶用了整整一个月的时间才让功力恢复到了七八成，她迫不及待地想要出去，却始终找不到机会。相思刻骨，她此刻才能真正体会到当初母亲跋山涉水，经历千难万险也要去寻找父亲的那份执着。

风灏栎一路走一路打听喋血令的动静，花了将近二十天才回到京城，风灏南已经服下了百花玉露丸，身体在渐渐复原。每一天每一夜，风灏栎的脑海中都是紫蝶的身影。她的伤势让他担忧。

“二爷……二爷，您可回来了，出……出大事了！”管家看到风灏栎漫不经心地牵着马朝家走来，仿佛见到了救星一般冲了过来，惶恐中带着一些欣慰。

此刻对风灏栎来说就算天塌下来他也不想管，顺手将缰绳扔给管家，心不在焉地说道：“不管出什么事都别告诉我，我现在只想回房间好好睡一觉。小事别找我，我不想管；大事更加别找我，我管不了。”

“可是……可是二爷……”管家一脸为难地跟在风灏栎身后。

风灏栎一进入家门就察觉到了不同寻常的气氛，满院子打扫的下人都无精打采，似乎惶恐不安，他们都以一种期待却又欲言又止的表情望着他。风灏栎的心里咯噔一下，莫非是大哥的伤势出现了变故？

他疾步往大厅走去，只见风灏南在若惜的搀扶下迎了出来。

“大哥，你没事啦？”风灏栎在回来的路上已经收到消息，在朝中大臣的力保之下，皇上这一次没有听信阉党的谗言，格外开恩，允许风灏南回家养伤。

风灏南拍了拍风灏栎的肩膀笑道："是啊，多亏你不顾生命安危替我找到灵丹妙药，大哥欠你一条命。"

"大哥，你这话说得太见外了！"风灏栎苦涩地笑，这一次为了百花玉露丸，他付出的代价太惨烈了。

若惜看着风灏栎疲惫不堪形单影只，预料到在百花谷一定发生了不同寻常的事，"相公，二弟刚刚才回来，想必是累坏了，不如……我吩咐下人伺候他梳洗，有什么事等他休息好了再说吧。"

"嗯，也好！"风灏南轻叹一声，目送若惜去了厨房。

风灏栎的内心开始隐隐不安，笑着问道："大哥，究竟发生了什么事？嗯？我怎么觉得好像少了什么！对了，太安静了。三弟还没回来吗，肯定是出去鬼混了。"

风灏南的神情变得很不自在，眼神闪烁不定。

"大哥，是不是发生什么事了？"风灏栎说什么事都不想管纯粹是疲惫时的负气话，万一家中真的有事，他怎么能置身事外。

"灏栎！"风老夫人在丫鬟的搀扶下走了出来。

"奶奶！"在风灏栎的印象中，奶奶从没有像今天这样憔悴。"怎么啦？"风灏栎轻轻挥挥手示意丫鬟退下，把风老夫人扶进大厅。

风老夫人遣退了所有的下人，只留下风灏栎和风灏南两个人，顿时老泪纵横："灏栎，你……你要救救你弟弟呀！"

果然是风灏鸣闯了祸！风灏栎恨铁不成钢，做好了替弟弟善后的思想准备。从他扛起整个家族开始，他已经记不清是第几次了。"哎……奶奶，您别着急，他这一次又是闯了什么祸？您放心吧，不管发生什么事我替他承担。"

"二弟，这件事……哎……"风灏南难以启齿。

风灏栎忽然意识到事情的严重性。如果只是普通的街头打架斗殴，或者妓院里的争风吃醋，即使他不在家，凭大哥的戴罪之身也能替风灏鸣摆平。可是此刻风灏南却一脸为难，看来这一次的事非同小可。

“大哥，究竟什么事你说呀！”风灏栎开始着急。

“老三他……他把季姑娘……强暴了！”风灏南低下头去艰难地说道。

风灏南的这句话如同五雷轰顶，让风灏栎瞬间僵化在原地不知所措。“这……怎么可能？”风灏栎难以接受。风灏鸣从小就任性胡闹，那是因为他缺少父母的关爱和调教，风灏栎始终相信他的本性并不坏，“是不是这中间有什么误会？”

风老夫人流着泪摇头，风灏鸣做出这种伤风败俗伤天害理的事情，她的心也很痛。季如月是季海雄的掌上明珠，又是风灏栎没过门的妻子，这件事如果张扬出去，风家和季家不仅成了百姓茶余饭后的笑柄，皇上怪罪下来风灏鸣一定会被斩首。

风老夫人又气又恨，风灏鸣平日里怎么横行霸道她都可以假装视而不见，可是这一次他闯下弥天大祸，她又不忍心眼睁睁地看着他去死。“灏栎，奶奶知道老三是罪有应得，但他毕竟是你弟弟，你救救他吧。”

“我怎么救他？以前不管他在外面惹了什么麻烦我都替他扛，可是这一次我怎么帮他？季大人会善罢甘休吗？”风灏栎希望一切只是一个误会，可是却发现这只是他的奢望。他背过身去暗中握紧双拳，努力压制着情绪，不想在奶奶面前爆发出来，“灏鸣现在在哪里？”

“我把他关在祠堂里思过。”风灏南亲自登门求季海雄，暂时将此事压了下来。季海雄也答应等风灏栎回来再处理。

风灏栎不等风老夫人和风灏南再开口说话，就怒气冲冲地去了祠堂。

祠堂的门上加了两把锁，风灏栎用内力将铁链震断，一脚踹开了门。风灏鸣垂头丧气地跪在祖宗牌位前，衣衫不整，多日未曾修剪的胡茬让他看上去苍老了许多。风灏栎再也压抑不住怒火，揪住风灏鸣的衣襟，一拳打在他的脸上。

“你这混蛋，畜生……”风灏栎对这个弟弟彻底失去了耐性，“你从小到大都不知道什么叫作责任和义务，没关系，二哥替你扛着；你不愿意好好念书，不愿意习武练剑，没关系，二哥不勉强你；你整天在外面惹是生非，也没关系，二哥替你承担错误。是不是因为这样，所以把你惯坏了……”

“二哥……”风灏鸣闪躲着风灏栎如雨点般落下的拳头痛哭流涕，“二哥，好疼呀……二哥……”

风灏鸣的哭声让风灏栎的心软了下来。其实在风灏栎的心里，对这个弟弟有着深厚的感情，平时责骂得再严厉也舍不得打他，可是这一次他错得实在太离谱了。“疼？你也会疼吗？你知不知道我的心更疼！”

“灏栎，算了，你难道真的想打死他吗？”风老夫人能明白风灏栎此时的心情。风灏鸣躲到奶奶身后寻求庇护，恐慌而祈求的眼神望向风灏南。

风灏南常年在外征战，对于这个弟弟的关心和照顾几乎没有，作为风家的长子他觉得内疚且自责，“灏栎，事已至此你就算打死灏鸣也无济于事，还是想想怎么解决吧！”

“怎么解决？能怎么解决？”风灏栎指着风灏鸣吼道，“这一次我也帮不了你了，如果季大人上书皇上要求主持公道，我多烧点纸钱给你！”风灏栎快要发疯了，狠狠地瞪了风灏鸣一眼便拂袖而去。

“二哥，二哥你真不管我啦？”风灏鸣追了两步被风灏南拦住了。在风灏鸣的心里，虽然现在风灏栎在气头上，可是从小到大他已经习惯了有什么事就躲在二哥的身后。即使今天被二哥暴揍了一顿他一点儿怨恨之心都没有。

面对严肃的大哥，风灏鸣还是比较依赖风灏栎。他知道二哥不会真的不管他。默默地走到风老夫人身边，风灏鸣揉着伤口说道：“二哥下手可真狠，疼死我了！”

“你活该，继续跪着去！”风灏南严厉地呵斥。

风老夫人心疼风灏鸣的伤势，却还是狠下心来先行离开。这一次的事态有多严重她很清楚。“灏鸣，你乖，别再惹两个哥哥生气了。”

“奶奶，我……我负责任就是了。反正二哥也不喜欢如月，我可以娶她呀！”风灏鸣挽着风老夫人的手撒娇。

“啪”的一声，风灏南一巴掌打在风灏鸣的脸上，他气得浑身发抖，“你这小畜生，季姑娘是你二哥没过门的媳妇儿，你竟然说出这样的话……”

“相公，你别生气，你身上的伤还没有痊愈不能动气的！”若惜急忙搀扶风灏南回房间，向风老夫人使了个眼色，在风灏南走远之后风老夫人急忙让下人去拿药。

风灏栎茫然地走在熟悉的街道上，仰望被乌云遮住的天空，忽然觉得身心疲惫。他嘴上可以说不管风灏鸣，可是他真的能不管吗？就算他置风灏鸣于不顾，季如月怎么办？他很清楚他爱的人不是季如月，可是这些年来他对她毕竟还是有感情的。季如月如花般的笑容和单纯的模样在风灏栎的脑海中徘徊。他欠她一份承诺，他欠她一段婚姻。

风灏栎只顾低头走路，没发现不知不觉竟然走到了季府的大门口。

“风大人，您来了！”

风灏栎正进退两难不知所措的时候，季如月的贴身丫鬟走了出来，她双眼通红地走到风灏栎的身边轻声说：“风大人，您快去看看小姐吧……”

风灏栎闭上眼睛做了一个深呼吸，他知道他不能逃避，就算闯祸的人不是风灏鸣，他也不应该在这个时候对季如月不闻不问。他走到季如月的房门口，听到屋子里一阵喧闹，季如月不仅掀翻了房间里的桌椅，还砸碎了所有的瓷器。

望着季如月披头散发，脸色苍白的模样，风灏栎由衷地心疼了，“如月……”

季如月听到风灏栎的声音，动作瞬间僵硬。这些日子她多么渴望能够见风灏栎一面，可是此刻听到他的声音，她却没有勇气回头。她已经不是从前冰清玉洁的千金小姐，她的清白之躯被人玷污，她还有什么面目再见风灏栎。

季如月拿起翻倒的凳子，使出浑身力气砸了过去，撕心裂肺地吼道：“滚……滚出去，我不要看到你，滚……”

雷震京都城

风灏栎没有闪躲，凳子砸向他的额头，顿时头破血流。季如月以为凭风灏栎的身手，要闪开易如反掌，她望着风灏栎泪如雨下，跌坐在地上放声大哭。风灏栎轻轻挥了挥手示意下人全部退下，他走到季如月的身边蹲下，伸出手拭去季如月脸上的泪水。

“如月，对不起，我回来晚了。”

季如月突然起身一把推开风灏栎，使劲捶打着风灏栎的胸膛，哭喊道：“你不是回来晚了，你是根本不应该回来……风灏栎，你说过你会娶我保护我，可是在我受到欺凌的时候你在哪里……在哪里呀……”

“如月，我……”风灏栎无言以对。

“你滚，我不要见到你，你滚……”季如月把风灏栎推到门口，她痛彻心扉的哭泣让风灏栎的内疚之情如排山倒海一般袭来。他一把将季如月抱在怀里，任凭她又踢又打地宣泄心中的痛苦。

季如月挣扎着想要从风灏栎的怀里出来，可是怀抱中熟悉的温暖让她眷恋不舍，她无力地瘫倒在风灏栎的怀里，泪如泉涌。

“对不起，灏栎哥哥……我……”

“别说了如月，是我不好，是我辜负了你！”

“灏栎哥哥，我知道我已经配不上你了，我只想见你最后一面。”季如月仰起头凝望着风灏栎的眼睛，掏出手帕擦去他额头上的血，哭道，“我们来生再见吧！”

“如月，你的手怎么啦？”风灏栎握着季如月的手腕，缠绕着的纱布上还有斑斑血迹。季如月闭上含泪的双眼，泪水顺着脸颊无声地滑落。

对季如月来说，失去了清白之躯就等于失去了全世界。她早就明白风灏栎对她只有兄妹之情，没有男女之爱，以前她还可以用婚约来束缚住风灏栎，可事到如今她还有什么借口可以把风灏栎留在身边。失去了贞操，失去了最心爱的男人，生命对季如月来说是一种漫长的惩罚，她只有选择死亡来结束。

季如月割腕自杀却被救了过来，她茫然无措，不知道该怎么面对风灏栎，面对以后的生活。

“如月，你怎么这么傻？”风灏栎心疼地把季如月的手放在掌心，“没有任何事值得你放弃生命，你明白吗？”

“不，灏栎哥哥，对我来说，没有了你，生命一点儿意义都没有！我知道你不会再要我了……”季如月靠在风灏栎的胸口，紧紧抓着他的衣襟，她害怕她一放手就是永恒。

风灏栎疲倦地闭上了眼睛，他听着季如月的放声大哭慢慢变为小声抽泣，轻轻抱起她放到床上，看着她渐渐进入梦乡，替她盖好被子才忧心忡忡地走了出来。他看着灰蒙蒙的天空，有一种欲哭无泪的疲惫。

风灏栎守在季如月的房门口，倚靠在柱子上闭目养神，直到季海雄和季夫人来到他的身边。

“季伯伯，我……”

“啪”，风灏栎的话还没有说完，季夫人就一巴掌打在了他的脸上。风灏栎一点儿脾气都没有，什么话都没有说。风灏鸣每一次闯祸都由他来扛，这一次也不例外。他一直把季如月当妹妹，弟弟妹妹有事他又怎么能置身事外。

“你们风家欺人太甚了，当初说好了成亲你不出现，你知道如月有多伤心吗？你那个畜生弟弟居然借着醉酒强暴了她……”季夫人哭着说不下去，季海雄轻抚她的后背表示安慰。

“我知道是我对不起如月……”

“你知道有什么用？如月要是有个三长两短我就跟你同归于尽。”季夫人情绪激动地扑上去断打风灏栎。

“好了，别闹了！”季海雄彻底失去了耐性，吩咐丫鬟送夫人回房间，转过身严肃地问风灏栎，“这件事，你打算怎么处理？”

“我……”风灏栎哑口无言，他一回来就听到这样的噩耗，根本还没有时间去思量该怎么办。

“自从出事如月日日啼哭，夜夜不寐，今天你陪着她，她才能安心睡个好觉。灏栎，如果你不能给我满意的交代，我也只好上凑皇上，让圣上来裁决。就算要丢脸,大家一起丢。我豁出去了也要风灏鸣那小兔崽子陪葬。”季海雄咬牙切齿地说道。

风灏栎苦笑着问道 :“季伯伯希望我怎么做？”风家有错在先，即使要他三跪九叩向季如月赔礼道歉他也无话可说，一样照做。

“我要你娶如月为妻，只有你娶了她，她才会安心地活下去。并且你们成亲以后要将风灏鸣送走，不能让他跟你们同住。”季海雄太了解季如月，她之所以感到心灰意冷，是害怕风灏栎嫌弃她。她活下去的唯一动力，就是风灏栎的支持。

“季伯伯，如果是在一个月前发生这样不幸的事，我愿意娶如月过门，可是现在……”

“现在怎么样？难道你嫌弃如月？”

“不，而是我已经娶妻了，我不能对不起我的妻子。”

“你说什么？你……”季海雄一个踉跄险些跌倒，他用尽各种方法压制季如月被风灏鸣强暴的消息，就是希望将事情的影响力降到最低，让风灏栎与季如月低调完婚。他希望风灏栎的爱可以让季如月慢慢淡忘这样事，“岂有此理，风灏栎你……什么时候的事？”

“一个月前，我没有经过奶奶的同意，已经与她完婚，拜过天地也入过洞房了。”

“哼！风灏栎，你这是想要推卸责任吗？我现在给你两条路：一、马上挑个良辰吉日迎娶如月为妻，把你现在的妻子休了；二、明天上朝我就面见圣上，你就等着替风灏鸣收尸吧。究竟是办喜事还是丧事，你自己决定。”

“季伯伯，如果我告诉你我的妻子是谁，你还会坚持要我休妻吗？”

“我不管她是谁，就算是当朝公主我也不给面子。”季海雄气得浑身发抖。季如月是他的掌上明珠，如今却被风灏鸣糟蹋了，作为父亲他有刻骨铭心的痛。

“她并不是什么金枝玉叶，但是在我心中她比任何人都要珍贵。她的名字，叫季梦蝶！”

“你说什么？”季海雄感到晴天霹雳一般，他的两个女儿都栽在了风家兄弟的手上，他高高扬起的手掌停留在半空，迟迟没有落下。许久，他才无力地垂下了双手。

“季伯伯，或者现在，我该叫你一声岳父大人。蝶儿是我的妻子，是我这一生都不能辜负的人。你真的要逼我休了她另娶吗？”风灏栎知道他现在的行为有些卑鄙，可是又不得不为之。如果紫蝶还活着，知道他另娶他人，她该有多么伤心。

季海雄想起了对梦蝶母女俩的亏欠，禁不住伤感地落下泪来。他是一个自私的人，如果风灏栎娶的是别人的女儿，他会毫不犹豫地逼着他休妻。可是，梦蝶也是他的女儿呀！她从小漂泊江湖，尝尽了人情冷暖，看多了世态炎凉，他怎么忍心再让她失去丈夫。

季海雄长叹一声说道：“男人三妻四妾也是很平常的事，既然你已经娶了蝶儿，我不怨你。我会给她交代，你选个好日子，也娶如月过门吧！”

“季伯伯，你不了解蝶儿，甚至不了解如月！”风灏栎在这一刻觉得季海雄根本不配做紫蝶的父亲，“她们俩都不会接受共侍一夫的。”

“爹……你跟灏栎哥哥在聊什么？”季如月从房间里走出来，长发散落在肩膀上，苍白的脸色，摇摇欲坠的身躯，眼神中的无助，每一样都牵动着季海雄的心。

“如月，灏栎在跟我商量你们俩的婚事呢！”季海雄用眼神制止风灏栎的反驳，“你回房间去休息吧，养好身体等着做新娘。”

“灏栎哥哥，你真的不介意……不嫌弃我？”季如月哀怨地望着风灏栎问道。

这个问题该怎么回答？风灏栎只能无声地点了点头，“不管发生什么事，在我眼中你永远都是纯洁的好姑娘。”风灏栎这一句是实话，可是这并不代表他愿意娶她。后面的话他不敢说出口，看着季如月乖乖地进了房间。

“风灏栎你听着，我不管你心里怎么想，总之你一定要娶如月过门。蝶儿那边我自己去交代。”季海雄重重地哼了一声，转身就走。

风灏栎浑浑噩噩地出了季府的门，漫无目的地在街上晃荡，走到望缘楼的门口忍不住驻足停留。他轻轻推开大门，只有李掌柜在默默地打扫，看到风灏栎进来便迎了上来。风灏栎苦笑着要了两坛酒，一直喝到夜深人静才步履蹒跚地往家走。

风府灯火通明，一家人都在等着风灏栎回来。风老夫人看到醉意朦胧的孙子一阵心疼，吩咐下人去厨房端来醒酒汤，亲自拿干净的毛巾替他擦拭。“灏栎，你没事儿吧！”

“奶奶，对不起，我让您担心了……”风灏栎此刻只想好好睡一觉，任何事物都不想理会。

“灏栎，今天下午季大人派人来过了，五天以后是个好日子，他希望你能尽快跟如月完婚……”风老夫人哽咽地说道。

“奶奶，我……”风灏栎不知道该怎么解释，如果他现在不娶季如月，大家一定以为他嫌弃季如月失去了贞操。别人怎么误会都没关系，但是他怎么对得起为了他几乎丢掉性命的紫蝶呢？

“二哥，我不想死，你救救我呀……”风灏鸣看风灏栎犹豫了，开始真正担心起自己的生命安全，他跪下来抱着风灏栎的双腿号啕大哭，“我知道错了，二哥，你别不管我，我不想死啊……”

风灏鸣的这个怂样让风灏南和风灏栎都连连摇头，他做事总是不计后果，等闯祸了才想起要躲到兄长身后寻求庇护。

“灏鸣，这一次你让二哥怎么帮你？”

风灏鸣忽然从地上爬起来，用袖子抹了一把眼泪喊道：“我为什么会变成这样，是你们逼我的！爹娘死了，长兄为父，大哥在哪里？我长这么大有管过我吗？”风灏鸣指着风灏南质问，“你只知道在战场上立功，家里的事你管过吗？十几年不回家……

“二哥，你很能干，每一样都比我强，我做错什么你都会帮我，是你把我变成了窝囊废，你以为我想这样吗？我喜欢如月，可是偏偏她的眼里只有你。如果你真心对她好我也认了，但是你从来没喜欢过她……”

风灏鸣的这些埋怨让风灏栎暴跳如雷，他强忍着怒火问道：“这么说，我这些年来对你的疼爱和呵护全是错的？”

“是。你整天都想着紫蝶，你有看过如月一眼吗？那个江湖女子有什么好，低三下四的贱人……”

“混蛋！”风灏栎扬起手打了风灏鸣一巴掌，“我告诉你，怎么骂我都没关系，可是你侮辱紫蝶就不行。”

“够了！”风老夫人颤颤巍巍地站起来，拄着拐杖哭道，“你们难道真的要看着我被气死才安心吗？灏栎，奶奶知道委屈了你，可是你真的能眼睁睁看着弟弟被砍头吗？就算是奶奶求你了……”风老夫人说着便跪了下来。

风灏栎极重孝道，吓得连忙跪倒在奶奶身边，风灏南与若惜也跪了下来。

“奶奶，您知道吗？我也不想灏鸣死，可是每个人都要为自己做过的事情付出代价呀。”

“灏栎，奶奶知道你很乖，你扛着风家的重担很辛苦，可是命中注定谁也没办法改变。看在你死去爹娘的分上，你救救你弟弟吧！”

风灏栎看着泪流满面的风灏鸣以及跪了一屋子的人，艰难地点了点头。他还有得选择吗？他不娶季如月为妻，风灏鸣要死，季如月也活不下去，他不能看着他们俩去死，所以只好委屈自己。

他的脑海一片空白，他不知道他是怎么回到房间，唯一清醒的意识便是紫蝶。他一闭上眼睛就能看到紫蝶俏皮的笑容和绝世的容颜。她是个杀手，她是他的妻子，她说过只对他一个人笑。

海誓山盟言犹在耳，他不知道她是不是还活着，是不是还记得他们的白首之约。

“蝶儿，你在哪里？你会不会原谅我？”风灏栎对着窗外稀疏的星星自言自语。

重逢泪满天

紫蝶不知道什么时候可以找到机会离开百花谷，对风灏栎的疯狂思念让她的心在慢慢沦陷，她每天都只能依靠回忆活着，心中始终坚持的信念，是等待与风灏栎团聚的那一天。或许过程会很漫长，但是只要有一线希望她都不会放弃。

这天紫蝶正在禁地的密室中运功疗伤，月奴欢天喜地地跑来找她：“堂主，令主下了命令，让您去京城执行任务！”

“真的？”惊喜过后紫蝶马上起了警觉之心，师父的疑心那么重，为什么要在这个时候让她去京城？难道不怕她去找风灏栎再续前缘吗？“是什么任务？”

“令主没有具体说，让属下将这封密函交给您！”月奴递上信封说道。

紫蝶拆开阅读，信中交代让她到了京城之后找地方落脚，随后会有其他人与她联络，那个人会告诉她需要做什么。

“师父现在在哪里？”

“令主昨天已经出了百花谷，临走之时吩咐您随时可以动身去京城。”

紫蝶完全失去了昔日的冷静与魄力，她只想快一点儿见到风灏栎。她不相信他会像师父说的那样，在她奄奄一息的时候扔下她不管。她收起密函，吩咐月奴替她收拾行李，立刻快马加鞭赶往京城。

紫蝶由始至终都相信风灏栎对她的誓言，当她望着京城熟悉的街道，她仿佛可以看到风灏栎微笑的脸庞。这一次，不管发生什么事都没人可以把他们分开。紫蝶面纱下笑容灿烂，风灏栎见到她是不是也会很开心？远处敲锣打鼓，迎亲队伍浩浩荡荡而来，紫蝶随着人流退到街道旁边。

“好大的排场呀，咱普通老百姓连温饱都难了，人家有钱人娶个媳妇儿够咱过半辈子了。”

“你羡慕呀？没用！锦衣卫指挥使成亲，娶的是兵部尚书的掌上明珠，别说朝中文武百官纷纷道贺，就连东西两厂的厂公也要亲自去送贺礼。皇上下旨，风大人大婚期间，锦衣卫与东西两厂的事务暂停三日呢！”

“可不是嘛……风灏栎是锦衣卫指挥使，风灏南又是先帝亲封的侯爷，加上兵部尚书季大人的势力，这下子东厂的人再也威风不起来咯！”

“别瞎说，小心你的脑袋……”

紫蝶的耳边响起了嗡嗡之声，她不敢相信今天要成亲的人居然是风灏栎。不会的，她强忍着不让泪水滑落。不能哭，哭就是承认了风灏栎的背叛。紫蝶不停地颤抖，她想起昏迷醒来第一眼看到的是师父，她想起风灏栎曾经对她说过娶季如月的种种好处。

紫蝶不顾众人诧异的目光，推开拥挤的人潮，施展轻功直奔风府。

风灏栎无精打采地站在门口等着花轿的到来。如此豪华的婚礼他却感觉不到半分喜悦，反而怀念在四合小院中与紫蝶成亲时的温馨场面。没有喧闹的锣鼓，没有亲朋的祝福，但是他们有相爱到老的决心。

在风灏栎的心里，紫蝶才是他的妻子。

“来了来了……”

风灏南不动声色地暗中推了风灏栎一把，把风灏栎的思绪拉回了现实。他按照风俗踢了轿门，用红色的绸带牵着季如月下了花轿，领着她跨过了火盆。风灏栎听着周围的欢声笑语，勉强挤出微笑应酬。

“一拜天地！”

风灏栎木然地跟着仪式走，心中却无比思念紫蝶。“蝶儿，你现在在哪里？你还好吗？”

“二拜高堂！”

风灏栎跪在奶奶面前下拜。“蝶儿，你能感觉到我在想你吗？”

“夫妻对拜！”

“慢着！”

一声娇喝让风灏栎瞬间清醒，是幻觉吗？他不顾礼仪冲了出去，花园中央站立着一位白衣飘飘的女子。虽然她的脸上蒙着轻纱，可是她的眼神，她的气质，都是那么熟悉。风灏栎知道，她是让他魂牵梦萦的紫蝶。

众人自觉地让出一条路，窃窃私语，盯着风灏栎想哭又想笑的脸。

“今天真的是你成亲的日子吗？”紫蝶难以置信，分开不过一个月的时间，风灏栎怎么能这么快遗忘他们一起许下的诺言。

风灏栎低下头沉默不语。可以看到紫蝶安然无恙地站在他面前，他已经觉得很欣慰。他曾发下重誓不再与她相见，但是今天她的出现让他既惊喜又无奈。

“你还记不记得你对我说过的话？你说要照顾我一生一世，你说要与我白头到老，难道这一切都是假的吗？”紫蝶抱着最后一丝幻想问道。

风灏栎闭上眼睛暗中深吸了一口气回答：“假的。我怎么可能娶一个来历不明的女人。”

“师父说你在我重伤垂危的时候弃我而去，是真的吗？”

“是，是真的！我以为你必死无疑，我又何必再浪费时间！”

“风灏栎，我一心一意爱你，你却如此待我？”紫蝶的泪水滑落，每一滴都刺痛着风灏栎的心。他多么想将紫蝶拥入怀中，告诉她，他有多爱她。可是他不能。他不仅没有勇气去面对自己发下的毒誓，更加不能眼睁睁地看着风灏鸣去砍头。

“只能怪你自己太天真了！”风灏栎很想跟紫蝶解释清楚，可是话到嘴边却说不出口。

紫蝶望着深爱的男人，亲口听他说出最残酷的话，她泪如雨下。她抽出腰间的软剑刺了出去，风灏栎身边的侍卫拔出钢刀准备迎上去。风灏栎做了一个不许上前的手势，所有人都眼睁睁看着紫蝶手中的剑刺进了风灏栎的胸口。

风灏栎的不躲不闪让紫蝶大吃一惊，看着鲜血染红风灏栎的衣襟，紫蝶的心比风灏栎的伤更痛。风灏栎支撑不住剧痛，单膝跪倒在地上。“为什么……不躲？”紫蝶含泪问道。

“这是我唯一可以自己选择的事！”风灏栎的声音很轻，可是紫蝶却听得一清二楚。她不明白他话中的意思，风灏栎抬起头凄凉地笑道，“可以死在你的手上，我……”

紫蝶后悔了，为什么她不给他解释的机会，或许他真的有不得已的苦衷呢？她想上前去扶风灏栎，却感觉到一阵掌风袭来。待她反应过来侧身闪躲已经来不及了，风灏南一掌打在她的肩头。

“大哥，不要啊……”风灏栎看着紫蝶受伤却无力阻止，急火攻心之下吐了一大口鲜血，“不要伤害她……”

紫蝶含泪望着风灏栎，此刻在她的眼中只有这个男人，就算全世界的人都笑话她也没关系，她只想知道究竟发生了什么事，她需要风灏栎给她一个交代。

“岂有此理，竟然敢在风大人的婚礼上捣乱，来人，乱箭射死！”一个尖细的声音在旁边喊道。风灏栎大惊失色，只见围墙四周顿时出现了二十几个弓箭手，一齐射向紫蝶。

风灏栎提起真气想要救紫蝶，无奈伤势太重动作迟缓了一步，紫蝶闪躲之下还是被一支箭射中了肩膀，风灏南纵身跳上屋顶命令弓箭手停下来。

“风灏栎，你想杀我灭口吗？从今天起我们恩断义绝，他日相见不是你死便是我亡！”紫蝶举剑割断裙摆，施展轻功离去。

割袍断义吗？风灏栎心痛到窒息，多日累积起来的怨恨和委屈，加上身上的伤，让他终于支持不住，倒在地上昏迷过去。

“灏栎哥哥！”季如月不顾礼仪，掀起红盖头奔到风灏栎的身边，哭泣着摇晃他的身躯，“你醒一醒呀，你别扔下我不管，你睁开眼睛看看我……”

“如月，你先别哭。”风灏南抱起风灏栎往房间走，转头吩咐下人道，“马上进宫去传太医。”

魏忠贤冷眼看着风灏栎血流如注，忍不住露出得意的表情。锦衣卫的势力长期在东厂之上，厉威下台以后风灏栎风生水起，却始终不曾向他靠拢。现在风灏南是戴罪之身，只要风灏栎死了，风家就倒了一大半，那些依附风家的文武百官就容易对付很多。

蜻蜓吩咐下人扶风老夫人回房间，便留在大厅招呼前来道贺的客人，处理善后事情。刚才魏忠贤下令弓箭手伏击紫蝶的时候她就已经发觉，这是一场有预谋的行动，似乎他早就知道会有人出现。

蜻蜓有一种不好的预感，待她忙完所有的事情再环顾四周，已经不见了东厂的人。

“秦大人……”蜻蜓把秦大海拉到一边悄声问道，“今天刺伤灏栎的那位姑娘去了哪里，您知道吗？”

“啊？不知道啊……”秦大海眨巴眨巴眼睛装傻充愣。

蜻蜓微微一笑不再追问，秦大海是风灏栎的心腹，他肯定知道风灏栎和紫蝶之间的关系，现在风灏栎身受重伤，秦大海一定会派人暗中保护紫蝶。蜻蜓明白秦大海不方便向她透露讯息，于是便转身离开。

紫蝶步履蹒跚地向前走着，她看了看肩膀上被鲜血染红的衣衫，竟然感觉不到丝毫的疼痛。她的脑海一直是一身新郎装扮的风灏栎，耳边回荡着他亲口说出的那些残酷的话。究竟怎么啦？到底是哪里出了错？他说过今生今世要与她生同衾死同穴，转身却与另外一个女子成亲。

他背叛的承诺和誓言，却是她生命中最美好的回忆。

紫蝶泪如雨下，抬头看到温暖灿烂的阳光洒落在湖面上，波光粼粼的美景却刺痛了她的双眼。“灏栎，没有了你，世间的一切再繁华，与我又有什么关系？”紫蝶在心里呐喊，“为什么你要骗我……”

紫蝶任凭伤口肆意流血，她觉得她的人生已经没有了意义。“娘，蝶儿终于明白被最心爱的人欺骗和抛弃是怎样的撕心裂肺。您若在天有灵，就请……”紫蝶喃喃自语，话还没说完便感到一阵天旋地转，眼前一黑便失去了知觉。

朱常洵一路跟在紫蝶的身后，没有人比他更加心疼。他始终想不明白，风灏栎究竟哪里值得紫蝶如此死心塌地地去爱，这个人从来都不懂得如何去珍惜爱护紫蝶。他心中有太多的束缚，责任、道义、百姓、忠君，每一样都比紫蝶要重要。

朱常洵蹲下身子，撕下长袍的一片替紫蝶包扎伤口，然后抱起她慢慢地往回走。

“王爷，让属下来吧！”

朱常洵狠狠地瞪了随从一眼，紫蝶是他想要的女人，岂容其他男人触碰她的身体。朱常洵带着紫蝶回到郊外小屋，找来京城最好的大夫替她医治。紫蝶昏迷了整整三天三夜，朱常洵守在她的身边寸步不离。当紫蝶在睡梦中喊着风灏栎的名字时，朱常洵便紧握她的手安慰着她，只有这样紫蝶才会暂时安静下来，也只有这个时候，朱常洵才能让紫蝶靠在他的怀里。

紫蝶的意识恍恍惚惚，她总是感觉到有一个人一直守在她的身边，温柔地呵护着她。她想要睁开眼睛，却总是只看到黑暗，她伸出双手想要抓紧仅存的温暖，可是每一次都是徒劳无功。

“灏栎,你在哪里……”紫蝶的泪水顺着眼角滑落,“我好冷,我好害怕……灏栎……”紫蝶猛然坐了起来，肩膀上的伤口被触动，疼得她直冒冷汗。

“紫蝶，你醒啦？”朱常洵扶住紫蝶，让她轻轻地靠在他的肩上。

紫蝶转过头看到朱常洵布满血丝的双眼，模糊的视线渐渐清晰。原来，守护在她身边的人不是风灏栎；原来，她不能再奢望那只是一场噩梦；原来，她真的已经彻底失去了风灏栎。紫蝶泪如泉涌。

“紫蝶，你是不是还有哪里不舒服？”朱常洵捧起紫蝶的脸，拭去她的泪水喊道，“来人，把大夫全都叫进来。”

片刻工夫，从外面浩浩荡荡涌进来十几个老头子。紫蝶木然地靠在朱常洵的身上，任凭泪水肆意而下。折腾了整整一个时辰，所有大夫一致认为紫蝶没有生命危险，只要静养便可慢慢恢复。

朱常洵轻叹一声，心病还需心药医，紫蝶的病不是静心修养就能痊愈的。“你好好休息，不管将来发生什么事，至少还有我在你身边。”

紫蝶闭上眼睛没有说话，朱常洵的心意她不是不明白，只是没办法接受。以前不能，现在她已经是风灏栎的妻子，她又该如何面对另外一段感情?

弦断亦成伤

紫蝶倚靠在窗口，望着万里无云的湛蓝天空，脑海一片空白。丫鬟端着药碗轻轻走到她身边，小心翼翼地将她的思绪拉回现实。她侧身的一瞬间，看到悬挂在床边的鸟笼中有一只欢快跳动的鸟儿。

小鸟浑身嫩黄的羽毛，清脆的叫声让紫蝶露出了会心的微笑。

“紫蝶姑娘，这只鸟是早上王爷派人送过来的，可以替您解解闷。”丫鬟香儿是朱常洵千挑万选出来服侍紫蝶的，她从来都没见过紫蝶这么美丽的女孩。她唯一不懂的是集万千宠爱于一身的紫蝶为什么从来都不笑。

紫蝶把鸟笼摘下来托在手心，望着笼子里的鸟再次发呆。许久，她打开笼门，鸟儿扑闪着翅膀飞了出去。

“紫蝶姑娘，您这是……”香儿不解，问了一半的话又咽了回去。朱常洵曾经吩咐过，只要紫蝶高兴，就算把房子烧了也没关系。

“能够海阔天空自由翱翔，又何必非要禁锢在小小的笼子之中呢？”紫蝶终于明白师父为什么要让她出来执行任务，就是想让她对风灏栎死心。虽然已经猜到师父的用意，可是紫蝶却不想再去追究。如果风灏栎不做让她伤心的事，任何人的挑拨都没有用。

一阵风吹来，紫蝶下意识地环抱着自己。一件披风悄无声息地披在了她的身上，她转头看到朱常洵关怀的眼神。“天气转凉了，进屋去吧。先把药喝了。”

紫蝶低头嫣然一笑。曾经，她说过只对风灏栎一个人笑。如今，时移世易，她要对每一个男人笑。“多谢王爷的救命之恩和悉心照顾之情，紫蝶要告辞了。”

“你想去哪儿？”

“我有要事在身，不能再耽误下去了。”紫蝶很清楚，师父彻底摧毁她跟风灏栎之间的感情，就是希望她死心塌地的留在喋血令卖命。如果她不能够完成任务，下场逃不过死路一条。

“你是要去找这个吗？”朱常洵从怀中掏出喋血令递到紫蝶面前。

紫蝶愣住了。师父交给她的密函中有交代，让她在京城静心等待，会有人拿着喋血令跟她联络，她只要听从那个人的调遣，紫蝶从来没有想过这个人会是朱常洵。“你……就是师父让我等的人？”

朱常洵微笑着点了点头。

“前段时间师父对我下了追杀令，但是后来不了了之，这完全不是喋血令的作风。现在看来是王爷在暗中帮了我一把吧！”紫蝶的态度由感激变成了冷漠，由始至终她都没把朱常洵和喋血令联系在一起。她一直以为他只是一个心机深沉，意图篡夺皇位却郁郁不得志的皇子，却没想到他隐藏得比她想象中要深得多。

紫蝶态度的转变让朱常洵觉得很不自在，轻叹一声解释道：“紫蝶，我知道你会对我很失望，可我并不是存心想要骗你，我只是……”

“王爷不必解释，从此刻起我只是您的下属。”紫蝶背过身去不想再理会，忽然觉得身心疲惫，“王爷请回吧！”

朱常洵默默哀叹，欲言又止。他望着紫蝶忧伤的背影轻声说道：“我知道你现在的心情很不好，没关系，我不怪你。不管以后会发生什么样的变故，我一定会尽我所能保护你。”

紫蝶听着朱常洵的脚步声远去，有一种虚脱之后的疲惫，几乎要晕倒。丫鬟急忙上前扶住她：“紫蝶姑娘，奴婢去把王爷找回来吧！”

“不用，我想一个人静一静，你下去吧！”紫蝶摆摆手走到床边，靠在床沿发呆。

她没有心情去认真梳理这段时间发生的事情，风灏栎的无情背叛让她对生活丧失了信心，对未来充满了迷茫。从拜入喋血令主门下的那一天起，她以为她的心已经封锁，母亲的无悔痴情换来的凄惨下场让她对每一个男人充满了戒备。可是风灏栎敲开了她的心门，让她对爱情有了憧憬。现在看来，所谓的天长地久只是世人编织的美丽谎言。

紫蝶闭上眼睛，泪水情不自禁地顺着脸颊滑落。她的坚强在一点一点融化，那是因为风灏栎说过会给她一生一世的依靠，她也渴望像普通女子一样被人疼惜。轰轰烈烈之后剩下的只是遍体鳞伤。

“现在，你还对那个男人有幻想吗？”

紫蝶猛然睁开眼睛，喋血令主已经站在了她的面前，幽幽地问道。

紫蝶缓缓跪倒在喋血令主面前，强忍着泪水说道：“徒儿知错，请师父原谅!”

“起来吧!”喋血令主坐下来望着紫蝶带泪的脸庞说道,“我想你已经猜到了,当初我之所以放过你是因为王爷为你求情。现在我要你留在身边保护王爷的安全,并且一切行动听从王爷的安排。”

“弟子遵命!”

“朱常洵是一个非常聪明且小心谨慎的人,我还有很多事情要仰仗他去做。紫蝶,你明白我的意思吗?”

喋血令主的这句话让紫蝶从头凉到脚,师父话语中的暗示她很清楚。但是即使风灏栎抛弃了她,她依然不愿意出卖自己的身体去取悦朱常洵。

“师父,我……”

“好了,你要记住,配合朱常洵,你不仅可以保住你自己的命,享尽世间的荣华富贵,还会有机会向风灏栎报复,让他知道喜新厌旧的后果。”

“多谢师父!”紫蝶的身体微微颤抖,师父后半句话让她的后背发凉。虽然喋血令主没有明说,可是紫蝶却已经猜到,师父接下来要做的事情一定会在朝廷中掀起惊涛骇浪。

喋血令主走后紫蝶陷入了沉思,辽东失陷以后朝中上下纷争不断,熊延弼在有能力坚守的情况下却轻易地放弃了那么大片国土,带着十几万军民退守山海关,这对金军来说是一个天大的机会。

师父究竟为什么要帮努尔哈赤入主中原呢?紫蝶再一次想起了那一道神秘的圣旨。上一次夜闯礼部衙门却没有丝毫收获,她的疑惑在心中不断蔓延。

紫蝶坐在望月亭静静地抚琴,她再一次将心事和感情掩埋,她现在唯一需要做的事情就是好好活下去。风灏栎的背叛和离弃让她生不如死,她想过结束自己的生命,让痛苦随着死亡烟消云散。

朱常洵仿佛看穿了紫蝶的心思,他没有轻声细语地安慰,也没有日夜守在她的身边，他只是淡淡地告诉她，做错事情的人是风灏栎，不是你，你为什么要替别人犯下的错误去承担后果？

犹如当头棒喝一般，紫蝶在一瞬间变得异常清醒。她为什么要拜入喋血令主的门下？因为当时的她无依无靠别无选择，她要活下去；她为什么要成为一个杀手，杀了那么多的人？因为师父的命令不能违背，她要活下去。经过了这么多年地磨练和成长，难道真的要为风灏栎去死吗？不！紫蝶告诉自己，她不能死，她要好好活着，她要风灏栎给她一个交代，还她一个公道。她不要像母亲那样，除了等待什么都做不了，直到临死前的那一刻，都没有听到那个男人亲口跟她说一声对不起。

紫蝶的脑海中闪现出一幕幕美好的片段，百花丛中悠扬的笛声，蝴蝶围绕翩翩起舞，所有的往事都成了过眼云烟。如今的风灏栎已经是季如月的丈夫,近在眼前却咫尺天涯。不知不觉中,紫蝶拨弄琴弦的节奏越来越快。

“嘣”的一声，随着余音缭绕，断裂的琴弦割破了紫蝶的手指，瞬间，鲜血滴落在古琴上。

“紫蝶姑娘，您没事吧？奴婢马上去找大夫！”香儿望着面无表情的紫蝶，吓得脸色苍白，急急忙忙地向屋内跑去。

紫蝶痴痴地望着琴，琴坏了，或许是天意。她趴在古琴上失声痛哭，仿佛是迷失在回家路上的孩子一样彷徨和无助。这是风灏栎送给她的成亲礼物，信物已毁，她再也不能要求风灏栎去兑现承诺。

这一刻，紫蝶觉得上天对她太残忍了一些，连最后的念想和回忆都不让她保留。

“哭完了，就振作起来，还有很多事情等着你去做！”朱常洵走到紫蝶身边，不紧不慢地说道。

紫蝶仰起头，朱常洵的脸庞在泪眼中变得朦胧，朱常洵蹲下身子抓起紫蝶的手，拿出手帕细心地替她包扎伤口。“也许，风灏栎是你心中永远的痛，可是我希望你能明白，这个世界上离开任何人你都能生存。因为从今天起，我来保护你。”

紫蝶头痛欲裂，她感觉她的整个世界都在旋转，迷迷糊糊中跌进了一个结实的胸膛。朱常洵轻叹一声横抱起她进了房间。从出生的那一天起，他就是一个受人瞩目的王子，只要是他想要的东西，他就一定能得到，唯独紫蝶是一个例外。

朱常洵望着紫蝶熟睡的容颜，他忽然很羡慕风灏栎。如果有一样东西可以换取紫蝶的真心，即使要用生命做代价，他也会义无反顾地去做。要得到紫蝶的人很容易，可是他想要的却是她的心。

“或许，我应该找点事情让你做！”朱常洵不想让紫蝶继续沉沦下去，眼睁睁地看着心爱的女人为另外一个男人悲痛欲绝，对他来说这也是一种残酷的折磨和耐性的考验。

当紫蝶再一次醒来的时候，已经是第二天的中午，她依然可以在睁开眼睛的时候看到朱常洵柔情似水的目光。

“醒了？”

“嗯！”紫蝶默默无语，人生的无奈在于许多拥有的东西，并不是自己想要的。

“你师父临走的时候应该有交代，要你听从我的安排！”

“没错，王爷有什么吩咐？”

“你的内力恢复了几成？”

“七八成吧！”

“很好，今天晚上我有任务交给你。”朱常洵微笑着背过身去给紫蝶倒了一杯水，然后递到她的手上，“好好休息吧！”

紫蝶望着朱常洵的背影，恍惚间有一种悲伤的情绪在心里蔓延。

下午的时候朱常洵派人送来了紫蝶随身的佩剑以及她的独门暗器。这个时候紫蝶才知道，短短的几天时间，朝廷又发生了一桩冤案。工部尚书王庆和因为上书弹劾魏忠贤在修筑黄河堤坝中中饱私囊、贪赃枉法而被构陷入狱，已于昨天正午被推出午门斩首示众。

王庆和的家人在朝中良知仅存的大臣的维护下被判充军。朱常洵接到消息，押送王庆和家人的官兵已经被魏忠贤收买，半路上会暗害王庆和的独生儿子王学礼。朱常洵交给紫蝶的任务是暗中救下王学礼，并护送他到安全的地方。

紫蝶对朝廷中的高层官员也有一定的了解，王庆和虽然不算两袖清风，可是敢于弹劾魏忠贤的人毕竟少之又少，他为了黄河两岸的百姓挺身而出，值得她为他的后人冒一次险。紫蝶用喋血令特殊的联络讯号召集了百合堂的下属，入夜之后潜入东厂。

押送犯人上路应该在白天，但是魏忠贤的人却要在深夜，很明显不怀好意。紫蝶向跟随着她的三个手下使了眼色，四人很有默契地分成四个方向散开。紫蝶第一次进入东厂的大牢，幸亏朱常洵已经提前让她看过地图。她顺利到达大牢之外，正想办法引开守卫，却意外地发现守卫全部被人点了穴。

"难道是手下的姐妹比我快了一步？"紫蝶纳闷，施展轻功小心翼翼地进入大牢。黑暗中紫蝶闻到了一股迷香的味道，她从小与药物接触，这种普通的迷香对她来说起不了任何作用，同时她可以确定，外面的守卫被点穴与喋血令无关。

紫蝶握紧手中的剑，摸黑走了两步，忽然感到一阵掌风迎面而来。她凌空翻身躲过的同时击出一掌。她内力深厚，黑暗中的能见度比一般人要强，她隐约看到两道黑影朝她的方向冲了过来，其中一个人的肩膀上扛着一个昏迷的人。

紫蝶不知道对方是敌是友，因此不愿意痛下杀手。她正犹豫不决，一柄闪着寒光的钢刀朝她的面门砍了过来，浓烈的杀气让她觉得头皮发麻。无奈之下紫蝶手中的长剑出鞘，剑气逼退了攻上来的人，另外一个人见情况不妙，立即射出暗器，拉起同伴向外冲去。

东厂大牢之中关的都是一些被魏忠贤残害的忠良，紫蝶想助这些人一臂之力，可是单凭她一个人也是无能为力。她跑到王学礼被关押的牢房之中，却不见王学礼的踪影。“莫非刚才被劫走的人是王学礼？”紫蝶暗叫不妙，她不知道劫走王学礼的人究竟是想救他还是害他。

紫蝶迅速追了出去，看到两个黑衣人纵身跳上了屋顶。来不及细想，紫蝶立刻赶了上去。

“什么人，好大的胆子，竟然擅闯东厂大牢。”

紫蝶知道现在她不用急着去追了，大批东厂的守卫被惊动，将他们团团围住。弓箭手蓄势待发，只等着领头人的一声令下。

“大档头！”

紫蝶看到一个留着络腮胡子的男人威风凛凛地走了过来，叫嚣道：“把王学礼留下，乖乖投降，老子给你们留个全尸。”

这时紫蝶才可以确定，那两个黑衣人的目的是救王学礼。不等他们做出反应，紫蝶的暗器射出去，将前排的弓箭手全部击毙，紧接着长剑挥出，剑光闪过的地方又撂倒了一大片。两个黑衣人的反应很快，在紫蝶的掩护下跳到了安全的地方。

“你快带王公子走，我去接应！”

“你疯了，好不容易出来了你还回去送死？”

“那个人是紫蝶，我不能扔下她不管！”

“喂……真是无药可救！”

风灏栎以内力将秦大海送出东厂的高墙之外，迅速加入了战圈。

那天紫蝶负伤离开之后风灏栎也陷入了昏迷，他以为他不会再醒过来。紫蝶刺他的那一剑，他不怨恨，甚至一点儿情绪都没有。他伤她太深，可是在众目睽睽之下他又怎么能解释他娶季如月的原因呢？

风灏栎一直以伤势太重为由没有跟季如月圆房，他也知道他的做法对季如月不公平，可是每一天每一夜，他的心里梦里都只有紫蝶一个人，他无法强迫自己去接受其他女人。他知道王庆和是被冤枉的，他救不了王庆和，只能尽自己的全力替王家留下一点儿血脉。他没想到劫狱途中会遇到紫蝶，虽然不知道紫蝶为什么会出现，但是对他来说这些都不重要。

东厂的守卫如潮水般不断涌过来，紫蝶的手下听到动静迅速向这边靠拢。风灏栎的伤没有痊愈，他不想恋战，一旦被魏忠贤发现他的真实身份，将会有成百上千的人受到牵连。他牵起紫蝶的手纵身跳上房梁，扔下烟雾弹之后准备离去。

紫蝶的手被黑衣人握住，这种熟悉的感觉让她马上就猜到对方的身份，仿佛是一种深入骨髓的本能，她的心依然感到了温暖。风灏栎牵着紫蝶施展轻功疾驰了一段路，东厂的人大批出动紧追不舍。

“你放开我！”

两人走进一条小巷，紫蝶甩开风灏栎的手，转身就走。

“蝶儿！”风灏栎从后面紧紧搂着紫蝶，“不要走，听我解释好不好？”

是应该给他一个解释的机会，紫蝶的泪水在顷刻间滑落。这些天她不就是在期待着他的解释吗？就算明知那是一个谎言，她也愿意去接受，去相信。她转过身摘下面纱，含泪望着风灏栎，哽咽地说道：“好，风灏栎，我今天站在这里听你的解释，你说呀……”

“我……”风灏栎痛苦地闭上眼睛，迟迟不知道该怎么开口。风灏鸣做出这种无耻下流的事情，让他不得不娶季如月为妻，这些事叫他如何启齿。

风灏栎的犹豫彻底粉碎了紫蝶唯一的奢望。他的欲言又止在她眼中是逃避现实，是推卸责任。她宁愿风灏栎坦白地告诉她已经不再爱她，至少这样她还会觉得风灏栎像个男人。“风灏栎，你太让我失望了……”紫蝶转身就走，风灏栎一把抓住她的手腕闪到墙角，避开了东厂的人。

“蝶儿，我真的是有苦衷的，你相信我！我们先离开这里！”风灏栎拉着紫蝶往另一个方向走。

“不用了，风灏栎，从今以后我们各走各的路，我再也不想看到你！”

紫蝶眼中的决绝让风灏栎心慌意乱，他不想就这样结束。他手足无措，只能拉着紫蝶的手不松开。

“给我四处搜，他们一定就在这附近！”

风灏栎定下心神，在紫蝶耳边轻声说：“蝶儿，不管我们之间有什么误会，我们始终是夫妻。再相信我一次，只要我们安全离开这里，我一定会给你一个交代。”

紫蝶望着风灏栎的眼神，恍惚中她忘记了风灏栎对她的伤害，只知道自己是他的妻子，任凭风灏栎牵着她的手，纵身越过围墙，走进了另外一条小巷。

好熟悉的地方！紫蝶四处张望，原来刚才慌不择路，竟然到了望缘楼的后门。嘈杂的脚步声在迅速靠近，紫蝶没时间再犹豫，跟风灏栎一起闪进了望缘楼。自从紫蝶离开以后，望缘楼便一直停业，只有李掌柜和小七看守。此时夜深人静，紫蝶也不确定李掌柜是否还在。

“应该暂时安全了！”紫蝶松了一口气，与风灏栎进入房中，点燃了灯。她迫不及待地想要知道风灏栎成亲背后的苦衷，一转身却看到风灏栎脸色苍白。在烛光的照耀下她才发现风灏栎的胸前已被鲜血染红。“灏栎，你怎么啦？”

“没事，刚才打斗的时候伤口裂开了。”风灏栎一路走来都强忍着没有吭声，是怕紫蝶担心他的伤势而停留下来。

紫蝶情不自禁地握住风灏栎的手，这个男人无情地抛弃了她，但是为什么看到他痛苦，她的心还是那么疼。

“我去拿金疮药帮你止血。”紫蝶扶风灏栎在床上坐下，急忙起身去拿药。她还没站稳，风灏栎手腕一用力，将她拉进怀里，迅速吻上她的唇。

“唔……”紫蝶挣扎着捶打风灏栎的胸膛，风灏栎的身体颤抖了一下，紫蝶情急之下打疼了他的伤口。

第十四章　相思成灾人断肠

爱在骨髓里

风灏栎皱了皱眉头，双手依然紧紧环抱着紫蝶纤细的腰。如果可以，他恨不得将她镶嵌进自己的怀抱，去实践一生一世永不分离的诺言。他任凭鲜血直流，也不愿意放紫蝶离开。

他的舌尖撬开紫蝶紧闭的双唇，一点一点窜入她的口中。他们分开的时间并不长，可是对他来说却仿佛相隔一万年。紫蝶不敢再用力挣扎，她怕会触碰到他的伤口。他的吻让她的防线在慢慢瓦解，她无助地依偎进他的怀里，泪水无声地滑落。

风灏栎感觉到紫蝶的变化，轻轻吻去她眼角的泪水，柔声说："蝶儿，我好想你……"

紫蝶望着风灏栎深邃而深情的眼眸，完全失去了思考的能力。她知道，她这一生都无法逃脱风灏栎为她铸造的爱情牢笼。该怎么办？以后的日子她该如何继续？"让我替你止血，否则你会死的。"

"你不希望我死，是因为在你的心里还是很爱我，对不对？"

"风灏栎，我的想法还重要吗？你能改变目前的状况吗？"紫蝶的心已经承载不起风灏栎不明不白的爱，她推开风灏栎，眼前一黑几乎摔倒。勉强站稳之后她拿来药箱找出金疮药，递给风灏栎。

风灏栎默默地接过，脱下衣服上药。紫蝶看着他强忍疼痛的表情，最终还是于心不忍。她让风灏栎在床上躺下，下楼打水替他清洗伤口，然后细心地为他上药。紫蝶的指尖触碰到风灏栎的肌肤，这种微妙的感觉让他浑身发烫。

上完药紫蝶拿过被子盖在风灏栎的身上，长久的沉默让两个人都只能听到彼此的呼吸声。许久，风灏栎拉过紫蝶的手放在胸口，用手指勾起紫蝶低着的头："蝶儿，你看着我！"

紫蝶避开风灏栎的目光，她害怕会再次沦陷。风灏栎将她拥在怀中，他闻到了她秀发间散发出的淡淡幽香，他情不自禁地亲吻紫蝶的额头。紫蝶想起了他们的洞房花烛夜，抗拒着想要推开风灏栎。

风灏栎笃定紫蝶不忍心触碰他的伤口，坚持不肯放开她。他的吻慢慢向下移动，吻过她的脸颊和脖子。紫蝶的呼吸开始变得急促，双手紧紧抓住风灏栎的肩膀："不……风灏栎，你快点放开我……"

"你是我的妻子，难道你不想我吗？"

"你……流氓！"与风灏栎的长期相处，紫蝶早就知道风灏栎在外人面前一本正经，但是私底下也有耍赖的一面。这样的气氛是如此的熟悉和融洽，紫蝶热泪盈眶，却再也不能接受。此刻她想起了季如月，虽然她跟季如月一点儿感情都没有，却永远不能抹灭一个事实：她们，是同父异母的姐妹。

风灏栎轻叹一声，他决定把他娶季如月的原因说出来。他不想隐瞒紫蝶任何事，他伤她已经够深了，"蝶儿，你听我说，其实……"

"给我搜！"

"你们……你们是什么人，你们不能进去……"

风灏栎的话才说了一个开头，就被一阵喧闹声打断了。

"妈的，我们办事你也敢拦着，你有几个脑袋。给我搜……"

紫蝶听到了李掌柜的哀号声，"我去大厅拦着东厂的人，你快点走吧。让他们看到你在这里就很难解释了！"

"不行，我走了你怎么办？"风灏栎穿好衣服走到紫蝶身边说道，"你先走，我来应付。东厂的人再横行霸道，也不敢把我怎么样。"

"你别再说了，听我一次好不好？"紫蝶明白其中的厉害关系。风灏栎虽然是锦衣卫指挥使，可是东厂的崛起几乎已经与锦衣卫平起平坐，万一让魏忠贤抓到风灏栎的把柄，他随时会要了风灏栎的命，“望缘楼是我的，我出现在这里合情合理。你就算不为你自己想，也要为你的家人和兄弟想想。”

“可是……”

“别可是了,快点走吧。”紫蝶从衣箱里翻出衣服,走到屏风后面换衣服。

风灏栎看着屏风上的影子，顿时面红耳赤。他觉得天底下再也没有哪个男人像他那么倒霉，连自己的妻子都不能碰。

紫蝶从屏风后面走出来看到风灏栎还在，羞愧得满脸通红。虽然两人早已有了夫妻之实,可当着他的面换衣服,她还是觉得不习惯。“还不快走！”紫蝶说完便走下楼去。

紫蝶走到楼梯口便看到东厂的人对李掌柜拳打脚踢，她顿时怒火中烧，表面上却装作风平浪静。“住手！”

众人听到呵斥声，抬起头见到了一个清丽脱俗的美貌女子，一瞬间，所有人几乎都屏住了呼吸。许久，被称作大档头的人才推开手下上前两大步，问道：“姑娘，贵姓芳名呀？”

“大人深夜私闯民宅，不知道又所为何事呢？”紫蝶目不斜视地走到大厅中央，扶起倒地呻吟的李掌柜，暗中替他把了把脉。

李掌柜几乎不敢相信自己的眼睛，他不知道紫蝶是什么时候回来的，“小姐，您……”

“别说话，你受了伤！”紫蝶用眼神暗示李掌柜什么都别问，李掌柜会意地点了点头。

“姑娘，我们追捕朝廷钦命要犯，亲眼看见他们躲了进来，快点带我们进去搜查。”大档头的目光在紫蝶身上来回穿梭，他从来都没见过如此妩媚的女子。

“大人，望缘楼已经大半年没有做生意，白天都是大门紧闭，何况是晚上呢！大人肯定是看错了。”

“废话少说，马上给我搜！”大档头大手一挥，他的手下便进入客房中四处搜索，“你带我去你的房间搜查，也许是你把犯人藏起来了。”

李掌柜看着大档头淫秽的目光就知道他不怀好意，把紫蝶护在身后说道：“大人，我家小姐是姑娘家，多有不便，还是让小人带您去吧！”

“滚开……”大档头再次把李掌柜推倒在地，一步一步靠近紫蝶。他闻到了紫蝶身上散发出来的清雅幽香，吞了吞口水心痒难耐，“小美人，让我好好疼你……”他淫笑着向前，在离紫蝶两步距离的地方停了下来。

“嗯……怎么……这么头晕眼花的……”

“大档头，您怎么样了？”

“走开……我好得很……”大档头摇摇晃晃地想要继续接近紫蝶。

紫蝶冷笑着向后退了几步，这样的好色之徒就应该给他一点儿教训。堂堂男子汉居然替阉党卖命，简直是不知羞耻。

“不好，上当了！”大档头名叫岳琛，原本是混迹于绿林中的抢匪，此刻他终于意识到遭人暗算中毒了，“你……”他指着紫蝶想要谩骂，却发觉无济于事，于是他做了一个向前冲的手势，他的手下立刻朝紫蝶冲了过来。

紫蝶站立在原地没有动，却暗中将真气凝聚在掌心，手指之间握紧了暗器。她还没来得及出手，就感到一股掌风迎面而来，冲向她的四五个人全部倒地，呻吟不止。

“什么人，吃了豹子胆敢动东厂的人！”岳琛的话音刚落，他的头顶掠过一道人影，一巴掌打在了他的脸上。

“睁大你的狗眼看清楚，居然大言不惭如此狂妄！”人影稳稳地落地，拿过一张凳子放平稳，用袖子擦拭了两遍，跪下来说道，“恭请王爷。”

朱常洵在另外两个人的保护下走了进来，缓缓坐下，看着岳琛微微一笑：“岳大人好大的官威呀！”

“卑职……参见王爷！”岳琛在魏忠贤的手下干活，对朝廷中的局势也有一定的了解。平时仗着魏忠贤的势力他横行霸道，可是对于个别的人他还是有所顾虑，朱常洵就是其中一个。

朱常洵原本在朝廷中就有着根深蒂固的势力，虽然东林党的人并不待见他，可是这么多年来他还是有不少亲信在朝中担任要职，何况他毕竟是皇上的亲叔叔。

“岳大人这么晚了来望缘楼有何贵干？”朱常洵漫不经心地问道。

“卑职是追捕逃犯，追到附近失去了踪迹，因此卑职怀疑他们躲进了望缘楼！”

“你知不知道望缘楼是谁的？”朱常洵问道。

“呃……”岳琛愣住了，他担任大档头的职务时间很短，没有打听过望缘楼的背景。

“望缘楼曾经有什么殊荣本王就不说了，你只要知道望缘楼的老板娘是本王未来的王妃就可以了。”

“卑职该死，卑职该死……”岳琛的冷汗瞬间浸湿了后背。

朱常洵意味深长地看了紫蝶一眼，发现紫蝶愣在原地，脸色极为难看。

风灏栎躲在房梁之上，他不放心留下紫蝶一个人应付东厂的人，躲在暗处想帮紫蝶一把，却听到了朱常洵的这一番话。他愤怒地握紧双拳，紫蝶已经是他的妻子，他怎么可能允许其他男人碰她。

朱常洵的狼子野心几乎朝野皆知，风灏栎恨不得立即将他逮捕归案。最让风灏栎担心的是，紫蝶本人并没有反驳朱常洵的话，他开始心痛和担忧。他负紫蝶在先，万一紫蝶下定决心离开他，他又有什么资格去阻拦。

“狗奴才，还不退下！”朱常洵的随从厉声呵斥道。

“是，卑职告退！”岳琛诚惶诚恐地退出望缘楼，不由得抹了一把汗。紫蝶的美貌让他销魂，却不知道原来她是朱常洵的女人。他抬起头看了看望缘楼的牌匾，若有所思地带着手下的人离去。

紫蝶习惯了伪装平静，但朱常洵的那一番话让她觉得很愤怒。她从来都没有说过要嫁给他，而他却一厢情愿地告诉别人，她是他的未婚妻。紫蝶淡淡地看了朱常洵一眼，转身去查看李掌柜的伤势。

“紫蝶，我有话跟你说！”朱常洵轻轻挥了挥手，他的随从便带着手下以及李掌柜退了出去。

紫蝶内力深厚，她已经察觉到房梁之上还有一个人，而这个人最有可能就是风灏栎。在感情上，她并不是一个拿得起放得下的人，她明白朱常洵对她的一番情意，可是从来没有想过要接受，“王爷还有什么吩咐？”

“以前，我不想强迫你，是因为我想得到你的心，可是过了这么久，我发现你离我越来越远。为了你，我可以做任何事，包括把我的性命给你，我为你所做的一切难道真的比不上风灏栎吗？”

“王爷的错爱紫蝶铭感于心，只是……”紫蝶低下头叹息，“王爷可知道有一种感情叫作情有独钟？”

朱常洵苦笑道：“我知道，就像我对你一样。”

“王爷，有些人，说不出哪里好，可是却永远也取代不了。”

“会的，本王一定会取代风灏栎在你心目中的位置。”朱常洵抓起紫蝶的手腕，逼她正视他的眼睛，“本王已经向你的师父提亲，她答应了将你许配给我，你一定会是我的女人。”

“你……”长期以来，朱常洵的深情都让紫蝶感动，但是这一次她却涌出了反感的情绪。

“她不会嫁给你！”

朱常洵顺着声音传来的方向望去，一道人影从眼前掠过，紫蝶已经被他护在了身后。“蝶儿，你没事吧？”

“风灏栎？”朱常洵早就后悔当初没有杀了风灏栎，留下了他生命中最大的威胁。

“我不是让你走了吗？”紫蝶欣慰风灏栎没有在危急关头舍她而去，却也心疼他身上的伤口。

“风大人半夜三更身着夜行衣，莫非锦衣卫有特殊任务吗？”朱常洵让紫蝶去东厂大牢救出王学礼的同时，还派出第二批人马暗中保护紫蝶的安全。今天晚上发生的事情他已经知道了，只是还在揣测那两个蒙面人的身份。

此刻看到风灏栎的装扮，朱常洵马上联想到岳琛要捉拿的要犯。

风灏栎平日与朱常洵的势力井水不犯河水，他牵起紫蝶的手转身就走。

“紫蝶,你真的要跟他走吗？”朱常洵伸手拦在紫蝶面前,“你想清楚了，他不会带你回家，因为风府中已经有二少奶奶了。”

紫蝶身体僵硬,止住了脚步。朱常洵说得没错,就算她现在跟风灏栎走，他们能去哪里呢？风灏栎曾经说过，有他的地方就是她的家。但是，他的家中不止她一个女人。紫蝶无法去面对，她抬起头幽怨地望着风灏栎，抽回自己的手，背过身去泪如雨下。

琴断情难忘

“蝶儿，我说过我会给你一个交代，你再相信我一次，我……”风灏栎扳过紫蝶的双肩，她的隐忍和无助让他心疼不已。她是他的妻子，他们在生命危在旦夕的时候结为夫妻，对他来说，紫蝶是他的精神支柱。

为了保住风灏鸣的命，也为了能够让季如月有勇气活下去，风灏栎不惜背叛与紫蝶的感情承诺，这种无奈和痛苦总是让他夜不能寐。季如月从小被呵护着长大，她不知道什么是世道艰难，没有体会过什么是人情冷暖，因此承担不了任何的挫折。而紫蝶，她在逆境中成长，她的坚强与傲气已经深入骨髓。风灏栎一直相信紫蝶可以面对打击，就算没有他在她身边，她也可以勇敢地活下去。可是现在他发觉他错了，紫蝶的坚强只是无奈的伪装，她比季如月更加需要温暖和照顾。

风灏栎痛恨自己的无能，不能给紫蝶一个遮风挡雨的家，其实，失去了紫蝶，他比任何人都要脆弱。

“灏栎，你走吧。即使你解释清楚了又能改变什么呢？你送给我的琴已经坏了，天意如此，我们……强求不了。”紫蝶慢慢挣脱风灏栎的手，泪水迷住了双眼，风灏栎的模样渐渐模糊。

“琴坏了可以修，我不会放弃你！”风灏栎反手握住紫蝶的手腕，坚定不移。

“那么心碎了又该怎么补呢？”紫蝶的泪水滑落，清晰地看到了风灏栎眼中的迷茫和绝望，“算了，你走吧。有缘无分，我无话可说！”

“蝶儿……”

“来人，送风大人离开！”不等风灏栎再说什么，朱常洵便唤来了贴身随从。

风灏栎冷笑，即使他受了伤，也不会任由自己的妻子被其他人欺负。紫蝶看到风灏栎的眼中闪过杀气，他紧握的双拳关节咯咯作响。紫蝶上前一步，不动声色地握住他的手说道：“你既然已经背叛了我们的感情，就没资格让我跟你一起走。如果你再不离开，别怪我不客气。”

风灏栎诧异地盯着紫蝶，她从来都没有用过这种语气与他说话。他低头对上紫蝶的眼眸，紫蝶闪烁的泪光让他的心软了下来，松开双掌，头也不回地离去。

紫蝶仿佛虚脱一般，瘫坐在椅子上，痴痴地盯着地面发呆。

朱常洵望着风灏栎的背影在夜幕中消失，忽然无比羡慕他。不管他做错了什么，紫蝶总是用最宽容的心原谅他，即使到了现在，紫蝶还是在为他着想。朱常洵不知道风灏栎是否明白，可是他却看得很清楚，紫蝶不是不想跟他走，而是迫于无奈不能跟他走。

“如果你喜欢，可以重开望缘楼。你师父已经答应我们的亲事，我等你做我的王妃。”朱常洵解下披风披在紫蝶身上，温柔地微笑。

紫蝶缓缓抬起头看着朱常洵柔情似水的眼睛，粲然一笑。她知道，即使到死的那一天，她也不可能再接受第二个男人。

紫蝶开始筹备重开望缘楼，既然师父要她留在京城，那么她就有必要为搜集情报做好准备。她依然没有放弃，她想要知道风灏栎所谓的苦衷究竟是什么。她望着窗外湛蓝的天空，心情异常平静。现在她唯一能做的事情就是等，如果风灏栎真的是迫不得已，即使他们不能长相厮守，她亦无怨无悔。

昨天晚上她很想牵着风灏栎的手离开这个地方，去哪里不重要，天涯海角，只要能跟风灏栎在一起就好。可是，风灏栎背负的责任太多了，他不可能像她一样，放弃所有的一切远走高飞。

朱常洵工于心计，风灏栎身穿夜行衣出现在东厂搜捕的范围之内，如果她跟风灏栎一走了之而激怒了朱常洵，难保他不会做出报复行为。这一年来东厂迅速崛起，势力已经能与锦衣卫并驾齐驱，只是魏忠贤一直没有借口除去风灏栎。

紫蝶不想把风灏栎陷入四面楚歌的境地。如今的朝廷，阉党和东林党争权夺势，双方势均力敌，一旦其中一方失势，天下大乱绝非百姓之福。

朱常洵的封地在洛阳，可是却暗中在京城流连，这一点许多朝中大臣都知道，却没有人过问。紫蝶暗中思忖，师父有心助努尔哈赤入主中原，而在朝中却又与福王联络，坊间传闻他有意篡夺皇位并非空穴来风。

望缘楼重新开张的第一天，因为福王的面子宾客盈门，让人应接不暇。皇上听说紫蝶在京城重开望缘楼，亲自题字，还下旨赐了匾额。东厂和锦衣卫皆派人上门道贺，朝中文武百官更是络绎不绝。如此盛举，空前绝后。

长期以来紫蝶一直对百花谷禁地之中的那道神秘圣旨耿耿于怀。师父既然已把她许配给朱常洵，以师父的个性，过不了多久就会用其他手段来逼迫她就范，在这之前她必须想办法自保。

望缘楼开张的时候风灏栎带着秦大海来过，可是紫蝶没机会与他单独交谈。这天，她一个人坐在房间里发呆，小七替她送午饭上楼，她听到小七自言自语地唠叨：“小姐，今天许多客人都在谈论，福王暗中派人救走了王尚书的独生儿子呢……真没看出来，王爷还是一个忠肝义胆的男子汉……”

紫蝶抬起头看着小七问道：“这些话都从哪里传出来的？”

“不知道，大家都这么说！”

王庆和因为敢于弹劾魏忠贤而被百姓视为清官，在民间的威望急速上升。王学礼明明是被秦大海和风灏栎救走，可是传言却成了朱常洵的功劳。紫蝶怀疑这个流言是从王府传出来的，朱常洵这么做是为了笼络人心。而传言不能作为证据，仗着王爷的身份东厂的人根本奈何不了他，风灏栎也不会出面澄清。这一次，风灏栎无意间帮了朱常洵一个大忙。

朱常洵的篡位举动越来越明显，师父为什么要跟他合作？他们之间是不是达成了某种共识呢？

紫蝶犹豫了很多天，决定要弄清楚那道圣旨与师父的关系。虽然这么做对任何事情都未必有帮助，可是她的心却抑制不了那种冲动。上一次半夜潜入礼部衙门，遇见了风灏栎和另外一个神秘人，他们的目的是什么？

那件事情之后，紫蝶一直都没机会向风灏栎询问。

当打更的人敲过子时的时候，紫蝶换上了夜行衣。她知道朱常洵一直都有派人暗中监视她的行踪，为了避开那些人的耳目，颇费了一番功夫。

礼部的卷宗成千山万，靠她一个人盲目翻找，即使给她一个月的时间也未必能够找到，她想到了找风灏栎帮忙。锦衣卫的眼线遍布天下，他们想要调查一件事，最多三天就一定会有消息。

紫蝶到了风府的门口却犹豫了，她甚至怀着强烈的负罪感不敢进去。此刻风灏栎在做些什么呢？他与季如月新婚燕尔，她进去究竟是打扰了风灏栎，还是伤害了季如月？紫蝶不由自主地握紧手中的剑，迟迟迈不出脚步。

她应该进去吗？紫蝶不停地在心里问自己。她也是风灏栎拜过堂的妻子，为什么季如月可以陪伴在他身边，而她却连名分都没有？是天意如此吗？紫蝶想起了母亲的委屈。十多年前，那个女人凭借着家族势力抢走了她的父亲，许多年后，她再一次输给了那个女人的女儿。两代人，都为男人纠缠不清。究竟是女人在伤害女人，还是男人太过于狠心？

紫蝶做了一个深呼吸，她不愿意就此放弃追寻师父的身份，走到今天这一步，如果她不学会自保，就再也没有人能保护她了。她纵身一跃翻过围墙，风府上下守卫森严，紫蝶感受到了一种不同寻常的微妙气氛。紫蝶躲开守卫绕到风灏栎的书房，发现书房之内灯火通明。她正欲推门而入，看到季如月带着一个丫鬟走了过来。

季如月走到书房门口，从丫鬟手中接过托盘，轻轻挥手让丫鬟回去休息，“相公，我能进来吗？”

风灏栎手上拿着书，心里却七上八下忐忑不安，书上写了些什么他一个字都没看进去。他的伤势在渐渐康复，他已经快找不到继续拖延不洞房的理由。“进来吧！”

“相公，我看到你书房还点着灯，就知道你一定还没睡呢！吃点儿消夜吧，我亲手做的！”季如月把托盘放在桌子上，拉着风灏栎坐下，一脸期盼地望着他。

很多时候，风灏栎对季如月充满了怜惜和疼爱。像她这样的女孩，应该有一个全心全意爱她的相公，而这个人一定不会是他。风灏栎一直都在等一个适当的机会解除与季如月的婚约，可是风灏鸣的酒后乱性彻底打乱了他的人生。

“如月，这些事你交给下人做就好了。很晚了，回房去休息吧！”

季如月握紧自己的手，鼓足勇气坐到风灏栎的腿上，搂着他的脖子轻声说：“相公，你让我留下来陪你吧，大夫说你的伤……已经没有大碍……”季如月说话的声音越来越小，最后低下头不敢与风灏栎对视。

风灏栎明白季如月的意思，他很清楚自己的身体情况，圆房绝对没有问题，可是……他尴尬地干咳两声，笑着说道：“我……我还有很多事情要做，不如你先回房间去，听话……”

紫蝶在窗外听着风灏栎对季如月的轻声细语，她很想转身离开，她受不了风灏栎搂着其他女人，她放不下，更加无法面对风灏栎娶了季如月的事实。泪水无声地落下，进退两难的境地让她的心支离破碎。

季如月缓缓地站起来，风灏栎顿时松了一口气，却发现季如月在小声地抽泣。他勾起季如月的下巴，小心翼翼地问道："如月，你怎么哭啦？"

"你是不是嫌弃我？"

"傻丫头，我嫌弃你什么呀？别胡思乱想。"

"我知道你的伤其实早就已经好了，可是你还是住在书房里，还是不愿意碰我！"季如月隐忍了那么久的委屈终于爆发出来，泪如雨下，"既然你嫌弃我，既然你不能忘记那件事，为什么你还要娶我呀……你让我自生自灭好了……"

"如月，事情不是你想的那样，我从来没有介意过……"

"那你为什么不愿意跟我……"季如月开不了口。从她出生的那一天起，她就被父母捧在手心里呵护，随着父亲的官职越来越高，她所享受的待遇也越来越好。在她的概念里，她是天之骄女，她有美貌有家室，最让她骄傲的是她将来会有一个能干出色、文武双全的丈夫。

所有的一切都是那么美好，如果紫蝶不出现，如果风灏鸣不发疯……

可是这个世界上没有如果，已经发生的事情她改变不了。那个不堪回首的噩梦促成了她的心愿，让她如愿以偿嫁给了风灏栎。正是因为失去了清白之躯，风灏栎对她的冷漠，下人的指指点点，她都忍了下来。她相信时间可以冲淡一切，她在等着风灏栎忘记紫蝶，忘记那件事。她以为她可以等，但是事实告诉她，风灏栎的不理不睬带给她的是更大的折磨，她怕自已等不到那一天了。

望着季如月伤心无助的模样，风灏栎不知所措，他上前将季如月轻轻拥进怀里，拭去她的泪水安慰道："如月，对不起。"

“灏栎哥哥，我求求你，不要再跟我说对不起，我真的不想听。你说一句你爱我好不好，就算是骗我的我也会很开心，你就骗我一次吧……”季如月当日在雨中对风灏栎说过同样的话，可是过了那么久，他却连谎言都不愿意去编。

“我……”风灏栎说不出口，他在这种情况下娶了季如月已经很对不起她，他怎么忍心再骗她。

季如月凝视着风灏栎的眼眸，踮起脚尖，在风灏栎毫无防备的情况下吻上他的唇。

夫妻情意绝

无论是感情上还是理智上，风灏栎都很想推开季如月，但是当他看到季如月眼角的泪水，他的心在一点一点死去。季如月已经是他的妻子了，即使逃得了一时，他也避不开一世。如果他这辈子都不碰她，岂不是对她的再一次侮辱，这与他坚持娶她让她保住性命的初衷不是背道而驰了吗？

风灏栎慢慢闭上眼睛，接受了季如月的亲吻。

紫蝶透过窗户的缝隙，看到风灏栎与季如月深情拥吻，她忽然发觉自己很傻。什么解释，什么交代，都不过是风灏栎无耻的谎言，而她坚持相信他，不过是在自欺欺人。这个世界上怎么会有天荒地老和矢志不渝呢？

紫蝶没有勇气看着风灏栎与其他女人上床，毅然转身离去。失魂落魄的她无意间撞到了走廊上的盆栽。

“谁？”风灏栎立即反应过来，把季如月从怀里拉出来说道，“待在房里别出来。”话音刚落就从窗户中跳了出去。

“二爷，什么事？”风灏栎才刚刚追出来，巡逻的守卫就赶到了。

“照顾好二少奶奶！”亲眼看着一个身穿紫色劲装的人翻出了围墙，风灏栎有一种强烈的不安，刚才那个人的背影与紫蝶太像了。如果真的是紫蝶，他已经做好了一头撞死的心理准备。

风灏栎尽全力施展轻功追了出去，这些日子他就快要疯了，今天晚上他必须跟紫蝶说清楚。明天他就用八抬大轿把紫蝶抬进风家的大门，她是他的妻子，名正言顺的结发妻子。

紫蝶一路狂奔，她不知道自己走了有多远，脑海中一片空白，唯一能感觉到的就是泪流满面。“不许哭，哭代表软弱，就是承认失败，不能哭！”紫蝶想起了朱常洵说的那番话，做错事情的人不是她，为什么要她一个人来承担这样的后果。

紫蝶越想越伤心，明明告诫自己不许哭，眼泪却更加肆无忌惮，最后她瘫倒在地上放声大哭。为什么会这样，她觉得自己的心仿佛被千刀万剐般疼痛。她受不了这样的折磨了。早知如此就应该自私一点儿，与风灏栎留在悬崖底下。或许她的生命会很短暂，却可以留住最美好的记忆。

一道闪电划破了寂静的夜空，震耳欲聋的雷声把紫蝶的思绪拉了回来，这时她才看清楚自己的位置，眼前是一片波光粼粼的湖面。她呆呆地望着湖水，直到雨点落下，敲碎了湖面的平静，她的泪水再也忍不住，决堤而下。

紫蝶从袖中掏出那支精致的发簪，成亲那天风灏栎送给她两件礼物，古琴的琴弦已断，这发簪……还留着干什么？他不会再回到她的身边，如果真的有来世，她只想做一个普通平凡的女子。不要倾国倾城的容貌，不要威震江湖的武功，她只想要波澜不惊的生活，可以与心爱的人厮守终生。

紫蝶凝望了发簪许久，终于狠下心来想要扔进湖中，可是手刚高高举起，却被另外一只手牢牢抓住了手腕。“不许扔！”

紫蝶转过身看到风灏栎浑身湿透站在她面前。她狠狠地甩开风灏栎的手，强忍着愤怒瞪着他：“你来干什么？是不是想要来看一看我如何狼狈，如何为你伤心欲绝？或者，你希望我从这里跳下去，在你生命中永远消失？”

“蝶儿，为什么你不相信我？事情不是你想的那样！”风灏栎几乎要崩溃，如果他有得选择，他宁愿跟紫蝶一起死。

“相信？你让我相信你什么？我昏迷醒来看到的人不是你，我兴冲冲地跑来京城找你，却听到你要成亲的消息。今天晚上是我亲眼看见你跟季如月……你还让我相信你什么？你有什么资格让我相信你？”紫蝶哭喊着捶打风灏栎的胸膛。

风灏栎任凭紫蝶发泄，不还手，不还口。如果紫蝶能把胸中的怨气发泄出来，她想怎么做他都愿意配合。“蝶儿，有些事你看到的不一定是事实的全部。我娶季如月，不是我喜新厌旧负心薄幸，我只是想要保住我弟弟的命，也不想如月去死。”

“借口，你这个骗子！”紫蝶后退几大步跟风灏栎保持距离，“你根本就是在报复我。你恨我当日隐瞒身份欺骗了你的感情，所以你才用这种方法向我报复对不对？风灏栎，你成功了，我现在生不如死你满意了吗？”

“蝶儿，在你的心目中我是这样的人吗？”风灏栎身心疲惫，这些年来他所做的每一件事都是为了皇上，为了家人，到头来却被最深爱的人误解。这种撕心裂肺的痛让他变得更加清醒，“我承认我的优柔寡断造成了今天不可挽回的局面，可是我风灏栎可以对天发誓，我对你的感情绝对没有虚假，我对你说的每一句话都说真心诚意。”

“骗子，大骗子，我不想听。”紫蝶捂住耳朵闭上眼睛。刚才风灏栎与季如月相拥的那一幕让她伤透了心，她再也受不了这样的感情关系，她什么都做不了，季如月，毕竟是她的妹妹呀。

紫蝶手握着发簪，划破自己的手掌，鲜血顿时涌了出来。

“蝶儿，你干什么？”风灏栎看着紫蝶自残身体，想要上前阻拦，紫蝶却再一次后退。

紫蝶使出全身的力气把发簪扔了出去，颤抖着对风灏栎说道：“风灏栎你听着，从你娶了季如月的那一天开始，我们之间就再也没有挽回的余地。琴弦已断，发簪已扔，我们恩断义绝，从今以后我不会再见你，夫妻之情，一刀两断。”

“不，蝶儿，不可以……”风灏栎想要去抓紫蝶的手，紫蝶却打了他一掌。她已经分不清脸上的是雨水还是泪水，她只希望在这个大雨滂沱的晚上，能够结束这段痛苦的三角关系。

风灏栎捂着胸口，眼睁睁地看着紫蝶施展轻功离去，消失在夜幕之中。紫蝶眼中的决绝让他意识到她的决心。他眼前一黑便失去了知觉。

紫蝶转身的一刹那，她的心比风灏栎要疼痛千万倍，“相公，对不起，蝶儿必须要离开了。”紫蝶在心中重复了一千遍一万遍的对不起。

当她看到风灏栎痛苦的眼神，不需要任何解释，她已经明白并且相信了他的话,他确实是有不得已的苦衷。既然是苦衷,就是不得不面对的事实,说出来又能怎么样呢？时光不会倒流，人生也不能重新来过，问题依然存在，她怎么忍心他继续痛苦？如果在这段三角关系中必须有一个人要放弃，要退出，她愿意做牺牲的那一个。

“不管你是为了什么而离开我，都不重要了！”紫蝶失魂落魄地走在大雨中，放弃了风灏栎，就等于放弃了她生命的全部。从今以后不管走到哪里,她都没有了温暖和依靠。就当这是一场梦吧,梦醒了,她还是蝶恋仙子,还是江湖中人人闻风丧胆的绝顶杀手。

紫蝶告诉自己要坚强一点儿，没有了风灏栎，她要更加乐观地生活下去，只有她过得好，风灏栎才会安心。

“一个无耻的男人，值得你这样吗？”

冷漠而熟悉的声音在身后响起，紫蝶却没有停下脚步。对她来说，任何人的冷嘲热讽都无关紧要，只有在乎，才会被伤害。

“这样的男人根本没资格接受女人的爱，我帮你杀了他！”黄莺喜欢看到紫蝶伤心的模样，一个波澜不惊生活了十几年的人，感情爆发出来会比平常人痛苦得多。

紫蝶的眼中闪过一道愤怒的光芒，黄莺感觉到了她散发出来的杀气。紫蝶长剑出鞘，挽出三个剑花，借助雨势刺向黄莺。黄莺纵身闪过，冷笑一声迎了上去。

两个人师出同门，对对方的武功路数都了如指掌，内功修为也在伯仲之间，黄莺从来都不认为她会败给紫蝶。一开始她应对自如，渐渐的却感到了力不从心，她感到异常诧异，还没反应过来，她的右臂就被紫蝶划伤了，长剑落地的同时，紫蝶一掌打在她的胸口。

紫蝶用剑指着黄莺，冷冷地说道："我能打败你第一次，就能打败你第二次。你听着，如果你敢动风灏栎或者季如月一根头发，我一定会让你付出惨痛的代价！"

紫蝶收回长剑转身离去。

黄莺心有不甘却无可奈何。她跟紫蝶不是没有交过手，她一直以为紫蝶的武功只能与她打成平手，却不知道紫蝶长期以来都隐藏了自己的实力。黄莺有些心寒，想起师父对紫蝶的评价，陷入了沉思。

紫蝶接到师父的飞鸽传书，让她继续留在京城暗中协助朱常洵。她有一种强烈的直觉，这段时间师父一定不在京城。紫蝶发出讯息，让月奴帮她查询师父的行踪。月奴的回复让紫蝶有些心惊，因为此刻师父正快马加鞭赶往边关。

自从风灏南继续镇守边关之后，熊延弼被押解回京候审，在风灏南的努力之下局势渐渐稳定了下来，朝中连魏忠贤都暂时不敢动。紫蝶几乎可以确定，朱常洵在图谋不轨，她的心已经恢复冷漠，即使江山易主也与她无关。

紫蝶唯一想做的事情是自保，师父曾经答应将她许配给朱常洵，她知道想要摆脱师父的控制，这段空白的时间是最好的机会。紫蝶拿起佩剑仔细端详，多少个不眠的夜晚，她渴望有一天她能放下手中的剑，过平淡的生活。不是没有可能，只是过程很艰辛。曾经，她以为风灏栎会牵着她的手一直向前走，现在，未知的旅途中只剩下她一个人。没关系，她依然要勇敢地活下去。

紫蝶将软剑缠绕在腰间，写了一封信让小七送到兵部尚书衙门，接下来的是等待。

季海雄收到紫蝶写给他的书信感到十分意外，他匆匆忙忙处理好事情便换上便装来到望缘楼。他看到紫蝶忧伤的侧脸，心疼、内疚……无数情绪在心里交织纠缠，“蝶儿，你找爹来有事吗？”

紫蝶慢慢地转过身走到季海雄身边，她看到了他斑白的双鬓和讨好的眼神，她不敢直视这样的目光，“我想要知道二十几年前，朝廷中的一件事，我不方便动用喋血令的情报网去查，我需要你的帮忙。”

“你为什么会想要查二十几年前的事？”季海雄明白紫蝶做杀手是迫不得已，如今季如月已经找到了好的归宿，有了终身依靠，他想把紫蝶带回家中好好照顾。

“蝶儿，回到爹的身边来，给爹一个补偿你的机会行吗？”

紫蝶重重地叹了一口气：“你到底明不明白，不是我想要跟你走，就能过平静的生活。从我做杀手的那一天起，我就不能轻易摆脱，而你，保护不了我！”

“那……我们可以一起努力呀！”

“努力？当初你为什么不愿意跟我娘一起努力，去实现你的抱负和理想，而是要攀附权贵走捷径呢？”

“我……”季海雄哑口无言。

“我不是故意要挖苦你讽刺你。”紫蝶控制不了自己的情绪，想起母亲的惨死她总是会有满腔的愤怒，“我现在做的每一件事都是想要做回一个正常人，我需要你的帮助。”

“好，你说吧，你想查什么？”

“在三十几年前，高丽派遣了一位公主来我朝和亲，嫁给了皇上，当时皇上册封她为丽妃。我想知道后来那位丽妃怎么样了？”

三十年前季海雄还没有在朝为官，对这件事完全没有印象，他低头沉思了一会儿说道："我要去礼部查一下卷宗才能回复你。蝶儿，你给我一天的时间，明天晚上爹再过来找你。"

"嗯！"紫蝶深深地松了一口气，"最好不要让任何人知道你查这件事，我不想你惹上麻烦。"

"放心吧，傻孩子，爹知道该怎么做！"

望着季海雄离开，紫蝶发觉她的内心其实并没有那么憎恨他，甚至还有亲切感，这就是血浓于水的亲情吗？即使是对季如月，她也提不起任何的恨意。

迟到的父爱

季海雄找了个借口调出了礼部的一些旧卷宗，在一堆残旧的书籍中果然找到了关于丽妃的记载。可是经过仔细阅读，他却有了更多的疑惑。没有惊动任何人，他按照与紫蝶约定的时间前往望缘楼。

一路上季海雄都在思考丽妃的事情，想不明白紫蝶为什么要查三十几年前的事。忽然轿子一阵晃动，他听到了连续几声惨叫，掀开轿帘看到轿夫已全部倒在血泊之中，他的前面多了六个身穿黑衣的蒙面人。

"你们是什么人？"这已经是他第三次遇到神秘的行刺人，季海雄曾暗中调查却一无所获。

"等你到了黄泉路上问阎王吧！"

刀剑的寒光闪过，季海雄下意识地闭上了眼睛，他甚至已经感受掌风拂过脸庞，突然感到身体一轻被人提了起来。"蝶儿！"虽然此刻紫蝶轻纱掩面，但是季海雄还是一眼便认出了她。

紫蝶出来的时候没想过要与人交手，看到季海雄身陷险境，拿出手绢蒙住容颜，出手阻止这些人伤害季海雄。

这六个人的武功路数全部一样，紫蝶抽出腰间的软剑迎了上去，季海雄在一旁看得胆战心惊。紫蝶想要速战速决，把握机会使出了夺命杀招，一剑刺伤了四个人，另外两个扑过来，紫蝶反手一剑将两人击毙。其他四人见状想要逃跑，紫蝶拦住其中一个，厉声问道：“谁派你们来的？”

“你休想从我嘴巴里得到一个字！”

“是吗？”紫蝶冷哼一声，从袖中掏出一粒黑色药丸喂入杀手的口中，随即点了他身上的几处大穴。

杀手立即觉得浑身奇痒难忍，躺在地上不停地打滚哀号。

“再给你最后一次机会，如果还是不肯说，马上就会化为一摊血水，你想说都没机会了。”紫蝶收起长剑说道。

“我说，我说……”短短的时间，杀手的冷汗已经浸湿了后背。

紫蝶又在他身上点了几下，渐渐的，他的痛苦在消失，喘着粗气说道：“是……啊……”杀手的话还没说完，一把飞刀刺进了他的心脏。紫蝶抬起头望去，一道黑影从屋顶上掠过，消失在夜幕之中。

紫蝶没有去追赶，万一这个时候再来一批杀手，季海雄会有性命危险。

“蝶儿，你没事吧！”季海雄松了一口气。

“这里不安全，回望缘楼再说吧！”紫蝶觉得，以目前的形势判断，她的身份隐瞒不了多久了。

此时望缘楼还没有打烊，两人从后面进入花园。紫蝶替季海雄倒了一杯参茶，问道：“你自己有没有查过，究竟是什么人想要害你？”

“不用查我也知道。魏忠贤一直想要我手上的兵符，几次三番软硬兼施，幸好我还有几斤硬骨头。”

“明枪易躲暗箭难防，你自己要多小心。”

季海雄感觉到紫蝶对他的关心，微笑着点了点头，“丽妃的事情我已经查到了。三十年前高丽国王将最心爱的小公主献给了皇上，皇上很宠爱她，在她进宫后三个月便册封她为妃。丽妃娘娘能歌善舞，宠冠后宫。但半年以后皇上却突然下令将她打入了冷宫。”

“为什么？”

“这就是最奇怪的地方。对于丽妃被打入冷宫的原因，没有任何的相关记载，曾经服侍过她的太监和宫女，不是意外死亡便是告老还乡。”

“那丽妃现在还活着吗？”

“据我所知，目前冷宫之中并没有万历皇帝遗留下来的妃子。”

紫蝶坐下来默默地沉思，一个高丽的公主，一个皇上宠爱的嫔妃，忽然之间被打入冷宫，原因不详，甚至连她的生死都成了一个谜，这太奇怪了。可是为什么百花谷的禁地之中会有那样一道圣旨，师父跟丽妃是什么关系呢？

“丽妃入宫的时候是几岁？”紫蝶问道。

“十七！她入宫的具体时间是二十八年前。”

紫蝶想起了万历驾崩之前，她在替他把脉的时候发现曾有高手暗中以内力替他续命，到目前为止她都不知道那个高手是谁，有什么目的。她的脑海中有了一个大胆的揣测，可是知道这些有什么用呢？

“蝶儿，你在想什么？爹还有什么可以帮你的吗？”

“没有了，这件事到此为止，你不要再继续查下去了，剩下的事我自己解决。”

紫蝶的独立让季海雄感到很惭愧，他啜饮着参茶犹豫了很久，问道：“蝶儿，你跟灏栎，是不是也拜过堂？”

紫蝶的身体僵硬了一下，回答道：“是！”

“那……”手心手背都是肉，季海雄怪自己当年罪孽深重，他不能只顾着季如月的幸福而忽略了紫蝶也需要温暖。这些日子他想了很久，唯一的办法就是二女共事一夫了。以风灏栎的地位，娶两个妻子很正常。

“你放心，我不会去破坏你宝贝女儿的幸福，我以后不会再见风灏栎！”

“不是，蝶儿，爹不是这个意思。其实……我可以说服如月接受你，让你进风家的门……”

紫蝶的眼中闪过一道犀利的光，背过身去说道："进门做妾吗？风灏栎娶我在先，如果要与季如月共享一个男人，也应该我是妻她是妾。你应该庆幸我有娘亲的骄傲，我不会要一个不完整的丈夫。"

紫蝶仰望夜空的繁星，每一次孤身一人的时候，她总是渴望可以看到流星，但是每一次都让她失望。只有风灏栎守候在身边，她才能感受到满天星辉的光芒。母亲坚持等待一个男人，是她由始至终都相信真爱的存在，她认为这个世界上有一种感情叫作情有独钟。

紫蝶不能接受跟另外一个女人分享丈夫，即使那个人是她的妹妹。真正的爱情是唯一的，两个人之间容不下第三者。既然得不到风灏栎的全部，她宁可伤到千疮百孔而放弃，也不愿意忍辱负重。

季海雄无话可说，两个女儿爱上同一个男人，这段纠缠不清的三角恋，让季海雄揪心不已。

望缘楼的生意兴隆，让紫蝶的日子变得忙碌起来，很多时候，在恍恍惚惚中她真的会把自己当成是一个普通的酒楼老板娘。她不必再以杀人为业，不必再依靠任何人生活。

这天紫蝶在房间里查看账目，楼下的街道上一阵喧闹，她打开窗户看到许多百姓纷纷朝一个方向跑去。她唤来小七让他出去看看情况，没过多久小七就气喘吁吁地跑了回来。

"小姐，熊延弼已经被押解回京了，现在被打入了天牢。皇上下旨追究责任，广宁失守，退守山海关，兵部尚书季大人今天早朝的时候被削去了官职，关入大牢听候审判呢！"

"什么？"紫蝶忍不住从椅子上站了起来。季海雄与魏忠贤向来不和，这一次广宁失守，季海雄身为兵部尚书当然有不可推卸的责任，魏忠贤一定会趁机打击报复，让季海雄永远翻不了身。

"小姐，季大人他……"小七虽然年纪小，可是从小混迹于市井之中，察言观色的本事绝不比成年人差。季海雄经常身穿便装来找紫蝶，他都看在眼里，他虽然猜不透紫蝶和季海雄的关系，但是至少能看出两个人有某种联系，“您放心吧，有风大人在朝中保奏，季大人会没事的。”

紫蝶回过神儿来摇头苦笑一番，示意小七先出去。小七毕竟还小，即使懂得看人脸色，却未必懂得政治。风灏栎是季海雄的女婿，在这件事情上他避嫌都来不及，又怎么能明目张胆地站出来替季海雄求情。魏忠贤一直想要季海雄手上的兵符，也想要吞并锦衣卫的势力，这一次是大好机会，他一定会趁机把季海雄和风灏栎一网打尽。

紫蝶派遣心腹手下暗中监视东厂的一举一动，密切留意着朝廷的动向，现在她能做的事情只有以不变应万变。

第二天中午，紫蝶心不在焉地在房中抚琴，百合堂的姐妹带来了一个消息。

“堂主，属下接到可靠的消息，新上任的兵部尚书孙承宗，即日便会起程前往山海关。”

“这么快？”紫蝶起身打开窗户，微风拂过脸颊，让炎热的暑气减退了一些。

“前些日子辽东经略王在晋上报朝廷，提出要在八里铺筑城。他的这个提议却得不到认同，他手下的宁前兵备佥事袁崇焕、孙元化等人竭力反对，联合上书首辅叶大人。不过叶向高对排兵布阵之事一窍不通，拿不定主意，皇上便请了他的老师，也就是新任兵部尚书孙承宗。”

“去拿张地图给我！”紫蝶对孙承宗这个人做过详细的调查。此人不仅是朱由校的老师，还教过朱常洛，他才华横溢却也性情古怪，淡泊名利。

紫蝶仔细研究了山海关一带的地形，不禁轻笑出声。

“堂主，有什么问题吗？”

“这个王在晋，简直是个蠢材！”紫蝶微微摇头，这样的人居然也能当上辽东经略这个重要职务。朝廷之中党派林立，用人唯亲，难怪一些真正有能耐的人都不能为国效力，当初风灏南被押解回京，熊延弼为了争一时之气，放弃了那么大一片国土。

“堂主何出此言？”

连孙承宗都拿不定主意，不知道该不该筑城，而紫蝶却直接骂王在晋是个蠢材。

“在这么近距离的地方建造一座新的城池完全没有必要。”紫蝶不屑再去解释，不过她相信以孙承宗的才干，加上风灏南的文韬武略，一定可以守住山海关。紫蝶忽然想起了一件事情，问道，“最近师父有没有提起蜻蜓？”

“没有，现在除了百合堂之外，喋血令中所有事物都是黄堂主在处理。”

“黄莺现在人在哪里？”

“属下不知道。”

“马上去查，查到了通知我！”紫蝶打发下属离开，再一次陷入了沉思之中。季海雄现在身陷险境，她该救他吗？应该怎么救呢？

入夜以后紫蝶潜入季府，里面一片萧条，完全没有了往日的朝气蓬勃，果然是世态炎凉。紫蝶翻上屋顶，掀开瓦片偷偷地向下看，当年那个意气风发，颐指气使殴打她母亲的女人，此刻正憔悴不堪地坐在梳妆镜前发呆。

季如月带着丫鬟进屋，走到母亲身边轻声说道：“娘，您吃点儿东西吧！”

季夫人推开季如月递上来的筷子摇头叹息：“如月，你催催灏栎，让他赶紧想办法救你爹出来。天牢那个地方不是人住的呀，魏忠贤对你爹恨之入骨，一定会想办法折磨他的。”

“娘，相公已经在想办法了。天牢不是魏忠贤的地盘，相公已经安插心腹暗中保护爹的安全了。”季海雄出事以后，季如月仿佛长大了许多。她看着风灏栎为了她父亲的事情到处奔波，她更加相信自己没有嫁错人。

她不再吵闹，不再任性，而是安安静静地守候在风灏栎的身边，其他时间用来陪伴母亲，“娘，您放心吧，爹一定会没事，我们可以一家团聚的。”

“哼，只怕是要到黄泉路上团聚了吧！”

就在这时几个蒙面人破门而入，季如月大吃一惊，急忙将母亲护在身后。为首的蒙面人刺出一剑，杀掉了季如月随身的两名丫鬟。季夫人吓得面无血色，几乎要昏厥。眼看着蒙面人的剑就要刺进季如月的胸口，一阵掌风将剑震偏了。

“如月，你带岳母先走！”风灏栎心有余悸，如果他晚来一步，后果不堪设想。

紫蝶松了一口气，刚才她的犹豫差一点儿让季如月母女无辜丧命，她握了握拳头，仔细观察着场中的打斗。风灏栎一个人应付四个杀手似乎并不吃力，紫蝶知道他不会输。

就在紫蝶准备离开的时候，从院墙之外又跳进来四个黑衣人。场中的局势逆转，风灏栎以一敌八很快显得力不从心。紫蝶没办法再袖手旁观，几乎是出于本能反应，她抽出腰间的软剑，从屋顶跳下加入战圈。

“蝶恋仙子？”一个蒙面人很快认出了紫蝶的身份，从怀中掏出一面鲜红的令牌说道，“我现在命令你马上杀了风灏栎！”

紫蝶曾经两次从刺客手中救下季海雄，按照季海雄的推测，要杀他的人应该是东厂的魏忠贤。为什么东厂的人会有喋血令？师父暗中与福王达成了合作的协议，莫非朱常洵与魏忠贤也有勾结？

紫蝶的这些想法都只是在脑海中迅速过了一遍，她以电光火石般的速度刺出长剑，将拿令牌的人一招击毙。紫蝶的果断让风灏栎都觉得佩服。她不想接受这样的命令，于是就只能把下达命令的人杀死。

“你好大的胆子，居然敢违抗令主的指示？”

“废话少说，你们出得了这个门才有资格向我兴师问罪！”紫蝶不想继续跟他们废话，舞动手中的长剑，在风灏栎的配合之下很快便将所有人解决。

季如月与季夫人抱在一起瑟瑟发抖，对娇生惯养的季如月来说，这样的腥风血雨是难以想象的。

“如月,没事了。”风灏栎变得手足无措,在紫蝶面前他做不到无动于衷。他不想伤了紫蝶的心，却也心疼季如月的处境。

“相公，我好害怕，我以为再也见不到你了。”季如月扑进风灏栎的怀里放声大哭。

风灏栎情不自禁地望向紫蝶，虽然紫蝶戴着面纱，可是他却能清晰地看到她眼神中的哀伤。风灏栎忍不住闭上了眼睛。

“灏栎，怎么会这样……究竟……究竟发生了什么事啊？”季夫人泪如雨下。

“岳母，岳父现在被关押在天牢里，府中不太安全，我来接你去我家中居住，这样您还可以跟如月做个伴，其他的事交给我来解决。”风灏栎庆幸今天晚上有惊无险，如果没有紫蝶的帮助，或许他们三人都会没命。

“相公，她是谁？”季如月的心七上八下，轻声问道。

风灏栎与季如月依偎在一起的场景总是能够刺痛紫蝶的眼睛，她一言不发地纵身跃上屋顶，施展轻功离去。风灏栎出于本能想要去追，却被季如月拉住了衣角。

那天与紫蝶分开以后，他晕倒醒来的时候已经躺在家中的床上，床边是哭得双眼红肿的季如月。他想起紫蝶临走之时的决绝的眼神，虽然她打在他身上的那一掌并不重，但是却震碎了他的心。

当初他迫于无奈离开重伤的紫蝶，心中依然存着一个希望。只要他们都还活着，就一定会有团聚的那一天。无奈世事难料，再次相见却是景物依旧人事已非。可是他没有想过要放弃，他想跟紫蝶解释清楚，得到她的谅解，让她明白他的心从来没有变过。

可是紫蝶就这么走了，风灏栎难以面对这个现实。他们说过要一生一世在一起，共同经历过的重重险阻，难道只是过眼云烟吗？

“相公,你怎么啦？”季如月扯了扯风灏栎的袖子,把他的思绪拉了回来。

“没事，我先送你们回去！”风灏栎回过神儿来，忽然想起一些事情，既然魏忠贤会派人来刺杀季如月和季夫人，难保他不会在天牢中对季海雄下手。皇上整天都沉迷在一大堆木头里，对朝廷的事物不管不顾。以前孙承宗孙大人还能劝他几句，现在孙大人去了山海关，朝廷上下的言路都被魏忠贤阻塞，风灏栎想见皇上一面也很难。

风灏栎送季如月母女回到家之后，安顿季如月睡下，换上夜行衣决定夜探天牢。当他到达天牢的时候，发现全部守卫不是被人点了穴，就是被迷晕了。他心惊胆战地潜入天牢，发现季海雄的牢房之中有另外一个身影。

“你真的不愿意跟我走？”风灏栎想到的事情，紫蝶也想到了，她冒着生命危险潜入天牢就是希望能够救走季海雄。但季海雄虽然抛弃妻子贪慕虚荣，却并不是一个贪生怕死的人，他坚持不肯离开，要留下来承担应负的责任。

“我走了会连累季家上下四十二口人的性命。蝶儿，爹在你的心目中不是一个好人，如果我因为自己的生死再一次抛下妻子和女儿，你觉得我还值得你尊敬吗？”季海雄问道。

“我从来没有尊敬过你，因为在我心中你不仅不是一个好人，甚至不配做一个男人。”紫蝶淡淡地说道。

季海雄轻笑着却并不生气，紫蝶跟她的母亲一样，刀子嘴豆腐心，她既然愿意冒这么大的险进来救他，在她的心目中他又怎么会一点儿地位都没有。“蝶儿，爹很高兴还能再见到你，我唯一的遗憾是到了现在都不知道你娘葬在哪里，我好想去看看她。”

“你真的不走？”紫蝶再一次问道。

“蝶儿，你从小到大爹都没有照顾过你，你说得对，我不管用什么方法都不能补偿欠你的。爹这一次不可能平安度过，以后你要好好地生活下去，知道吗？”

紫蝶转过身去，不由自主地落下泪来。季海雄就跟当初的风灏栎一样，为了所谓的忠君爱国，名节大义，宁愿死在牢里也不逃走。她觉得他们很迂腐，却不得不佩服，“如果这一次你能逃过一劫，我会告诉你我娘葬在哪里，让你亲口去跟她说对不起。”

“谢谢你，蝶儿！”季海雄热泪盈眶，紫蝶愿意让他去拜祭樱若，就代表她已经原谅了他。他这一生最大的遗憾已经没有了。

风灏栎站在不远处叹息，上天对紫蝶似乎特别的眷顾，不仅赐予了她绝世的容颜，更加让她拥有高超的医术和盖世的武功。但她所拥有的一切，却又是用其他东西换来的。她之所以身怀绝技，完全是生存的需要，就是因为从小没有父母的庇佑，她才不得已做了杀手。

在紫蝶的身上，存在着两种极端——幸运与不幸，挣扎交替，让她痛苦和矛盾。她想要挣脱命运的枷锁，却发现被越缠越紧。她想找个依靠，却陷入了感情的旋涡难以自拔。她的处境让风灏栎心疼。

“包围起来，有人私闯天牢！”

风灏栎听到了外面一阵嘈杂的脚步声，他疾步上前握着紫蝶的手说道：“快跟我走！”

第十五章　花落飘零离别痛

誓言在心间

紫蝶听出了风灏栎的声音，他掌心传来的温度渗透进她的身体，恍惚中让她不知所措。

“岳父，我和蝶儿带着你杀出去！”风灏栎握着紫蝶的手就再也不愿意放开，如果今天晚上真的死了，至少他还能和紫蝶在一起。

季海雄没料到风灏栎也这么鲁莽冲动，摇摇头说道：“你们俩听我说，我绝对不会走。凭你们俩的武功要杀出重围并不难。快走吧！”

“可是……”风灏栎犹豫不决。

“灏栎你听着，如果我真的死了，那么季家和风家的重担就压在了你一个人身上，你必须改掉你优柔寡断的毛病，作为一个男人，要当机立断。如月和梦蝶，我就交给你了。”季海雄郑重严肃地说道。

风灏栎听到脚步声越来越接近，越来越凌乱，他重重地叹了一口气，牵起紫蝶的手向外冲了出去。天牢已经被重重包围，弓箭手严阵以待，紫蝶洒出暗器击倒了一大片。这段日子紫蝶将感情压抑得很辛苦，她愤怒地发泄着胸头的怒火，在风灏栎的掩护下击毙所有弓箭手，剩下的大内高手对紫蝶来说并不算威胁。

风灏栎不想恋战，正想拉着紫蝶迅速逃离，忽然从四周出现了一批身穿黑衣的人。“黑衣箭队！”风灏栎暗叫不妙。黑衣箭队是东厂的精英，他们每一个人都身怀绝技，可以五箭齐发，十个人一组，三组轮流射击，很难有人躲得过。

紫蝶身上的暗器已经用完，风灏栎在躲过黑衣箭队的第二轮攻击之后，提起一口真气按住紫蝶的后背，助她跃上了屋顶。紫蝶眼睁睁地看着一支箭射进了风灏栎的后背。

“灏栎！”紫蝶在心里呐喊一声，从袖中甩出白绫，风灏栎接住另外一头，在紫蝶的帮助下用尽最后的力气翻上了围墙。紫蝶洒出一把白色的粉末，阻拦了追上来的人，与风灏栎一起施展轻功离去。

东厂的人和大内高手依旧紧追不舍，幸亏风灏栎对皇宫内的地形熟悉，两人为了躲避追捕七弯八拐，在夜色的掩护下进了冷宫。

黑衣箭队用的箭十分特别，一旦射入体内便会牢牢勾住皮肉，想要拔出来必然会痛苦万分。紫蝶随便找了一间空置的房间扶风灏栎进去，她不敢点灯，黑暗中她只能听到风灏栎粗重的喘息声。

“灏栎，你怎么样啦？”紫蝶又着急又心疼，最终忍不住掏出火折子。她看到风灏栎因为强忍着疼痛而脸色惨白，伤口还在不断地流血。紫蝶手忙脚乱，她从来没有像现在这样害怕。

或许，真的是她错了。风灏栎舍身挡住射出来的箭，足以证明他始终把她放在心里。他说过会豁出性命保护她，他没有忘记，也没有食言。

“蝶儿……不要哭……没事的！”风灏栎的手掌覆盖着紫蝶的脸庞，微笑着说道，“比起你流泪给我造成的心疼，身上的伤根本算不了什么。”

紫蝶此刻才发现她早已泪流满面：“灏栎，我帮你处理伤口，你忍一忍好吗？”

“蝶儿……你可不可以……再叫我一声相公？”风灏栎握着紫蝶的手说道。

“到了现在你还说这些无关紧要的话干什么呢？我先帮你疗伤。”紫蝶低头不去正视风灏栎的眼睛。

“不，蝶儿，这不是无关紧要的事，对我来说这比我的性命更重要。”风灏栎的血还在不停地流，他艰难地说道，“蝶儿……当你说要跟我……断绝夫妻关系的时候……我生不如死，你知道吗？”

“相公，你别说了，我知道错了……”紫蝶失声痛哭。

风灏栎笑了，拭去紫蝶的泪水轻声说："你没有错，是我不好……"

紫蝶看着风灏栎越来越虚弱，顾不上后面会有追兵，找来房间里的蜡烛点燃，放在风灏栎的身边，"相公，我帮你把箭拔出来，一定会很痛，你一定要忍住。"

风灏栎伸手轻抚紫蝶带泪的脸庞，欣慰地微笑，他唯一庆幸的事情，是这支箭没有伤害到紫蝶。他微微点了点头，示意紫蝶动手。紫蝶的手在剧烈地颤抖，她强迫自己冷静下来，闭上眼睛做了一个深呼吸，鼓足勇气去拔风灏栎身上的箭。

"嗯……"

随着紫蝶的动作，箭离开风灏栎的身体，猛烈的剧痛让风灏栎浑身颤抖，但他咬紧牙关只是闷哼了一声。紫蝶泪如雨下："相公，你怎么样？"

"蝶儿……"风灏栎痛得抽搐，他望着烛光中紫蝶的容颜，突然扑过去吻住紫蝶的唇。

紫蝶眼角的余光看到拔出来的那支箭，特殊的构造确实可以让人痛彻心扉。风灏栎在这种剧痛之下依然能够忍住，她心有余悸。风灏栎的吻她无法拒绝，她轻轻搂着风灏栎，温柔地回应着他的吻。

许久，风灏栎放开紫蝶，温柔地笑道："蝶儿，你比任何止疼药都管用。"

紫蝶捧着风灏栎的脸，止住哭泣说道："都什么时候了，你还有心思开玩笑。"

风灏栎不回答，每一次面对紫蝶，无论是多么恶劣的环境，他总是能够保持愉快的心情。这个世界上只有紫蝶可以让他失去理智，也只有紫蝶可以让他保持清醒的头脑。

紫蝶脱下风灏栎的衣服，取出随身携带的银针替风灏栎金针刺穴止血，再用手帕替他包扎伤口。她强忍着泪水不再哭泣，风灏栎的伤口触目惊心，她小心翼翼地不敢触碰。

"还疼吗？"紫蝶点了风灏栎的几处大穴，希望可以减轻他的疼痛，"我们要马上离开这里，你的伤需要好好治疗。”

“我现在浑身无力，再给我一点儿时间，我想我可以恢复体力。”风灏栎满头大汗，东厂的人果然比锦衣卫更加心狠手辣。

“可是，这里安全吗？”

“放心吧，这里是冷宫，是皇上用来关押犯了错误的嫔妃的地方，平时几乎没有人来。”

紫蝶点了点头，风灏栎拉着她坐到他的身边，让紫蝶靠在他另外一边的肩膀上。他喜欢这种安静的氛围，即使随时会有危险，只要紫蝶在他的视线范围之内，而她是安全的，那么他就觉得很安心。

风灏栎失血过多，紫蝶想运功替他恢复元气，可是他坚决不肯。东厂的人随时都会搜过来，他们两人之中必须有一个人要保持体力。风灏栎不想让紫蝶再为他冒险，他欠她的已经太多了。此刻他还活着，还能抓着紫蝶的手，他已经觉得心满意足。风灏栎体力透支，眼皮越来越沉重，迷迷糊糊睡了过去。当他醒来的时候身边空空如也，他吓出了一身冷汗，急忙想要起身，动作过猛拉扯到了伤口，又是一阵撕心裂肺的疼痛。

“蝶儿……”

“相公，我在这里！”紫蝶听到动静走了过来，扶起风灏栎，见到他又疼得满头大汗，便用衣袖替他擦拭汗水。

风灏栎松了一口气，捏捏紫蝶的鼻子温柔地责备：“你去哪儿了？醒来看不到你我很担心你知道吗？”

“我没离开这间屋子，只是四处看看。我发现了一些很有趣的东西，你过来看看！”紫蝶拉着风灏栎走到墙角，举起蜡烛照过去。风灏栎定睛细读，失笑道：“只是一些普通的情诗，有什么特别的？”

“我记得你刚才告诉过我，这里是冷宫，那么这间房以前住的应该是一个失宠的妃子，是不是？”

“应该是吧……那这屋子的主人借诗抒情，表达对皇上的思念之情也很正常。”风灏栎不以为然，这些情诗写得极为凄凉和无奈，让看的人都觉得心情悲戚。

紫蝶听了风灏栎的话却微微摇头：“这是一首叙事的诗，就像白居易的《长恨歌》一样。诗中表达了一个女人对一个男人的思念和爱恋之情，写得深情而感人。我不觉得是写给皇上的。”

“为什么？既然是嫔妃，不写给皇上写给谁？”

“深宫之中有多少女人是幸福快乐的？像杨贵妃那样集万千宠爱于一身的妃子能有几个？皇上有三宫六院七十二妃，这些女人又有几个是真心爱皇上的人呢？一个被打入冷宫的嫔妃，你认为她会爱皇上吗？”

“蝶儿，你到底想跟我说什么？”风灏栎灭掉蜡烛，牵着紫蝶走回刚才休息的地方说道，“不管写诗的是什么人，跟我们也没关系。这个房间这么厚的灰尘，肯定空置了很久，我想那个嫔妃一定也已经死了。”

“未必！”紫蝶轻叹一声，最初吸引她看这些诗的并不是诗本身有多吸引人，她只是惊讶于诗的笔迹竟是那样的熟悉。她把最近调查的事情大致跟风灏栎说了一遍。

“你怀疑喋血令主是丽妃娘娘？”风灏栎吃惊不小，一般女子不可能从冷宫中逃走，还在江湖上建立了令人闻风丧胆的杀手组织。

“我绝对不会看错，这些年师父写了无数封密函给我，笔迹跟墙上的一模一样。”紫蝶忽然想起来问道，“对了，上一次在礼部衙门，你在找什么？”

“我想要找一份跟王庆和大人有关的诰封信函，原本那一晚是秦大海去的，可是他喝醉了，我一时之间找不到人代替他，所以就自己去了。那晚的另一个黑衣人是东厂魏忠贤的人，跟我的目的是一样的。”风灏栎简单解释了一下又问道，“就算证实喋血令主是丽妃娘娘，有什么用呢？”

“其实我也不知道，我总觉得找出师父的身份背景，会对我有帮助。”

“蝶儿，都是我没用，不能好好保护你！”风灏栎懊恼不已，堂堂锦衣卫最高统帅，居然连妻子都照顾不好。

“这与你无关，是我自己造了太多的杀孽。”紫蝶依偎进风灏栎的怀里。她和他，总是可以在患难之中见真情。可是一旦他们脱离了困境，感情也就会被现实所困扰和阻挠。他们之间不能跨越的已经不止世俗的眼光，还有紫蝶自己的心。

紫蝶望着窗外的一片漆黑，微笑着对风灏栎说：“相公，天快亮了，黎明前总是特别的黑。”

“可是等黑暗过去了，就能看到最灿烂的阳光。”风灏栎的双手轻轻搭在紫蝶的肩膀，柔声说道，“蝶儿，你相信我！我答应过你，我会牵着你的手一直往前走，我会带着你走遍大江南北。我们要一起看日出日落，花开花谢，我们要一起相伴到老。”

紫蝶含泪靠近风灏栎的胸膛。好美丽的誓言，好温馨的言语，她相信风灏栎说的每一句话都发自内心。她总是说要与风灏栎一刀两断，夫妻之情恩断义绝，可是每一次到了危急关头，他们总是真情流露，为了彼此不惜豁出性命。

这段感情彻底改变了紫蝶，让她波澜不惊的生活泛起了阵阵涟漪，填补了十多年来的感情空白。对她来说，风灏栎就是她的一切。可也正是这份浓烈的爱，让紫蝶身心疲惫。虽然嘴上不愿意承认，可是她总是怀着内疚之情，觉得剥夺了季如月的幸福。

两个人静静相依，等着黎明破晓之后的明媚阳光。风灏栎一直在犹豫，究竟应不应该把他娶季如月的真相告诉紫蝶，这关系到季如月的名节。他下意识地抱紧紫蝶，在她耳边轻声说：“蝶儿，有件事我始终欠你一个交代！”

“我知道你想说什么。”紫蝶仰起头望着风灏栎，“你不用解释了，我愿意闭上眼睛捂上耳朵相信你。既然你有不得已的苦衷，我不会勉强你告诉我，我只要知道你真心爱我，就足够了。”

紫蝶的善解人意再一次刺痛了风灏栎的心。如果没有那么多的牵绊和束缚，他一定是这个世界上最幸福的男人。紫蝶不是一个心地善良，纯洁无瑕的女人，但是她对他的爱却是那么纯粹和无私。

“蝶儿，我的心从来没有离开过你，有一天你一定会明白我为什么要娶如月。给我一点时间，我会堂堂正正地把你接进风家，我会让所有人知道，你是我最深爱的妻子。”风灏栎亲吻紫蝶粉嫩的唇，深情地说道。

“我相信你！”爱情是盲目的，明知道前面的路很难走，紫蝶望着风灏栎的眼睛，依然觉得充满了希望。

最后的希望

风灏栎把紫蝶紧紧抱在怀里，忽然想起了朱常洵在望缘楼说的那番话，低头在紫蝶的额头上亲了一下，说道：“蝶儿，有件事我想跟你谈一谈！”

“什么事呀？”紫蝶从风灏栎的怀里出来，好奇地望着他一本正经的模样。

风灏栎干咳了几声，替紫蝶理了理长发，轻声说道：“福王对你……以后不要见他了。”

紫蝶愣住了，一言不发地看着风灏栎。风灏栎被紫蝶的眼神弄得很不自在，正想开口解释，紫蝶却扑哧一声笑了。

“你笑什么呀？”风灏栎郁闷了。

紫蝶双手攀上风灏栎的脖子，凑近他的脸庞，微笑着说道：“风大人是对自己没信心吗？嗯……你经常出入烟花柳巷我也没跟你计较，你这一项属于霸王条款呀！”

风灏栎凝望着紫蝶俏皮的眼神，意识到被她骗了，伸手去挠紫蝶，“你这丫头，竟然敢耍自己的相公，你欺夫犯上该当何罪？”

“好了好了，我知道错了。”紫蝶很怕痒，躲进风灏栎的怀里求饶。

风灏栎轻抚着紫蝶的长发，捧起她的脸，情不自禁地吻上她的唇。他已经快要忘记上一次看到紫蝶欢快的笑容是什么时候。

“嗯……”紫蝶闭上眼睛任由风灏栎的舌尖窜入她的口中，交织缠绵。

风灏栎对宫中的环境很熟悉，天亮以后他带着紫蝶往御膳房的方向走。一般这个时候御膳房都在忙碌，他打晕了两个小太监，跟紫蝶换上太监服，利用锦衣卫在宫中的通行腰牌，顺利混出了皇宫。

风灏栎送紫蝶回到望缘楼就立刻赶回家中。虽然魏忠贤没有证据证明闯入天牢意图劫走犯人的刺客是他，可他还是要时刻警惕魏忠贤在暗中放冷箭伤害他的家人。风灏栎回到家中的时候一切风平浪静，只有季如月整晚没睡，坐在书房里等着她。

风灏栎暗中调集了锦衣卫的高手，分别安插在风府的各个地方，以保证风家上下的安全。

经过紫蝶和风灏栎的劫狱，季海雄知道他的大限将至，他唯一能做的事情就是尽量一个人扛下所有的罪，期盼皇上仁慈，可以不株连他的家人。

紫蝶对着镜子唉声叹气，当年季海雄狠心抛弃她们母女俩，导致母亲惨死，这一份仇恨紫蝶从来没有忘记，可是她同样记得母亲临死之前的嘱咐。母亲始终都希望有一天他们父女可以相认。这一次季海雄面临着生死劫难，如果她视而不见，将来九泉之下如何面对善良的母亲？紫蝶忍不住黯然泪下。

“小姐,您没事吧！”小七轻声问道。紫蝶回过神来,拭去泪水说道 :“你什么时候进来的？”

“您的门没关，我敲门了，您没反应我就自己进来了。小姐，你怎么哭啦？”小七想不出紫蝶有什么事情好伤心的。她不仅美若天仙，而且心灵手巧，连王爷都对她情有独钟，荣华富贵唾手可得。

“你找我什么事？”紫蝶问道。

“御膳房的林总管来了，他说皇上想念小姐的手艺，想吃您做的糕点。我看他是到您这儿取经来了。”小七得意地笑着。

皇上？紫蝶的脑海中灵光一闪。

季海雄不愿意背负畏罪潜逃的罪名，但待在天牢之中或许等不到三司会审就会被暗中害死。现在唯一可以名正言顺救他的人就只有皇上了。紫蝶的心中燃起了希望，对小七说道："你去回复林总管，我亲手做几样糕点给皇上送去。"

紫蝶早就听闻皇上不喜欢朝政，整天躲在后宫与贴身的太监们用木材做出一些奇形怪状的东西。她细心做了朱由校最爱吃的甜点，进宫求见他。

紫蝶在一个太监的带领下见到了正在挥汗如雨地干活的朱由校，他俊俏的脸上挂着会心的微笑，汗水顺着脸颊向下流淌。他看到紫蝶过来，放下手上的工具迎了上来，欢快地喊道："仙女姐姐，你来看我啦？"

"民女参见皇上！"

"起来吧，反正没外人，不用行大礼！"朱由校接过宫女递上来的湿手帕擦了擦手，迫不及待地打开糕点盒子，拿起一块塞进嘴巴里，"朕好久没吃你做的点心了，你怎么也不来看朕呢？"

紫蝶看着朱由校吃东西，与他闲话家常了一番。对于一个半大的孩子来说，扛起整个大明江山实属不易。

"仙女姐姐，你怎么不说话了？"紫蝶回过神儿来，犹豫了一会儿说道："皇上，我这次进宫除了送吃的给您，还有一事相求。"

"哦……仙女姐姐你好坏呀！"朱由校眯起眼睛说道，"你送东西给朕吃，朕吃人的嘴软，想不答应都不行啦？"

紫蝶看着朱由校稚气的模样，忍不住笑道："皇上您是九五之尊，又怎么会因为小恩小惠而影响您的英明呢！"

"好吧，你说说是什么事？是要朕赐婚你和风大哥吗？没问题！"朱由校一直觉得风灏栎与紫蝶十分相配，可惜风灏栎在前些日子已经娶了季如月。不过男人三妻四妾也很平常。

紫蝶愣了一下，脸色微红，说道："当然不是！"紫蝶起身背对着朱由校，很多事她都不知道该怎么开口。她轻轻拨弄着花坛中的花瓣，许久之后跪倒在朱由校的面前：“紫蝶恳请皇上饶恕我爹的死罪。”

“你爹？”朱由校上前扶起紫蝶，“仙女姐姐，有话起来再说吧。你不仅救过朕的命，还帮助过朕的父皇。你有什么事尽管说，只要朕能帮得上一定帮。你爹是谁呀？”

“我爹……他是前兵部尚书季海雄！”

“季大人？”朱由校睁大了眼睛十分诧异。

紫蝶微微点了点头，把自己的身世原原本本地告诉了朱由校，包括她的杀手身份。朱由校听完以后想了一会儿，问道：“季大人这样对你，你不恨他吗？”

“不管怎么说，他毕竟是我爹，请皇上念在他为国效力这么多年的分上，放他一条生路吧！”

“嗯！父皇曾经教导朕，做人要知恩图报。你有恩于朕，你的请求朕答应了。”朱由校并没有因为紫蝶的真实身份而感到害怕，紫蝶会武功他早已经知道，“来人，传魏公公进宫。”

朱由校进去换好衣服，摆驾御书房，等着魏忠贤觐见。

魏忠贤在朱由校的身边安插了心腹，他接到消息的时候万万没料到紫蝶对朱由校的影响力会这么大。

“魏公公，关于季大人失职的事，朕念在他以往的功绩，免去三司会审吧！”

“皇上，就这样放了季海雄，奴才怕朝中大臣不服呀！”

朱由校微笑着摇摇头说道：“不会的。朕已经通知了首辅大人，他也没意见。总之朕已经决定了，你按照朕的旨意去办吧！”

魏忠贤不由自主地看了看站立在一边的紫蝶，这个女人不仅美艳动人，而且武功超群，可惜不能收为已用，必须要除去，否则绝对是心腹大患，“奴才遵旨。皇上，季海雄死罪可免活罪难饶啊！”

朱由校看了看紫蝶，露出了为难的神色，考虑了许久说道："季大人的岁数也不小了，这样吧，安排他去南京担任兵部尚书！就这么决定了，你退下吧！"

魏忠贤恨得咬牙切齿。虽然南京的兵部尚书没有实权，众所周知，那里就是一个养老的地方。可是这些年来魏忠贤受了不少季海雄的气，本来以为可以借此机会报仇雪恨，打击东林党的气势，可没想到半路杀出一个程咬金。

魏忠贤临走之前狠狠地瞪了紫蝶一眼，退了出去。

魏忠贤眼中杀气腾腾，紫蝶知道他一定不会就这样善罢甘休。

"紫蝶替父亲谢皇上隆恩！"

"那今天晚上你多做几个好菜给我吃！"朱由校兴高采烈地说道。

紫蝶微笑着点了点头，皇上的圣旨一下，魏忠贤就没有了杀害季海雄的借口，只要风灏栎在这段时间里保住季海雄的命，一切就都会顺利过去了。

季夫人和季如月在家接到皇上赦免季海雄的圣旨，喜极而泣。虽然以后不能继续在朝中为官，但是可以去南京安享晚年，已经是最好的结果。

风灏栎暗中收到消息，是紫蝶进宫向皇上求情，他忍不住心疼紫蝶的宽容和委屈。

季海雄从天牢出来，抬起头看着湛蓝的天空，恍如隔世。他以为这一次必死无疑，却没想到皇恩浩荡，还能与妻子和女儿团聚。泪水模糊了视线，他看到季如月搀扶着母亲朝他走来。

"老爷……"季夫人泪如雨下。

"没事了，夫人，一切都过去了！"季海雄握着夫人的手柔声安慰。

"爹……"季如月靠在季海雄的肩膀放声大哭。

风灏栎有些心酸，上前将季如月护在怀里，"岳父大人，我们回去再说吧！"

季海雄被皇上指派去南京担任兵部尚书，对他来说已经是不幸中的万幸。回家之后他便吩咐下人开始收拾行装，他看到季如月母女俩在一旁默默流泪，知道夫人舍不得把女儿留在京城。

“灏栎，以后如月就交给你了，你要好好待她。”季海雄嘱咐道。

“我会的！”风灏栎说这句话的时候有点儿心虚。

季海雄把风灏栎拉到一边悄声问道：“蝶儿她怎么样了？我听说是她求皇上下旨赦免我的，是吗？”

风灏栎点点头：“她很好，你放心吧。”

“我想去见见她！明天我就要走了，此次一别不知道还有没有机会再见到她。”季海雄哀叹一声，“我欠蝶儿的太多了。”

季海雄与风灏栎找了个借口出门，到了望缘楼却没见到紫蝶，李掌柜说她一大早就出去了。风灏栎觉得紫蝶是有意躲着季海雄，虽然她向皇上求情，可是始终不知道该怎么面对她与季海雄之间的感情。

风灏栎安慰了季海雄几句，他们毕竟是父女，血浓于水的亲情永远无法抹杀，如果有缘一定会有再见面的那一天。

第二天一早季海雄就带着妻子和几个心腹随从赶往南京。他担任兵部尚书的时候前呼后拥，溜须拍马的人前仆后继，如今被贬去南京，除了风灏栎，连一个相送的人都没有，果然是世态炎凉。季海雄暗自感叹，踏上了南京之路。

季如月舍不得与父母就此分开，坚持要送他们一程。风灏栎无可奈何，只好派秦大海暗中跟随保护。魏忠贤阴险毒辣，他不能名正言顺地将季海雄置于死地，肯定不会就此罢休。

平安无事地走了两天，随着与父母分离的日子越来越近，季如月的忧伤就越浓烈。自从嫁给风灏栎之后，她每天都只能独守空房，风灏栎总是找借口不回家，她知道他的心里惦记着另外一个女人。这份哀伤和痛苦，让她不愿意去面对。

季如月的不快乐没有逃过季夫人的眼睛，京城的荣华富贵她可以放下，她唯一担心的就是独生爱女从此以后真正的孤苦无依。她阅人无数，怎么会看不出来风灏栎对季如月的冷漠，他们完全没有新婚夫妇之间的亲密。

日落的时候，季海雄带着随行的人进了驿站。吃完晚饭一家三口坐在院子里赏月，季海雄望着季如月忧郁的面容，内疚且心痛：“如月，明天你就回去吧，送得再远我们也会分开。以后你好好跟灏栎过日子，我们就放心了。”

“爹，娘，女儿从来没有跟你们分开过，我舍不得……”季如月从风灏栎的身上并没有得到想要的安全感。

想起季如月曾经笑颜如花和天真烂漫，季海雄几乎要落下泪来，“傻孩子，你已经嫁人了，爹娘怎么能陪你一辈子呢？”

“娘……”季如月扑进母亲的怀里黯然泪下。

“夫人，你别难过了，惹得如月更加伤心。”季海雄走到夫人身边，拍着她的肩膀安慰她，忽然听到前厅传来一阵桌椅翻倒在地的声音。他有一种不好的预感，还没弄清楚情况，他的贴身侍卫便满身是血地朝他奔了过来。

情债了无痕

“大人，有刺客，兄弟们快挡不住了，属下带您和夫人小姐先走！”

季海雄的心中一惊，魏忠贤果然还是不愿意放过他，他稍微一沉吟说道：“你带小姐和夫人从后门走，我去拖住他们！”

“老爷，不要去，万一你都什么三长两短，你让我怎么办？”季夫人拉住季海雄的袖子不松开。

几人还在争执不休，刺客已经杀进了后院。季如月躲在母亲的怀里花容失色，如果她今天就这样死了，多年以后她的相公会不会记得她？记得在他的生命里，曾有一个叫季如月的女人是他的妻子？

季如月忽然发觉她对死亡并没有想象中的那么恐惧，她紧紧依偎在母亲的身边，不逃避，不挣扎。她以为她会这样死去，跟风灏栎永别，就在钢刀要刺进她胸口的一瞬间，她感觉被人推了一把，季夫人挡在她的前面。

季如月吓傻了，她只能眼睁睁地看着钢刀刺穿母亲的身体，随后倒在血泊之中。秦大海随后赶到，从刺客手中救下季如月。他吓出了一身冷汗，这下回去没办法跟风灏栎交代了。

“娘……”季如月抱着母亲放声大哭，“娘您醒一醒，您别吓我，不要扔下我不管……”季如月感觉整个世界都塌了一大半。

秦大海一边打斗一边琢磨着怎么护送季如月和季海雄先离开。忽然他闻到了一股淡雅的幽香，空中飘落下无数粉红色的花瓣，这个场景跟荣老爷被杀那晚一模一样。他还没反应过来就听到了一连串的惨叫声。

花瓣再次变成了杀人的利器，准确无误地将东厂的杀手一剑封喉。秦大海在心中暗自喝彩，如此漂亮的功夫，将杀人都变成了一门艺术。

季海雄看到紫蝶出现在面前，他没料到在千钧一发的生死关头，紫蝶会再一次出手相助。他跑到夫人面前，将她抱在怀里：“夫人，你振作一点儿，会没事的……”

“老爷，我……不行了……”季夫人的泪水顺着眼角滑落，虚弱地说道。

“不会的，一定不会的！”季如月跑到紫蝶身边苦苦哀求，“我不知道你究竟是谁，求求你救救我娘吧，我不想她死啊……”

紫蝶蹲下身子点了季夫人身上的几处大穴，把了把脉微微摇头。

“蝶儿，她怎么样？”季海雄知道紫蝶医术高超，唯有寄希望在她身上。

“一剑穿心，神仙难救！”紫蝶轻叹一声回答。

季夫人望着紫蝶，恍恍惚惚间仿佛看见了十多年前出现在暴雨之夜的女人。

“是你……”

“不是……我娘已经死了！”紫蝶明白季夫人说的是谁。

“哈哈哈……老爷……我……”季夫人握住丈夫和女儿的手，看着紫蝶说道，“你输了，这么多年来我有相公有女儿，而你……什么都没有！我不枉此生，强过你孤独死去。”

紫蝶知道季夫人把她当成了母亲，她不想反驳什么，对于一个将死的人，她又怎么忍心再去责备。

“相公，告诉我……你最爱的人是谁？”季夫人的眼神开始涣散，只是强撑着一口气握紧季海雄的手。季海雄看了看紫蝶，低头艰难地回答：“我……夫人，在我心里你是最重要的！”

“好，好……”季夫人满足地闭上了眼睛。

“娘……你醒一醒，你别睡呀……”季如月撕心裂肺的哭喊让紫蝶很心酸。失去至亲的痛苦她尝试过，即使过了这么多年，回想起来依然心如刀割。

秦大海对生离死别看得很淡，他纠结的是回去以后怎么跟风灏栎交代，“季大人，此地不宜久留，您节哀顺变，咱快走吧！”

“哼，想走！”

秦大海的话音刚落，就见到东厂大档头岳琛带着一队弓箭手从墙头探了出来，得意扬扬地对着他们冷笑。

“岂有此理，简直不把我们锦衣卫放在眼里！”秦大海举起大刀就要冲上去，紫蝶却一把将他拉住。

如果此刻只有她和秦大海两个人，那么这些弓箭手根本不足为惧，但是季如月和季海雄都不懂武功，他们没有自保能力。“你带季大人和季如月先走，我来断后。”

“分工能换换吗？”秦大海凑到紫蝶面前说道，“万一你要是少了一根头发，灏栎会把我碎尸万段泄愤的。”

“什么时候你还贫嘴！”紫蝶柳眉倒竖，将季海雄和季如月推到秦大海身边，纵身跃上墙头。

弓箭手在紫蝶身形晃动的时候已经射出了箭，秦大海护着季海雄和季如月跑出驿站。三人狼狈地逃了一段路程，季如月已经气喘吁吁走不动了。季海雄的脸色几乎惨白，秦大海估计再这么跑下去他们父女俩不被人杀死也会累死，于是决定停下来等紫蝶。

大约过了半炷香的时间，紫蝶施展轻功追了上来，秦大海松了一口气，“我要马上飞鸽传书通知灏栎增派人手过来。紫蝶姑娘，你意下如何？”

紫蝶没有反驳，她望着季海雄的脸色，想上前替他把脉，他却摆摆手拒绝了，“蝶儿，在天牢里你曾经说过，会带我去你娘的坟前拜祭，现在可以带我去吗？”

“现在你应该马上起程去南京！”紫蝶轻声说。

“不，我想去见见你娘！”季海雄的态度很坚决，“我怕以后再也没机会了。”

紫蝶向四周望了望，忽然露出了一抹凄惨的微笑。不知道是不是天意，当初喋血令主就近找了一个地方安葬她的母亲，离他们现在所处的地方并不远。“好，我带你去！”

紫蝶在前面带路，秦大海扶着季海雄跟在紫蝶的后面。走了约一个半的时辰，眼前出现了一块空地，空地上伫立着一座孤坟，四周开满了不知名的粉红色花朵。墓碑上刻着熟悉的名字，季海雄缓缓走到墓碑前，双膝一软跪倒在地，泪如泉涌。

“樱若……樱若，我来晚了，你……你还认得我吗？”季海雄伸手轻抚着墓碑，忽然吐了一大口鲜血，几乎昏厥过去。

“爹……”季如月急忙上前扶住季海雄，她很无助很害怕，她已经失去了母亲，如果连父亲也扔下她不管，她以后该怎么办？“爹，你不要吓我……啊……血……”季如月摸到季海雄的后背，赫然发现他受了伤。

紫蝶奔到季海雄身边，顷刻间泪水如决堤般滑落，“为什么，为什么不告诉我你中了箭？你知不知道你会失血过多而死的。”

“就算我告诉你，你也救不了我了！”季海雄很清楚自己的伤势，如果让紫蝶知道他受了伤，他们一定会停下脚步为他疗伤。可是他明白他撑不下去了，临死之前他一定要到樱若的墓前看一看，亲口说句对不起。

“爹，求求你不要死，如果连你也死了，我该怎么办……怎么办……”季如月抱着季海雄哭泣，“我一个亲人都没有了。”

“傻丫头，你……你还有你的相公，将来还会有孩子……”季海雄最放心不下的便是季如月，他望向紫蝶问道，“蝶儿，是爹对不起你，对不起你娘，你……能原谅我吗？”

“我不知道！”紫蝶浑身颤抖，她以为她已经看透了生离死别，却不知道原来再一次面对的时候心还是那么痛。其实她已经不恨季海雄了，多年来的仇恨，在念念不忘中被慢慢遗忘，剩下的只是对亲情的一种本能渴望。

“没关系，爹本来也不值得你原谅！”季海雄把季如月和紫蝶的手放在一起，恳求道，“蝶儿，爹求你最后一件事。如月从小娇生惯养，以后没有我在她身边，请你帮我……照顾她……”

“不，我不要她照顾，我不要……”季如月歇斯底里地喊道，“我不要看见她，我恨她……”

“如月，她是你的姐姐呀……”

“我不要姐姐，我只要爹和娘……”

“我……”季海雄既心痛又无奈，老泪纵横。

紫蝶输真气到季海雄的体内，却如泥牛入海，她知道季海雄撑不下去了，“好，我答应你，我会帮你照顾她！”这个承诺对紫蝶来说，比季如月认她这个姐姐还要艰难。

“谢谢你，蝶儿，爹……”季海雄的口中不断吐出鲜血，大限将至，他侧过头仿佛看到了一个白衣女子撑着一把伞走到他的身边，“樱若……”

“爹！”紫蝶握住季海雄的手，在他耳边轻轻叫了一声。季海雄微笑着闭上了眼睛。

秦大海傻眼了，他没料到紫蝶竟然是季海雄的私生女，让他更加纠结的是回京城之后怎么跟风灏栎交代。他这一次的任务是护送季海雄夫妇安全到南京，现在却在半途双双亡故。他看着默默流泪的紫蝶和号啕大号的季如月，手足无措。

“秦大人，麻烦你帮我安葬我爹！”紫蝶忍住悲痛，人死不能复生，季海雄既然已经死了，就该让他入土为安。母亲为这个男人痛苦了一生，现在将他们合葬在一起，也算是了了母亲一桩心事。

“不行，我爹要和我娘葬在一起。”季如月坚决反对，她望着紫蝶的目光充满了仇恨，“我们季家的事，我自己会解决，不需要外人插手。秦大人，你帮我通知我相公。”

“啊……”秦大海挠挠头左右为难，这个时候两个女人他都不愿意得罪，他不由自主地望向紫蝶。

紫蝶轻叹一声，对秦大海微微点了点头。

“那好吧，我们尽快离开这里。”秦大海背起季海雄的尸体，东厂的人随时都会追上来，他必须将紫蝶和季如月送到安全的地方。万一再少一个人，他担心风灏栎会杀了他泄愤。

三人在附近找了一个市集，秦大海飞鸽传书向风灏栎汇报情况。将紫蝶和季如月安顿在客栈中休息，他去棺材铺买好棺木，将季海雄放进去，又雇了马车，准备吃完午饭之后起程回京。

紫蝶一直都没有开口说话，只是静静地望着天空发呆。季如月第一次认真打量她，她不得不承认，紫蝶的美貌让她望尘莫及，在紫蝶的身上有一种特殊的气质，恬静、淡雅，让人忍不住想要怜惜和保护。

季如月望着紫蝶衣袂飘飘的身影和忧伤的侧脸，心里又恨又妒。她走到紫蝶身边说道：“在相公到来之前，我要你马上离开。”

紫蝶转过身去，她表面的平静不能掩盖心里的伤痛。这么多年来她已经习惯了一个人，当她想要依赖风灏栎的时候，他却背叛了誓言。她想要远走高飞，逃离师父的控制和感情的旋涡，却在这个时候失去了世界上唯一的亲人。

季海雄临终之前把季如月托付给她照顾是什么目的，她明白。她难过父亲这样的安排，却不忍心在这个时候扔下季如月不管。她不知道该怎么面对季如月，于是走到桌旁倒了一杯水，以掩饰心中的忐忑。

紫蝶的这个动作在季如月的眼中却是挑衅，她上前夺下紫蝶手中的杯子扔在地上，厉声喝道："我叫你滚……我不想看见你，也绝对不会承认你是我的姐姐。"

"爹已经死了，你承不承认对我来说毫无意义。"紫蝶习惯了一个人，她看着季如月淡淡地说道，"只要把你安全交到风灏栎的手中，我……"

"快走快走，他奶奶的，东厂的杀手追来了！"秦大海破门而入，提在手上的刀还在滴血。

季如月吓得双腿发软，紫蝶抽出软剑击退了最先攻进来的三个杀手。

"紫蝶姑娘你们先走，我来断后！"秦大海抹了抹胡子，瞪着眼睛杀了出去。

紫蝶相信以秦大海的实力，如果没有任何拖累，要杀出重围也不是没有希望。她转身去拉季如月，可是季如月却倔强地甩开她的手。紫蝶蹙眉，对于季如月的大小姐脾气表示不满。季如月瞪着紫蝶，一副誓死抵抗的模样。

紫蝶的心头掠过一丝无奈，情急之下点了季如月的穴道，让她暂时失去了抵抗的能力。紫蝶用暗器替秦大海解决了四个杀手，抱着季如月离开了客栈。

亲情成孽债

季如月再次醒来的时候，发现自己躺在陌生的房间里。她觉得头痛欲裂，父母惨死时的情景历历在目，泪水立即涌出了眼眶。她不能接受在一夜之间成了无父无母的孤儿，更加无法忍受将来要与紫蝶日夜相对。

“爹，娘……”季如月心痛得泪如雨下。

“如月！”风灏栎轻轻推门进来，看到季如月无助地哭泣。他理解季如月此刻的心情。

季如月看到风灏栎，从床上下来飞扑进他的怀里。她感觉到了风灏栎真实的气息，她依偎在他的怀抱浑身颤抖：“相公，我好害怕，我以为再也见不到你了。”

风灏栎抱着季如月，轻抚她的长发安慰道：“别怕，我在你身边，再也没有人可以伤害你。”

“爹娘死了，我该怎么办……我以后该怎么办……”季如月的彷徨和恐慌，是因为她知道风灏栎的心里并不爱她，当初他娶她只是为了保住风灏鸣的命，碍于父亲在朝中的势力。现在父亲死了，他还会照顾她吗？

“别傻了，你还有我嘛……”风灏栎捧起季如月的脸，拭去她的泪水微笑着说道，“你放心吧，以后的日子我都会在你身边，不管发生任何事我都不会不管你。”

季如月凝视着风灏栎的眼神，她已经不能分辨他的话是真还是假。在这个世界上，除了风灏栎她再也找不到一个可以依靠的人。她靠在他的胸膛，闭上眼睛聆听他的心跳，此刻她能感觉到风灏栎强壮的臂膀在拥抱着她。

风灏栎沉默，当他接到秦大海的飞鸽传书时，有一种天旋地转的晕眩。他感觉他的生命出现了残缺，季海雄在这个时候去世，对紫蝶和季如月来说都是沉重的打击，他更加不能在这个时候对季如月说出他与紫蝶的夫妻关系。

该继续隐瞒吗？

如果继续隐瞒下去，对紫蝶来说又是多么的不公平，风灏栎担心从此以后会彻底失去紫蝶。他心不在焉地安慰着季如月，忽然眼角的余光瞥到窗外有人影闪过，即使只是匆匆一瞥，他也能确定是紫蝶。

风灏栎安顿季如月再一次睡下，迫不及待地来到紫蝶房中，却不见她的踪影。他顿时失去了主张，四处寻找。他强迫自己冷静下来，突然听到了一阵悦耳的箫声。“蝶儿！”风灏栎循着箫声寻找，果然在不远处看到了紫蝶的身影。

晚风轻拂着紫蝶的衣衫和长发，清冷的月光拉长了她的身影，这一幅月下仙子白衣飘飘的画面，让风灏栎的心陷入了万劫不复。他知道，就算到了他死的那一刻，他也不能忘记紫蝶。

“蝶儿！”风灏栎脱下长衫披在紫蝶身上，柔声说，“晚上风大，怎么不在房间里休息？”

紫蝶和秦大海带着季如月躲避东厂追杀的途中遇见了风灏栎，她知道她的使命已经结束了。她应该顺从父亲的暗示，离开风灏栎，成全季如月的婚姻。可是为什么她的心那么痛，甚至连自己都控制不了，她总是忍不住想要再看风灏栎一眼。

“我不回去了，我想是时候该离开了。”紫蝶低下头，不想让风灏栎见到她眼中含着的泪水。风灏栎一把将紫蝶拉进怀里，用尽浑身的力气去拥抱：“蝶儿，我不会让你走，我不允许你走你明白吗？”

“我答应了我爹，要替他照顾季如月。”紫蝶闭上眼睛，泪水滑落，滴在风灏栎的手背，也落在风灏栎的心里。

“为什么要答应他？这些事不该由你一个人来承担的！”风灏栎按住紫蝶的双肩轻轻摇晃。他忽然发觉季海雄是那么的自私，他临死之前居然将季如月托付给紫蝶照顾，就是暗示紫蝶成全季如月。

紫蝶从小在江湖漂泊，她没有家，没有亲人，没有安全感，造成这一切的原因就是她有一个贪图富贵不负责任的父亲。而这个父亲在临死之前都没有为她着想过，再一次伤害了她。

“也许是他觉得我比季如月更加坚强，就算没有了你，我也可以好好地活下去。”紫蝶心如刀割，没有了风灏栎，就算她能勇敢地活下去，也只是行尸走肉一般的躯壳，她的生命还有什么意义？

“他根本就不了解你，他不配做你的父亲！”风灏栎知道他这一句话是对长辈的不孝和亵渎，可是紫蝶的委屈让他心疼。如果可以，他愿意用他的全部去换取紫蝶的开心一笑。

季海雄认为从小在腥风血雨中长大的紫蝶比季如月更加勇敢，却从来没有考虑过紫蝶的坚强并不是出于本意，她只是不得已。这么多年来，季如月锦衣玉食，娇生惯养，而紫蝶有什么呢？她必须要靠自己的机智和武功在残酷的江湖中生存下去，当季如月还在父母怀中撒娇的时候，紫蝶已经在学习各种杀人技巧。季海雄只看到她今时今日的江湖地位，却完全忽略了她成长中的痛苦。

只有风灏栎明白，紫蝶比季如月更加脆弱，更加缺乏安全感。

紫蝶轻抚风灏栎的脸庞，她唯一欣慰的事情，是风灏栎真正了解她。可是那又能怎么样，他们之间注定有缘无分，即使做了夫妻，也只能远远地看着彼此。她已经找不到借口和理由再在风灏栎的怀里逗留。

“我知道他不配做一个丈夫，不配做一个父亲，可是我的身上流着他的血，我没办法选择呀！”紫蝶禁不住失声痛哭，“季如月是唯一一个与我有着血缘关系的人，我明知道父亲偏袒她，我又能怎么样呢？灏栎，我好难过……”

“蝶儿，你受了这么多的委屈我都明白，我不会再让你离开我。不管以后还是将来，我要履行我的诺言，牵着你的手一辈子不放开。”

“灏栎，我宁愿相信你现在所说的每一句都是真心话。可是……季如月接受不了，我也接受不了……”紫蝶掰开风灏栎放在她肩膀上的手，缓缓转过身去，“我们……缘尽于此吧！”

风灏栎拉住紫蝶的手一用力，紫蝶再一次落进了风灏栎的怀里，还没来得及拒绝，风灏栎已经吻上了她的唇。他霸道地用舌尖挑开紫蝶的贝齿，怒气冲冲地与她交缠在一起。紫蝶用尽全力想要推开风灏栎，泪水顺着眼角滑落。

风灏栎感觉到紫蝶的伤心和无奈，越吻越温柔。他想抚平她内心的伤痕，让她可以得到应有的幸福。紫蝶渐渐停止挣扎，双手情不自禁地攀上风灏栎的脖子，一点一点回应着他的吻。

紫蝶知道这样只会让自己越陷越深难以自拔，可是沦陷在风灏栎身上的心她该如何收回？没有人理解她的感受，她也需要有人爱护和疼惜。她最终可以原谅季海雄叫他一声爹，可是他却从来没有为她尽过一点儿责任。

许久，风灏栎放开紫蝶，温柔地吻去她脸上的泪痕，低头在她耳边说道："蝶儿，跟我回家吧。这些年你在外漂泊，而我，为了扛起整个家也觉得好辛苦，让我们自私一次吧，就一次。我爱你，留在我的身边不要走，不是让我照顾你，而是我需要你的支持。"

"相公！"紫蝶扑进风灏栎的怀里，"我怎么舍得离开你，我们经历了那么多次的生离死别，你就像一个烙印，深深地刻在了我的生命里。我好难过，我不想跟你分开！"

"我们不会分开，任何人都不能把我们分开！"风灏栎抱紧紫蝶，轻吻着她的秀发，坚定地说道。

"你知道吗，当我娘在我面前死去的时候，我觉得这个世界都塌了。我好不容易才能站起来面对生活，我以为再也没有任何事可以让我伤心难过。现在，爹也死了，我宁愿跟他从来没有相认过……"紫蝶一直不愿意承认在乎与季海雄的父女关系，可是却欺骗不了自己。如果季海雄不肯承认她是他的女儿，等于连她母亲也一起否决了。

风灏栎把紫蝶从怀里拉出来，凝望着她的眼睛认真地说道："蝶儿，你看着我。我要你记住，我是你的丈夫，我就是你的天，只要我还有一口气在，你的天就不会塌。以后的日子，你开心可以跟我分享，你难过可以让我为你承担。总之我会一辈子疼爱你照顾你。"

“那你也要记住，一定不能比我先死！”紫蝶看不到天长地久，只能珍惜朝朝暮暮。

“明天我们就回京城，跟我回家，我会告诉奶奶和所有人，你是我的妻子！”风灏栎微笑着轻抚紫蝶白皙的脸庞，她的绝世容颜在他的脑海中无法磨灭，这辈子，下辈子，他都愿意娶她为妻。

风灏栎牵着紫蝶的手回到锦衣卫的联络站，送紫蝶回到房间，看着她睡下才放心离开。他很想陪伴在她的身边，可是季海雄死了，他有许多善后工作要做。他身为季海雄的女婿，身为朝廷命官，于公于私都应该全力承担。

紫蝶躺在床上闭着眼睛，却睡意全无。她既紧张又不安，风灏栎说过会带她回家，以后她真的要与季如月日日相对吗？她翻个身想要勉强自己入睡，却听到了轻微的脚步声。有人推开了她的房门，蹑手蹑脚地在靠近。

紫蝶从小生活在极度危险的环境中，警惕性特别高，进来的这个人虽然放慢了速度，可是凭借深厚的内力，紫蝶很快判断出此人不会武功。当进来的人举起匕首朝她刺过来时，她跃身一挡，匕首掉在地上发出清脆的声音。

紫蝶以弹指神功的手法点燃蜡烛，看到了季如月挂满泪水的脸庞。“你杀不了我的！”紫蝶捡起匕首递还给季如月。

季如月开始痛恨自己的软弱，咬牙切齿地说道：“那你就杀了我吧。如果以后天天看着你跟灏栎卿卿我我，我会生不如死。”

紫蝶沉默了，如果易地而处，她会怎么样？或许她会跟季如月一样，杀了那个女人。紫蝶仔细端详着季如月，她就像是一朵娇艳欲滴的鲜花，需要细心的呵护，而唯一可以给她幸福的人就只有风灏栎。

“我跟你一样很爱他，我只是想要自私一次，跟自己喜欢的男人在一起，难道也错了吗？”紫蝶背过身去，不想再看季如月受伤的眼神。

季如月绕到紫蝶面前，忽然跪了下来，哭泣着说道：“姐姐，我求求你，不要跟我抢灏栎。我真的很爱他，没有他我活不下去。我没你那么有本事，就算离开灏栎也能好好生活。我已经失去了爹娘，我不能再失去他了。我求你了，离开他吧，你答应过爹要照顾我的……”

紫蝶愣住了，许久才回过神儿来，泪如雨下：“为什么你们都觉得我很坚强，没有了灏栎我也会很痛苦。从小到大你什么都有，我呢？你娘跟爹可以白头偕老共度一生，而我娘却只能在破庙中孤单地死去，难道这一切都是应该的吗？

“你理直气壮地要求我离开灏栎，你又知不知道，灏栎也是我的相公。为了他我付出这么多，离开他以后我这一生都不会开心的！”紫蝶撕心裂肺地说道。在感情的世界里，每一个人都很自私。

“姐姐……”季如月已经没有办法，即使有千万般的不情愿，除了苦苦哀求她想不出其他办法。

紫蝶俯身将季如月扶起来，她第一次用平静的目光去看季如月。一夜之间失去双亲的痛苦她感同身受。“你能叫我一声姐姐我很开心，但是……”

“但是你还是不愿意离开灏栎是吗？”季如月推开紫蝶的搀扶，冷笑道，“好，既然你这么狠心，我也不会认你这个姐姐。你想进风家的门，除非我死！”季如月气冲冲地破门而去，紫蝶疲惫地坐在椅子上不知所措。

第二天一觉醒来，风灏栎亲自去叫紫蝶起床，只要紫蝶愿意跟他回家，无论前面的路有多么难走，他都觉得阳光灿烂。“蝶儿，起床了！”风灏栎推开房门，看到床上的被子叠得很整齐，却不见紫蝶的踪影。

“蝶儿？”风灏栎忽然有一种不好的预感，随即在桌子上看到一张信纸，上面是紫蝶的笔迹。

“相公，原谅蝶儿不告而别。冉冉红尘残若梦，往事岂堪再回首，生死相恋不相忘，愿君事事远离伤。我们说过要携手白头，我们说过要患难与共。奈何今生无缘，只好来生再聚。今日一别后会无期，但愿我们百年归老之后，黄泉路上我还能牵你的手。”

“蝶儿！”风灏栎不知道发生了什么事，紫蝶竟然会突然改变主意离他而去。他已经经不起分离，他的整颗心都在紫蝶身上，她走了，他的心也随着她去了天涯海角。以后的日子只留下他的躯壳，还有什么意义？

风灏栎不顾一切地冲了出去，他走遍大街小巷的每一个角落，希望可以找到紫蝶的身影。他知道他的所作所为让她受尽了委屈，她承担了太多不应该由她来负的责任。他想亲口告诉她，他愿意替她去扛，他只想看到她每天都能够生活得开心快乐。

风灏栎看着街道上熙熙攘攘的人群，嘈杂的喧闹掩盖不了心中的寂寞。“蝶儿，你到底在哪里？”风灏栎握着手中的信纸，绝望地仰天问道。

他漫无目的地向前走，天色渐渐暗下来，他不知道自己在哪里，只是觉得很累很疲倦，他想要睡觉，可是脑子却异常清醒。风灏栎站在湖边，望着水中的倒影，忽然觉得自己很陌生。曾经，他意气风发，潇洒自信，他以为他想做的事情就一定能办到。那个睿智骄傲的年轻俊杰去了哪里？风灏栎看到湖面上荡漾着一圈一圈的水晕，下雨啦？他伸出手接住雨水，无奈而凄凉地苦笑。

一把伞遮住了他的身躯，他回过头看到季如月平静地望着他。“回去吧，她走了，不会再回来。无论你多么痛苦都要面对这个现实。”

季如月的心已经痛到麻木，虽然她如愿以偿，用亲情逼走了紫蝶，可是却依然没有挽回风灏栎的心。她已经迷失了自己，甚至不明白她的做法究竟是对还是错。她只知道，父母死后她已经不再是从前的天之骄女，想要得到幸福就必须自己去争取。眼泪不能让她得到风灏栎的爱，她庆幸自己还有风夫人的名分，她还有一辈子的时间可以守在风灏栎的身边，去等待一份不知道什么时候才会出现的奇迹。

紫蝶牵着马走在林间小道上，她从来没有像现在这样迷茫，不知道自己可以去哪里。曾经，百花谷就是她的家，虽然那个地方没有欢笑，没有温情，可至少她还有一个归宿。后来，风灏栎是她的依靠。可是到了现在，她既不能回到百花谷，也不能留在风灏栎的身边。

她不能再纵容自己与风灏栎见面，后会无期是一个残忍的词，却也是一份需要遵守的诺言。她翻身上马，既然没有地方可以去，那就朝着京城的反方向走。或许，她可以回江南，回到母亲的故乡，去看看母亲留下来的痕迹，也算是一种寄托和安慰。

紫蝶翻身上马，决定在下一个集市换一套与平时截然不同的打扮。锦衣卫的耳目遍布天下，如果风灏栎想要找她，或许并不算太难。她策马扬鞭，任凭眼泪随着迎面而来的风洒落在身后的道路上。

紫蝶的易容术精湛，一路上避开了许多喋血令和锦衣卫的耳目。以前每一次来江南都是为了执行任务，她从来没有留意过秀丽的江南美景。她在西湖附近租了一个四合院独自居住，每当她泛舟在西湖之上，感受着微风拂过杨柳的惬意，望着湖水中倒映的蓝天白云，她的心就能渐渐平静下来。

原来，轰轰烈烈过后，平淡的生活可以让她心如止水。这样也好，在夜深人静的时候，她可以站在月光之下吹笛抚琴，尽情地思念风灏栎。仰起头望着夜空，闪烁的星光仿佛风灏栎深情的目光，陪伴着她度过一个又一个不眠的夜晚。

只是为什么，天际再也没有划过流星呢？紫蝶的哀伤和失落在心中累积，渐渐地凝聚成沉默。

这天，趁着阳光明媚，紫蝶撑着小舟在西湖上游荡，忽然听见附近一艘豪华花船上传来打斗的声音。

“臭小子，跟我争女人，也不擦亮你的眼睛看清楚！”

“嘿……你敢打我？知不知道我是谁呀？你风三爷出来玩女人的时候你还不知道在哪儿呢！”

“给我打！打死了算我的！”

“哎呦……你……你打伤我，我二哥一定不会放过你的！”

紫蝶听到了十分熟悉的叫嚣声，是他！她放眼望去，很明显风灏鸣带在身边的随从不是对方的对手，很快就被打得失去了战斗力。风灏鸣是一个典型的花花公子，除了吃喝玩乐什么也不会，他不是应该在京城的吗？为什么会在杭州出现？

紫蝶犹豫了一下，足尖轻点，纵身跃上了那艘花船，两三招便将那些殴打风灏鸣的人打趴在地上哀号。

风灏鸣抬起头看到一位脸蒙着轻纱的女子出手相救，立即意气风发地站起来，嚣张地喊道："快点儿跟三爷我道歉，否则让你们一个个全部残废！"

"对不起……对不起……"

紫蝶清丽脱俗的身影从天而降，让许多人都看傻了眼。

风灏鸣得意扬扬地双手叉腰，一脚踢翻爬起来的随从，骂道："废物，我养你们干什么用呀！"

"你闹够了没有！"紫蝶轻声喝道。

风灏鸣摸摸鼻子表示顺从，紫蝶一把揪住他后背的衣服，施展轻功回到她的小舟上，向岸边划去。

风灏鸣拍拍衣服上的尘土，盯着紫蝶的眼睛问道："姑娘，你今天救了我，我该怎么谢谢你呢？"

"不需要！"紫蝶蹙眉回答，她真的找不到一点风灏鸣跟两个哥哥相似的地方。

"你我素不相识你还救我，你这么侠肝义胆，要不我以身相许报答你，怎么样？"

第十六章　咫尺天涯不相忘

白雪衬鲜红

风灏鸣的无赖模样让紫蝶觉得很厌恶，她上岸之后转身就走，风灏鸣追上去拦在她的面前，笑道："你真生气啦？好，我向你道歉，对不起！"风灏鸣正儿八经地鞠了躬，笑嘻嘻地望着紫蝶。

"看你鼻青脸肿的样子，还是赶紧回去疗伤吧！"紫蝶摇头轻叹。

"喂，你不想知道我为什么会在杭州吗？"风灏鸣对着紫蝶的背影喊道。

紫蝶愣住了，停下了脚步，却没有转过身去。她觉得风灏鸣似乎已经知道她是谁，因此更加不想再继续纠缠下去，头也不回地离去。

今年的冬季似乎来得格外早，当窗外飘起了鹅毛大雪的时候，紫蝶才知道原来江南的冬天竟然也会下雪。她打开窗户伸手去接雪花，看着它在掌心里融化。院子被大雪覆盖，仿佛裹上了一件白色的外衣。紫蝶发觉原来寒冷的冬天竟然是另外一番美景。

从前，她每到一个地方都是匆匆忙忙，从来没有想过要驻足停留。现在平淡的生活让她的心只剩下了回忆。紫蝶披上斗篷来到院子里，让漫天飞舞的雪花净化着心灵。就是在一个大雪纷飞的晚上，她和母亲被舅妈赶出家门流落街头，在潜意识中她一直很抗拒这样的天气。

时过境迁，她也想放下那段不堪回首的往事。她嘴角噙着微笑，蹲下身子开始堆雪人。为了学习剑法、医术、易容术、琴棋书画、奇门遁甲，她几乎不知道童年应该是什么样子。她没有玩耍的时间，因为她要生存下去。心中装满了仇恨，从小她连微笑都不会。现在，她可以呼吸着自由的空气，虽然生命依然受到威胁。

紫蝶兴高采烈地堆着雪人，她想象着孩子应该拥有的快乐，忽然感觉身边有轻微的呼吸声，她一转身便有一阵强劲的掌风朝她袭来。她侧身闪过，抽出腰间的软剑迎了上去。对方不慌不忙地以两根手指夹住紫蝶的剑尖，用力一弹，紫蝶的手臂被震得发麻，后退了三步，待稳住身形才看清楚来着竟然是喋血令主。

“师父？”紫蝶急忙放下手中的剑，跪倒在喋血令主面前，“徒儿不知道是师父来了，请师父恕罪！”

喋血令主一言不发地望着紫蝶，让她觉得意外的是，几个月的时间紫蝶的功夫居然进步了这么多。刚才她以八成的功力，却也只能将紫蝶震退三步。她没有看错人，紫蝶不仅聪明伶俐，在武学修为上是一个难得的人才。

“起来吧！”喋血令主淡淡地说道，“你倒是很能躲，想要找到你还真不容易！”

紫蝶低头不语，她知道这几个月来锦衣卫和喋血令都动用了不少人力物力在找她。风灏栎没有放弃过她，让她觉得既欣慰又难过。这种矛盾的心理折磨得她夜不能寐。

“你以为你能躲一辈子吗？”喋血令主的语气忽然变得凌厉，眼神中透出寒意。

“对不起师父，我……”紫蝶的手在微微颤抖，她已经感觉到了师父的杀气。她为了风灏栎，一次又一次背叛了师父，现在即使有朱常洵的庇佑，她也难逃一死。

喋血令主的目光停留在紫蝶堆的雪人上，指尖滑过雪人的身体，幽幽地说道：“你最近过得很开心吗？”

紫蝶不知道该怎么回答，下意识地后退了一步。

“我暗示过你留在朱常洵的身边，好好伺候他，而你居然为了风灏栎违背我的命令。你知不知道我对你的忍耐已经到了极限？”喋血令主忽然击出一掌，打在紫蝶的左肩。紫蝶倒在雪地上，吐了一大口鲜血。

鲜血染红洁白的雪，让她的泪水不由自主地滴落在雪地里：灏栎，我们要永别了吗？多年以后当你想起我，会不会记得我深爱过你呢？

紫蝶庆幸她没有死在风灏栎的面前，她的不告而别至少还让他有个希望。

“我再问你最后一次，你愿不愿意回到朱常洵的身边去？这是你最后的机会。”

紫蝶勉强支撑着自己的身体站起来，第一次，她在师父面前露出纯美的笑容，坚定地说道：“师父，您对紫蝶不仅有养育之恩，还有栽培之德，您的恩情紫蝶感激不尽。只是……我是风灏栎的妻子，虽然我跟他有缘无分，但是我绝对不会做任何对不起他的事。”

“一个负心薄幸的臭男人，也值得你痴情不悔吗？难道你忘了你母亲的下场吗？”喋血令主厉声斥责。

紫蝶扬起嘴角微笑，说道：“我不会忘记，可是我也同样忘不了我娘临死前对爹的牵挂。在爱的路途上，我们的付出与回报不一定会成正比，可是我无怨无悔。我的命是师父救的，我可以为师父做任何事情，但是我没办法出卖自己的身体和感情。我有负师父的期望，请师父成全紫蝶，收回紫蝶的命吧！”

“为了一个辜负你的男人，你竟然连命都可以不要？”喋血令主一挥手打了紫蝶一个巴掌，喝道，“我养你教你，花了多少心血，你以为我会轻易杀了你吗？我最后给你一次机会，你愿不愿意嫁给朱常洵？”

紫蝶仰起头，拭去嘴角的血渍，坚定地回答：“不愿意！”

“好，很好！你很有骨气，不枉为师平时最疼爱你！”喋血令主冷笑，“你想死吗？没这么便宜的事。我要让你和风灏栎都尝一尝生不如死的滋味儿，让你知道背叛我是什么下场。”

“师父，千错万错都是紫蝶的错，请你不要伤害灏栎，你放过他吧！”紫蝶只想在风灏栎的生命中彻底消失，她相信时间可以冲淡一切，多年以后他会渐渐地将她忘记，或是埋藏在心里的最深处，平平淡淡地与季如月过完下半辈子。

“当日你昏迷不醒危在旦夕，风灏栎曾答应过我与你永不相见作为我救你的交换条件。他还发下重誓，可是最终他却违背了诺言。好，我就让他知道，跟我耍手段的后果！”喋血令主勾起紫蝶的下巴，说道，“你这张绝美的脸蛋一定能迷倒一大群男人！”

蜻蜓端着药碗敲开了风灏南书房的门，吹凉了药之后递到风灏南的手中，轻声说道：“相公，把药喝了吧！”

风灏南放下兵书，一口气将药喝完，微笑着握住蜻蜓的手说道：“若惜，难为你了，让你跟着我在这兵荒马乱粮草短缺的地方受苦。”

“只要能跟相公在一起，去哪里都是一样的！”蜻蜓含泪说道。自从这一次风灏南回到战场，身体一天比一天差，她暗中替风灏南把脉，发现他的体内有一股奇怪的真气在流窜。一般受了内伤的人才会有这种现象。

可是经过这段时间的观察，蜻蜓发现风灏南并没有受内伤。她旁敲侧击地问过风灏南曾经是否受伤，也没有得到有用的线索。而他自己似乎没有察觉到这股气流的存在，在上阵杀敌施展武功的时候也没有受到任何影响。

蜻蜓想起了紫蝶曾经说过，喋血令主在风灏南上一次赶赴辽东时让他服下了一种不知名的毒药，她一直以为是七虫散。而风灏南服下百花玉露丸之后七虫散的毒性已经解了。但是按照目前的情况去判断，她的理解或许是大错特错。

以紫蝶的医术和对毒性的了解，当时不可能判断不了那包药是七虫散。蜻蜓怀疑在风灏南的身边还有除了她以外的奸细，这个人对他下了七虫散的毒。而紫蝶下的那一种毒，一直残留在风灏南的体内。

连百花玉露丸都不能化解，究竟是什么毒？

蜻蜓常常趁着风灏南不在的时候翻查医书，却一无所获。最近连风灏南自己都察觉到，他的体质越来越差，以前通宵不睡照样能生龙活虎，现在熬不到子时便疲惫不堪。随军出征的大夫都查不出病因，只是开了一些补药让他按时服用。

自从孙承宗接替了熊延弼之后，边关的局势一度稳定了下来。风灏南被任命为先锋大将，深得孙承宗的信任。他的身体状况直接影响着军心，因此他一直都在努力地支撑。

蜻蜓从小争强好胜，在紫蝶和黄莺面前从来不肯认输，可是在某些方面她不得不承认紫蝶的天分要高出她许多，比如医术。对于风灏南的病情她一筹莫展，她曾试着联络紫蝶，希望可以得到她的帮助，可是经过几个月的努力，紫蝶却音讯全无。

蜻蜓回到房间，哀叹着不知所措，突然听到一阵细微的脚步声在朝她的房间靠近。她戒备地走到门户聆听，在军营中她没有显露过武功，只能静观其变。

“咚咚咚”，房间的门被人敲响。

“谁？”蜻蜓警惕地问道。

“夫人，小人是风将军的亲卫兵，将军有话让我传达给夫人。”

蜻蜓听出这个人的声音，是风灏南身边的一个小兵，她正欲开门，却意识到了一个问题。刚才小心翼翼靠近的人，听脚步声绝对是一个轻功绝顶的人。她暗中将真气凝聚在掌心，开门问道：“什么事？”

小兵在看到蜻蜓的一刹那，露出了狡黠的微笑，手中握着一面鲜红的令牌，笑道：“堂主是要我在外面说吗？”

蜻蜓有些害怕，她已经很久没有胆战心惊的感觉。她让小兵进来之后关上房门，问道：“你究竟是什么人？”

“喋血令主坐下四大护法之一！”

蜻蜓愣住了，江湖中所有人都知道，喋血令中从来没有男人，她身为喋血令主的入门弟子，更加没有听说过喋血令中有护法。这个人身怀绝技却深藏不露，跟随在风灏南的身边。原来紫蝶真的猜对了，除了她之外，师父还安排了其他人。

“你想怎么样？灏南身上的毒是你下的？”蜻蜓目露杀气，决定先将此人擒住。

“堂主息怒，千万别跟我动手哦！我胆子小嘴巴也不紧，万一被你吓坏了在将军面前乱说话，您可别怪我！”

“你威胁我？”蜻蜓冷冷地说道。

“只有你在乎，我才能威胁得到你呀！如果你肯回心转意替令主做事，那咱还是自己人！”

“废话少说，你到底想怎么样？”蜻蜓失去了耐性，风灏南所中的不知名的毒让她无可奈何。这一年多来她与风灏南恩爱有加，风灏南对她的疼惜让她知道什么叫人间有情，她再也不想回到以前的日子，每天提心吊胆不是杀人就是担心被杀。

“你经常跟在风灏南的身边，以你的冰雪聪明，即使风灏南不说你也应该知道现在战局陷入了僵持的状态。可是时间拖得越久对金军越不利，令主有命，让你设法拿到明军的布兵图。”

“不可能，我绝对不会出卖我相公！”蜻蜓毫不犹豫地拒绝。在她的心目中，百姓是否可以安居乐业她并不在乎，她只想跟深爱的男人长相厮守。可是经过这么长时间的相处，她知道在风灏南的心目中，赢这场仗，保住国土是他最大的心愿。

她愿意守候在风灏南的身边，忐忑不安地目送他上战场，在他伤痕累累的时候替他疗伤。她愿意做他身后默默支持他的女人。她可以为他付出生命，只因成亲时所说过的生死与共的誓言。

“令主知道你们夫妻情深，因此让我转告你，只要你拿到布兵图，就给你解药。到时候那个昏君可能会怪罪下来，不过以风家在朝中的势力，风灏南一定不会死。他被罢免了官职，对你来说是一件好事，你们可以远离厮杀，过上神仙眷侣的日子，不是更好嘛！”

蜻蜓的决心在一点一点地动摇，每一次看到风灏南浑身是血从战场上回来，她的心就像被撕裂一般疼痛。这种随时会失去丈夫的恐惧和压力，让她经常在睡梦中惊醒。她多么渴望有一天能够过上平淡的生活，像普通夫妻一样日出而作，日落而息。

“你要想清楚，天下百姓是死是活，由谁来当皇帝跟咱有什么关系。只要能够生存下去，并且过上自己想过的日子才是最重要的。人生短短几十年，命只有一条哦！”

倔强女人心

蜻蜓从小养成的性格在这个时候又开始作祟，对方说得没有错，不过是短短几十年的光阴，为什么一定要浪费在为国效力呢？人应该为自己而活！

“等你拿到布兵图之后，风灏南不用再上战场杀敌，也可以拿到解药，一定可以长命百岁。令主会看在你以往的功劳上，不在风灏南面前揭穿你的身份，你就可以和他白头到老了。”

“你也是风灏南的亲信，为什么不自己去拿布兵图？”蜻蜓提出质疑。

“哼……风灏南外表粗犷，实际上心细如尘，对身边的人都有着戒备之心。拿布兵图一定要一次成功，否则被发现了就很难有第二次机会。在整个军营中，他只对你没有戒心。”

“好，我答应你。你回去转告师父，请她老人家给我一点儿时间，并且遵守诺言，事成之后给我解药。”蜻蜓决定赌一把，她要拖延时间，到了万不得已的时候再拿布兵图去交换。

“真是个乖女孩！我走了！”他对着蜻蜓笑了笑，走到门口的时候停下了脚步，回身说道，“不要耍花样，不要以为紫蝶可以帮你。当初她对风灏南下的不是毒药，只是药引，真正下毒的人是我，因此她不可能配置出解药。况且现在……她自身难保了！”

蜻蜓浑身战栗了一下，这个人不仅精明机智，对于人心的揣测也很准确，是一个十分难缠的角色，她开始担心风灏南的安危。当房间只剩下她一个人的时候，她才发现刚才出了一身冷汗。

师父当初要她潜伏在风灏南的身边，却始终没有说明具体任务。她与风灏南日久生情不惜背叛喋血令，长期以来她一直在揣摩师父的想法，却总是得不到一个答案。师父既然有能力在风灏南的食物中下毒，为什么不干脆杀了他呢？

蜻蜓烦躁地在房间里来回踱步，刚才那个人在离开的时候说紫蝶自身难保，应该是真的。难怪她这么长时间用尽方法都联络不上她。怎么办？难道真的要用明军的布兵图去交换解药吗？

风灏栎自从紫蝶不告而别之后便动用锦衣卫的情报网，全国搜索她的下落，却一无所获。没有人能理解他颓废的心情，身为锦衣卫最高统帅，不仅不能留住自己的妻子，连她身在何方都找不到。他独自坐在大厅中自斟自饮，外面鹅毛般的大雪不止冰冻了花草树木，也冰冻了他的心。大厅的门被推开，狂风将雪花吹进房中，猛然扑面而来的寒风让风灏栎飘离的思绪回到了身体。

只见秦大海脱下斗篷顺手扔在椅子上，跺了跺脚，骂骂咧咧地说道：“他奶奶的，冻得我鼻子都快掉下来了。我说你别光顾着自己喝，给我留点儿！”秦大海走到桌子前，夺过风灏栎手中的酒壶，对着嘴猛灌了几口，“怎么？你也准备往酒鬼的方向看齐？”

秦大海把一块牛肉塞进嘴里，含糊地说道：“嫂子派人来问了好几次，问你什么时候回家。我说你装什么情圣，人都走了就忘了吧。那句诗怎么念来着，什么山河望远，眼前人什么的。”

“满目山河空望远，不如怜取眼前人！”风灏栎不耐烦地回答。

“对对对，就是这一句！”

“你说得容易！”风灏栎有时候很羡慕秦大海的逍遥自在，用他的话说，女人满大街都是，想要找一个陪睡觉可以去青楼，没必要养在家里费神。唠唠叨叨，天天看着同一个人，即使是美若天仙如紫蝶，也有看腻的那一天。

可是对风灏栎来说，他爱紫蝶并不是因为她的美貌，而是一种恋恋不舍的感觉，就算到了他们白发苍苍的那一天，他会依然那么爱她，与美丽与否无关。这几个月来风灏栎很少回家，几乎日夜待在镇抚司衙门里，他害怕面对季如月忧伤的眼神，更加无法面对自己背弃紫蝶的事实。

“对了，前几天杭州有消息传来，你们家老三把知府大人的孙子给打伤了。”

风灏栎一听这些事情就头疼，当初为了不让季如月太伤心，他纵有千般不舍万般无奈，也只好狠下心肠将风灏鸣送去杭州的书院里念书，希望他经过这一次的教训可以在好的氛围中有所长进。谁知道江南文人雅士的风雅他没学到，不学无术却更上一层楼。

风灏栎三天两头接到消息，他不是为了青楼女子把人打了，就是为了斗蟋蟀被人打了，他揉了揉太阳穴说道：“替我送份礼物去给知府大人，算是赔礼道歉。”

“嘿嘿，不用。知府大人知道他是你的宝贝弟弟，已经主动去向咱的风三爷道歉了。”秦大海是真的羡慕风灏鸣会投胎，一辈子吃穿不愁，他的工作就是花天酒地。

风灏栎忍不住长长地叹了一口气。

“明天我要去一趟杭州，把那边谋反的官员押解回京，要不要我帮你去看看他？”秦大海问道。风灏栎想起了这段时间闹得沸沸扬扬的谋反案，蹙眉说道：“你留在京城看着东厂的人，杭州那边我去处理。”

风灏栎现在要逃避的不仅是季如月，还有他自己。更重要的是与风灏鸣分开那么久，他真的很想去看看他。虽然他对风灏鸣是恨铁不成钢，可那毕竟是他看着长大的弟弟，风灏鸣长这么大没有离开过家。

如果不是为了照顾季如月的心情，风灏栎和风老夫人都舍不得将风灏鸣送去那么远的书院念书。

第二天一早风灏栎回家匆匆交代了几句，便快马加鞭赶往杭州。

此时的风灏鸣正跟一帮富家子弟在大街上闲逛，离开了奶奶和哥哥的管束他更加自由自在。有两个哥哥在背后撑腰，离开京城到了杭州，他更加如鱼得水意气风发。

“三爷，听说倾城楼今天有一位红牌姑娘献艺，晚上价高者得哦！”风灏鸣的随从从远处跑来，对着风灏鸣挤眉弄眼，“我远远看了看，光是那身段就让人销魂了。”

风灏鸣用扇子狠狠地敲了敲随从的头，笑骂道：“你当三爷我是乡下土包子？什么样的美人我没见过？哼……”他摸摸自己的下巴开始回忆从小到大见过的美女，若有所思地说道，“我见过最美的人……算了算了，只能看不能碰！”

“三爷，那咱还去吗？”

“去，反正闲着也是闲着！”风灏鸣挥舞着胳膊说道，“先去喝一杯，晚上我非把花魁弄到手不可！”风灏鸣前呼后拥地往酒楼走。

晚上风灏鸣换了一身衣服，意气风发地去倾城楼。刚离开京城的时候天知道他有多么的不舍和不情愿，可是在杭州待了几个月，他发现远离了奶奶的唠叨和二哥的管束，日子更加自由自在。连官府的人看在锦衣卫的面子上都要让他三分。

风灏鸣找了一间视野开阔的雅间，等着竞投开始。他已经事先派人调查过，今天晚上献艺的花魁是一个月前被送来倾城楼的，没有人知道她的来历，可是见过她的人都称赞她的天姿国色。

风灏鸣的思绪开始开小差，其实没有人知道，在他的心里，最美的女人已经出嫁，他与她，今生今世都不会有结局。

“三爷，来了来了！”随从提醒风灏鸣，他才强打起精神向楼梯望去。

只见一名身穿粉紫色纱衣的女子在两个丫鬟的簇拥下缓缓走下楼来。她以轻纱遮脸，怀中抱着一把古色古香的琴，一条淡蓝色的腰带让她婀娜的身姿凸显得淋漓尽致。乌黑的发丝上只戴着一根精致的蝴蝶发簪，紫色的发带飘扬着拂过脸颊。

轻纱之下若隐若现的脸，让场中所有人都发出了惊叹之声。

风灏鸣情不自禁地探出脑袋想要一探究竟。那女子在丫鬟的搀扶下走到大厅中央，放下古琴弹奏起了悠扬的乐曲。

“怎么样三爷，极品吧？看不到脸都让人浮想连篇了！”

风灏鸣用扇子蹭着自己的脸陷入了沉思。

“各位大爷，今天咱们的花魁翩翩姑娘招入幕之宾，哪位出的价钱高就能与翩翩姑娘共度良宵。底价是五百两！”老鸨挥舞着手绢吆喝，话音刚落便有人加价了。

风灏鸣一直坐在位置上饮酒，翘着二郎腿一副看戏的模样。

“三爷，您……不出价？”同伴小心翼翼地问道，“那我可要出了。”

“去去去，一边儿凉快去。这个女人今天我要定了，那些小打小闹不值得我出价。”风灏鸣习惯性地摸了摸鼻子，他越来越喜欢这个游戏了。

不到一盏茶的时间，价码已经高到了八千两，加价的人越来越少。风灏鸣唤来随从，在他耳边轻声说了几句话，随从诧异地吞了吞口水问道：“三爷，值不值呀？”

“有你什么事儿呀？”风灏鸣在随从的脑袋上推了一把说道，“反正花我二哥的银子，他肯定认为值！”

“好……好吧！二爷要是追究起来您可得保我！”随从挠挠头走到围栏边上，大声喊道，“我家少爷出价一万五千两！”

场中又是一阵唏嘘，为了与一个青楼女子共度春宵，一掷千金，众人都窃窃私语。风灏鸣得意扬扬地轻摇折扇，慢慢地啜饮了一口酒。

“三万两！”

从另外一个角落中传来一个叫喊声，风灏鸣惊讶地从椅子上站起来向那个方向望去。开价的人坐在雅间里，雅间与大堂被一块纱帐隔开。风灏鸣看到雅间外守着四个人高马大的保镖，他立即有一种不好的预感。

“三爷，还出价吗？”同伴推了推风灏鸣问道。

“出个屁，不要命啦？”风灏鸣决定放弃了，那四个守卫他虽然不熟悉，可是却知道他们的背景，坐在雅间里的那个人他得罪不起。

风灏鸣烦躁地回到位置上，陷入了矛盾之中。从花魁翩翩姑娘一出场，他就已经认出她是二哥朝思暮想的紫蝶。自从紫蝶不告而别之后风灏栎动用锦衣卫的情报网，四处找寻她的下落，却始终一无所获。当日她在西湖的花船上救下风灏鸣，风灏鸣的第一反应是想将紫蝶的消息告诉风灏栎，可是细细思量之下他却犹豫了。

风灏鸣从小父母双亡，在他成长的记忆中，二哥是他最亲近最信赖的人。可是二哥实在太能干了，文武双全，他不管多么努力都超越不了。渐渐的，他开始变得颓废和不自信，他不想再去争取，躲在二哥的背后吃喝玩乐花天酒地。

其实没有人理解他内心有多么痛苦，他也希望可以像两个兄长一样受到赞扬，可是他却做不到。就连他唯一真心喜欢的女人，他也只能远远地看着，看着她为二哥伤心落泪，黯然神伤。

风灏鸣在醉酒之后强暴了季如月，事后他后悔莫及，却直接促使风灏栎不得不娶她为妻。为了不让季如月难过，风灏鸣接受二哥的安排到了杭州，他只是期望着季如月可以忘记以前不快乐的事情，重新开始。他也希望时间可以冲淡一切，让二哥一心一意去爱季如月。因此，风灏鸣对风灏栎隐瞒了他见过紫蝶的事情。但是今天，他却在妓院里见到了紫蝶。他不知道发生了什么事，以紫蝶的武功和机智居然没有反抗。

在风灏栎与季如月成亲的前一晚，风灏栎来到风灏鸣的房中，并不是责备他，兄弟二人心平气和地聊了很多事情。风灏栎对风灏鸣说过他和紫蝶已经成亲的事情。风灏鸣能够体会二哥的用心良苦，是想让他以后可以争气一点儿，珍惜好不容易保住的小命。

风灏鸣承认自己很自私，为了赎罪成全季如月，他忽略了风灏栎和紫蝶的幸福。可是如果见到紫蝶有难他还视若不见，他过不了自己良心这一关。将来万一二哥知道了这件事，不把他碎尸万段，至少也会伤心失望。

风灏鸣无奈地四下张望，待他回过神儿来，随从告诉他，那位翩翩姑娘已经被老鸨送进房间去了。糟糕，要失身了吗？风灏鸣强迫自己镇定下来，他要想办法见紫蝶一面。

倾城容颜毁

风灏鸣花钱买通了几个地痞无赖，又找了一帮平日里花天酒地的狐朋狗友，在妓院中打架闹事，再到厨房去放了一把火，引开了那四个门神一样的侍卫。他以为就连房中的男人也会离去，但是等了半天却不见有人出来。

风灏鸣气急败坏，蹑手蹑脚地爬到窗户底下偷看。

紫蝶坐在古琴前安安静静地拨弄着琴弦，平静的脸上看不出一丝波澜。那天她以为师父一定会杀了她，但是醒来的时候却发现自己身在妓院。那个时候她才知道，当日风灏栎为了让师父替她疗伤，甘愿发下重誓与她永不相见，如若违背誓言，她将会沦落青楼。

紫蝶伤心之余又感到很欣慰，至少她没有爱错人，风灏栎并不是在她垂死之际扔下她不管，他的离去，他自己也是撕心裂肺。

紫蝶尝试过逃离，但是喋血令主用银针封住了她身上所有的穴道，她没办法施展武功。老鸨把她当成了摇钱树，日夜派人严加看管，这一个月的卖艺不卖身，只是为了提高她的名声，让更多的王孙公子前来捧场。

让紫蝶意外的是今天居然引来了两个她不愿意见到的人。

朱常洵坐在离紫蝶不远处的圆桌边上，悠然自得地自斟自饮，望着紫蝶娇美的容颜，聆听仿佛天籁一般的琴音。

“跟我走吧，我可以带你离开这个地方，永远不会有人再欺负你，我会一生一世保护你！”朱常洵走到紫蝶身边柔声说道。

紫蝶仰起头对着朱常洵微笑，一如既往地回答：“不！我心有所属，留在你的身边是对你的亵渎。”

“我不介意，我相信时间可以证明我的心，也可以改变你对风灏栎的情！”

“不可能！王爷，您贵为千金之体，一人之下万人之上，又何必把时间浪费在紫蝶身上！”

朱常洵深吸了一口气，第一次对这个女人感到了愤怒。为了她，他放下尊严和骄傲苦苦追寻；为了她，他甘愿放过宿敌，只是不想她伤心难过；为了她，他千里迢迢从京城赶过来，甚至与喋血令主反目成仇。

他所做的一切却换不来她一个真心的笑容。“不管你愿不愿意，今天我都要你做我的女人！”朱常洵扔掉酒杯，破碎的声音让紫蝶不由自主地起身后退了数步。

紫蝶在朱常洵的眼中看到了欲望，就跟当日在望缘楼那天一样。经历了那么多的事，她不能再奢望朱常洵会手下留情。

“你想怎么样？”紫蝶出于本能运功，可是体内却仿佛有千万毒虫在噬咬，如同万箭穿心般的痛苦，冷汗瞬间便浸湿了后背。她跌倒在地上，胸口犹如压着千斤巨石喘不过气。

“只要你肯跟我走，我会向你师父求情，恢复你的武功，你就不用再受这样的苦。”朱常洵上前去扶紫蝶，“为了你的事我与你师父已经闹得很不愉快，但是我愿意为你去向她低头认错，紫蝶，你就嫁给我吧！”

“不……我不会……对不起灏栎……”紫蝶用最后的力气推开朱常洵。

“那你就别怪我了！”朱常洵失去了耐性，抱起紫蝶扔到床上，脱去自己的长衫。

紫蝶感到绝望，此刻她疯狂地想念风灏栎，她为了成全季如月而离开风灏栎，究竟是不是错了？“灏栎，你在哪里？”紫蝶这个时候才发现，失去了她赖以生存的武功，她的精神竟这样不堪一击。

面对朱常洵的步步紧逼，紫蝶忽然从枕头底下抽出一把锋利的匕首，说道：“王爷，你不要再过来了，就当是我求你，好不好？”

“你想杀我？”朱常洵的心像被千刀万剐一样疼痛，他那么爱她，她却想要他的命，“你以为你还是以前的蝶恋仙子，武功盖世吗？你现在只是一个普通人，甚至比普通女子还要柔弱。”

“王爷待我有恩，紫蝶就算粉身碎骨也绝不会伤你一根汗毛，无论是以前还是现在。我不能伤你，只好伤我自己！”紫蝶举起匕首划过自己的脸庞，顿时血流如注。

朱常洵望着紫蝶白皙精致的瓜子脸上瞬间出现了一道血痕，鲜红的血滴落在纱衣之上，像一朵朵凄美的红花。“你……这又何苦呢？”

“自古红颜多薄命，纵使我心比天高，也奈何不了命比纸薄。上天给我骄傲的容颜，却也为我带来不幸的伤痛。如今我毁了它，王爷，您请回吧！”紫蝶双手颤抖着紧握匕首。她已经失去了武功，人身自由受到限制。她要保住清白之身，就只有放弃让人惊叹的倾城之貌。

朱常洵忽然想要流泪，他已经记不清上一次有这样的冲动是什么时候，“你情愿自毁容颜，也不愿意做我的王妃。紫蝶呀紫蝶，风灏栎究竟哪里好，值得你如此深爱？”

紫蝶泪如雨下，哽咽着说道："他不是最好的，却是我一生难以忘记的。王爷，您的错爱紫蝶无以为报，只求您可以再疼爱我一次，让我可以留住清白之身，留住一个希望，无论走到天涯海角，我都能够有生活下去的勇气。"

"好，很好！"朱常洵长叹一声，潸然泪下，"紫蝶，不碰你，是我能为你做的最后一件事。今日一别最好后会无期，如果他日我们不幸再见，必然不会像今天这样。你自己保重吧！"

目送朱常洵的身影离开，紫蝶紧绷的神经松弛下来，匕首掉落在地上，那清脆的声响就仿佛是心碎的声音，她忍不住放声大哭。她从来没有像现在这样无助和孤独，武功尽失，容颜尽毁，以后的日子该何去何从？

"灏栎！灏栎！你在哪里，你可知道我好想你！"紫蝶拉过被子的一角紧握在手中，努力压抑着不让自己崩溃。她要坚强，要勇敢，她答应过风灏栎，不管有没有他在身边，她都要好好活下去。

"二嫂！"

紫蝶听到了一个声音，她缓缓抬起头，看到风灏鸣站在她面前。

风灏鸣望着紫蝶满脸的鲜血和凌乱的发丝，僵立在原地无法动弹。

风灏鸣望着紫蝶的脸，颤抖地不知所措。他想起了紫蝶倾国倾城的容颜，而现在却被她自己亲手摧毁。一个女子，需要多大的勇气才能自毁容颜？风灏鸣的泪水在眼眶里打转，他感到深深的内疚和自责，如果他早一点儿把紫蝶的下落告诉风灏栎，或许结局就会完全不同。

风灏鸣回过神儿来，走到紫蝶身边安慰道："二嫂你别难过，我马上找最好的大夫替你治伤，你一定可以像以前那样花容月貌。"

"你叫我什么？"紫蝶诧异地问道。

风灏鸣低下了头回答："二嫂！你和二哥的事情我都知道！你放心吧，我立刻派人通知二哥，他得知你的下落一定会快马加鞭赶过来。以后他会保护你照顾你，绝对不会再有人欺负你了。"

紫蝶捂住脸，泪水顺着指缝往外流淌，她对以后的日子彻底迷茫和绝望，她抓着风灏鸣的衣袖说道："不要告诉灏栎，不要告诉他我在这里……"

"为什么？"风灏鸣好不容易说服自己不那么自私，暂时忘记季如月的幸福。

"我不想让他看到我现在的样子，我不要他伤心……"

风灏鸣忽然觉得自己很渺小，他也知道爱一个人要全心全意的付出，只要所爱的人幸福快乐，即使给她幸福的人不是他，他也应该感到愉快。但是他对季如月的爱不仅伤害了季如月，甚至还伤害到了从小呵护他的哥哥。

风灏鸣望着紫蝶，他开始犹豫不决："二嫂，我先帮你赎身，带你离开妓院。不管你变成了什么样子，你都是我风家的人，我会替二哥照顾你，直到你康复为止。"

风灏鸣找到老鸨要替紫蝶赎身，紫蝶的容貌已毁，老鸨却还想趁机敲竹杠。风灏鸣最拿手的就是仗势欺人，他连哄带骗软硬兼施从老鸨手中拿到了卖身契，又扔下了一万两的银票。在他的意识里，赎身银子太少是对紫蝶的侮辱。

风灏鸣按照紫蝶的要求，在僻静的地方买下了一间四合院，又买了一个丫鬟照顾她的饮食起居，他开始收敛心神认真地在书院里念书。紫蝶用匕首划破脸颊的那一幕总是在他脑海中盘旋，深深震撼了他的心灵。为了保住清白，为了守住对心上人的誓言，紫蝶付出了惨痛的代价，这件事让风灏鸣领悟到什么才是真正的爱。或许爱情是很自私，可是他对季如月的爱却造成了终身的遗憾。

紫蝶继续过自己平静的生活，她在院子里种下了蝴蝶花的种子，等到来年整个院子都会开满紫色的鲜花。她打开窗户望着伫立在院子中散发着淡淡幽香的梅花，严寒中的独自开放，是孤芳自赏，还是超凡脱俗呢？

紫蝶对着镜子看脸上的伤口，她甚至没有想过要想办法去医治。曾经，无论是微笑还是美貌，她都只为风灏栎一个人绽放，现在，失去了风灏栎，世间万物的美好与她还有什么关系呢？

丫鬟冬儿看不透紫蝶是一个什么样的人，她总是那么的波澜不惊，平淡优雅。她会在半夜的时候仰望星空，会在大雪纷飞中站在雪地上吹箫，却很少开口说话。她的身上有一种浑然天成的淡雅，却天天以轻纱蒙着脸。

冬儿摇摇头，轻轻走到紫蝶身边说道："小姐，我已经把饭菜做好了！"

紫蝶转身进屋，只留下淡淡的惆怅在夕阳西下的傍晚。

风灏栎快马加鞭赶到杭州，马不停蹄地处理了公事，到了晚上才有时间去书院看风灏鸣。他先去拜会过书院的院士，在院士的指引下到了风灏鸣的房间，居然意外地发现风灏鸣在挑灯夜读。

"怎么啦？知道我要来，所以变得这么乖？"风灏栎拿起风灏鸣看的书翻了翻笑道。

风灏鸣确实没有收到消息说风灏栎要来，他给二哥倒了一杯水说道："二哥，你总是以停滞不前的目光看待我，在你的用心良苦和熏陶之下我总该有点儿进步，是吧？"

"你还想骗我？"风灏栎用书敲了敲风灏鸣的头，"为什么跟知府大人的孙子打架？我还听说你用一万两银子在倾城楼替一个女子赎身，怎么着？想金屋藏娇？"

"没有……"提到紫蝶的事情，风灏鸣浑身不自在，以前他是没少闯祸，但是从来不对风灏栎撒谎。他避开风灏栎的眼神说道，"我就是玩玩，没别的意思，二哥，我以后不会了。"

"明天中午我约了知府大人和一些乡绅在有凤来仪酒楼吃饭，你跟我一起去吧，顺便跟知府大人道歉。杭州不是京城，我没办法时时刻刻照顾你，你不要有事没事就招惹是非，懂吗？"

“我知道，二哥你放一万个心！”

“我放心才怪！”风灏栎叹息着起身往外走，“我走了，明天我会派人来接你。”

风灏鸣送风灏栎到门口，几次都欲言又止。他答应过紫蝶不向二哥透露她的行踪，他也想做一个真正的男子汉。唉！什么君子一言快马一鞭，简直就是道德的束缚。他站在夜色中看着风灏栎消失的身影，才意识到一阵凉意，连忙回到房间去取暖。

风灏栎遣退了跟随的手下，独自走在寂静的街道上。他来杭州的次数并不多，脑子里又全是乱七八糟的烦心事，走着走着便不知道自己身在何处了，待他回过神儿来时已经身处陌生的街道。他摇头苦笑，堂堂锦衣卫指挥使，莫非也会迷路吗？

风灏栎正准备按原路返回，忽然听到了一阵悦耳却熟悉的箫声。他愣住了！这首曲子的旋律夜夜在他的梦中徘徊。“蝶儿！”风灏栎又惊又喜，他顺着箫声来到一座小四合院前。他有一种强烈的直觉，紫蝶就在里面。这种与她接近的亲切感让他有种莫名的喜悦。

顾不上此时已经夜深人静，他敲响了院子的门，箫声戛然而止。风灏栎顿时涌现出一种不安，屏住呼吸听着院子里的动静。

夜凉笛声扬

紫蝶习惯了失眠，每当夜空中挂满星星的时候，她就会站在院子里吹箫，然后静静地仰望星空，期待着流星可以划过天际。她听到敲门声的时候，不由得愣住了。风灏鸣虽然不务正业，但是却非常懂得避嫌，平时来看她总是白天。她搬来此地不久，与邻居也不熟悉，在万籁俱寂的时候会有谁来访？

紫蝶走到门边，透过门缝见到了日思夜想的脸庞，一瞬间，泪如泉涌。

她的手微微颤抖，在接触到门闩的时候却停了下来，她说过要与他后会无期，她必须遵守自己的诺言。她再也不是从前美若天仙的紫蝶，如今的她只是一具空旷的躯壳。

敲门声还在继续，紫蝶却下意识地后退。她不要风灏栎见到她现在的模样，她不想破坏了她在他心中的美好形象。紫蝶强迫自己冷静下来，唤来冬儿，在她耳边吩咐了几句便躲进了房中。

冬儿疑惑不解，拿着紫蝶的箫去开门："你是谁？深更半夜为何在我家门外徘徊不肯离去？"

风灏栎悬着的心忐忑不安，他见到前来开门的陌生女子手中拿着箫，立即变得很失落，可是依然不甘心。

"在下风灏栎，并非有意叨扰。只是刚才路过贵府门口，听见一阵悦耳动听的箫声，不知道是不是姑娘在吹奏？"

"是啊，怎么啦？"冬儿歪着脑袋警惕地问道。

"姑娘吹奏的曲子是从何而来？或者是师承何人？"风灏栎迫不及待地问道。

冬儿笑着回答道："这首曲子杭州城内许多人都会，我也是听人家吹奏学来的。公子，夜已深了，我家中只有我与姐姐两个人，不方便与公子多说，公子请回吧！"冬儿说完便关上了门。

风灏栎失魂落魄，他以为他可以找到紫蝶，原来只是竹篮打水一场空。他苦笑着往回走，抬起头的时候看到一颗灿烂的流星滑落。紫蝶最喜欢坐在院子里看星星，她总是傻傻地想向流星许愿。或许在她的心里有太多美好的期待，却总是无法实现。

"蝶儿，你看到流星了吗？如果它真的能帮人实现愿望，我真心地期盼能与你重逢。你在哪里，究竟要到什么时候你才肯见我？"风灏栎不由自主地握紧双拳，"只要我还活着，绝不放弃找你。"

紫蝶躲在门边望着风灏栎的背影远去，抬起头的时候再一次见到了流星。那璀璨却短暂的光芒像昙花一现，却让她泪流满面。莫非真的是天意？只有风灏栎在她身边的时候，她才能有幸福的可能。

风灏栎一直惦记着昨天晚上听到的箫声，以至于整个宴席下来，对大家谈论的事情都缺乏兴致，让在座的人都诚惶诚恐，以为招待不周怠慢了他。风灏栎意识到自己的失态，恢复到平日里的逢场作戏，开始与大家畅饮。

有凤来仪是杭州最豪华的客栈兼酒楼，知府为了讨好风灏栎，包下了景观最好的第三层。坐在雅间里，向左可以看到西湖的美景，向右可以见到最繁华的闹市。纸醉金迷不能掩盖的，却是风灏栎心底蔓延的忧伤。

他端起酒杯倚靠在围栏之上观望，原来世间的繁华需要心情才能欣赏。他摇头苦笑，将杯子里的酒一饮而尽，就在他要转身的瞬间，眼角余光瞥见了似曾相识的背影。街道上一名白衣飘飘的女子撑着油纸伞走过，她的举手投足像极了紫蝶。

风灏栎想起了昨天晚上的箫声，毫不犹豫地从三楼跳了下去，施展轻功去追赶那名女子。

“风大人……”所有人都吓了一跳，以为风灏栎见到了重要的逃犯。知府大人更是战战兢兢，对着守在外面的衙役吼道，“愣着干什么，还不快点去追风大人！”

众人一窝蜂出了客栈，在人潮汹涌中寻找风灏栎。

风灏栎望着街道上的人来人往，却失去了紫蝶的踪迹。他相信自己绝对不会看错，就连那种亲切的感觉都那么真实。“蝶儿……蝶儿……”风灏栎不顾路人诧异的目光，向人潮中喊着。

紫蝶躲在小巷中不敢露面，究竟是缘还是孽，她竟然又会遇见风灏栎。人海茫茫，他与她似乎有着千丝万缕的联系，剪不断理不清。紫蝶已经失去了面对他的勇气，她再也不能承受得到以后再失去的痛苦。

她轻抚着面纱之下丑陋的伤疤，风灏栎怎么能够接受他的妻子已经失去了昔日的骄傲呢？紫蝶默默转身，却撞进了一个结实的胸膛。她抬起头，闪烁的泪光中是风灏栎清晰的模样。

“蝶儿，你让我找得好苦！”风灏栎想要去握紫蝶的手，只有触碰到她的身体，他才能相信这一切都是真的。

紫蝶后退闪躲，沙哑着声音说道：“公子，你认错人了！”说完转身就走。

风灏栎一把拉住紫蝶的手腕不肯松开，“认错？即使到了老眼昏花的那一天，我也不会认错我的妻子。”

“公子气宇轩昂风度翩翩，您的妻子也一定秀外慧中温柔贤淑，我只是平凡人家的孩子，又怎么配得上公子。”

“我不许你这么说！”风灏栎要崩溃了，咆哮而粗鲁地扳过紫蝶刻意回避的脸，“你看着我，看着我的眼睛跟我说一句，我认错人了！”

紫蝶深吸了一口气，一字一句地说道：“你认错人了！”

风灏栎要疯了，他们两个人的拉扯已经引来了一群人的围观，他凝视着紫蝶的眼睛久久没有说话。他第一次见到紫蝶，她灿若星辰的眼睛就在他的脑海中留下了烙印，以后的很多次相见她都以轻纱遮脸，就凭一种特殊的直觉，他肯定自己绝对没有认错人。

“季梦蝶，你再说一次！”风灏栎咬牙切齿地从牙缝中挤出一句话。

紫蝶狠下了心肠，不允许自己在这个时候退缩，鼓起勇气说道：“你……唔……”紫蝶的话还没有说出口，风灏栎便吻上了她的唇，堵住她的嘴巴，阻止她继续说下去。

风灏栎了解紫蝶的倔强，既然她不肯承认，他就只好用特殊的方式来强迫她。嘴巴可以撒谎，甚至眼神也可以伪装，只有身体的反应是紫蝶无法狡辩的事实。紫蝶彻底吓傻了，虽然她是一个杀手，虽然她真心爱着风灏栎，可是在光天化日大庭广众之下，风灏栎居然强吻她。即使隔着面纱，她也能感受到从风灏栎嘴唇传来的炙热温度。泪水不由自主地从眼角滑落，她手足无措地抓紧风灏栎的衣襟，身体僵硬不会动弹。

知府大人带着一群官员及乡绅赶到的时候，正好见到了这惊世骇俗的一幕。他听闻风灏栎不好女色，可是为什么此刻却当街调戏民女？他发觉风灏栎丝毫没有想要放开那名女子的意思，反应过来以后急忙命令衙役遣散围观的百姓。

许久，风灏栎才放开紫蝶，轻抚她的长发柔声说："我知道我没有认错人，你是我的蝶儿，是我的妻子。我找你找得好苦，不要再躲着我了好吗？"

风灏鸣在这一刻彻底相信缘分天注定，紫蝶千方百计地逃避，却始终不能挣脱命运的安排。紫蝶后退一步，凝望着风灏栎的眼睛说道："公子，等你看清楚我的样子，就会知道你确实认错人了。"紫蝶怀着无比沉痛的心情，缓缓揭下了面纱。

风灏栎愣住了。

站在他面前的女子没有闭月羞花的容貌，在她左边白皙的脸颊上有一道触目惊心的伤痕。怎么会这样？风灏栎的心在滴血。

"公子，你还认为我是你的妻子吗？你的妻子会是一个混迹于市井，容貌丑陋的低贱女人吗？"紫蝶明白风灏栎此时的震撼，就像当初她在镜子里看到自己时的感受一样。可是她依然不后悔。她不稀罕做什么王妃，她只想过平淡的生活，保留与风灏栎的美好回忆。

紫蝶转身离去，泪水不经意间滴落下来。

风灏栎疾步上前，从后面紧紧拥抱着紫蝶："蝶儿，我不知道我们分开以后你发生了什么事，但是我要告诉你，不管你变成什么样子，我都不会认错，你还是我最爱的女人。"

紫蝶听着风灏栎深情地在她耳边低语，再也狠不下心转身离开。

"蝶儿，你听我说，不要再离开我，不是让我照顾你，而是我需要你的支持和陪伴。过去的事情我们或许不能再挽回，但是未来的生活我们还可以选择。分开半年，难道你真的一点儿都不想念我，今天的重逢，你就忍心再弃我而去吗？”

紫蝶泪如雨下：“灏栎，我配不上你……我……”紫蝶在风灏栎的怀里感觉到了眷恋的温暖，长期以来的压抑随着泪水得到宣泄和释放。自从被师父以银针封住穴道，她的身体一直不好，此刻因为情绪激动而牵动了体内的真气，她忽然觉得胸口发闷，吐了大口的鲜血之后昏厥过去。

“蝶儿……”风灏栎抱住紫蝶的身体，轻轻拍打她的脸颊。

“二哥，先把二嫂带回客栈，再找个大夫替她看看！”风灏鸣从来没有看到过风灏栎像现在这么慌张。

风灏栎横抱起紫蝶往客栈走，他好不容易才能与紫蝶重逢，他再也经受不起与她分离的痛苦。

所有的大夫都查不出紫蝶的病症，只好开了一些普通的补药替她调理身体。风灏栎一直守护在紫蝶身边寸步不离，他害怕他走开以后紫蝶会消失。他小心翼翼地轻抚着紫蝶的脸，这半年究竟发生了什么事？风灏栎心疼得几乎要落下泪来。

风灏鸣在房门口徘徊了很久，最后终于鼓起勇气走了进去：“二哥……”风灏鸣有些难以启齿。

“我现在没空管你的事，你出去吧，不要来打扰我！”风灏栎的目光没有离开紫蝶的身体，淡淡地说道。

风灏鸣习惯性地摸了摸鼻子，说道：“我想跟你说说二嫂的事！”

风灏栎抬起头看着弟弟，发觉他的模样很认真，问道：“你知道蝶儿的事？”

风灏鸣点了点头，把这段时间发生的事情简单叙述了一遍，为了避免被二哥责罚，他故意省略了紫蝶在花船上救他的那件事。

风灏栎听完以后已经没心情去追究风灏鸣的刻意隐瞒，他心酸的是紫蝶为了保住清白，居然甘愿自毁容颜。这一刻，他的泪水夺眶而出，滴在紫蝶的手中。她是上天赐予他最珍贵的礼物，可是他却没有好好保护和珍惜。

紫蝶不仅美若天仙，而且聪明绝顶，可是为什么这一次她却那么傻呢？她为什么不暂时敷衍喋血令主，这样她就可以保住武功；她为什么不假意迎合朱常洵，这样她就可以保住美貌。但是她却什么都没有做，而是用了最笨的方式。风灏栎明白，在紫蝶的内心深处始终有一片纯净的土壤，让她不愿意欺骗对她有养育之恩的师父，不愿意欺骗对她情深意重的福王。她这么做是不想亏欠任何人。

“蝶儿，你知道吗？人是可以自私的，你为什么总是要把所有的痛苦都承担下来，你为什么不肯放下你的清高和骄傲呢？”风灏栎把紫蝶的手放在脸颊，闭上眼睛暗自发誓，这一次他绝不允许紫蝶离开他的身边。

风灏鸣默默退出房间，仰望灰蒙蒙的天空，心情却舒畅了许多。原来，对最亲的人有所隐瞒是一件这么辛苦的事情。虽然他不知道在以后的生活中，紫蝶会给季如月造成什么样的影响，可是他不后悔这么做。

每一个人都有选择自己生活方式的权利，风灏栎为了撑起整个家，付出了那么多的心血，他更加应该得到幸福，风灏鸣觉得他不能剥夺风灏栎和紫蝶相爱相守的权利。他松了一口气，心情畅快地去酒楼找朋友喝酒。

“蝶儿，你要快点儿醒过来。我答应你的很多事都还没有做，你不能这么狠心让我留下一辈子的遗憾。醒过来吧，你醒来以后我就带你回家，回我们自己的家。”

紫蝶被清晨的鸟鸣声唤醒，从窗外照射进来的阳光让她在睁开眼睛的一刹那感到恍惚。

风灏栎倚靠在床边，微闭着双眼，呼吸沉稳，紧紧握着她的手没有松开。睡梦中他依然紧蹙着眉头，似乎有解不开的心结。紫蝶情不自禁地伸出手轻抚风灏栎的眉心，多日来的相思在这宁静的早上化为委屈的泪水决堤而下。他真的没有放弃过寻找她吗？

风灏栎从浅睡中醒来，看到紫蝶红肿的双眼，俯下身子轻吻她带泪的眼睛，柔声说道："蝶儿不哭，眼泪流多了对眼睛不好，我可不想让我娘子这么漂亮的眼睛受到伤害。"风灏栎把紫蝶扶起来靠在他的身上，轻轻揽进怀里。

"相公，我总是言而无信，反复无常，三番两次离你而去，有一天你会不会放弃我，再也不找我？"紫蝶把手放进风灏栎的掌心问道。

风灏栎在紫蝶的耳畔亲了亲，笑着说道："你已经是我生命中的一部分，当你不在我身边的时候，我的生命就不完整，我怎么舍得放弃你。蝶儿，你答应我，不要再胡思乱想了，自私一点点，留在我身边好不好？"

"我现在容颜尽毁，又失去了武功，我已经不是以前的紫蝶了，你还要我吗？"

"我当然要你！"风灏栎把紫蝶从怀里拉出来，捧起她的脸凝望着，深情地说道，"在我眼中，你跟以前没有分别，你还是我的蝶儿，我最爱的妻子。"

紫蝶的泪水滴落在风灏栎的手背上，她靠在风灏栎的肩膀上无声哭泣。在这个世界上，她已经没有了自保的能力。而风灏栎是她的相公，是她唯一的依靠，"相公，我要跟你在一起，以后不管发生什么事我们再也不分开了。"

风灏栎如释重负，把紫蝶紧紧搂在怀里。她终于可以放下心头的沉重包袱，安心留在他的身边。这一趟杭州之行对风灏栎来说是一个奇迹，他的指尖轻抚着紫蝶的脸庞，小心翼翼地吻上她的唇。

洞房花烛夜之后，他再也没有碰过她。

紫蝶感觉到风灏栎的呼吸越来越粗重，她红着脸庞闭上了眼睛。风灏栎的吻渐渐融化紫蝶僵硬的身体，她浑身无力地瘫倒在他的怀中。他的手在她身上游走，轻松地解开了她的腰带。他将她压在身下，宽大的手掌停留在她的胸前。

“风大人，知府大人求见！”

风灏栎正欲起身褪去衣衫，却听见贴身侍从在门外禀报。他无奈地想要发火，却找不到合理的理由。紫蝶轻轻推了推他，轻声说道：“也许知府大人找你有事，你快去吧！”

风灏栎望着身下衣衫不整，酥胸半露的妻子，气急败坏地对着门外的侍卫喊道：“让知府大人去大厅等我！”

紫蝶拉过被子盖住身体，刚才的意乱情迷让她的呼吸有些急促，她想安静下来，不料风灏栎却又扑过来将她压倒在床上。“你做什么呀？”紫蝶本能地挣扎了两下问道。

“继续刚才的事！”风灏栎满含笑意的回答。

紫蝶羞红了脸：“不行，知府大人在等你……”

“让他慢慢等！”

从来没有哪一个女人有这么大的吸引力，可以让他为之疯狂。风灏栎从紫蝶身上下来，爱怜地将她拥入怀中，看着她在他怀里渐渐睡去。如果可以一辈子这样抱着她，在感情的路上只有他们两个人，那该多好！风灏栎想起知府大人还在等着他，恋恋不舍地亲吻紫蝶的额头，小心翼翼地抽出被她枕着的手臂，慢慢下床穿好衣服，替她整理了被子，才安心地离开。

知府李允喝完了三杯茶也不见风灏栎出来，不安地在大厅里来回踱步，不停地朝大厅门口张望。

“不好意思，让李大人久等了！”风灏栎今天心情好，脚步轻盈地迈进来，跟李允打招呼。

“不敢，我也是刚到，刚到！”李允摸了一把脑门上的汗，哆哆嗦嗦地说道，“风大人，下官接到京城送来的加急信函，请您过目！”李允从怀中掏出一封信双手递交给风灏栎。

风灏栎看了看信封，上面有锦衣卫专属的印章。看信封上歪歪扭扭的字迹，他不由得笑了笑，这一定是秦大海的亲笔书函。秦大海念书不多，认识的字也非常有限，很难得会亲笔写信，莫非确实有急事？风灏栎慢条斯理地拆开信笺，看完之后立刻脸色大变。

第十七章　来世今生债难偿

好事多磨难

紫蝶再次醒来的时候不见风灏栎在身边，她起身坐到梳妆镜前梳理长发。当她看着镜子中的面容，忍不住轻抚脸上的刀疤。当风灏栎说并不介意她的容貌时，她开始真正地相信，人世间是有真爱存在的。

从小的机遇加上师父这么多年来的耳提面命，她由始至终都认为天下男子都是薄情之人，但是风灏栎却彻底改变了她的看法。其实以她的医术，想要治好脸上的伤疤不是不可能，只是受伤以后她一直不曾理会。

女为悦己者容，风灏栎不在身边的时候，即使闭月羞花，又能给谁欣赏？没有人在身边保护，倾城的容貌只会为她带来无尽的麻烦。紫蝶轻叹一声，听到了敲门的声音。她打开房门，两个丫鬟手捧着换洗衣物走了进来。

“夫人，热水已经准备好了，您可以沐浴更衣！风大人吩咐让奴婢二人来服侍您！”

“灏栎他去了哪里？”

“风大人跟知府大人在大厅议事，大人让奴婢转告您好好休息，他做完事会马上回来。”

紫蝶微笑着点了点头，让丫鬟替她宽衣解带，浸泡在撒满花瓣的热水之中。她从来不知道原来风灏栎也有细心的一面，在百忙之中还体贴地让下人准备好了洗澡水。当她从昏迷中醒来看到风灏栎的第一眼，她就明白了，此生再也忘不掉这个男人。

这么多年的杀手生涯，她不止一次身受重伤，在死亡的边缘挣扎徘徊，每一次她都只能依靠自己的意志力活下来，每一次昏迷醒来都只是空荡荡的房间。她不知道什么是关怀，什么是期待。

就当是一个借口吧，现在的她也需要人照顾，不是吗？紫蝶下定决心留在风灏栎的身边，即使所有人都不祝福她，只要风灏栎全心全意爱着她，她就有足够的勇气继续走下去。她再也不会因为任何人任何事而离开风灏栎。他们成亲时所说的誓言，她愿意用生命去捍卫。

生死相依，不离不弃！

风灏栎接到秦大海的信之后便坐立不安，不知道是不是上辈子缺德事做得太多了，每一次当他以为可以跟紫蝶在一起的时候，总是会节外生枝。秦大海在信中提到，五天前有人夜闯风府将季如月劫走了。

这个消息对风灏栎来说无疑是晴天霹雳。即使他并不爱季如月，可不能否认的事实是她也是他明媒正娶的妻子，无论是出于责任还是义务，他都不能对此事视若无睹。风灏栎在最短的时间内对锦衣卫下达了全国海捕令。

这件事绝对不能让紫蝶知道，不然以她的性格一定会胡思乱想。风灏栎坐在大厅里静静地对着杯子里的水发呆，内心却烦躁不已。

“二哥，如月是不是出事了？”风灏鸣不顾侍卫的阻拦冲了进来，急切地问道。

“只是小事情，我会解决。你现在马上回书院去，不要再惹是生非给我添麻烦！”风灏栎不耐烦地挥了挥手。

“小事情？”风灏鸣打开折扇狂躁地扇了扇，“如月不见了，生死未卜下落不明，你居然说是小事情？是不是因为紫蝶？你找到了她就嫌如月妨碍你们了是不是？你根本就没准备救她是不是？”

“你胡说什么？”风灏栎对这个弟弟实在无语，“如月不见了我不着急吗？我已经派人去追查她的下落。这件事一定要保密，万一让东厂的人接到消息，会更加麻烦你懂不懂？”

“你根本就是自私！你只顾着跟紫蝶卿卿我我，完全忘记了家里还有一个真心爱你的女人。你不配做如月的丈夫，你甚至不配做个男人！”风灏鸣第一次对敬重的哥哥大声咆哮，转身冲了出去。

风灏栎无奈，这半年来他常常自责，他一直以为他给了风灏鸣最好的生活，却从来没有认真地去留意过风灏鸣的内心世界。如果他能早一点看穿弟弟的心事，知道他一直在暗恋着季如月，那么当初他就不会跟季如月订下婚约，也就不会出现今天这样尴尬的局面。

“找人暗中保护他，别让他胡来！”风灏栎唤来心腹手下吩咐道。现在他的状况已经是一团乱麻，如果这个时候风灏鸣和紫蝶再出点状况他就真的应接不暇了。

“大人，所有犯人都已经押上了囚车，随时可以出发。”

风灏栎回过神儿来说道：“吩咐弟兄们准备一下，半个时辰之后马上起程回京。”风灏栎知道这个时候家中一定六神无主，他身为锦衣卫的最高统帅，朝中有多少各怀鬼胎的人在盯着他。他的妻子被人劫走，这件事情瞒不了多久。

风灏栎回到房中，紫蝶刚好换好了衣服。他换上温和的笑容，上前抱着她说道：“蝶儿，我接到朝廷的急报要马上赶回京城。我知道你身体不好，现在赶路会很辛苦……”

“没关系，我不想跟你分开。我们马上可以走！”紫蝶看到风灏栎的眼中充满了疲惫，她预感到发生了不同寻常的事情，但是他既然不说，她就绝对不问。

风灏栎喜欢紫蝶这一份恬淡，吩咐丫鬟收拾了几件换洗衣物便带着紫蝶上路。

一行人刚刚出了杭州城没多远，路过十字坡的时候忽然听到了一阵尖锐的笛声。这笛声仿佛能刺破人的耳膜，让周围的人血脉偾张血气上涌。紫蝶出于本能想要用内力抵挡，一运功便感到浑身刺痛冷汗直冒。

风灏栎按住紫蝶的后背，将内力缓缓注入她的身体，痛苦的感觉没那么明显，可是笛声的干扰让她几乎虚脱。

“是喋血令……”紫蝶虚弱地对风灏栎说道，“你快让人阻止……”

风灏栎对两个心腹手下使了眼色，只见那两人迅速窜入草丛之中，随后便传来了几声凄厉的惨叫。

“哈哈……不愧是锦衣卫指挥使，果然有点能耐，可以发觉我们的藏身之处！这个地方山明水秀，用来埋葬你们这对苦命鸳鸯，也算是不枉此生了吧！”一名黄衣女子手持玉笛，施展轻功稳稳地落在风灏栎面前。

“黄莺！”

紫蝶愣了一下，自从上次京城一别她再也没见过黄莺，却没料到会在这个地方与她相见。随着她和蜻蜓的叛变出逃，喋血令中只剩下黄莺一个堂主，师父一定会将许多生杀大权交到她的手中。她目测了一下黄莺身后的手下，没有一个是百合堂的人，她暗自哀叹，她离开之后百合堂的姐妹一定受到了牵连。“黄莺，你想怎么样？”

“不怎么样，奉师父之命清理门户！”黄莺轻描淡写地回答。

风灏栎与紫蝶共骑一匹马，他将紫蝶护在怀里冷笑道：“就凭你？”

“你是我的手下败将，有什么资格跟我说话？前几次如果不是紫蝶帮你,你早就死在我手上了。堂堂七尺男儿,居然要靠女人活命？如果我是你，不被敌人杀死也该自行了断以谢天下男人之罪！”黄莺讽刺道。

紫蝶暗中握住风灏栎的手，风灏栎却低头给了她一个安心的微笑。“别怕，有我在没事的！”风灏栎一声令下，锦衣卫中的精英弓箭手便从四面八方涌过来，将黄莺团团围住，“武功我可能是比不上你，但是男人解决问题不一定要靠拳头，还可以动脑子。当然，对你这种没脑子的女人来说，是不会懂的。”

“你……”黄莺气结。她确实没有留意到她螳螂捕蝉，而风灏栎却黄雀在后，“哼，你以为凭区区几个弓箭手能奈何得了我？”黄莺的话音刚落便纵身跃起朝紫蝶击出一掌。

风灏栎的手臂抱着紫蝶躲开的同时轻轻挥了挥手臂，弓箭手万箭齐发，黄莺身边的手下倒下了一大片。黄莺不顾姐妹们的安危，坚持不肯撤退。她刺杀了几名弓箭手之后跳到风灏栎附近。风灏栎把紫蝶交给两个心腹手下吩咐道："照顾好夫人！"说完便抽出佩剑迎了上去。

紫蝶目不转睛地盯着风灏栎与黄莺打斗。她知道风灏栎的武功并不弱，如果在江湖上闯荡，也算是一流的高手，可是黄莺的武功肯定在风灏栎之上。锦衣卫人多势众，喋血令的人除了黄莺之外，不是束手就擒，便是命丧当场。

"看在你与蝶儿姐妹一场的分上，我不想以多取胜，如果你能逃出去的话我便放你一条生路。"风灏栎握紧剑柄说道。

"不自量力，就凭你！"黄莺接连使出几招夺命杀招，却全都被风灏栎躲过。

自从荣老爷被杀一案以后，风灏栎就开始追查喋血令的行踪。他利用锦衣卫四通八达的情报网，搜集了十分具体的资料，包括喋血令三位堂主的武功路数和性格脾性。黄莺是三个人中最为刁蛮难缠的一个。

紫蝶已经是他的妻子，他不必防范；蜻蜓从来没有出现过，这一点风灏栎很纳闷；因此在追查过程中风灏栎将重心放在了黄莺身上。他甚至找到许多与黄莺交过手的武林中人，研究她的武功招式和破解方法。

黄莺这一次明显感觉到风灏栎与以前不同，他的武功似乎是有针对性地在破解她的招式。她忽然明白过来，即使这次她赢了风灏栎也不能全身而退。于是便大大方方地收起长剑，从怀中掏出一块手绢说道："风灏栎，如果你的记性不算太差，应该记得在你家里还有一个妻子吧？"

"你把如月怎么样了？"风灏栎愣了一下之后明白过来，喋血令就是劫走季如月的人。他们的目的很明确，就是为了要挟他，"如果她少了一根头发，我一定会将百花谷夷为平地。"

"风灏栎你听着，你押送的这批犯人我要带走，如果你不同意，那么季如月就是他们的陪葬！"

风灏栎握紧双拳犹豫不决。这一批不是普通的罪犯，万一押送途中出现意外，魏忠贤一定会借此机会大做文章，到时候他会有很大的麻烦。他情不自禁地看向紫蝶，如果他因为季如月而失去了一切，她会怪他吗？

“如果你再犹豫天就黑了。天黑之前师父见不到这些人，季如月会有什么样的下场，我可不敢保证哦！”黄莺的柳眉上翘，扬扬自得地催促。

“放人！”风灏栎做了一个深呼吸说道。

“大人，放了这些人你回京怎么交差呀？”

“马上放人，无论什么事情我都一力承当。”风灏栎呵斥道。在他的心目中，对季如月一直有着深深的歉疚。季如月虽然刁蛮任性，可是她本性善良，从来没有做过伤天害理的事情，一夜之间失去双亲也让她成熟了许多。

风灏鸣欠她的是一份清白，而他欠她的却是一辈子也还不清的爱情。即使拼上所有的身家性命和权力的累积，他也要救季如月。

黄莺扬起胜利的微笑，让手下将囚车中的十三个人全部带走。她回头看了看紫蝶说道：“你以为躲在风灏栎的身边师父就奈何不了你吗？当风灏栎自身难保的时候，我看他拿什么来保护你。我们后会有期！”

风灏栎颓废地望着黄莺等人扬长而去。

“为什么不告诉我季如月出了事？”紫蝶问道。

“我怕你担心，我不想让你不快乐。总之我说过，天塌下来由我来顶！”风灏栎握了握紫蝶的手安慰，然后转身对心腹手下说道，“你们两个送夫人回京，其他人回杭州府衙候命。”

“你要去救她？”

“蝶儿，我必须去，请你体谅我的处境。”

“我明白，让我陪你去吧！”

“不行，你身体不好，不适宜长途奔波，我更加不想让你以身犯险。听我的话，回家去等我，好不好？”风灏栎轻轻拍了拍紫蝶的脸，温柔地哄着。

紫蝶第一次为失去武功感到难过，如果这个时候她功力尚存，就可以帮助风灏栎把季如月救回来，“你让我留在你身边吧，我很清楚喋血令的作风以及她们的秘密联络点。我相信你可以保护我！”

风灏栎依然犹豫。

“你真的放心把我交给你的手下吗？如果黄莺去而复返，他们不是她的对手！”

致命选择题

风灏栎沉重地叹了一口气说道：“好吧，要死我们也死在一起！”

“说点吉利的话好吗？风大人！”紫蝶牵着风灏栎的衣角说道。

风灏栎笑着用手指刮了一下紫蝶的鼻子，苦中作乐，他唯一值得庆幸的事情是此刻紫蝶依然陪伴在他的身边。他带上紫蝶与四个心腹手下去追赶黄莺等人的行踪。

按照紫蝶的推测，黄莺带着那么多人一定跑不远，根据喋血令的行事作风，最有可能的就是将这十三名犯人安置在离此处最近的喋血令联络站中。当他们赶到一处僻静的山庄时，已经是晚上，山庄内一片漆黑。

“蝶儿，你在外面等我，我先进去探路！”风灏栎用眼神示意两个手下留下来保护紫蝶。

紫蝶不想成为风灏栎的累赘，拉着风灏栎的手蹲下来，找了一根树枝在地上画了一张图，指出哪些地方设有机关暗器，需要小心谨慎，并且教了他破解的方法。风灏栎给了紫蝶一个安心的微笑，带着另外两个手下翻墙闯了进去。

一进入山庄风灏栎就察觉到了异常，整个环境似乎过于安静。他们三人小心翼翼地绕了一圈，既没有发现人影，紫蝶说的那些机关也没有启动。确定没有危险，风灏栎才让手下护送紫蝶进来。

紫蝶点燃蜡烛，环顾大厅内的一切，陷入了沉思。黄莺去了哪里？师父劫走那些犯人的目的是什么？

“风大人，您快过来看！”

风灏栎听到手下的叫唤便走了过去，在院子的泥土中发现了大量的血迹。他拿起一小撮泥土闻了闻，蹙眉说道：“是人血！”

紫蝶的脸色大变，说道：“我知道那些犯人在哪里了！”

“夫人，该不是被埋在了下面吧！”

“不是，他们化成了一摊血水，尸骨无存！”紫蝶的脸色有些苍白，她并不是为那些死去的人难过，而是替风灏栎感到担忧。这些全部都是朝廷重犯，风灏栎在押解途中丢失了犯人，朝廷怪罪下来必然是抄家灭族的大罪。如果那些钦命要犯从此在这个世界上消失，风灏栎连戴罪立功的机会也没有。

“化为了血水？不会吧！”

紫蝶知道很难让人相信，但是喋血令中确实有这样的药，她解释道：“化尸水是喋血令用来处理执行任务失败而自尽的姐妹们的。”

风灏栎被强烈的挫败感包围。丢了犯人，连季如月都下落不明。喋血令的人心狠手辣，以季如月心高气傲的个性，万一受到了一点儿侮辱性的对待，咬舌自尽也不是不可能。如果她出了什么事，将来到了九泉之下他如何跟季海雄交代。

紫蝶握着风灏栎的手安慰道：“你放心吧，她们带走如月是为了要挟你，只要你还活着，她就不会死！”

风灏栎勉强挤出微笑点了点头，事情到了这一步他还能说什么呢？

“什么人！”风灏栎其中一个手下一声大喝，纵身从院子后门跃了过去，双手提着一个人扔到了院子中，“你是不是喋血令的人？鬼鬼祟祟偷听我们说话，找死！”说完便准备一掌劈下去。

“别别别，二哥，别打，是我！”风灏鸣急忙扯下蒙着脸的黑布，爬过去抱住风灏栎的脚喊道。

风灏栎一阵头疼，他扶起风灏鸣骂道："你半夜三更穿着夜行衣跟着我们干什么？"

"我要跟你们去救如月！"风灏鸣抬了抬头表示决心，"她有危险我不能不管。"

"你连照顾你自己都有困难，怎么救她？"风灏栎恨不得一巴掌拍死这个弟弟。

"总之你不带着我，我就自己去。万一不幸让我遇见喋血令的杀手，我壮烈牺牲了你记得多烧点儿纸钱给我，你知道我开销大！"风灏鸣倔强中带着一丝威胁。风灏栎用手指指了指他的脑袋，气急败坏地说道："行……你长本事了！你喜欢跟就跟着吧！"

"相公，你别生气。此地不宜久留，我们先离开这里再说吧！"紫蝶对风灏鸣的印象不算太差，他并不是一个真正的坏人，只是一个没长大的孩子。从小家长的溺爱和兄长的纵容，让他变得任性妄为我行我素，可是在骨子里，他是性情中人。

风灏栎带着众人离开山庄，谁也没有开口说话。幽静的树林中只有不知名的虫子在鸣叫，月光透过茂盛的树叶洒落下来，显得斑驳而凄凉。风灏栎脱下斗篷披在紫蝶身上，无声地握紧她的手。

第二天清晨，一行人到了市集，风灏栎沿途留下了锦衣卫的联络标志，让手下的人赶来增援，然后找了一家酒楼吃饭。风灏栎满脑子都在担忧季如月的处境，一直沉默不语。忽然风灏鸣扯了扯他的袖子低声说道："二哥，你快看呀！"

风灏栎顺着风灏鸣手指的方向望去，只见黄莺带着三个女子走进了酒楼，在风灏栎等人不远处坐了下来，倒了一杯酒朝风灏栎举了举，然后灿然一笑一饮而尽。黄莺带来的那三个女子中，其中两个是她的手下，另外一个是被人挟持点了哑穴的季如月。

黄莺明目张胆地出现在风灏栎面前让紫蝶觉得很意外。当季如月看到紫蝶和风灏栎在一起时那种绝望的眼神，让风灏栎觉得很内疚。

黄莺越来越喜欢这个游戏，她从来不把天下男人放在眼里，所以想不明白蜻蜓和紫蝶的叛变是为了什么。她饶有兴趣地勾起季如月的下巴，望着她带泪的双眼说道："你日思夜想的相公已经另结新欢了，现在的你对他来说只是负担和累赘。如果你死了，他一定会谢谢我，因为这样他就可以名正言顺地跟他的蝶儿厮守终生了。"

季如月别过头去不看黄莺得意的模样，她唯一的遗憾是连质问的机会都没有！她被挟持的时间不算长，但是对她来说却是度日如年。她可以坚持下来，是坚信风灏栎会来救她，现在，风灏栎来了，带着另外一个女人！季如月怨恨的目光盯着紫蝶，虽然她以轻纱掩面，可是季如月却依然无法忽略她的特殊魅力。

从紫蝶出现的那一刻开始，季如月就有危机感，因为风灏栎看紫蝶的眼神是那样的柔情似水。她忌妒、愤恨，但是为了保持大家闺秀的矜持一直隐忍不说。她以为紫蝶只是风灏栎生命中的一段插曲，即使恍如天籁之音，也总有过去的时候。

风灏栎，依然是她的！

可是命运的捉弄让季如月崩溃，一夜之间父母双亡，父亲临死之前才告诉她，这个夺走她丈夫的女人，竟然是她同父异母的姐姐。她接受不了！她的骄傲不允许她认这个姐姐。她才是季家的大小姐，是季海雄唯一的女儿；她才是风家的二少奶奶，是风灏栎明媒正娶的妻子。

自从紫蝶走了以后，季如月改变自己，收敛起所有的任性，温柔体贴地照顾风灏栎的起居饮食，帮他打理家中的一切事物。她并不奢望风灏栎会像爱紫蝶那样爱她，她只是想让风灏栎明白，在他身边还有一个女人在全心全意地等待着他。她想让风灏栎回头看她一眼，即使只是短暂的瞬间。

季如月的泪水从眼眶中溢出，她知道她所有的努力都成了泡影，紫蝶的再次出现会毁掉她所有的幸福。她的痛苦和绝望，风灏栎永远都不会明白！

黄莺解开季如月的哑穴，指尖划过季如月白皙的脸颊，故作遗憾地说道："风夫人，以你的花容月貌无论走到哪里都是男人目光的焦点，可惜呀，你的对手是以美貌闻名江湖的蝶恋仙子。我真是替你可惜呀！"

"你不用惺惺作态，我不吃你这一套！"季如月冷哼一声说道，"我落在你们手上，只怪我自己命运不好，要杀要剐悉听尊便！"季如月把头扭到一边，微微扬起头，让即将落下的泪水慢慢渗回眼眶。

"风大人，我们做个交易怎么样？"黄莺玩弄着自己的长发，步履轻盈地走到风灏栎面前说道。

"你想怎么交易？"风灏栎戒备地将紫蝶护在身后问道。

"蝶恋仙子是我喋血令百合堂的堂主，她背叛师门罪无可恕，师父让我带她回去，接受烈火焚身的处罚。但是有风大人的保护我的任务又很难完成，无奈之下才请了风夫人来帮忙。只要你把紫蝶交给我，我马上放了你的妻子，怎么样？"

黄莺这一招太狠了，风灏栎表面上不动声色，内心却气冲脑门。在这个时候无论他同不同意都不行。他望向季如月，她含泪的目光露出让人心疼的幽怨。他该怎么办？

"好，我跟你回去！"紫蝶知道，即使风灏栎做出了选择，黄莺也不会遵守诺言。但是此时此刻，她怎么忍心让风灏栎做这样的抉择。

"我不要你救，我宁愿死也不会受你的恩惠！"季如月伤心欲绝，风灏栎的犹豫让她感觉整个世界都成了灰色。即使能平安回去又能如何？她再也回不到从前，就连仅剩的希望也被剥夺。此生，风灏栎不可能会爱她，"风灏栎，你记住，是你欠我的！下辈子，我还会缠着你！"

季如月使出浑身力气撞开守在她身边的一个女子，用力向旁边的柱子撞了过去。

“如月！”风灏鸣忽然从后面窜了出来，扑过去将季如月按倒在地。

风灏鸣刚才去了茅房，回来的时候发觉气氛异常便悄悄躲在了一边。季如月想要自寻短见，他毫不犹豫地冲了过去。所有的事情发生得太突然，在电光火石的瞬间，风灏栎已经抽出长剑朝黄莺刺了过去。

“你放开我！”季如月推开风灏鸣吼道，“你这混蛋，滚开……”风灏鸣的出现让季如月仿佛又看到了那如噩梦一般的场景。如果不是风灏鸣，她又怎么会落得今天这样如此委曲求全的地步。

风灏鸣刚才被季如月压在身下，手臂受到重创，传来钻心般的疼痛，他退后一些跟季如月保持距离。这时场中已经乱成了一团，两方人打得难解难分。紫蝶的视线一直跟随着风灏栎和黄莺的打斗，他们俩人之间的实力还是差了一段距离，风灏栎即使有手下的配合，在短时间之内依旧奈何不了黄莺。

季如月意外地发现紫蝶竟然没有上前帮忙，只是全神贯注地盯着风灏栎和黄莺。此刻黄莺的两个手下已经被杀，风灏栎的手下也死了两个。季如月捡起地上的一把剑，在毫无征兆的情况下刺向了紫蝶。

紫蝶始料不及，在意识到危险靠近时已经来不及了，季如月的剑刺进了她的左臂。

“蝶儿！”风灏栎没料到季如月对紫蝶的恨这么深，在这个时候居然会出手伤害紫蝶。他一分心，黄莺便趁机一掌打在他的胸口。

季如月不懂武功，拿剑的手在微微颤抖。她狠下心肠闭上眼睛刺出剑，在内心深处她并没有想过可以刺中紫蝶，以紫蝶的武功完全可以躲开。当她睁开眼睛看到鲜血染红紫蝶裙摆的时候，吓得不知所措。

风灏栎分身无暇，剩下的两个手下已经死在黄莺的剑下。黄莺得意地冷笑：“紫蝶，今天我要破了你的不败神话！”

紫蝶对于死亡并没有太大的恐惧，她看到了黄莺的剑在向她靠近。她没有反抗的能力，只好闭上了眼睛。风灏栎勉强提起一口真气，一掌震偏黄莺的剑。他想起了风家家传剑法中的最后三招，祖上有训，不到万不得已时不得使用，因为这三招不仅伤敌，也会伤害自己。风灏栎用尽最后的功力使出夺命杀招，准备与黄莺同归于尽。

最后一式，黄莺与风灏栎同时出剑。

风灏栎的剑刺进黄莺的胸口，黄莺惊诧的眼神望着他，难以置信她居然会死在这个男人手中！黄莺的剑，却没有刺进风灏栎的身体，因为在最后那一刻，一道人影扑过来挡在了风灏栎的面前。

风灏栎傻了，长剑掉落在地上，清脆的响声仿佛心碎的声音。

风灏鸣之死

在风灏栎使出家传剑法中的夺命杀招时，风灏鸣就知道了二哥的用意。在风灏栎的心中，在场的每一个人，他都愿意用自己的性命去维护。自从父母死了以后，他习惯了去照顾家人以及全心全意地付出。

在风灏鸣的生活中，其实二哥是他的精神支柱和依靠。这么多年来，他不是不想帮二哥分担重担，只是他觉得自己没有能力去做。经历了那么多的是非与变故，他终于懂得了什么是义务，什么是责任。

可是太晚了，因为他醉酒之后的情难自禁，他毁掉了季如月的纯洁，也毁掉了风灏栎的幸福。风灏鸣觉得自己活在这个世界上是一种罪孽。

风灏栎接住风灏鸣缓缓倒下的身躯，浑身战栗不已："灏鸣，你振作一点儿，二哥马上替你疗伤，你会没事的！蝶儿，你快点救救他！"

紫蝶蹲下身替风灏鸣把脉，绝望地摇了摇头。

黄莺的这一剑，刺穿了风灏鸣的心脏，即使华佗再世也救不了他。医术再高，只能医病，却不能医命。

"不会的，蝶儿，你想想办法……"风灏栎在很多时候都对风灏鸣失望透顶，可是他从来没有想过有一天他会死，还以这样的方式。风灏栎总觉得风灏鸣只是一个没长大的孩子，等他懂事了他就会成熟，可以承担身为风家子孙的责任。

“二哥……算了，不要再……勉强二嫂了！”风灏鸣看着鲜血一点一点地离开自己的身体，竟然没有一丝恐惧和惊慌，“二哥，对不起……我知道这么多年来你撑得很辛苦……我……我为你挡剑，你是不是很感动？”

风灏栎抱着风灏鸣，将内力注入他的身体，却如泥牛入海，什么反应都没有。

“二哥，不要再为我浪费真气了！”风灏鸣握住风灏栎的手，忽然吐了一大口鲜血，他用最后的力气露出微笑，说道，“其实……其实你不用……为我难过,也不用太感动的。我只是觉得很累……很想睡觉！二哥,对不起，我从小到大做任何事都让你失望……我也不想的！”

“你别说了，我从来没怪过你。只怪我平日里忙着公事忽略了你……灏鸣，你别说话，我一定可以治好你的！”明知道已经没有可能，风灏栎还是不想放弃。在他的心里，无论风灏鸣多么顽劣，他也能够包容他，他只是希望弟弟可以好好活下去。

“二哥，你记不记得小的时候，我很喜欢爬树掏鸟窝，可是每次你都骂我！”风灏鸣想起了过往的生活，眼神开始涣散和迷离，虚弱地说道，“其实我很喜欢听你骂我，因为……只有你骂我的时候，我才觉得我是有人管的孩子……”

“灏鸣，你别说了……是二哥没照顾好你。如果你有什么事，将来黄泉路上我怎么向爹娘交代！”风灏栎忍不住落下泪来。

“你跟大哥都是风家的骄傲，你更是我的骄傲！如果真的有下辈子，我还想做你的弟弟。你放心吧，我不会再这么不争气，我一定……一定帮你承担照顾家的责任！”

“不用等到下辈子，这辈子你也可以的！”

风灏鸣艰难地转过头望着季如月，轻声说道：“对不起，如月，其实……

我爱你！我并不是故意想要伤害你，你原谅我好不好？”

季如月瘫倒在地上泪如雨下。“原谅？你让我怎么原谅你？你毁了我的一生你知道吗？”

风灏鸣凄凉地笑了笑，说道：“既然如此，今生让我先欠着你，来世我就可以再与你相遇，把欠你的还给你。二哥，我好冷，我想回家！”

“好，我带你回家！你要撑下去，奶奶在等你回家！”风灏栎点头安慰道。

“嗯……我想……见奶奶……”风灏鸣无力地闭上了眼睛。

“灏鸣……”风灏栎探了探风灏鸣的鼻息，彻底绝望了。

从父母死后，大哥常年在外征战，家中就只有祖孙三人相依为命。这些年来风灏栎做的努力，在很大程度上是为了让奶奶安心，让弟弟开心。如果没有家人作为动力，他一路走来撑不到现在。

风灏鸣突然之间死了，让风灏栎觉得他的世界成了灰色。他愣愣地抱着风灏鸣的尸体一言不发，却不得不接受这个残酷的事实。

紫蝶默默守在风灏栎的身边，她能理解他的心痛和无助，“灏栎，如果你觉得难受就哭出来吧。你不要不说话，好不好？”

风灏栎看了看紫蝶和季如月，抱起风灏鸣的尸体说道：“我们要尽快离开这里，不管发生了任何事情，回家再说吧！”

季如月虽然痛恨风灏鸣，可是亲眼看着他惨死，对她的心灵同样造成了震撼。她想起了与风灏鸣相处的点点滴滴。在她的眼中，他是一个不学无术的花花公子，她从来不把他放在眼里。但是每一次她受到了风灏栎的伤害，躲在角落里暗自神伤的时候，风灏鸣总是会出现在她的身边，没有轻声细语的安慰，还找碴儿与她斗嘴吵架，发泄出心中的怨气，她会觉得开心许多。

季如月无声地哭泣，原来风灏鸣一直都在守护着她，只是她不知道而已。现在他死了，临终之前她还是无法原谅他，让他带着遗憾离开。季如月越想越伤心，泪如泉涌。

风灏栎在镇上买了上好的棺木，把风灏鸣放了进去，又买下一辆马车，载着紫蝶和季如月回京。一路上三个人都没有说话，风灏栎的脑海一片空白。风灏鸣突然死亡，回家之后他该如何向奶奶开口？

紫蝶明白风灏栎的处境，人死不能复生，她所担心的是风灏栎丢失押送的犯人，回去之后怎么向朝廷交代。朝中党派林立，魏忠贤权势冲天，他一定不会放过这个绝佳的机会。

离京城越近，季如月的心就越乱，她无法想象以后的日子天天与紫蝶相对。她想要逃离，可是父母死后她无依无靠，天大地大除了风灏栎，再也没有她的容身之所。望着道路上的风景，季如月泪流满面。

风灏栎带着风灏鸣的尸体到了京城，却不敢直接带回家中，他担心年迈的奶奶会接受不了。他停留在城门口，感到彷徨无助。他多么后悔将风灏鸣送去杭州念书，如果不是因为他这个错误的决定，弟弟何至于客死异乡。

风灏栎牵着马绳的手情不自禁地握紧，他强压着心头的悲愤，努力不让眼泪掉下来。

“相公，要不要……我先回去跟奶奶说！”季如月上前拉了拉风灏栎的衣角，失去亲人的痛苦她理解。在风灏栎的心目中，一直都认为弟弟需要他的保护，可是这一次风灏鸣却为了他甘愿放弃生命。

这个打击对风灏栎来说太大了。

风灏栎闭上眼睛沉思了一会儿，说道：“我先找人把灏鸣的棺木送去祖屋，我跟你一起回去见奶奶！”

这时秦大海带着一队人马走了过来，他接到风灏栎的飞鸽传书简直难以置信，像风灏鸣这样的花花公子也会有这个觉悟吗？

“蝶儿，我们回家吧！”风灏栎转身走到紫蝶身边柔声说道。

“灏栎，我先回望缘楼，你先办理好灏鸣的身后事，其他事情以后再说吧！”紫蝶忍不住伸出手抚平风灏栎紧蹙的眉头，她怎么忍心在这个时候去逼他给她一个名分呢？风灏栎此刻的伤心难过，她感同身受。

“可是我答应过你……”

“别说了！你奶奶一定会因为灏鸣的事情而伤心欲绝，我们不要再节外生枝了。”紫蝶踮起脚尖凑到风灏栎的耳边说道，“相公，我也会答应你，我会永远留在你身边，我们还有一生一世那么漫长的路。”

“嗯！”风灏栎重重叹了一口气，“只是，委屈了你！”

紫蝶微笑着摇摇头说道：“记得，你要保重自己，为了我，为了你的家人！”

风灏栎带着季如月回家，秦大海护送紫蝶回望缘楼，这个时候紫蝶才知道，风灏栎押送的犯人半路被劫，魏忠贤借此事大做文章，已经将一些风灏栎的死党抓进了东厂大牢。

“这下子麻烦大了！”秦大海唠叨着，“不知道皇上会怎么处置灏栎。”

“秦大人，福王现在在京城，还是在南京？”紫蝶忽然想起了朱常洵，到现在她只知道他和喋血令主有着某种默契，他们究竟是一种什么样的关系呢？

“灏栎以前让我留意着福王的行踪，据我所知他还在京城。皇上对此事也是睁一只眼闭一只眼，似乎不太在意。”

紫蝶回到京城的第二天就发现了十分微妙的现象。风灏栎作为锦衣卫指挥使，家中出了这么大的事情，登门吊丧的人居然寥寥无几。紫蝶不禁哀叹，为风灏栎感到担忧。

下午的时候御膳房总管又来了，朱由校听说紫蝶回到了京城，立刻召她进宫。这一次紫蝶见到朱由校的时候他并没有在御花园中当木匠，而是躲在房间里生闷气。紫蝶把糕点放下，笑着问道：“是谁惹皇上生气了？”

朱由校抓起一本奏折递给紫蝶，气呼呼地说道：“朝中的大臣就是看不得朕高兴，三番五次上奏要乳娘回家。朕习惯了让乳娘照顾……”

关于朱由校和客印月的种种传闻，紫蝶听到了很多，她微微笑了笑说道："皇上，一个人的习惯是经过长时间养成的，但是也可以戒掉。人世间最可怕的东西就是习惯，它会让你没有突破，不愿意改变。不过皇上是九五之尊万民之主，自然与众不同！"

"咦，仙女姐姐，怎么你今天总是戴着面纱呢？"朱由校走上前来，伸手去扯紫蝶的轻纱。

"皇上，紫蝶因为遇到意外而容颜尽毁，万一吓着皇上，紫蝶就罪该万死了！"紫蝶后退两步说道。她不愿意让任何人见到她现在的样子，除了风灏栎。

"你受伤啦？"朱由校想起了紫蝶的花容月貌，不由得更加好奇，"朕的话就是圣旨，马上把面纱摘下来吧！"

紫蝶无奈，轻轻取下了面纱。

朱由校愣住了，紫蝶倾国倾城的容颜在他的脑海中有着根深蒂固的印象，在他的心里紫蝶真的就是误入凡尘的仙子，"对不起仙女姐姐，我……我以为你是跟我开玩笑……对不起！"朱由校连忙道歉。

紫蝶轻轻摇头说道："没关系！"

"仙女姐姐，你的医术这么高明，一定有办法治好脸上的伤，是不是？"

"是，不过……药引很难找！"

"是什么？"

"天山雪莲！"

"哈哈……这皇宫里什么都有！"朱由校兴奋得跳了起来，"半年前朕过生日，番邦进贡了一株天山雪莲！王公公，你马上去御药房拿来，送给仙女姐姐！"

"多谢皇上！"可以恢复容貌，对紫蝶来说是一件值得开心的事情。

"皇上，魏公公求见！"

魏忠贤一进门就看到了紫蝶，蝶恋仙子的武功虽然高强，但是更可怕的是她和皇上之间的关系。他收到可靠的消息，紫蝶已经功力尽失，如果没有风灏栎的保护，她一定会落入喋血令的手中。

“皇上，奴才接到禀报，锦衣卫指挥使风大人已经回京了，可是他却把谋反的犯人给放走了。风大人玩忽职守罪该万死。”魏忠贤说道。

朱由校吃着点心喝了一口茶，眨眨眼睛问道：“风大人回京为何没有来见朕？”

“是啊，足见风灏栎的眼中根本没有皇上。依奴才愚见，他很有可能参与了谋反，应该彻查此案。”

紫蝶意识到魏忠贤的险恶用心，风灏栎一倒，锦衣卫的控制权就会被魏忠贤接手，风灏栎再也不会有翻身的机会。

“皇上，风大人之所以没有进宫向您请安，是因为风三少爷刚刚去世了。”紫蝶辩解道，“皇上宅心仁厚，一定可以体谅他的痛苦，请皇上恕罪！”

“就算是这样，放走朝廷钦犯那也是死罪，按我大明律例应该满门抄斩！”魏忠贤咬牙切齿地说道。

爱在阳光下

“是吗？”紫蝶的眼中闪过一道寒光，冷冷地说道，“按我大明律例，后宫与宦官不得干政，魏公公，您可知道？”

“你……”魏忠贤气结，这个女人不止一次破坏他的行动与计划，如果不是她出手阻挠，季海雄手中的兵符早已是他的囊中之物。

“好了好了，你们俩也不用再争了，朕自有定夺！”在朱由校的心里，始终都记得在他们父子二人最艰难的时候，是风灏栎的暗中保护，他的命才能留到今天，“风大人大意丢失了犯人，虽然罪无可恕，可是情有可原。传朕的旨意，杖责三十，罚俸半年！”

“皇上，又是杖责三十，罚俸半年？”魏忠贤瞪大了眼睛不甘心。上一次风灏栎押送军粮去辽东，岂料半途被喋血令的人劫走，犯下如此重罪，刑罚跟这一次差不多。魏忠贤愤恨地咬牙切齿。

朱由校不耐烦地挥了挥手，示意魏忠贤马上去拟圣旨。魏忠贤临出门之前狠狠地瞪了紫蝶一眼，从他的眼中，紫蝶看到了强烈的杀机。

皇上的圣旨一下，风家立刻变得热闹起来。那些处于观望期的官员，眼见风灏栎几次犯下重罪都能被皇上宽恕轻罚，都纷纷上门。所谓罚俸半年，对风家没有半点影响；杖责三十，皇上也体念他办理弟弟的丧事而推迟行刑。

众人都看到了皇上对风灏栎的偏袒。如今的朝廷之中，敢公然站出来与魏忠贤做对的人，除了风家兄弟，再无其他人。

当风灏栎把风灏鸣的尸体运回家中，即使有了心理准备，风老夫人还是当场昏厥。她最疼爱的小孙子，活蹦乱跳地离开家去杭州念书，如今却回来一具冰冷的尸体。她再一次体会到白发人送黑发人的痛苦。

夜，风灏栎在风灏鸣的灵堂前独自站立着，默默地独饮烈酒："灏鸣，这么多年来二哥一直忙于公事，忽略了与你的沟通。我知道其实你最向往的生活是无拘无束，你生前我给了你太多的束缚。明天二哥会送你入土为安，你要记得，下辈子投胎的时候找一户平凡的人家，风家的担子太重了……"

"相公！"季如月在回到风家的那一刻起，心情反而平复下来，不是平静，而是死心。她明白，以后的日子里她再也不会美满，"你已经两天两夜没有合眼了，明天是……你弟弟出殡的日子，还有很多事情等着你去做，你回房间歇一会儿吧！"

"如月，你还是不能原谅灏鸣吗？"风灏栎转身望着季如月问道。

"原谅不原谅还有什么意义吗？事已至此，我还能说什么呢？他已经死了，即使我原谅他，他也不会活过来！"季如月的泪水顺着脸颊而下，她也不知道她的眼泪究竟是为自己流，还是为了风灏鸣而流。

风灏栎上前几步，拭去季如月的泪水，双手轻轻按着她的肩膀柔声说："如月，谢谢你。这些年我欠你的，欠灏鸣的，太多了！"

"天意如此,你我都无法强求！"季如月深吸一口气,凄凉地笑了笑,"你去书房睡一会儿吧，天亮之前我会叫醒你的！"

季如月不再强求风灏栎与她圆房，她还能奢望可以代替紫蝶在风灏栎心中的地位吗？当她看到风灏栎牵着紫蝶的手，眼中那一抹浓得化不开的柔情是多么陶醉。即使风灏栎与她做了真正的夫妻又如何？他的心不在她身上，她的骄傲已经不允许她再去强求。

风灏鸣出殡，前来送葬的人排成了长队，那些人中究竟有没有真心难过，风灏栎不想追究，他只想风风光光地送弟弟最后一程。风家到了他这一代已经开始走下坡，他的期望并不高，只想一家人可以完整无缺地生活在一起。这也是风灏栎没有强求风灏鸣一定要入朝为官的原因。

朝廷的钩心斗角，他想一力承担，却没料到最终还是害得风灏鸣丢了性命。

眼看着风灏栎因为这件事情风头越来越强盛，魏忠贤准备了大队人马，想在风灏鸣的丧礼上给风家来一个下马威，皇上却下了另外一道圣旨，在风家办理丧事期间，任何人不得以任何借口前去滋扰生事。

魏忠贤气得暴跳如雷，眼睁睁地看着风灏栎顺利且风光地安葬了风灏鸣。

紫蝶打开窗户，闻到了阳光的味道。初春的午后散发着慵懒的气息，暖洋洋的阳光照在身上让人昏昏欲睡。她点了提神的檀香，轻轻拨弄着桌子上的古琴。她总是会在不经意间想起风灏栎。

回到京城以后紫蝶只去看过风灏栎一次，他憔悴的容颜和哀伤的眼神总是缠绕在她的心头，久久挥之不去。紫蝶很想做点事情帮帮她，却发现她已经无能为力。这段时间不停地有朝中大臣送来各种名贵的礼物。不知道从什么时候开始，坊间已经流传，她才是风灏栎的结发妻子。

紫蝶并不想在这个时候给风灏栎添乱，更加不想季如月伤心。

“小姐，该换药了！”小七敲门进来提醒紫蝶。

紫蝶点了点头，她走到镜子前摘下面纱，脸上的疤痕在天山雪莲的药效之下渐渐淡去，可是为什么，她的心中竟然没有半分欣喜？当初师父以银针封住了她的穴道，让她功力尽失，那些银针还留在她的体内，她多么希望可以将银针取出。只要她恢复功力，就可以帮风灏栎做很多事情。

“蝶儿！”风灏栎不知道什么时候出现在门口，紫蝶起身望着他，扑进他的怀里紧紧相拥。小七默默退了出去。

风灏栎抱紧紫蝶，这些天他真的累坏了。当所有的事情尘埃落定，他内心唯一的渴望就是见紫蝶一面，“对不起，这些日子我有太多的事情要做，没有时间来看你，你会不会怪我？”

紫蝶摇头，她轻抚风灏栎的脸庞，不过是短短几天的时间，风灏栎一下子苍老了许多，“不，我没有怪你。相公，我只是好想你！”

“我也是！”风灏栎轻轻吻了吻紫蝶的长发说道。

紫蝶从风灏栎的怀中轻轻挣脱出来，她可以理解他的心情和疲惫，牵着他的手坐下说道：“这些天你一定没有好好吃一顿饭，你等我一下，我去厨房帮你做点儿吃的。”

“不要，蝶儿，我只想静静地看看你！”

“相公你听我说，我知道你现在很伤心很难过，但是你一定要撑下去。风家不能没有你，你奶奶已经失去了一个孙子，她怎么办？还有我，我也不能失去你。”

风灏栎低头握紧紫蝶的手说道：“幸好现在，我还有你！”

紫蝶含着眼泪微笑，起身去了厨房。她暗中抓着风灏栎的手把脉，虽然风灏栎的脉象平和沉稳，但是身体却非常虚弱，如果不是他的底子好，早就倒下了。紫蝶在厨房里暗自叹息，她所向往的海阔天空的生活，今生今世只能是一个梦想。

风灏栎有太多的责任和义务，他放不下，也不能放下。紫蝶从来没有怀疑过风灏栎的能力，爱上这样一个男人，注定只能默默站在他的身后支持他。对紫蝶来说，只要能与风灏栎在一起，不管去哪里做什么事，都不重要。

紫蝶端着食物回到房中，发现风灏栎已经躺在床上睡着了，连她推门进来都没有发觉。他一定是累坏了，失去了往日里应该有的警觉。阳光透过窗户照在风灏栎的身上，他紧蹙的眉头在睡梦中都无法舒展，这个场景让紫蝶的心支离破碎。

紫蝶走到床边小心翼翼地替风灏栎盖上被子，静静地凝望着风灏栎的脸。她想起了第一次见面，在烈火中风灏栎见到她时的惊艳眼神。那一刻，她有没有对他动心呢？紫蝶不由自主地轻启嘴角，噙着微笑。她习惯了在黑夜中行动，这个正气凌然的男人，气宇轩昂中带着几分浑然天成的霸气。他对她的呵护，对她的温柔，让她的心慢慢沦陷。没有人可以体会这种感觉，即使他武功不如她，她与他在一起时仍然充满安全感。

风灏栎这一觉睡到了掌灯时分，他睁开眼睛看到紫蝶坐在床边望着他，这一刻的温馨让他觉得人生依然充满了希望。“蝶儿，你一直都在陪着我？”风灏栎起来动了动僵硬的身体问道。

紫蝶轻笑答道：“本来是想给你做午饭，现在已经是晚饭了。”

“我们还可以再睡一会儿，然后起来吃消夜！”风灏栎把紫蝶紧搂在怀里轻轻吻了一下。

“正经一点儿风大人！”紫蝶拍掉风灏栎揽着她腰肢的手抗议道。

风灏栎不依不饶，从后面抱着紫蝶说道：“娘子，是不是该跟为夫回家了呢？”

紫蝶的笑容凝固在脸上，她还没有做好心理准备跟风灏栎回家，更重要的是她不知道如何去面对季如月。在风灏鸣死后紫蝶才知道，原来风灏栎娶季如月有不得已的苦衷。

时光不能倒流，发生的事情亦无法改变，但是她要怎么去面对与亲妹妹共侍一夫呢？任何事她都可以让，唯独风灏栎的爱她让不了。她不了解季如月却了解自己，她根本就接受不了看见风灏栎抱着其他女人。

“相公，你奶奶因为灏鸣的死一定伤透了心，现在跟她说我们的事，时机不对，要不，我们再等一等吧！”

“是不是再等一等，你就能够接受如月与你分享同一个男人呢？”风灏栎勾起紫蝶的下巴，强迫她正视他的眼睛。他知道紫蝶担心奶奶的情绪只是原因之一，最重要的是她没有勇气面对季如月。

“蝶儿，我的命是灏鸣换来的，他的死让我更加懂得了生命的脆弱。我们只能活一次，为了家族利益，为了天下百姓，为了江山社稷，我已经牺牲了太多原本属于我的快乐。现在我只想自私一次，我只想要你而已。”风灏栎把紫蝶拥进怀里说道，“我知道这对如月不公平，但是上天何尝对你公平过呢？”

“相公，我……”

“蝶儿，你答应过不再离开我，我也可以向你保证，我会照顾你一辈子。”风灏栎把紫蝶的手放在胸口说道，“还有一件事我必须要告诉你，我跟如月成亲以后，我并没有碰过她。我可以很坦诚地说，你不是我的第一个女人，但肯定是最后一个！”

“相公！”紫蝶躲进风灏栎的怀里，她已经迷恋上了他怀抱中温暖的气息，沉溺其中无法自拔。风灏栎的这番话让她觉得很欣慰，同时又很伤心，老天的安排真是捉摸不定，它给了她和季如月如此密切的关系，却偏偏爱上了同一个男人。

“蝶儿，不要再想那么多了好吗？我知道如月会难过，但是我更加不想让你难过。从你父亲抛弃你们母女俩开始，你吃了太多的苦。今后的岁月里我会把我所有的宠爱全部给你。你什么都不用做，只要每天开心快乐地生活就足够了。”

“灏栎，一辈子的时间不长，但是我很庆幸可以遇见你。虽然我们经历了太多的生离死别，可我最终还是做了你的妻子。以前受再多的苦，我依然感激上苍，因为有你！”

风灏栎嘴角噙着温柔的微笑，手掌托起紫蝶的脸庞，低头吻上她的唇。经历了太多的伤与痛，这一刻才是他向往的美好生活。风灏栎的手移向紫蝶的腰间紧紧搂着她，紫蝶情不自禁地踮起脚尖，双手环绕着风灏栎的脖子，深情地回应着他的吻。

“咚咚咚”的敲门声唤回了风灏栎与紫蝶的意乱情迷，紫蝶羞涩地放开风灏栎。风灏栎替紫蝶理了理长发，走过去打开房门。李掌柜站在门口递上一封信说道：“二爷，您家的管家来了，说有急事要见您！”

风灏栎回头望了紫蝶一眼，牵起她的手一同下楼，只见管家在大厅里来回踱步，见到风灏栎立刻迎了上来，说道：“二爷，您快回去吧。刚才从山海关赶回来一位军爷，是大少爷的手下爱将，他带来消息，大少爷在军中接到三爷逝世的消息便吐血病倒了，军医束手无策呀！”

“什么？”风灏栎的胸口忽然像被人猛烈地打了一掌，仿佛有千斤压顶的气势袭来。他忍不住捂着胸口，脸色瞬间变得十分苍白。

“相公！”紫蝶急忙上前扶住风灏栎，让他在椅子上坐下，倒了一杯茶递上去。

“二爷，二爷您怎么样？您可千万不能在这个时候有事呀！”管家急得一脑门子汗。

“管家，这件事还有什么人知道？”紫蝶问道。

管家对于紫蝶和风灏栎的事情也略有耳闻，而且看风灏栎对紫蝶的态度更胜季如月，他就明白今后在风家当家做主的人一定是紫蝶，便恭恭敬敬地回答：“只有我和老夫人，还有二少奶奶知道。”

“只怕现在东厂的人也已经知道了。”紫蝶喃喃自语。风灏南是边关大将，他的身体直接关系着军中的士气，现在战事进入了一触即发的状态，如果风灏南有事，明军很可能会兵败如山倒。

风灏栎也意识到了这一点，他丢失了押解的重要犯人却得到皇上的轻罚，朝中的许多大臣没有继续追究，魏忠贤也不敢擅自行动，很大一部分原因是顾及风灏南手握重兵。如果在这个时候对风家的处罚过于严厉，很难保证风灏南会不会叛变。

现在风灏南生命垂危，不仅是国家的损失和危机，对风家来说也是一个大灾难。

风灏栎的思绪还没有平复下来，皇上的圣旨却到了。风灏南关系着守护边疆的重任，皇上特命风灏栎带着宫中御医立即起程前往山海关，探望风灏南。

风灏栎接旨以后顾不得细想，马上吩咐管家回去收拾行装，天亮以后立刻出发。

“相公，我陪你去！”紫蝶拉了拉风灏栎的衣袖说道。

“不行！”风灏栎断然拒绝，“这一路上必须马不停蹄，你的身体才刚刚好一点儿，我怎么忍心再让你跟着我奔波。再说，山海关那边战事紧张，我不想你去冒险。”

“但是你需要一个医术高明的好大夫呀！”紫蝶靠近风灏栎说道，“你也希望你大哥的病快点儿好起来吧。”

“可是……”

“别可是了，你就带我去吧。有你保护我，不会有事的！”

风灏栎犹豫不决，如果换作从前他会答应，即使没有他在身边，以紫蝶的武功完全可以自保。但是现在……“好吧，不过你要答应我，如果你身体支持不下去，一定要马上告诉我！”

“嗯！”紫蝶点头同意，其实她不敢告诉风灏栎她坚持跟去的真正原因。

蜻蜓的医术虽然不及她，但一般的小灾小病根本难不倒她。可现在风灏南却病倒了，他的病还惊动了朝廷，可见蜻蜓已经没有办法了，那么即使御医去了也未必有用。紫蝶不能确定究竟发生了什么事，她想要亲自去求证。

第二天天还没亮，风灏栎收拾好东西，用锦衣卫的令牌命令提前打开城门，带着紫蝶和太医兼程赶往山海关。

蜻蜓望着病榻上的风灏南一天比一天消瘦，暗地里不知流了多少眼泪。那天他接到家书，知道风灏鸣死在喋血令的人手中，当场吐血昏厥。蜻蜓没有兄弟姐妹，她体会不到风灏南当时撕心裂肺的疼痛，她只知道，风灏南体内的毒因为他伤心过度，彻底爆发出来。

蜻蜓很想拿明军的布兵图去跟师父交换解药，但许多次机会她都放弃了，她真的不忍心风灏南与众多将士用生命和鲜血捍卫的城池就那样轻而易举地落在金军手里。怎么办？蜻蜓守着风灏南默默垂泪。

“你再不做出决定，风灏南就没救了！”

蜻蜓听到这个声音连头都没有抬，她皱着眉头从牙缝里挤出一个字：“滚！”

“你对我发脾气是没用的。令主让我转告你，今天晚上子时是你最后的期限，如果你拿不到布兵图交换，令主就放弃与你的交易。明天军中上下所有人都会知道，你是喋血令令主的入室弟子，到时候风灏南会不会原谅你，就看你的造化了！”

“你敢！”蜻蜓的眼中闪过杀气，用移形换影的身法向对方扑了过去，她一手抓去竟然抓空了。她十分诧异，稍微停下动作，望着对方愣住了，她没料到这个人的武功竟然不在她之下。

“我劝你别白费功夫，我友情奉送你一条消息吧。风灏栎正带着紫蝶从京城赶来，不过即使他们来了也帮不了你。紫蝶功力尽失，风灏栎成不了气候，只能替风灏南来收尸。如果你不想守寡，那么子夜时分我在前面的小树林等你。”

蜻蜓看着这个人越窗而去，心里冒出的寒意让她从头凉到脚。她望着风灏南紧闭的双眼，做了一个深呼吸，为了风灏南，她决定出卖镇守山海关数十万将士。

当初喋血令主收她们三人为徒的时候经过千挑万选，紫蝶和黄莺都各有长处，可是有一样本领却始终不如蜻蜓，那就是惊人的记忆力。这种能力似乎是与生俱来的，蜻蜓总是可以过目不忘。

那个人第一次出现的时候，蜻蜓已经开始在找机会接触布兵图，虽然她极不情愿走这一步，可是为了风灏南她要做好最坏的打算。她在风灏南的书房中见过布兵图，已经将它深深地印在了她的脑海里。

蜻蜓凭记忆将布兵图画了出来，她知道喋血令的护法所言非虚，即使紫蝶到了也未必能解风灏南身上的毒，她冒不起这个险。晚上出门之前，为了确保风灏南不会在半夜醒来，蜻蜓特意点了风灏南的昏睡穴，换上夜行衣到了约定的地点。

“你终于还是来了！”

“别说那么多废话，这是你要的东西，把解药给我！”蜻蜓从怀中掏出布兵图说道。

护法将一个小瓶子扔给蜻蜓，接过蜻蜓递上来的布兵图。

“我怎么知道解药是不是真的？”蜻蜓问道。

“你除了相信是真的，还有其他选择吗？”护法冷笑道。

“哼，当然有！”蜻蜓冷笑，以惊人的速度从袖中抽出长剑刺了出去。

第十八章　倾城离殇难成双

艰难的交换

对方似乎早就料到蜻蜓会出剑，侧身闪过的同时以两根手指夹住了剑尖，用力弹了一下，蜻蜓的手腕被震得发麻。对方的武功远在她的预期之上，她收回内力后退了数步，冷冷地望着喋血令护法。

“别白费功夫了，你杀不了我！只要我证实布兵图是真的，风灏南一定会没事！”说完便消失在了夜幕中。

蜻蜓望着手中的瓶子犹豫不决。她该怎么做？百花谷是她从小长大的地方，喋血令对她来说不仅是一道催命符，更是生命中的一个烙印。只要喋血令这个组织还存在于江湖中，她永远都没有安宁的一天。

蜻蜓是孤儿，做了杀手以后她一直掌握着别人的命运，这种高高在上的感觉让她觉得有安全感。此时此刻，她第一次痛恨这个身份。回到房中，风灏南还在昏睡。她仔细研究喋血令护法留下来的药，却分辨不出是什么成分。

她不知道该不该给风灏南服用。蜻蜓走到床边发现风灏南的脸色发生了变化，她瞬间慌了神，替他把脉时发现有一股奇怪的气流正在窜入他的心房。蜻蜓将内力输入风灏南的体内，想要压制住这股气流，可是当她的内力进入风灏南的身体却如泥牛入海，完全失去了踪影。

风灏南的气息在一点一点地变弱，蜻蜓已经没有了犹豫的时间，她狠下心肠决定赌一把，将那瓶药让风灏南服下。

蜻蜓目不转睛地盯着风灏南，大约过了一炷香的时间，风灏南的脉搏开始变得沉稳，虽然依旧昏迷不醒，却脱离了生命危险。蜻蜓的泪水滴落在风灏南的脸庞，从她见到风灏南的第一眼起，她就在欺骗他。蜻蜓想起了两人初见时风灏南坐在马上时英姿勃发的身影。她没想过会爱上他，当她爱上的时候，她不愿意再欺骗他，可是太迟了！一开始的谎言让蜻蜓苦不堪言，她除了继续隐瞒想不出其他方法。

午夜梦回，蜻蜓看到躺在身边的风灏南，总是悄悄地落泪。如果她真的只是若惜该有多好，有一天风灏南知道了真相，还会原谅她吗？蜻蜓抓着风灏南的手覆盖在自己的脸上，他手心传来的温度让她觉得很内疚。

“若惜……”风灏南虚弱地睁开眼睛，看到泪流满面的妻子，尽量挤出微笑安慰道，“傻瓜，怎么哭了？”

“相公，你要快点好起来，我还有好多话想跟你说！”蜻蜓的泪水不断落下，她控制不了自己的情绪。

“对不起，我让你担心了！不用害怕，我说过会照顾你一辈子，我不会死的！”

“嗯……我知道，我知道！”蜻蜓趴在风灏南的胸口，从懂事到现在，只有跟风灏南在一起的这两年她才觉得自己活得像一个人，“相公，你要好起来，你答应过我，等你卸甲归田的那一天，我们就住到乡下去，你会在屋子的前面种满蔬菜，每天我们一起看日出日落，闲来无事训训儿子和孙子……”

蜻蜓泣不成声，风灏南紧紧抱着她说道：“你放心，我答应你的事情一定会做到！”

风灏南知道他的身体一天比一天差，他真的担心有一天他不能遵守承诺。万一他真的撒手离去，他怎么忍心留若惜一个人在世上伤心难过。

风灏栎与紫蝶等人披星戴月地赶来，风灏栎一路上都忧心忡忡，他害怕等他到军营的时候会看到萧条和肃穆，他害怕他会再失去一个兄弟。当他看到躺在病床上身形消瘦的兄长，鼻子一酸差点儿落下泪来。

风灏栎让太医替风灏南诊治，太医得出的结果与军中的军医大致相同。紫蝶替风灏南把了把脉，不由自主地将目光移向了蜻蜓。当着这么多人的面，许多话她不方便说，不过她的疑惑她相信蜻蜓一定明白。

风灏栎按照规矩去拜会了孙承宗大人，安顿紫蝶等人休息，然后才去了风灏南的房间。

紫蝶坐在房间里心平气和地饮茶，没过多久，一道人影从外面闪了进来。紫蝶微微侧过头看了看蜻蜓，一言不发。

蜻蜓习惯了紫蝶的沉默和恬淡，坐到她的对面问道："你究竟有没有办法救灏南。"

"在之前的十二个时辰之内，你给风灏南吃过什么药？"以紫蝶刚才的诊断和判断，如果不是有特殊的药，风灏南应该已经气绝身亡。

"我用一样东西从师父手中换来的解药，难道是假的？"

"不，是真的。只是我不明白，当初他中的七虫散已经解了，为什么这一次又会中毒？"

蜻蜓把最近发生的事情在脑海中筛选了一遍，挑了一些告诉紫蝶，最后又总结了自己的判断："我怀疑灏南的七虫散是他身边的人下的，而现在中的这种毒，才是当初你在望缘楼下的。你跟我都查不出究竟是什么毒，因此束手无策。不过还好这一次师父信守承诺给了我解药。"蜻蜓松了一口气。

"你太天真了，师父与努尔哈赤早有勾结，风灏南是山海关的一道重要屏障，师父怎么可能会救他。"紫蝶淡淡地看了蜻蜓一眼说道，"那种不知名的毒虽然解了，但是在风灏南的体内却有一股奇怪的真气在流窜。如果不是你以内力将其压制，他早就经脉尽断而亡了。"

蜻蜓倒吸了一口冷气，这股真气她早就发现了，她以为是中毒所导致，却没料到师父在风灏南身上花了那么多的心血，居然一定要将他置于死地。蜻蜓忽然感到一阵眩晕，几乎昏厥过去。

紫蝶急忙扶住蜻蜓，当紫蝶触及蜻蜓的手腕脉门，不由得吃了一惊："你……"

蜻蜓知道瞒不了紫蝶，微微点了点头说道："所以我一定不能让灏南死。我要想办法化解他体内的那道真气。"

"那你就得抓紧时间了。我刚才替他把脉发现你的内力就快压不住那股真气了，一旦真气冲破了玄关，风灏南即使能保住性命，也会成为废人。对于一个将军来说，那样生不如死！"

"谁？"蜻蜓的眼神忽然变得犀利，用移形换影的身法迅速窜出了窗外，与一道人影打了起来。

紫蝶急忙跟了出去喊道："住手，别打了！"

此时蜻蜓已经看清，来人正是风灏栎。她收回功力愣在原地，不知道该如何解释。风灏栎不满地看了看紫蝶，轻声笑道："想不到大嫂的武功如此超凡，二弟佩服！"

"灏栎，我……"蜻蜓从来不屑于向任何人解释自己的行为，以前在喋血令执行任务时，即使是师父也从不过问她的处事方式与方法。但是面对风家的人，她却感到惭愧。风灏栎语气中的嘲讽让她极度不安。

风灏栎从蜻蜓身边走过，牵起紫蝶的手面无表情地说道："蝶儿，跟我回房间！"

紫蝶在转身的刹那看到蜻蜓哀求的眼神。紫蝶明白她的心情，就像当初风灏栎识穿了她的身份一样，那种锥心刺骨的痛，没有亲身经历的人不可能体会。紫蝶默默地跟风灏栎回到房间，风灏栎却什么话都不说，而是自行宽衣解带躺到了床上。

紫蝶倒了一杯水走到床边，轻声说道："相公，喝杯水解解渴吧！"

风灏栎不语，闭上眼睛假装睡觉。

紫蝶轻笑着将杯子放回去，也脱去衣衫躺到风灏栎的身边，侧过身去不再说话。风灏栎等了很久都没有听到紫蝶再开口，不由得按捺不住，重重地叹了口气。紫蝶依旧没有反应。风灏栎起身看了看紫蝶，只见她双目紧闭，白皙的脸颊微微泛红，长长的睫毛覆盖着眼睑，他惊讶地发觉紫蝶脸上的伤疤竟然消失了。

“蝶儿，醒一醒！”风灏栎推了推紫蝶。

紫蝶没有反应。

“你再装睡我家法伺候了？”风灏栎说完作势要去挠紫蝶的痒痒，紫蝶马上睁开了眼睛。

“蝶儿，你脸上的伤是什么时候痊愈的？”风灏栎把紫蝶扶起来，轻抚她的脸颊问道。

紫蝶转过身去表示很生气：“你每天只顾着赶路，怎么会留意到我的伤呢？我好伤心呀，我相公口口声声说把我放在第一位，却连这么重要的事情都没留意。肯定是与我在一起久了，不如以前爱我了。”

“怎么会呢，蝶儿你千万别误会！”风灏栎掰过紫蝶的身体急切地辩解，“我担心大哥的伤势所以只顾着赶路，这一点我承认，但是我对你的爱绝对没有变，我发誓！”

紫蝶看着风灏栎的模样，抓起他指天发誓的手笑道：“跟你开玩笑你也当真？真是个傻瓜！”

风灏栎松了一口气，轻轻地刮了刮紫蝶的鼻子说道：“你别扯开话题，大嫂的事情你真不打算告诉我？”

“你真是恶人先告状，刚才人家想跟你说你又不理我。”紫蝶反驳道。

“季梦蝶，你是我的妻子，任何事情都不许瞒着我，我现在再给你最后一次坦白的机会，否则……”风灏栎的双手环住紫蝶的腰，让她紧紧贴着他的身体，凑到她耳边轻声说，“如果你有所隐瞒，我让你明天下不了床。”

“讨厌！”紫蝶拍掉风灏栎不安分的手，组织了一下语言，把蜻蜓的身份和盘托出。

这是一个很长的故事，风灏栎听完之后沉默了很久。紫蝶没有打扰他的思考，只是静静地枕着他的肩膀依偎在他怀里。

风灏栎确实需要时间来消化，当初他知道紫蝶隐瞒身份的时候，那种撕心裂肺的痛他现在想起来都觉得心有余悸。如今大哥身染重病，他能否经得起这样的打击呢？一个与自己同床共枕两年的妻子，竟然只是欺骗他的杀手。

“这件事你为什么不早点告诉我？”风灏栎温柔地拂了拂紫蝶的长发问道。

紫蝶坐起身来望着风灏栎，低头说道：“我不知道该怎么跟你说。蜻蜓当初接近大哥的目的是不单纯，可是她是真心爱大哥的。如果她真的想害大哥，大哥早就死了一百次了。”

“话虽然这么说，但是这并不能成为欺骗的理由和借口。”风灏栎一本正经地说道，“蝶儿你要记住，我们是夫妻，以后无论什么事，是好还是坏，你都不许瞒着我，明白吗？”

“嗯！那……蜻蜓的事你准备什么时候跟大哥说？”紫蝶试探着问道。

风灏栎长长地叹了一口气，捏捏紫蝶的脸颊笑道：“为了报复你隐瞒大嫂的事情，我也不告诉你！”

“哦……风大人，你又实行霸王条款。不准我隐瞒，你自己却不坦诚！只许州官放火，不许百姓点灯！”紫蝶嘟着嘴表示不满。风灏栎将紫蝶揽进怀里，亲了亲她的额头说道：“我要好好想想该怎么做。这么多天你都没好好休息，很晚了，睡觉吧！”

紫蝶可以理解风灏栎此时的心情，他表面上的云淡风轻并不能掩盖眼神中的无奈和感伤。紫蝶抱着风灏栎的胳膊闭上了眼睛。

蜻蜓望着病床上奄奄一息的风灏南，她以布兵图换来的解药只是暂时保住了风灏南的命，以后的事情会怎么发展她不知道。在她能力范围之内能做的事她都做了，难道真的要她眼睁睁地看着她在这个世界上唯一的亲人和爱人离她而去吗？

蜻蜓失去了思考的能力，风灏栎识破了她的身份，即使风灏南可以安然渡过难关，他还会像以前那样爱她吗？蜻蜓泪流满面，迷迷糊糊睡去。

睡梦中她感觉到有一双温暖而强健的臂膀在紧紧拥抱着她。

“相公，不要走……”蜻蜓哭着喊道。

“若惜……若惜……我在你身边，不管将来发生什么事我都不会离开你！”

“相公……”蜻蜓从梦中惊醒，看到风灏南已经坐了起来，望着依靠在床沿睡着的她微笑。

蜻蜓握住风灏南的手覆盖在自己脸上，暗中替他把脉，惊讶地发现在他体内流窜的那股真气竟然没有了！是暂时沉寂了，还是永远消失了？她不敢确定，她扑进风灏南的怀里尽情大哭。

窗外，有一道耀眼的阳光照射进来，蜻蜓的泪水模糊了视线。这样宁静的早上还会不会有？

长河落日圆

风灏栎想了一个晚上，决定暂时不提蜻蜓的身世。虽然喋血令的杀手冷酷无情，可是无论什么事都会有例外。紫蝶说的没错，如果蜻蜓想要害风灏南，他早就死了一百次。风灏栎能够明白被心爱的女人欺骗是一种什么样的痛苦。紫蝶也出身喋血令，可是她的痴情却让风灏栎无法拒绝。风灏栎不想大哥跟他一样，徒增伤感和烦恼，眼前最重要的事情是治好大哥的伤。

风灏栎满怀心事地来到风灏南的房门前，替他开门的是蜻蜓。他在蜻蜓的眼中看到了不安和惶恐，而更多的是哀求。

“大哥，感觉怎么样？”风灏栎看到风灏南的脸色红润，似乎出现了好转的迹象。

风灏南已经起来穿好了衣服，笑容满面地回答：“紫蝶姑娘的医术果然高明，吃了她的一剂药我就觉得精神抖擞。二弟，你难得来一趟，大哥带你出去看看，感受一下千军万马的豪迈气势。”

“好啊！”

风灏南与风灏栎并肩离开。自从风灏南被送入军营的那一天起，他就失去了与家人共享天伦的机会。日复一日，年复一年，一眨眼已经过了十几个年头，他随时随刻做好了牺牲的准备。

兄弟俩人策马扬鞭，驰骋在大明辽阔的国土之上。从清晨到黄昏，两人谈论着家长里短，议论着朝政大事。他们都已经不记得，上一次说这么多话是什么时候。

风灏南望着被夕阳染红的晚霞，天空中那道绚丽的红色光芒，饮尽壶中的酒，仰天长笑："二弟，你知道我这辈子最自豪的是什么事吗？"

风灏栎翻身下马伸了个懒腰，微微摇了摇头。

“我最自豪的是我姓风，不是因为先祖替我们留下了多少财富和荣耀，而是我们身上流淌着相同的血液。在我们年幼的时候父母双亡，我身为风家长子却不能留在家中扛起家族的重担，二弟，辛苦你了。这一杯大哥敬你！”风灏南又从马背上解下一坛酒扔给风灏栎。

风灏栎灌了两口说道："大哥，你也说了，我们是亲兄弟，风家不仅是你一个人的责任。这些年我撑得再辛苦，也比不上你驰骋沙场的艰难。”

风灏南叹息着摇头："我在这片土地上保护着百姓，保护着边疆，但是我却保护不了我自己的弟弟。如果我能像普通人一样该有多好。灏鸣的死是我今生的遗憾，将来到了黄泉路上我都不知道有什么面目去见爹和娘！”

“大哥，我……”风灏南的话让风灏栎无地自容。如果不是因为他的感情纠葛和优柔寡断，或许风灏鸣就不会死。

“好了，大哥知道你在想什么！咱们做兄弟的，有今生没来世，咱干一杯，也敬一敬地下的老三。”风灏南爽朗地大笑。在沙场上看多了生离死别，他已经可以做到将最深的感情掩埋。

风灏南可以感觉到他身体的变化，他不知道自己还能撑多久，望着夕阳的余晖，不禁感慨万千：“二弟，大哥有件事情想要交托给你。”

“大哥，您有什么吩咐尽管说。”

“我知道这些年你比我更加辛苦。但我的身体一天不如一天，我身为战场中的一员，早就做好了战死沙场的心理准备。奶奶有你照顾我很安心，我唯一放心不下的就是若惜。我死以后她一个人无依无靠，请你一定要帮我好好待她。我并不需要她为我守节，将来如果她能遇见真心待她的人，你就让她去吧！”

“大哥，你正值壮年，何必说这些丧气话呢！”风灏栎在心里哀叹，蜻蜓的身份究竟该不该跟大哥坦白？或许不说出来也好，让风灏南留一个念想，在他的心中蜻蜓和若惜是两个人。“天色不早了，我们回去吧！”

“嗯！”

兄弟二人正准备上马往回走，忽然听见了嘹亮而急促的号角声。

“怎么回事？”风灏栎吃了一惊，不由自主地望向风灏南。

风灏南趴在地上静静听了一会儿，立刻脸色大变。这个号角声是准备迎敌的讯号，但是这个时候金军不应该会进攻，可是他不仅听到了号角声，还有千军万马冲过来的马蹄声。“军情有变，我们马上回去！”

风灏南脸色凝重，立即上马往回赶。

这一仗打了整整一天一夜，明军死伤过半，极为惨烈。金军仿佛事先知道了他们的部署，居然可以不费吹灰之力将他们的防御全部打乱，几乎就要攻破城池。在最紧张的时刻风灏南身先士卒，带领着明军誓死抵抗，虽然伤亡惨重，万幸的是暂时击退了金兵。

督军是魏忠贤的心腹，他在军营来回穿梭巡视了一番，走回营帐中对正在包扎伤口的风灏南大发雷霆：“风将军，我大明百姓将你夸得天上有地上无，说你用兵如神作战英勇，可是你瞧瞧……这一次吃了败仗，我一定要向皇上禀明真相，重重罚你！”

“我大哥已经受了重伤，你如果不闭嘴就马上滚出去！”风灏栎最受不了太监掐着兰花指耀武扬威，恨不得将他的爪子剁下来。

“你……”督军太监气结，气急败坏地叫道，“你虽然是锦衣卫指挥使，但是你无权过问军中的事，该滚的人是你！你一来我们就打了败仗，也不知道是不是你在出卖我们！”

风灏栎平时在朝中与魏忠贤周旋较量，两人的势力不相上下，虽然魏忠贤不服他，可是表面上也对他客客气气，这个死太监居然敢跟他叫板。他一掌击碎了屋内的桌子，身形一晃到了太监面前。等太监反应过来，风灏栎的手掌已经掐住了他的脖子。

督军太监被风灏栎掐得喘不过气来，他看着风灏栎眼中杀气腾腾，忽然意识到死亡在一步步靠近他。

“我现在想杀你，魏忠贤也保不住你。我也很想看看，他会不会为了你跟我翻脸。”风灏栎加重手上的力道说道。

“你……我是督军，代表……皇上……你杀了我……是要被砍头的！”督军太监结结巴巴地说道。

风灏栎冷哼一声说道：“你死后谁有胆量跟皇上说是我杀了你，你不过是个被阉割了的走狗！”

“风大人手下留情！”孙承宗听闻督军太监怒气冲冲地前来找风灏南便料到双方会起冲突。风灏南驰骋沙场这么多年，养成了冷静隐忍的习惯，但是风灏栎却不同。孙承宗在朝多年，对风灏栎的性格脾气也有所听闻，他平时虽然并不仗势欺人，却绝对不会允许有人在他的面前肆无忌惮地耍威风。

风灏栎敬重孙承宗的德高望重，重重一推将督军太监推倒在地。督军太监尽情地呼吸了几口新鲜空气，在手下的搀扶下站了起来，气急败坏地指着风灏栎骂道：“你敢……敢对我无礼！”

简直是愚不可及！孙承宗失望地摇了摇头，转头对风灏栎说道：“风大人莫要节外生枝，目前最重要的是整顿军务！”

风灏栎瞟了督军太监一眼，向孙承宗抱拳致敬，然后退到了一边。

风灏南的伤口已经包扎好，挥手示意所有人都出去，军帐中只剩下他们兄弟二人，孙承宗和督军太监。

“风将军，这一次敌军突然偷袭，你有什么看法？”孙承宗问道。

风灏南刚才一直在思考这个问题，风灏栎与督军太监的争执他根本就没放在心上。督军太监说风灏栎是内奸纯属污蔑，却无意中提醒了他。敌军能够在他们森严的戒备之下长驱直入，他们的精心布置形同虚设，如果对方不是事先拿到了他们的布兵图，这种情况是不会发生的。而布兵图只有风灏南和孙承宗两个人有，其他的副将手中只有自己负责的那一小部分，敌方想要全部收买几乎是不可能完成的任务。风灏南沉思了很久说道：“我们当中有内奸！”

“我说吧，咱们肯定是被人出卖了！”督军太监尖叫，风灏栎狠狠瞪了他一眼，他讪讪地闭上了嘴巴。

“孙大人，给我一点儿时间，我一定把人揪出来，还死去的弟兄们一个公道。”风灏南感到愤怒，一起出生入死的好兄弟，无论是谁他都会觉得很难过。

风灏栎与风灏南送孙承宗离开军帐，两人也闷闷不乐地回到风灏南暂时休憩的府中，紫蝶和蜻蜓都在大厅中等候。

蜻蜓见到风灏南立刻迎了上来，关切地问道：“相公，我听说你受伤了，你没事吧！”

“我没事，只是皮外伤，你不用担心。”风灏南温柔地微笑，轻轻拍了拍蜻蜓的手背安慰着她。

风灏栎望着蜻蜓眼中闪烁的泪花，脑子里忽然灵光一闪，不由自主地望向了紫蝶，暗中向紫蝶使了一个眼色。可是紫蝶没有理会他的暗示，而是径自走到风灏南身边说道：“大哥，让我替你把把脉看看伤势吧！”

风灏栎今天已经把他和紫蝶的夫妻关系告诉了风灏南，风灏南对紫蝶再无戒心，放心大胆地伸出了手。风灏栎一直在留意紫蝶的神色，她眼中掠过的惊讶虽然一纵即逝，却没有逃过风灏栎的眼睛。

“大哥的伤并无大碍。大嫂，你扶大哥回房休息吧，稍后我把药煎好再送过去。”紫蝶微笑着说道。

蜻蜓暗中注视着风灏栎与风灏南兄弟二人的眼神交流，虽然并没有发现异常，但是内心的那股不安却越来越强烈。她扶着风灏南回房，忍不住回头看了紫蝶一眼。

紫蝶转身的一瞬间还没来得及开口说话，风灏栎就一把拉起她的手回到房间，关上房门迫不及待地问道：“蝶儿，你是不是有事瞒着我？前天晚上我们说过的话你该不会忘了吧！”

“灏栎，你别那么紧张好吗，冷静一点儿！”紫蝶上前轻抚风灏栎的脸庞。当战鼓和号角响起的时候，蜻蜓的脸色在瞬间变得惨白，当时紫蝶就已经察觉到了异常。战况的惨烈她在城墙上看到了，千军万马的厮杀让心理素质坚强的她也感到虚脱般无力。

厮杀结束以后，渐渐熄灭的战火中，无数士兵的尸体躺在平原之上，三三两两相互搀扶的伤兵，呻吟之中是痛苦和绝望。紫蝶的心在颤抖，真实的战争竟是这样的残酷。她忍不住双手环抱着自己，感觉浑身发冷。

紫蝶是一个很聪明的人，对于山海关的形式她在闲来无事中也细心研究过，以明军的兵力即使遭到敌方的偷袭，也不至于一败涂地，唯一的可能便是布兵图被外泄了，导致明军措手不及。

紫蝶忽然想起蜻蜓曾经说过，她是用一样东西从师父手中拿来了解药，莫非……紫蝶终于意识到事态的严重性。此刻她望着风灏栎愤慨的眼神和严肃的质问，她知道即使她想帮蜻蜓隐瞒，也隐瞒不了多久。以风灏栎的缜密心思或许早就已经猜到了。

无可奈何之下紫蝶只好将风灏南身上的伤势情况和盘托出。风灏栎不由得踉跄了一步，紫蝶急忙上前扶住他，倒了一杯水说道：“灏栎，你不要吓我，你没事吧？”

紫蝶不想将风灏南的病情说出来，除了不想影响军心，最重要的是怕风灏栎担心。他已经失去了弟弟，如果再在这个时候失去哥哥，紫蝶很害怕风灏栎会崩溃。

“刚才我看到你替大哥把脉的时候神色有异，你老实告诉我，大哥究竟怎么样了？”

紫蝶低下了头，不敢与风灏栎对视。

“蝶儿，不管情况有多么恶劣我都要知道。”

“蜻蜓的内力已经无法压制住大哥体内的那股气流，凭大哥自身的功力，最多还能撑十二个时辰，一旦气流冲破玄关，大哥他……”

风灏栎握紧双拳，十指的关节在咯咯作响。这么多年来他们兄弟虽然天各一方，但是感情却并没有因此而疏远。风灏栎忽然感到了上天的不公平，风家世代忠良，可是他们得到了什么呢？

“蝶儿，大哥是不是真的无药可救？”风灏栎抱着最后一丝希望问道。

“我……”紫蝶为难着不知道该怎么回答，突然听到门外一阵喧哗，有人大声喊着捉拿刺客！

无语英雄泪

“大哥……”风灏栎第一时间想起了重伤的风灏南，抱了抱紫蝶嘱咐道，“留在房间里别出来，等我回来！”

“灏栎！”紫蝶眼看着风灏栎冲出去却无能为力，此刻她多么希望她还是以前的紫蝶。武功给了她生存的技能，但是现在她只能处处拖累风灏栎。

风灏栎看到院中乱成一团，府中的守卫与一群黑衣人在厮杀，他一眼便看出这些黑衣人中有一部分是女人。又是喋血令！风灏栎杀开一条血路冲进风灏南的房间，只见五个蒙面人正在围攻蜻蜓。

风灏栎不得不承认，喋血令主是一个有能力和魄力的领导者，她教出来的三个弟子无论是武功、胆识、谋略，每一样都不输给男人。蜻蜓独自应付五个高手居然丝毫没有落败的迹象。

风灏栎在短暂的感慨之后加入战圈，蜻蜓松了一口气说道："你带灏南先走，我来断后。"

风灏栎没有犹豫，当他冲到床边想要背起风灏南的时候，惊讶地发觉风灏南已经醒了，正愣愣地看着场中六个人的打斗。风灏栎能够理解风灏南此时心中的惊讶与愤怒。"大哥，安全离开这里再说吧！"

风灏南犀利的眼神望了望风灏栎，突然一跃而起，拿起床边的长枪刺了过去，加入了蜻蜓与蒙面人的打斗。蜻蜓没料到风灏南居然醒了，分神之下被蒙面人一剑划伤了手臂，风灏南将她护在身后，刺死蒙面人。

五个蒙面人在三个人的联手之下很快被击毙。蜻蜓握紧的手在猛烈颤抖，她含泪看着风灏南疏离的眼神，欲言又止。

"告诉我，你到底是谁？"风灏南艰难地开口，沙哑的嗓音让蜻蜓觉得心如刀割。

"相公，我是若惜，我是你的妻子。"蜻蜓泪如雨下。

风灏南将蜻蜓拉到自己面前，正视着她的眼睛问道："若惜？我的若惜是一个真诚善良的好姑娘，我爱她，是因为她的单纯。你不是若惜，你到底是谁？"风灏南歇斯底里地吼道。

"相公，无论我是谁，我是你的妻子，我爱你，这些都是不能改变的事实！"

"事实？什么是事实？"风灏南狠狠地推开蜻蜓，将她推倒在地上，以长枪指着她的眉心问道，"说，为什么要接近我？是谁指使你嫁给我？你的目的是什么？"

"相公，你说过你会好好保护我，你说过你会一生一世照顾我，现在你却用枪指着我？"蜻蜓往事历历在目，那些美好的誓言萦绕在耳，却已经物是人非，“我为什么要嫁给你已经不重要了，你杀了我吧！可以死在你的手上，我绝无怨言！”

“我问你，布兵图是不是你泄露出去的？”风灏南想起了堆积如山的尸体，那些战死的兄弟，他们失去了年轻的生命，又有几万个家庭破碎，这个世界上又多了那么多的孤儿寡母。他心痛，他愤恨，他绝望的不是他没有死，而是出卖他的人竟然是他枕边的人。

蜻蜓知道她跟风灏南的缘分已经走到了尽头，当他知道是她出卖了他，让那么多的人枉死沙场，今生今世他都不会再原谅她。蜻蜓缓缓爬起来跪倒在风灏南面前，流着泪说道：“相公，对不起！你杀了我吧！”

“你为什么要承认，你为什么不继续骗我？”风灏南握着枪的手颤抖不已，“只要你说不是，我会相信你的！可是为什么，我情愿你继续骗我……”风灏南的枪头在离蜻蜓咽喉半寸处停了下来。

这个女人与他朝夕相处了两年，两年来的夫妻情深，让他深深地感受到了家庭的温暖。她的温柔体贴，她的善解人意，给他枯燥乏味的生活带来了欢声笑语。风灏南的手一松，长枪掉落在地上。

风灏南双膝发软跪倒在地上，对着战场上枉死的兄弟们磕头，泪流满面：“我对不起各位兄弟，我下不了手……我下不了手……”

“相公，你别这样……”蜻蜓宁愿死在风灏南的手中，也不想看到他现在颓废绝望的模样。风灏南的铁骨铮铮让她觉得安心，但是她却亲手摧毁了他的坚强。

“走开，你别碰我！”风灏南推开蜻蜓撕心裂肺地吼道，“滚，马上滚……别让我再看见你……滚！”

“相公……”蜻蜓抓着风灏南的衣袖使劲地摇头，“你让我去哪里呀？你是我唯一的亲人，我求求你不要赶我走，我宁愿死在你的身边！”

风灏栎在这一刻似乎真的能体会到蜻蜓的绝望和心痛。当初他转身离去的时候，紫蝶是不是也这样痛心过？在感情上，蜻蜓并不是不值得原谅，可是她泄露了布兵图，无论她有什么样的苦衷，风灏南都说服不了自己，他不能当作什么都没发生过。

风灏栎想要上前去扶起风灏南，却听到了外面一连串的惨叫。“糟了，蝶儿！”风灏栎想起紫蝶一个人在房中，如今一片混乱，她千万不能出事。想到这里风灏栎的心跳到了嗓子口，风灏南有蜻蜓保护暂时不会有事，他拿起长剑便冲了出去。

风灏南不想单独面对着蜻蜓，也跟了出去。兄弟二人刚刚走到院子里，就见院子中所有人都已经倒地身亡，只见风灏南的贴身侍卫挟持着紫蝶走了过来。

“小萧，你干什么？快放了紫蝶！”风灏南呵斥道。

小萧握着匕首的手动了动笑道：“嘘……将军，您小声点儿，我胆子小，万一被吓坏了手发抖，伤到风家二少奶奶就不好了。”

“蝶儿，有我在你别怕！”风灏栎一边安慰着紫蝶，一边埋怨自己太粗心大意，居然会把紫蝶一个人留在房里。

紫蝶的嘴角依然噙着微笑，说道：“相公，我不怕。你不用担心我，杀了这个人。”

“堂主，好歹咱们都是喋血令的人，不用这么狠吧！”小萧面带笑容却眼露凶光。

紫蝶冷笑道：“你要是真有能耐就一刀杀了我，我死以后会在黄泉路上等你。”

“哼，死到临头还敢嘴硬！我……啊……”小萧一声轻吼，眼中满含着诧异，匕首掉落在地，渐渐倒了下去。

紫蝶转身，看到蜻蜓的长剑在滴血，她面无表情地看着小萧倒下去。

“蜻蜓！”紫蝶没想过有一天蜻蜓会出手救她。

风灏栎急忙奔到紫蝶身边，将她揽进怀里安慰道：“蝶儿，没事了，别怕！”

紫蝶靠在风灏栎的怀里点了点头，除了风灏栎会离开她，任何事情她都不会觉得害怕。她看到风灏南与蜻蜓之间的眼神异常，便望向风灏栎。风灏栎微微点了点头证实紫蝶的猜想。紫蝶不禁替蜻蜓感到难过。

其实蜻蜓所做的一切都是为了风灏南，她是一个小女人，她最大的心愿只是想跟风灏南厮守终生。她以为凭着她的手段和谋略可以永远隐瞒她的身份，但是最终却发现那不过是痴心妄想。

紫蝶可以体会蜻蜓的心情，她想安慰她，却不知道该从何说起。

“哈哈……哈哈……”

四周响起了一阵震耳欲聋的笑声，紫蝶出于本能想要以内力抵抗，再一次感到如芒刺背般的疼痛。她觉得整个人就快失去知觉，在倾斜倒地的一瞬间，风灏栎将她护在怀里，将内力缓缓注入她的体内。

掌风袭来的时候，风灏栎抱着紫蝶纵身闪过。院子中的那一片片落叶随着刮起的怪风变成了锋利无比的暗器。风灏栎护着紫蝶以剑抵挡。

是喋血令主来了！蜻蜓在这个时候却变得异常平静。她知道她的死期到了，她没有惊慌失措，没有惶恐不安，没有了风灏南，她的生命没有任何意义。

笑声骤停，风灏南第一次见到了传闻中的喋血令主。

“你们两个好大的胆子，居然敢背叛我。我能扶起你们，就能灭掉你们，今天我让你们知道违背我意愿的人会有什么下场！”喋血令主的目的几乎就快要达到了。金军兵临城下，在这个时候只要风灏南一死，明军在已经受到重创的情况下会更加士气低迷，金军再攻城的时候就事半功倍。

紫蝶和蜻蜓对望一眼，彼此都能了解对方的想法，不由得相视一笑。紫蝶依偎进风灏栎的怀中，仰起头露出最灿烂的笑容：“相公，若真有来生，你还愿意娶我吗？”

风灏栎抓紧紫蝶的手放在胸口，坚定地说道：“我当然愿意。不过我要的不仅仅是未知的来生，这辈子我也要与你白头到老。”风灏栎话音刚落，举起长剑刺了过去，他知道以他的武功不可能杀了她。

没关系，风灏栎告诉自己，他并不奢望可以全身而退，只要能与喋血令主同归于尽，也算是还了紫蝶自由。

风灏栎长剑出鞘的同时，风灏南的长枪几乎同时刺向喋血令主。

喋血令主冷冷地笑了笑，从她创立喋血令以来从来没有败给过任何人，即使风家兄弟联手，她也不会放在眼里。

紫蝶望着场中越打越快的三个人，她知道风灏栎和风灏南就快要撑不住了。风灏南本来就受了内伤，他强行提着真气运功，体力就快要透支了。正在焦急万分的时候，蜻蜓忽然从地上捡起了剑加入战圈。

“你竟然敢对为师动剑？”喋血令主气得眼睛发红。

“师父，你养我教我，也只是为了让我做你杀人的工具，欠你的恩情我早已还清。从嫁给风灏南的那一天，我只是若惜，我生是风家的人，死是风家的魂！”蜻蜓不惧喋血令主的威胁。

“自作多情，你以为风灏南会在乎你吗？”喋血令主对蜻蜓的实力了如指掌，她一掌击向蜻蜓的小腹。突然之间眼前人影晃动，风灏南替蜻蜓挡下了这一掌。

“相公……”蜻蜓凌空接住风灏南的身躯。风灏南在落地的时候猛然吐了一大口鲜血。蜻蜓泪如雨下，风灏南有足够的理由来怨恨她，但是在最危急的关头，他依然义无反顾地保护着她。能够嫁给这样的男人，此生何憾呢？

风灏南不明白自己为什么要这么做，他的本能反应是最真实的潜意识体现，他不想她受到伤害。

紫蝶想起了当初蜻蜓要她合作杀死师父的时候她断然拒绝。在她的心里，师父纵然有千错万错，她也下不了手，可是此时此刻，蜻蜓与风灏栎、风灏南联手依然不是喋血令主的对手。紫蝶不想眼睁睁地看着风灏栎死。

生死与共，不离不弃！成亲时的誓言在耳边萦绕，仿佛就是今天的事情。紫蝶做了一个深呼吸，盘腿坐下来开始运功。

当日喋血令主用银针封住紫蝶身上所有的穴道，让她不能运功动武。紫蝶刚刚运用内力，体内再一次传来生不如死的疼痛。不能放弃，一定要继续！紫蝶强行动用内力，造成了真气的混乱，她感到一阵如烈火焚烧般的痛苦。

只是短短的瞬间，紫蝶已经汗流浃背。

喋血令主发现紫蝶强行运功，冷笑道："你能冲破玄关将银针逼出体内算你有本事，即使你们四个联手我也不放在眼里。"

风灏栎这个时候才发现紫蝶居然在勉强自己运功。虽然他不知道这么做有什么后果，不过他能确定绝对不是好事，否则紫蝶早就会这么做。风灏栎一分神，又中了喋血令主一掌。

喋血令主扬扬得意，仰天长笑："你们这两个臭丫头居然敢背叛我，你们很喜欢跟男人在一起是吗？你们四个死后我会将你们挫骨扬灰，绝对不会让你们有合葬的机会。"

紫蝶血气上涌经脉逆转，嗓子口一阵腥甜，一口鲜血吐出。疼痛让她直冒冷汗，几乎浸湿了衣衫。喋血令主看到紫蝶的模样，嘲讽地说道："你以为你能够破解我的功力吗？你别忘了你是我教出来的，即使你的天分再高也永远超越不了我！你慢慢等死吧！"

紫蝶的嘴角微微上扬，她的笑容灿烂而纯真，她望着不远处的风灏栎说道："相公，无论蝶儿身在何处，即使灰飞烟灭我依然是你的妻子！"

原来梦一场

"蝶儿，没关系，今生能够与你相遇并结为夫妻，我风灏栎死而无憾！"

喋血令主扬起手掌朝紫蝶的天灵盖打了过去。紫蝶依旧保持着笑容，在喋血令主的手掌离她的头顶只相差两寸时，她侧身一闪，伸出手与喋血令主对了一掌。这一掌紫蝶用上了全部的功力。

喋血令主后退数步之后才稳住身形，她不可思议地望着紫蝶，喃喃自语道："不可能，你不可能破了我的功力。"

"师父，这个世界上没有不可能的事！"紫蝶捡起地上一名士兵的钢刀，勉强支撑着身体站了起来，"徒儿青出于蓝，师父难道不应该高兴吗？"

喋血令主不甘心甚至难以置信地望着紫蝶，再次朝紫蝶冲了过去，只走出两步她便觉得浑身发软，跪倒在地上，"怎么会这样？怎么会这样……"

"师父，您的罩门已经被徒儿破了，您收手吧！"紫蝶在刚才与喋血令主对的那一掌中，手指缝中暗扣了一枚银针。经过长时间的观察和推断，紫蝶猜想师父的罩门就是她右掌的气门。刚才在情况危急之下她只有冒险试一试。

喋血令主做梦也没想到她苦练几十年的功力，竟然被自己的徒弟轻而易举地破解。她苦笑着望着天空，迷茫地想起了多年前的往事，"为什么……我苦心经营了这么多年……为什么我会败在徒弟手中……"

"师父！"紫蝶于心不忍，走上前去跪倒在喋血令主面前，"徒儿不孝，请师父原谅。"

"天意，一切都是天意！"喋血令主凄凉地望着紫蝶，伸手摘下了常年不摘的面具。

紫蝶等人均倒吸了一口冷气。眼前的这张脸，除了眼睛就看不到五官，面部的溃烂让她看起来格外狰狞。鲜红的皮肉翻在外面，惨不忍睹。

"看到了吗？你们看到了吗？你们谁能理解，原本倾国倾城的容颜变得这样恐怖，那种绝望的心情……"喋血令主的视线停留在紫蝶身上，"知道为什么长期以来我最疼爱你吗？因为你最像年轻时候的我，有张足以迷倒天下男人的脸。"

喋血令主清晰地感觉到大限将至，她已经很久没有找到可以听她倾诉的对象。

“我是高丽国王的女儿，是高丽最美丽的公主，可是因为我的母妃地位低下，我在高丽一直都不受宠。在我十七岁那年，父王把我作为礼物送给了大明皇帝。我第一次感受到被人宠爱是一种什么样的感觉。

“万历皇帝对我万般宠爱，几乎千依百顺。虽然他年长我许多，可是我还是爱上了他，我觉得他是值得我托付终身的男人。然而好景不长，没过多久，他来我寝宫的时间越来越少。

“我以为我会一直幸福下去，每日每夜我都守在宫中等他来看我。我只是一个天真而普通的小姑娘，根本不知道后宫的险恶与生存的艰难。我被其他嫔妃串谋陷害，说我与御前侍卫私通，皇上不听我的辩解将我打入冷宫，从此再也没有看过我一眼。

“在冷宫的日子里我终于体会到什么是世态炎凉。一个失去皇帝宠爱的妃嫔，连宫中的奴才都不如，太监和宫女都能对我肆意凌辱。我感到孤独和绝望，我想念我的母亲，日日夜夜不停地哭泣，直到他的出现。

“他是看守冷宫的一个普通侍卫，他不仅不像其他奴才那样欺负我，还在暗中帮助我。那年冬天大雪纷飞，几乎把整个皇宫都冻成了冰窖，但是却没有人送御寒的棉衣棉被给我，我以为我会冻死在冷宫之中。那晚是大年三十，他用他全部的积蓄替我买来了御寒的衣物，还偷偷地陪我吃了一顿丰盛的晚餐。

“我很开心，他就像是我的世界中的一盏明灯，虽然并不耀眼，却让我看清了方向。我把自己交给了他，他答应会带我逃离冷宫远走高飞。

“我一直等一直等，等了一天又一天，但是他却再也没有出现过。这个时候我才知道，原来所有的海誓山盟都只是他的甜言蜜语，他欺骗了我的感情，也欺骗了我的身体。我再一次陷入绝望。

“很快夏天就来了，有一天晚上我在院子里看星星，忽然听到宫女们在讨论他。原来他就要成亲了，他要娶府尹大人的女儿为妻了。那一刻我觉得我的整个世界都崩塌了，我所有的希望都幻灭了。我躲在房间里哭了很久，只觉得天空都成了灰色。

“就在他大婚的前一个晚上，有一批神秘人闯入冷宫放火，他们钉死了我的门窗，让我无处可逃。在熊熊烈火中我以为必死无疑，却不料老天爷眷顾我，我命不该绝，那一晚下起了百年难得一见的大雨。

“我趁乱逃出冷宫，从宫墙的狗洞中爬出皇宫，当我行走在陌生的街道上，我连哭泣的权利都没有。我恨这个世界，恨我爱过的那两个男人。”

喋血令主阴毒的目光扫向风灏栎和风灏南，恶狠狠地说道：“天下的男人全都不是好东西，就连我的父亲也不例外。”

“我把自己打扮成乞丐，受尽了欺凌和侮辱，我以为只要回到我的国家，我的生活还能重新开始。我千辛万苦到达边境的时候，离我逃离京城已经过了整整两年。在那里我再一次听到了噩耗：大明皇帝下旨将我打入冷宫的时候，我的母亲被父王赐死了。

“我万念俱灰，生无可恋，跳下了万丈深渊。但是我没有死，在掉入悬崖的时候，我跌进了一个深潭，潭中的沼气毁掉了我倾城的容颜，却让我意外得到了高丽的一位前辈高人留下的武功秘籍。我苦练十年，创立了喋血令。我发誓要杀尽天下所有负心人，我要让大明王朝消失，这一切都是大明欠我的！”

原来喋血令主真的是丽妃娘娘！

风灏栎忍不住哀叹一声，原来在她的背后隐藏着一个凄凉的故事，“你知不知道因为你的一己之私害死了多少无辜百姓？”风灏栎不能释怀喋血令主的狠毒作风。

喋血令主平静地看了看紫蝶说道：“我今天落在你们的手上，我无话可说。你杀了我吧，我不想死在这些臭男人手里，他们没资格碰我！”

风灏栎微微摇头，问道：“你说的那个看守冷宫的侍卫，是不是叫靳丰？”

“你怎么知道？”喋血令主露出诧异的神色。

“他是先父生前的好友。我听我父亲提起过靳丰的事。你误会了他，他并没有背叛你。那段时间他没有去找你，是因为他受到皇上的提拔和嘉许，去各地接选秀的秀女进京，回京途中遇见了上香回城的府尹千金。

“当时府尹千金正被一伙强盗抢劫，英雄救美之后府尹千金芳心暗许。他们成亲前一晚皇宫的火是他放的，但是他不是想要烧死你，他是想制造混乱带你逃走，造成你已经被大火烧死的假象。结果遇见了那一场暴雨，他失手被擒，而你下落不明。”

听完风灏栎的叙述，喋血令主感觉到她的泪水不停滑落。她难以接受这样的事实，她恨了这么多年的男人居然没有背叛过她。如果她可以再等一等，再多给他一点信任，结局或许就不会是这样。

“他……他后来怎么样了？”喋血令主哭着问道。

“当时无论用什么酷刑，他都没有说为什么要进冷宫放火，我想他是为了维护你的名节。”

“靳郎，对不起……对不起……”喋血令主彻底失去了方向，这么多年来支撑着她活下去的恨，在一瞬间土崩瓦解。她拔出匕首刺进腹中，结束了她残酷的一生。

“师父！”紫蝶扑过去抱起喋血令主，哭着喊道，“师父您别死呀，师父……”在紫蝶的心里，虽然师父残暴不仁，可是对她的救命之恩她却终身难忘。

风灏栎没料到会是这样的结局，喋血令主已死，事情终于可以告一个段落了。他上前将紫蝶拥在怀中柔声安慰道：“蝶儿别哭了，让你师父安心去吧！”

“相公，我……”紫蝶忽然抓紧风灏栎的衣襟，浑身颤抖。

“蝶儿，你怎么啦？”风灏栎把紫蝶从怀中拉出来，立刻大惊失色。

紫蝶的脸色变得铁青，鲜血顺着嘴角慢慢流淌下来，身体软绵绵地向后倒去。

“蝶儿，你到底怎么啦，你别吓我？”风灏栎抱着紫蝶说道。

紫蝶凄惨地笑了笑，摇着头说道：“我不行了……相公，你要……你要多保重！”

“不会的，蝶儿你告诉我，你不会离开我……我到底要怎么做才能救你呀……”风灏栎把紫蝶搂在怀里不知所措。

蜻蜓疾步上前点了紫蝶身上的几处大穴，紫蝶慢慢睁开眼睛对风灏栎微笑。蜻蜓替紫蝶把脉，忍不住热泪盈眶：“你为什么这么傻，你知不知道你这么做必死无疑！”

“我知道……但是我不能眼睁睁看着你们死！”紫蝶回答。

“大嫂，究竟蝶儿她怎么啦？”风灏栎焦急万分地问道。

蜻蜓轻叹一声说道：“刚才紫蝶运功是希望可以把师父放在她体内的银针逼出来，这样她就可以恢复功力，虽然冒险却没有性命危险。然而师父的功力太深厚，紫蝶根本就没办法破解。她为了可以击出致命的那一掌，将全身的穴道移了位。运功过后穴道归位，却导致了她的经脉错乱及逆转……”

“我不想知道蝶儿做了什么，我只想知道怎么样才能救她！”风灏栎打断蜻蜓的话，他不能没有紫蝶，走到今天这一步，就算要他放弃一切，他也要留住紫蝶。

“她的内伤太深，无药可救，除非……”

“除非什么？”只要还有一丝希望，风灏栎就要尝试。

蜻蜓还没有回答，孙承宗的贴身侍卫便跑了进来，看到一片狼藉和到处都是尸体的情景吓了一跳，“将军，您没事吧？”

“没事，是孙大人让你来找我的吗？”风灏南疲惫不堪，勉强支撑着问道。

“金兵再次攻城了，孙大人请您马上过去！”

“你去告诉孙大人，我立刻就去。”风灏南打发了报信的人，转身对风灏栎说道，“二弟，现在情况紧急，你马上带着若惜和紫蝶走吧！我担心守不住了。”

“大哥，你跟我一起走吧！”风灏栎抱起紫蝶说道。

“混账，大敌当前我身为军中主帅，岂能临阵脱逃。”风灏南捡起掉在地上的长枪，大义凛然地说道，“能够为国捐躯是我的荣耀。灏栎你要记住，我风家的男人，只有战死的烈士，绝对没有逃走的懦夫！”

“大哥，你说得对，让我留下来与你一起抗敌。”

“如果我们两个都死了，紫蝶怎么办，如月怎么办，若惜怎么办，奶奶怎么办，风家怎么办？”风灏南厉声喝道，“我只要还有一口气在，我才是风家的当家人。灏栎，你并不是军人，现在离开没有人能说你半句不对。马上走！”

“大哥！”风灏栎要疯了，他已经没有办法冷静思考。

“二弟，大哥不能回去了，你记得要替我好好照顾奶奶。我忘了告诉你，有你这样能干的弟弟，也是我的自豪！快走！风家以后就靠你了！”

风灏南重重地叹了一口气，转身就走。

“相公！”蜻蜓从后面抱住风灏南，在他手臂上狠狠地咬了一口。风灏南忍着痛一声不吭。“这个伤疤，我希望不只是留在你的身上，更可以留在你的心里。不管你相不相信，我爱你，是真的。你要保重自己，我会和孩子一起等你回来。”

风灏南愣住了，孩子！长期以来他都渴望有一个孩子，现在他的愿望实现了，却没料到是在这种情况下。他转身抱了抱蜻蜓，含泪说道：“你对我的欺骗我不能释怀，可是我现在原谅你了。若惜，辛苦你了！”

望着风灏南毅然决然离去的背影，蜻蜓泪如泉涌。她的丈夫是一个受人敬仰的英雄，她应该感到骄傲。可是这些荣誉却不是她想要的，她只是希望有一个平凡温暖的家，有爱她的丈夫，有活泼聪明的孩子。她不要荣华富贵，只要一家人开心幸福地生活在一起。为什么这最简单的要求却成了永远都无法达成的梦想。

“大嫂，走吧。我有责任带着你安全离开！”风灏栎的心不比蜻蜓要好受，他不是贪生怕死，只是现在他还不能死。蜻蜓肚子里的孩子是风家唯一的血脉了。

蜻蜓擦去泪水转身望着风灏栎，风灏栎怀中的紫蝶已经陷入了昏迷。她跟在风灏栎的后面出了将军府。风灏栎找了一辆马车亲自驾驭，把紫蝶交给蜻蜓照顾。迎着风，风灏栎感觉不到内心的刺痛。

他不知道他就这样离开是对还是错，他唯有祈祷大哥可以渡过这个难关，抵挡住敌军的进攻，与无数次对敌交锋的结果一样，平安而归。

坐在马车之内，蜻蜓望着紫蝶的脸色由铁青变成灰白，再过一个时辰，紫蝶便会香消玉殒。她掀起马车上遮挡的帘布，望着东边泛白的天际。从懂事开始，无论做什么事情她都身不由己，她这一生甚至没有做过任何一件有意义的事情。

蜻蜓的泪水溢出眼眶，到了此时此刻她才能体会到，当她背叛风灏南的时候，风灏南有多么心痛。也许，他情愿命丧黄泉也不希望他最深爱的妻子用布兵图去交换解药。可惜，太迟了，她明白得太迟了。

蜻蜓的视线慢慢移到风灏栎的身上，她想起了此刻正在沙场上奋力抗敌的风灏南。这一次风灏南凶多吉少，风灏栎就是风家唯一的支撑和希望。风灏栎不能死，因此紫蝶不能死。蜻蜓做了一个长长的深呼吸，把紫蝶扶起来坐好，将内力缓缓注入她的体内。

迷迷糊糊中紫蝶感到身体里有一股暖流，她睁开眼睛看到的是狭小的空间，颠簸的马车让她知道他们在逃亡的途中。

“闭上眼睛，什么都别问，静下心神！”蜻蜓发现紫蝶醒了过来，轻声说道。

“蜻蜓？”紫蝶虚弱到声音沙哑，问道，“你做什么？快停下来，你帮我疗伤会伤害到你自己的！”

蜻蜓不想紫蝶挣扎而惊动赶车的风灏栎，伸手点了她的穴道。风灏栎问她如何能救紫蝶，她还没来得及回答。现在唯一能救紫蝶的方法，就是有人耗尽毕生的功力稳住她经脉逆转现象，然后协助她将银针逼出体外。这样紫蝶不仅可以恢复功力，生命也不会再有危险。

只是帮助紫蝶疗伤的人，轻则功力全废，重则命丧当场。

紫蝶与蜻蜓虽然从小一起长大，然而两个人并没有深厚的情意。师父的教导是让她们师姐妹三人不可能建立任何感情。她们有各自的生活和任务，但是现在蜻蜓却愿意牺牲自己救紫蝶，这让紫蝶觉得万分诧异和难过。

随着蜻蜓将内力输入紫蝶的体内，她的脸色变得越来越苍白，汗水顺着脸颊往下流淌。紫蝶知道蜻蜓快不行了，她很想停下来，然后蜻蜓却不给她机会。蜻蜓用尽全部的真气，终于将紫蝶体内的银针逼了出来。

风灏栎赶了很长一段路，却一直没有听到马车内有任何动静，忽然听到紫蝶的哭泣声。他急忙勒住马绳钻进车里，只见蜻蜓躺在紫蝶的怀中，吐出的鲜血染红了两个人的裙摆，“大嫂，你怎么啦？蝶儿，怎么回事？”

蜻蜓握住紫蝶的手，第一次对着紫蝶微笑，说道：“紫蝶，从我们相识以来我一直都不喜欢你，是因为不管做什么你总是比我能干，我忌妒你。我唯一值得骄傲的是我有一个好丈夫，他是完完全全只属于我一个人的。我很想他，我不想离开他……”

“蜻蜓，你要撑下去，只要你好好活着，你一定可以再见到他。现在你肚子里还有他的孩子，是你们共同的孩子。蜻蜓，撑下去好不好……”紫蝶鼓励着蜻蜓，她也经历过生离死别，那种撕心裂肺的痛她可以体会。

蜻蜓望着窗外凋零的树枝，凄凉地笑了：“没有人会知道我有多爱灏南，是他让我改变了对事物的看法，是他教会我人间有爱。就算是死，我也要跟他死在一起。”蜻蜓轻轻抚摸着腹部，泪如雨下，“宝宝，请你不要怪娘那么自私，没有你爹，我真的不知道该怎么活下去。”

“大嫂，你别说傻话，大哥他……”风灏栎的话只说了一半，蜻蜓忽然伸手再次点了紫蝶和风灏栎的穴道。

紫蝶和风灏栎猝不及防，都不能动弹。

“紫蝶，你要答应我，一定要跟灏栎幸福地生活下去。我想让世人知道，即使杀手也是有真爱的。”蜻蜓了解自己的身体情况，她不能再拖延下去，趁着体内最后一口真气还没有散去，她必须赶到风灏南的身边。

“蜻蜓，你别这么傻了，大哥不希望看到你做傻事啊！”紫蝶哭着阻止蜻蜓。

“我知道，让我最后傻一次吧，我真的不能没有他！”蜻蜓望着紫蝶说道，“记住，好好活下去，你要一直幸福，很幸福，狠狠地幸福！”

蜻蜓解下拴在马车上的马匹，翻身上马，策马扬鞭往回走。迎着的逆风刺痛了她的双眼，泪水滑落，模糊的视线中她仿佛还能看到风灏南温柔的微笑。“灏南，你要等我。我们说过要生死与共，你说过你会活得比我久，你要等着我！”

风灏栎看了看紫蝶，静下心来运功想将穴道冲开。他不能眼睁睁地看着蜻蜓去送死，一尸两命他如何跟大哥交代，如何跟风家的列祖列宗交代。他能体会蜻蜓现在的心情，在没有紫蝶的日子里，心情的阴霾只有他自己知道。

“灏栎，如果你真的要强行将穴道冲开就要静下心来，摒弃杂念，否则会走火入魔的！”紫蝶望着风灏栎如瀑布般冒下的汗水说道。

第十九章　生死与共爱无悔

黄泉路相随

在这场战役打响的那一刻，风灏南就已经意识到，这座城守不住了。布兵图的外泄让敌军对他们的情况了如指掌，他第一时间调整了作战部署，可是第一场仗伤亡惨重让将士们士气低落，他苦苦支撑着受伤的身体身先士卒。

从城楼上向远处眺望，那硝烟弥漫的战场是风灏南最熟悉的地方。他仿佛看到了家中院子里的那一棵老槐树，在年幼的时候他带着两个弟弟掏鸟窝，摔得鼻青脸肿却依然能够开怀大笑。

原来，在很久以前，他就已经失去了原本该有的快乐。从他入军营从军的那一天起，他的命运就已经注定，他镇守在边疆，马革裹尸战死沙场是他唯一的归宿。风灏南仰天长叹，跪倒在地，朝着北方重重地磕了三个头。

风灏南下令全城撤退，他派出心腹爱将护送孙承宗及城中的老弱妇孺离开，然后挑选了三百敢死精兵留下来断后。这一次有去无回，风灏南心如止水。明军死伤过半，那些死去的兄弟是他间接害死的，他无法释怀。他手持长枪带领着三百精兵守在城门口，在城门关闭的那一刹那，他的心一片平静。

他转身对跟随他的士兵说道：“兄弟们，我风灏南感谢你们为国家做出的贡献。或许今天以后我们再也见不到家人，没关系，你们的血不会白流，你们永远都是我大明百姓的骄傲和自豪。黄泉路上我们一路高歌！能与你们并肩作战我很欣慰，但愿来世你们能投胎在太平年代，远离战火！”

风灏栋说完之后，亲自敲响了战鼓。

留下来作战的三百精兵义无反顾地向前冲杀，风灏南热泪盈眶，挥舞着长枪！他不知道他还能坚持多久，他只想尽力撑下去，他多拖延一刻，大军撤退就多一份保障。

“若惜，永别了！”风灏南浑身是伤，他看着他的兄弟一个个倒下，当他的战袍被鲜血染红，他的耳边已经听不到任何声音。

一支箭朝风灏南射了过来，风灏南想要闪躲却没有力气。“对不起，我撑不下去了！”风灏南想起了入军营时父亲对他说的那番话，风家世代都出名将，虽然最终每一个都战死沙场，但是他们的血是风家无上的荣耀。

风灏南闭上眼睛等着箭刺穿他的身体，却没有等来预期的疼痛。他感受到了熟悉的气息，他睁开眼睛看到他的妻子站在他的面前，望着他微笑。是错觉吗？也许是吧！

无论若惜做错了什么事，他都相信他们的爱情是真挚的。

风灏南伸出手想要拥抱若惜，即使只是一个幻影，在临死之前还能看到她，他死而无憾。

“若惜，对不起，我不能信守承诺，我不能活得比你久，不能照顾你了。不要恨我，开开心心地活下去，好吗？”风灏南将蜻蜓紧紧搂在怀中，黯然泪下。

“相公，如果没有你，我又怎么能够开心？”蜻蜓轻抚风灏南的脸庞，泪水滑落的时候却绽放出最满足的笑容，“你一定要遵守诺言，我们生死与共，永不分离！”

当若惜与风灏南十指紧扣，风灏南才意识到眼前的若惜并不是幻影，“为什么，为什么要回来，你知不知道很危险？”

“我知道这是一条不归路，从我爱上你的那一刻起，我就已经没有回头路了。相公，对不起，虽然我欺骗了你，可是请你相信我，我对你的感情，是真的。”

“我以为我爱的只是你扮演的若惜，但是现在我终于明白了，我爱的人是你，不管你是单纯的若惜，还是身为杀手的蜻蜓。你是我的妻子。我唯一的遗憾是不能给你稳定的生活，若真有来世我愿带着你在田间耕耘，做最平凡的夫妻。”

蜻蜓泪流成河，她坚持要走回头路，只是希望可以得到风灏南的谅解，即使代价是付出生命她也无怨无悔。蜻蜓从怀中掏出一块手绢撕成了两半，将其中一半塞进风灏南的手中："我们一定可以再见面，相公你要记住，你欠我的，下辈子还给我！"

"好！好！"风灏南的泪水落下，扶起蜻蜓放声大笑。他看到敌军的箭成千上万地射了过来，她把蜻蜓护在怀里，那些箭射进两个人的身体，风灏南轻抚蜻蜓的小腹，在蜻蜓耳边轻声说，"我能够与妻儿死在一起，是多么的幸运。谢谢你若惜，让我的人生变得完整。"

风灏南低头轻吻蜻蜓的唇，两个人紧握双手，双双倒地身亡！

一代名将身亡，仿佛天际一颗流星陨落。风灏南一生保家卫国，在战场上谱写了凄美的爱情童话，成为老百姓传颂的佳话。

当风灏栎冲开穴道，与紫蝶一起赶到的时候，城池已经被金兵攻占。风灏栎与紫蝶冒着生命危险在血流成河中找到了风灏南与蜻蜓的尸体，紫蝶忍不住失声痛哭，她看到蜻蜓与风灏南至死都没有放开双手。

蜻蜓的另一只手中依然紧握着半块手绢，紫蝶将手绢拼合在一起，看到了手绢上的一首诗。"柳叶飞花如梦幻，战火硝烟赴黄泉。千言万语无从诉，万般痴情皆成空。今生相守已无期，莫若化为痴心魂。幽幽飘荡轮回道，与君相约到来生！"

紫蝶泪如雨下，她与蜻蜓有着相同的遭遇和心境。她从来没有想过她会为蜻蜓的死而伤心欲绝。她望着风灏栎跪倒在风灏南的尸体前，仿佛看到了他们两个人的未来。

"灏栎，如果你觉得难过就哭出来吧！"紫蝶从后面抱着风灏栎，靠在他的肩膀轻声说。

风灏栎轻轻摇了摇头说道："风家历代每一位将军都是战死沙场的，大哥是一个铁骨铮铮的男子汉，他死得其所。在他临死之前有大嫂相伴，我知道他会很开心。我不会哭，大哥不会想看到我哭！"

风灏栎背起风灏南的尸体，步履蹒跚地离开这充满血腥的战场！

紫蝶陪着风灏栎送风灏南夫妇的尸体回京城，上路两天时间，风灏栎一直扶着风灏南的棺木，没有开口说过一句话。紫蝶明白他的心情，在这么短的时间里他一下子失去了两个兄弟，这样的打击不仅让他不知所措，更加让他不知道回去以后该怎么跟奶奶交代。

风灏南是边关大将，他的死必然已经人尽皆知。风灏栎放慢回京的脚步，他不想看到奶奶伤心欲绝的泪水。风灏鸣死的时候她已经哭昏过去好几次，风灏栎明知道不能隐瞒，在潜意识中居然萌生了退意。

风灏栎想起了奶奶老泪纵横的憔悴模样，不由自主地停下了脚步。紫蝶吩咐运送棺木的人就地休息，走到风灏栎的身边，掏出手帕擦拭着他额头的汗水。风灏栎握住紫蝶的手哽咽地问道："蝶儿，我是不是很没用？如果……如果我没有先离开，大哥或许就不会死！他临死前把大嫂嘱托给我，而我……"

"灏栎，你不要这样！"紫蝶的手掌拂过风灏栎的脸庞，安慰道，"大哥的死不是你的错，他为国捐躯是无上的荣耀。而蜻蜓……她选择跟大哥一起死，我也很难过，可是当时你无力阻止。答应我，振作起来，不要再自责了好不好？"

风灏栎握着紫蝶的手，忽然觉得好疲惫。哥哥和弟弟都死了，从今以后他成了风家唯一的男人。他曾经幻想有一天风灏鸣会争气，可以替他减轻家族的负担。他多么渴望自私一些，带着紫蝶游历名山大川，可是现在不可能了！

风灏栎在草丛边坐下，苦笑着仰望天空。比起大哥的豪情盖天，他的困难算得了什么？风家世代为官，血液中流淌的风骨傲气不允许他软弱。忠君爱国是风家的家训，他只要还有一口气在就依然要为皇上卖命。

"灏栎，我们起程吧，不然天黑之前赶不到下一个驿站了！"紫蝶柔声说道。

风灏栎点了点头，示意手下打起精神赶路。远方有一队人马快马加鞭朝他们狂奔过来，看清是东厂的人之后，风灏栎立即戒备起来。

岳琛远远地就已经看到了风华绝代的紫蝶，他一直不明白这样一个如天仙般貌美的女人，为什么放弃王妃的尊贵，而坚持要与风灏栎在一起。他在风灏栎面前停了下来，翻身下马趾高气扬地说道：“风灏栎接旨！”

风灏栎很意外在这个时间这个地点接到圣旨，与紫蝶对望一眼，跪下说道：“臣接旨！”

“奉天承运，皇帝诏曰，大将军风灏南通敌卖国，将我军布兵图泄露给敌方，导致我军伤亡惨重，丢失三座城池，朕痛惜不已。免去风灏南所有封赐与爵位，尸体不得进入我大明国土。钦此！”

风灏栎听着岳琛朗朗地宣布着圣旨，不由得握紧了双拳，强烈压制着殴打岳琛的冲动。他知道皇上宅心仁厚，不会不顾风家这么多年来的忠心耿耿，所有的一切一定又是魏忠贤在搞鬼。

风灏南一生忠君为国，战死沙场却不能魂归故里，风灏栎接受不了这样的安排。在他的心中，大哥是风家最大的骄傲。

“风大人，还不接旨！”岳琛从风灏栎的眼中看到了熊熊燃烧的怒火，他有些心虚地后退了一步。

紫蝶看到风灏栎的手已经握紧了剑柄，她急忙上前按住他的手，闪着泪花望着他：“灏栎，你要想清楚，谋杀钦差大臣是满门抄斩的重罪呀！”

风灏栎的手慢慢松了下来，他对如今的朝政失望透顶，周旋于各个心怀鬼胎的大臣中间，让他身心疲惫。风灏南死了，他到临死的那一刻都在恪守保家卫国的职责，可是到头来却连尸体都不能运回家乡安葬。

纵然皇上是被奸臣蒙蔽，然而他沉迷木工不理朝政，有着不可推卸的责任。风灏栎伤心欲绝，艰难地说道：“谢主隆恩！”

岳琛松了一口气说道：“这就对了！识时务者为俊杰，风大人，你是条好汉！”

风灏栎的眼中闪过一道寒光，在岳琛转身离去的一刹那，他长剑出鞘，削下了岳琛的一片头发，警告道：“我今天不杀你是因为你的身份代表着皇上。你回家之后一定要烧香拜佛保佑自己不要落在我的手上，锦衣卫的诏狱会好好招待你的！”

岳琛吓出了一身冷汗，在手下的搀扶下哆哆嗦嗦地翻身上马。风灏栎望着那些人离去，双膝一软跪倒在风灏南的棺木前，哭着说道：“大哥，是我没用，不仅不能保住你的名节，连送你回家都做不到。”

紫蝶在这个时候已经找不到言语去安慰风灏栎，只好静静地陪着他。从黄昏日落到明月高照，风灏栎一直跪在地上，双腿失去了直觉。紫蝶走到他的身边劝解道：“灏栎，我知道你很难过，但公道自在人心，大哥的忠肝义胆皇上不知道，但是老百姓一定会明白的！”

“我不会让我大哥死得不明不白，我一定会回京城替他讨回一个公道。魏忠贤这只阉狗，我会让他知道我风灏栎是什么样的人！”风灏栎强撑着身体站了起来，轻抚着风灏南的棺木说道，“大哥，暂时委屈你留在这个地方。我一定会向皇上讨得圣旨，我要让你风风光光地回家。”

风灏栎连夜将风灏南与蜻蜓的棺木下葬。

“大哥，有大嫂陪着你，无论在什么地方你都不会孤单。这儿是你生前保卫的土地，你再好好看一看吧。你一定要等我，我会来接你和大嫂回家的！”

紫蝶在风灏栎的眼中看到了决绝，这一刻她可以体会他的心情。当所有的事情都变得那么绝望，风灏栎体内的愤怒就像火山一样喷发，他不甘心被魏忠贤摆布，他要反击，他要让天下所有人知道，风家的傲气与血性。

风灏栎带着紫蝶轻装前行，一路快马加鞭赶回京城。当他们走到半路的时候，却听到了一个震惊的消息。

风家的没落

岳琛死了！

岳琛带着东厂侍卫，奉皇上的命令前来传旨，却被人杀害在驿站之中，临死之前留下血字，杀人者是风灏栎。

钦差被杀，震惊朝野！

木匠皇帝发火了，因为风灏栎的做法是在挑衅他的地位和威严，朱由校亲自下旨捉拿风灏栎。

风灏栎和紫蝶在回京途中遭到了东厂人的伏击。紫蝶的武功已经恢复了七八成，在这个时候不至于成为风灏栎的累赘。魏忠贤行动如此迅速，一定是事先做好了准备，风灏栎百口莫辩。风灏栎与紫蝶乔装改扮，他现在担心的不是他自己。风灏南战死沙场，这个消息传回京城，奶奶必然伤心欲绝，而现在他又成了朝廷的头号通缉犯，风家一定乱成了一团。在这个时候魏忠贤想要将风家灭门易如反掌。

风灏栎心急如焚日夜赶路，希望在事态还能控制的时候救出奶奶和季如月。

风老夫人跪在祠堂里默念心经，风家到了风灏栎父亲这一代已经开始走下坡路。她苦苦支撑着这个家，看着风灏南和风灏栎为国效力，风家渐渐恢复往日的风光。她以为将来到了九泉之下可以去见风家先祖，却不料竟是这样的结局。

风老夫人的心安静不下来，三个孙子如今只剩下风灏栎在外逃亡，她开始后悔这些年的苦心经营。为了巩固势力，她不惜牺牲风灏栎的终身幸福，事到如今依旧是竹篮打水一场空。朝廷奸佞当道，风家落难之后没有一个人上门安慰，唯恐避之不及。

季如月轻轻地迈进祠堂，将燕窝粥放下，走到风老夫人身边轻声说道：“奶奶，您吃点儿东西吧！”

风老夫人睁开眼睛，在季如月的搀扶下站了起来。风老夫人的视线被泪水模糊，她拍着季如月的手背说道：“如月，委屈你了。”

季如月含泪摇摇头：“奶奶，您已经一整天没吃东西了，您这样对身体不好。我去厨房炖了燕窝粥，您吃一点儿吧。”

“如月，如果灏栎他以后都不回来了……那……”

“奶奶！”季如月跪倒在风老夫人面前哭着说道，“请您原谅如月的自私吧。时至今日，我不希望相公再回来。皇上被奸臣迷惑，相公回来一定会被治罪，或许还会性命不保。我不想看着他死……就算让他跟紫蝶远走高飞了也好，只要他能好好活下去……”

“孩子，真是太委屈你了！”风老夫人擦去季如月的泪水说道，“我们风家是几世修来的福气，可以娶你进门，只怪灏栎不懂得珍惜……”

“不是的，不是的！”季如月趴在风老夫人的胸口放声大哭。风家落到今天的地步，季如月对风灏栎反而没有了怨恨之心。或许从一开始就错了，她不应该与风灏栎订下婚约，不应该在被强暴之后嫁给风灏栎。

如果这一切是命中注定，为何老天要做如此残忍的安排。

“老夫人，二少奶奶，不好了！”管家气喘吁吁地跑进来禀报，“魏忠贤带着一大队人马硬闯进来了。”

风老夫人擦去眼泪收敛起悲伤，吩咐道：“管家，你马上收拾东西，送二少奶奶从后门离开。如月，你去城外的别院小住，那里是先皇赐给风家的，没有皇上的圣旨任何人不得擅闯，魏忠贤再嚣张也要给先帝几分面子。你要相信灏栎他一定会回来找你的！”

“不，奶奶，我不走！”季如月拉着风老夫人的衣袖哀求，“您让我留下来吧！”

“快走！”风老夫人推开季如月，径自朝大厅走去。

风老夫人来到大厅看到魏忠贤坐在正上方，冷笑着望着她说道：“风家不愧是将门之后，几代为官想必家底丰厚。老夫人，您好福气呀！”

“哼，你这阉贼，那里是你坐的地方吗？马上给我滚！”风老夫人大声呵斥道。

魏忠贤冷哼一声说道：“戴罪之身还敢这么嚣张？你以为你还有两个孙子可以给你撑腰吗？不知死活的老妖婆！来人，给我拿下！”魏忠贤仗着皇上“便宜行事”的特权，发誓要将在风灏栎身上受的气，连本带利讨回来。

魏忠贤一声令下，他的手下立即朝风老夫人扑了过去。风老夫人挥舞着手杖，击退了这些人的攻击。

“呦，好功夫！老夫人宝刀未老呀！”魏忠贤确实意外，风老夫人居然还会武功，“可惜呀可惜如果你再年轻个二十岁，或许能走出这个门，但是今天……哼！给我拿下！”

魏忠贤的手下抽出佩刀朝风老夫人砍了过去，风家的家丁立即冲了上来。风灏栎临走之前调集了一大批锦衣卫高手暗中保护家人的安全，可是到了此时此刻，大家都不敢上前阻止。风老夫人在众人的围攻之下体力不支，在四把钢刀刺进她身体的时候，她的双眼依然死死地瞪着魏忠贤。

秦大海赶到的时候，风家上下一片哀号。风老夫人浑身是血躺在大堂正中央，气绝身亡。秦大海握紧双拳慢慢走到风老夫人身边，跪了下来：“老夫人，我来晚了呀！”秦大海不是一个心怀天下的人，但是在他的骨子里却有着一份最单纯的义气。

风灏栎出事以后他一直都在留意着风家，并且暗中照看，当他接到消息，魏忠贤带着大批人马出动的时候，他立即赶过来，却还是晚了一步。秦大海又伤心又内疚，问身边的丫鬟道：“你们家二少奶奶呢？”

“魏忠贤来的时候二少奶奶已经被送去别院了！”

秦大海站起来抹了抹脸，强迫自己冷静下来。已经死去的人他无能为力，他现在唯一能做的事情就是替风灏栎保住季如月。他起身正要去找季如月，却看到季如月一身素衣走了进来。

季如月走到风老夫人的身边，跪下来替她整理着凌乱的发丝，泪水无声地滑落：“奶奶，如月对不起您。您生前最疼如月了，您放心，我不会再让任何人欺负您打扰您！管家，吩咐下去，替老夫人设灵堂！”

风家的下人面面相觑，这个时候设灵堂不是摆明了向魏忠贤示威吗？

“我们风家世代受到大明天子的重用，深受皇恩。今日君要臣死，我们无话可说。奈何佞臣当道天地昏暗，我们亦无能为力。老夫人是先皇赐封的一品诰命夫人，她生前坦坦荡荡，死后一样要风风光光！”季如月的话语铿锵有力，让下人们受到了感染，都分散开来，着手办理风老夫人的丧事。

秦大海第一次对季如月有了新的看法。现在的她已经不是当初那个跟在风灏栎的后面任性妄为的小女孩，当家族面临着生死抉择的时候，她以柔弱的肩膀挑起了责任和义务。“二少奶奶，我帮你！”

“谢谢秦大人，相公有你这样的好兄弟，我替他高兴！”季如月带泪的脸庞挂着凄凉的微笑，她走到门边扬起头望着湛蓝的天空，默默地说道，“相公，不要回来，不要再回来！即使今生无缘再相见，我也不会怪你！你一定要好好地活下去，与紫蝶一起幸福地活下去。”

季如月披麻戴孝地跪在风老夫人的灵前，风家风光的时候宾客盈门络绎不绝，到了现在，风老夫人去世，除了秦大海，上门吊丧的人一个都没有。

“没关系，奶奶，我知道您不想见到那些虚伪的人，由如月送您最后一程，您安息吧！”

季如月闭上眼睛任凭泪水肆意滑落，忽然大门口传来一阵喧哗，魏忠贤再次带领着人马冲了进来。他的宗旨是斩草除根，昨天上门挑衅只有风老夫人在场，季如月被提前送走。那座别院是先皇所赐并且亲笔题词，魏忠贤不敢公然冒犯。可是今天季如月却主动走了出来，这是一个绝佳的好机会。

魏忠贤进入肃穆的灵堂，看到风老夫人静静地躺在棺木之中，不由得升起了得意之情。风家无论有多么风光，那都已经成了历史。从今以后再也没有人敢跟他作对，即使风灏栎回来，他也只是一个通缉犯。

“魏公公是来上香的吗？”季如月起来走到魏忠贤的身边问道。

魏忠贤从来没有把季如月放在眼里，对于季如月的问题更是觉得幼稚可笑：“上香？这个老太婆受得起吗？”

“这里是我奶奶的灵堂，举头三尺有神明，魏公公，您还是积点德吧！”

“哼，你以为风家还跟以前一样吗？让我上香，我呸！”

季如月微微仰起头，让即将落下的泪水慢慢渗回眼眶，她直视着魏忠贤的眼睛说道：“魏公公果然不是一般人，做了亏心事却能如此心安理得理直气壮。我原本以为是你胆识过人，现在我才明白，这与胆量无关。”

“你想说什么？”

“死者为大，一般正常人怎么会冒犯死者呢？我们还要为下一代积福的嘛！但是魏公公不一样，您哪里来的下一代？”季如月轻蔑地笑道，“您身边围绕着这么多干儿子干孙子，将来你死了，你觉得会有人为你送终吗？”

“你……”魏忠贤气得浑身发抖，他最讨厌别人提及他的缺陷，“好你个臭丫头，居然敢跟我叫板，我今天就让你知道得罪我的下场。来人！”

魏忠贤唤来贴身的几个太监，指着季如月说道：“风家二少奶奶虽然不是什么倾国倾城的上等货色，不过比起怡红院那些莺莺燕燕要强上许多。我把她赏给你们了，你们好好享用吧！”

季如月望着那些太监的目光在她身上来回穿梭，她不由得一阵恶心。

“别以为太监不是男人，就算他们不能像风灏栎那样满足你，至少玩玩你还是可以的。”魏忠贤奸诈地望着季如月说道。

季如月一想起那些太监会触碰她的身体，她就恨不得马上死去。

“把她的衣服给我剥光！”魏忠贤要当众羞辱季如月，让风灏栎知道什么叫作撕心裂肺。

季如月眼看着几个太监一步一步逼近她，她握紧拳头让自己镇定，指甲陷进手掌，鲜血直流都感觉不到疼痛。

秦大海忍无可忍，挡在季如月的面前，对着那些太监怒目而视：“魏忠贤，你眼中还有锦衣卫吗？”

“哼……锦衣卫？风灏栎垮台之后锦衣卫迟早都会由我来接手。如果你识时务就乖乖地站到一边，我或许会考虑让你继续做同知，否则，跟我作对只有死路一条！”魏忠贤要接手锦衣卫需要时间,秦大海是风灏栎的心腹，如果他能够投靠他的麾下，那么以后的事情会顺利许多。

秦大海厌恶地笑了笑，将季如月护在身后说道：“我这一辈子天不怕地不怕，我不是什么好人，我什么事情都敢做，唯一不敢做的事情，就是对着你们这些掐兰花指的死太监点头哈腰，我要是你们……”秦大海指着魏忠贤身边的那些人说道，“我都不好意跟祖宗的姓，简直丢人现眼！难怪你要改姓魏，不敢继续姓李！”

魏忠贤气得脸色发青，他愤怒地挥了挥手，他的手下便大批地涌向秦大海。秦大海已经做好了必死的心理准备，他只是想拖延时间等风灏栎回来。依照今天的情况，他拖延不了多久了。他在心中默念道：“灏栎呀灏栎，我也算对得起你了，如果黄泉路上咱哥俩还能遇见，你也别怨我没本事哦！”

“住手！”季如月从秦大海的身后站出来一声娇喝，“魏忠贤，你眼里还有没有王法？在我奶奶的灵堂前居然还敢动刀？我看你们谁敢！”季如月的目光扫过在场的每一个人，冷笑道，“我会记住你们每一个人的样子，你们要想清楚，风家世代为官，深受皇恩，我相公虽然在外未归，但是并不表示你们可以在风家为所欲为。

“我相公身为锦衣卫指挥使，只要一天没被大理寺定罪，他就还是朝中的大臣。如果有一天他回来，一定不会放过你们。”

最后的气节

季如月掷地有声的话语让在场的人犹豫了，风灏栎是锦衣卫的指挥使，虽然现在落难了，但是在锦衣卫中依然有他的心腹和余党，势力不容小觑，秦大海就是一个很好的例子。锦衣卫的手段比东厂更加残忍。

皇上与风灏栎的关系十分密切，如果风灏栎回来见到皇上，皇上下令特赦，那么今天在场的每一个人都会成为他报复的对象。大家握着刀相互看了看，谁都不敢先动手。

“魏忠贤，你马上滚出风家。有本事不要欺负老弱妇孺，等灏栎回来你冲着他去呗！”秦大海开始胡言乱语，连他都不确定风灏栎究竟还会不会回来。

魏忠贤望着手下的这一群饭桶，气得七窍生烟。风灏栎的人还没有回来，光凭名字就把这些人吓得手脚发软，如果他真的回来并且重掌大权，岂不成了心腹大患！他拔出身边手下的一把钢刀，斩杀了一名畏缩不前的侍卫，拿着滴血的钢刀斩钉截铁地说道："后退者，死！你们怕风灏栎回来找你们算账，我现在就可以让你们死无全尸！"

魏忠贤的威胁十分奏效，在他的淫威之下众人纷纷举起钢刀朝季如月砍了过去。秦大海气急败坏地将季如月交给他的两个心腹手下，吩咐道："他奶奶的，老子今天豁出去了。你们俩听着，拼了命也要将风夫人安全送走！"

"秦大人……"季如月不知道该怎么办，眼睁睁地看着秦大海与魏忠贤的手下打成一团。秦大海纵然勇猛，却也抵不过如潮水般涌上来的敌人。他挥舞着大刀杀红了眼，他的周围血流成河。

季如月被秦大海的手下护着，却冲不出包围圈。她看着场中的厮杀，心中平静如水。曾经，当她看到那鲜红的场景，她会感到无助彷徨甚至惊慌失措。那个时候，她总是坚信风灏栎会在她为难的时刻出现，救她离开腥风血雨。每一次，风灏栎都没有让她失望。

可是现在，季如月面对死亡威胁的时候，她已经失去了对风灏栎的信心。她听到耳边有风声呼啸，看着秦大海沾满鲜血的身影在场中晃动，她觉得头晕目眩。当她看到有人手握着钢刀刺进秦大海的身体，她的脑海一片空白。

季如月挣脱保护着她的人的手，义无反顾地冲到场中央："秦大人……对不起，是我们风家连累了你！"

秦大海用刀强撑着身体，单膝跪在地上，望着季如月眼中闪烁的泪光，他笑呵呵地说道："想不到我秦大海死的时候，居然也有人为我难过！老子这一辈子花过钱财万千，睡过女人无数，值了！二少奶奶，如果你还有机会见到灏栎，告诉他，老子算是对得起他了！"

"秦大人，你不会有事的，你一定可以见到相公，亲自跟他说的！"季如月泪如雨下。

"我等不到了……"秦大海看着血液一点点离开自己的身体，他杀过很多人，现在终于尝到死亡是什么滋味儿了。他让季如月把他扶起来，对着魏忠贤吼道，"阉贼，老子记住你了。十八年后咱又是一条好汉，到时候再找你算账！”

秦大海的话音刚落，季如月便听到了钢刀落地的清脆声音。秦大海重重摔倒在地上，炯炯有神的眼睛依然盯着魏忠贤的方向。

魏忠贤被秦大海的眼神看得浑身冒冷汗，气急败坏地喊道：“来人，拖下去喂狗！”

“魏忠贤，你这混蛋，你还有没有人性……”季如月歇斯底里地吼道。

“哼，我会让风灏栎后悔，跟我作对就该知道有这样的下场！”魏忠贤指着季如月说道，“你这辈子最错的事情就是嫁给这样一个男人。”

季如月擦去眼泪冷冷笑了笑，此刻的风家已经一无所有，最后剩下的就只有尊严。她整理好自己的长发和衣衫，一头向柱子上撞去。

魏忠贤眼疾手快，将季如月拉了回来，“想死呀？没那么容易！你相公的诏狱让人闻风丧胆，我现在就把你关进去，让你试一试那些酷刑，你会后悔你娘把你生下来。”

“阉贼，你会有报应的！”季如月求死不得，倔强地瞪着魏忠贤。

“你现在跪下向我求饶还来得及！”

“你做梦！你派人杀害我父母，陷害我相公，即使你把我千刀万剐，我也绝对不会向你求饶！”

“我倒是想看看，究竟是你的嘴巴硬，还是诏狱的刑具硬！”魏忠贤大手一挥吩咐道，“把她给我押下去，好好伺候着。把老太婆的尸体抬到院子里，不许入殓下葬，等着风灏栎回来。”

季如月瞬间崩溃，泪如雨下：“魏忠贤，你这个狗贼王八蛋，你连死人都不放过，你还是不是人……灏栎回来一定不会放过你……”

魏忠贤上前狠狠打了季如月一巴掌，他讨厌听到有人诅咒他。“带走！”

风家上下所有的下人都被关进了东厂，风老夫人的尸体放在院子中无人理会。魏忠贤的狠辣绝情在朝廷中掀起了轩然大波，无奈敢于站出来的人却寥寥无几。朝中几位顾命大臣在杨涟的带领之下联名上书，向皇上求情。

奏折还没递交给皇上就被魏忠贤拦截下来。杨涟等人感念风灏栎对先皇及皇上的忠心，风家世代为朝廷做出的巨大贡献，连夜进宫跪在皇上的寝宫门口，终于惊动了皇上。皇上只是责备魏忠贤的处事方法有欠妥当，下令厚葬风老夫人。

可是在释放家属这件事上却遭到了前所未有的阻力。魏忠贤联合朝中文武百官向皇上施压，众人在魏忠贤的淫威之下不敢做声，杨涟等人心有余而力不足，只能眼睁睁地看着季如月被关在诏狱中受尽折磨。

皇上再一次躲进后宫不理朝政，几位顾命大臣痛心疾首却无可奈何，唯有暗中收买了诏狱的看守，一边对季如月多加照看，一边四处打探风灏栎的下落。

风灏栎回到京城的时候风老夫人已经入土为安，他赶到风老夫人的墓前大哭了一场。风灏栎第一次感觉到了虚弱与无助。这些年他勤奋努力，不断地向上爬。他的官阶越来越高，在朝中的势力越来越大，他以为他有足够的能力保护家人，现在才明白，这一切都不过是过眼云烟。

当奶奶的尸体在烈日下暴晒的时候，他无能为力！

当秦大海为了保护他的妻子而命丧黄泉的时候，他无能为力！

当季如月被魏忠贤抓走任意欺凌的时候，他也无能为力！

这个世界究竟还有没有公理和正义！风灏南为国捐躯，却被皇上下旨，尸体都不能运回家乡安葬。风家世代忠良又怎么样？谁能料到权倾一时的风家会以这样的惨淡结局收场。什么忠君爱国，什么为国为民，全都是废话！

皇上昏庸，听信谗言，把风家抄家灭族，这样的君主不值得他再卖命。风灏栎跪在奶奶的坟前整整两天两夜。紫蝶远远地守在他的身边，在这个时候，任何安慰的话都是多余的。

天空有一道闪电划过，刹那间大雨倾盆。紫蝶打着伞走到风灏栎的身边，陪着他跪在风老夫人的坟前，一言不发。

“蝶儿，我是不是很没用，我以前太高估我自己的能力，现在我才知道原来我只是一个无能的懦夫！”风灏栎的心痛到麻木，如果此刻不是紫蝶还守候在他的身边，他或许早就撑不下去了。

“失去至亲的痛苦我能体会，我不敢说能完全体会你的心情，但是我想告诉你，此时此刻你不应该自暴自弃。你依然是风灏栎，你的命运还是那么残酷，你连软弱的权利都没有。你站起来吧，如月还在等着你去救她！”

“如月？”风灏栎的心猛然一阵颤栗。是的，他必须要站起来。哥哥死了，弟弟死了，奶奶死了，家也没有了，死去的人他已经无法再挽回，可是他还要保护活着的人呀。他牵着紫蝶的手说道，“蝶儿，你说得对。我要去救如月！你回客栈等我！”

紫蝶反手握住风灏栎的手腕，扔掉雨伞紧紧抱着他：“灏栎，难道你还不明白吗？发生那么多事，我们夫妻二人一条命。我陪你一起去救如月，如果真的要死，我们三个也要死在一起！”

“好！蝶儿，如果我们真的不幸身亡，黄泉路上有你做伴，我风灏栎此生无憾！”风灏栎知道紫蝶的武功已经恢复了，功力更在他之上。他不忍心紫蝶去冒险，可是在这样的情况下，无论他用什么手段，紫蝶都不会离他而去。

“相公，现在我们身边已经没有任何人可以信任。东厂势力庞大人多势众，要把如月救出来绝对不能力敌，只能智取！”

“你有什么办法？”

紫蝶沉吟了片刻，俯身到风灏栎的耳边轻声说了几句。风灏栎蹙眉反对：“不行，太冒险了。蝶儿，我不想你有危险。”

“要把如月救出来，不管我们怎么做都会有危险。我只知道，如果如月有任何的不测，你这一辈子都不会开心！”紫蝶低下头说道。

风灏栎被紫蝶说中了心事，有些尴尬和惭愧。这些年来他对季如月并没有动过男女之情，可她毕竟是他明媒正娶的妻子。他对她有着一份特殊的情感。他曾经答应过她很多事情，但是现在回想起来，没有几件事可以做到。

“对不起蝶儿,其实我……”风灏栎不知道该怎么跟紫蝶解释他的心结，捡起伞替紫蝶挡雨。在这风雨交加的雨夜，他只想再抱一抱紫蝶。也许过了今天以后，所有的一切都不同了。

第二天天亮的时候，全城开始戒严，老百姓议论纷纷，人心惶惶。从东厂传出消息，魏忠贤昨天晚上接到了让人闻风丧胆的喋血令。

魏忠贤看到喋血令的时候着实吓了一跳，他接到可靠的线报，喋血令主已经死了，那么唯一会对他下喋血令的人就只有蝶恋仙子。喋血令的出现让魏忠贤感到惶恐，同时又觉得颜面尽失。喋血令的人擅长用毒，蝶恋仙子又是用毒的高手，魏忠贤害怕防不胜防，他决定先发制人。

魏忠贤命令手下把季如月从诏狱中带出来，悬吊在东城门之外。昨天晚上的那一场大雨过后，天气开始转晴。季如月在诏狱中受尽酷刑，却坚强地活了下来。她不希望风灏栎回来，可是她潜意识里又多么渴望可以再见他一面。

烈日的暴晒让季如月身上的伤口火辣辣地疼痛，东厂的侍卫每隔一个时辰便会在她身上洒一次盐水。季如月咬紧牙关忍了下来。

风灏栎挤在人群中央，看到季如月被折磨得不成人形，心疼得几乎要落下泪来。从小被当作掌上明珠般呵护的季如月，什么时候受过这样的虐打？季海雄在世的时候，连大声呵斥都不曾有过呀！

风灏栎再也压制不住冲动，握剑的手已经蓄势待发。

紫蝶环顾四周，除了守在季如月身边的十个守卫之外，人群中至少还埋伏着二十几个高手，城墙之上已经被弓箭手包围。紫蝶可以明白风灏栎现在的心情，当她看到季如月的模样，血浓于水的亲情让她的泪水也情不自禁地溢出眼眶。

风灏栎忍无可忍，他宁愿受苦挨打的人是他。

“灏栎，我知道你很心痛。为了救如月，我们一定要按计划行事。”

风灏栎望了紫蝶一眼，忽然一跃而起，长剑出鞘的瞬间便击毙了离季如月最近的两名护卫。人群中顿时乱成一团。弓箭手朝着城楼之下一片乱射，完全不顾无辜百姓的生命。风灏栎愤怒了。

紫蝶以暗器放倒了一大片弓箭手，从腰间抽出软剑迎战围上来的便衣守卫。风灏栎想要速战速决带走季如月，却发觉朝四面涌过来的护卫越来越多，他几乎没有办法靠近季如月。他不甘心就这样放弃，紫蝶一掌震退了围攻她的人，跳到风灏栎的身边，牵起他的手腕施展轻功离去。

天涯无处藏

季如月模糊的意识在一点点地复苏，她听到了兵刃交接的声音。她睁开眼睛看到一群人在打斗，场中有她熟悉的声音，顿时，泪水倾泻而下！是风灏栎吗？他真的冒着生命危险来救她了吗？还是临死时的错觉？

如果这只是一场梦，季如月希望可以快一点儿醒过来，她不想看到风灏栎为了她受到任何伤害。她想开口呼喊，想让风灏栎马上离开，可是干裂的嘴唇却只能发出轻微的呻吟。迷迷糊糊中她看到了另外一道人影闪过，牵着风灏栎的手消失在她的视线里。

“相公，永别了！”季如月在心里默念。她能够在活着的时候见到风灏栎冒险来救她，就已经心满意足了。让他和紫蝶幸福快乐地生活下去吧，虽然她会因此而痛彻心扉，她已经没有时间去跟紫蝶争夺了。

紫蝶与风灏栎并肩施展轻功甩掉追上来的人，两人默契地对望了一眼，却什么都没有说。紫蝶在风灏栎的眼中看到了悲伤和心痛，她情不自禁地握紧风灏栎的手说道：“相公，你一定要撑下去。”

风灏栎点了点头，风家彻底跨了，只剩下他一个人，他有责任有义务照顾两个妻子。刚才看到季如月被吊在城墙之上，是生是死他都确定不了。他强忍着不让泪水掉下来，轻抚紫蝶的脸庞，内疚地说道："蝶儿，对不起，跟着我让你受了那么多委屈。"

紫蝶哭着摇头说道："我们按计划行事，马上去东厂。"

紫蝶潜伏在京城这么长时间，对于朝廷中的官员都有一定程度的了解。魏忠贤这个人贪得无厌猜疑心又极重，刚才她与风灏栎在城楼上打闹了一场，魏忠贤一定会加派人手守住季如月。这个时候他身边的防范一定最松懈。

风灏栎与紫蝶潜入东厂，比预期中的还要顺利。

魏忠贤坐在书房里静静地等着手下传来捷报，他几乎派出了东厂全部的高手去围捕风灏栎和蝶恋仙子，只要这两个人死了，他就可以高枕无忧。风灏栎、季海雄两个人跟他作对了这么久，他终于可以一雪前耻。看着季海雄生前最疼爱的女儿受尽折磨，他的内心就畅快淋漓。

"什么人？"

魏忠贤沉浸在即将成功的喜悦里，完全没有意识到危险在靠近。守在他房门外的侍卫忽然倒地身亡，他的贴身随从马上拔出佩剑挡在他的面前。

"魏公公，别来无恙吧！"风灏栎从房檐上跳下来站在魏忠贤的面前，冷冷地盯着他。

魏忠贤的心跳漏了半拍，他千算万算，却没算到风灏栎没有去城门口想办法带走季如月，居然会在白天明目张胆地闯入东厂。"风灏栎，你好大的胆子，居然自动送上门来！"

"我自己找上门，总强过你花费那么多人力物力去找我。今天我就跟你做个了断，为我死去的家人讨回一个公道。"风灏栎话音刚落，手中的长剑已经如闪电般出手。

风灏栎的武功在锦衣卫中已属顶尖，但是魏忠贤的随从也不是等闲之辈，双方对打了五十几个回合，竟然谁也奈何不了谁。

魏忠贤正暗自着急，忽然觉得脖子上一凉，一个悦耳的女声在他耳边响起："马上让你的人住手。"

"你……蝶恋仙子？"魏忠贤不由自主地咽了烟口水，结结巴巴地问道。

"我再说一次，让你的人住手并且后退！"

"你跟风灏栎一定跑不掉的，外面全是我的人。仙子不仅年轻貌美，而且武艺高强，只要你点头为我做事，我一定让你享尽世间的荣华富贵！"

紫蝶冷笑一声，手腕一用力，剑刃划破了魏忠贤脖子上的皮肉。魏忠贤感到一阵刺痛，说道："我要是死了，你们也别想活着出去。"

"我跟灏栎既然敢闯进来，就已经做好了死的准备。反正我们夫妻二人已经一无所有，根本死不足惜。你就不同了，你花费那么多的时间和精力才爬到今天的地位，就这样死了你甘心吗？"紫蝶失去了耐性，她怕风灏栎会坚持不住，"我数到三，如果你再不让他们住手，咱们就黄泉路上见！"

"好，好！你别杀我！"魏忠贤哆嗦着双腿喊道，"别打了，住手！"

魏忠贤的手下已经将书房团团包围，此刻看到魏忠贤被紫蝶挟持着走出来，都忍不住向后退了几大步。

紫蝶已经得手，风灏栎欣慰地笑了笑，收起长剑走到紫蝶的身边。

紫蝶见风灏栎已经脱险，立刻对魏忠贤说道："要麻烦魏公公陪我们去东城门走一趟了。"

"你们到底想怎么样？"魏忠贤保持着最后的威严问道。

紫蝶点了魏忠贤的几处穴道，让他无法动弹。"拿你去换季如月。魏公公，我想对你来说，你的命总比季如月的命珍贵吧！"

魏忠贤觉得自己上当了，紫蝶和风灏栎一开始根本就没抱任何的指望，可以从城楼上救出季如月。他们只是想把魏忠贤身边的高手调走，方便行事而已。

"叫你的手下别跟过来。让我发现一个我就剁掉你一根手指。"紫蝶威胁道，与风灏栎一起带着魏忠贤施展轻功赶回城楼。

魏忠贤的手下已经把这个地方围得水泄不通，他们看到风灏栎和紫蝶挟持着魏忠贤走来，都不由自主地让出了一条路。大家屏住呼吸谁都不敢乱动,周围在一瞬间安静下来。风灏栎纵身跃起,割断了绑住季如月的绳索,将她抱在怀中稳稳地落地。他感觉到季如月还有呼吸和体温，对紫蝶微微点了点头。

“人我已经放了，现在你们是不是可以放我走了？”魏忠贤时刻盯着紫蝶握剑的手。

“还得麻烦你送我们出城,只要我们到了安全的地方我一定会放了你！”紫蝶又加重了力道，吓得魏忠贤脸色苍白，面如土色。

魏忠贤挥挥手示意手下后退，风灏栎断后，紫蝶抓起魏忠贤后背的衣领，纵身跃上了围墙。风灏栎与紫蝶挟持着魏忠贤，快速赶到了东城门，那一片已经被东厂的人全部肃清，任何人不得靠近。紫蝶与风灏栎被东厂的人重重包围，双方僵持不下。

紫蝶以特殊的手法点了魏忠贤身上的几处大穴，魏忠贤立即觉得浑身奇痒难耐。

“叫你的手下全部退开，快点儿！”紫蝶威胁道，“否则别怪我对你不客气！”

魏忠贤忍不住伸手去挠，但是这种痒似乎是来自身体之内，即使他抓破了皮肉也无济于事。“让开，全部让开！”魏忠贤在心里诅咒着紫蝶，却不得不暂时妥协。

季如月已经意识不清，恍惚中只觉得自己嗅到了熟悉的气息。

“相公，是你吗？”

“如月，别怕，是我。我在你身边，以后再也没人可以欺负你了！”风灏栎热泪盈眶，季如月所受的苦他恨不得以身替代。

季如月依偎进风灏栎的怀里，泪水从眼角溢出，微笑着说道：“如果这只是一场梦,我情愿不要醒来……”风灏栎心如刀割,下意识地抱紧季如月。

“相公，我们先离开这里再说吧！”紫蝶提醒风灏栎，以魏忠贤作为挡箭牌，按照事先预计好的路线撤退。

有魏忠贤在他们手上，东厂的人果然不敢轻举妄动。风灏栎与紫蝶一口气狂奔出五十多里，魏忠贤眼看着离京城越来越远，他的心就越来越乱。风灏栎已经成了朝廷的头号通缉犯，他不会再顾及大明律例，脱离危险之后肯定会一剑杀了他。

风灏栎抱着季如月，感觉到她的气息变得微弱，他停下脚步说道："蝶儿，我们得找个地方先替如月疗伤，我怕她会撑不下去。"

紫蝶替季如月把脉，发现她的求生意志很薄弱。或许这么多天来，支撑着她活下去的信念只是为了见风灏栎一面。如今风灏栎就在她的身边，她的意志力瓦解了，那最后一口气正在慢慢散去。

"相公，你把如月放下，我先用银针替她护住心脉，然后我们找个安全的地方。如月的身体太虚弱，需要长时间的调理。"

"魏忠贤，你这阉贼，今天就是你的死期！"风灏栎拔出长剑指着魏忠贤的眉心说道，"我大哥一生戎马，战功无数，他为国捐躯，你却不准他的遗体运回家乡安葬。我风家世代忠良，却被你害得家破人亡。我奶奶死后你都要让她曝尸在光天化日之下。你蛊惑幼主，陷害朝廷之栋梁。现在是你还债的时候了！"

紫蝶并不反对风灏栎杀魏忠贤。如果魏忠贤不死，在风灏栎的心中永远都会有一个结。从权倾朝野的锦衣卫指挥使到现在的通缉犯，他已经一无所有。或许，那是天堂和地狱的分别。

紫蝶明白风灏栎的心情，风家的基业毁在了他的手上，那种挫败和无奈让他的心沉到了谷底。"相公,如果杀了这个人可以让你的心里好过一点，你就动手吧。我们带着如月离开京城，天涯海角，四海为家！"

风灏栎握紧剑柄，忽然感到一股杀气从他后背袭来，他本能地闪躲。只见一道人影闪过，魏忠贤被带离了风灏栎的身边。风灏栎反应极快，立即将紫蝶和季如月护在身后。东厂的黑衣箭队将风灏栎和紫蝶重重包围。

紫蝶看到一左一右护着魏忠贤的两个人，鄙夷地说道："冷氏双雄雄霸一方，想不到竟也甘愿做魏忠贤的走狗！"

"人为财死，鸟为食亡！谁能给我们荣华富贵，我们就替谁办事！"

“厚颜无耻！”紫蝶嘲讽着，心里已经开始盘算脱身的方法。换作平时，她根本不把这些人放在眼里，千军万马之中她一样可以来去自如，可是她现在必须保护季如月的安全。

魏忠贤一脱离紫蝶的掌控，冷氏双雄已经替他解了穴道，他马上下令黑衣箭队格杀风灏栎与紫蝶。

黑衣箭队箭在弦上，这时从另一边冲出来十几个黑衣人以及十几辆马车，场面顿时乱成一团。其中一辆马车停靠在风灏栎身边，驾车的黑衣人说道：“风大人，快上车吧。咱的兄弟会断后的！”

风灏栎不知道对方是什么人，正犹豫着要不要上车，对方竟然拿出了锦衣卫的令牌。风灏栎与紫蝶对视了一眼，纵身上了马车。驾车的人载着风灏栎与紫蝶快速离开，一路上马不停蹄，专挑人烟稀少的荒山野岭。待离开京城的范围，已经是两天以后了。

“此地暂时安全了。风大人，我只能送你们到这里，咱们后会有期了！”

“这位兄弟的救命之恩风灏栎永世不忘，可否留下姓名，希望他日可以报答！”

“风大人您太客气了，其实我并不是锦衣卫的人。我是杨涟杨大人的家奴，我家主人和其他几位大人都想替风家保留一点儿血脉。他们怕您心存疑虑，才让我以锦衣卫的令牌使您相信并且上车。”

“这位兄弟，替我谢谢杨大人。”风灏栎欣慰朝中仍有正义之士敢于和魏忠贤对抗。

“风大人，皇上年幼，才会受奸人蒙蔽，我相信总有一天圣上会明白的。咱们后会有期！”

“后会有期！”风灏栎抱拳与他道别，望着马车绝尘而去，他的心中涌出一片悲凉。

风灏栎与紫蝶带着季如月在一个偏僻的村庄里住了下来，紫蝶用尽方法医治季如月，风灏栎日夜守在季如月的身边悉心照料。季如月的伤势时好时坏，大部分时间处于昏迷状态。

“如月，你要快点好起来。我答应你的好多事都还没有做到，你醒过来吧，不要让我终身遗憾！”风灏栎握紧季如月的手喃喃自语。

紫蝶端着药碗站在门口，望着守护在季如月床前一往情深的风灏栎，无数的酸甜苦辣涌上心头。她以为凭着她对风灏栎的爱，可以接受与季如月共侍一夫。她强迫自己不去想，可是每当她看到风灏栎抓着季如月的手，她的心就仿佛被针扎一样疼。

爱情，不仅是自私的，也是独一无二的！紫蝶有时候会问自己，如果季如月不是她的妹妹，而只是一个毫不相干的女人，她还会不会如此尽心尽力地医治她？紫蝶不知道该怎么回答自己。紫蝶轻轻推开房门，将药碗放在桌子上，又悄无声息地退了出去。风灏栎转身的时候只看到桌子上那一碗冒着热气的药，以及紫蝶的身影在窗前一闪而过。

这几天风灏栎把全部的心思都花在了季如月身上，几乎没有时间与紫蝶交流。虽然紫蝶什么都没有说，可是他能体会到紫蝶的心情。她眼中的忧伤让他既无奈又内疚。事到如今，他已经不可能再抛下季如月不管。

风灏栎喂季如月喝完药，替她盖好被子便走了出来。这是这么多天以来,他第一次踏出房门,仔细地打量着这座小院。紫蝶把这里收拾得很整洁，院子中还有一些不知名的白色花朵。晚风吹拂而过，淡淡的幽香在空气中弥漫开来，他仿佛又嗅到了熟悉的气息。

紫蝶站在院子里冷冷地望着天空，今天晚上没有星星，只有清冷的月光洒满了小院。

“蝶儿！”风灏栎从紫蝶的背后抱着她，轻吻着她的长发柔声问道，“累吗？”

紫蝶转过身轻抚着风灏栎的脸庞，他的眼中布满了血丝，许久都没有打理的胡茬，让他看上去萎靡不振。其实，最辛苦的人应该是他。紫蝶的泪水无声滑落，她该如何向他表达此刻的心情？

紫蝶依偎进风灏栎的怀里，她只想从他的身上汲取一些温暖，让她有坚持下去的勇气。风灏栎心疼地搂紧紫蝶，闭上眼睛静静地享受这一刻的温存。他曾经答应过她，今生今世只爱她一人；他曾经答应过她，会带着她游遍大江南北；他曾经答应过她，给她安定的生活和温暖的家庭。风灏栎无声地叹息，这一切都不可能了。

风灏栎痛恨自己的优柔寡断，更加不能原谅自己的三心二意。如果当初他能够坚定一点，在紫蝶和季如月之中选择一个，那么今天的结局就完全不同。他娶了她们两个，其实他把两个都辜负了。

“蝶儿，对不起。”风灏栎很明白，一句对不起根本不能弥补他对紫蝶的亏欠，可是他还能做些什么呢?

紫蝶从风灏栎的怀中出来，仰起头凝望着风灏栎的眼睛。她想起了初见他时，他是那么的意气风发，神采飞扬。他有着骄傲的家世，他有着超凡的能力，他有着庞大的权势，现在，这一切他都失去了。

风灏栎的悲痛心情紫蝶可以体会，她踮起脚尖亲吻着他，粉嫩的唇瓣温柔地拂过他的脸颊。风灏栎闭上眼睛紧搂着紫蝶的腰肢，在这个时候只有紫蝶可以让他鼓起勇气，努力支撑下去。

“相公，不要再说对不起，我没有怪你。或许是天意如此，也可能是命中注定，我们都无力去改变，唯一能做的就是坦然接受。你放心，我会用心治好如月，我不想看到你难过，更加不愿意让你留下终身的遗憾！”

“蝶儿！”风灏栎把紫蝶搂进怀里，他的身体在微微颤抖。紫蝶感觉到有滚烫炙热的泪水从脖子流进了她的心里。

季如月不知道自己昏迷了多久，当她睁开眼睛的时候看到了一个陌生的房间。她用尽全身力气下了床走到窗前，窗外的鸟鸣声让她情不自禁地露出了微笑。是错觉吗？是梦境吗？她居然还能看到满院子的花卉，生气勃勃的小鸟。

在诏狱的日子是她一辈子的噩梦，原来那些酷刑真的可以让人后悔来到这个世界上。可是为什么，她会在这里？她恍恍惚惚记得她被吊在城楼之上，迷迷糊糊中她感觉到风灏栎就在她的身边。

“如月，你醒了？”风灏栎推门进来，看到季如月痴痴地望着窗外，一阵惊喜。他疾步走到季如月的身边，上下打量着她，“太好了，你终于醒过来了。你知道吗，你已经昏迷了整整五天了。”

“相公？”季如月在一瞬间泪如雨下,她扑进风灏栎的怀里哭着说道,“我以为我会死在诏狱里，我以为这辈子再也见不到你了……”

“不会了，如月，不要哭。你看着我，以后我会在你身边保护你，永远不会让任何人再伤害你。所有的噩梦都已经过去了，没有人会再欺负你！”风灏栎把季如月从怀中拉出来，捧起她的脸，拭去她的泪水温柔地安慰道。

季如月拼命地点了点头，劫后重生还能依偎在风灏栎的怀中，她此时感激上苍的垂怜，即使受了再多的苦，她也觉得很值得。季如月想起了风老夫人的死，牵着风灏栎的手说道：“相公，对不起，我没有照顾好奶奶，让她被奸人害死了，我……”

“不关你的事，如月，我知道你已经尽力了。在最难的时刻我没有在你和奶奶身边，而你替我保住了风家最后的尊严。我该谢谢你！只要你能平平安安地回到我身边，我相信奶奶在天之灵也会觉得很欣慰。不要哭了，你身体不好，需要好好休息。我找紫蝶来替你看看！”

风灏栎的最后一句话让季如月的心再次沉到了谷底。原来，经历这么多的变故，唯一不变的是风灏栎爱紫蝶的心。到了此时此刻，他们依然没有分开。风灏栎没有察觉到季如月的变化，扶着她在床边坐下，转身出去找紫蝶。

季如月的泪水决堤而下。她原本已经一无所有，她以为她可以守着风家二少奶奶的名分过一辈子,至少还有风老夫人支持她。现在她孤身一人，风灏栎的心并不是向着她，她以后该怎么办，漫长的岁月里她还可以依靠谁？

第二十章　彩蝶纷飞百花开

漫长感情路

季如月的绝望在看到紫蝶的那一刻更加强烈。时过境迁，沧海桑田，身边的一切都已经变得面目全非，唯有紫蝶的美貌由始至终都没有变。她是江湖中的一个神话，她的美貌惊世骇俗，她的舞姿倾国倾城，她的医术妙手回春，她的武功盖世无双。她是那么的优秀，她，足以掩盖身边任何女人的光芒。

季如月不知道该说些什么，乖乖地伸出手让紫蝶把脉。她痛恨上天的不公，为什么所有的好处都集中在紫蝶一个人的身上？为什么要让这个人成为她的姐姐？她的母亲抢走了紫蝶的父亲，掠夺了原本属于紫蝶母亲的幸福，现在，紫蝶抢走了她的丈夫，难道这就是因果循环的报应吗？

“蝶儿，如月她怎么样？”风灏栎急切地问道。

“她的伤势已经开始好转，不会再有生命危险，只是她的身体过于虚弱，必须要好好静养。灏栎你放心吧，我不会让她有事的！”紫蝶扶季如月躺下，柔声说道：“你什么都不要想，把身体养好。以后的事我们以后再说，好吗？”

风灏栎松了一口气，心中的巨石总算放了下来，却没有察觉到身边两个女人微妙的变化。虽然季如月什么都没有说，可是紫蝶从她的眼神中已经看到了敌意和抗拒。紫蝶在心中轻叹，这以后的日子她真的不知道该怎么与季如月相处。

紫蝶转身出了房间，风灏栎守在季如月的床边哄她入睡。直到她沉沉睡去，他才出了房门找紫蝶。

风灏栎来到厨房，看到紫蝶已经把饭菜做好。他上前去握住紫蝶的手，心疼地说道："蝶儿，跟着我让你吃苦了。"风灏栎看着紫蝶白皙修长的手，心里很不是滋味儿。她原本不应该做这些粗活，如果她当初选择了朱常洵，她的人生就完全不同。

"别说傻话了，伺候相公不是应该的吗？"紫蝶双手捧着风灏栎的脸笑道，"我的手刚才弄脏了，现在把你的脸也画花，咱们算是扯平了。"紫蝶顺手从灶台上沾了一点儿灰尘，在风灏栎的脸上画了两下。

风灏栎抓住紫蝶的手，心情也随之好起来。紫蝶在这个时候还能苦中作乐，想尽办法哄他开心，得妻如此，夫复何求呢？"这样就算扯平了吗？那我岂不是占了大便宜！"

"也不是啊，以后你还要照顾我一辈子，这个任务是很艰巨的！"紫蝶双手攀上风灏栎的脖子，她喜欢这样搂着他，相互凝望的视线里，他的眼中只有她的身影。

风灏栎揽着紫蝶纤细的腰，在她脸上亲了一下。

"你先吃饭吧，如月的饭菜我另外准备好了，等她醒来你记得叫她吃。我要出去一趟！"紫蝶放开风灏栎说道。

"你要去哪儿？"风灏栎很紧张，他担心紫蝶会一去不回。

"如月已经醒了，她的身体虚弱，需要好好补一补。我去镇上替她买些补品回来。"

"你留在家里，让我去吧。现在不知道外面是什么情况，我怎么放心你一个人出去？"

"你不是大夫，怎么知道如月要吃些什么呢？放心吧，我会照顾自己的。何况如月醒来看不到你，她会害怕的！"紫蝶明白季如月的心情，诏狱中的日子像是梦魇一样缠绕着她，她现在需要安全感。

"可是……"风灏栎依旧握紧紫蝶的手不愿意松开。

"不要可是了，日落之前我一定会回来！"紫蝶向风灏栎保证道。

风灏栎只好放手，千叮万嘱："如果见到东厂的人一定要格外小心，你的安全最重要！”

“嗯！”紫蝶笑着点了点头，在转身离去的一刹那，泪如雨下。

风灏栎永远都不可能体会她和季如月的心情。紫蝶不想让风灏栎见到她哭泣，他已经承载了太多的痛苦，她怎么舍得再让他为了她难过？如果可以重来，她宁愿做一个冷血杀手，也不要与风灏栎相爱。

刻骨铭心的爱给了她一段终身难忘的回忆，却也带来了无穷无尽的烦恼。紫蝶望着湛蓝的天空，心中的万千思绪侵蚀着她的坚强。可是如果没有与风灏栎相爱，她又怎么能算是一个正常人？她不想再回到以前那种没有喜怒哀乐的日子。紫蝶放不下季如月，因为她答应过父亲会好好照顾她。她更加放不下风灏栎，他们说过要白头偕老，矢志不渝。

紫蝶到了镇上，走遍了全镇的药铺才将所需要的药材买齐。烈日的照射让她觉得有些疲惫，却不想停下来休息。她不想让风灏栎惦记和担心。她往回走路过小树林的时候，忽然听到了一阵怪异的笛声。

紫蝶的心怔了一下，是喋血令召集附近同伴的声音。自从喋血令主死了以后，紫蝶彻底摆脱了喋血令，她再也没有去留意过喋血令的动静。今天听到了这熟悉的笛声，她不由得犹豫不决。她不想再踏足江湖，正欲转身离去，却听见了不远处兵刃交接的声音。

紫蝶听到了一连串的惨叫，犹豫了一会儿，朝声音的来源走去，只见不远处有一群人将几名女子围在中间咄咄相逼。紫蝶认出那些女子全是喋血令的人，而围攻她们的人品流复杂，黑白两道都有。

“喋血令纵横江湖这么多年，也是时候偿还血债了吧！”

“哼，你仗着人多势众设下陷阱暗算我们，不怕被武林同道耻笑吗？”

“你们这些邪魔外道有什么资格讲公平公理，大伙一起上！”

紫蝶躲在暗处望着眼前的一切，没想到叱咤江湖的喋血令会落到如今凄惨的下场。她不忍心丁香堂的姐妹被杀害，情急之下顺手摘下几片树叶当作暗器射了出去。围攻喋血令的人立刻倒下了一大片。

“什么人，居然敢躲在暗处暗算我们，有种就出来！”其中一人手持长剑叫嚣。

紫蝶的眼中闪过一道寒光，毅然施展轻功现身，稳稳地落在了场中央！

“臭丫头，好大的胆子，居然敢管我们的闲事，看在你花容月貌的分儿上放你一马，赶紧走吧，否则别怪大爷们不客气。”

“堂主！”喋血令的人在看到紫蝶的时候愣了一下，随即跪倒在地行礼。

“什么？你……你是什么人？”众人听到喋血令的人称眼前的女子为堂主，都不由自主地后退了几步。

“连我是谁都不知道，还敢大言不惭叫我走？”紫蝶冷笑一声，从怀中抽出长剑，众人只觉得眼前一花，被剑气震退了几大步。

“是……是蝶恋仙子，快走呀……”胆小的几个人拔腿就跑，其他人面面相觑，讪讪地离去。

“堂主，我们不追吗？”

“不用了，得饶人处且饶人吧！”紫蝶转身就走。

“堂主！”喋血令众人忽然跪了下来，泪流满面地望着紫蝶。

紫蝶轻叹一声说道：“你们这是做什么，赶快离开这里吧！”

“堂主，自从黄莺堂主死后，令主也死了，蜻蜓堂主已经失踪了很久，江湖中各大门派欺负我们群龙无首，已经杀死了好多姐妹。我们好不容易才找到你，如果你也不管我们，我们总有一天会被武林中人杀死的。”

“你们可以再选一个令主出来？”紫蝶淡淡地说道。

“可是我们的武功都在伯仲之间，都无力保护百花谷呀！”

“你们想我怎么帮你们？”

“请堂主接下喋血令，继承令主的位子！”

“不，我不想再踏足江湖了。你们什么都不用说，你们走吧！”紫蝶断然拒绝。她只想跟风灏栎过一些平凡普通的日子，远离江湖的腥风血雨。喋血令的规矩，作为令主就要终身不嫁，但是她已经是风灏栎的妻子了。

紫蝶转身离开，任凭姐妹们怎么哀求她都不愿意回头。

眼看着太阳已经下山了，但是紫蝶却还没有回来，风灏栎在门口不停地张望，开始后悔让紫蝶一个出去。东厂的耳目遍布天下，万一紫蝶被他们发现，想要脱身并不容易。他很想出去找紫蝶，但是却不放心季如月一个人留在家里。

怎么办？风灏栎几乎要抓狂。

季如月站在窗前，看着风灏栎望眼欲穿等待着紫蝶的归来，内心百转千回。这不是她想要的生活。她想起了母亲临死前抓着父亲的手，一定要父亲说今生最爱的人是她。季如月忽然明白了母亲的用意。父亲说的是一句谎话，母亲怎么会不知道呢？可是即使是谎话又怎么样，只要他能骗她一辈子，她就是幸福的。总好过紫蝶的母亲，为了所谓的清高和骨气，孤独地冻死在破庙中。

风灏栎等不下去了，他正准备出门去找紫蝶，紫蝶的身影出现在门口。风灏栎重重地舒了一口气，急忙迎上去说道："蝶儿，你担心死我了？怎么这么晚才回来？"

"因为……镇上的药铺都很小，很多药材都不齐，我跑了很多地方，所以耽误了时间。"紫蝶不想让风灏栎知道刚才发生的事情，徒添烦恼。

风灏栎轻拂着紫蝶的长发，在她耳边轻声说道："辛苦你了！"

紫蝶微笑着摇摇头，转身进了厨房。

这是三个人第一次坐下来一起吃饭，风灏栎终于感觉到了气氛的不同寻常。他很想说些话来打破沉默，可是话到嘴边却开不了口。满脑子全是乱七八糟的念头，一顿饭吃下来他都不知道吃了些什么。原来所谓的食之无味是这个意思！

风灏栎开始想不明白，那些三妻四妾的男人平时是怎么过日子的。他的目光总是不由自主地看向紫蝶，在潜意识里他不希望紫蝶受委屈。风灏栎的一举一动都被季如月看在眼里，她的心一阵阵刺痛。只要紫蝶依然存在，风灏栎的心就永远不会属于她。她更加坚定了决心，即使是自欺欺人，她也要争取一世伪装的幸福。

季如月的伤势在渐渐好转，紫蝶依然还在身边，风灏栎这么多天来的疲惫在放松下来之后全部涌了上来，在吃完晚饭之后，紫蝶拒绝让他帮忙收拾厨房，他回到房间倒头就睡。

紫蝶漫不经心地洗着碗，忽然感到有个人在慢慢地向她靠近。她没有抬头也没有说话，停下手中的活儿静静地看着那个人。

季如月与紫蝶对视良久，缓缓走到紫蝶身边说道："你答应过爹要好好照顾我，你还记得吗？"

"你有话就直说，不需要拐弯抹角！"紫蝶已经预感到要发生些什么事。

"上一次你离开相公，可是却并没有遵守诺言，而是又回到了他的身边。你这算什么意思？你给我希望又让我失望，你知不知道你很残忍？"季如月隐忍着悲伤，压低声音说道。

紫蝶深吸了一口气，侧过身去没有说话。在内心深处，她何尝不懂得这个道理。可是她与风灏栎一起经历了那么多波折和磨难，她别无选择呀。

"你答应爹的事还算数吗？"季如月问道。

"如果我不离开灏栎，你会怎么做？"

"你口口声声说你爱相公，你根本就是自私！"季如月冷笑道，"今天吃饭的时候你难道没有感觉到吗？相公夹在我们两个人之间一点儿都不快乐。如果你真心爱他就不该再为难他！"

紫蝶对于季如月的言论感到无可奈何："你要我因为爱他而离开他，那你呢？"

"我不会走！你没资格让我走！你不要忘记了，是我先认识灏栎，是我先与他订下婚约，我才是他用八人大轿抬进门的妻子，世人都知道风家的二少奶奶是我季如月，不是你！”

“如果我坚持不走呢？”

“那我就想办法赶你走！”季如月忽然从袖中掏出一把匕首，脸上露出了狡黠的微笑。

紫蝶知道季如月想干什么，却没有出手阻拦，而是愣愣地望着她。季如月高高举起匕首，刺进了自己的胸膛，撕心裂肺的疼痛让她忍不住发出了一声惨叫。季如月在倒地的一刹那，拔出匕首塞进紫蝶的手中，拉着紫蝶的手不肯松开。

苦难爱缠绵

季如月在做这一切的时候，紫蝶只是冷冷地看着，没有拒绝，也没有阻拦。季如月的惊叫声唤醒了睡梦中的风灏栎，他冲进厨房的时候看到了胆战心惊的一幕。

紫蝶手上拿着带血的匕首，而季如月浑身是血地倒在血泊中。风灏栎急忙蹲下身子查看季如月的伤势，他抬起头淡淡地看了一眼站立在一旁的紫蝶，抱起季如月进了房间，替她运功疗伤，把血止住。

季如月慢慢苏醒过来，她看到风灏栎焦急地望着她，眼眶一热便落下泪来。她紧紧牵着风灏栎的手，泪如泉涌。

风灏栎轻轻拍着季如月的手背表示安慰：“别怕，没事了。”

“我以为我不会再醒过来，我以为我……为什么……她为什么要这样对我……相公，我好害怕，我不知道以后该怎么办？”季如月靠进风灏栎的胸膛浑身颤抖。

风灏栎轻抚着季如月的后背无言以对。他是真的觉得很累，当他从一个权倾朝野的锦衣卫指挥使一下子沦落成为通缉犯，当他从忠良之后变成乱臣贼子，这一切他都来不及去伤心。甚至连亲人的死，他都还没有完全接受和消化，却只能夹在两个妻子之间不知所措。

“如月，什么都不要想，乖乖睡一觉。明天醒来就没事了！”风灏栎小心翼翼地扶季如月躺下。

“可不可以不要走，我害怕！”

“好，我守在你身边！”风灏栎轻声保证。

季如月绽放出纯真的微笑，她喜欢被风灏栎呵护的感觉，并且她想要独享这种感觉。她握着风灏栎的手闭上眼睛，慢慢进入了梦乡。

风灏栎的脑海一片空白，思绪万千却理不清头绪，他不知道该怎么处理季如月和紫蝶之间的关系。紫蝶的箫声飘进来，让风灏栎顿时变得清醒。他把季如月的手放回被窝里，悄无声息地走了出来。

紫蝶独自站在院子里吹箫，清冷的月光洒在她的身上，淡紫色的纱衣随风轻轻飘动，这个场景让风灏栎的心柔软下来。他走到紫蝶身边，脱下长衫轻轻披在她身上，温柔地轻抚她的脸庞说道：“很晚了，回房间休息吧。”

紫蝶没有回答，转身就走。

风灏栎忽然拉住紫蝶的手腕，用力将她扯进了怀里。紫蝶挣扎了两下，顷刻间泪流满面。

“蝶儿，不要走！我求你不要走！”

“你不是应该有话要问我吗？你难道没有看到刚才的那一幕吗？”紫蝶用力推开风灏栎，望着他问道。

风灏栎轻叹一声，刚才的那一幕他看得很清楚，但是他同样相信紫蝶没有伤害季如月。经历了那么多事，如果他对紫蝶连这一点儿的信任都没有，他还有什么资格做她的丈夫，“蝶儿，刚才的事过程如何我不知道，但是我能确定一定不是你做的。如果你想让如月死，根本没必要花那么多心思救她。”

紫蝶委屈的泪水不断滑落，在风灏栎抱着季如月转身离去的那一刻，她多么害怕风灏栎会误会她。她并不是介意季如月做过些什么，她只是不能接受风灏栎对她的不信任。这一刻，她终于可以彻底安心，她知道在风灏栎的心里，最爱的那个人，始终是她。

可是那又能怎么样呢？以后的日子怎么过？难道每天都要生活在提心吊胆、勾心斗角中吗？这样的生活即使她能坚持下去，风灏栎怎么办？他夹在她们俩人中间是那么的为难。紫蝶不忍心再让风灏栎伤心了。

“相公，我真的好爱你，你知道吗？”紫蝶哭泣着说道。

风灏栎握紧紫蝶的手，将她抱在怀里。“我知道，我知道！蝶儿，我也一样很爱很爱你，我不能没有你。你记住，不要离开我，我们一定可以在一起！”

紫蝶无言以对，她突然吻上风灏栎的唇，她很害怕，她已经没有力气再继续下去，真的好辛苦好疲惫。风灏栎感觉到紫蝶的心在挣扎，他搂紧紫蝶，让两个人中间不留一丝缝隙。他化被动为主动，用力亲吻紫蝶。

“蝶儿，我要你！”风灏栎在紫蝶耳边轻声说。

紫蝶望着风灏栎充满情欲的炙热眼神，轻轻点了点头。风灏栎抱起紫蝶回到房间，温柔地把她放在床上，褪去两个人的衣衫。当风灏栎进入紫蝶的身体，他把全部的爱化为满腔柔情，带着紫蝶一起登上爱的顶峰。如果这一刻可以成为生命的终结，紫蝶愿意死在风灏栎的怀里，永远不要醒来，只愿这一刻只属于他们两个人。可是世事无常，又岂能尽如人意呢？

风灏栎抱着紫蝶一整晚都没有放开，当他醒过来的时候，手臂已经麻木没有知觉。他微微动了动，紫蝶蜷缩在他的臂弯里发出不满的呻吟。风灏栎望着怀里的紫蝶睡得如此安详，幸福在心头流淌。

每天早上醒来都能看到紫蝶在他身边，这才是他最想要的生活。风灏栎不敢再乱动，这段时间紫蝶也撑得很辛苦，他不忍心打扰了她的好梦。

他情不自禁地用另一只手轻抚紫蝶的脸庞，这样一个娇美的可人儿，她应该拥有全世界的幸福。

紫蝶睁开眼睛看到风灏栎噙着微笑望着她，抬起头亲了他一下。

“今天，我们两个都赖床，是不是没早饭吃呢？”紫蝶笑着问道。

“我昨天晚上吃得很饱。怎么啦娘子，你还很饿吗？那我牺牲一下，再跟你……”

紫蝶用手推开风灏栎凑上来的唇，看着他坏坏的笑容，哭笑不得：“正经一点儿，我现在起来去给你做早餐，你去看看如月吧！”

风灏栎的心再次往下沉，默默地点了点头。紫蝶望着风灏栎起身，主动起来帮他穿衣服。这样的早上让风灏栎第一次体会到了普通夫妻该有的生活。“蝶儿，如果能一直跟你这样过下去，即使日子清贫我也愿意。”

“我也是！”紫蝶靠在风灏栎的肩膀上，趁机擦去眼角的泪水，转身出了房间。

风灏栎望着还在睡梦中的季如月，心底涌起了莫名的悲伤。他倚靠在窗前陷入了沉思，他寻思着将来的日子该如何过，失去了坚强有力的家世背景和一生享用不尽的财富，他必须像平凡的男人一样，想办法养活自己和妻子。

该去哪里呢？风灏栎不忍心紫蝶和季如月跟着他吃苦，却又不知道该做些什么。从出生到现在，风灏栎第一次感觉到作为一个普通人的烦恼。

“相公！”季如月很开心，在醒来的第一时间可以见到风灏栎。

风灏栎换上轻松温和的笑容，把季如月从床上扶起来：“感觉好点儿吗？伤口还疼不疼？”

季如月笑颜如花地摇了摇头。

“蝶儿应该把早饭做好了，我带你出去吃吧！”风灏栎不得不面对现实，是他们三个人之间的关系。他必须让季如月接受紫蝶，以后的生活才能继续。他失去了亲人，失去了家园，失去了官位，这一切都已经无法挽回。此刻他唯一能抓住的，就只剩下紫蝶了。

对季如月的责任和义务他不能抛下，对紫蝶的爱他更加难以割舍。风灏栎看着季如月眼中的愤怒和委屈，低下头仿佛哀求般地说道："如月，蝶儿毕竟是你的姐姐。"

"她不是我姐姐，她只是一个冷血的杀手。昨天晚上她想要杀我，难道你忘了吗？"

风灏栎沉默不语。他很想告诉季如月，钩心斗角不是她所擅长，她的这些小伎俩在久经官场的风灏栎眼中只是小孩子过家家。他不想揭穿季如月让她难堪，缓和了语气说道："也许……只是一个误会！听话，起床吧！"

"我不出去，我不要看见她！"季如月任性地钻回被窝，用被子盖住头，拒绝跟风灏栎沟通。

风灏栎重重地叹了一口气，默不作声地走了出去。他来到厨房，桌子上已经摆放了精致可口的饭菜，却不见紫蝶的身影。风灏栎叫唤了两声也没有人应答，他的心马上变得很不安。他走到门口，看到门框上插着一朵紫色的小花，是紫蝶的独门暗器。上面有一张字条。

"相知不相忘，事事皆无常。天长地久是奢望，海枯石烂不成双！"

风灏栎急忙追了出去，紫蝶的再一次不告而别让风灏栎伤透了心。她说过，她不会再离他而去；她说过，要一辈子陪伴在他身边；她说过，在他们白发苍苍的时候依然要牵着彼此的手。为什么？为什么她一次又一次不遵守诺言？

风灏栎不能忍受这样的结局，他已经一无所有，支撑着他的动力就只剩下紫蝶，如果她也走了，他的生命还有什么意义？

紫蝶用尽了毕生的勇气才能迈出那道门槛，她知道，她走以后便再也没有回头路。天大地大，她真正成了一个无依无靠的人，即使想要四海为家都变成了不可能的梦想。紫蝶站在悬崖之上，望着眼前一片苍翠的参天古树。风声在耳边呼啸，她闭上眼睛仿佛看到了风灏栎温润如玉的微笑。

蝶恋仙子回到百花谷接掌喋血令的消息迅速传遍了江湖，武林中再次掀起了惊涛骇浪。让人出乎预料，紫蝶在接管之前广发英雄帖，邀请武林同道进入百花谷观礼。

从喋血令在江湖上崛起的那一刻到今天，百花谷一直只是一个美丽的传说，被神秘色彩所笼罩，紫蝶发出去的英雄帖无数，可是到了她接任的那一天，来观礼的人却寥寥无几。几乎没有多少人敢迈进百花谷，害怕被喋血令的人设计陷害。

对于这些传闻，紫蝶一笑置之！

接任了喋血令令主之位，她就要终身不嫁，永远留在百花谷中与蝴蝶为伴。紫蝶站在百花丛中，望着蝴蝶翩然起舞，尝试着微笑。这样的平静不正是她想要的吗？在这一刻，风灏栎在哪里？季如月在哪里？他们是否过得很开心？

紫蝶关闭了通往百花谷的机关埋伏，迎接来观礼的客人。她在师父的灵位前发下重誓，从今以后会一心一意留在百花谷，与姐妹们患难与共，不离不弃。

“接了这枚令牌，你永远都不能反悔！”

进行完所有的仪式，掌令的人最后与紫蝶确认。

紫蝶跪了下来，双手去接令牌。

一枚石子从窗外射了进来，朝紫蝶的脉门袭击而来。紫蝶侧身闪过，只见门口站着俊朗挺拔的身影。

“我不许你接掌喋血令！”

“大胆狂徒，居然赶来捣乱。姐妹们，将此人赶出去。”站在紫蝶身边的白衣少女呵斥道，话音刚落，守护在四周的女子手持长剑做好了迎战的准备。

“我再说一次，我不许你接掌喋血令！”

紫蝶深吸了一口气，风灏栎的出现在她的意料之中，她起身走到风灏栎的身边，面无表情地说道：“你走吧，我不想跟你动手！”

风灏栎握住紫蝶的手腕，一言不发地瞪着她。

手腕传来的疼痛让紫蝶明白风灏栎此时的愤怒，她的泪水在眼眶里打转。风灏栎看到紫蝶含泪的模样，不由自主心就软下来了。“你是我的妻子，为什么你一次又一次不告而别？你知不知道你这么做我有多伤心？”

紫蝶转头吩咐手下道：“暂缓仪式，我去去就来。灏栎，你跟我来！”

紫蝶带着风灏栎出了百花谷，两人行走在弥漫着花香的幽径小道上，似乎还能闻到幸福的味道。

“灏栎，我送你到这里。你走吧，我们后会无期！”

“我今天来只是想要带走我的妻子，你还是我的妻子吗？”

“是，我是你的妻子。以前是，现在是，将来也是！但是从我认识你的那一天起我就知道，我只是你生命中的一个过客，真正能与你白首偕老的人，是季如月，不是我！”

“以前我们想要在一起，或许会有很多的阻碍。世俗的眼光，家族的束缚！那个时候我们都坚持下来了，为什么到了现在任何阻力都没有了，你反而说要放弃呢？”

紫蝶伸出手让一只彩色的蝴蝶在她的手间停留，她凝望着风灏栎，依靠进他的怀里。“灏栎，我从来没有想要放弃你，我对你的爱已经深埋在我的心底，流淌在血液里，甚至种在了骨髓里。我永远都忘不了我是你的妻子……可是……”

“可是什么，我们这么相爱，你为什么要离开我？没有你，我活着还有什么意义？”风灏栎把紫蝶紧紧抱在怀里，伤心地说道。

“可以跟你一起生活是我最大的心愿，但是我们之间的阻力并不是世俗的眼光和家庭的束缚，而是我们必须要承担的责任。我认识你的时候，你与如月已经有了婚约。如果没有我的出现，或许你就不会像现在这样为难。你可以开开心心地娶她，跟她一起生活一辈子。她虽然刁蛮任性，但是她对你的爱却不会比我少！”

“就因为你答应了你爹要照顾她，所以你心甘情愿把我让给她？”

“不是让给她，是还给她！你对她难道真的没有动心过吗？即使你不爱她，她也已经是风家的人。那段时间我们三个人隐居在小村庄里，你过得开心吗？如月对我的积怨有多深你也看到了。如果以后都要这样生活，你觉得你幸福吗？”

风灏栎想起了那段最灰暗的日子，刚刚失去亲人的痛苦让他夜不能寐，而季如月的无理取闹更加让他疲惫不堪。他只想有紫蝶在他的身边安慰他陪伴他，就连这一个小小的愿望都成了奢望。

“灏栎，我真的很感激上苍，让我可以得到你的爱。我也真心地谢谢你在我的生命里出现过。如果没有你，我只是一个不懂感情的杀手。这些年虽然我们聚少离多，我们的爱情路上布满了荆棘，可是你的肩膀却始终是我的依靠。我真的很开心……”

“可你还是要放弃，是吗？”

“如月不可以死，不只是因为她是我的妹妹，我有责任照顾她。我不想她再做傻事伤害她自己。如果她死了，你这一生都会活在内疚与自责中。我最不想见到的，是你不开心。灏栎，就当作是我求求你，你忘了我吧。跟如月重新开始，把我当作你生命中的一段美好回忆，牢记在内心深处就好。”

风灏栎缓缓放开紫蝶的手，虽然她没有歇斯底里的呐喊，也没有撕心裂肺的哭泣，可是风灏栎在紫蝶眼中看到了坚定与决绝。他知道这一次无论他说什么，都不能改变紫蝶的决定。虽然紫蝶嘴上没有说，但是他却能够明白，在紫蝶的心里，已经把季如月当作最亲的人。可惜季如月不懂，也永远不会去珍惜。

紫蝶说得没有错，他不能让季如月死！经历了那么多事，即使他不爱季如月，她也已经是他生命中的一部分，直到死的那一天他才能放下这份责任。

“蝶儿，你真的一定要离开我吗？”风灏栎痛不欲生，“你究竟能不能明白，你才是我刻骨铭心的爱！”

“我明白，灏栎，我真的明白！”紫蝶牵起风灏栎的手放在她的小腹上，深情地凝视着他的目光说道，“对不起，今生无缘，我们来生再续！”

“今生尚且不能把握，我们如何期待一个未知的来世！”风灏栎感到彻底的绝望，短时间发生的事情全部让他措手不及，失去至亲与挚爱，心碎以后竟然感觉不到心痛，“蝶儿，我知道我已经无法改变你的决定，所以只好尊重你的选择，成全你对如月的爱护，这是我能为你做的最后一件事。答应我，以后没有我在你身边，你要好好保重你自己。”

风灏栎的手掌覆盖着紫蝶的脸庞，他要牢记她的模样，期待来生的约定。

紫蝶握着风灏栎的手掌，泪水滴落在他的手心，闭上眼睛，她听到了彼此心碎的声音。

“蝶儿，能不能让我再为你吹一次箫，你再为我跳一支舞？”

“嗯！”

风灏栎拿出随身携带的玉箫，凑到唇边吹起了紫蝶熟悉的旋律。紫蝶望着风灏栎忧伤俊美的脸庞，在漫山遍野的花海间翩然起舞。她的舞姿引来了无数的蝴蝶，围绕在她的身边，一起见证风灏栎与她这一段凄美无助的爱情。

人生若只如初见，何事秋风悲画扇！

如果所有的事物都能停留在两人初见时的美好，紫蝶相信她会是世界上最幸福的女人。或许，身为锦衣卫指挥使的风灏栎并不是一个好人，但他一定是一个好丈夫、好父亲。人生中总有太多的无奈要接受，有太多的坎坷要经历，终点的风景是否美丽没有人知道，可是路途中的过程却让人刻骨铭心。

一曲终了，风灏栎停下了箫声，他走到紫蝶身边，两人相视无语。风灏栎忽然将紫蝶紧紧抱在怀里，闭上眼睛，任凭泪水滑落，滴进了紫蝶的心里。他知道他这一次放手，就彻底成了永别。

紫蝶从风灏栎的怀中出来，轻抚着他的脸庞，吻上他的唇。

最后一次，最后一次放纵自己的感情。紫蝶接受命运的安排，承认自己与风灏栎有缘无分。在三个人的爱情中，总有一个人要牺牲，要退出。

“灏栎，你记住，你一定要幸福快乐。即使蝶儿不在你身边，我的心和我的爱，会一直跟随着你。不管你走到天涯海角，我爱你，矢志不渝！”

紫蝶向后退了一步，微笑着说道：“相公，再见了！”

风灏栎点了点头，对紫蝶报以相同的微笑，两个人同时转身，向相反的方向而去。

紫蝶不敢回头，只能在心里默默地说道：“相公，你曾经说过不喜欢看到我哭泣的模样，现在，微笑着送你离开是我能为你做的最后一件事。与你相知相遇是我一生中最幸运的事，无论路途多么坎坷我始终不悔！”

风灏栎离开百花谷之后心灰意冷，凭他一人之力已经没有能力替兄长和奶奶报仇。他带着季如月远离江湖与朝廷，在苏州的一个小镇上隐居，过着日出而作日落而息的生活。

无言的结局

天启四年，杨涟上书弹劾魏忠贤二十四条罪状，痛斥魏忠贤迫害忠臣，干预朝政，逼死后宫贤妃，操控东厂滥施酷刑，请求皇上将其治罪。无奈这封奏折并没有到皇帝手中，而是被魏忠贤拦截下来。

魏忠贤利用皇帝不识字的弱点，反告了杨涟一状，导致杨涟被革职贬为庶民。

天启五年，魏忠贤借“汪文言之狱”诬陷杨涟。关在诏狱中的日子，魏忠贤的爪牙，当时的锦衣卫北镇抚司许显纯对杨涟严刑逼供。同年，杨涟在诏狱中受尽酷刑而死。

一六二七年，明熹宗驾崩，终年二十三岁，下诏立五弟信王朱由检为帝。

朱由检继位之后大力铲除阉党，魏忠贤遭到弹劾被贬到凤阳，途中畏罪自杀。

新帝登基，替许多当时被魏忠贤迫害的忠良平反，其中就有大将军风灏南。他的遗体被运回京城安葬，谥号忠勇！朱由检派人找到隐居在苏州的风灏栎回京，希望他能够重新回到朝廷为国效力。

崇祯四年，季如月在京城病逝，她的死让风灏栎受到了沉重的打击。在他最清贫最艰难的岁月里，是季如月陪伴着他走过了人生的最低谷。虽然她的任性和固执让他失去了紫蝶，可是在这些年他对她依然有着深厚的感情。

风灏栎孑然一身，对功名利禄和荣华富贵都看得很淡。他辞去官职，开始游历名山大川。他曾经对紫蝶许诺要与她携手相伴，无忧无虑，当他可以实践承诺的时候，蓦然回首却发现他们早已天各一方，从此再无相聚之日。

风灏栎回朝之后四处打探过紫蝶的下落。紫蝶接任喋血令主之后，在三年之内便将喋血令带入了正途，与武林中的各大门派和平共处。从此以后她便金盆洗手退出了江湖，再也没有人知道她去了哪里。蝶恋仙子成了一个传奇。

这天风灏栎到了江南的一个偏僻小镇，这里的景色与气氛让他觉得很舒服，是一种发自内心的亲切，他决定多留几日。他徒步在街上闲逛，在最热闹的地段闻到了一股熟悉的味道。他抬起头看了看身旁的那家酒楼，不由得愣住了。

望缘楼！

是巧合吗？

但是为什么酒楼里飘出的药膳味那么特别，匾额上的字迹那么熟悉。风灏栎的双腿不受自己的控制，情不自禁地就走了进去。

“客官，您是打尖还是住店？”小二迎上来问道。

“我找你们的老板……老板娘！”风灏栎强压着内心的颤抖说道。如果小二回答与他预期中的不同，他该怎么办？

“我们老板娘在后院晒药材，我去帮您通报一声吧！”

“不用了，我与她是旧相识，我自己去！”风灏栎推开小二拦在他身前的手径直闯了进去。这里的摆设与京城的望缘楼是那么相似，风灏栎迫不及待地想要知道究竟是不是紫蝶。他走遍大江南北，最大的心愿就是能再见紫蝶一面。

风灏栎迈进后院的时候看到一个女子背对着他，正专心致志地分类药材。她窈窕的背影勾起了风灏栎许多伤心又快乐的往事。

在风灏栎朝她靠近的时候，紫蝶已经察觉到了有人过来。她没有回头，而是继续手中的活，轻描淡写地说道：“俊羽，不在学堂里好好念书，这么早回来，是不是又闯祸啦？”

风灏栎闭上眼睛让自己尽量冷静下来，她的声音在他的梦里无数次萦绕，即使再过几十年他也忘不了。

“蝶儿？”

紫蝶的心颤抖了一下，是幻觉吗？

风灏栎疾步冲上去从后面抱住紫蝶，她身上淡淡的幽香是独一无二的。风灏栎不想再放手，即使这只是一个梦，他也愿意继续沉沦下去。

十几年的日思夜想，这样的相思只有经历过的人才能体会。

紫蝶在风灏栎的怀里微微颤抖，这样的拥抱让她想起了多年以前，她是多么留恋一个男人的胸膛。每当夜深人静的时候，她仰望星空继续等待流星的滑落。她只是想要许一个愿望，希望在远方的他可以无灾无难，一生平安。

“大胆淫贼，居然敢调戏我娘！”一声呵斥在背后响起，风灏栎还没回过神来，就觉得一阵掌风袭击他的后脑。他抱着紫蝶纵身跃起躲过这一掌，只见一个十几岁的少年站在不远处，对着风灏栎怒目而视。“喂，把你的爪子放开，你再对我娘无礼我就不客气了。”

刚才的那一掌让风灏栎感觉到，这名少年年纪虽小，功力却并不浅，等他长大了一定是武林中的顶尖高手。他疑惑地望着怀中的紫蝶。

紫蝶嫣然一笑，对少年说道：“俊羽，不得无礼！”

少年瞪大眼睛表示不解，挠挠头说道：“娘，你一直都对上门提亲的男人不屑一顾，你该不是要告诉我，你要改嫁吧？你不等我爹啦？”

紫蝶哭笑不得！

少年上下打量着风灏栎，扑闪着明亮而璀璨的眼睛，嘟囔着说道：“娘，他也没什么特别的嘛。您真给我找这么个后爹，我得考虑考虑！”

“蝶儿，他……”风灏栎想起了当初分别时，紫蝶将他的手按在她小腹时的表情。他在这个少年的身上看到了似曾相识。对了！是他年轻时候的模样！同样的狂傲不羁，同样的俊朗潇洒。

“我们有缘再见，或许是上天注定缘分未尽。这些年来我带着俊羽颠沛流离，现在是时候把他交还给你，让你尽父亲的责任和义务。不过，他肯不肯认你，就看你自己了！”紫蝶掰开风灏栎环绕在她腰间的手笑着说道。

“小子，说什么你娘改嫁，后爹呀全是错的，我是你亲爹！”风灏栎将紫蝶护在身后说道。

“亲爹？你脑门上又没刻字我怎么知道真的还是假的！这年头冒牌货可多了！”

“那你要怎么样才肯相信？”

“这个当然要你自己想办法证明呀，难道还要我替你想！”风俊羽努努嘴巴说道，“你作为一个男人就该有这个觉悟，懂不？”

风灏栎无语，他顿了顿说道：“好！爹今天就给你上第一堂课，让你将来具备一个好男人的潜质。”风灏栎的话音刚落，一把将紫蝶拥入怀中，迅速吻上了她的唇。

风俊羽看傻了眼。

紫蝶闭上眼睛接受了风灏栎的吻，泪水滑落，半生纠缠，一世相随！

番外

番外一　花开花谢

紫蝶独自一人站在山岗之上，流离的目光眺望着前方湛蓝的天空。

这是一个阳光明媚的午后，微风吹来，扬起了她柔顺的青丝，轻轻拂过脸颊，温暖的仿佛风灏栎掌心传来的温度。紫蝶花了整整两年的时间，终于渐渐地适应了喋血令令主的身份。直到今天，她也不明白当初为什么会做出这样的决定。

也许，是为了能够成全风灏栎与季如月的婚姻。季如月说得没有错，她才是介入他们中间的那个第三者。

也许，是为了保住喋血令那么多姐妹们的生命。每一个加入喋血令的女孩，背后都有一个绝望而忧伤的故事，她们以杀人为业，却比任何人都渴望能够好好活下去。

也许，是为了给自己一个安身立命的场所。离开了深爱的丈夫，她不知道天大地大，哪里才是她停留的地方。可是，她需要一个安稳的家，因为，她要把属于她和风灏栎的结晶带到这个世界上来。

在这两年里，紫蝶进入过喋血令的禁地深处，看到了很多喋血令主的秘密。她终于明白，为什么喋血令主让她暗中协助太子继位。原来，朱常洛的母亲曾对刚入宫的喋血令主有过恩惠。

紫蝶无从得知那是什么样的恩情，或许仅仅只是一句温暖人心的话语。然而，她能够体会在冰冷的宫墙之内，对于涉世未深的异族公主来说，那已经值得她去感恩，去铭记。当朱常洛离世，喋血令主与清军达成协议，协助清军入关，就是要报复万历皇帝对她所造成的伤害。

紫蝶可以想象，若是没有那至高无上的权力作祟，贵为公主的喋血令主，可以无忧无虑地度过一生。两个国家的君王，将国家的安宁与和平，强压在了一个弱女子的身上。如此命运，怎能不叫人爱恨交织！曾经紫蝶只相信自己手中的剑，现在，对风灏栎深入骨髓的爱在血液中流淌，让她懂得了人世间的真情与悲欢。

紫蝶看着天空近乎透明的蓝色，那一朵朵飘荡在空中的白云随着微风慢慢移动，空气中弥漫着浓郁的芬芳。她泪水慢慢浸湿了眼眶。她仰起头努力克制，眼前仿佛浮现出了风灏栎温润如玉的微笑。

“令主，谷外有一位姓朱的公子求见！”

紫蝶心神一怔，自从她开放百花谷之后，依然鲜有江湖人物敢踏足此地，蝶恋仙子被武林中人奉为传奇神话。朱姓的公子？这让紫蝶的思绪有些飘忽，让她想起了一段心酸的往事。“引他来这里见我吧！”

“是！”

朱常洵从来都不知道，爱一个人竟可以那样的刻骨铭心。这些年来，他总是试图去忘记紫蝶，可是每当夜深人静，这个女子的身影总是进入他的梦里，时刻牵动着他的心魂。

远远的，朱常洵看到紫蝶站在万花丛中，倾城绝色的侧脸写满了忧伤与无奈。一如从前，他仍然渴望将她拥入怀中。

“紫蝶！”朱常洵轻启嘴唇，从喉间发出了苦涩的声音。

紫蝶转过身来，对着朱常洵微微一笑。这个笑容，让朱常洵顿时心旷神怡。百花盛开，也不及紫蝶容颜的万分之一。

“王爷光临百花谷，是紫蝶的荣幸！”

“你的脸……”朱常洵清晰地记得，当初紫蝶为保清白之躯，甘愿自毁容颜，但是站在他面前的她，依旧倾国倾城。他不由得松了一口气，那段往事让他记忆犹新，心存愧疚，“没事就好，紫蝶，你过得好吗？”

“很好！”紫蝶平静地凝视着朱常洵的眼眸，淡淡地回答。

面对这个对自己一往情深的男人，她的心并非无动于衷，只是这份感情与爱无关。如果，万历驾崩那一天不是她假传圣旨，今天坐在皇位上的人，或许就是朱常洵。她破坏了他苦心经营十几年的计划，让他一生的心血付之东流，他却没有过任何的怨恨。

朱常洵迈动脚步走到了紫蝶的面前，他想要伸出手轻抚她的脸庞，手掌停留在半空时却放了下来。

“真的好吗？风灏栎已经离开了你，带着季如月远走高飞。他主动放弃了你，已经不值得你再为他坚守些什么。紫蝶，这些年来我对你的心意如何，难道你真的无动于衷吗？跟我走吧，我可以不要大明江山。我只要你陪在我的身边，我愿意带你去任何一个你想去的地方。从此以后我只有你一个女人，我们相守到老，此生我绝不负你。能不能，再给我一次机会？”

紫蝶静静地聆听着朱常洵的深情告白，她想起了与风灏栎之间的海誓山盟。

不求今生，只待来世！

“王爷对紫蝶的厚爱，紫蝶铭记于心，但是，很抱歉，我还是不能接受！”

“是因为当初我对你的强迫吗？我向你道歉，我只是太想得到你了！”

紫蝶淡然一笑，轻轻摇了摇头：“当年的事情，我已经忘记了。王爷，在紫蝶的心里，爱一个人没有值不值得，只有愿不愿意。我既已嫁给风灏栎为妻，无论他是否在我身边，我生死都是风家的人。此生，绝不另嫁！”

“你还那么年轻，一生是那么漫长，难道你真要孤独终老？”朱常洵的心头涌起了无数的凄凉，他有着一人之下万人之上的地位，却始终抵不过风灏栎的千分之一。风灏栎究竟有什么样的魔力，可以让这样一个女子为了他甘愿独守空闺，虚度年华。

“心有所属，便能忍住千年寂寞！”紫蝶的眼神再次飘向了远方，在她每一次遇到解不开的心结的时候，她总是告诉自己要心存希望。

她相信风灏栎对她的爱，或许在她白发苍苍的时候，他会在某一个温暖的午后出现在她的面前。不需要任何言语，只需要从容不迫的微笑，她依然能够在他眼中看到两人初见时的惊艳目光！

“不后悔吗？”

“无怨无悔！”

朱常洵看着眼前深爱的女人，她和他一样，为情所伤，却又为爱执着。

朱常洵带着最后的幻想进入百花谷，最终却只能无限惆怅地离去。他知道，他即使把整个江山捧到紫蝶的面前，她都不会心甘情愿地留在他的身边。此时此刻，他突然有一种虚脱般的疲惫。这么多年的精心策划，他得不到帝位，也得不到爱人。

或许，这才是他最终的命运和归属。

朱常洵仰天长叹，怀着对紫蝶的爱恋离开了百花谷，回到了自己的封地，从此没有再踏入京城一步。荣华富贵对他来说都成了过眼云烟，他的灵魂已经终结在了那个飘满花香的午后。

番外二　寒梅傲雪

今年的冬天似乎来得特别早，一场冬雪让繁华的苏州街头陷入了一片沉寂，银装素裹之中，期待着来年的美满收成。

季如月打开窗户，一阵寒风迎面而来，雪花打着卷儿拍打着她的脸庞，她不禁打了一个寒战。她下意识地裹紧自己，抬眼望去，对面书房的窗户敞开着，她看到风灏栎凝神专注地在书案上画着些什么。他眉宇间的英气依旧，却少了年少得意时的狂傲。

时至今日，季如月仍然觉得她用亲情逼走紫蝶的行为并没有错，她只是想要一份完整无缺的爱情。

她是风灏栎的妻子，唯一的妻子！

自从风灏栎从百花谷出来，季如月在他眼中看到了心灰意冷，那个在比武擂台上英姿飒爽的少年仿佛消失在了这个世界上。

风灏栎带着季如月远离江湖，远离朝廷，在苏州的小镇上过起了普通百姓的生活。

季如月尝试着放下骄傲，端着盆子去河边洗衣，穿上围裙，努力学习为丈夫做一顿丰盛的饭菜。隐居的日子过得很清贫，却让她感觉到了前所未有的满足和踏实。只是，这样的生活风灏栎并不开心。

她总是看到他在鸟语花香的午后站在院子中的枣树下，仰着头对着天空发呆。许多个寂静的夜晚，她从睡梦中醒来，却发现身旁空空荡荡的那半张床。无论她怎么努力，她的琴声与他的笛声，总是难以相和。

也许，这就是她生命中的遗憾吧！

骨子里的骄傲和倔强，让季如月不肯向命运低头。她轻轻地叹了一声，寒冷的天气却让她猛烈咳嗽起来。风灏栎听到了声音，急忙放下手中的笔，快步从书房内走出来。他走到房中，从屏风上拿了一件斗篷披在季如月的身上，关上窗户，将她的双手放进了怀中。“这么冷的天，怎么不多躺一会儿？”

风灏栎的温柔和体贴温暖着季如月的心，她依偎进风灏栎的怀里，他身体传来的温度让她觉得很安心。“我醒来不见相公，还以为你又出去了。我去帮你做早饭！”

“不用了，天寒地冻的，你身子不好要多休息，我已经做好了，我去厨房盛碗粥给你。”风灏栎轻轻拍了拍季如月的后背，扶着她在椅子上坐下，转身出去了。

风灏栎很努力地照顾着季如月，这些年的相依为命，让他的心境渐渐平和。紫蝶心地善良，遵守着对父亲临死前的承诺，远离了他和季如月，将所有的悲伤扛在了自己身上。比起她所做的牺牲，他觉得自己所做的一切都是那么微不足道。

风灏栎盛好粥正要端回房中，突然听到了门外传来一阵鞭炮和锣鼓之声。离过年还有一个月的时间，村民们的欢呼声却此起彼伏，他意识到外面发生了重大的事情。

果然，当太阳升起的时候，地保敲着锣在街道上高喊，魏忠贤被皇上下令革职，去凤阳途中自杀身亡。这个消息，让风灏栎的脑海中闪过了无数个画面。他以为他会很激动，至少，会有那么一点点的喜悦。

风灏栎仰望着天空苦笑，当年风家叱咤一时，锦衣卫让人闻风丧胆，最终却都败在了一个太监手中。风家的没落不仅改变了他的命运，也终结了他和紫蝶的爱情。朝廷发生的变故对风灏栎目前的生活并没有什么影响，他尘封了他的随身佩剑，今时今日的他，只不过是最普通的乡野村夫。

日出而作，日落而息！这就是他余生的生活！

当冰雪融化的时候，风灏栎接到了来自京城的一封信函。

新皇继位，肃清朝中逆党，为冤死的忠诚将士平反，其中就有被同胞拒之国门之外的风灏南。然而这件事对风灏栎来说并没有特殊的意义，他相信公道自在人心！风灏南以身报国的风骨傲气埋在了他用生命守候的黄土。

临死前的那一刻，他的身边有挚爱陪伴！

生死相随，矢志不渝！

一年后的那个雷雨季节，风灏栎接到了崇祯皇帝亲笔书写的圣旨，召他回京官复原职。

对风灏栎来说，所有的虚名都已经不再重要，风家昔日的光辉已经不可能在他身上重现。

可是……

风灏栎拿着圣旨的手在微微颤抖，他转身走到床边，看着季如月安详的容颜，心头涌起了阵阵的无奈和羞愧。无论他怎么努力，总是做不到全心全意地去爱她。他知道季如月心中的痛苦和隐忍，却总是无可奈何。如今的她，身体一天比一天差，她需要得到更好的治疗。

风灏栎接下了圣旨，带着季如月回到了阔别多年的京城。

风府的一切都没有改变，只是厚厚的尘土在向他诉说着这些岁月的艰辛。平静的脸庞之下，是千疮百孔的心。

这一年的秋天，香山的枫叶红得格外早。

季如月看着院子里的落叶纷飞，泪水悄然滑落。

“相公，我陪伴在你身边这么多年，你可曾有一天，是真心爱过我？”季如月渐渐感到力不从心，那份深埋在心里的惆怅和遗憾，总是折磨得她夜不能寐。她知道，她已经无法陪着风灏栎继续走下去。

风灏栎将季如月紧紧拥在怀中，红了眼睛，湿了脸庞：“如月，你是我的妻子，我……”

“相公，对不起，请你原谅我的自私。我不知道当年我所做的决定究竟是对还是错，但是我很清楚，这些年来，我和你，还有她，我们都不快乐。”季如月想起了父亲临死前的嘱咐，她这一生没有亏欠过任何人，唯独对紫蝶，她有着难以释怀的歉疚。

“如月……”风灏栎突然之间很害怕，在他孤独潦倒的岁月里，季如月是他唯一的寄托和伴侣。无论她做错过什么，他都没有资格去怪她。

“相公，我想，我要走了。很抱歉，我不能陪你到老。”季如月泪如雨下，哭泣着说道，“我好后悔把她从你身边赶走。我死了以后就只剩下你一个人，我怎么忍心，看着你如此孤单？”

“如月，不要这样说，我们会白头到老，我会一直牵着你的手！”

“相公，去找她吧，我相信她在等着你！”季如月环绕在风灏栎腰间的手渐渐无力，她仿佛看到了远方的花丛中蝴蝶漫天飞舞。

风灏栎心如死灰，短短的几年之内，他失去了全部的亲人和爱人，他的生命变成一口枯井，再也看不到任何生趣。

风灏栎辞去了官职四处游历，只为了能够在世界的某个角落里，找回属于他的生命意义！

上架建议：畅销·古代言情